W0248553

Nouveau Cabinet Cosmopolite

(Collection dirigée par Marie-Pierre Bay et André Bay)

(Extraits)

Kobo ABE,	*La Femme des sables.*
Jorge AMADO,	*Tereza Batista.*
	La Boutique aux miracles.
	Les Pâtres de la nuit, etc.
Sawako ARIYOSHI,	*Kaé ou les deux rivales.*
	Les Dames de Kimoto.
André BRINK,	*Au plus noir de la nuit.*
	Une saison blanche et sèche.
	Un turbulent silence, etc.
Pearl BUCK (Prix Nobel),	*La Mère*, etc.
Margaret DRABBLE,	*L'Âge d'or d'une femme*, etc.
Henry JAMES,	*Un portrait de femme.*
	Le Tour d'écrou, etc.
Yoram KANIUK,	*Adam ressuscité.*
Ken KESEY,	*Vol au-dessus d'un nid de coucou.*
Selma LAGERLOF (Prix Nobel),	*La Saga de Gostä Berling*, etc.
Pär LAGERKVIST (Prix Nobel),	*Barrabas.*
	Le Bourreau, etc.
Carson MCCULLERS,	*La Ballade du café triste*, etc.
Thomas MANN (Prix Nobel),	*Tonio Kröger.*
Harry MARTINSON (Prix Nobel),	*Voyage sans but.*
Henry MILLER,	*Tropique du Capricorne*, etc.
Anaïs NIN,	*Journal*, tomes I, II, III, IV, V, VI, VII, etc.
Joyce Carol OATES,	*Le Jardin des délices.*
	Eux.
	Une éducation sentimentale.
	Bellefleur, etc.
Salman RUSHDIE,	*Les Enfants de minuit.*
Isaac Bashevis SINGER (Prix Nobel),	*Ennemies, une histoire d'amour.*
	La Couronne de plumes.
	Shosha.
	Le Magicien de Lublin.
	L'Esclave, etc.
Israël Joshua SINGER,	*Les Frères Ashkenazi.*
Han SUYIN,	*Multiple Splendeur.*
	La montagne est jeune.
	Une fleur mortelle.
	L'Arbre blessé, etc.
Anne TYLER,	*Toujours partir.*
	À la recherche de Caleb.
	Le déjeuner de la nostalgie.
Angus WILSON,	*Attitudes anglo-saxonnes.*
Virginia WOOLF,	*Instants de vie.*
	Journal, tomes I, II, III.

GABRIELA, GIROFLE
ET
CANNELLE

DU MÊME AUTEUR

LES PATRES DE LA NUIT, *roman.*
LES DEUX MORTS DE QUINQUIN-LA-FLOTTE, *roman.*

Jorge Amado

Gabriela, girofle et cannelle

(Chronique d'une ville de l'État de Bahia)

ROMAN

TRADUIT DU BRÉSILIEN

PAR GEORGES BOISVERT

Nouveau Cabinet Cosmopolite

Stock

Titre original :

GABRIELA, CRAVO E CANELA
(Livraria Martins Editoria, *S.A.*)

Tous droits réservés pour tous pays.
© 1971, 1983 Jorge Amado et Éditions Stock.

Son parfum de girofle
Et son teint de cannelle,
Moi de loin suis venu,
Suis venu voir Gabriela.

(Chanson de la zone du cacao.)

Pour Zélia, sa jalousie,
Ses chansons et ses peines,
Le clair de lune de Gabriela
Et la croix de mon amour.
Pour Alberto Cavalcani

L'image de Gabriela
Dansant, riant et rêvant,
Au maître Antônio Bulhões
Avec toute sa considération
Gabriela a voulu léguer
Son parfum de girofle.
A Mourir Werneck de Castro
Parce qu'il est beau garçon,
Elle a légué ses soupirs.
Ah !
A tous les trois réunis
Va l'amitié de l'auteur.

(Du « Testament de Gabriela ».)

Cette histoire d'amour — par une curieuse coïncidence, comme aurait dit doña Arminda — commença en ce jour inondé de soleil printanier où le fazendeiro *Jesuíno Mendonça abattit à coups de revolver doña Sinhàzinha Guedes Mendonça son épouse, éminente figure de la société locale, brune, plutôt bien en chair, assidue aux fêtes de l'Eglise, et le Dr Osmundo Pimentel, chirurgien-dentiste installé à Ilhéus depuis quelques mois, élégant jeune homme féru de poésie. Or, ce matin-là, avant que la tragédie ne secouât la ville, la mère Filomena avait finalement mis à exécution sa vieille menace : abandonnant la cuisine de l'Arabe Nacib, elle était partie par le train de huit heures pour Agua Preta où son fils prospérait.*

Comme devait l'observer plus tard João Fulgêncio, homme au vaste savoir qui possédait la Papeterie Modèle, centre de la vie intellectuelle d'Ilhéus, le jour avait été mal choisi. Un jour si beau ! Le premier jour de soleil après une longue saison des pluies, d'un soleil doux comme une caresse sur la peau ! Un jour où il était malséant de répandre le sang. Mais comme le colonel Jesuíno Mendonça était un homme d'honneur et de décision qui ne prisait guère les lectures et les arguments esthétiques, une telle considération ne pouvait lui traverser la tête, d'ailleurs endolorie par les cornes. Les horloges n'avaient pas plus tôt sonné les deux heures de la sieste que surgissant à l'improviste, car tout le monde le croyait sur ses terres, il avait expédié la belle Sinhàzinha et Osmundo son séducteur en tirant d'une main sûre deux coups de feu sur chacun d'eux. La ville en oublia les autres sujets de conversation : l'échouage du bateau de la « Côtière », le matin à l'entrée du chenal, l'établissement de la première ligne d'autocars reliant Ilhéus à Itabuna, le dernier grand bal du Club Progrès et même la polémique passionnante soulevée par Mundinho Falcão à propos du dragage du chenal. Quant au petit drame personnel de Nacib, soudain privé de cuisinière, seuls ses amis les plus intimes en furent immédiatement informés et du reste, ils lui accordèrent peu d'importance. Tous n'avaient d'attention que pour la tragédie qui les mettait en émoi, pour l'histoire de la femme du fazendeiro *et du dentiste, soit en raison de la haute position sociale des trois personnages concernés, soit parce qu'elle comportait un luxe de détails dont certains étaient croustillants et savoureux. Car la ville, en dépit de ses progrès si vantés et dont elle était si fière (« Ilhéus se civilise à un rythme impétueux » avait écrit le Dr Ezequiel Prado, avocat de talent, dans le* Diário de Ilhéus) *glosait encore par prédilection des histoires de violence comme celle-là avec de l'amour, de la jalousie et du sang. Avec le temps s'éteignaient peu à peu les échos des derniers coups de feu échangés dans les luttes pour la conquête des terres, mais de ces années héroïques, les gens d'Ilhéus avaient gardé dans le sang un goût pour le sang répandu. Et aussi certaines habitudes : afficher leur bravoure, porter des revolvers de jour comme de nuit, boire et jouer. Enfin certaines lois qui réglaient leur conduite. Parmi celles-ci, l'une des plus incontestées avait été suivie une fois encore ce jour-là : l'honneur souillé d'un mari trompé ne pouvait être lavé que dans le sang des coupables. Cette loi venait du fond des âges, elle n'était écrite dans aucun code, elle habitait seulement la conscience des hommes, laissée par les maîtres de jadis, par ceux qui, les premiers, avaient abattu les forêts et planté le cacao. Ainsi était Ilhéus en ces Ides de l'an 1925 quand les plantations prospéraient sur les terres fertilisées par les cadavres et par le sang et que se multipliaient les fortunes, tandis que le Progrès s'installait et que la physionomie de la ville se transformait.*

Ce goût de sang était si profond que l'Arabe Nacib lui-même, soudainement atteint dans ses intérêts par le départ de Filomena, en oubliait ses soucis et tournait toute son attention vers les commentaires du double assassinat. La physionomie de la ville se modifiait. On traçait de nouvelles rues, on importait des automobiles, on construisait de somptueuses résidences, on ouvrait des routes, on publiait des journaux, on fondait des clubs. Ilhéus se transformait. Toutefois les mœurs et les habitudes des hommes évoluaient plus lentement. Il en est toujours ainsi, dans toutes les sociétés.

Première partie

Aventures et mésaventures d'un bon Brésilien (né en Syrie) en la ville d'Ilhéus, en 1925, quand le cacao était florissant et que régnait le progrès — avec amours, assassinats, banquets, crèches de Noël, histoires variées pour tous les goûts, un passé lointain et glorieux de gentilshommes fiers et rudes, un passé récent de fazendeiros *riches et de* jagunços *fameux, avec solitude et soupirs, désir, vengeance, haine, avec pluie et soleil et avec clair de lune, lois inflexibles, manœuvres politiques, la passionnante affaire du chenal, avec prestidigitateur, danseuse, miracle et autres prodiges*

ou

UN BRÉSILIEN DES ARABIES

Chapitre premier

la langueur d'
OFENISIA

(qui apparaît très peu mais qui est, néanmoins, très importante)

En cette année de progrès impétueux...
(D'un journal d'Ilhéus, en 1925.)

RONDEAU D'OFENISIA

Ecoutez-moi, ô mon frère,
O Luís António, mon frère :

Sur la véranda, Ofenísia
Dans son hamac se balance.
De la chaleur, un éventail,
La douce brise de la mer.
Son esclave favorite
Lui caresse les cheveux.
Elle allait fermer les yeux,
Le Monarque lui apparut :
Barbe noire comme l'encre.
Oh ! quel éblouissement !

Le vers de Teodoro
Qui rime avec Ofenísia,
La robe venue de Rio,
Le corset et le collier,
La mantille de soie noire,
Le sagouin que tu m'as donné,
A quoi tout cela me sert,
O Luís António, mon frère ?

Ses yeux noirs sont de braise,
(— Les yeux de l'Empereur !)
Leur feu a brûlé mes yeux.
Sa barbe est un drap de rêve.
(— La barbe impériale !)
Pour envelopper mon corps.
C'est lui que je veux épouser.
(— Le Roi ? Gardez-vous d'y songer !)
Auprès de lui je veux coucher,
Dans sa barbe faire des rêves.
(— Ma sœur, vous nous déshonorez !)
O Luís António, ô mon frère,
Qu'attendez-vous donc pour me tuer ?

Je ne veux comte ni baron,
Ni maître de moulin à sucre,
Ni de Teodoro les vers,
Je ne veux roses ni œillets,
Ni boucles d'oreilles en diamant.
Tout ce que je veux, c'est la barbe
Si noire de l'Empereur !
O Luís António, ô mon frère,
De l'illustre maison d'Avila,
Ecoutez-moi donc, ô mon frère :
Si je ne deviens pas l'amante
De Sa Majesté l'Empereur,
Sur ce hamac je vais mourir
De langueur.

DU SOLEIL ET DE LA PLUIE AVEC UN PETIT MIRACLE

En cette année 1925 où l'on vit fleurir l'idylle de la mulâtresse Gabriela et de l'Arabe Nacib, la saison des pluies s'était à tel point prolongée au-delà du temps normal et nécessaire que les *fazendeiros*, semblables à une bande d'oiseaux affolés, se croisaient dans les rues en s'interpellant les uns les autres, la peur dans les yeux et dans la voix.

— Cela ne va donc jamais finir ? se demandaient-ils.

Ils faisaient allusion à la pluie. Jamais on n'avait vu autant d'eau descendre du ciel, de jour comme de nuit, presque sans discontinuer.

— Encore une semaine et tout risque d'être perdu.

— La récolte entière...

— Oh ! Dieu du ciel !

Ils parlaient de la récolte de cacao qui s'annonçait exceptionnelle et dépasserait de loin toutes les précédentes. Les cours de ce produit ne cessant de monter, cela signifiait une richesse encore plus grande, la prospérité, l'opulence, l'argent à gogo. Les fils des colonels iraient faire leurs études dans les collèges les plus chers des grandes villes. Les familles auraient de nouvelles résidences dans les nouvelles rues qu'on venait de tracer, des meubles luxueux commandés à Rio de Janeiro, des pianos à queue pour orner les salons. Les boutiques bien achalandées se multiplieraient, le commerce se développerait, les boissons couleraient dans les cabarets, des femmes débarqueraient des bateaux, le jeu étendrait son empire sur les bars et sur les hôtels. Bref, ce serait le progrès, la civilisation dont on parlait tant.

Et dire que ces pluies maintenant trop abondantes, menaçantes, diluviennes, avaient tardé à venir, s'étaient fait attendre et prier ! Quelques mois auparavant, les colonels avaient levé les yeux vers le ciel limpide à la recherche de nuages ou de signes d'une pluie prochaine. Les plantations de cacaoyers en pleine croissance recouvraient tout le sud de l'Etat de Bahia. Elles attendaient les pluies indispensables au développement des fruits qui venaient de naître et de remplacer les fleurs sur les arbres. Cette année-là, la procession de la Saint-Georges apparut comme la manifestation d'un vœu collectif et anxieux à l'adresse du patron de la ville.

Sa somptueuse statue à parements dorés fut transportée sur les fières épaules des citoyens les plus notables, les plus riches *fazendeiros*, revêtus des surplis rouges de la confrérie, ce qui n'est pas peu dire, car les colonels du cacao ne brillaient pas par leur dévotion : ils n'allaient jamais à l'église. Réfractaires à la messe et à la confession, ils laissaient ces faiblesses à la gent féminine de la famille.

— Les choses d'Eglise, c'est l'affaire des femmes.

Ils se contentaient de satisfaire aux demandes d'argent de l'évêque et des prêtres pour les bonnes œuvres ou les festivités : le collège des nonnes de la colline de Vitoria, la résidence épiscopale, les écoles de catéchisme, les neuvaines, le mois de Marie, les kermesses, les fêtes de Saint-Antoine et de Saint-Jean.

Cette année-là, au lieu de rester à siroter dans les bars, tous prenaient part à la procession, une bougie à la main, contrits et promettant monts et merveilles à saint Georges en échange des précieuses pluies. Derrière les statues, la foule parcourait les rues, accompagnant les prêtres dans leurs psalmodies. Revêtu de parements, les mains jointes pour la prière, le visage empreint de componction, le père Basílio clamait les oraisons d'une voix sonore. On l'avait choisi pour cette importante fonction en raison de ses éminentes vertus respectées et appréciées par tous et aussi parce que le saint homme, propriétaire de terres et de cacaoyères, était directement concerné par l'intervention céleste. C'est pourquoi il priait avec une ardeur redoublée.

Autour de la statue de sainte Marie-Madeleine qu'on avait retirée la veille de l'église de Saint-Sébastien pour lui faire accompagner le brancart du saint patron dans sa ronde à travers la ville, s'avançaient en grand nombre les vieilles filles, transportées d'extase devant l'exaltation du prêtre. Celui-ci en effet, habituellement pressé et complaisant, liquidait sa messe en un clin d'œil et se montrait un confesseur trop peu attentif à tout ce qu'elles avaient à lui raconter, fort différent en cela du père Cecílio, par exemple.

La voix puissante et intéressée du prêtre s'élevait en une prière fervente, comme s'élevaient les voix nasillardes des vieilles filles et le chœur à l'unisson des colonels, de leurs épouses, de leurs filles et de leurs fils, des commerçants, des exportateurs, des ouvriers agricoles venus des plantations pour la fête, des dockers, des gens de mer, des prostituées, des employés de commerce, des joueurs professionnels et des filous de tout poil, des enfants du catéchisme et des jeunes filles de la congrégation de Marie. La prière s'élevait vers le ciel diaphane et sans nuages où un soleil implacable, boule de feu meurtrière, dardait ses rayons brûlants capables d'anéantir les tendres cabosses de cacao qui venaient de poindre.

Certaines dames de la bonne société, accomplissant un vœu décidé lors du dernier bal du Club Progrès, suivaient la procession nu-pieds et offraient au saint patron le sacrifice de leur élégance en échange de la pluie. On murmurait des promesses diverses, on pressait le saint d'intervenir, on ne pouvait tolérer de sa part aucun retard. Il voyait bien dans quelle détresse se trouvaient ses protégés. C'était un miracle urgent que ceux-ci lui demandaient.

Saint Georges n'était pas resté indifférent aux prières, à la soudaine et touchante dévotion des colonels, à l'argent qu'ils avaient promis pour l'église paroissiale, aux pieds nus de ces dames meurtris par le pavé des rues. Sans doute avait-il été sensible par-dessus tout à la suprême angoisse du père Basílio. Le sort de ses cabosses inspirait à ce prêtre de telles craintes que lorsqu'il interrompait ses retentissantes supplications pour laisser clamer le chœur, il jurait au saint de s'abstenir durant un mois entier des douces faveurs d'Otalia, sa gouvernante et sa commère. Cinq fois commère, puisqu'elle avait déjà tenu sur les fonts baptismaux, enveloppés de lin et de dentelle, cinq robustes rejetons aussi vigoureux et prometteurs que les cacaoyers du prêtre. Comme il ne pouvait les reconnaître, le père Basílio était le parrain des cinq marmots — trois filles et deux garçons. Pratiquant la charité chrétienne, il leur accordait l'usage de son propre patronyme, Cerqueira, un nom à la fois beau et honorable.

Comment saint Georges aurait-il pu rester indifférent devant une telle détresse ? Il présidait tant bien que mal aux destinées de cette région, aujourd'hui vouée au cacao, depuis les temps immémoriaux de la capitainerie. Le donataire Jorge de Figueiredo Correia, qui avait reçu du roi du Portugal, en signe d'amitié, ces dizaines de lieues peuplées d'Indiens sylvicoles et de bois brésil, n'avait pas voulu échanger contre la forêt vierge les plaisirs de la cour de Lisbonne. Il avait envoyé son beau-frère espagnol mourir entre les mains des Indiens, en lui recommandant toutefois de placer sous la protection du saint vainqueur des dragons ce fief dont le roi son seigneur avait bien voulu le gratifier. Il ne se rendit pas dans ce pays lointain et sauvage, mais il lui donna son nom de baptême en le consacrant à son homonyme saint Georges. Ainsi, du haut de son cheval galopant sur le croissant, le saint présidait-il à la destinée mouvementée de ce saint Georges d'Ilhéus depuis près de quatre cents ans. Il avait vu les Indiens égorger les premiers colons et se faire à leur tour égorger et réduire en esclavage. Il avait vu construire des moulins à sucre et planter des caféiers, les premiers mesquins et les autres médiocres. Il avait vu cette terre végéter pendant des siècles, sans espoir d'un avenir meilleur. Puis il avait assisté à l'introduction des premiers plants de cacaoyers et avait ordonné aux singes juparás d'assurer la multiplication des arbres. Peut-être sans but précis, à seule fin de transformer le paysage dont il devait être lassé au bout de tant d'années. Il n'imaginait pas qu'avec le cacao arrivait la richesse et que pour la région placée sous sa protection, une ère nouvelle commençait. Alors il avait vu des choses terrifiantes : des hommes qui s'entre-tuaient cruellement et traîtreusement pour la possession de vallées et de collines, de rivières et de montagnes, qui incendiaient la forêt pour planter fébrilement des cacaoyers à n'en plus finir. Il avait vu soudain la population s'accroître, des bourgs et des villages sortir de terre. Il avait vu le Progrès arriver à Ilhéus et y amener un évêque, entraîner la formation de nouveaux municipes — Itabuna, Itapira — et la construction du collège des bonnes sœurs. Il avait vu des gens débarquer des bateaux. Il avait vu tant de choses qu'il pensait que désormais rien ne pourrait l'impressionner. Pourtant il fut bel et bien impressionné par cette dévotion profonde autant qu'inattendue des colonels, hommes rudes passablement réfractaires aux lois et aux prières, et aussi par le vœu insensé du père Basílio Cerqueira, de tempérament incontinent et fougueux, si fougueux et si incontinent que le saint doutait qu'il pût rester fidèle à son vœu jusqu'à la fin.

Quand la procession déboucha sur la place São Sebastião pour aller s'arrêter devant la petite église blanche, quand Glória, à sa fenêtre maudite, se signa en souriant, quand l'Arabe Nacib sortit de son bar désert pour mieux apprécier le spectacle, alors le fameux miracle se produisit. Certes, le ciel bleu ne se couvrit pas de nuages noirs et la pluie ne se mit pas à tomber, sans doute pour ne pas gâcher la procession. Mais une pâle lune diurne surgit dans le ciel, parfaitement visible en dépit de la clarté aveuglante du soleil. Le premier à l'apercevoir fut le négrillon Tuísca. Il la fit remarquer aux sœurs Dos Reis, ses patronnes, qui se trouvaient dans le groupe tout en noir des vieilles filles. Une clameur saluant le miracle fut poussée par les vieilles filles surexcitées, se propagea à travers la foule et se répandit aussitôt dans la ville entière. Pendant deux jours il ne fut pas question d'autre chose. Saint Georges était venu écouter les supplications, les pluies n'allaient pas tarder.

Effectivement, quelques jours après la procession, des nuages chargés d'eau s'accumulèrent dans le ciel et la pluie commença à tomber au début de la nuit. Seulement, saint Georges, naturellement impressionné par une telle quantité de prières et de vœux, par les pieds nus de ces dames et par l'ahurissant vœu de chasteté du père Basílio, avait un peu trop forcé le miracle. Maintenant, les pluies ne voulaient plus s'arrêter. L'hivernage se prolongeait déjà de deux semaines au-delà de sa durée normale.

Sous l'effet de la pluie, les petites cabosses de cacao, dont le soleil avait naguère menacé le développement, étaient devenues magnifiques. Jamais on n'en avait vu autant. Maintenant il leur fallait à nouveau du soleil pour compléter leur maturité. La persistance de ces précipitations ininterrompues pouvait les faire pourrir avant la cueillette. Les colonels, avec la même crainte angoissée dans les yeux, regardaient fixement le ciel couleur de plomb et la pluie qui tombait, cherchant à découvrir le soleil obstinément caché. On faisait brûler des cierges sur les autels de saint Georges, de saint Sébastien, de sainte Marie-Madeleine et aussi sur celui de Notre-Dame-de-la-Victoire, dans la chapelle du cimetière. Encore une semaine, encore dix jours de pluie et la totalité de la récolte pourrait être détruite. On vivait dans une tragique expectative.

Voilà pourquoi ce matin-là où tout a commencé, un vieux *fazendeiro,* le colonel Manuel das Onças (ainsi appelé car ses cacaoyères étaient situées au diable Vauvert en des lieux où, à ce qu'on disait et comme lui-même le confirmait, on entendait rugir les onces) sortit de chez lui avant la fin de la nuit, vers quatre heures du matin. Il vit un ciel dégagé où, dans un azur fantasmagorique d'aurore sur le point d'éclore, le soleil annonçait sa venue par une clarté joyeuse au-dessus de la mer. Le colonel Manuel das Onças leva les bras et poussa un grand cri de soulagement :

— Enfin... la récolte est sauvée !

Il se dirigea d'un pas alerte vers le marché au poisson, près du port. Chaque jour, de bon matin, un groupe de vieux habitués s'y rencontrait autour des boîtes de *mingau* des Bahianaises. Il n'y trouverait encore personne car il arrivait toujours le premier, mais il se hâtait comme si les autres l'attendaient pour recevoir la nouvelle, l'heureuse nouvelle de la fin de la saison des pluies. Sur le visage du *fazendeiro* s'épanouissait un sourire radieux.

Elle était garantie la récolte, celle qui allait être la plus belle de toutes, la récolte exceptionnelle, valorisée par des cours en hausse constante, en une année où devaient se produire tant d'événements sociaux et politiques, où tant de choses allaient changer à Ilhéus.

Une année considérée par beaucoup comme décisive dans l'histoire de la région. Pour certains, c'est l'année de l'affaire du chenal. Pour d'autres, celle de la lutte politique entre Mundinho Falcão, exportateur de cacao, et le colonel Ramiro Bastos, le vieux cacique local. D'autres encore rappellent qu'on y vit le sensationnel jugement du colonel Jesuíno Mendonça. Aux yeux de quelques-uns, le fait saillant fut l'arrivée du premier cargo suédois qui marqua le début de l'exportation directe du cacao. Personne cependant ne parle de cette année-là, celle de la campagne cacaoyère 1925-1926, comme de l'année des amours de Nacib et de Gabriela. Et même, quand on évoque les péripéties de ce roman, on ne se rend pas compte que l'histoire de cette folle passion se trouve, plus que n'importe quel autre événement, au cœur de toute la vie citadine de ce temps-là où un progrès impétueux et les nouveautés de la civilisation transformaient la physionomie d'Ilhéus.

DU PASSÉ ET DE L'AVENIR MÊLÉS DANS LES RUES D'ILHÉUS

Les pluies interminables avaient transformé rues et chemins en bourbiers remués à longueur de journée par les pattes des convois de mulets et des chevaux de selle. La grande route reliant Ilhéus à Itabuna, récemment inaugurée, où circulaient camions et autocars, était devenue elle-même à un moment donné presque impraticable : les eaux avaient entraîné des ponceaux et certains tronçons étaient tellement bourbeux que les chauffeurs n'osaient s'y aventurer. Le Russe Jacob et son associé, le jeune Moacir Estrela, propriétaire d'un garage, furent saisis d'une vive inquiétude. Avant l'arrivée des pluies, ils avaient organisé une entreprise de transports pour exploiter la liaison routière entre les deux principales villes de la région du cacao et avaient commandé dans le Sud quatre petits autocars. Par le chemin de fer, le voyage durait trois heures quand il n'y avait pas de retard. Par la route, on pouvait l'effectuer en une heure et demie.

Ce Russe Jacob possédait des camions et transportait le cacao d'Itabuna à Ilhéus. Moacir Estrela avait monté un garage dans le centre de la ville et travaillait lui aussi avec des camions. Ils mirent en commun leurs ressources, empruntèrent un capital à une banque, signèrent des traites et commandèrent les autocars. Ils se frottaient les mains dans l'espoir de réaliser une affaire lucrative. Ou plutôt, c'est le Russe qui se frottait les mains. Moacir se contentait de siffloter. Son sifflotement joyeux emplissait le garage tandis que sur les poteaux de la ville, des placards annonçaient la prochaine ouverture de la ligne d'autocars, des voyages plus rapides et meilleur marché que par le chemin de fer.

Mais les autocars se firent attendre et lorsque finalement on les débarqua d'un petit cargo du Lloyd brésilien au milieu de l'admiration unanime de la ville, les pluies étaient à leur paroxysme et la route se trouvait dans un état lamentable. Le pont en bois sur le fleuve Cachoeira, juste au milieu du parcours, était menacé par la crue et les deux associés décidèrent d'ajourner l'inauguration de la ligne. Les autocars tout neufs restèrent au garage pendant près de deux mois tandis que le Russe proférait des jurons dans une langue inconnue et que Moacir sifflait de rage. Comme les traites arrivaient à échéance, si Mundinho Falcão ne leur avait prêté main-forte, l'affaire aurait échoué avant d'avoir commencé. C'est Mundinho lui-même qui avait pris cette initiative. Il avait fait appeler le Russe à son bureau et lui avait avancé l'argent nécessaire sans prélever d'intérêts. Mundinho Falcão croyait au progrès d'Ilhéus et le stimulait.

Les pluies ayant diminué, la rivière avait baissé et bien que le temps restât mauvais, Jacob et Moacir firent réparer à leurs frais quelques ponceaux, déverser des pierres sur les tronçons les plus mouvants, et entreprirent d'assurer le service. Le voyage inaugural, pour lequel Moacir Estrela en personne avait pris le volant, donna matière à discours et à plaisanteries. Les passagers étaient tous des invités : le préfet, Mundinho Falcão et d'autres exportateurs, le colonel Ramiro Bastos et d'autres *fazendeiros,* le Capitaine, le Docteur, des avocats et des médecins. Certains, redoutant l'état de la chaussée s'excusèrent sous divers prétextes. Leurs places furent occupées par d'autres et les candidats étaient si nombreux que finalement des personnes firent le voyage debout. Le trajet dura deux heures, car la route était encore difficilement praticable, mais il se déroula sans incident notable. On fêta l'arrivée à Itabuna par des feux d'artifice et un repas commémoratif. Le Russe Jacob annonça alors qu'au terme de la première quinzaine de service régulier, serait donné à Ilhéus un grand dîner réunissant les personnalités des deux communes pour célébrer cette nouvelle étape du progrès local. Ce banquet fut commandé à Nacib.

Le mot progrès était celui que l'on entendait le plus souvent à Ilhéus et à Itabuna en ce temps-là. Il était sur toutes les lèvres et on le répétait avec insistance. Il figurait dans les colonnes des journaux, dans celles du quotidien comme dans celles des hebdomadaires. Il surgissait dans les discussions de la Papeterie Modèle, dans les bars et dans les cabarets. Les gens d'Ilhéus le répétaient à propos des nouvelles rues, des places ornées de jardins, des immeubles du centre commercial et des résidences modernes construites sur la plage, de l'imprimerie du *Diário de Ilhéus,* des autocars partant matin et soir pour Itabuna, des camions qui transportaient le cacao, des cabarets illuminés, du nouveau cinéma-théâtre d'Ilhéus, du terrain de football, du collège du professeur Enoch, des conférenciers affamés venus de Bahia et même de Rio, du Club Progrès avec ses thés dansants. « C'est le progrès ! » disait-on avec fierté et avec la conviction que tout le monde apportait sa contribution aux profonds changements de la physionomie et des mœurs de la ville.

Partout celle-ci donnait une impression de prospérité et de croissance vertigineuse. De nouvelles rues s'élançaient vers la mer et vers les mornes ; places et jardins se multipliaient ; maisonnettes, immeubles, résidences de luxe surgissaient de terre. Dans le centre commercial, les loyers grimpaient au point d'atteindre des prix extravagants. Des banques du Sud ouvraient des succursales. La Banque du Brésil s'était dotée d'un immeuble neuf à quatre étages, une merveille !

La ville perdait de jour en jour l'aspect de campement guerrier qui la caractérisait au temps de la conquête de la terre. Les *fazendeiros* à cheval, le revolver à la ceinture, et leurs terribles *jagunços* brandissant des fusils à répétition, circulaient alors dans des rues non pavées, interminablement recouvertes tantôt de boue, tantôt de poussière. Dans les nuits troublées, des coups de feu faisaient sursauter de frayeur. Les marchands ambulants étalaient leurs valises sur les trottoirs... Maintenant tout cela disparaissait. La ville resplendissait de vitrines éclatantes et bariolées ; magasins et boutiques pullulaient ; les marchands ambulants ne se montraient plus qu'à l'occasion des foires, ils se déplaçaient dans l'arrière-pays. Des bars, des cabarets, des cinémas, des collèges... Malgré la tiédeur de ses sentiments religieux, la région s'était enorgueillie de son élévation au rang de diocèse et avait reçu son premier évêque avec des fêtes inoubliables. *Fazendeiros,* exportateurs, banquiers, commerçants, tous ces gens donnaient de l'argent pour la construction du collège de bonnes sœurs destiné aux jeunes filles d'Ilhéus et pour celle du palais épiscopal, l'un et l'autre sur le morne de Conquista. Ils en donnaient également pour l'installation du Club Progrès, fondé sur l'initiative de commerçants et de membres des professions libérales, Mundinho Falcão en tête. Le dimanche, il y avait là des thés dansants et, de temps à autre, de grands bals. Des clubs de football surgissaient, le cercle Rui Barbosa prospérait. Vers ces années-là, Ilhéus commença à être connue dans le pays sous le nom de « Reine du Sud ». La culture du cacao dominait dans tout le sud de l'Etat de Bahia. Nulle culture n'était plus lucrative. Les fortunes grandissaient et, avec elles, Ilhéus, la capitale du cacao.

Toutefois, dans ses rues se mêlaient encore les manifestations de ce progrès impétueux, les signes de sa grandeur future et les survivances du temps de la conquête des terres, d'un passé récent de luttes et de banditisme. Les convois de mulets qui acheminaient le cacao vers les entrepôts des exportateurs envahissaient encore les quartiers commerçants et croisaient les camions qui commençaient à leur faire concurrence. Nombreux étaient encore les hommes chaussés de bottes, ostensiblement armés de revolvers. Des rixes éclataient pour un oui ou pour un non dans les ruelles mal famées. Des *jagunços* notoires paradaient dans les tavernes sordides. De temps à autre, un meurtre était commis en pleine rue. Dans les artères propres et bien pavées, ces personnages côtoyaient des exportateurs prospères habillés avec élégance par des tailleurs venus de Bahia, une foule de voyageurs de commerce bruyants et expansifs, toujours au courant des derniers potins, des médecins, des avocats, des dentistes, des agronomes, des ingénieurs, qui arrivaient à chaque bateau. Même les gros *fazendeiros* renonçaient de plus en plus au port des bottes et des armes. Ils prenaient une allure pacifique, faisaient bâtir de beaux immeubles, passaient une partie de leur temps à la ville, mettaient leurs enfants au collège d'Enoch ou bien les envoyaient dans les lycées de Bahia. Leurs épouses ne se rendaient à la *fazenda* que pour les vacances. Elles se couvraient de soieries, portaient des talons hauts et fréquentaient les fêtes du Club Progrès.

Bien des choses rappelaient encore la vieille Ilhéus d'autrefois. Mais pas celle des moulins à sucre, des misérables plantations de café, des maîtres nobles et des esclaves noirs, de l'illustre famille des Avila. De ce passé lointain ne subsistaient plus en effet que de vagues souvenirs auxquels seul le Docteur daignait s'intéresser. Ce qu'on y observait, c'étaient des survivances d'un passé plus récent, celui des grandes luttes pour la conquête des terres, postérieur à l'époque où les pères jésuites avaient apporté les premiers plants de cacaoyers. Des hommes venus chercher fortune s'étaient alors rués sur les forêts et s'étaient disputé chaque pouce de terre sous le feu des fusils à répétition et des parabellums. Les Badaró, les Oliveira, les Brás Dámasio, les Teodoro da Baraúna et bien d'autres encore barraient les chemins, se frayaient des sentiers à travers les fourrés et s'élançaient à la tête de leurs *jagunços* pour s'affronter en des combats meurtriers. La forêt fut abattue et l'on planta les cacaoyers dans le sang et sur les cadavres. On falsifiait les titres de propriété, la justice était asservie aux intérêts des conquérants de terres. Chaque grand arbre dissimulait un tireur à l'affût de sa victime... Tel était le passé qui restait présent dans maints détails de la vie urbaine et dans les mœurs des gens. Il disparaissait peu à peu, cédant du terrain devant les innovations et les habitudes récentes, mais non sans opposer de résistance, surtout quand se trouvaient en cause des usages que le temps avait presque transformés en lois.

Parmi les hommes attachés au passé qui regardaient ces innovations avec méfiance, passaient le plus clair de leur temps à la campagne, et ne venaient à la ville que pour leurs affaires et pour discuter avec les exportateurs, se rangeait le colonel Manuel das Onças. Tout en marchant dans la rue déserte par ce matin sans pluie, le premier depuis si longtemps, il envisageait de repartir le jour même pour sa *fazenda*. L'époque de la cueillette approchait. Maintenant le soleil allait dorer les fruits et les cacaoyères deviendraient magnifiques. C'est cela qu'il aimait. La ville ne parvenait pas à le retenir malgré tous ses attraits : cinémas, bars, cabarets avec de jolies femmes, boutiques bien pourvues. Il préférait l'opulence de sa *fazenda*, les parties de chasse, le spectacle des cacaoyères, les conversations avec les ouvriers agricoles, les récits évoquant le temps des luttes, les histoires de serpents, les humbles métisses des misérables bordels de village. Il était venu à Ilhéus pour traiter avec Mundinho Falcão de la vente d'un lot de cacao à livrer ultérieurement, et aussi pour retirer de l'argent en vue de faire effectuer de nouveaux aménagements dans sa propriété. Comme l'exportateur se trouvait à Rio, il n'avait pas voulu discuter avec le gérant, préférant attendre le retour de Mundinho qui devait arriver par le prochain *Ita*.

Tandis qu'il attendait dans la ville joyeuse malgré les pluies, il se laissait entraîner par ses amis au cinéma (en général, il s'endormait au milieu du film, cela lui fatiguait les yeux), dans les bars, dans les cabarets. Des femmes si parfumées, mon Dieu ! C'était insensé... Et qui se faisaient payer cher, demandaient des bijoux, exigeaient des bagues... Cette Ilhéus était vraiment un lieu de perdition... Pourtant la vue du ciel limpide, la certitude d'une campagne réussie, la perspective du cacao séchant sur les claies, laissant couler son miel dans les auges et emporté à dos d'âne, le rendaient si heureux qu'il lui parut injuste de maintenir sa famille à la *fazenda* : ses enfants grandissaient sans instruction, et sa femme restait confinée dans la cuisine comme une esclave, sans jamais avoir de distractions. Les autres colonels résidaient à la ville, où ils se faisaient construire des maisons confortables et s'habillaient comme tout le monde.

De tout ce qu'il faisait à Ilhéus lors de ses brefs séjours, rien ne procurait plus de plaisir au colonel Manuel das Onças que la causette matinale avec ses amis près du marché au poisson. Ce jour-là il leur annoncerait son intention de se fixer à Ilhéus et d'y faire venir sa famille. Telles étaient ses pensées en marchant dans la rue déserte lorsqu'il rencontra, comme il arrivait sur le port, le Russe Jacob encore non rasé, échevelé et euphorique. A peine vit-il le colonel qu'il ouvrit les bras et cria quelque chose, mais il était si excité qu'il s'exprima dans une langue étrangère, ce qui n'empêcha point le *fazendeiro* illettré de le comprendre et de lui répondre :

— Eh oui ! Enfin... Nous avons du soleil, mon ami.

Le Russe se frottait les mains :

— Maintenant, nous allons faire trois voyages par jour : à sept heures, à midi et à quatre heures de l'après-midi. Et on va commander deux autocars de plus.

Ils marchèrent ensemble jusqu'au garage. Le colonel, d'un ton résolu, lui annonça :

— Cette fois, je vais faire le voyage dans votre machine. Je me suis décidé.

Le Russe se mit à rire :

— Avec une route sèche, le voyage ne durera guère plus d'une heure...

— Extraordinaire ! Qui l'aurait dit ! Trente-cinq kilomètres en une heure et demie... Autrefois on mettait deux jours, à cheval... Eh bien, si Mundinho Falção arrive auojurd'hui par l'*Ita*, vous pouvez me réserver une place pour demain matin.

— Ah ! ça non, colonel ! Pas demain.

— Et pourquoi ?

— Parce que c'est demain qu'a lieu notre dîner d'inauguration et que vous êtes mon invité. Un dîner de première avec le colonel Ramiro Bastos, les préfets, celui d'ici et celui d'Itabuna, le juge, avec celui d'Itabuna également Mundinho Falcão, rien que des gros bonnets... le gérant de la Banque du Brésil... Une fête du tonnerre !

— Qu'ai-je à faire, Jacob, parmi tout ce gratin... Moi je vis dans mon trou.

— Je tiens à votre présence. C'est au bar « Le Vésuve », celui de Nacib.

— Dans ce cas, je ne partirai qu'après-demain...

— Je vais vous réserver une place sur le siège avant.

Au moment de le quitter, le *fazendeiro* lui demanda :

— Vraiment, votre machin ne risque pas de se renverser ? A une vitesse pareille... Cela semble impossible.

DE QUELQUES NOTABLES EN CONFÉRENCE SUR LE MARCHÉ AU POISSON

Ils se turent un instant pour écouter la sirène du bateau.

— Il demande un pilote... observa João Fulgêncio.

— C'est l'*Ita* qui vient de Rio. Mundinho Falcão est à bord, annonça le Capitaine, toujours au courant des nouvelles.

Le Docteur reprit la parole en pointant un index catégorique pour souligner ses propos :

— C'est comme je vous le dis : dans quelques années, un lustre peut-être, Ilhéus sera une véritable capitale, plus grande qu'Aracaju, Natal ou Maceió... Il n'existe aujourd'hui dans le Nord du pays aucune ville dont le progrès soit plus rapide. Dernièrement encore, j'ai lu dans un journal de Rio... Il laissait tomber les mots lentement, même dans la conversation, sa voix conservait un certain ton oratoire et son opinion était hautement considérée. Fonctionnaire retraité, Pelópidas de Assunção d'Avila appartenait à l'Ilhéus du temps jadis. Il passait pour avoir de la culture et du talent, et il publiait dans les journaux de Bahia de longs et indigestes articles historiques. C'était en quelque sorte une gloire de la ville.

Autour de lui on approuvait de la tête. Tous se réjouissaient de la fin des pluies et les progrès indéniables de la région cacaoyère constituaient pour tous, qu'ils fussent *fazendeiros*, fonctionnaires, négociants ou exportateurs, un motif d'orgueil. A l'exception de Pelópidas, du Capitaine et de João Fulgêncio, aucun de ceux qui bavardaient ce jour-là au bord du marché au poisson n'était né à Ilhéus. Ils étaicnt venus attirés par le cacao, mais tous se sentaient des enfants dc la ville et attachés à cette terre pour toujours.

Le colonel Ribeirinho, à la tête grisonnante, racontait :

— Quand j'ai débarqué ici en 1902, cela fera vingt-trois ans le mois prochain, Ilhéus était un trou affreux, le bout du monde, une véritable ruine. La ville en ce temps-là, c'était Olivença... (Il se mit à rire en évoquant ses souvenirs.) Il n'y avait pas d'appontement, pas de pavé sur les rues. L'activité était insignifiante. Un endroit bon pour attendre la mort. A présent, c'est ce que nous voyons là : chaque jour une rue nouvelle, un port qui regorge d'embarcations.

Il montrait du doigt le mouillage : un cargo du Lloyd à l'appontement du chemin de fer, un bateau de la « Bahianaise » à l'appontement situé face aux entrepôts, une barge qui s'éloignait de l'appontement le plus proche pour laisser de la place à l'*Ita*. Barques, barges et canots faisaient le va-et-vient entre Ilhéus et le promontoire de Pontal ou encore arrivaient des plantations par la voie fluviale.

La conversation avait lieu en bordure du marché au poisson aménagé au débouché de la rue de l'Unhão, sur un terrain vague où les cirques de passage dressaient leurs chapiteaux. Des Noires y vendaient du *mingau*, du couscous, du maïs cuit et des gâteaux de tapioca. Des *fazendeiros* habitués à se lever tôt dans leurs plantations et certaines personnalités locales — le Docteur, João Fulgêncio, le Capitaine, Nhô-Galo, parfois le juge et le docteur Ezequiel Prado qui presque toujours venait directement du bordel situé à proximité — se réunissaient là chaque jour avant le réveil de la ville. Sous prétexte d'acheter le meilleur poisson, bien frais, tout frétillant, encore vivant sur les étalages du marché, ils commentaient les derniers événements, faisaient des pronostics sur la pluie, sur la récolte et sur les cours du cacao. Quelques-uns comme le colonel Manuel das Onças arrivaient si tôt qu'ils assistaient à la sortie des derniers attardés du cabaret Bataclan et à l'arrivée des pêcheurs qui retiraient de leurs barques des paniers de poisson, des bars et des daurades brillant comme des lames d'argent à la lumière du matin. Le colonel Ribeirinho, propriétaire de la *fazenda* « Princesse de la montagne » et dont la richesse n'avait pas altéré la simplicité débonnaire, se trouvait presque toujours là à cinq heures du matin quand Maria de São Jorge, une jolie Noire, spécialiste de *mingau* et de couscous de *puba*, descendait du morne, son plateau sur la tête, vêtue d'une jupe d'indienne aux couleurs vives et d'une blouse empesée assez décolletée pour laisser voir la moitié de ses seins vigoureux. Que de fois ne l'avait-il pas aidée à poser sa boîte de *mingau* et à installer son plateau, les yeux fixés sur l'échancrure de sa blouse.

Certains venaient même en pantoufles avec une veste de pyjama sur un vieux pantalon. Pas le Docteur, bien sûr. Ce dernier donnait l'impression de ne jamais enlever son complet noir, ses bottines, son faux col aux pointes retournées et son austère cravate, même pour dormir. Ils refaisaient tous les jours le même itinéraire : d'abord un verre de *mingau* au marché au poisson, avec conversation animée, échange de nouvelles et grands éclats de rire. Puis ils déambulaient jusqu'à l'appontement principal où ils s'arrêtaient encore un moment, et finalement ils se séparaient, presque toujours devant le garage de Moacir Estrela où l'autocar de sept heures, spectacle récent, prenait les voyageurs pour Itabuna.

Le bateau faisait entendre à nouveau sa sirène dont le signal prolongé et joyeux semblait vouloir réveiller toute la ville.

— Il a reçu le pilote. Il va entrer dans le port.

— Oui, Ilhéus est un colosse. Aucune région n'a un avenir aussi grand.

— Cette année, si le cacao monte, ne serait-ce que de cinq cents réaux, avec la récolte que nous allions avoir, on va rouler sur l'or... observa le colonel Ribeirinho, une lueur de convoitise dans les yeux.

— Moi aussi, je vais acheter une belle maison pour ma famille. L'acheter ou la faire construire... annonça le colonel Manuel das Onças.

— Voilà qui est bien ! Vous avez raison, monsieur, il était temps ! s'écria le Capitaine en soulignant son approbation par une tape sur le dos du *fazendeiro*.

— Il était temps, Manuel... reprit Ribeirinho d'un ton moqueur.

— Les plus jeunes de mes enfants vont être en âge de s'instruire et je ne veux pas qu'ils restent ignorants comme leur père et leurs aînés. Je veux qu'au moins l'un d'eux obtienne son diplôme et sa bague de docteur.

— D'ailleurs, observa le Docteur, les hommes riches de la région, comme c'est votre cas, ont l'obligation de contribuer au progrès de la ville en y faisant construire de belles résidences, des bungalows, des hôtels particuliers. Voyez celui que Mundinho Falcão a fait bâtir sur la plage : pourtant, il n'est arrivé ici que depuis deux ans et par-dessus le marché, il est célibataire. Et puis, à quoi bon amasser de l'argent pour vivre reclus à la plantation, sans aucun confort ?

— Pour ma part, c'est à Bahia que je vais acheter une maison afin d'y installer ma famille, dit le colonel Amâncio Leal, qui avait gardé une orbite évidée et une infirmité au bras gauche en souvenir du temps des luttes.

— C'est ce que j'appelle un manque de civisme ! s'écria le Docteur indigné. Est-ce à Bahia ou ici que vous avez fait fortune ? Pourquoi dépenser à Bahia l'argent que vous avez gagné ici ?

— Du calme, Docteur, ne vous énervez pas. Ilhéus, c'est très bien, c'est ceci, c'est cela..., mais vous comprenez, Bahia est capitale, il y a de tout, un bon collège pour les enfants.

Mais le Docteur ne se calmait pas :

— Il y a de tout parce que vous débarquez ici les mains vides, vous vous remplissez la panse, vous regorgez d'argent et puis vous allez le dépenser à Bahia.

— Mais...

— Je crois, compère Amâncio — c'est João Fulgêncio qui s'adressait au *fazendeiro* —, que notre Docteur a raison. Si on ne s'occupe pas d'Ilhéus, qui va le faire à notre place ?

— Je ne dis pas que j'y renonce... concéda Amâncio.

C'était un homme calme, qui n'aimait pas les discussions. Quelqu'un qui l'aurait vu ainsi, pondéré, n'aurait jamais cru se trouver devant le célèbre chef de *jagunços*, devant un des hommes qui avaient fait couler le plus de sang à Ilhéus dans les combats pour les forêts de Sequeiro Grande. — Pour moi, personnellement, il n'y a pas de ville qui vaille Ilhéus. Seulement Bahia possède d'autres commodités, de bons collèges. Qui pourrait le nier ? Mes plus jeunes enfants sont au collège des Jésuites et la patronne veut rester auprès d'eux. Elle languit déjà d'être séparée de celui qui est à São Paulo. Qu'y puis-je ? Quant à moi, je ne pars pas d'ici...

Le Capitaine intervint :

— Pour le collège, non, Amâncio. Vous avez ici celui d'Enoch, il est absurde d'invoquer ce prétexte. Il n'y a pas de meilleur collège à Bahia... Le Capitaine, pour rendre service bien plus que par nécessité, enseignait lui-même l'histoire universelle dans le collège fondé par un avocat sans causes, le Dr Enoch Lira. La férule y avait été supprimée et on y pratiquait des méthodes d'enseignement modernes.

— Mais il n'est pas reconnu officiellement.

— A l'heure qu'il est, c'est dans doute chose faite. Enoch a reçu un télégramme de Mundinho Falcão lui annonçant que le ministre de la Justice avait donné l'assurance que cela aurait lieu très bientôt...

— Et alors ?

— Ce Mundinho Falcão est terrible...

— Que diable pensez-vous qu'il vise ? demanda le colonel Manuel das Onças.

Mais la question resta sans réponse, car une discussion s'était engagée entre Ribeirinho, le Docteur et João Fulgêncio au sujet des méthodes d'enseignement.

— Cela peut être tout ce que vous voudrez. A mon avis, pour enseigner le b-a-ba, il n'y a personne comme doña Guilhermina. Une poigne de fer. C'est avec elle que mon fils apprend à lire et à compter. Quant à enseigner sans férule...

— C'est vieux jeu, colonel, répliqua en souriant don Fulgêncio. Ce temps-là est révolu. La pédagogie moderne...

— Quoi ?

— La férule est nécessaire, je vous le garantis...

— Vous retardez d'un siècle. Aux Etats-Unis...

— J'envoie mes filles chez les bonnes sœurs, c'est d'accord. Mais les garçons, c'est l'affaire de doña Guilhermina...

— La pédagogie moderne a supprimé la férule et les châtiments corporels, parvint à expliquer João Fulgêncio.

— Je ne sais pas de qui vous parlez, João Fulgêncio, mais je vous garantis que cette décision est vraiment déplorable. Si je sais lire et écrire...

Tout en discutant sur les méthodes du Dr Enoch et de la fameuse doña Guilhermina, d'une sévérité légendaire, ils se dirigèrent vers l'appontement. Quelques personnes, débouchant des rues adjacentes, prenaient la même direction et venaient attendre le bateau. Malgré l'heure matinale, une certaine animation régnait déjà sur le port. Des dockers transportaient des sacs de cacao des entrepôts jusqu'au bateau de la « Bahianaise ». Une barque, toutes voiles dehors, se préparait à partir, semblable à un énorme oiseau blanc. Un son de buccin s'éleva et vibra dans les airs, annonçant le départ imminent. Le colonel Manuel das Onças insistait :

— Quel est le but que vise Mundinho Falcão ? Cet homme a le diable au corps. Il ne se contente pas de ses affaires, il fourre son nez partout.

— C'est bien facile à deviner. Il veut se faire élire Intendant à la prochaine occasion.

— Je ne crois pas... C'est trop peu pour lui, dit João Fulgêncio.

— Il est très ambitieux.

— Il ferait un bon Intendant. Entreprenant.

— Un inconnu, arrivé de la veille.

Le Docteur, admirateur de Mundinho, intervint :

— C'est d'hommes comme Mundinho Falcão que nous avons besoin. D'hommes qui voient loin, courageux, résolus...

— Oh ! Docteur, le courage n'a jamais manqué aux hommes de la région...

— Je ne parle pas de faire le coup de feu ni de tuer du monde. Je parle d'une chose plus difficile...

— Plus difficile ?

— Mundinho Falcão est arrivé ici de la veille, comme dit Amâncio. Et voyez tout ce qu'il a déjà réalisé : il a fait ouvrir l'avenue sur la plage. Personne n'y croyait. Or cela a été une affaire excellente et pour la ville un embellissement. Il a fait venir les premiers camions. Sans lui, ni le *Diário de Ilhéus* ni le Club Progrès n'auraient été fondés.

— On dit qu'il a prêté de l'argent au Russe Jacob et à Moacir pour leur entreprise d'autocars...

— Je me range à l'avis du Docteur, dit le Capitaine resté jusque-là silencieux. C'est d'hommes comme lui que nous avons besoin... capables de comprendre le progrès et de le favoriser.

En arrivant à l'appontement ils rencontrèrent Nhô-Galo, employé des Contributions, bohème invétéré, figure indispensable de tous les attroupements, à la voix nasillarde et anticlérical irréductible.

— Salut à l'illustre compagnie... Il serra les mains et raconta : — Je tombe de sommeil, je n'ai presque pas dormi. Je suis allé au Bataclan avec l'Arabe Nacib et on a fini par échouer chez le Machadão. Un repas et une femme... Mais je ne pouvais pas m'abstenir d'assister au débarquement de Mundinho...

En face du garage de Moacir Estrela, se rassemblaient les passagers du premier autocar. Le soleil s'était levé, la journée s'annonçait splendide.

— La récolte va être formidable.

— Demain, il y a un dîner, un dîner des autocars...

— C'est exact. Le Russe Jacob m'y a invité.

La conversation fut interrompue par les coups de sirène brefs et plaintifs du bateau. Sur l'appontement, il y eut un mouvement d'expectative. Les dockers eux-mêmes s'arrêtèrent pour tendre l'oreille.

— Il s'est échoué !

— Saloperie de chenal !

— Si ça continue ainsi, le bateau de la « Bahianaise » ne va même plus pouvoir entrer dans le port.

— A plus forte raison ceux de la « Côtière » et du « Lloyd ».

— La « Côtière » a déjà menacé de supprimer la ligne.

Chenal difficile et dangereux que celui d'Ilhéus, resserré entre le morne d'Unhão du côté de la ville, et le morne de Pernambouc, sur une île près de Pontal. Chenal étroit et peu profond où le sable se déplaçait continuellement à chaque marée. Les bateaux s'y échouaient souvent et il leur fallait parfois une journée pour se dégager. Les grands paquebots n'osaient pas franchir cette inquiétante passe, malgré le magnifique mouillage d'Ilhéus.

Les coups de sirène se succédaient, angoissés, et des personnes venues attendre le bateau commençaient à se diriger vers la rue d'Unhão pour voir ce qui se passait dans le chenal.

— On y va ?

— C'est révoltant, disait le Docteur, tandis que le groupe s'avançait dans la rue non pavée qui contournait le morne : Ilhéus produit une part importante du cacao consommé dans le monde, elle a un port magnifique, et pourtant c'est Bahia qui recueille les recettes de l'exportation du cacao, à cause de ce maudit chenal...

Maintenant que les pluies avaient cessé, aucune question n'était plus passionnante que celle-ci pour les gens d'Ilhéus. Sur le chenal et sur la nécessité de le rendre praticable pour les grands navires, on discutait tous les jours en tout lieu. On suggérait des mesures, on critiquait le gouvernement, on accusait l'Intendance d'incurie. Mais la question n'était jamais résolue : les autorités ne recevaient que des promesses et les docks de Bahia recueillaient les taxes d'exportation.

Alors que la discussion s'échauffait une fois de plus, le Capitaine resta en arrière et saisit par le bras Nhô-Galo qu'il avait laissé, vers une heure du matin, à la porte de Maria Machadão :

— Et la petite, comment est-elle ?

— Du nanan... murmura Nhô-Galo de sa voix nasillarde, et il poursuivit : Vous ne savez pas ce que vous avez perdu. Il vous aurait fallu voir l'Arabe Nacib faire une déclaration d'amour à cette jeunesse borgne qui est sortie avec lui. Il y avait de quoi pisser de rire...

Les coups de sirène du bateau devenaient désespérés. Ils pressèrent le pas. Des gens affluaient de toutes parts.

POURQUOI LE DOCTEUR POUVAIT PRESQUE PRÉTENDRE AVOIR DU SANG IMPÉRIAL

Le Docteur n'était pas docteur, le Capitaine n'était pas capitaine, et les colonels, pour la plupart, n'étaient pas colonels. A la vérité, peu de *fazendeiros*, au début de la République et de la culture du cacao, avaient reçu le grade de colonel de la Garde nationale. Mais l'habitude était prise. En règle générale, le propriétaire d'une plantation produisant plus de mille arrobes se donnait et acceptait de se voir décerner un grade qui en pareil cas n'indiquait nullement un rang dans la hiérarchie militaire, mais la possession d'une certaine richesse. João Fulgêncio, qui aimait se moquer des coutumes locales, disait que presque tous étaient des « colonels de *jagunços* », car beaucoup avaient été impliqués dans les luttes pour la conquête de la terre.

Parmi les jeunes générations, il arrivait que l'on ne connût même pas le nom retentissant et noble de Pelópidas de Assunção d'Avila, tellement on avait pris l'habitude de l'appeler respectueusement Docteur. Quant à Miguel Batista de Oliveira, le fils du défunt Cazuzinha, Intendant au début des luttes, mort dans la misère après avoir vécu dans l'aisance et dont la réputation de bonté est, aujourd'hui encore, remémorée par les vieilles commères, on l'avait surnommé Capitaine lorsqu'il était enfant et que, espiègle et audacieux, il commandait les gamins de son âge.

C'étaient des personnages illustres de la ville et, en dépit de leur vieille amitié, ils avaient chacun leurs partisans au sein de la population locale, incapable de décider quel était l'orateur le meilleur et le plus vibrant des deux, sans rabaisser pour autant les mérites du Dr Ezequiel Prado, imbattable devant les jurés.

Les jours de fête nationale — le 7 septembre, le 15 novembre et le 13 mai — lors des fêtes de fin et de début d'année avec danse des rois mages, crèche de Noël et *Bumba-meu-boi*, à l'occasion de la venue à Ilhéus d'hommes de lettres de la capitale de l'Etat, la population se régalait et se divisait sur les talents oratoires du Docteur et du Capitaine.

Jamais l'unanimité ne s'était réalisée dans ce débat qui se poursuivait au fil des ans. Les uns préféraient les retentissantes tirades du Capitaine où les adjectifs emphatiques se succédaient en une galopade impétueuse, avec des trémolos dans la voix rauque, provoquant des applaudissements délirants. D'autres aimaient mieux les longues phrases recherchées du Docteur, son érudition qui transparaissait dans l'abondance des noms cités, ses adjectifs savants parmi lesquels brillaient comme des joyaux rares des mots si classiques que bien peu de personnes en connaissaient le véritable sens.

Même les sœurs Dos Reis, si unies en toutes choses dans la vie, avaient à ce propos des opinions divergentes. La frêle et nerveuse Florzinha était enthousiasmée par les envolées du Capitaine, par ses « rutilantes aurores de la liberté » et se délectait de ses trémolos en fin de phrase qui vibraient dans les airs. Quinquina, la ronde et joviale Quinquina, préférait la science du Docteur, ses vocables archaïques, sa façon pathétique de s'exclamer en pointant l'index : « Peuple, ô mon peuple ! » Elles en discutaient toutes les deux au retour des rassemblements civiques à l'Hôtel de Ville ou sur la place publique, comme en discutait aussi toute la ville, incapable de prendre parti.

— Je n'y comprends rien, mais c'est si joli... concluait Quinquina en faveur du Docteur.

— Je sens courir un frisson dans mon dos quand il parle, tranchait Florzinha en faveur du Capitaine.

Journées mémorables que celles où, sur l'estrade de la place de l'église Saint-Georges décorée de fleurs, le Capitaine et le Docteur se succédaient à la tribune, l'un comme orateur officiel de la société Euterpe 13 Mai et l'autre au nom du Cercle Rui Barbosa, organisation charadistico-littéraire de la ville. Tous les autres orateurs disparaissaient, même le professeur Josué dont le verbiage lyrique avait son public de jouvencelles du collège des bonnes sœurs. Le silence des grandes occasions s'établissait dès que s'avançait sur l'estrade le brun et séduisant Capitaine, vêtu d'un impeccable costume blanc, une fleur à la boutonnière, un rubis épinglé sur la cravate et un air d'oiseau de proie dû à son long nez aquilin, ou bien la silhouette maigre du Docteur, gringalet sautillant comme un oiseau babillard et pétulant, engoncé dans son éternel costume noir, avec un large faux col et un plastron empesé, le pince-nez fixé au veston par un ruban, les cheveux déjà presque entièrement blancs.

— Aujourd'hui, le Capitaine était un torrent d'éloquence. Quelle belle élocution !

— Mais creuse. En revanche, tout ce que dit le Docteur a de la moelle. Cet homme est un dictionnaire !

Seul, à vrai dire, le Dr Ezequiel Prado pouvait leur faire concurrence dans les rares occasions où, presque toujours ivre à s'effondrer, il montait à une autre tribune que celle du prétoire. Lui aussi avait ses inconditionnels et, pour ce qui est des débats judiciaires, l'unanimité de l'opinion publique : nul ne pouvait lui être comparé.

Pelópidas de Assunção d'Avila descendait de certains Avila, gentilshommes portugais déjà établis dans les parages d'Ilhéus du temps des Capitaineries. C'est du moins ce qu'affirmait le Docteur en déclarant s'appuyer sur des documents de famille. Opinion respectable : une opinion d'historien.

Il descendait donc de ces Avila si célébrés dont le manoir, jadis dressé face à la mer entre Ilhéus et Olivença, n'était plus maintenant qu'une ruine noircie entourée de cocotiers. Mais aussi de certains Assunção, roturiers et commerçants. Il faut dire à son honneur qu'il cultivait la mémoire des uns et des autres avec la même ferveur exaltée. Il y avait, bien sûr, peu de choses à raconter sur les Assunção, alors que la chronique des Avila était riche en événements. Obscur fonctionnaire fédéral en retraite, le Docteur vivait cependant au sein d'un monde imaginaire de grandeur, entre la gloire antique des Avila et le présent glorieux d'Ilhéus. Sur les Avila, leur geste et leur lignée, il écrivait depuis longtemps un ouvrage volumineux et définitif. Le progrès d'Ilhéus avait en lui un propagandiste ardent et un auxiliaire énergique.

Le père de Pelópidas était un Avila collatéral et ruiné. De la noble famille, il n'avait reçu en héritage que le nom et l'habitude aristocratique de ne pas travailler. Pourtant ce fut l'amour et non le vil intérêt qui le poussa, contrairement à ce que l'on avait alors raconté, à épouser une Assunção roturière, fille du propriétaire d'un bazar florissant. Si florissant, du vivant du vieil Assunção, que l'on avait envoyé son petit-fils Pelópidas étudier le droit à Rio de Janeiro. Mais le vieil Assunção était mort sans avoir complètement pardonné à sa fille la sottise d'avoir fait un mariage aristocratique, et le gentilhomme qui avait pris des habitudes populaires comme la passion du trictrac et des combats de coqs avait peu à peu mangé le bazar : les étoffes mètre par mètre, les épingles à cheveux douzaine par douzaine, et les rubans pièce par pièce. Ainsi avait pris fin l'aisance des Assunção après la grandeur des Avila. Pelópidas se trouvait à Rio sans ressources pour continuer ses études alors qu'il était en troisième année de droit. On lui donnait déjà le titre de Docteur quand il venait à Ilhéus pour les vacances. Le grand-père avait commencé, les employées de la maison l'avaient imité, et les voisins avaient suivi.

Des amis de son grand-père lui firent obtenir un modeste emploi dans une administration. Il abandonna les études et resta à Rio. Il réussit dans l'administration, assez chichement toutefois, car la protection des puissants et l'utile science de l'adulation lui faisaient défaut. Trente ans plus tard, il prit sa retraite et revint à Ilhéus pour toujours afin de se consacrer à « son œuvre », un livre monumental sur les Avila et sur le passé d'Ilhéus.

Ce livre était déjà par lui-même presque une tradition. En effet, on en parlait depuis le temps où, encore étudiant, le Docteur avait publié dans une revue de Rio à tirage limité et dont la vie se borna au premier numéro, un article fameux sur les amours de l'empereur Pedro II — à l'occasion de son impérial voyage dans le Nord du pays — et de la virginale Ofenísia, une Avila romantique et lymphatique.

L'article du jeune étudiant serait passé complètement inaperçu si la revue n'était pas tombée tout à fait par hasard entre les mains d'un écrivain moraliste, comte pontifical et membre de l'Académie brésilienne des Lettres. Admirateur inconditionnel des vertus du monarque, le comte se sentait offensé dans son propre honneur par l' « insinuation dépravée et anarchiste » qui présentait cet « homme éminent » dans l'attitude ridicule d'un soupirant, d'un hôte déloyal recherchant les regards de la vertueuse fille de la famille dont il distinguait la maison par sa visite. Le comte vitupéra en vigoureux portugais du XVIe siècle l'étudiant audacieux à qui il prêtait des intentions et des buts que Pelópidas n'avait jamais eus. L'étudiant ne se sentit plus de joie : cette verte réplique signifiait presque une consécration. Pour le deuxième numéro de la revue, il prépara un article où il présentait dans un portugais non moins classique des arguments irréfutables et où, s'appuyant sur des faits et principalement sur les vers du poète Teodoro de Castro, il réduisait à néant les dénégations du comte. La revue ne reparut point. Elle en resta à son premier numéro. Le journal où le comte attaquait Pelópidas refusa de publier sa réponse et daigna tout juste résumer en vingt lignes imprimées dans un coin de page les dix-huit feuillets du Docteur. Mais aujourd'hui encore, le Docteur se glorifie de cette « virulente polémique » qu'il soutint contre un membre de l'Académie brésilienne des Lettres dont le nom est connu dans tout le pays.

— Mon deuxième article l'a écrasé et réduit au silence...

Dans les annales de la vie intellectuelle d'Ilhéus, cette polémique est fréquemment citée avec fierté comme une preuve de la culture de la ville à côté de la mention honorable obtenue par Ari Santos — un jeune employé d'une maison d'exportation actuellement président du cercle

Rui Barbosa — dans un concours de contes d'une revue de Rio, et des vers de Teodoro de Castro déjà cité.

Quant aux amours clandestines de l'empereur et d'Ofenísia, elles se réduisirent semble-t-il à des regards, des soupirs et des serments murmurés. L'impérial voyageur l'aurait connue à Bahia dans une fête et se serait épris de ses yeux langoureux. Et comme dans l'hôtel des Avila, sur la rampe du Pelourinho, habitait un certain père Romualdo, latiniste émérite, l'empereur s'y rendit plusieurs fois sous prétexte de visiter ce prêtre d'un si grand savoir. Sur les balcons ajourés de la vaste demeure, le monarque, pris d'un désir inavoué et irréalisable, soupirait en latin pour cette fleur des Avila. Ofenísia, provoquant l'excitation de ses jeunes esclaves de compagnie, rôdait autour du salon où la barbe noire et érudite de l'empereur échangeait du savoir avec le prêtre sous les regards respectueux et ignares de Luís Antônio d'Avila son frère, le chef de la famille. Il est avéré qu'après le départ de l'impérial soupirant, Ofenísia déclencha une offensive visant à obtenir le transfert dans la capitale de toute la maisonnée, et qu'elle échoua devant la résistance obstinée de Luís Antônio, gardien de l'honneur de la demoiselle et de la famille.

Ce Luís Antônio d'Avila était mort colonel dans la guerre du Paraguay, à la tête des hommes qu'il avait levés sur ses terres, lors de la retraite de La Laguna. La romantique Ofenísia s'éteignit phtysique et vierge en l'hôtel des Avila, avec la nostalgie de la barbe impériale. L'ivrognerie entraîna dans la tombe le poète Teodoro de Castro, le chantre passionné et délicat des grâces d'Ofenísia, dont les vers connurent à l'époque une certaine popularité et dont le nom est aujourd'hui injustement oublié dans les anthologies de la poésie nationale.

C'est pour Ofenísia qu'il avait écrit ses vers les mieux tournés où il exaltait avec des rimes riches sa fragile beauté dolente et implorait son amour inaccessible. Des vers que déclament encore aujourd'hui les jouvencelles du collège des bonnes sœurs sur l'air de « Dalila » dans les fêtes ou dans les soirées. Le poète Teodoro, d'un naturel tragique et bohème, mourut sans aucun doute de nostalgie languide (qui s'aviserait de contester au Docteur cette évidence ?) dix ans après que le blanc cercueil où reposait le corps macéré d'Ofenísia eut franchi le seuil de la noble demeure en deuil. Il mourut noyé dans un alcool bon marché à Ilhéus en ce temps-là : le tafia des plantations des Avila.

Comme l'on voit, le Docteur ne manquait pas de matière intéressante pour son livre encore inédit mais déjà fameux : les Avila des moulins à sucre et des alambics à faire le tafia, avec leurs centaines d'esclaves, leurs domaines à perte de vue ; les Avila du manoir d'Olivença et de l'hôtel de la rampe du Pelourinho, à Bahia ; les Avila à l'appétit pantagruélique ; les Avila qui entretenaient des maîtresses à Rio ; les Avila aux femmes si belles et aux hommes si vaillants, parmi lesquels on trouvait même un Avila lettré. Outre Luís Antônio et Ofenísia, d'autres s'étaient distingués, avant et après eux, comme celui qui avait combattu contre les troupes portugaises aux abords de Bahia à côté du grand-père de Castro Alves en 1823, lors des batailles pour l'indépendance. Un autre, Jérónimo d'Avila, s'était consacré à la politique. Battu dans des élections truquées par lui à Ilhéus, mais truquées par ses adversaires dans le reste de la Province, il était parti à la tête de ses hommes ratisser des routes et mettre à sac des villages, puis il avait marché sur Bahia en menaçant de déposer le gouvernement provincial. Des médiateurs obtinrent la paix moyennant des compensations pour l'Avila en courroux. La décadence de la famille s'accentua avec Pedro d'Avila, à la barbiche blonde et au tempérament fantasque qui s'était enfui, abandonnant son manoir (l'hôtel de Bahia avait déjà été vendu), ses moulins à sucre, ses alambics hypothéqués, et sa famille en pleurs, pour suivre une gitane d'une rare beauté et — aux dires de l'épouse inconsolable — douée de pouvoirs maléfiques. On savait que ce Pedro d'Avila avait péri assassiné dans une rixe au coin d'une rue par un autre amant de la gitane.

Tout cela appartenait à un passé que les habitants d'Ilhéus avaient oublié. Avec l'apparition du cacao, une vie nouvelle avait commencé. Ce qui avait eu lieu auparavant ne comptait pas. Moulins à sucre et alambics, plantations de canne et de café, histoires et légendes, tout cela avait disparu à jamais. Maintenant, avec les cacaoyères, naissaient des histoires et des légendes nouvelles relatives aux luttes des hommes pour la conquête de la terre. Les chanteurs aveugles propageaient de foire en foire, jusque dans les coins les plus reculés de l'arrière-pays, les noms et les exploits des hommes du cacao, la renommée de cette région. Le Docteur était vraiment le seul à s'intéresser aux Avila. Néanmoins cela contribuait à justifier la considération que lui dispensaient les gens de la ville. Ces rudes conquérants de terres, ces planteurs à peine lettrés se montraient respectueux, presque soumis, devant le savoir et devant les hommes instruits qui écrivaient dans les journaux ou prononçaient des discours.

Que pouvaient-ils donc penser d'un homme possédant tant de talent et de connaissances, capable d'écrire un livre ou même de l'avoir écrit ? Car on avait tant parlé du livre du Docteur, on en avait tellement vanté les qualités que beaucoup le croyaient publié depuis plusieurs années et incorporé depuis longtemps au trésor de la littérature nationale.

COMMENT NACIB SE REVEILLA SANS CUISINIERE

Nacib fut réveillé par des coups répétés à la porte de sa chambre. Il était rentré au petit jour. Après avoir fermé le bar, il s'en était allé avec Tonico Bastos et Nhô-Galo courir les cabarets et avait fini chez Maria Machadão avec la Risoleta, une nouvelle aux yeux un peu louches qui arrivait d'Aracaju.

— Qu'est-ce que c'est ?

— C'est moi, m'sieu Nacib. C'est pour vous dire au revoir. Je m'en vais.

La sirène d'un bateau sonna tout près de là, pour demander un pilote.

— Où, donc, Filomena ?

Nacib se leva en prêtant une oreille distraite à la sirène du bateau — « D'après la sirène, c'est un *Ita* », pensait-il. Il chercha à voir l'heure sur la grosse montre posée à côté de son lit : six heures du matin, et il était rentré vers les quatre heures. Quelle femme, cette Risoleta ! Ce n'était certes pas une beauté, elle avait même un œil qui regardait de travers, mais elle savait faire de ces choses... Elle lui mordait le lobe de l'oreille et se rejetait en arrière en riant aux éclats... Quelle mouche avait donc piqué la vieille Filomena ?

— A Agua Preta, pour rester avec mon fils...

— Quelle diable d'histoire est-ce là, Filomena ? Vous êtes cinglée ?

Il chercha ses pantoufles avec ses pieds, encore mal réveillé, en pensant à Risoleta. Le parfum à bon marché de la femme était resté sur sa poitrine velue. Il sortit nu-pieds dans le couloir, engoncé dans sa chemise de nuit. La vieille Filomena l'attendait dans le salon avec sa robe neuve, un foulard à ramages noué sur la tête, et le parapluie à la main. Par terre, sa malle et un paquet avec les images des saints. Entrée au service de Nacib quand il avait acheté le bar, il y avait de cela plus de quatre ans, elle était grincheuse, mais propre et diligente, on ne peut plus sérieuse, incapable de voler un sou, soigneuse — « Une perle, une pierre précieuse », répétait doña Arminda pour la définir. Elle avait ses jours de mauvaise humeur où elle se levait l'air renfrogné. Ces jours-là, elle ne parlait que pour annoncer son prochain départ, son voyage à Agua Preta où son fils unique tenait une petite épicerie. Elle parlait si souvent de s'en aller et de ce fameux voyage que Nacib avait fini par ne plus y croire. Il pensait que tout cela n'était qu'une manie sans importance de cette vieille finalement si attachée à lui et moins une domestique qu'une personne de la maison, presque une parente éloignée.

La sirène du bateau retentissait. Nacib ouvrit la fenêtre. C'était bien, comme il l'avait pensé, l'*Ita* en provenance de Rio de Janeiro. Arrêté devant le roc de la Rapa, il demandait un pilote.

— Mais, Filomena, quelle folie est-ce là ? Comme ça, tout d'un coup, sans avertir ni rien... C'est absurde !

— Ouais, m'sieu Nacib ! Depuis que j'ai franchi le pas de votre porte, je ne cesse de vous répéter : « Un jour je vais partir m'installer chez mon Vicente. »

— Mais hier, vous auriez bien pu m'annoncer que vous partiez aujourd'hui...

— Je vous l'ai fait dire par Chico. Vous n'en avez fait aucun cas et vous n'êtes même pas rentré à la maison.

A la vérité, Chico Moleza, son voisin et employé, fils de doña Arminda, lui avait transmis, en lui apportant le déjeuner, un message de la vieille l'avertissant de son prochain départ. Mais cela se produisait presque chaque semaine. Nacib avait à peine entendu et n'avait rien répondu.

— Et je vous ai attendu tard dans la nuit... Jusqu'au petit jour... Vous courriez les femmes je ne sais où... Un homme comme vous qui devrait être déjà marié, et rester tranquillement chez lui, au lieu de passer son temps à galvauder après le travail... Un jour, tout solide que vous êtes, vous vous avachirez et vous en crèverez...

Elle pointait son index maigre et accusateur vers la poitrine de l'Arabe qui apparaissait par l'encolure de sa chemise de nuit bordée de petites fleurs vermeilles. Nacib baissa les yeux et vit les marques de rouge à lèvres. Risoleta !... La vieille Filomena et doña Arminda passaient leur temps à critiquer sa vie de garçon, à faire des allusions et à échafauder pour lui des projets de mariage.

— Mais, Filomena...

— Il n'y a pas de mais qui tienne, m'sieu Nacib. Maintenant, je pars pour de bon. Vicente m'a écrit, il va se marier, il a besoin de moi. J'ai déjà préparé mes affaires...

Et cela arrivait la veille du dîner de l'entreprise d'autocars Sud-Bahianaise, fixé au lendemain, une affaire du tonnerre, trente couverts. La vieille semblait l'avoir fait exprès.

— Adieu, m'sieu Nacib. Que Dieu vous protège et vous aide à trouver une future comme il faut, qui s'occupe de votre maison...

— Mais, la mère, il est six heures du matin et le train ne part qu'à huit heures...

— Moi je n'ai pas confiance dans le train, c'est un animal vicieux. Je préfère arriver à temps...

— Laissez-moi au moins le temps de vous payer...

Il avait l'impression que tout cela était un cauchemar idiot. Il marchait nu-pieds dans la salle sur le ciment froid. Il éternua et lâcha un juron à voix basse. Et si par-dessus le marché il attrapait froid... Saleté de vieille cinglée...

Filomena lui tendit sa main osseuse, la pointe de ses doigts.

— A une autre fois, m'sieu Nacib. Quand vous irez à Agua Preta, venez me voir.

Nacib compta l'argent, y ajouta une gratification — elle la méritait bien malgré tout —, l'aida à prendre sa malle, le lourd paquet des tableaux de saints — auparavant accrochés à profusion dans la petite chambre du fond — et son parapluie. Par la fenêtre entrait le matin joyeux et avec lui la brise de la mer, un chant d'oiseau et le soleil qui brillait dans un ciel sans nuages après tant de jours de pluie. Nacib regarda le bateau. La barque du pilote approchait. Il laissa retomber ses bras et renonça à retourner au lit. Il dormirait à l'heure de la sieste pour être en forme le soir. Il avait promis à Risoleta de revenir. Au diable la vieille ! Elle avait bouleversé sa journée.

Il se dirigea vers la fenêtre et resta à regarder sa bonne qui s'en allait. Le vent de la mer le fit frissonner. Sa maison du coteau de Saint-Sébastien se trouvait presque en face de la passe. Du moins, les pluies avaient cessé. Elles avaient duré si longtemps qu'elles avaient failli compromettre la récolte. S'il avait continué de pleuvoir, les jeunes fruits des cacaoyers auraient pu pourrir sur les arbres. Les colonels manifestaient déjà une certaine inquiétude. A la fenêtre de la maison voisine, doña Arminda était apparue. Elle disait adieu à la vieille Filomena avec son mouchoir. C'étaient des amies intimes.

— Bonjour, monsieur Nacib.

— Cette folle de Filomena... Elle est partie...

— Eh oui... Une coïncidence, vous n'imaginez pas. Pas plus tard qu'hier, j'ai dit à Chico quand il est revenu du bar : « Demain Filomena s'en va ; son fils lui a écrit pour lui dire de venir... »

— Chico m'en a informé. Je n'ai pas voulu le croire.

— Elle vous a attendu tard dans la nuit. Et même que nous sommes restées toutes les deux à bavarder assises sur le pas de votre porte. Mais vous n'êtes pas rentré... Elle eut un petit rire mi-réprobateur, mi-compréhensif.

— J'étais occupé, doña Arminda, du travail par-dessus la tête...

Elle ne détournait pas les yeux des marques de rouge à lèvres. Nacib tressaillit. En aurait-il donc aussi sur le visage ? C'était probable, très probable.

— C'est ce que je ne cesse pas de rabâcher. Des hommes travailleurs comme vous, monsieur Nacib, il y en a peu à Ilhéus... Jusqu'au petit jour !...

— Et puis aujourd'hui, se lamenta Nacib, avec un dîner de trente couverts commandé au bar pour demain soir...

— Je ne vous ai même pas entendu rentrer. Pourtant je me suis couchée tard, après deux heures du matin...

Nacib grommela quelque chose. Cette doña Arminda était la curiosité personnifiée.

— Et là... maintenant, qui va préparer le dîner ?

— Une affaire embarrassante... Sur moi, vous ne pouvez pas compter. Doña Elisabeth attend sa délivrance d'un moment à l'autre, le terme est déjà dépassé. C'est pour cela que je suis restée à veiller, monsieur Paulo pouvait arriver à l'improviste. D'ailleurs, je ne sais pas cuisiner ces repas fins.

Doña Arminda, veuve, spirite, langue de vipère, mère de Chico Moleza, l'adolescent employé au bar de Nacib, était une sage-femme réputée : d'innombrables habitants d'Ilhéus, au cours des vingt dernières années, étaient nés entre ses mains et leurs premières perceptions du monde avaient été sa pénétrante odeur d'ail et son visage rougeaud de métisse albinos.

— Et doña Clarinda a-t-elle déjà eu son enfant ? Le Dr Raul n'est pas venu au bar hier...

— Oui, hier après-midi. Mais ils ont appelé le médecin, le Dr Demosthenes. De ces innovations d'à présent. Ne trouvez-vous pas indécent qu'un médecin prenne un bébé dans ses mains ? Et qu'il voie les femmes des autres toutes nues ? Quel dévergondage !...

Pour doña Arminda, c'était là une question vitale : les médecins commençaient à lui faire concurrence. Avait-on déjà vu pareille impudeur ? Un médecin qui observait les femmes des autres toutes nues, dans les douleurs de l'enfantement... Mais Nacib était préoccupé par le dîner du lendemain, par les amuse-gueule et les friandises pour le bar. Le départ de Filomena lui causait un sérieux embarras.

— C'est le progrès, doña Arminda. Cette maudite vieille m'a mis dans de beaux draps !

— Le progrès ? Du dévergondage, voilà ce que c'est...

— Où vais-je trouver une cuisinière ?

— Le mieux est de confier cela aux sœurs Dos Reis...

— Avec elles, c'est chérot ; elles écorchent le monde... Et moi qui avais déjà engagé deux jeunes Noires pour aider Filomena...

— Le monde est ainsi fait, monsieur Nacib. Ces choses arrivent quand on s'y attend le moins. Moi, heureusement, j'ai mon défunt qui m'avertit. L'autre jour encore, vous ne pouvez pas vous en faire une idée... C'était au cours d'une séance chez mon compère Deodoro...

Mais Nacib n'avait pas envie d'entendre rabâcher les histoires d'esprits dont la sage-femme avait la spécialité.

— Chico est-il déjà réveillé ?

— Vous n'y pensez pas, monsieur Nacib ! Il est rentré après minuit, le pauvre !

— Je vous en prie, réveillez-le. Il faut que je prenne mes dispositions. Vous comprenez, un dîner de trente couverts, rien que des gros bonnets, pour commémorer l'inauguration de la ligne d'autocars...

— J'ai entendu dire qu'un de ces autocars est tombé du pont du rio Cachoeira.

— Des racontars. Ils font le va-et-vient à pleine charge. C'est une affaire qui marche.

— N'est-ce pas qu'on voit de tout maintenant à Ilhéus, hein, monsieur Nacib ? On m'a raconté qu'au nouvel hôtel, il va y avoir un ascenseur, une caisse qui monte et qui descend toute seule...

— Voulez-vous réveiller Chico ?

— J'y vais... qu'il n'y aura plus d'escalier ! Des inventions du diable !

Nacib resta encore quelques instants à la fenêtre, le regard fixé sur le bateau de la « Côtière » que rejoignait la barque du pilote.

Mundinho Falcão devait arriver par ce bateau. Quelqu'un l'avait dit au bar. Il aurait sûrement beaucoup de choses à raconter. En même temps allaient débarquer de nouvelles femmes pour les cabarets et pour les maisons des rues de l'Unhão, du Sapo et des Flores. Chaque bateau en provenance de Bahia, d'Aracaju ou de Rio apportait une cargaison de prostituées. Peut-être aussi allait arriver l'automobile du Dr Demosthenes. Le médecin gagnait un argent fou. Son cabinet de consultation était le premier de la ville. Cela valait la peine de s'habiller, de se rendre au port et d'assister au débarquement. Il y rencontrerait certainement la bande habituelle des matinaux et, qui sait, peut-être lui indiquerait-on une bonne cuisinière capable de se charger du travail du bar. Une cuisinière à Ilhéus était un oiseau rare que se disputaient les familles, les hôtels, les pensions et les bars. La maudite vieille !... Et juste comme il venait de découvrir cette perle de Risoleta ! Quand il avait besoin d'avoir l'esprit tranquille ! Au moins pour quelques jours, il ne voyait pas d'autre solution que de se livrer aux griffes des sœurs Dos Reis. La vie est une affaire bien compliquée. Hier encore tout marchait comme sur des roulettes, il n'avait aucun souci, coup sur coup il avait remporté deux parties de trictrac contre le partenaire de taille qu'était le Capitaine. Après avoir mangé des crabes au court-bouillon vraiment délicieux chez Maria Machadão, il avait découvert cette fleur nouvelle, la Risoleta... Et voilà qu'aujourd'hui, de bon matin, il se trouvait aux prises avec des problèmes bien ardus... Quelle saleté ! Cette vieille cinglée... A la vérité, il la regrettait déjà en se remémorant sa propreté, le café du matin assorti d'un couscous de maïs, avec patates douces, bananes frites et boulettes de manioc... Il se rappelait son attention maternelle, sa sollicitude, et même ses accès d'humeur. Une fois quand il avait été prostré par une fièvre typhoïde, alors endémique dans la région comme le paludisme et la variole, elle n'avait pas quitté sa chambre où elle dormait à même le sol. Où en trouverait-il une autre comme elle ?

Doña Arminda revenait à sa fenêtre :

— Il s'est réveillé, monsieur Nacib. Il est en train de se laver.

— Je vais faire de même. Merci.

— Ensuite vous viendrez prendre le café chez nous. Le café du pauvre. Je veux vous raconter le rêve où mon défunt m'est apparu. Il m'a dit : « Arminda, ma vieille, le diable a fait tourner la tête à ces gens d'Ilhéus. Ils ne pensent qu'à l'argent, ils ne pensent qu'aux grandeurs. Cela finira mal. Il va se passer beaucoup de choses... »

— Eh bien, doña Arminda, pour moi cela a déjà commencé... avec ce départ de Filomena. Pour moi c'est déjà commencé...

Il dit cela en plaisantant. Il ne savait pas que cela avait vraiment commencé. Le bateau avait reçu le pilote, il manœuvrait maintenant en direction de la passe.

ÉLOGE DE LA LOI ET DE LA JUSTICE OU DE LA NAISSANCE ET DE LA NATIONALITÉ

On le traitait communément d'Arabe, voire de Turc. Aussi est-il nécessaire de lever les doutes dès maintenant et une fois pour toutes au sujet de la nationalité brésilienne de Nacib, acquise par la naissance et non par naturalisation. Né en Syrie, arrivé à Bahia à bord d'un bateau français, il était âgé de quatre ans lorsqu'il avait débarqué à Ilhéus. En ce temps-là, attirés par l'argent que rapportait le cacao, affluaient tous les jours dans cette ville si réputée, par les voies maritimes, fluviales et terrestres, à bord de vapeurs, de voiliers, de barques ou de canots, à dos d'âne ou à pied en se frayant un passage à travers la forêt, des centaines et des centaines de nationaux et d'étrangers originaires de partout : du Sergipe et du Ceará, de l'Alagoas et de Bahia, de Recife et de Rio, de Syrie et d'Italie, du Liban et du Portugal, d'Espagne et de divers ghettos. Travailleurs manuels, commerçants, jeunes à la recherche de situations, bandits et aventuriers, femmes de tous les tons de peau et même un couple grec venu on ne savait d'où. Tous sans exception, même les blonds Allemands de la fabrique de chocolat en poudre récemment fondée, même les Anglais pleins de morgue du chemin de fer n'étaient plus dès lors que des hommes de la zone du cacao, adaptés aux mœurs d'une région encore à demi barbare avec ses luttes sanglantes, ses guets-apens et ses meurtres. A peine arrivés, ils s'assimilaient à la population d'Ilhéus et se comportaient en vrais naturels de la région. Ils plantaient des cacaoyères, installaient des boutiques et des magasins, ouvraient des routes, tuaient des gens, jouaient dans les cabarets, buvaient dans les bars, bâtissaient des villages qui se développaient vertigineusement, défrichaient la forêt redoutable, gagnaient de l'argent et en perdaient. Ils se sentaient fils du pays au même titre que les descendants des vieilles familles fixées là avant l'apparition du cacao.

Grâce à cette population mêlée, Ilhéus avait commencé à perdre son aspect de campement de *jagunços* et à devenir une ville. Tous ces gens, jusqu'au dernier des aigrefins venus pour exploiter les colonels enrichis, apportaient chacun leur contribution au progrès prodigieux de cette zone.

Les parents de Nacib, des Aschcar naturalisés Brésiliens, étaient déjà des gens d'Ilhéus à tous points de vue. Ils avaient participé aux luttes pour la conquête de la terre et s'y étaient distingués par la vaillance de leur conduite. Leurs exploits ne pouvaient être comparés qu'à ceux des Badaró, des Braz Damásio, du célèbre noir José Nique, ou du colonel Amâncio Leal. L'un d'eux, nommé Abdula, le troisième par l'âge, était mort au fond d'un cabaret de Pirangi après avoir abattu trois des cinq tueurs envoyés pour le descendre, alors qu'il disputait une pacifique partie de poker. Ses frères vengèrent sa mort de façon inoubliable. Pour obtenir des renseignements sur ces parents fortunés de Nacib, il suffit de compulser les archives des assises ou de lire les discours du magistrat et des avocats.

Beaucoup le traitaient d'Arabe ou de Turc, il est vrai. Mais c'étaient précisément ses meilleurs amis, et ils le faisaient sur un ton affectueux et familier. Il n'aimait pas l'appellation de Turc et la rejetait avec indignation. Parfois il s'écriait excédé :

— Turque est ta mère !

— Mais, Nacib...

— Tout ce que tu voudras, sauf Turc. Brésilien ! — et il frappait de sa main énorme sa poitrine velue — fils de Syriens, par la grâce de Dieu.

— Arabe, Turc, Syrien, c'est la même chose...

— La même chose ? Des clous ! Tu es un ignorant, tu ne connais ni l'histoire ni la géographie. Les Turcs sont des bandits, la plus exécrable des races. Il n'y a pire insulte pour un Syrien que d'être traité de Turc.

— Allons, Nacib, ne te fâche pas ! Je n'ai pas voulu te vexer. Pour nous, ces choses de l'étranger, c'est du pareil au même...

Peut-être l'appelait-on ainsi moins en raison de son ascendance levantine qu'à cause de ses énormes moustaches noires de sultan détrôné qui retombaient sur ses lèvres et dont il retroussait les pointes tout en bavardant. Des moustaches touffues, implantées sur un gros visage débonnaire aux yeux immenses qui s'emplissaient de convoitise quand une femme passait. Sa bouche était gourmande, grande, au rire facile.

Un énorme Brésilien grand et gros à tête large et à chevelure abondante, exagérément bedonnant, avec « un ventre de neuf mois » comme disait le Capitaine pour le taquiner, après avoir perdu une partie de dames.

— Au pays de mon père... — par ces mots commençaient ses histoires, les soirs où la conversation traînait, quand il ne restait plus que quelques amis attablés au bar.

En effet, son pays à lui c'était Ilhéus, la ville joyeuse tournée vers la mer, les cacaoyères, cette terre opulente où il était devenu homme. Son père et ses oncles, à l'exemple des Aschcar, étaient d'abord venus sans leurs familles. Ensuite, Nacib avait pris le bateau avec sa mère et sa sœur de six ans son aînée. A peine âgé de quatre ans, il ne conservait qu'un vague souvenir de la traversée en troisième classe, puis du débarquement à Bahia où le père était venu les attendre. Ce fut ensuite l'arrivée à Ilhéus, à bord d'une barque, car en ce temps-là l'appontement n'existait pas encore. De la Syrie, il ne se rappelait vraiment rien. Il s'était à tel point assimilé à sa nouvelle patrie, il appartenait tellement au Brésil et à Ilhéus que son pays natal ne lui avait laissé aucun souvenir. Il avait l'impression d'être né à son arrivée à Bahia, en recevant le baiser de son père qui pleurait d'émotion. D'ailleurs, la première démarche du colporteur Aziz après leur arrivée à Ilhéus fut de conduire ses enfants à Itabuna, alors appelée Tabocas, chez le vieux notaire Segismundo, pour les faire enregistrer comme Brésiliens. Le respectable tabellion pratiquait ce processus rapide de naturalisation avec la parfaite conscience du devoir accompli, moyennant quelques milliers de réaux. N'ayant pas la mentalité d'un exploiteur, il percevait un prix modique et plaçait cette opération légale à la portée de tous en faisant de ces enfants d'immigrants, ou bien des immigrants eux-mêmes, venus chercher du travail dans notre pays, d'authentiques citoyens brésiliens, par la vente de certificats de naissance en bonne et due forme.

Or il advint que sa vieille étude fut incendiée lors d'un de ces combats pour la conquête de la terre, afin que le feu dévorât des plans cadastraux et des actes embarrassants concernant la forêt de Sequeiro Grande. On a d'ailleurs raconté cela dans un livre. Si tous les registres des naissances et des décès avaient brûlé dans l'incendie et si des centaines de personnes d'Ilhéus avaient dû se faire enregistrer à nouveau (en ce temps-là Itabuna faisait partie du municipe d'Ilhéus), nul n'en était responsable et le vieux Segismundo moins que quiconque. Les registres n'existaient plus, mais il existait des personnes dignes de foi qui attestèrent que le petit Nacib et la timide Salma, enfants d'Aziz et de Zoraia, étaient nés dans le hameau de Ferradas et avaient été enregistrés en l'étude de Mᵉ Segismundo avant l'incendie. Comment ce dernier aurait-il pu, sans se rendre coupable d'une grave impertinence, mettre en doute la parole du colonel José Antunes, riche *fazendeiro,* ou du commerçant Fadel, propriétaire d'un magasin de tissus, qui jouissait d'un grand crédit sur la place ? Ou encore la parole plus modeste du sacristain Bonifácio, toujours prêt à arrondir son maigre salaire en servant de témoin digne de foi dans des affaires de ce genre ? Ou celle de Fabiano l'unijambiste, chassé de Sequeiro do Espinho, et pour qui porter témoignage était le seul moyen d'existence ?

Près de trente ans avaient passé sur ces événements. Le vieux Segismundo était mort entouré de l'estime générale et aujourd'hui encore on se rappelle son enterrement. Toute la population y avait assisté. Depuis longtemps on ne lui connaissait pas d'ennemis, même pas ceux qui avaient mis le feu à son étude.

Sur sa tombe, des orateurs discoururent pour célébrer ses vertus. Il s'était montré — affirmèrent-ils — un admirable serviteur de la Justice que l'on pouvait citer en exemple aux générations futures.

Il enregistrait sans difficulté comme né dans le municipe d'Ilhéus, Etat de Bahia, Brésil, tout enfant qui lui était présenté, sans procéder à aucune vérification même quand de toute évidence la naissance avait eu lieu bien après l'incendie. Il n'était ni sceptique ni formaliste : cela était impossible dans l'Ilhéus des débuts du cacao. La spéculation, la falsification des actes et des levées cadastrales, les hypothèques fictives étaient monnaie courante. Les notaires avec leurs archives jouaient un rôle important dans la lutte pour le défrichement des forêts et l'établissement des plantations. Comment distinguer un document authentique d'un faux ? Comment penser à de misérables détails légaux, comme le lieu et la date exacte de la naissance d'un enfant, quand on vivait dangereusement exposé aux coups de feu, aux bandes de tueurs, aux embuscades meurtrières. La vie était belle et mouvementée. Comment le vieux Segismundo aurait-il pu se montrer tatillon à propos de noms de localités ? Quelle importance, en fait, pouvait avoir le lieu de naissance du Brésilien à enregistrer, qu'il s'agisse d'un village syrien ou de Ferradas, de l'Italie du Sud ou de Pirangi, du Trás-os-Montes ou de Rio do Braço ? Le vieux Segismundo n'avait déjà que trop d'ennuis avec les titres de propriété de la terre. A quoi bon compliquer l'existence d'honnêtes citoyens qui désiraient seulement respecter la loi en faisant enregistrer leurs enfants ? Il croyait sur parole ces sympathiques immigrants et acceptait leurs modestes gratifications. Ceux-ci se présentaient accompagnés de témoins idoines, personnes respectables dont le serment avait parfois plus de valeur que n'importe quel document légal.

Et si par hasard quelque doute subsistait dans son esprit, ce n'était ni un tarif plus élevé pour l'enregistrement et le certificat, ni le coupon d'étoffe pour sa femme, ni la poule ou le dindon pour sa basse-cour qui le mettaient en paix avec sa conscience. Pour lui comme pour la plupart des gens, la qualité de vrai fils du pays ne tenait pas au lieu de naissance, mais à l'activité déployée pour faire fructifier la terre, au courage de pénétrer dans la forêt et d'affronter la mort, à la quantité de cacaoyers plantés, au nombre de portes des boutiques et des magasins que l'on possédait, à la contribution apportée au développement de la région. Telle était la mentalité d'Ilhéus, telle était aussi celle du vieux Segismundo, homme doté d'une longue expérience de la vie, d'un large esprit de compréhension, et de faibles scrupules. Une expérience et une compréhension vouées au service de la zone cacaoyère. Quant aux scrupules, ils n'avaient contribué en aucune façon au progrès des villes du sud de l'État de Bahia, à la construction des routes, à l'établissement des plantations, à la création du commerce, à l'installation du port, à la construction d'immeubles, à la fondation de journaux et à l'exportation du cacao vers le monde entier. Cela s'était fait avec des coups de feu et des embuscades, des faux en écriture, des cadastres inventés, des meurtres et des crimes, des tueurs et des aventuriers, des prostituées et des joueurs, du sang et du courage. Une seule fois Segismundo écouta ses scrupules. C'était à propos du mesurage de la forêt de Sequeiro Grande et on ne lui offrait pas des gratifications en rapport avec l'importance de la fraude. Soudain ses scrupules grandirent, en foi de quoi on mit le feu à son étude et on lui logea une balle dans la jambe. La balle, ce fut par erreur, ou plutôt ce fut par erreur qu'elle l'atteignit à la jambe, car elle était destinée à la poitrine. Dès lors il se montra moins scrupuleux, moins exigeant pour les tarifs et Dieu merci plus conforme à la mentalité du pays. Aussi, quand il mourut octogénaire, son enterrement prit l'allure d'une véritable manifestation d'hommage à celui qui, dans la région, avait été un modèle de civisme et de dévotion à la justice.

Ce fut par la grâce de cette main vénérable que Nacib devint un

Brésilien d'origine, certain après-midi lointain de sa première enfance où il avait revêtu des pantalons de golf verts en velours français.

OÙ L'ON VOIT APPARAÎTRE MUNDINHO FALCAO, PERSONNAGE IMPORTANT, EN TRAIN D'OBSERVER ILHÉUS A LA JUMELLE

De la passerelle du bateau qui attendait le pilote, un homme encore jeune, bien mis et bien rasé, observait la ville, l'air un peu rêveur. Quelque chose, peut-être ses cheveux noirs ou bien ses grands yeux en amande, lui donnait une allure romantique et faisait que les femmes le remarquaient aussitôt. Mais sa bouche dure et son menton accusé étaient ceux d'un homme résolu, pratique, sachant vouloir et exécuter. Le commandant au visage tanné par les vents, serrant une pipe entre les dents, lui tendit sa jumelle. Mundinho Falcão dit en la prenant :

— Je n'en ai pas besoin... Je connais chaque maison, chaque personne en particulier, comme si j'étais né là, sur la plage (il la montrait du doigt). La maison de gauche, à côté de la grande bâtisse, elle est à moi. Cette avenue, je peux dire que c'est moi qui l'ai faite...

— Une ville riche, pleine d'avenir, observa, en connaisseur, le commandant. Seulement, le chenal est une calamité...

— Ce problème aussi nous allons le résoudre, annonça Mundinho, et très bientôt...

— Que Dieu vous entende ! Chaque fois que j'entre dans ce port, je tremble pour mon bâtiment. Il n'y a pas de pire chenal dans tout le Nord.

Mundinho releva la jumelle et l'appliqua contre ses yeux. Il observa sa maison moderne — il avait fait venir un architecte de Rio pour la construire —, les immeubles de l'avenue, les jardins de la villa du colonel Misael, les tours de l'église, le groupe scolaire. Le dentiste Osmundo, enveloppé dans un peignoir, sortait de chez lui pour aller prendre son bain de mer de très bonne heure, afin de ne pas scandaliser la population. Sur la place São Sebastião, pas âme qui vive. Les portes du bar « Le Vésuve » étaient fermées. Devant le cinéma, le vent de la nuit avait fait tomber un panneau d'affichage. Mundinho examinait chaque détail attentivement, presque avec émotion. En vérité, il aimait de plus en plus cette ville. Il ne regrettait pas le coup de tête qui l'avait conduit jusque-là, quelques années plus tôt, comme un naufragé à la dérive, pour qui n'importe quelle terre est bonne dès lors qu'il y trouve son salut. Mais cette terre n'était pas n'importe laquelle. Où donc aurait-il pu mieux investir son argent et le faire fructifier ? Il suffisait d'avoir le goût du travail, le sens des affaires, de l'habileté et de l'audace. Tout cela il l'avait, avec quelque chose de plus : une femme à oublier, une passion qu'il ne pouvait extirper de son cœur ni de ses pensées.

Cette fois-ci, à Rio, sa mère et ses frères avaient été d'accord pour le trouver changé, différent.

Lourival, son aîné, ne put s'empêcher de reconnaître, de sa voix dédaigneuse d'homme éternellement blasé :

— Il n'y a pas de doute, ce garçon a mûri.

Emílio avait souri en tirant sur son cigare :

— Et il gagne de l'argent. On n'aurait pas dû te laisser partir, dit-il à l'adresse de Mundinho. Mais qui aurait pu deviner que notre jeune premier avait le sens des affaires ? Ici tu n'as jamais révélé de goût que pour la belle vie. Et quand tu es parti en emportant ton argent, nous ne pouvions que prévoir une nouvelle folie, plus grande que les précédentes. Il ne nous restait qu'à attendre ton retour pour te remettre dans le droit chemin...

Sa mère avait conclu, presque indignée :

— Ce n'est plus un enfant ! Mais contre qui s'indignait-elle ? Contre Emílio pour ce qu'il venait de dire, ou contre Mundinho qui ne venait plus, comme naguère, lui redemander de l'argent après avoir dilapidé une grasse mensualité ?

Mundinho les laissait parler. Ce dialogue l'amusait. Quand ils n'eurent plus rien à dire, il annonça :

— J'ai l'intention de me lancer dans la politique, de me faire élire quelque chose. Peut-être député... Je suis en passe de devenir le grand bonhomme de l'endroit. Que dirais-tu, Emílio, à l'idée de me voir monter à la tribune pour répliquer à un de tes discours où tu encenses le gouvernement ? Je veux me faire désigner par l'opposition...

Dans le grand salon austère de la résidence familiale, aux meubles solennels et où, telle une reine, le regard hautain, les cheveux de neige, leur mère les dominait, les trois frères faisaient la causette. Lourival, dont les costumes étaient coupés à Londres, n'avait jamais accepté un siège de député ou de sénateur. Il avait même refusé un ministère.

Gouverneur de São Paulo ? Peut-être... Il accepterait à la condition d'avoir l'appui de outes les formations politiques. Emílio était député fédéral, élu et réélu sans la moindre difficulté. Bien plus âgés l'un et l'autre que Mundinho, ils s'étonnaient maintenant de voir celui-ci devenu un homme qui gérait ses propres affaires, exportait du cacao, réalisait des profits enviables et parlait de cette contrée barbare où il était allé se fourrer, Dieu seul savait pourquoi, en annonçant qu'il en serait bientôt le député.

— Nous pouvons t'aider, proposa paternellement Lourival.

— Nous te ferons inscrire parmi les tout premiers de la liste gouvernementale. Election garantie, conclut Emílio.

— Je ne suis pas venu ici pour quémander, je suis venu pour vous mettre au courant.

— Pas fier, le petit gars... murmura Lourival avec dédain.

— Tout seul, tu ne seras pas élu, prédit Emílio.

— Tout seul, je vais être élu, et dans le tiers de l'opposition. Un seul gouvernement m'intéresse, celui d'Ilhéus, et ce gouvernement, je vais le prendre. Je ne suis pas venu ici pour vous le demander. Merci de vos services.

La mère éleva la voix :

— Tu peux faire ce que bon te semble, personne ne t'en empêche. Mais pourquoi te dresser contre tes frères ? Pourquoi te séparer de nous ? Ils veulent simplement t'aider. Ce sont tes frères.

— Je ne suis plus un enfant, vous l'avez dit vous-même. Puis il parla d'Ilhéus, des luttes de jadis, du banditisme, des terres conquises à coups de feu, du progrès actuel, des problèmes de la région.

— Je veux que ces gens me respectent et m'envoient à la chambre pour parler en leur nom. Si vous m'inscriviez sur une liste, à quoi cela m'avancerait-il ? Pour représenter la firme familiale, Emílio suffit. Moi, je suis un homme d'Ilhéus.

— De la politique de village, avec fusillades et fanfare municipale, observa Emílio en souriant, mi-ironique, mi-condescendant.

— Pourquoi t'exposer à des dangers quand cela n'est pas indispensable ? demanda la mère en dissimulant sa frayeur.

— Pour ne pas être seulement le frère de mes frères. Pour être quelqu'un.

Il avait remué tout Rio de Janeiro. Il s'était rendu dans les ministères où il tutoyait les ministres et avait accès à leurs bureaux. Que de fois ne les avait-il pas rencontrés, les uns après les autres, chez lui, assis à la table présidée par sa mère, ou chez Lourival, à São Paulo, faisant des sourires à Madeleine ? Quand le ministre de la Justice, qui lui avait disputé la possession des grâces d'une Hollandaise quelques années auparavant, lui déclara avoir déjà répondu au gouverneur de Bahia que la reconnaissance officielle ne pourrait être accordée au collège d'Enoch qu'au début de l'année suivante, Mundinho s'était mis à rire :

— Mon cher, tu es grandement redevable à Ilhéus. Si je n'avais pas émigré dans cette ville, tu n'aurais jamais couché avec Berta, la petite Hollandaise vicieuse. J'exige immédiatement la reconnaissance officielle du collège. Au gouverneur, tu peux répondre en opposant à sa demande le texte de la loi. A moi, pas question. L'illégal, le difficile, l'impossible, voilà ce qu'il me faut...

Au ministère des Transports et des Travaux publics, il avait réclamé un ingénieur. Le ministre lui avait ressorti toute l'histoire du chenal d'Ilhéus, des docks de Bahia, des intérêts de gens liés au gendre du gouverneur. Impossible ! Justifié, certes, mais impossible, mon cher, tout à fait impossible ! Le gouverneur deviendrait fou de rage.

— Est-ce lui qui t'a nommé ?

— Non, bien sûr.

— Est-ce lui qui peut te renverser ?

— Je ne crois pas...

— Et alors ?

— Tu ne comprends pas ?

— Non. Le gouverneur est un vieillard, son gendre un voleur, des rien qui vaille. C'est la fin d'un gouvernement, la fin d'un clan. Vas-tu te dresser contre moi, contre la région la plus florissante et la plus dynamique de l'Etat ? Sottise ! L'avenir, c'est moi. Le gouverneur, c'est le passé. D'ailleurs, si je viens te trouver, c'est par pure amitié. Je pourrais m'adresser à plus haut placé, tu le sais bien. Si j'en parle à Lourival et à Emílio, tu recevras du président de la République l'ordre d'envoyer l'ingénieur, pas vrai ?

Ce chantage avec le nom de ses frères, auxquels pour rien au monde il n'aurait demandé quoi que ce fût, l'amusait. Le soir, il dîna en compagnie du ministre. Il y avait de la musique et des femmes, du champagne et des fleurs. Le mois prochain, l'ingénieur serait à Ilhéus.

Il était resté trois semaines à Rio et y avait repris son existence de naguère : fêtes et bamboches avec des filles de la haute ou des artistes des théâtres de variétés. Il s'étonnait de constater que tout ce qui avait été sa vie des années durant, le séduisait fort peu maintenant et le fatiguait tout de suite. A la vérité, il éprouvait la nostalgie d'Ilhéus, de son bureau empli d'animation, des intrigues, des ragots, de certains personnages du cru. Jamais il n'aurait imaginé pouvoir s'adapter à un tel degré, s'attacher à un tel point. Sa mère lui présentait des jeunes filles riches et de grande famille, elle cherchait pour lui une fiancée qui pût l'arracher à Ilhéus. Lourival voulait l'emmener à São Paulo. Mundinho était toujours associé à l'exploitation des plantations de café. Il aurait dû aller les visiter. Il ne s'y rendit point : la blessure de son cœur était à peine cicatrisée et l'image de Madeleine venait tout juste de s'effacer de ses rêves. Il n'irait pas la revoir ni s'exposer une nouvelle fois à ses regards obsédants. Cette passion coupable, jamais avouée et néanmoins partagée, avait failli les précipiter l'un vers l'autre. C'est à Ilhéus qu'il devait d'en être guéri et c'est pour Ilhéus qu'il vivait maintenant.

Lourival, dédaigneux et blasé, si hautain, si anglais par sa morgue, veuf sans enfants d'une femme millionnaire, s'était brusquement remarié, lors d'un de ses voyages habituels en Europe, avec une Française, mannequin dans une maison de couture. Une grande différence d'âge séparait le mari de la femme. Madeleine dissimulait mal les raisons qui l'avaient poussée au mariage. Mundinho sentit que s'il ne partait pas une bonne fois pour toutes, rien, aucune considération morale, aucun scandale, aucun remords ne pourraient les empêcher de tomber dans les bras l'un de l'autre. Leurs regards se suivaient à travers la maison, leurs mains tremblaient en se touchant, leurs voix s'étranglaient. Il était difficile à Lourival, dédaigneux et distant, d'imaginer que son plus jeune frère, le fantasque Mundinho, avait tout abandonné à cause de lui par amour fraternel. Ilhéus l'avait guéri, car il était guéri. Et, qui sait ? Peut-être aurait-il pu, s'il l'avait voulu, regarder Madeleine droit dans les yeux : il n'éprouvait plus aucun sentiment pour elle.

Il parcourt à la jumelle la ville d'Ilhéus et il aperçoit l'Arabe Nacib à sa fenêtre. Il sourit, car le patron du bar lui rappelle le Capitaine : c'étaient ses partenaires habituels au jeu de dames et au trictrac. Le Capitaine allait lui être très utile. Il était devenu son meilleur ami. Depuis longtemps, il lui suggérait à demi mot qu'il conviendrait de s'intéresser à la politique. Dans la ville, le ressentiment du Capitaine à l'endroit des Bastos n'était un secret pour personne. Vingt ans auparavant, ils avaient chassé son père du gouvernement local et l'avaient ruiné par les luttes politiques. Mundinho faisait la sourde oreille, car il n'avait pas fini de préparer le terrain. Maintenant, il faudrait amener le Capitaine à se déclarer franchement et l'inviter à prendre la tête de l'opposition. Ses frères allaient voir de quoi il était capable. D'ailleurs, Ilhéus avait besoin d'un homme comme lui pour stimuler le progrès et en accélérer le rythme. Ces colonels ne connaissaient même pas les besoins de la région.

Mundinho rendit la jumelle, le pilote monta à bord et le bateau mit le cap sur le chenal.

L'ARRIVÉE DU BATEAU

Malgré l'heure matinale, une petite foule suivait les durs travaux de renflouement du bateau. Celui-ci avait touché le fond du chenal et semblait y être ancré pour toujours. Depuis la pointe du morne d'Unhão, les curieux voyaient le commandant et le pilote s'agiter en donnant des ordres, des marins qui couraient, des officiers qui passaient en se hâtant. De petites barques venues de Pontal entouraient le bateau.

Des passagers se penchaient au-dessus du bastingage, presque tous en pyjama et en pantoufles, quelques-uns déjà vêtus pour le débarquement. Ces derniers échangeaient en criant des propos avec les parents qui s'étaient levés tôt pour venir les attendre sur le port. Ils parlaient de la traversée ou plaisantaient au sujet de l'incident. Du bateau, une voix annonça à une famille qui se tenait sur le rivage :

— Elle est morte dans d'horribles souffrances, la pauvre !

Cette nouvelle arracha des sanglots à une dame en noir entre deux âges, flanquée d'un homme maigre et maussade qui portait des rubans de crêpe au bras et au revers du veston. Deux enfants observaient le mouvement sans prêter attention aux larmes maternelles.

Parmi les spectateurs, des groupes se formaient. On échangeait des saluts et on commentait l'événement.

— Une honte, ce chenal...

— Dites plutôt un danger ! Un de ces jours, un bateau finira par y rester et, adieu le port d'Ilhéus !...

— Le gouvernement s'en désintéresse.

— Il s'en désintéresse ? C'est exprès qu'il laisse aller les choses, pour empêcher le passage des grands bateaux et pour que l'exportation continue à se faire par Bahia.

— D'ailleurs, l'Intendance ne bouge pas. L'intendant n'a pas voix au chaptire, il ne sait que dire amen au gouvernement.

— Il faut qu'Ilhéus se fasse valoir !

Le groupe venu du marché au poisson se mêlait aux conversations. Le Docteur, avec son excitation habituelle, appelait le peuple à s'unir contre les politiciens et contre les gouvernants de Bahia qui traitaient le municipe avec mépris, comme s'il n'était pas le plus riche et le plus prospère de l'Etat, celui qui fournissait au Trésor les plus grosses recettes. Et cela sans parler d'Itabuna, une ville qui poussait comme un champignon, un municipe sacrifié lui aussi à l'incapacité des gouvernants, à leur incurie, à leur mauvais vouloir vis-à-vis du port d'Ilhéus.

— C'est vraiment de notre faute, nous devons le reconnaître, dit le Capitaine.

— Comment ?

— Oui, c'est de notre faute, et il est facile de le prouver. Qui est-ce qui dirige la politique à Ilhéus ? Les mêmes hommes depuis vingt ans. Nous élisons comme intendant, député ou sénateur de l'Etat et député fédéral, des gens qui n'ont rien à voir avec Ilhéus, et cela en vertu d'engagements anciens qui datent du temps d'Hérode !

João Fulgêncio l'appuya :

— C'est exactement cela. Les colonels continuent à voter pour les hommes qui les ont soutenus en ce temps-là.

— Résultat : les intérêts d'Ilhéus sont abandonnés à eux-mêmes.

— Un engagement est un engagement... répliqua pour se défendre le colonel Amâncio Leal. Quand nous étions dans le besoin, c'est eux qui nous ont tiré d'affaire...

— Les besoins maintenant sont différents.

Le Docteur pointa son index :

— Mais cette indécence va prendre fin. Nous élirons des hommes qui défendront les véritables intérêts de la région.

Le colonel Manuel das Onças éclata de rire :

— Et les voix, Docteur, où irez-vous les chercher ?

Le colonel Amâncio Leal parla, de sa voix douce :

— Ecoutez, Docteur. On parle beaucoup de progrès, de civilisation, de la nécessité de tout transformer à Ilhéus. Je n'entends pas d'autres propos à longueur de journée. Mais, dites-moi un peu : qui est à l'origine de ce progrès ? N'est-ce pas nous, les planteurs de cacao ? Nous avons nos engagements, conclus dans des heures difficiles, et nous n'avons qu'une parole. Aussi longtemps que je vivrai, mes suffrages iront à mon compère Ramiro Bastos et au candidat qu'il désignera, le nom ne m'intéresse pas. C'est lui qui m'a prêté main-forte quand je risquais ma vie dans la forêt...

L'Arabe Nacib se joignit au groupe, encore somnolent, soucieux et abattu :

— De quoi est-il question ?

Le Capitaine lui expliqua :

— C'est l'éternelle affaire... Les colonels ne comprennent pas qu'ils n'appartiennent plus à ce temps et qu'aujourd'hui les choses sont différentes, que les problèmes ne sont plus les mêmes qu'il y a vingt ou trente ans.

Mais l'Arabe ne se montra pas intéressé, il se sentait étranger à toute cette discussion qui pourtant aurait pu le passionner en d'autres circonstances. Absorbé par son problème personnel — le bar sans cuisinière, une catastrophe ! —, ce fut tout juste s'il approuva de la tête les paroles de son ami.

— Vous avez un air sinistre. Pourquoi cette figure d'enterrement ?

— Ma cuisinière est partie...

— En voilà, une raison... Le Capitaine se retourna vers le groupe où la discussion s'échauffait et avait maintenant attiré plusieurs personnes.

En voilà une raison... En voilà une raison... Nacib s'éloigna de quelques pas comme pour prendre ses distances vis-à-vis de cette discussion agaçante. La voix oratoire du Docteur alternait avec celle du colonel Amâncio, douce mais ferme. Peu lui importaient l'Intendance d'Ilhéus, les députés et les sénateurs ! Ce qui comptait, c'était le dîner du lendemain, les trente couverts. Les sœurs Dos Reis, en admettant qu'elles veuillent s'en charger, allaient lui demander une somme folle. Et cela alors que tout marchait si bien...

Quand il avait acheté le bar « Le Vésuve », sur la place São Sebastião, dans une zone résidentielle éloignée — éloignée pas exactement, car les distances à Ilhéus étaient ridiculement courtes —, plutôt à l'écart du centre commercial et du port où se trouvaient ses plus sérieux concurrents, quelques amis et son oncle estimèrent qu'il faisait une folie. Le bar était en pleine décadence, vide, sans clientèle, livré aux mouches. Les estaminets du port, eux, prospéraient, les clients s'y pressaient. Mais Nacib ne voulait pas continuer à mesurer des coupons sur le comptoir de la boutique où il travaillait depuis la mort de son père. Il n'aimait pas ce travail et moins encore la compagnie de son oncle et de son beau-frère (sa sœur avait épousé un agronome de la Station expérimentale du cacao.) Du vivant de son père, la boutique marchait bien, le vieux avait de l'initiative, il était sympathique. Mais son oncle, chargé d'une famille nombreuse et routinier dans ses méthodes, marquait le pas ; timoré, il se contentait de peu. Nacib préféra vendre sa part. Après avoir fait fructifier son argent dans des opérations aventureuses d'achat et de vente de cacao, il finit par acquérir le bar. Voilà bientôt cinq ans qu'il l'avait acheté à un Italien. Celui-ci, halluciné par le cacao, avait disparu dans l'arrière-pays.

Un bar à Ilhéus était une bonne affaire, meilleure même qu'un cabaret. Les gens affluaient vers cette ville très animée, attirés par sa réputation de richesse. Une foule de commis voyageurs, d'innombrables personnes de passage emplissaient les rues. Des quantités d'affaires se réglaient sur les tables des bars. On avait pris l'habitude de boire gaillardement et adopté la coutume importée par les Anglais lors de la construction de la voie ferrée et suivie par toute la population masculine : celle de prendre l'apéritif, joué au poker d'as, avant le déjeuner et le dîner. Avant midi et après cinq heures du soir, les bars étaient bondés.

Le bar « Le Vésuve » était le plus ancien de la ville. Il occupait le rez-de-chaussée d'un immeuble d'angle sur une jolie petite place tournée vers la mer, où se dressait l'église Saint-Sébastien. A l'angle opposé, on avait récemment inauguré le Ciné-Théâtre Ilhéus. La décadence du « Vésuve » n'était pas due à sa localisation à l'écart des rues commerçantes où prospéraient le « Café Idéal », le « Bar Chic » et le « Pinga de Ouro » de Plínio Araçá, les trois principaux concurrents de Nacib. Le responsable en était avant tout l'Italien. Obsédé par les plantations de cacao, le bar ne l'intéressait pas. Il ne renouvelait pas les stocks de boissons, ne faisait rien pour être agréable aux clients. Un vieux gramophone où l'on faisait passer des disques avec des airs d'opéra attendait d'être réparé, couvert de toiles d'araignée. Les chaises étaient disjointes, les tables bancales, le tapis du billard était déchiré. Même le nom du bar peint en lettres de feu sur l'image d'un volcan en éruption s'était fané avec le temps. Nacib acheta tous ces rebuts avec le nom et le fonds pour une bagatelle. L'Italien ne conserva que le gramophone et les disques.

Il fit repeindre tout à neuf, remplaça les tables et les chaises, apporta des jeux de dames et de trictrac, vendit le billard à un bar de Macuco, et fit aménager dans le fond un compartiment réservé pour les joueurs de poker. Il servit un assortiment de boissons variées, des sorbets pour les familles à l'heure de la promenade le soir sur la nouvelle avenue de la plage ou à la sortie des cinémas, et surtout des amuse-gueule salés ou sucrés à l'heure de l'apéritif. Détail apparemment sans importance : il y avait des *acarajés*, des *abarás*, des petits gâteaux de manioc et de *puba*, des beignets au crabe tendre, à la crevette ou à la morue, des friandises au manioc doux ou au maïs. L'idée en était venue à João Fulgêncio :

— Pourquoi n'en vendriez-vous pas au bar ? lui avait-il demandé un jour en mastiquant un *acarajé* de la vieille Filomena, préparé pour le plaisir exclusif de l'Arabe amateur de bonne chère.

Au début, il n'avait pour clients que ses amis : le groupe de la Papeterie Modèle y venait bavarder après la fermeture du magasin, ainsi que les amateurs de trictrac et de jeu de dames ou certains messieurs plus respectables comme le juge et le Dr Maurício, peu enclins à se montrer dans les bars du port, où la clientèle était plus mêlée et où éclataient assez souvent des rixes violentes avec pugilats et coups de revolver. Bientôt vinrent aussi les familles, attirées par les sorbets et par les rafraîchissements aux fruits. Mais c'est après qu'il eut commencé à servir des amuse-gueule à l'heure de l'apéritif que la clientèle se mit à augmenter vraiment et que le bar devint florissant. Les parties de poker, dans le compartiment réservé, connurent un grand succès. Pour ces clients-là — le colonel Amâncio Leal, le riche Maluf, le colonel Melk Tavares, Ribeirinho, le Syrien Fuad du magasin de chaussures, Osnar Faria dont les seules occupations étaient jouer au poker et courir les jeunes négresses au morne de Conquista, le Dr Ezequiel Prado, et quelques autres —, il réservait pour le médianoche des plats de beignets, de gâteaux et de douceurs. La boisson coulait à flot, le jeu rapportait à la maison un bénéfice élevé.

En peu de temps, « Le Vésuve » était redevenu prospère. Il dépassa le « Café Idéal » et le « Bar Chic » et ne le cédait qu'au « Pinga de Ouro ». Nacib ne pouvait pas se plaindre. Certes, il travaillait comme un esclave, aidé par Chico-Moleza et Bico-Fino, parfois par le négrillon Tuísca qui avait installé sa boîte de cireur sur la large terrasse du bar, au bord de la place, près des tables en plein air. Mais tout marchait bien et il aimait ce travail. Au bar, on connaissait toutes les nouvelles, on commentait les moindres événements de la ville, les informations du pays et du monde entier. Une sympathie générale entourait Nacib, « homme honnête et travailleur », comme disait le juge en s'asseyant après le dîner à une table de la terrasse pour contempler la mer et le mouvement de la place.

Tout avait bien marché jusqu'à ce jour où cette cinglée de Filomena avait mis sa vieille menace à exécution. Qui donc allait faire la cuisine pour le bar — et pour lui, Nacib, dont le vice était la bonne chère, les mets relevés et pimentés ? Engager les sœurs Dos Reis à titre permanent était une folie. Non seulement elles n'accepteraient pas, mais encore il ne pourrait pas les payer. Elles demandaient le prix fort et absorberaient tous ses bénéfices. Il lui fallait trouver, le jour même si possible, une cuisinière à la hauteur, sans quoi...

— Pour s'en sortir, il pourrait bien être obligé de jeter sa cargaison à la mer, commenta un homme en manches de chemise. Il est accroché pour de bon.

Nacib oublia un instant ses soucis : les machines du bateau ronflaient sans résultat.

— Cela va finir..., criait la voix du Docteur dans la discussion.

— Personne ne sait exactement qui est ce Mundinho Falcão..., rétorquait Amâncio Leal, toujours aussi doux.

— Comment ? Eh bien c'est un homme qui est à bord de ce bateau, l'homme dont Ilhéus a besoin.

Le bateau tressaillait, sa coque se traînait sur le sable, ses moteurs gémissaient, le pilote criait des ordres. Sur la passerelle, surgit un homme encore jeune, bien vêtu, les mains au-dessus des yeux, qui cherchait à reconnaître ses amis parmi les spectateurs.

— Le voilà !... Mundinho ! s'écria le Capitaine.

— Où donc ?

— Là-haut...

Des cris se succédèrent :

— Mundinho ! Mundinho !

L'autre entendit, chercha à savoir d'où provenaient les cris et agita la main. Puis il descendit l'escalier, s'éclipsa pendant quelques minutes et reparut derrière le bastingage parmi les passagers, tout souriant. Alors il plaça ses mains en porte-voix devant la bouche pour annoncer :

— L'ingénieur va venir !

— Quel ingénieur ?

— Celui du ministère des Transports, pour étudier le chenal.

Une grande nouvelle.

— Vous voyez ? Qu'est-ce que je vous disais ?

Derrière Mundinho Falcão, surgit la silhouette d'une jeune femme à grand chapeau vert et aux cheveux blonds. Elle toucha en souriant le bras de l'exportateur.

— Quelle femme, sapristi ! Mundinho ne perd pas son temps...

— Un morceau magnifique ! s'écria Nhô-Galo en approuvant de la tête.

Le bateau roula violemment, les passagers prirent peur — la femme lâcha un petit cri —, le fond de la coque se dégagea du sable, une clameur joyeuse s'éleva du rivage et du bord. Un homme au teint sombre et très maigre, la cigarette à la bouche, à côté de Mundinho, regardait, l'air indifférent. L'exportateur lui dit quelque chose, il rit.

— Ce Mundinho est un malin... commenta avec sympathie le colonel Ribeirinho.

Le bateau fit retentir sa sirène, qui lança un long cri de délivrance, et il fit route vers le port.

— C'est un ponte, il n'est pas comme nous, répondit sans sympathie le colonel Amâncio Leal.

— Allons apprendre les nouvelles que Mundinho nous apporte, proposa le Capitaine.

— Moi je vais à la pension changer de costume et prendre le café, annonça Manuel das Onças en saluant la compagnie.

— Moi aussi... et Amâncio Leal le suivit.

La petite foule se dirigea vers le port. Le groupe d'amis commentait l'information donnée par Mundinho :

— Il s'est débrouillé pour arriver à faire bouger le ministère. Il a fallu du temps.

— Cet homme a vraiment le bras long.

— Quelle femme ! Un morceau de roi... soupirait le colonel Ribeirinho.

Quand ils arrivèrent à l'appontement, le bateau était en train d'accoster. Des passagers à destination de Bahia, Aracaju, Maceió, Recife, regardaient avec curiosité. Mundinho Falcão, l'un des premiers à sauter, fut aussitôt enveloppé d'embrassades. L'Arabe se déployait en salamalecs.

— Vous avez forci.

— Vous êtes plus jeune...

— C'est Rio de Janeiro qui rajeunit...

La femme blonde, moins jeune qu'elle ne paraissait vue de loin, mais encore plus belle, élégamment vêtue et bien maquillée, « une poupée étrangère », au dire du colonel Ribeirinho, et l'homme squelettique, arrêtés près du groupe, attendaient. Mundinho fit les présentations sur le ton enjoué d'un annonceur de cirque :

— Le prince Sandra, magicien hors pair, et son épouse la danseuse Anabela... Ils vont faire une saison ici.

L'homme qui, du bateau, avait annoncé la mort douloureuse d'une personne, embrassait maintenant sa famille sur le quai et racontait de tristes détails :

— Elle a mis un mois à mourir, la pauvre ! Jamais on n'a vu pareille souffrance... Elle gémissait jour et nuit, à fendre l'âme.

La femme sanglota de plus belle. Mundinho, les artistes, le Capitaine, le Docteur, Nacib et les planteurs s'éloignèrent en suivant l'appontement. Des porteurs passaient chargés de valises. Anabela ouvrit une ombrelle. Mundinho Falcão proposa à Nacib :

— Voudriez-vous engager cette jeune personne pour danser dans votre bar ? Mon cher, elle fait une danse des voiles qui aurait un succès fou...

Nacib leva les bras au ciel :

— Au bar ? C'est bon pour le cinéma ou pour les cabarets... Ce qu'il me faut, c'est une cuisinière !

Tous éclatèrent de rire. Le Capitaine prit Mundinho par le bras :

— Et l'ingénieur ?

— Il sera ici à la fin du mois. Le ministre me l'a garanti.

DES SŒURS DOS REIS ET DE LEUR CRÈCHE DE NOËL

Les sœurs Dos Reis, Quinquina la rondelette et Florzinha la fluette, au retour de la messe de sept heures à la cathédrale, pressèrent le pas en voyant Nacib qui les attendait, arrêté devant leur portail. C'étaient deux petites vieilles guillerettes qui totalisaient cent vingt-huit ans d'une virginité solide et indiscutée. Sœurs jumelles, elles étaient les seuls vestiges d'une vénérable famille d'Ilhéus, antérieure au cacao, de ces gens qui avaient cédé la place à ceux du Sergipe, du Sertão, de l'Alagoas, du Ceará, et aux Arabes, aux Italiens ou aux Espagnols. Héritières de la belle maison où elles habitaient — convoitée par maints colonels fortunés — dans la rue Colonel-Adami, et de trois autres situées sur la place de l'église, elles vivaient de leurs loyers et des friandises qu'elles faisaient vendre chaque soir par le jeune Tuísca.

Pâtissières émérites et expertes dans l'art culinaire, elles prenaient parfois des commandes pour des déjeuners ou des dîners de gala. Toutefois, si elles étaient célèbres et considérées à Ilhéus comme une véritable institution, c'était à cause de la grande crèche de Noël qu'elles dressaient tous les ans dans l'un des salons situés sur le devant de leur maison peinte en bleu. Elles y travaillaient toute l'année, découpant et collant sur du bristol des illustrations de revues afin de l'agrandir. Cela constituait pour elles un divertissement et une manifestation de piété.

— Vous êtes matinal aujourd'hui, monsieur Nacib...

— Ce sont des choses qui arrivent.

— Et les revues que vous nous avez promises ?

— Je vous les apporterai, doña Florzinha, vous pouvez y compter. Je vous les mets de côté.

La nerveuse Florzinha demandait des revues à tous les gens qu'elle connaissait et la placide Quinquina leur faisait des sourires. On aurait dit deux caricatures sorties d'un livre ancien, avec leurs robes passées de mode, leurs châles sur la tête, vives et pétulantes.

— Quel bon vent vous amène à une heure pareille ?

— Je voudrais vous parler d'une affaire...

— Eh bien, entrez...

Le portail donnait accès à une véranda où poussaient des fleurs et des plantes soignées avec tendresse. Une domestique, plus vieille encore que les deux sœurs, voûtée par les ans, circulait entre les massifs pour les arroser avec un seau.

— Entrez dans le salon de la crèche, lui dit Quinquina.

— Anastácia, servez une liqueur à monsieur Nacib ! ordonna Florzinha. A quoi la préférez-vous ? Au génipa ou à l'ananas ? Nous en avons aussi à l'orange et au *maracujá*...

Nacib savait par expérience qu'il était indispensable de prendre de la liqueur — à cette heure matinale, mon Dieu ! —, d'en faire l'éloge, de s'informer des préparatifs de la crèche et de manifester pour eux de l'intérêt s'il voulait que la négociation aboutisse. Il importait d'assurer l'approvisionnement du bar en amuse-gueule pendant quelques jours et la confection du dîner de l'entreprise d'autocars le lendemain soir, en attendant de disposer à nouveau d'une bonne cuisinière.

C'était une de ces maisons d'autrefois avec deux salons donnant sur la rue. Depuis longtemps, ceux-ci ne servaient plus à recevoir les visiteurs, mais à exposer la crèche. Celle-ci ne restait pas dressée toute l'année. Elle n'était installée qu'en décembre pour être montrée au public jusqu'aux approches du Carnaval. Alors Quinquina et Florzinha la démontaient soigneusement et commençaient aussitôt la préparation de la crèche suivante.

Elle n'était pas la seule à Ilhéus. Il en existait d'autres, dont quelques-unes belles et riches. Mais quand on parlait de « la crèche », on se référait à celle des sœurs Dos Reis, car aucune ne pouvait lui être comparée. Elle avait grandi peu à peu pendant plus de cinquante années. Ilhéus était encore une bourgade arriérée, Quinquina et Florzinha deux turbulentes adolescentes aimant les distractions et courtisées par les garçons (aujourd'hui, un petit mystère continue de planer sur les raisons de leur célibat : peut-être s'étaient-elles montrées trop difficiles...) quand elles montèrent leur première crèche. Dans l'Ilhéus oubliée de jadis, d'avant le cacao, les familles se livraient à une véritable compétition pour présenter la plus belle, la plus complète, la plus riche des crèches de Noël. Le Noël d'Europe avec un Père Noël sur un traîneau tiré par des rennes, vêtu pour affronter la neige et le froid et chargé de cadeaux destinés aux enfants, n'existait pas à Ilhéus. On y connaissait la Noël des crèches, des visites aux maisons où des buffets étaient dressés, des réveillons après la messe de minuit, du début des réjouissances populaires avec danses des Rois, chœurs de Pastourelles, *Bumba-meu-boi,* vacher et croquemitaine.

Au fil des ans, les demoiselles Dos Reis avaient développé leur crèche. Au fur et à mesure qu'elles s'étaient éloignées de l'âge de la danse, elles lui avaient consacré de plus en plus de temps. Elles y ajoutaient sans cesse de nouveaux personnages et agrandissaient l'estrade qui la supportait au point que celle-ci occupait maintenant les trois quarts du salon. Entre mars et novembre, tout le temps que leur laissaient les visites obligatoires aux églises (à six heures du matin pour la messe et à six heures du soir pour la bénédiction), la confection des douceurs délicieuses que le jeune Tuísca allaient vendre aux clients attitrés, les visites aux amis ou à de vagues parents et les commérages sur la vie d'autrui avec les voisins, elles le passaient à découper dans des revues ou dans des almanachs des figurines qu'elles collaient ensuite soigneusement sur du carton. Pour le montage, à la fin de l'année, elles recevaient l'assistance de Joaquim, employé à la Papeterie Modèle et batteur de grosse caisse à la philharmonie « Euterpe 13 Mai », ce qui l'autorisait à s'attribuer une âme d'artiste. João Fulgêncio, le Capitaine, Diogenes (propriétaire du Cinéma-Théâtre d'Ilhéus et de confession protestante), des élèves du collège des bonnes sœurs, le professeur Josué, Nhô-Galo, malgré son anticléricalisme exalté, leur fournissaient assidûment des revues. En décembre, quand le travail pressait, des voisines et des amis, des collégiennes ayant fini leurs examens, venaient aider les deux vieilles. La grande crèche était pour ainsi dire devenue la propriété collective de la communauté. Elle faisait l'orgueil des habitants. Le jour de son inauguration était un jour de fête. La maison des sœurs Dos Reis se remplissait de gens et les curieux s'attroupaient dans la rue devant les fenêtres ouvertes pour voir la crèche illuminée de lampes multicolores installées par Joaquim, lequel, en ce jour glorieux, se soûlait intrépidement avec les liqueurs sucrées des vieilles filles.

La crèche représentait, comme on l'imagine, la naissance du Christ dans une pauvre étable de la lointaine Palestine. Mais, oh ! l'aride terre d'Orient n'était plus maintenant qu'un détail au centre d'un monde varié où se mêlaient démocratiquement les scènes et les figures les plus diverses, appartenant aux périodes les plus différentes de l'histoire. Ce monde se développait d'une année à l'autre. On y voyait hommes célèbres, politiciens, savants, militaires, écrivains, artistes, animaux domestiques ou sauvages, visages macérés de saints voisinant avec les carnations radieuses de stars à demi nues.

Sur le plateau, s'élevait une succession de collines coupées en leur milieu par une petite vallée où se trouvait l'étable avec le berceau de Jésus. Marie était assise à côté tandis que saint Joseph retenait par le licou un timide baudet. Ces figurines n'étaient ni les plus grandes ni les plus belles de la crèche. Elles paraissaient même minuscules et mesquines auprès de certains autres. Mais comme elles provenaient de la première crèche montée par les deux sœurs, Quinquina et Florzinha tenaient à les conserver. Il en allait tout autrement de la grande et mystérieuse comète annonciatrice de la Nativité, suspendue à des fils entre l'étable et un ciel de drap bleu perforé d'étoiles. C'était le chef-d'œuvre de Joaquim et elle faisait l'objet d'éloges qui embuaient de larmes les yeux de son auteur. Une énorme étoile à queue rouge en papier cellophane, si bien conçue et réalisée qu'elle semblait être la source de toute la lumière qui ruisselait sur l'immense crèche.

Aux abords de l'étable, des vaches tirées de leur sommeil pacifique par le grand événement, des chevaux, des chats, des chiens, des canards, des poules, des animaux de toutes sortes, un lion, un tigre, une girafe adoraient le nouveau-né. Guidés par la lumière de l'étoile de Joaquim, s'avançaient les trois rois mages, Gaspard, Melchior et

Balthazar, chargés d'or, d'encens et de myrrhe. Deux de ces personnages bibliques avaient été découpés depuis longtemps dans un almanach. Quant au troisième, celui du roi noir, son effigie détériorée par l'humidité avait été remplacée récemment par un portrait du sultan du Maroc, abondamment divulgué par les journaux et les revues de l'époque. Pour remplacer Melchior défiguré, nul roi en vérité n'était mieux indiqué que celui-là, si désemparé dans sa lutte, les armes à la mains, pour l'indépendance de son royaume.

Une rivière, filet d'eau coulant sur un lit fait d'un tuyau de caoutchouc coupé par le milieu dans le sens de la longueur, descendait des collines en direction de la vallée. L'ingénieux Joaquim avait même conçu et réalisé une cataracte. Des chemins, sillonnant les collines, convergeaient vers l'étable. De-ci, de-là, s'élevaient des villages. Sur les chemins, devant les maisons aux fenêtres illuminées, on rencontrait mêlés aux animaux des hommes et des femmes qui, d'une façon ou d'une autre, s'étaient rendus célèbres au Brésil et dans le monde et dont les portraits avaient mérité la consécration des magazines. On y voyait Santos Dumont auprès d'un de ses avions primitifs, coiffé d'un chapeau de sportsman, l'air un peu triste. A proximité, sur le versant de droite d'une colline, devisaient Hérode et Pilate. Plus loin, des héros de la Grande Guerre : le roi Georges V d'Angleterre, le Kaiser, le maréchal Joffre, Lloyd George, Poincaré, le tsar Nicolas. Sur le versant de gauche, resplendissait Eleonora Duse en décolleté, avec un diadème sur la chevelure. Rui Barbosa, J. J. Seabra, Lucien Guitry, Victor Hugo, dom Pedro II, Emílio de Menezes, le baron de Rio Branco, Zola et Dreyfus, le poète Castro Alves et le bandit Antônio Silvino se mêlaient, flanqués de naïves images en couleur dont la vue, dans les illustrés, avait arraché aux deux sœurs des exclamations de ravissement :

— Magnifique pour la crèche !

Au cours des dernières années, le nombre des artistes de cinéma, principale contribution des élèves du collège des bonnes sœurs, s'était grandement accru. Les William Farnum, Eddie Polo, Lia de Putti, Rudolf Valentino, Charlot, Lilian Gish, Ramon Novarro, William S. Hart menaçaient sérieusement d'envahir les chemins des collines. On voyait même parmi eux Vladimir Ilitch Lénine, le chef redouté de la révolution bolchevique. C'est João Fulgêncio qui avait découpé son portrait dans une revue et l'avait donné à Florzinha en disant :

— Un personnage important... Il est indispensable de le faire figurer dans la crèche.

On y trouvait également des notables locaux : l'ancien intendant Cazuza Oliveira, dont l'administration avait laissé un souvenir impérissable, le défunt colonel Horácio Macedo, défricheur de terres. Un dessin exécuté par Joaquim sur les instances du Docteur représentait l'inoubliable Ofenísia. Il y avait enfin des *jagunços* en terre cuite, des scènes d'embuscade, et des hommes avec le fusil à répétition sur l'épaule.

Sur une table, près des fenêtres, s'étalaient revues, ciseaux, colle et carton. Nacib était pressé. Il voulait préparer le dîner de l'entreprise d'autocars et obtenir des plateaux d'amuse-gueule. Il avala la liqueur de génipa et s'extasia sur les préparatifs de la crèche.

— Cette année, apparemment, elle va être formidable !

— S'il plaît à Dieu...

— Beaucoup de nouveautés, n'est-ce pas ?

— Oh... on ne les compte plus !

Les deux sœurs, assises sur un sofa, le buste raide, souriaient à l'Arabe en attendant la déclaration du motif de sa visite.

— Eh oui... Représentez-vous ce qui m'arrive aujourd'hui... La vieille Filomena est partie s'installer chez son fils à Agua Preta.

— Non ! Pas possible ! Il est vrai qu'elle en manifestait l'intention...

Elles parlaient toutes les deux en même temps. C'était une nouvelle à colporter.

— Moi, j'étais loin de m'attendre à un coup pareil. Surtout aujourd'hui, un jour de foire, avec un bar plein de monde. Par-dessus le marché, j'avais pris la commande d'un dîner de trente couverts.

— Un dîner de trente couverts ?

— Offert par le Russe Jacob et le garagiste Moacir pour fêter l'inauguration de leur ligne d'autocars.

— Ah ! fit Florzinha, je suis au courant.

— Oui ! dit Quinquina, j'en ai entendu parler. Il paraît que l'intendant d'Itabuna va venir.

— L'intendant d'ici, celui d'Itabuna, le colonel Misael, le gérant de la Banque du Brésil, M. Hugo Kaufman, enfin, rien que des gens très bien.

— Pensez-vous, Monsieur, que cette affaire d'autocars va réussir ? voulut savoir Quinquina.

— Certes, oui... Déjà, elle rapporte... Bientôt, plus personne ne voyagera par le train. Une heure de différence...

— Et le danger ? demanda Florzinha.

— Quel danger ?

— Le danger de verser... L'autre jour, un autocar s'est retourné à Bahia, je l'ai lu dans le journal, il y a eu trois morts.

— Moi, je ne voyagerai pas dans ces engins. Les automobiles ne sont pas faites pour moi. Une automobile peut causer ma mort si elle me happe dans la rue. Mais parce que j'aurai pris place à l'intérieur, jamais... dit Quinquina.

— L'autre jour encore, le compère Eusébio voulait à toute force que nous montions dans sa voiture pour faire un tour. La commère Noca nous a même traitées d'arriérées... raconta Florzinha.

Nacib éclata de rire :

— Je suis sûr qu'un jour je vous verrai acheter une automobile.

— Nous, même si nous avions de l'argent...

— Mais revenons à notre affaire...

Elles se dérobèrent, se firent prier et finirent par accepter, non sans déclarer auparavant qu'elles ne le faisaient que pour complaire à monsieur Nacib, un jeune homme distingué. Où avait-on vu commander la veille un repas pour trente personnes, et rien que des notabilités ? Sans compter les deux journées perdues pour la crèche ! Elles n'auraient pas le temps de découper une seule figure. En outre, il leur faudrait trouver quelqu'un pour les aider...

— J'avais engagé deux gamines pour prêter main-forte à Filomena.

— Non ! Nous préférons doña Jucundina et ses filles. Nous sommes déjà habituées à elle, et c'est une bonne cuisinière.

— Accepterait-elle de faire la cuisine pour moi ?

— Qui ? Jucundina ? N'y comptez pas, monsieur Nacib ! Et sa maisonnée, ses trois fils déjà adultes, et son mari, qui s'en occuperait ? Pour nous, une fois de temps en temps, elle accepte, par amitié...

Elles demandaient cher, une somme folle. Avec le prix qu'elles proposèrent, le dîner ne rapporterait rien. Si Nacib n'avait pas pris d'engagement vis-à-vis de Moacir et du Russe... Mais c'était un homme de parole, il n'allait pas laisser ses amis en plan, sans dîner à offrir à leurs invités. Il ne pouvait pas non plus laisser le bar démuni d'amuse-gueule, ou alors il perdrait sa clientèle et le préjudice serait plus grave. Mais cela ne pouvait durer que quelques jours. Sinon, qu'adviendrait-il ?

— Une bonne cuisinière est si difficile à trouver... observa Florzinha.

— Dès qu'il en apparaît une, on se la dispute... compléta Quinquina.

C'était vrai. A Ilhéus, une bonne cuisinière se payait à prix d'or.

Les familles riches en faisaient demander à Aracaju, à Feira de Sant'Ana, à Estância.

— Alors, c'est d'accord. J'envoie Chico Moleza acheter le nécessaire.

— Le plus vite possible, monsieur Nacib.

Il se leva et tendit la main aux vieilles filles. Il jeta un dernier coup d'œil sur la table couverte de revues, sur la crèche en pièces détachées et sur les boîtes en carton remplies de personnages :

— Je vais vous apporter des revues. Et merci beaucoup de me tirer d'embarras...

— Il n'y a pas de quoi. Nous faisons cela pour vous. Il faut vous marier, monsieur Nacib. Si vous étiez marié, vous ne connaîtriez pas ce genre de mésaventure...

— Avec toutes ces jeunes filles que nous avons à Ilhéus... Et si bien dotées !

— J'en connais une qui vous conviendrait à merveille, monsieur Nacib. Une fille très bien, pas une de ces pimbêches qui ne pensent qu'au cinéma et à la danse. Et distinguée : elle sait jouer du piano. Seulement, elle est pauvre...

Ces vieilles avaient la manie de vouloir faire des mariages. Nacib sourit :

— Quand j'aurai décidé de prendre femme, je viendrai tout droit chez vous pour chercher une épouse.

LA RECHERCHE DÉSESPÉRÉE

Il avait commencé sa recherche désespérée par le morne d'Unhão. Projetant en avant son corps massif, suant à grosses gouttes, le veston sous le bras, Nacib avait parcouru Ilhéus d'un bout à l'autre ce matin-là, le premier matin de soleil après la longue saison des pluies. Une joyeuse animation régnait dans les rues où planteurs, exportateurs, commerçants échangeaient exclamations et félicitations. C'était un jour de foire, les boutiques étaient pleines, les cabinets médicaux et les pharmacies bondés. Montant et descendant des pentes, traversant des rues et des places, Nacib lançait des jurons. La veille, en rentrant chez lui, fatigué par sa journée de travail et par le lit de Risoleta, il avait fait ses calculs pour le lendemain : dormir jusqu'à dix heures, quand Chico Moleza et Bico Fino, après le nettoyage du bar, commenceraient à servir les premiers clients ; faire la sieste après le déjeuner ; jouer une partie de dames ou de trictrac avec Nhô-Galo et le Capitaine ; converser avec João Fulgêncio ; s'informer des nouvelles locales et des événements du monde ; après la fermeture du bar, faire un saut jusqu'au cabaret et terminer la nuit — qui sait ? — à nouveau avec Risoleta. Au lieu de tout cela, il courait les rues d'Ilhéus et gravissait les pentes du morne... A Unhão, il avait défait l'arrangement conclu avec les deux gamines engagées pour aider Filomena dans la préparation du dîner de l'entreprise d'autocars. L'une d'elles, en riant de sa bouche édentée, déclara savoir faire l'ordinaire. L'autre ne put en dire autant... *Acarajé, abará,* douceurs, *moqueca* et beignets aux crevettes, seule Maria de São Jorge pourrait s'en charger... Nacib s'enquit à droite et à gauche, il descendit sur l'autre versant du morne. Une cuisinière capable de se charger de la cuisine d'un bar, c'était difficile, presque impossible à trouver, à Ilhéus.

Il avait demandé sur le port, il était passé chez son oncle : connaîtraient-ils par hasard une cuisinière ? Il entendit sa tante se lamenter : elle en avait eu une de passable, pas extraordinaire, loin de là, qui était partie sans qu'on sût le pourquoi ni le comment. Maintenant c'était elle, la tante, qui faisait la cuisine en attendant d'en trouver une autre. Pourquoi Nacib ne viendrait-il pas déjeuner avec eux ?

On lui dit qu'il y en avait une de fameuse qui habitait sur le morne de Conquista. « Epatante », avait déclaré son informateur, l'Espagnol Felipe, aussi habile à réparer les selles et les harnais que les souliers ou les bottes. Un fieffé bavard et un redoutable adversaire aux dames ce Felipe, avec son langage ordurier et son cœur sans fiel. Il représentait à Ilhéus l'extrême gauche, se déclarait anarchiste à chaque instant, menaçait de nettoyer le monde des capitalistes et des curés, tout en étant l'ami et le commensal de divers *fazendeiros*, entre autres du père Basílio. En battant le cuir, il chantait des chansons anarchistes. Quand Nhô-Galo et lui jouaient aux dames, il fallait entendre les jurons qu'ils proféraient contre les curés. Il avait montré de l'intérêt pour le drame culinaire de Nacib.

— Une certaine Mariazinha. Une merveille.

Nacib s'en fut à Conquista. Les pluies avaient rendu la pente glissante. Un groupe de négrillons se mit à rire aux éclats quand il tomba et salit le fond de son pantalon. De renseignement en renseignement, il repéra le domicile de la cuisinière, au sommet du morne, une maisonnette en bois et en zinc. Cette fois il nourrissait quelque espoir. Monsieur Eduardo, propriétaire de vaches laitières, lui avait confirmé les qualités de Mariazinha. Elle avait travaillé chez lui pendant un certain temps et elle excellait dans l'art de l'assaisonnement. Son seul défaut était la boisson : une fameuse ivrognesse. Quand elle avait bu, elle était infernale. Elle avait manqué de respect à doña Mariana. C'est pour cela qu'Eduardo l'avait renvoyée.

— Mais pour servir chez un célibataire comme vous...

Soûlarde ou non, si elle était bonne cuisinière, il l'engagerait. Au moins en attendant d'en trouver une autre. Finalement, il aperçut la masure misérable et, assise à la porte, Mariazinha, nu-pieds, en train de peigner ses longs cheveux et de s'épouiller. C'était une femme de trente à trente-cinq ans, ravagée par la boisson, mais avec quelques vestiges de grâce sur son visage de métisse. Elle l'écouta, le peigne à la main. Puis elle rit, comme si la proposition l'amusait :

— Non m'sieu. Maintenant, je ne cuisine que pour mon homme et pour moi. Lui ne veut pas entendre parler de ça.

La voix de l'homme venait de l'intérieur :

— Qui est-ce, Mariazinha ?

— C'est un docteur qui cherche une cuisinière. Il m'offre la place... il dit qu'il paie bien...

— Dis-lui de s'en aller au diable. Ici, il n'y a pas de cuisinière.

— Vous voyez bien, monsieur ? Il est comme ça. Il ne veut pas m'entendre parler d'accepter un emploi. C'est de la jalousie... Pour un rien, il fait un grabuge effroyable... Il est sergent de police, racontait-elle, ravie, comme pour faire valoir ses avantages.

— Eh femme, qu'as-tu encore à faire la causette avec un inconnu ? Envoie promener cet homme avant que je me fâche...

— Vous pouvez toujours vous fouiller...

Elle recommença à peigner ses cheveux et à y chercher les poux, les jambes allongées au soleil.

Nacib haussa les épaules :

— Vous n'en connaissez pas ?

Elle ne daigna pas répondre et se borna à nier d'un hochement de tête. Nacib descendit sur le versant de Vitória et passa près du cimetière. En bas la ville brillait au soleil, pleine de mouvement. L'*Ita* arrivé le matin de bonne heure effectuait le déchargement. Maudit pays : on y parlait du progrès tant et plus et on ne pouvait même pas y trouver une cuisinière.

— C'est précisément pour cela, lui avait expliqué João Fulgêncio quand l'Arabe s'était arrêté à la Papeterie Modèle pour se reposer, la main-d'œuvre devient rare et chère en raison de l'offre. Peut-être à la foire ?

La foire hebdomadaire était une fête bruyante et colorée. Un vaste terrain vague qui s'étendait en face du mouillage jusqu'aux abords de la voie ferrée. Des tranches de viande séchée ou fumée, des porcs, des brebis, des daims, des *pacas*, des agoutis, toutes sortes de gibier. Des sacs de blanche farine de manioc. Des bananes couleur d'or, des citrouilles jaunes, des *jilós* verts, des *gombos*, des oranges. Dans les baraques, on servait du *sarapatel*, de la *feijoada*, de la *moqueca* dans des assiettes en fer blanc. Des campagnards mangeaient à côté d'un verre de tafia. Nacib y alla se renseigner. Une grosse négresse, coiffée d'un madras, couverte de colliers et de bracelets, fit la grimace :

— Travailler pour vous, patron ? Dieu m'en garde...

Des oiseaux au plumage extraordinaire, des perroquets parleurs.

— Combien voulez-vous pour ce perroquet, madame ?

— Huit mille réaux parce que c'est vous...

— Si cher, c'est impossible.

— Mais c'est un vrai parleur. Il connaît de ces gros mots...

Le perroquet, comme pour en donner la preuve, s'égosillait à chanter : « Eh, espèce de M... » Nacib passa entre des montagnes de fromage blanc. Le soleil brillait sur le jaune des jaques mûrs. Le perroquet criait : « Péquenot ! Péquenot ! » Personne ne connaissait de cuisinière.

Un aveugle, la sébille sur le sol, contait en s'accompagnant de la guitare, des histoires du temps des luttes :

Amâncio, un homme vaillant,
Et un tireur de première.
Plus vaillant que lui, un seul :
C'était Juca Ferreira.
Dans les ténèbres de la nuit,
Face à face, sur la clairière :
« Qui va là ? » cria Ferreira.
« C'est un homme, pas une bête. »
Amâncio alors lui répondit
En appuyant sur la gâchette.
Les singes eux-mêmes tremblèrent
Dans les ténèbres de la nuit.

Les aveugles, parfois, étaient bien informés. Ils ne purent le renseigner. L'un d'eux, venu du *Sertão*, pesta contre la nourriture à Ilhéus. On ne savait pas cuisiner. Dans le Pernambouc, c'était de la cuisine, mais pas cette saleté d'ici, où personne ne connaissait ce qui était bon.

Des Arabes misérables, des colporteurs étalaient leurs valises ouvertes, leurs bibelots et leurs breloques, des coupons d'indienne à bon marché, des colliers de pacotille et des bagues à brillants de verre, des parfums aux noms étrangers fabriqués à São Paulo. Des Noires et des mulâtresses, domestiques dans des maisons de riches, se pressaient devant les valises ouvertes :

— Achetez, cliente, achetez. C'est très bon marché... criaient-ils avec leur accent comique et leur ton engageant.

Longues négociations. Les colliers sur les gorges noires, les bracelets sur les bras mulâtres, une tentation ! Le verre des bagues scintillait au soleil plus que du vrai diamant.

— Tout est du vrai et du meilleur.

Nacib interrompait les marchandages : quelqu'un connaissait-il une cuisinière ? Il y en avait une de très bonne pour le four et pour le feu, mais elle était au service du Commandeur Domingos Ferreira, oui monsieur. Et elle menait un train de vie... On n'aurait pas dit une domestique.

Le marchand tendait des boucles d'oreilles à Nacib :

— Achète, pays, un cadeau pour femme, pour fiancée, ou pour maîtresse.

Nacib poursuivait son chemin, indifférent à toute tentation. Les jeunes négresses achetaient à moitié prix et au double de la valeur.

Un camelot avec un serpent apprivoisé et un petit crocodile annonçait la guérison de tous les maux à un groupe de gens qui l'entouraient. Il montrait un flacon renfermant le remède miracle découvert par les Indiens dans des forêts situées au-delà des cacaoyères.

— Il guérit la toux, le rhume, la tuberculose, les furoncles, la varicelle, la rougeole, la variole, le paludisme, la migraine, les bubons, toutes les maladies honteuses, l'anémie et les rhumatismes...

Pour une bagatelle, mille cinq cents réaux, il cédait ce flacon de panacée. Le serpent montait le long du bras du camelot et sur le sol le crocodile restait immobile comme une pierre bizarre. Nacib demandait aux uns et aux autres :

— Je ne connais pas de cuisinière, monsieur, mais je connais un bon maçon...

Des cruches en terre, des gargoulettes, des pichets pour servir l'eau fraîche, des marmites, des plats à couscous et des chevaux, des bœufs, des chiens, des coqs, des *jagunços* avec leurs fusils à répétition, des cavaliers, des soldats de la police, des scènes d'embuscade, d'enterrement, de mariage coûtant cent, deux cents, quatre cents réaux, œuvres des mains grossières et habiles des artisans. Un Noir presque aussi grand que Nacib vida d'un trait un verre de tafia et lança un gros crachat sur le sol :

— Un tafia de première. Que Notre Seigneur Jésus-Christ soit loué.

A la question posée sur un ton las, il répondit :

— Non monsieur, je n'en connais pas. Connais-tu une cuisinière, toi, Pedro Paca ? C'est pour le colonel qui est là...

L'autre n'en connaissait pas. Peut-être au « marché des esclaves », mais en ce moment il n'y avait personne, aucune troupe de nouveaux venus du *Sertão*. Nacib ne prit même pas la peine de se rendre au « marché des esclaves » derrière la voie ferrée, où se pressaient les migrants chassés du *Sertão* par la sécheresse et venant à la recherche de travail. Les colonels y allaient recruter leurs journaliers et leurs hommes de main, les familles y recherchaient des bonnes. Mais il n'y avait personne à ce moment-là. On lui conseilla d'aller voir à Pontal.

Au moins il n'avait pas de côte à gravir. Il prit le canot et traversa le mouillage. Il marcha le long des quelques rues sablonneuses où, sous le soleil, des enfants misérables jouaient au football avec un ballon de chiffon. Euclides, le propriétaire d'une boulangerie, lui ôta tout espoir.

— Une cuisinière ? N'y songez pas... Ni de bonnes ni de mauvaises. A la fabrique de chocolat, elles gagnent davantage. Inutile de chercher.

Il revint à Ilhéus harassé et somnolent. A cette heure-ci, le bar devait être déjà ouvert et, en raison du jour de marché, très animé. Sa présence y était nécessaire, avec ses attentions pour les clients, son entrain, sa conversation, sa sympathie. Les deux garçons — des imbéciles ! — à eux seuls ne faisaient pas le poids. Mais à Pontal, on lui avait parlé d'une vieille qui avait été une cuisinière appréciée, avait travaillé dans plusieurs maisons et qui habitait maintenant chez une de ses filles mariée, près de la place Seabra. Il décida de tenter sa chance :

— Ensuite, j'irai au bar...

La vieille était morte depuis plus de six mois. La fille voulut lui faire l'historique de sa maladie. Nacib n'avait pas le temps de l'écouter. Le découragement l'envahit. S'il avait pu, il serait rentré chez lui pour dormir. Il arriva sur la place Seabra où se trouvait l'édifice de l'Intendance et le siège du Club Progrès. Il ruminait son amertume quand il rencontra le colonel Ramiro Bastos en train de prendre le soleil assis sur un banc, juste en face de l'hôtel de ville. Il s'arrêta pour le saluer. Le colonel le fit asseoir à côté de lui :

— Il y a longtemps que je ne vous vois pas, Nacib. Comment va le bar ? Toujours florissant ? C'est du moins ce que je souhaite...

— Colonel, aujourd'hui, il vient de m'en arriver une !... Ma cuisinière est partie. J'ai déjà couru Ilhéus d'un bout à l'autre. Je suis allé jusqu'à Pontal. Impossible de trouver une femme qui sache cuisiner.

— Ce n'est pas facile. A moins d'en faire venir une d'ailleurs ou d'aller voir dans les villages...

— Et avec un dîner demain pour le Russe Jacob...

— C'est vrai. Je suis invité. J'irai peut-être.

Le colonel souriait, rendu heureux par le soleil qui jouait sur les vitres des fenêtres de l'Intendance et qui réchauffait son corps fatigué.

DU MAITRE DU PAYS SE CHAUFFANT AU SOLEIL

Nacib ne parvint pas à poursuivre son chemin, le colonel Ramiro ne le lui permit point. Et qui aurait osé contrevenir à un ordre du colonel, même quand il le donnait en souriant, comme s'il sollicitait ?

— Il est très tôt. Nous allons faire un brin de causette.

Les jours de soleil, à dix heures invariablement, s'appuyant sur une canne à pommeau d'or, s'avançant d'un pas lent mais encore ferme, le colonel Ramiro Bastos sortait de chez lui, traversait la rue, entrait sur la place de l'Intendance et s'asseyait sur un banc.

— Le serpent est venu prendre le soleil... disait le Capitaine en l'apercevant de la porte de la Perception située en face de la Papeterie Modèle.

Le colonel aussi le voyait : il ôtait son panama et inclinait sa tête chenue. Le Capitaine répondait à ce salut tout en formulant en son for intérieur des souhaits bien différents du bonjour qu'il adressait.

C'est là que se trouvait le plus beau jardin de la ville. Les mauvaises langues prétendaient que l'Intendance avait des attentions spéciales pour cette place à cause de la proximité de la maison du colonel Ramiro. Mais à vrai dire au bord de la place Seabra s'élevaient aussi l'édifice de l'Intendance, le siège du Club Progrès et le cinéma Vitória au-dessus duquel, outre des logements occupés par des jeunes gens, il y avait sur le devant une salle où se déroulaient les activités du Cercle Rui Barbosa. Et cela sans parler de maisons ou d'immeubles parmi les meilleurs de la ville. Il était donc naturel que les pouvoirs publics eussent pour cette place une prédilection particulière. Elle avait été aménagée en jardin au cours d'une des périodes où le colonel Ramiro avait dirigé l'administration de la cité.

Ce jour-là, le vieillard était satisfait et causant. Enfin le soleil avait reparu ! Le colonel Ramiro le sentait sur son échine voûtée, sur ses mains osseuses, et aussi dans son cœur. A quatre-vingt-deux ans, ce soleil du matin était sa distraction, son luxe, sa meilleure joie. Quand la pluie tombait, il se sentait malheureux et restait dans le salon sur son fauteuil autrichien, recevant des gens, écoutant des requêtes, promettant des solutions. Des dizaines de personnes y défilaient chaque jour. Mais quand il faisait soleil, sur le coup de dix heures, quels que fussent ses visiteurs, le colonel se levait, s'excusait, prenait sa canne et allait sur la place. Il s'asseyait sur un banc du jardin et quelqu'un ne tardait pas à apparaître pour lui tenir compagnie. Il promenait ses regards sur la place, les posait sur l'édifice de l'Intendance. Il contemplait tout cela comme si c'était sa propriété. Il avait un peu raison, car lui et les siens gouvernaient Ilhéus depuis de nombreuses années.

C'était un vieillard sec et résistant à l'âge. Ses petits yeux conservaient l'éclat d'autorité d'un homme habitué à donner des ordres. Etant l'un des grands *fazendeiros* de la région, il s'était imposé comme chef politique respecté et redouté. Le pouvoir était passé entre ses mains pendant les luttes pour la possession de la terre, quand la puissance de Cazuza Oliveira s'effondra. Il avait appuyé le vieux Seabra et celui-ci lui livra la région. Intendant à deux reprises, il était maintenant sénateur de l'Etat. L'intendant changeait tous les deux ans, désigné par des élections faites d'un trait de plume, mais en réalité rien ne changeait, car l'autorité ne cessait jamais d'être exercée par le colonel Ramiro dont on pouvait voir le portrait en pied dans le grand salon de l'Intendance où avaient lieu les conférences et les fêtes. Des amis inconditionnels ou des parents se succédaient dans la charge et ne levaient pas le petit doigt sans son approbation. Son fils, médecin pédiatre et député d'Etat, avait laissé une réputation de bon administrateur. Il avait fait aménager des rues et des places, planter des jardins. Durant son mandat, la ville avait commencé à changer de physionomie. On racontait que les choses s'étaient passées ainsi pour faciliter l'élection du garçon au Parlement de l'Etat. A vrai dire, le colonel Ramiro aimait la ville à sa façon, comme il aimait le jardin de sa maison, le verger de sa *fazenda*. Dans les jardins de sa maison, il avait même planté des pommiers et des poiriers qu'il avait fait venir d'Europe. Il aimait voir la ville propre (et dans ce but, il avait fait acquérir des camions par l'Intendance), pavée, pourvue de jardins et d'un bon réseau d'égouts. Il encourageait la construction de belles maisons et se réjouissait quand les étrangers vantaient la grâce d'Ilhéus avec ses places et ses jardins. Par ailleurs, il restait obstinément sourd à certains problèmes, à des réclamations diverses : création d'hôpitaux, fondation d'un collège municipal, ouverture de routes vers l'arrière-pays, aménagement de terrains de sport. Il regardait le Club Progrès d'un mauvais œil et ne voulait pas entendre parler de dragage du chenal. Ces choses-là ne l'intéressaient que lorsqu'il sentait son prestige menacé. Ainsi en avait-il été avec la route, œuvre des deux Intendances, celle d'Ilhéus et celle d'Itabuna. Il considérait avec méfiance certaines entreprises et surtout certaines habitudes nouvelles. Comme l'opposition se réduisait à un petit groupe de mécontents sans force et peu susceptibles de se faire entendre, le colonel faisait presque toujours ce qu'il voulait avec un suprême mépris pour l'opinion publique. Pourtant, malgré son entêtement, il sentait ces derniers temps que son prestige incontesté et que la force de sa parole faisant loi étaient un tantinet ébranlés. Non par une opposition insignifiante, mais par le développement même de la ville et de la région qui parfois semblaient vouloir échapper à ses mains aujourd'hui tremblantes. Ses propres petites filles ne l'avaient-elles pas critiqué pour avoir fait refuser par l'Intendance l'octroi d'une subvention au Club Progrès ? Et le journal de Clovis Costa n'avait-il pas osé discuter du problème du collège ? Il avait entendu la conversation de ses petites filles : « Pépé est un rétrograde ! »

Il comprenait et acceptait l'existence de cabarets, de maisons de prostitution, de l'orgie effrénée des nuits d'Ilhéus. Les hommes avaient besoin de cela, lui aussi il avait été jeune. Mais il ne comprenait pas qu'il y eût un club où garçons et filles bavardaient jusqu'à des heures avancées de la nuit, dansaient ces sortes de danses modernes où même les femmes mariées allaient tournoyer dans des bras autres que ceux de leurs époux. Une indécence ! Une femme doit vivre chez elle, s'occuper de ses enfants et de son foyer. Une jeune fille doit attendre un mari, savoir coudre, jouer du piano, diriger la cuisine. Il n'avait pu, malgré tous ses efforts, empêcher la fondation du Club. Ce Mundinho Falcão, venu de Rio, échappait à son contrôle. Il ne venait ni le visiter ni le consulter, il décidait de son propre chef et faisait ce que bon lui semblait. Le colonel sentait confusément que l'exportateur était un ennemi et qu'il lui donnerait encore des cassements de tête. En apparence, ils conservaient d'excellentes relations. Quand ils se rencontraient, ce qui arrivait rarement, ils échangeaient des mots aimables, des protestations d'amitié et se mettaient à la disposition l'un de l'autre. Mais ce Mundinho commençait à fourrer son nez dans toutes les affaires, les personnes qui l'entouraient étaient de plus en plus nombreuses, il parlait d'Ilhéus, de la vie et des progrès de la ville comme si cela était de son ressort, comme s'il détenait quelque autorité. Il appartenait à une famille habituée à commander dans le Sud du Brésil, ses frères avaient prestige et fortune. Il faisait comme si le colonel Ramiro n'existait pas. N'avait-il pas agi ainsi quand il avait décidé d'aménager l'avenue de la plage ? Il s'était présenté inopinément à l'Intendance en maître des terrains et avec les plans et toutes directives.

Nacib donna au colonel les nouvelles les plus récentes. Celui-ci était déjà au courant de l'échouage de l'*Ita*.

— Mundinho Falcão est arrivé à son bord. Il a dit que l'affaire du chenal...

— C'est un étranger !... fit le colonel. Que diable est-il venu chercher à Ilhéus où il n'a rien perdu ? C'était la voix dure de l'homme qui avait incendié des *fazendas*, envahi des villages, liquidé des gens sans aucune pitié.

Nacib tressaillit.

— Un étranger...

Comme si Ilhéus n'était pas un pays d'étrangers, de gens venus de partout. Mais son cas était différent. Les autres arrivaient pleins d'humilité, ils s'inclinaient aussitôt devant l'autorité des Bastos, désireux seulement de gagner de l'argent, de s'établir, de s'enfoncer dans les forêts. Ils ne se mettaient pas à s'occuper du « progrès de la ville et de la région », à décider des besoins d'Ilhéus. Quelques mois auparavant, Clovis Costa, propriétaire d'un hebdomadaire, était venu trouver le colonel Ramiro Bastos. Il voulait organiser une société pour le lancement d'un quotidien. Il avait déjà des machines en vue à Bahia. Il lui fallait de l'argent. Il s'était répandu en explications : un quotidien signifierait pour Ilhéus un nouveau pas sur le chemin du progrès, ce serait le premier de l'Etat de Bahia en dehors de la capitale. Clovis Costa voulait collecter de l'argent parmi les *fazendeiros*, qui feraient tous partie de la société du journal, organe au service de la défense des intérêts de la région cacaoyère. Cette idée ne plut pas à Ramiro Bastos. Défense contre qui ou contre quoi ? Qui donc menaçait Ilhéus ? Serait-ce le gouvernement? L'opposition était informe, insignifiante. Un quotidien lui semblait être un luxe superflu. Si le journaliste avait besoin de lui pour autre chose, il se tenait à sa disposition. Pour un quotidien, pas question...

Clovis était reparti découragé. Il s'était plaint à Tonico Bastos, l'autre fils du colonel, notaire de la ville. Il aurait pu obtenir un peu d'argent de queques *fazendeiros*, mais le refus de Ramiro signifiait le refus de la majorité. Ils auraient demandé, après avoir entendu sa requête :

— A combien s'élève la souscription du colonel Ramiro ?

Le colonel ne pensa plus à l'affaire. Ce quotidien aurait été un danger. Il aurait suffi qu'un jour une demande de Clovis ne soit pas satisfaite pour que le journal fasse de l'opposition, se mêle des questions municipales, épluche tout et traîne les gens dans la boue. Son refus en avait enterré l'idée une bonne fois pour toutes. C'est ce qu'il répondit à Tonico quand ce dernier, le soir, vint lui parler de l'affaire et lui rapporter les plaintes de Clovis :

— As-tu besoin d'un quotidien ? Moi non plus. Alors Ilhéus n'en a pas besoin. Et il parla d'autre chose.

Quelle ne fut pas sa surprise quelques jours après en voyant, sur les poteaux de la place et sur les murs, des placards annonçant la prochaine parution du journal. Il fit appeler Tonico :

— Qu'est-ce que c'est que cette histoire de journal ?

— Le journal de Clovis ?

— Oui. Il y a des placards qui disent qu'il va paraître.

— Les machines sont déjà arrivées et sont en cours de montage.

— Comment ? J'ai refusé mon appui ! Où a-t-il trouvé de l'argent ? A Bahia ?

— Ici même, père. Mundinho Falcão...

Et qui avait encouragé la fondation du Club Progrès, qui avait donné de l'argent aux jeunes du commerce pour fonder les clubs de football ? L'ombre de Mundinho Falcão se projetait partout. Son nom retentissait avec une insistance croissante aux oreilles du colonel. Maintenant encore, l'Arabe Nacib parlait de lui, de son arrivée en annonçant la venue d'ingénieurs du ministère des Transports pour étudier la question du chenal. Qui l'avait chargé de faire venir des ingénieurs ? Qui lui avait donné mission de résoudre les problèmes de la ville ? Depuis quand y exerçait-il l'autorité ?

— Qui lui a donné cette mission ?

La voix brusque du vieillard interrogea Nacib comme si ce dernier y avait une part de responsabilité.

— Oh ! je n'en sais rien !... Je revends le poisson au prix où je l'ai acheté.

Les couleurs vives des fleurs du jardin brillaient à la lumière de cette journée splendide. Des oiseaux gazouillaient dans les arbres des alentours. Le visage du colonel se rembrunit. Nacib n'a pas le courage de s'en aller. Le vieux est fâché. Soudain, il se met à parler. Si on pense qu'il est fini, on se trompe. Il n'est pas encore mort et n'est pas devenu un être inutile. On veut la bagarre ? On l'aura ! A-t-il jamais fait autre chose dans sa vie ? Comment a-t-il planté ses cacaoyères, borné les vastes limites de ses *fazendas*, construit sa puissance ? Ce n'est pas en héritant de ses parents, en grandissant à l'ombre de ses frères, dans de grandes villes, comme ce Mundinho Falcão... Comment avait-il liquidé ses adversaires politiques ? En défrichant la forêt, parabellum au poing, suivi de ses *jagunços*. N'importe quel habitant d'Ilhéus d'un certain âge pourrait le raconter. Personne n'a encore oublié ces histoires. Ce Mundinho Falcão se trompe lourdement. Il est venu d'ailleurs, il ne connaît pas les histoires d'Ilhéus, il ferait mieux de se renseigner au préalable...

Le colonel frappe le ciment du trottoir avec la pointe de sa canne. Nacib l'écoute en silence.

La voix cordiale du professeur Josué l'interrompt :

— Bonjour, colonel. On prend le soleil ?

Le colonel sourit et tend la main au jeune homme.

— Je bavarde avec l'ami Nacib. Asseyez-vous ! Il lui fait une place sur le banc. A mon âge, prendre le soleil est le seul plaisir qui reste...

— Allons, colonel, peu de jeunes vous font la pige.

— Eh bien, moi je disais à Nacib que je ne suis pas encore enterré. Il y en a qui pensent que je ne vaux plus rien...

— Personne ne le pense, colonel, dit Nacib.

Ramiro Bastos changea de conversation et demanda à Josué :

— Comment va le collège d'Enoch ? Josué était professeur et sous-directeur du collège.

— Il va bien et même très bien. Il vient d'être officiellement reconnu. Ilhéus a maintenant son établissement d'enseignement du second degré. Une grande nouvelle.

— Il a été reconnu ? Je n'en savais rien... Le gouverneur m'a fait dire que cela ne pourrait avoir lieu qu'au début de l'année, que le ministère ne pouvait le faire avant car c'était interdit. Je me suis beaucoup intéressé à cette affaire.

— Effectivement, colonel, les reconnaissances sont toujours accordées en principe au début de l'année, avant la rentrée scolaire. Mais Enoch a demandé à Mundinho Falcão de s'en occuper quand il est allé à Rio...

— Ah !

— ... et il a obtenu du ministre une dérogation. Déjà pour les examens de cette année, le collège aura un inspecteur fédéral. C'est une grande nouvelle pour Ilhéus.

— Sans aucun doute..., sans aucun doute...

Le jeune professeur continua à parler. Nacib en profita pour prendre congé, mais le colonel ne les entendait pas. Ses pensées étaient loin. Que diable faisait donc son fils Alfredo à Bahia ? Député d'Etat, il avait ses entrées au palais du gouverneur et pouvait lui parler à n'importe quelle heure. Que diable faisait-il ? Ne l'avait-il pas chargé de demander la reconnaissance du collège ? C'est à lui et à personne d'autre qu'Enoch et la ville aurait dû la reconnaissance du collège si le gouverneur, sous la pression d'Alfredo, avait réellement voulu s'y intéresser. Lui, Ramiro, ces derniers temps n'allait plus guère à Bahia assister aux séances du Sénat. Le voyage était un supplice. Et voilà le résultat : ses demandes auprès du gouvernement dormaient dans les ministères, se traînaient sur les voies normales de la bureaucratie, et pendant ce temps...

Le collège serait reconnu sans faute au début de l'année prochaine, lui avait fait dire le gouverneur en donnant l'impression d'accéder à sa requête avec empressement. Il avait été satisfait et avait annoncé la nouvelle à Enoch en soulignant la promptitude avec laquelle le gouverneur répondait à sa sollicitation.

— L'année prochaine, votre collège sera sous contrôle fédéral.

Enoch l'avait remercié, mais en ajoutant :

— Il est dommage de ne pas l'avoir obtenu tout de suite, colonel. Nous allons perdre un an et beaucoup d'enfants iront à Bahia.

— Mon cher, hors des dates légales, au milieu de l'année, la reconnaissance est impossible. Il suffit d'attendre un peu.

Et maintenant, à brûle-pourpoint, cette nouvelle. Le collège reconnu hors de la date légale, sur l'intervention de Mundinho Falcão ! Il irait à Bahia dire au gouverneur ses quatre vérités... Il n'aimait pas qu'on se moque de lui ni qu'on joue avec son prestige. Et puis, que diable faisait donc son fils au Parlement de l'Etat ? Ce garçon n'avait vraiment rien d'un politicien. Il était bon médecin, bon administrateur, mais trop mou. Il ne tenait pas de lui et ne savait pas s'imposer. L'autre, Tonico, ne pensait qu'aux femmes et ne voulait pas entendre parler d'autre chose... Josué prit congé de lui.

— A bientôt, mon enfant. Dites à Enoch que je lui adresse mes félicitations. J'attendais la nouvelle d'un moment à l'autre...

Il se retrouva seul sur la place. Il ne ressentait plus la joie du soleil. Son visage s'était assombri. Il pensait au temps jadis, où ces choses-là étaient faciles à résoudre. Quand quelqu'un devenait gênant, il suffisait d'appeler un homme de main, de lui promettre de l'argent et de lui dire le nom du quidam. Aujourd'hui c'était différent. Mais ce Mundinho Falcão se trompait. Ilhéus avait beaucoup changé ces dernières années, certes. Le colonel Ramiro cherchait à comprendre cette nouvelle vie, cette nouvelle Ilhéus engendrée par l'autre ville qui avait été la sienne. Il croyait l'avoir comprise, avoir senti ses problèmes et ses besoins. Ne l'avait-il pas embellie, n'avait-il pas fait aménager places et jardins, paver des rues, ouvrir une route, malgré ses engagements vis-à-vis des Anglais du chemin de fer ? Alors pourquoi ainsi, tout d'un coup, la ville semblait-elle lui échapper des mains ? Pourquoi chacun se mettait-il à faire ce qu'il voulait, pour son propre compte, sans l'entendre ou sans attendre ses ordres ? Que se passait-il donc à Ilhéus qui lui rendait la ville incompréhensible et la soustrayait à son autorité ?

Il n'était pas homme à se laisser vaincre sans combattre. Cette région était la sienne. Personne n'avait fait pour elle autant que lui, Ramiro Bastos, nul ne viendrait lui arracher le bâton de commandement, quel qu'il fût. Il sentait qu'une nouvelle période de luttes approchait, différentes de celles de jadis, mais sans doute difficiles. Il se leva et se redressa comme s'il sentait à peine le poids des ans. Il avait beau être vieux, on ne l'avait pas encore enterré et tant qu'il vivrait, c'est lui qui commanderait. Il traversa le jardin et le quitta pour se rendre à l'hôtel de ville. Le soldat de la police en faction à la porte se mit au garde-à-vous. Le colonel Ramiro Bastos esquissa un sourire.

LA CONSPIRATION POLITIQUE

A l'heure même où le colonel Ramiro Bastos pénétrait dans l'édifice de l'Intendance et où l'Arabe Nacib arrivait au bar « Le Vésuve » sans avoir trouvé de cuisinière, dans sa maison de la plage, Mundinho racontait au Capitaine :

— Une bataille, mon cher. Cela n'a pas été facile.

Il repoussa sa tasse, allongea les jambes et s'étira sur sa chaise. Il était passé rapidement à son bureau et avait entraîné son ami chez lui pour bavarder sous prétexte de lui raconter les nouvelles. Le Capitaine savoura une gorgée de café. Il demanda des détails :

— Mais d'où vient toute cette résistance ? Enfin, Ilhéus n'est pas une quelconque bourgade. Un municipe qui rapporte plus de mille *contos* !

— Ah ! mon cher ! Un ministre n'est pas tout-puissant. Il doit se rendre aux intérêts des gouverneurs. Et le gouvernement de Bahia veut bien entendre parler de tout sauf du chenal d'Ilhéus. Chaque sac de cacao qui sort du port de Bahia représente de l'argent pour les docks de là-bas. Et le gendre du gouverneur est lié aux gens des docks. Le ministre m'a dit : « Mundinho, vous allez me brouiller avec le gouverneur de Bahia. »

— Un indécent, ce gendre. C'est ce que les colonels ne veulent pas comprendre. Aujourd'hui encore, nous en discutions pendant le renflouement de l'*Ita*. Eux soutenaient un gouvernement qui tire tout d'Ilhéus et ne nous donne rien.

— Au contraire... Il faut dire que les politiciens d'ici ne se démènent pas.

— Eh oui ! Ils font des difficultés pour des travaux indispensables à la ville. Une sottise inqualifiable. Ramiro Bastos se croise les bras, il ne voit rien, les colonels le suivent.

La hâte qui avait saisi Mundinho dans son bureau et l'avait incité à planter là ses clients en reportant à l'après-midi d'importantes rencontres d'affaires, disparaissait maintenant qu'il percevait l'impatience du Capitaine. Il fallait laisser l'autre lui offrir la direction politique. Il devait se faire prier, paraître surpris, sollicité. Il se leva, marcha jusqu'à la fenêtre et contempla la mer se brisant sur la plage, le jour ensoleillé.

— Parfois je me demande, Capitaine, pourquoi diable je suis venu me fourrer ici. Tout compte fait, je pourrais jouir de la vie à Rio et à São Paulo. Mon frère Emílio, le député, m'a encore demandé : « Tu ne t'es pas encore lassé de cette folie d'Ilhéus ? Je ne sais pas ce qui t'a pris de te fourrer dans ce trou. » Vous savez que ma famille est dans le commerce du café, n'est-ce pas ? Depuis plusieurs années...

Il tambourinait avec les doigts sur la fenêtre tout en regardant le Capitaine :

— Ne croyez pas que je vais me plaindre. Le cacao est une bonne affaire. Excellente même. Mais on ne peut pas comparer la vie d'ici et celle de Rio. Pourtant, je ne veux pas y retourner. Et savez-vous pourquoi ?

Le Capitaine savourait ce moment d'intimité avec l'exportateur. Il se sentait tout fier de cette amitié importante :

— J'avoue que cela pique ma curiosité, et pas seulement la mienne, celle de tout le monde. Pour quelle raison êtes-vous ici, c'est là un des mystères du pays...

— Cette raison est sans importance. Pourquoi suis-je resté ? Telle est la question à poser. Quand j'ai débarqué ici et que je suis descendu à l'Hôtel Coelho, le premier jour, j'ai eu envie de m'asseoir sur le trottoir et de me mettre à pleurer.

— Tout ce retard...

— Voilà : je crois que c'est exactement cela qui m'a retenu. Exactement cela... Un pays neuf, riche, où tout est à faire, où tout commence. Ce qui est fait est en général déplorable. Il faut changer tout cela. Il y a, pour ainsi dire, une civilisation à construire.

— Une civilisation à construire, bien dit... Le Capitaine approuva. Autrefois, au temps des bagarres, on disait que quelqu'un qui arrivait à Ilhéus n'en repartait jamais plus. Les pieds s'engluaient dans la mélasse du cacao et y restaient collés pour toujours. Ne l'avez-vous jamais entendu dire ?

— Oh si ! Mais comme je suis exportateur et non *fazendeiro*, c'est plutôt, je crois, à la boue des rues que mes pieds sont restés collés. L'envie m'a pris de rester pour construire quelque chose. Je ne sais pas si vous comprenez...

— Parfaitement.

— Il est clair que si je ne gagnais pas d'argent, si le cacao n'était pas une aussi bonne affaire, je ne resterais pas. Mais cela seulement ne suffirait pas à me retenir. Je crois que j'ai une âme de pionnier. Il rit.

— C'est pour cela que vous vous mêlez de tant de choses ? Je comprends... Vous achetez des terrains, vous faites tracer des rues et construire des maisons, vous placez de l'argent dans les affaires les plus différentes...

Le Capitaine énuméra les affaires de Mundinho et en mesura toute l'étendue. L'exportateur participait à presque tout ce qui se faisait à Ilhéus : installation de nouvelles succursales de banques, entreprise d'autocars, avenue de la plage, lancement d'un quotidien, arrivée de techniciens pour la taille du cacao ainsi que d'un architecte original qui, après avoir construit sa maison, était devenu à la mode et se trouvait accablé de travail.

— ... Vous faites même venir des artistes de théâtre... conclut-il en riant, faisant allusion à la danseuse arrivée par l'*Ita* le matin même.

— Pas mal, hein ? Les pauvres ! Je les ai rencontrés à Rio, désemparés. Ils voulaient partir en tournée, mais n'avaient même pas de quoi payer leurs billets. Je suis devenu imprésario...

— Dans ces conditions, mon cher, vous n'avez eu aucun mérite. Moi aussi, j'aurais fait de même. Le mari a l'air d'appartenir à la confrérie...

— Quelle confrérie ?

— Celle de saint Cornélius, l'illustre confrérie des maris résignés, d'un naturel débonnaire...

Mundinho fit un geste de la main :

— Comment... Ils ne sont même pas mariés. Ces gens-là ne se marient pas. Ils vivent ensemble chacun de leur côté. Que croyez-vous qu'elle fait quand elle ne trouve pas à danser ? Pour moi, cela n'a été qu'une distraction pour rompre la monotonie de la traversée. A présent c'est fini. Elle est à votre disposition à tous. Avec elle il suffit de payer, mon cher.

— Les colonels vont perdre la tête... Mais n'allez pas raconter qu'ils ne sont pas mariés. L'idéal de tout colonel est de coucher avec une femme mariée, mais si quelqu'un veut coucher avec la sienne, alors... Pour en revenir à la question du chenal... Êtes-vous vraiment décidé à faire avancer l'affaire ?

— Pour moi, maintenant, c'est une question personnelle. A Rio, je suis entré en contact avec une compagnie de cargos suédoise. Elle est prête à établir une ligne directe sur Ilhéus, dès que le chenal permettra le passage de bâtiments d'un certain tirant d'eau.

Le Capitaine écoutait avec attention, en ruminant certaines idées qui l'obsédaient depuis longtemps, certains plans politiques. L'heure était venue de les mettre à exécution. L'arrivée de Mundinho avait été pour Ilhéus une bénédiction du ciel. Mais comment accueillerait-il de telles propositions ? Il fallait procéder avec précaution, gagner sa confiance, le convaincre. Mundinho se sentait attendri par l'admiration de l'autre. Il était en veine de confidences et se laissait aller :

— Ecoutez Capitaine : quand je suis arrivé ici... Il s'interrompit un instant comme s'il s'interrogeait sur l'intérêt de ce qu'il allait dire. C'était en quelque sorte pour fuir. Nouveau silence. Non, pas la police. Une femme. Un jour je vous raconterai toute l'histoire, pas aujourd'hui. Savez-vous ce que c'est que la passion ? Plus que la passion, la folie ? C'est pour cela que je suis venu, j'ai tout plaqué. On m'avait déjà parlé d'Ilhéus, du cacao. Je suis venu voir comment les choses se présentaient. Je ne suis pas reparti. Le reste, vous le connaissez : la firme d'exportation, ma vie ici, les bonnes amitiés que j'ai nouées, l'enthousiasme que j'éprouve pour ce pays. Ce n'est pas seulement pour les affaires, pour l'argent, comprenez-vous ? J'aurais pu gagner autant et même davantage en exportant du café. Mais ici je fais quelque chose, je suis quelqu'un, savez-vous ? Je fais tout cela de mes propres mains... et il regardait ses mains bien entretenues, fines, aux ongles aussi soignés que ceux d'une femme.

— A ce sujet, je veux vous parler...

— Attendez. Laissez-moi finir. Je suis venu pour des raisons intimes, comme un fugitif. Mais si je suis resté, c'est à cause de mes frères. Je suis le plus jeune des trois, le benjamin. Bien plus jeune, ma naissance a eu lieu sur le tard. Les jeux étaient déjà faits, je n'avais aucun effort à fournir. Il n'y avait qu'à laisser courir. Seulement j'étais toujours le troisième. Les deux premiers d'abord. Cela ne faisait pas mon affaire.

Le Capitaine nageait dans la joie. Ces confidences venaient à point nommé. Il s'était lié d'amitié avec Mundinho Falcão dès l'arrivée à Ilhéus de l'exportateur lorsque celui-ci avait fondé sa maison de commerce. Etant collecteur d'impôts fédéral, il fut appelé à conseiller le capitaliste. Il se mit à l'accompagner et à lui servir de cicérone. Il le conduisit à la *fazenda* de Ribeirinho, à Itabuna, à Pirangi, à Agua Preta. Il lui expliqua les mœurs du pays et même lui recommanda des femmes. Mundinho, de son côté, était un homme sans prétention, cordial et très liant. Au début, le Capitaine avait seulement tiré fierté de son intimité avec ce richard venu du Sud dont la famille jouait un rôle important dans les affaires et dans la politique, avec un frère député et des parents diplomates. L'aîné avait même été pressenti comme ministre de la Justice. Plus tard, le temps aidant, et à la vue des multiples activités de Mundinho, il s'était mis à réfléchir et à faire des plans : c'était un homme de taille à s'opposer aux Bastos, à les abattre...

— J'ai été un enfant gâté. Dans la société, je n'avais rien à faire, mes frères réglaient tout. Une fois devenu homme, à leurs yeux, je restais un enfant. Ils me laissaient me divertir, plus tard mon tour viendrait, « l'heure de ma responsabilité », comme disait Lourival... Son visage se fermait en parlant de son frère aîné. Vous comprenez ? Je me suis fatigué de ne rien faire, d'être le frère le plus jeune. Peut-être n'aurais-je jamais réagi et me serais-je abandonné à cette mollesse, à la belle vie. Et voilà que parut la femme en question... Un problème insoluble... Ses yeux étaient maintenant tournés vers la mer, devant la fenêtre ouverte, mais ils regardaient au-delà de l'horizon des souvenirs et des figures que lui seul apercevait.

— Jolie ?

Mundinho Falcão eut un rire bref :

— Jolie est une insulte en parlant d'elle. Savez-vous ce qu'est la beauté, Capitaine ? La perfection absolue ? On ne qualifie pas de jolie une femme pareille.

Il passa la main sur son front comme pour chasser des visions :

— Enfin... dans le fond, je suis content. Aujourd'hui je ne suis plus le frère de Lourival ou d'Emílio Mendes Falcão. Je suis moi-même. Ce pays est le mien, j'ai ma firme à moi et je vais, mon cher Capitaine, mettre Ilhéus sens dessus dessous, faire de ça une...

— ... une capitale, comme disait aujourd'hui encore le Docteur, compléta le Capitaine.

— Cette fois, mes frères m'ont regardé d'un autre œil. Ils ont maintenant perdu l'espoir de me voir revenir brisé par un échec, la tête basse. La vérité est que je ne me débrouille pas mal, hein ?

— Pas mal ? Fichtre ! Vous êtes arrivé de la veille et vous voilà déjà le premier exportateur de cacao.

— Pas encore. Les Kaufman exportent davantage. Stevenson aussi. Mais je les dépasserai. Pourtant, ce qui me retient, c'est cette région en train de naître, ce commencement de tout. Tout y est à faire et moi je peux faire tout cela. Du moins — corrigea-t-il — aider à le faire. C'est stimulant pour un homme de mon espèce.

— Savez-vous ce qu'on raconte ?

Le Capitaine se leva et arpenta la pièce. Le moment était venu.

— Quoi ? Mundinho attendait, devinait les paroles de l'autre.

— Que vous avez des ambitions politiques. Aujourd'hui encore...

— Des ambitions politiques ? Je n'y ai jamais songé, du moins sérieusement. Je n'ai songé qu'à gagner de l'argent et à stimuler le progrès de la région.

— Tout cela est très beau et c'est tout à votre honneur. Cependant, vous ne parviendrez même pas à réaliser la moitié de vos rêves aussi longtemps que vous ne ferez pas de politique et que vous ne chercherez pas à modifier la situation présente.

— Comment cela ? Les cartes étaient sur la table et le jeu avait déjà commencé.

— Vous avez dit vous-même : le ministre doit donner satisfaction aux gouverneurs. Le gouvernement se désintéresse de nous, les politiciens d'ici sont des bourriques. Les colonels ne voient pas plus loin que le bout de leur nez. Pour eux, il n'y a que planter et ramasser du cacao. Le reste ne les intéresse pas. Ils élisent des idiots pour les représenter à la Chambre, ils votent pour ceux que Ramiro Bastos leur désigne. L'Intendance passe des mains d'un fils à celles d'un compère de Ramiro.

— Mais le colonel fait tout de même quelque chose...

— Il fait paver les rues, aménager des places, planter des fleurs. Et il s'en tient là. Des routes ? Inutile d'y songer. Déjà pour construire la route d'Itabuna, il a fallu batailler. Il s'était engagé vis-à-vis des Anglais du chemin de fer, et patati, et patata... Le chenal ? Il a pris un engagement vis-à-vis du gouverneur... Comme si Ilhéus restait stationnaire depuis vingt ans...

Maintenant, c'était Mundinho qui écoutait en silence. Le Capitaine parlait sur un ton passionné, désireux de le convaincre. Mundinho pensait qu'il avait raison, que les besoins des colonels ne correspondaient plus à ceux d'une région en expansion rapide.

— Je reconnais que vous avez raison...

— Bien sûr que j'ai raison ! Il donna une tape sur l'épaule de l'exportateur. Mon cher, quand bien même vous ne le voudriez pas, vous ne pourrez faire autrement que de vous lancer dans la politique...

— Et pourquoi ?

— Parce qu'Ilhéus, vos amis et la population l'exigent !

Le Capitaine avait parlé d'une voix solennelle, en étendant le bras comme s'il avait fait un discours. Mundinho Falcão alluma une cigarette :

— C'est une affaire à envisager... Et il se voyait arrivant au Parlement fédéral, élu député par le pays du cacao, ainsi qu'il l'avait prédit à Emílio.

— Vous n'en avez pas idée... Le Capitaine se rassit, content de lui. On ne parle pas d'autre chose. Tous ceux qui s'intéressent au progrès d'Ilhéus, d'Itabuna, de toute la zone. Une foule innombrable, impossible à évaluer.

— C'est une affaire à discuter. Je ne dis ni oui ni non. Je ne veux pas me fourvoyer dans une aventure ridicule.

— Une aventure ? Si je vous disais que ce sera chose facile, qu'il n'y aura pas de lutte, je vous mentirais. Ce sera dur, il n'y a aucun doute. Mais une chose est sûre : nous pouvons l'emporter haut la main.

— C'est une affaire à envisager, répéta Mundinho Falcão.

Le Capitaine sourit. Mundinho se montrait intéressé et de là à s'engager, il n'y avait qu'un pas à faire. D'ailleurs à Ilhéus, seul Mundinho Falcão et personne d'autre ne pouvait affronter la puissance du colonel Ramiro Bastos, lui seul pouvait venger le Capitaine. Les Bastos n'avaient-ils pas ratiboisé le vieux Cazuzinha, ne l'avaient-ils pas contraint à se ruiner dans de mesquines luttes politiques au point de ne pas laisser un traître sou en héritage au Capitaine, réduit à vivre d'un emploi de fonctionnaire ?

Mundinho Falcão sourit. Le Capitaine lui offrait le pouvoir ou du moins les moyens de le conquérir, précisément ce qu'il désirait.

— Une affaire à envisager ? Les élections approchent. Il faut s'y mettre sans tarder.

— Pensez-vous vraiment que je vais trouver un appui, des gens prêts à m'accompagner ?

— Il suffit que vous soyez prêt. Voyez, cette histoire du chenal peut être décisive. C'est une affaire qui passionne toute la population, et pas seulement ici, mais aussi à Itabuna, à Itapira, dans tout l'arrière-pays. Vous allez voir : l'arrivée de l'ingénieur va faire sensation.

— Et après l'ingénieur viendront les dragues, les remorqueurs...

— Et à qui Ilhéus doit-elle tout cela ? Avez-vous déjà vu l'atout dont vous disposez ? Mieux qu'un jeu de cartes truqué. Savez-vous quelle est la première disposition à prendre ?

— Laquelle ?

— Une série d'articles dans le *Diário*, démasquant le gouvernement et l'Intendance, montrant l'importance de l'affaire du chenal. Voyez donc : nous avons même un journal.

— Doucement, il n'est pas à moi. J'ai avancé de l'argent pour le lancer, mais Clovis Costa n'a pris aucun engagement envers moi. Je crois que c'est un ami des Bastos, du moins de Tonico, on les rencontre ensemble...

— Il est l'ami de celui qui le paie le mieux. Laissez-moi me charger de lui.

L'exportateur voulut simuler une dernière hésitation :

— Cela en vaut-il vraiment la peine ? La politique est toujours si malpropre... Mais si c'est pour le bien de la région... Il se sentait un tantinet ridicule. Ce sera peut-être amusant, corrigea-t-il.

— Mon cher, si vous voulez réaliser vos projets, servir Ilhéus, il n'y a pas d'autres moyens. L'idéalisme ne suffit pas.

— Oh ! ça c'est vrai !...

Quelqu'un frappa à la porte. La bonne alla ouvrir. C'était le personnage aussitôt reconnaissable du Docteur, qui s'écriait :

— Je suis allé à votre bureau pour vous souhaiter la bienvenue. Je ne vous y ai pas trouvé et suis venu ici pour vous saluer. Il transpirait sous son faux col aux pointes rabattues et sa chemise à plastron empesé.

Le Capitaine s'écria avec empressement :

— Que dites-vous, Docteur, de l'idée de faire Mundinho Falcão notre candidat aux prochaines élections ?

Le Docteur leva les bras au ciel :

— Nouvelle formidable ! sensationnelle ! Et, se tournant vers l'exportateur :

— Si mes modestes services peuvent vous être utiles...

Le Capitaine se tourna vers Mundinho comme pour lui dire : « Vous avez vu que je ne mentais pas ? Les hommes les meilleurs d'Ilhéus... »

— Mais c'est encore un secret, Docteur.

Ils s'assirent tous les trois et le Capitaine commença à expliquer les mécanismes politiques de la région, les relations entre les maîtres des suffrages, les intérêts en jeu. Le Dr Ezequiel Prado, par exemple, un homme qui comptait tant d'amis parmi les *fazendeiros*, était mécontent des Bastos qui ne l'avaient pas fait président du Conseil municipal...

DE L'ART DE PARLER DE LA VIE D'AUTRUI

Nacib retroussa les manches de sa chemise et observa la clientèle. A cette heure-là, celle-ci était presque entièrement constituée par des gens de l'extérieur, venus en ville à l'occasion de la foire. Il y avait aussi quelques passagers de l'*Ita* en transit vers les ports du Nord. L'heure était encore trop matinale pour les clients habituels. Empoignant Bico-Fino, il lui arracha la bouteille des mains :

— Qu'est-ce que c'est que ça ? C'était une bouteille de cognac portugais.

— A-t-on jamais vu ? Il poussa son employé vers le comptoir. Servir à ces péquenots du vrai cognac... Il prit une autre bouteille de même étiquette et de même apparence où le cognac portugais était mélangé au national, astuce de l'Arabe pour augmenter ses bénéfices.

— Ce n'est pas pour ces gens, m'sieu Nacib. C'est pour les personnes du bateau.

— Et puis après ? Qu'ont-elles de plus que les autres ?

Le cognac pur, le vermouth sans mélange, le porto et le madère non baptisés étaient réservés à la clientèle fixe, quotidienne, et aux amis. Il ne pouvait pas s'éloigner du bar. Aussitôt ses employés se mettaient à faire des sottises. S'il ne se tenait pas là en permanence, il finirait par perdre de l'argent. Il ouvrit la caisse enregistreuse. Ce jour-là, il allait y avoir beaucoup d'affluence et aussi beaucoup de conversations. Le départ de Filomena ne lui causait pas seulement un préjudice matériel et de la fatigue. Il lui ôtait aussi la paix de l'esprit et l'empêchait de consacrer toute son attention aux multiples nouvelles, à tant de choses qui fourniraient matière à commentaires quand ses amis arriveraient. Des nouvelles en abondance ! Pour Nacib, rien de plus agréable — table et femmes mises à part — que de commenter les nouvelles en échafaudant des spéculations. Parler de la vie d'autrui était l'art suprême, le suprême plaisir de la ville. Un art porté à un raffinement incroyable par les vieilles filles. « Voilà réunie l'assemblée des langues vipérines », disait João Fulgêncio en les voyant devant l'église, à l'heure de la bénédiction. Mais n'était-ce pas à la Papeterie Modèle, où João Fulgêncio trônait au milieu des livres, des cahiers, des crayons, des stylos, que se réunissaient les « talents » locaux, aux langues aussi aiguisées que celles des vieilles filles ? Là et dans les bars, près des appontements du quai, dans les cercles de poker, partout on parlait de la vie d'autrui et on glosait sur les événements. Une fois quelqu'un alla dire à Nhô-Galo que ses aventures dans les maisons de prostituées alimentaient les conversations. Il répondit de sa voix nasillarde :

— Mon garçon, ça m'est égal. Je sais qu'on parle de moi, comme on parle de tout le monde. Je m'efforce seulement, en bon patriote, de fournir des sujets de conversation.

Tel était le principal divertissement de la ville. Et comme tout le monde ne possédait pas la bonne humeur de Nhô-Galo, des soufflets retentissaient parfois dans les bars, des exaltés exigeaient des explications en sortant leurs revolvers, en sorte que cet art n'était ni gratuit ni sans danger.

Ce jour-là, il y avait beaucoup à commenter : d'abord, l'affaire du chenal, question complexe comportant divers détails comme l'échouement de l'*Ita*, l'arrivée de l'ingénieur, l'activité de Mundinho Falcão (« Qu'est-ce qu'il veut, celui-là ? » demandait le colonel Manuel das Onças), la violente irritation du colonel Ramiro Bastos. Cette question compliquée était à elle seule, suffisamment passionnante. Mais comment oublier le couple d'artistes, la belle femme et le prince minable avec son visage de rat affamé ? Ce sujet délicat et affriolant allait susciter les gaudrioles du Capitaine et de João Fulgêncio, les commentaires sarcastiques de Nhô-Galo et de plaisantes rigolades. Tonico Bastos ne tarderait pas à tourner autour de la danseuse, mais cette fois-ci Mundinho Falcão l'avait devancé. Ce n'était sûrement pas pour l'amour de ses danses que l'exportateur l'avait fait venir avec son mari à la traîne, certainement en leur payant le passage. Il y avait le dîner du lendemain, celui de l'entreprise d'autocars, et la curiosité de savoir pourquoi un tel ou un tel n'avaient pas été invités. Et puis les nouvelles femmes du cabaret, la nuit avec Risoleta...

Comme un fait exprès, Nhô-Galo entra dans le bar. Ce n'était pas son heure, il aurait dû être au bureau des contributions :

— J'ai fait la bêtise de rentrer chez moi après l'arrivée de l'*Ita*, j'ai dormi jusqu'à présent. Donnez-moi un coup à boire, je vais travailler...

Il lui servit le mélange habituel de vermouth et de tafia.

— Et la loucheuse, hein ? Nhô-Galo rit. Hier, vous étiez grandiose, l'Arabe, grandiose ! Ensuite il exprima la constatation d'un fait : La qualité des femmes ici va en s'améliorant, c'est indubitable.

— Je n'ai jamais vu une femme aussi experte... Nacib lui chuchota des détails.

— Non, pas possible !

Le négrillon Tuísca arriva avec sa boîte de cireur. Il apportait un message des sœurs Dos Reis : tout était réglé, Nacib pouvait être tranquille. L'après-midi, elles enverraient deux plateaux.

— A propos de plateaux, servez-moi quelque chose pour accompagner. Un amuse-gueule quelconque.

— Vous voyez bien qu'il n'y en a pas ! Seulement cet après-midi. Ma cuisinière est partie...

Nhô-Galo plaisanta :

— Pourquoi n'engagez-vous pas Machadinho ou Miss Pirangi ?

C'était les deux invertis notoires de la ville. Le mulâtre Machadinho, toujours propre et bien mis, blanchisseur de son état, aux mains délicates, à qui les familles confiaient les complets en toile de lin ou en coutil blanc HJ, les chemises fines ou les cols empesés. Et un nègre affreux, employé de la pension Caetano dont on voyait rôder la silhouette sur la plage, la nuit, à la recherche de plaisirs vicieux. Les gamins lui lançaient des pierres en criant son sobriquet : « Miss Pirangi ! Miss Pirangi ! »

Ce conseil facétieux rendit Nacib furieux :

— Allez déconner ailleurs !...

— Tout de suite : je vais au bureau faire semblant de travailler. Je reviens dans un instant. Je veux être informé de ce qui s'est passé la nuit dernière, dans les moindres détails.

L'affluence augmentait dans le bar. Nacib put voir surgir, du côté de la plage, le Capitaine et le Docteur accompagnant Mundinho Falcão. Ils conversaient avec animation. Le Capitaine gesticulait, interrompu de temps à autre par le Docteur. Mundinho écoutait, approuvait de la tête. Il se passait quelque chose..., pensa Nacib. Que diable faisait chez lui l'exportateur (car il venait certainement de chez lui) à cette heure-là, flanqué de ses deux compères ? Ayant débarqué le matin même après une absence de près d'un mois, Mundinho aurait dû se trouver à son bureau pour recevoir des colonels, discuter affaires, acheter du cacao. Ce Mundinho Falcão causait des surprises, il ne procédait jamais comme tout le monde. Il était là, comme s'il n'avait pas d'affaires à traiter, de clients à satisfaire ou à éconduire, en train de soutenir une conversation des plus animées avec ses deux amis. Nacib confia la caisse à Bico-Fino et s'avança sur le trottoir.

— Avez-vous trouvé une cuisinière ? lui demanda le Capitaine en s'asseyant.

— J'ai couru tout Ilhéus. Pas la moindre trace...

— Du cognac, Nacib. Et du vrai ! demanda Mundinho.

— Et des croquettes de morue...

— Cet après-midi seulement...

— Hé ! l'Arabe ! que signifie cette décadence ?

— Vous allez perdre votre clientèle. On va changer de bar... ! s'écria en riant le Capitaine.

— Cet après-midi, il y en aura. J'en ai commandé aux sœurs Dos Reis.

— Heureusement...

— Heureusement ? Elles me demandent une fortune... Je perds de l'argent.

Mundinho Falcão lui donna des conseils :

— Ce qu'il vous faut faire, Nacib, c'est moderniser votre bar, acquérir un réfrigérateur pour produire votre glace, faire installer des machines modernes...

— Ce qu'il me faut, c'est une cuisinière...

— Faites-en venir une du Sergipe.

— Et en attendant ?

Il épiait l'air complice des trois compères, le sourire satisfait du Capitaine, la conversation interrompue et soudain terminée. Chico-Moleza arriva avec un plateau de boissons. Nacib s'assit :

— Monsieur Mundinho, que diable avez-vous fait au colonel Ramiro Bastos ?

— Au colonel ? Je ne lui ai rien fait. Pourquoi ?

Nacib, à son tour, se montra discret :

— Pour rien...

Le Capitaine, intéressé, lui donna une tape dans le dos et dit, d'un ton autoritaire :

— Lâchez le morceau, l'Arabe ! Que s'est-il passé ?

— Je l'ai rencontré aujourd'hui en face de l'Intendance. Il était assis, en train de prendre le soleil. Tout en bavardant, je lui ai raconté que monsieur Mundinho était arrivé aujourd'hui et que l'ingénieur allait venir... Le vieux est devenu furieux. Il se demandait ce que monsieur Mundinho avait à voir avec cela, pourquoi il se mêlait de ce qui ne le regardait pas.

— Vous voyez ? interrompit le Capitaine. Le chenal...

— Et ce n'est pas tout. Sur ces entrefaites est arrivé le professeur Josué qui a raconté que le collège venait d'être officiellement reconnu.

Alors le bonhomme a bondi. Il paraît qu'il en avait fait la demande au gouvernement de l'Etat et qu'il n'avait rien obtenu. Il s'est mis à pester en frappant le sol de sa canne.

Le silence de ses amis, l'impression produite par son histoire réjouissait Nacib. Il se vengeait ainsi des airs de conspirateurs affichés par eux en arrivant. Il ne tarderait pas à savoir ce qu'ils tramaient. Le Capitaine parla :

— Furieux, hein ? Il va l'être bien davantage, ce vieux sorcier. Il croit qu'il est le maître de tout, ici...

— Pour lui, Ilhéus fait pour ainsi dire partie de sa *fazenda*, et nous, les citadins, ne sommes que de simples fermiers ou journaliers, précisa le Docteur.

Mundinho Falcão ne disait rien. Il souriait. A la porte du cinéma, apparurent Diogenes et le couple d'artistes. Apercevant le groupe attablé à la terrasse du bar, ils se dirigèrent vers lui. Nacib ajouta :

— C'est exactement cela. Monsieur Mundinho, pour lui, vous êtes un « étranger ».

— Il a dit un « étranger » ? demanda l'exportateur.

— Oui, un étranger, c'est le mot qu'il a employé.

Mundinho Falcão toucha le bras du Capitaine :

— Vous pouvez aller trouver l'homme, Capitaine. Je suis décidé. Nous allons jouer un petit air pour faire danser le vieux... Cette dernière phrase s'adressait à Nacib.

Le Capitaine se leva et vida son verre. Le couple d'artistes arrivait. Que pouvaient bien manigancer les autres ? songeait Nacib. Le Capitaine salua :

— Excusez-moi, je m'en allais pour une affaire urgente.

Les hommes se levèrent de table en écartant les chaises. Sous une ombrelle déployée, Anabela souriait, aguichante. Le prince, avec son long fume-cigarette, tendait une main fine, décharnée, nerveuse.

— A quand la première ? demanda le Docteur.

— Demain... Nous organiserons cela avec monsieur Diogenes.

Le propriétaire du cinéma, le visage non rasé, expliquait de sa voix éternellement découragée et plaintive de chanteur d'hymnes sacrés :

— Lui, je crois qu'il pourra plaire. Les enfants aiment les tours de prestidigitation. Et même les grandes personnes. Mais elle...

— Pourquoi pas ? demanda Mundinho tandis que Nacib servait de nouveaux apéritifs.

Diogenes se gratta le menton :

— Vous savez, monsieur, ici on est encore en retard. Si elle exécute ses danses, presque nue, les familles ne viendront pas.

— Vous ferez le plein avec des hommes... affirma Nacib.

Diogenes était embarrassé pour expliquer. Il ne voulait pas avouer que c'était lui, protestant et puritain, qui se sentait choqué par les danses osées d'Anabela :

— C'est bon pour un cabaret... Dans un cinéma, ce n'est pas convenable.

Le Docteur, très courtois et très galant, excusait la ville auprès de l'artiste qui souriait :

— Excusez-nous, madame. Le pays est arriéré, on n'y comprend pas les audaces de l'art, on trouve tout cela immoral.

— Des danses artistiques, observa la voix caverneuse du prestidigitateur.

— Bien sûr, bien sûr... Mais...

Mundinho Falcão s'amusait :

— Et alors, monsieur Diogenes...

— Au cabaret, elle peut gagner davantage. Elle travaillera au cinéma avec son mari dans les trucs de prestidigitation, puis elle ira danser au cabaret...

L'allusion à des gains plus avantageux illumina l'œil du prince. Anabela voulut connaître l'avis de Mundinho :

— Qu'en pensez-vous ?

— Pas mal, n'est-ce pas ? Magie au cinéma et danse au cabaret... C'est parfait.

— Et le propriétaire du cabaret ? Sera-t-il intéressé ?

— Nous allons le savoir tout de suite... Il s'adressa à Nacib. Nacib, s'il vous plaît, envoyez un garçon chercher Zeca Lima. Je veux lui parler. Qu'il se dépêche, qu'il vienne tout de suite !

Nacib cria un ordre au négrillon Tuísca qui partit en courant : Mundinho donnait de bons pourboires.

L'Arabe pensait au ton de commandement de l'exportateur. On aurait dit le ton du colonel Ramiro Bastos quand il était plus jeune, lorsqu'il donnait des ordres et faisait la loi. Il allait se passer quelque chose.

L'affluence augmentait, de nouveaux clients arrivaient, les tables s'animaient, Chico Moleza courait de côté et d'autre. Nhô-Galo reparut et se joignit au groupe. Le colonel Ribeirinho l'imita, dévorant du regard la danseuse. Anabela resplendissait au milieu de tous ces hommes.

Le prince Sandra, avec son air de sous-alimenté, très digne sur sa chaise, supputait les grosses sommes qu'il allait empocher...

Une place où il pourrait séjourner, où il pourrait se remplumer.

— Cette idée du cabaret n'est pas mauvaise...

— Quelle idée ? voulut savoir Ribeirinho.

— Elle va danser au cabaret.

— Et au cinéma ?

— Au cinéma, il n'y aura que les tours de magie, pour les familles. Au cabaret, la danse des sept voiles...

— Au cabaret ? Epatant... Ça va être bondé... Mais pourquoi ne danse-t-elle pas au cinéma ? J'avais cru...

— Des danses modernes, colonel. Les voiles tombent l'un après l'autre...

— L'un après l'autre ? Tous les sept ?

— Les familles pourraient ne pas apprécier...

— Oh ! Ah, ça... L'un après l'autre... Tous ? Alors, il vaut mieux le cabaret... C'est plus animé...

Anabela riait, elle fixait sur le colonel son regard plein de promesses. Le Docteur répétait :

— Un pays arriéré, où l'art est rejeté dans les cabarets.

— On n'y trouve même pas de cuisinière, déplora Nacib.

Le professeur Josué descendait la rue en compagnie de João Fulgêncio. L'heure de l'apéritif était venue. Le bar regorgeait de monde. Nacib lui-même était obligé de circuler entre les tables pour servir. Les clients réclamaient des amuse-gueule, l'Arabe répétait ses explications tout en pestant contre la vieille Filomena. Le Russe Jacob, suant à grosses gouttes, les cheveux blonds en désordre, voulait avoir des précisions sur le dîner du lendemain :

— Ne vous en faites pas ! Je ne suis pas une putain pour manquer à mes engagements.

Josué, très homme du monde, baisa la main d'Anabela. João Fulgêncio, qui ne fréquentait pas le cabaret, protesta contre la pudibonderie de Diogenes :

— Un scandale ? Pas le moins du monde ! C'est la pruderie de ce protestant...

Mundinho Falcão épiait la rue, attendant le retour du Capitaine. De temps en temps, il échangeait des clins d'œil avec le Docteur. Nacib observait ces clins d'œil et l'impatience de l'exportateur. On ne la lui faisait pas : quelque chose se tramait. Une bouffée de vent soufflant de la mer entraîna l'ombrelle d'Anabela restée ouverte à côté de la table. Nhô-Galo, Josué, le Docteur, le colonel Ribeirinho se précipitèrent pour la retenir. Seuls Mundinho Falcão et le prince Sandra restèrent assis. Mais elle fut rapportée par le Dr Ezequiel Prado qui arrivait sur ces entrefaites avec ses yeux noyés d'ivrogne.

— Mes hommages, madame...

Les yeux d'Anabela, aux longs cils noirs, passaient d'un homme à l'autre et s'attardaient sur Ribeirinho.

— Des gens distingués ! dit le prince Sandra.

Tonico Bastos, venant de son étude, se précipita dans les bras de Mundinho Falcão en lui faisant de grandes démonstrations d'amitié.

— Et Rio, comment l'avez-vous laissé ? Il n'y a que là-bas qu'on apprécie la vie...

Il toisait Anabela du regard, de son regard conquérant et irrésistible d'homme de la ville.

— Qui va me présenter ? demanda-t-il.

Nhô-Galo et le Docteur allèrent s'asseoir devant un jeu de trictrac. A une autre table, quelqu'un décrivait à Nacib les excellences d'une cuisinière. On ne pouvait imaginer un tel art de l'assaisonnement... Seulement, elle était à Recife, employée chez une famille Coutinho, des notables du Pernambouc.

— A quoi cela m'avance-t-il ?

GABRIELA EN CHEMIN

Le paysage avait changé. A la *caatinga* inhospitalière avaient succédé des terres fertiles, de verts pâturages, d'épaisses forêts qu'il fallait traverser, des rivières et des ruisseaux, une pluie tombant en abondance. Ils avaient passé la nuit non loin d'une distillerie avec des plantations de canne ondulant sous le vent. Un ouvrier leur avait donné des explications détaillées sur le chemin à suivre. En moins d'une journée de marche, ils seraient à Ilhéus. Fini leur effrayant exode. Une vie nouvelle allait commencer.

— Tous les *retirantes* campent près du port, du côté de la voie ferrée, à l'extrémité du champ de foire.

— Vous n'allez pas chercher du travail ? demanda le nègre Fagundes.

— Il vaut mieux attendre, ça ne dure pas longtemps, aussitôt des gens viennent vous embaucher. Pour travailler dans les plantations de cacao ou en ville...

— En ville, aussi ? demanda Clemente intéressé, le visage fermé, l'accordéon sur l'épaule, une inquiétude dans le regard.

— Certes, oui. Pour quelqu'un qui a un métier : maçon, charpentier, peintre en bâtiment. On construit tant de maisons à Ilhéus que c'est du gaspillage.

— C'est tout ?

— Il y a du travail aussi dans les entrepôts de cacao, dans les docks.

— Moi, dit un *sertanejo* robuste, d'âge mûr, je m'en vais dans les forêts. Il paraît qu'on peut y amasser de l'argent.

— En d'autres temps, c'était comme ça. Maintenant, c'est plus difficile.

— Il paraît que les bons tireurs y sont très appréciés... dit le nègre Fagundes en passant la main, comme pour faire une caresse, sur sa carabine à répétition.

— Il fut un temps où c'était comme ça.

— Plus maintenant ?

— Parfois encore on en demande.

Clemente n'avait pas de métier. Il avait toujours trimé à la campagne. Il ne savait que planter, défricher et récolter. D'ailleurs, il était venu avec l'intention de se rendre dans les plantations de cacao. Il avait entendu tant d'histoires de gens arrivés comme lui, chassés par la sécheresse, fuyant le *sertão*, presque morts de faim, qui s'étaient enrichis rapidement dans ces régions. C'était du moins ce qu'on disait dans le *sertão*. La renommée d'Ilhéus courait le monde, les aveugles chantaient sa grandeur sur leurs guitares, les commis voyageurs parlaient de ce pays d'abondance et de vaillance où l'on prospérait en un clin d'œil. Il n'y avait pas de production plus florissante que celle du cacao. Les bandes d'émigrants descendaient du *sertão*, la sécheresse aux trousses, abandonnaient la terre aride où le bétail mourait et où les cultures dépérissaient, pour suivre les sentiers qui conduisaient vers le Sud. Beaucoup restaient en chemin, ils ne supportaient pas l'horrible voyage. D'autres mouraient en entrant dans la zone des pluies où la fièvre typhoïde, le paludisme et la variole les attendaient. Ils arrivaient décimés, à demi morts de fatigue, mais l'espoir faisait battre leurs cœurs en ce dernier jour de marche. Encore un petit effort et ils atteindraient la ville riche où la vie était facile, les terres à cacao où l'argent abondait comme les ordures dans les rues.

Clemente était chargé. Outre ses propres affaires — l'accordéon et un sac de drap à demi plein —, il portait le baluchon de Gabriela. La marche était lente, parmi eux se trouvaient des vieillards. Même les jeunes étaient au bord de l'épuisement. Ils n'en pouvaient plus. Quelques-uns se traînaient presque, soutenus seulement par leur espérance.

Seule Gabriela semblait ne pas être éprouvée par la marche. Ses pieds paraissaient glisser sur le sentier souvent ouvert à l'instant même à coups de machette au travers de la forêt vierge. Comme si les pierres, les souches et les lianes enchevêtrées n'existaient pas. La poussière des chemins de la *caatinga* l'avait recouverte à tel point qu'il était impossible de distinguer ses traits. Ses cheveux en étaient si chargés que le morceau de peigne ne pouvait plus s'y enfoncer. On aurait dit une folle égarée sur les chemins. Mais Clemente savait exactement comment elle était, il connaissait sur le bout du doigt chaque parcelle de son corps. Quand les deux groupes s'étaient rencontrés au début du voyage, le teint du visage de Gabriela et la peau de ses jambes étaient encore visibles, ses cheveux ondulaient sur sa nuque en répandant du parfum. Maintenant encore, à travers la crasse qui l'enveloppait, il l'apercevait comme il l'avait vue le premier jour, appuyée à un arbre, le corps svelte, le visage souriant, mordant un goyave.

— Toi, on dirait que tu ne viens pas de bien loin...

Elle rit :

— On arrive. On est tout près. C'est si agréable d'arriver.

Il ferma davantage encore son visage sombre :

— Je ne trouve pas.

— Et pour quelle raison ? Elle leva vers le visage sévère de l'homme ses yeux tantôt timides et naïfs, tantôt insolents et provocants. N'es-tu pas parti pour aller travailler dans le cacao, pour gagner de l'argent ? Tu ne parles jamais d'autre chose.

— Tu sais bien pourquoi, grommela-t-il avec rage. Pour moi, ce chemin pourrait durer toute la vie. Ça ne me ferait rien...

Son rire à elle rendait un son douloureux sans exprimer précisément de la tristesse, comme si elle était résignée à son destin :

— Tout ce qui est bon et aussi tout ce qui est mauvais finit par avoir une fin.

Il sentait monter en lui une rage impuissante. Une fois de plus, contrôlant sa voix, il répéta la question qu'il ne cessait de lui poser en chemin et pendant les nuits d'insomnie :

— Tu ne veux vraiment pas m'accompagner dans les forêts ? Venir défricher, planter du cacao, tous les deux ensemble ? En peu de temps, nous aurons une plantation à nous, la vie recommencera.

La voix de Gabriela était caressante mais péremptoire :

— Je t'ai déjà dit mon intention. Je vais rester dans la ville, je ne veux plus vivre dans les bois. Je vais m'engager comme cuisinière, blanchisseuse ou femme de ménage.

Elle ajouta en évoquant un souvenir joyeux :

— J'ai déjà été bonne chez des gens riches, j'ai appris à faire la cuisine.

— Ici, tu ne vas pas améliorer ton sort. Tous les deux, à la plantation, on aurait fait notre bas de laine, on s'en serait tirés...

Elle ne répondit pas. Elle suivait son chemin presque en sautillant. On aurait dit une folle avec ses cheveux en broussaille, enveloppée de crasse, les pieds blessés, le corps recouvert de chiffons. Mais Clemente la voyait svelte et belle, les cheveux dénoués, le visage fin, les jambes longues et le buste élevé. Son visage se ferma davantage. Il aurait voulu la garder pour toujours. Comment vivre sans la chaleur de Gabriela ?

Quand les deux groupes s'étaient rencontrés, au début du voyage, il avait aussitôt remarqué la jeune fille. Elle venait avec un oncle, un homme fini et malade, constamment secoué par la toux. Les premiers jours, il l'avait observée de loin sans avoir le courage de l'approcher. Elle allait de l'un à l'autre bavardant, aidant, consolant.

La nuit, dans la *caatinga* hantée par les serpents et par la peur, Clemente prenait son accordéon et la musique emplissait la solitude. Le nègre Fagundes racontait des traits de bravoure, des histoires de hors-la-loi. Il avait vécu avec des bandits et avait tué des gens. Il posait sur Gabriela son regard lourd et soumis, il lui obéissait avec empressement quand elle lui demandait d'aller remplir un bidon d'eau.

Clemente se dirigeait vers Gabriela, mais n'osait pas lui adresser la parole. C'est elle qui, certain soir, vint auprès de lui, avec sa démarche dansante et ses yeux innocents, pour engager la conversation. Son oncle dormait, agité par une respiration difficile. Elle s'appuya contre un arbre. Le nègre Fagundes racontait :

— Il y avait cinq soldats, cinq flics, qu'on a liquidés au couteau pour ne pas gaspiller les munitions...

Dans la nuit sombre et effrayante, Clemente sentait la présence voisine de Gabriela. Il n'avait même pas le courage de regarder l'arbre auquel elle s'appuyait, un *umbuzeiro*. Les sons moururent sur l'accordéon, la voix de Fagundes se détacha dans le silence. Gabriela parla tout bas :

— Ne vous arrêtez pas de jouer, sinon on va remarquer.

Il attaqua une mélodie du *sertão*. Il avait un nœud dans la gorge, et le cœur en émoi. La jeune fille se mit à chanter en sourdine. Il faisait nuit noire et le feu était réduit à des braises lorsqu'elle se coucha contre lui comme si de rien n'était. La nuit était si sombre qu'ils ne se voyaient presque pas.

Depuis cette nuit miraculeuse, Clemente vivait dans la terreur de la perdre. Au début, il avait pensé qu'après ce qui s'était passé, elle ne l'abandonnerait plus, qu'elle irait partager son sort dans les forêts de cette terre du cacao. Mais bientôt ses illusions se dissipèrent. Pendant le trajet, elle se comportait comme s'il n'y avait rien entre eux et le traitait de la même manière que les autres. Elle était d'un naturel enjoué et espiègle, elle échangeait même des plaisanteries avec le nègre Fagundes, elle distribuait des sourires et obtenait de tous ce qu'elle désirait. Mais à la tombée de la nuit, après avoir soigné son oncle, elle venait dans le coin à l'écart où il s'était installé et se couchait à côté de lui comme si toute la journée elle n'avait vécu que pour cela. Elle se donnait avec un abandon total, défaillait dans des soupirs, gémissait et riait.

Attaché à Gabriela comme si elle était sa propre chair, quand il voulait, le lendemain, déclarer ses projets d'avenir, elle se bornait à rire en se moquant presque de lui et elle s'en allait aider son oncle, de plus en plus maigre et fatigué.

Un après-midi, ils durent interrompre leur marche. L'oncle de Gabriela était au plus mal. Il crachait du sang et n'arrivait plus à se tenir debout. Le nègre Fagundes le jeta sur son dos comme un ballot et le transporta pendant un bout de chemin. Le vieux haletait. Gabriela se tenait à ses côtés. Il mourut en fin de soirée, en rejetant du sang par la bouche. Des urubus volaient au-dessus du cadavre.

Alors Clemente la vit orpheline et seule, nécessiteuse et triste. Pour la première fois, il crut la comprendre : ce n'était qu'une pauvre fille, encore presque une enfant qui avait besoin de protection. Il s'approcha d'elle et l'entretint longuement de ses projets. On lui avait beaucoup parlé de ce pays du cacao où ils se rendaient. Il connaissait des gens du Ceará qui étaient partis sans un sou et avaient reparu quelques années plus tard en promenade, regorgeant d'argent. C'est ce qu'il allait faire. Il voulait défricher la forêt, il y avait encore de la place, planter du cacao, avoir de la terre à lui, gagner de quoi se suffire. Gabriela s'en irait avec lui et, quand un prêtre apparaîtrait dans les parages, ils se marieraient. Elle répondit non d'un signe de tête. Maintenant elle ne riait plus de son rire moqueur. Elle dit simplement :

— Je ne vais pas dans la brousse, Clemente.

D'autres moururent et leurs corps restèrent sur le chemin, abandonnés aux urubus. La *caatinga* disparut, des terres fertiles se déployèrent, la pluie se mit à tomber. Elle continuait à coucher avec lui, à gémir et à rire, à dormir appuyée sur sa poitrine nue. Clemente parlait, de plus en plus sombre et expliquait les avantages de son projet. Elle se bornait à rire et hochait la tête pour réitérer sa négation. Une nuit, d'un geste brusque, il la repoussa brutalement :

— Tu ne m'aimes pas !

Soudain, sorti on ne savait d'où, le nègre Fagundes apparut, l'arme à la main, les yeux brillants. Gabriela lui dit :

— Ce n'est rien, Fagundes.

Elle avait heurté le tronc de l'arbre près duquel ils s'étaient couchés. Fagundes baissa la tête et s'en alla. Gabriela riait, Clemente sentit la colère monter en lui. Il s'approcha d'elle et la saisit par les poignets. Elle était tombée sur les broussailles et avait une blessure au visage.

— J'ai envie de te tuer et de me tuer moi aussi...

— Pourquoi ?

— Tu ne m'aimes pas.

— Tu es un sot...

— Que vais-je faire, mon Dieu ?

— Je m'en fiche... dit-elle en l'attirant dans ses bras.

Maintenant, en ce dernier jour de voyage, désorienté et perdu, il avait fini par se décider. Il resterait à Ilhéus, il abandonnerait ses projets. Une seule chose comptait : rester aux côtés de Gabriela.

— Puisque tu ne veux pas me suivre, je vais m'arranger pour rester à Ilhéus. Seulement, je n'ai pas de métier. En dehors du travail de la terre, je ne sais rien faire...

Elle lui prit la main, d'un geste inattendu. Il se sentit vainqueur et heureux.

— Non, Clemente, ne reste pas. A quoi bon ?

— A quoi bon ?

— Tu es venu pour gagner de l'argent, pour faire une plantation et devenir un jour *fazendeiro*. Voilà ce que tu souhaites. Pourquoi rester à Ilhéus et vivre dans la misère ?

— Seulement pour te voir, pour qu'on soit ensemble.

— Et si on ne peut pas se voir ? Il vaut mieux y renoncer. Tu vas de ton côté et moi du mien. Un jour peut-être, on se rencontrera à nouveau. Tu seras devenu riche, tu ne me reconnaîtras même pas.

Elle disait tout cela tranquillement, comme si les nuits où ils avaient dormi ensemble ne comptaient pas, comme s'ils se connaissaient à peine.

— Mais, Gabriela...

Il ne savait pas comment lui répondre, il oubliait les arguments et aussi les insultes, le désir de la battre pour lui apprendre qu'avec un homme on ne plaisante pas. Il ne pouvait que dire :

— Tu ne m'aimes pas...

— Ç'a été une bonne chose de se rencontrer, le voyage a été plus court.

— Vraiment, tu ne veux pas que je reste ?

— Pourquoi ? Pour vivre dans la misère ? Ça n'en vaut pas la peine. Tu as ton idée, va accomplir ta destinée.

— Et toi, quelle est ton idée ?

— Je ne veux pas aller dans la brousse. Le reste, Dieu seul le sait.

Il resta silencieux, le cœur endolori, avec une envie de la tuer, de mettre fin à sa propre vie avant que le voyage ne s'achève. Elle sourit :

— C'est sans importance, Clemente.

Chapitre deuxième

La solitude de GLORIA

(soupirant à sa fenêtre)

Attardés et ignorants, incapables de comprendre les temps nouveaux, le progrès, la civilisation, ces hommes ne sont plus aptes à gouverner...

(D'un article du Docteur dans le *Diário de Ilhéus*.)

Jorge Amado

COMPLAINTE DE GLÓRIA

Dans mon cœur couve une ardeur
Ah ! une ardeur couve dans mon [cœur !
(Qui donc viendra s'y consumer ?)
De biens colonel m'a comblée,
Biens qu'on ne peut dénombrer ;
Fauteuil de style Louis Quinze
Pour y poser mon derrière,
Chemise de soie garantie,
Blouse blanche en toile de lin.
Il n'est corsage qui retienne,
Fût-il de soie ou de satin
Ou de la toile la plus fine,
Le feu en train de brûler
Là dans mon cœur solitaire.

J'ai, pour le soleil, une ombrelle,
De l'argent à dilapider.
Dans la boutique la plus chère
J'achète, j'ai un compte ouvert,
Tout ce que je désire, je l'ai.
Mais un feu brûle dans mon cœur !
A quoi me sert tout ce que j'ai,
Si je n'ai ce que je désire ?

Les femmes détournent la tête,
Les hommes me lorgnent de loin :
Je suis Glória, du colonel la gloire,
du fazendeiro *la maîtresse.*
Un drap de lin immaculé
Et dans mon cœur un brasier.
Seule je gis sur cette couche
Tandis que mes seins sont en feu,
Mes cuisses en flammes, et que ma [bouche
Brûle de soif. Ah !
Je suis Glória, du fazendeiro *la belle*
Qui porte du feu dans son cœur
Et qui, sur le drap de sa couche,
Se donne à la solitude.

Mes yeux sont emplis de langueur
Et mes seins pétris de lavande,
Avec du feu à l'intérieur.
De mon ventre je ne dis mot,
Mais ce feu qui me consume
Naît de la braise qu'avive
La solitude de la lune
Du ventre si doux de Glória.
De son secret je ne dis mot,
De sa braise avivée je ne parle.

Ah ! je voudrais un étudiant
Au duvet à peine naissant.
Je voudrais un soldat fringant,
A la tunique martiale.
Je voudrais un amour, le voudrais
Pour éteindre ce feu qui me brûle,
Pour abolir ma solitude.

Poussez ma porte et entrez
J'en ai ôté la traverse,
Et elle ne ferme pas à clef.
Venez donc éteindre ces braises
Et dans ce feu vous consumer,
Apportez-moi un peu d'amour,
Car j'ai beaucoup à vous donner,
Venez dans ce lit vous coucher.

Dans mon cœur couve une ardeur.
Ah ! une ardeur couve dans mon [cœur !
(Qui donc viendra s'y consumer ?)

LA TENTATION A LA FENÊTRE

La maison de Glória formait un angle en bordure de la place. L'après-midi, Glória se mettait à la fenêtre et présentait aux passants, comme en offrande, ses seins épanouis. Double motif de scandale pour les vieilles filles qui se rendaient à l'église, cela alimentait chaque jour les mêmes conversations à l'heure vespérale de la prière :

— Une indécence...

— Les hommes pèchent, même sans le vouloir, rien qu'en la regardant.

— Les enfants perdent l'innocence des yeux.

La revêche Doroteia, toute drapée de noir et de vertu virginale, allait jusqu'à murmurer, animée d'une sainte exaltation :

— Et puis, le Colonel Coriolano aurait pu installer cette fille perdue dans une rue moins fréquentée. Il est venu la planter là, bien en face des familles les plus respectables de la ville, juste sous le nez des hommes...

— Et tout près de l'église, au point de faire offense à Dieu.

Depuis le bar bondé de monde à partir de cinq heures de l'après-midi, les hommes prolongeaient leurs regards jusqu'à la fenêtre de Glória, de l'autre côté de la place. Le professeur Josué, arborant un nœud papillon à pois blancs, avec ses cheveux reluisants de brillantine et ses joues décharnées de phtysique, grand comme une perche (« tel un triste eucalyptus solitaire », avait-il dit de lui-même dans un poème), un livre de poèmes à la main, traversait la place, puis suivait le trottoir longeant la maison de Glória. Dans un coin, au bout de la place, au centre d'un petit jardin bien entretenu où poussaient des lis et des roses-thés, la porte ornée d'un pied de jasmin, s'élevait la maison toute neuve du colonel Melk Tavares, objet de discussions profondes et acrimonieuses à la Papeterie Modèle. C'était en effet une maison de style moderne, la première qu'avait construite à Ilhéus l'architecte appelé par Mundinho Falcão. A son sujet, les avis des intellectuels locaux étaient partagés, et il en résultait des controverses interminables. Par ses lignes nettes et simples, elle contrastait avec les vieilles bâtisses massives et les maisons basses de style colonial.

Dans le jardin, soignant ses fleurs et apparaissant, agenouillée au milieu d'elles, comme la plus belle de toutes, rêvait Malvina, fille unique de Melk, élève du collège des bonnes sœurs et objet des soupirs de Josué. Tous les soirs, après les cours et l'indispensable causette à la Papeterie Modèle, le professeur venait se promener sur la place. Par vingt fois, il passait devant le jardin de Malvina et par vingt fois son regard suppliant se posait sur la jeune fille pour lui adresser une muette déclaration d'amour.

Au bar de Nacib, les habitués suivaient ces pérégrinations quotidiennes en faisant des commentaires amusés :

— Le professeur est persévérant.

— Il veut conquérir son indépendance et obtenir des cacaoyères sans prendre la peine de les planter.

— Le voilà qui va faire pénitence... disaient les vieilles filles en le voyant arriver d'un pas rapide sur la place. Elles éprouvaient de la sympathie pour lui et pour sa passion ardente non payée de retour.

— Je sais bien ce qu'elle est : une mijaurée qui se donne de grands airs. Que peut-elle espérer de mieux qu'un garçon aussi intelligent ?

— Mais pauvre...

— Les mariages d'argent ne font pas le bonheur. Un garçon si bon, si cultivé... Il écrit des poèmes...

En passant devant l'église, Josué modérait la rapidité de sa marche, ôtait son chapeau, et se pliait en deux pour saluer les vieilles filles.

— Un jeune homme si bien élevé. Si plein de délicatesse...

— Mais fragile de la poitrine...

— Le Docteur Plínio a dit qu'il n'avait rien aux poumons, que c'était seulement de la maigreur.

— Une petite futée, voilà ce que c'est. Parce qu'elle a un joli minois et que son père a de l'argent. Et ce garçon, le pauvre, si passionné... Un soupir s'échappait de la poitrine décatie.

Suivi par les réflexions sympathiques des vieilles filles, et par les appréciations injustes formulées dans le bar, Josué s'approchait de la fenêtre de Glória. C'était pour voir Malvina, belle et froide, qu'en fin d'après-midi il faisait vingt fois ce trajet d'un pas lent, un livre de poèmes à la main. Mais au passage, son regard romantique se posait sur l'exubérance agressive des seins de Glória, posés sur la fenêtre comme sur un plateau bleu. Et il remontait des seins vers le visage couvert d'un hâle brun, aux lèvres charnues et avides, aux yeux alanguis qui lançaient une invite permanente. Les yeux romantiques de Josué s'enflammaient alors d'un désir matériel et coupable, une ardeur empourprait la pâleur de ses joues. Cela ne durait qu'un instant. Passé la tentation de la fenêtre si décriée, ses yeux reprenaient leur expression suppliante et désespérée, son visage redevenait plus pâle encore : les yeux et le visage destinés à Malvina.

Le professeur Josué s'élevait lui aussi, dans son for intérieur, contre l'idée malheureuse qu'avait eue le colonel Coriolano Ribeiro, riche *fazendeiro*, d'installer sur la place São Sebastião, dans une rue où résidaient les familles les plus honorables, à deux pas de la maison du colonel Melk Tavares, sa concubine si désirable et qui s'offrait avec une telle insistance. Dans n'importe quelle autre rue plus éloignée du jardin de Malvina, il aurait pu, peut-être, par une nuit sans lune, tenter de cueillir toutes les promesses qu'il lisait dans les regards suppliants de Glória ou sur ses lèvres entrouvertes.

— Voilà la chipie qui lorgne le garçon...

Les vieilles filles, en longues robes noires bien serrées autour du cou, avec leurs châles noirs jetés sur les épaules, ressemblaient à des oiseaux de nuit posés sur le parvis de la petite église. Elles voyaient Glória tourner la tête pour suivre le déplacement de Josué jusqu'à la maison du colonel Melk.

— Lui est un jeune homme convenable. Il n'a d'yeux que pour Malvina.

— Je vais faire une promesse à saint Sébastien, disait Quinquina la rondelette, pour que Malvina se décide à l'aimer. J'ai apporté un grand cierge.

— Moi j'en apporte un autre... ajoutait aussitôt Florzinha la fluette, solidaire de sa sœur en toutes choses.

A sa fenêtre, Glória poussait des soupirs, presque des gémissements. Désir, accablement, révolte se mêlaient dans ces soupirs qui allaient mourir sur la place.

De révolte, son cœur en était plein, contre les hommes en général. Ils étaient lâches et hypocrites. Pendant les heures de lourde chaleur du milieu de l'après-midi, lorsque la place était vide et que les fenêtres des maisons familiales étaient fermées, si d'aventure des hommes passaient seuls devant la fenêtre ouverte de Glória, ils lui souriaient, imploraient un regard et lui disaient bonjour avec une émotion non dissimulée. Mais qu'il y eût une personne sur la place, ne fût-ce qu'une vieille fille ou que quelqu'un les accompagnât, alors ils détournaient la tête et regardaient de l'autre côté, délibérément, comme s'il leur répugnait de la voir à la fenêtre, avec ses seins agressifs jaillissant de son chemisier en lin brodé. Même ceux qui lui avaient dit des paroles galantes quand ils étaient seuls affichaient le masque de la pudeur offensée. Glória aurait voulu leur claquer la fenêtre au nez, mais las ! elle n'en avait pas la force. L'étincelle de désir entrevue dans les yeux des hommes était le seul bien qu'elle recevait dans sa solitude. C'était trop peu pour sa faim et pour sa soif. Mais si elle claquait la fenêtre, elle perdrait jusqu'à ces sourires, ces œillades cyniques, ces paroles couardes et furtives. A Ilhéus où pourtant les femmes mariées vivaient dans leur intérieur et se consacraient à leur foyer, nulle épousée n'était mieux gardée et aussi inaccessible que cette fille entretenue. Le colonel Coriolano ne plaisantait pas. Les hommes avaient si peur de lui qu'ils n'osaient même pas saluer la pauvre Glória. Seul Josué se comportait différemment. Par vingt fois dans l'après-midi, ses regards s'enflammaient quand il passait sous la fenêtre de Glória pour s'éteindre romantiquement devant le portail de Malvina. Glória connaissait la passion du professeur et nourrissait elle aussi une vive antipathie à l'égard de la jeune collégienne, indifférente à un si grand amour. Elle la trouvait irritante et stupide. Elle connaissait la passion de Josué, mais cela ne l'empêchait pas de lui adresser son sourire, toujours le même sourire aguichant et prometteur, et elle lui savait gré de ne jamais détourner la tête, même quand Malvina était sur le portail de sa maison neuve auprès des jasmins en fleur. Ah ! s'il avait un peu plus de courage et s'il poussait, au milieu de la nuit, la porte de la rue qu'elle laissait toujours ouverte, pour le cas où soudain, qui sait ?... Alors elle lui ferait oublier l'orgueilleuse jeune fille.

Josué n'osait pas pousser la lourde porte de la rue. Personne n'osait. Par peur des langues aiguisées des vieilles filles, des gens de la ville qui médisaient de la vie d'autrui, par peur du scandale, mais surtout par peur du colonel Coriolano Ribeiro. Tout le monde connaissait l'histoire de Juca et de Chiquinha.

Ce jour-là, Josué était venu plus tôt qu'à l'ordinaire, à l'heure de la sieste. La place était déserte. La clientèle du bar se réduisait à quelques commis voyageurs, au Docteur et au Capitaine qui disputaient une partie de dames. Enoch, pour fêter la reconnaissance officielle de son collège, avait donné aux élèves un après-midi de congé. Après avoir parcouru la foire, le professeur Josué avait assisté à l'arrivée d'une importante troupe de *retirantes* au « marché des esclaves », puis il s'était attardé à la Papeterie Modèle, et maintenant il prenait un cocktail au bar tout en bavardant avec Nacib :

— Les *retirantes* sont nombreux. La sécheresse dévore le *sertão.*

Nacib se montra intéressé :

— Y a-t-il aussi des femmes ?

Le professeur voulut connaître la raison de cet intérêt :

— Vous manquez de femmes à ce point ?

— Pas de blague. Ma cuisinière est partie, j'en cherche une autre. Parfois il en vient quelqu'une au milieu de ces *retirantes*...

— Oui, il y avait quelques femmes. C'est horrible ! Des gens couverts de haillons, sales, avec des mines de pestiférés...

— J'irai un peu plus tard jusque là-bas voir si j'en trouve une...

Malvina n'apparaissait pas devant sa porte d'entrée. Josué manifestait de l'impatience. Nacib le renseigna :

— La petite est sur l'Avenue de la Plage. Elle est passée il n'y a pas longtemps avec des amies...

Josué paya et se leva. Nacib resta sur le seuil de son bar et le regarda s'en aller. Ce devait être agréable de se sentir amoureux à ce point. Même si la jeune fille se montrait dédaigneuse : elle n'en était que plus désirable. Cela finirait un jour ou l'autre par un mariage... Glória surgit à sa fenêtre, les yeux de Nacib devinrent concupiscents. Si un jour le colonel la laissait tomber, il y aurait à Ilhéus une bousculade encore jamais vue. De toute façon, il ne pourrait pas l'approcher, les colonels riches ne le permettraient pas... Les plateaux d'amuse-gueule salés et sucrés étaient arrivés. Les clients de l'apéritif seraient satisfaits. Seulement, lui, Nacib, ne pourrait pas continuer à payer une telle fortune aux sœurs Dos Reis. Quand l'affluence diminuerait, à l'heure du dîner, il se rendrait au campement des *retirantes*. Peut-être aurait-il de la chance et y trouverait-il une cuisinière ?...

Soudain, le calme de l'après-midi fut troublée par des cris, par le brouhaha des voix de plusieurs personnes parlant à la fois. Le Capitaine interrompit son jeu, le pion à la main. Nacib avança d'un pas. La clameur augmentait.

Le négrillon Tuísca qui vendait les friandises confectionnées par les sœurs Dos Reis survint en courant, venant de l'Avenue, le plateau en équilibre sur la tête. Il criait quelque chose qu'on ne parvenait pas à comprendre. Le Capitaine et le Docteur se retournèrent, mais par la curiosité. Des clients se levèrent. Nacib aperçut Josué en compagnie de gens qui se hâtaient le long de l'Avenue. Finalement, le négrillon Tuísca put se faire entendre :

— Le colonel Jesuíno a tué doña Sinhàzinha et le docteur Osmundo. Ils sont là-bas, dans une mare de sang...

Le Capitaine repoussa la table de jeu et sortit presque en courant. Le Docteur le suivit. Nacib, après un moment d'hésitation, pressa le pas pour les rejoindre.

DE LA LOI CRUELLE

La nouvelle du crime s'était répandue en un clin d'œil. Du morne d'Unhão au morne de Conquista, dans les maisons élégantes de la plage et dans les masures d'Ilha das Cobras, à Pontal et à Malhado, dans les demeures familiales et dans les maisons de prostituées, on commentait l'événement. En outre, c'était jour de foire, la ville regorgeait de gens venus de l'arrière-pays, des villages et des plantations, pour vendre et pour acheter. Dans les boutiques, les épiceries, les pharmacies, les salles d'attente des médecins, les bureaux des avocats, les maisons d'exportation de cacao, à l'église Saint-Georges et à l'église Saint-Sébastien, il n'y avait pas d'autre sujet de conversation.

Surtout dans les bars où l'affluence avait augmenté dès que la nouvelle s'était répandue. En particulier, au bar « Le Vésuve », situé à proximité du lieu de la tragédie. En face de la maison du dentiste, un petit bungalow sur la plage, s'attroupaient des curieux. Un soldat de la police en faction à la porte leur donnait des explications. Ils assiégeaient la bonne hébétée pour lui demander des précisions. Des jeunes filles du collège des bonnes sœurs, en proie à une excitation joyeuse, venaient se montrer sur la promenade de la plage et se chuchotaient des secrets. Le professeur Josué avait profité de l'occasion pour s'approcher de Malvina. Il rappelait au groupe de jeunes filles les amours célèbres : Roméo et Juliette, Héloïse et Abélard, Dirceu et Marília.

Ensuite, tous ces gens allaient échouer au bar de Nacib où ils remplissaient les tables, faisaient des commentaires et soutenaient des discussions. A l'unanimité ils donnaient raison au *fazendeiro*. Aucune voix ne s'élevait — même pas la voix d'une femme sur un parvis d'église — pour défendre la malheureuse et belle Sinhàzinha. Une fois de plus, le colonel Jesuíno s'était montré énergique, décidé, courageux et homme d'honneur. Il confirmait ainsi des qualités qu'il avait surabondamment prouvées lors de la conquête de la terre. A ce qu'on racontait, nombreuses étaient les croix au cimetière et sur le bord des routes qui témoignaient des forfaits de ses *jagunços* dont la renommée restait présente dans les mémoires. Et il ne s'était pas borné à utiliser leurs services. Il avait aussi marché à leur tête en des occasions fameuses comme lorsqu'il avait affronté les gens du défunt major Fortunato Pereira au carrefour de la Bonne Mort, sur les dangereux chemins de Ferradas. C'était un homme impavide et obstiné.

Ce Jesuíno Mendonça, issu d'une célèbre famille de Mendonça de l'Alagoas, était arrivé à Ilhéus encore jeune, à l'époque des luttes pour la conquête de la terre. Il avait défriché des forêts et planté des cacaoyères en étendant à coups de feu sa mainmise sur le sol. Ses domaines s'agrandirent et son nom devint respecté. Il avait épousé Sinhàzinha Guedes, beauté locale appartenant à une vieille famille d'Ilhéus, orpheline de père et héritière d'une plantation de cocotiers située dans les parages d'Olivença. Ayant près de vingt ans de moins que son mari, assez jolie, cliente assidue des magasins de tissus et de chaussures, principale organisatrice des fêtes de l'église Saint-Sébastien, parente éloignée du Docteur, Sinhàzinha faisait de longs séjours à la *fazenda* et depuis son mariage, jamais elle n'avait donné matière aux ragots des innombrables mauvaises langues de la ville. Et puis soudain, en cette journée de soleil radieux, à l'heure tranquille de la sieste, le colonel Jesuíno Mendonça avait déchargé son revolver sur son épouse et sur l'amant de celle-ci, plongeant la ville dans l'émoi et lui donnant l'impression de revivre les temps jadis où le sang versé était chose courante. Nacib en oubliait le si grave problème du remplacement de sa cuisinière. Le Capitaine et le Docteur, pour leur part, oubliaient leurs préoccupations politiques. Quand au colonel Bastos, il ne fut pas plutôt informé de ce malheur qu'il cessa de penser à Mundinho Falcão. La nouvelle s'était propagée avec la rapidité de l'éclair. Le respect et l'admiration qui entouraient déjà la figure maigre et un peu sinistre du *fazendeiro* grandirent. C'est ainsi que cela se passait à Ilhéus : l'honneur d'un mari trompé ne pouvait être lavé que dans le sang.

Ainsi en était-il. Dans une région où l'on venait tout juste de sortir d'une période de rixes et de luttes fréquentes, où les routes destinées aux convois de mulets et même aux camions suivaient le tracé des sentiers ouverts par les *jagunços* et jalonnés par les croix des victimes des guets-apens, où la vie humaine avait peu de valeur, on ne connaissait pas d'autre loi que la mort violente pour châtier la trahison d'une épouse. Loi ancienne, remontant aux débuts de l'époque du cacao, elle ne figurait pas sur le papier, elle ne se trouvait pas dans le code. C'était pourtant la plus valide des lois. Les jurés réunis pour décider du sort du meurtrier la confirmaient chaque fois à l'unanimité et l'imposaient en quelque sorte contre la loi écrite, laquelle ordonnait de condamner celui qui tuait son semblable.

Malgré la concurrence récente des trois cinémas locaux, des bals et des thés dansants du Club Progrès, des matches de football du dimanche après-midi et des conférences — faites par des littérateurs de Bahia ou même de Rio, venus échouer à Ilhéus pour ramasser quelques milliers de réaux dans cette ville inculte et riche —, la séance du tribunal, deux fois par an, était encore le divertissement le plus animé et le plus prisé de la ville. Des avocats fameux comme le Dr Ezequiel Prado et le Dr Maurício Caires, orateurs éminents, y faisaient frémir et pleurer l'assistance. Le Dr Maurício Caires, très lié à l'Eglise et aux prêtres, président de la confrérie de Saint-Georges, était spécialiste des citations de la Bible. Il avait été séminariste avant d'aller à la faculté. Il aimait les phrases latines et d'aucuns le considéraient comme aussi érudit que le Docteur. Dans le prétoire, les duels oratoires duraient des heures et des heures, avec des successions de répliques qui se poursuivaient durant la nuit et jusqu'au petit jour. C'étaient les manifestations culturelles les plus importantes d'Ilhéus.

On pariait gros sur l'acquittement ou la condamnation. Les gens d'Ilhéus aimaient jouer, tout leur servait de prétexte. En d'autres occasions, devenues plus rares, le verdict des jurés donnait lieu à des coups de feu et à de nouveaux meurtres. Le colonel Pedro Brandão, par exemple, avait été assassiné sur le perron de l'Intendance aussitôt après son acquittement par le tribunal. Le fils de Chico Martins, que le colonel et ses *jagunços* avaient sauvagement mis à mort, se fit justice de ses propres mains.

Toutefois, aucun pari n'était accepté lorsque les jurés se réunissaient pour se prononcer sur des crimes commis pour cause d'adultère : chacun savait que l'acquittement à l'unanimité du mari outragé était la décision inévitable et juste. On s'y rendait seulement pour entendre les discours de l'accusation et de la défense, et aussi avec l'espoir que des détails scabreux ou picaresques filtreraient du dossier ou des plaidoiries des avocats. La condamnation de l'assassin, jamais ! C'eût été contraire à la loi du pays qui ordonnait de laver dans le sang l'honneur souillé du mari.

La tragédie de Sinhàzinha et du dentiste était commentée et discutée avec passion. Les versions des faits divergeaient, il y avait des contradictions sur des points de détail, mais tout le monde était d'accord pour donner raison au colonel et pour louer son geste viril.

DE LA PAIRE DE BAS NOIRS

Les jours de foire, au bar « Le Vésuve », le mouvement était plus important qu'à l'ordinaire, mais en cet aprè-midi de mort violente, il y avait une affluence absolument anormale, une animation presque joyeuse. Outre les habitués de l'apéritif et les gens venus à la foire, d'innombrables personnes y accouraient pour recueillir des informations et les commenter. Elles allaient jusqu'à la plage observer la maison du dentiste puis elles faisaient une halte au bar :

— Qui l'aurait dit ! Elle était toujours fourrée à l'église...

Nacib, s'affairant de table en table, stimulait ses employés et calculait mentalement ses bénéfices. Un bon petit crime comme ça tous les jours, et il pourrait bientôt acheter les cacaoyères dont il rêvait.

Mundinho Falcão avait donné rendez-vous à Clovis Costa au bar « Le Vésuve ». Plongé au beau milieu des conversations, il souriait d'un air indifférent, préoccupé par ses projets politiques auxquels il se consacrait corps et âme. C'est ainsi qu'il était : quand il avait décidé de faire une chose, il n'avait point de cesse qu'il ne la vît réalisée. Mais le Docteur aussi bien que le Capitaine semblaient n'avoir d'autre sujet d'intérêt que le crime, comme si la conversation du matin n'avait jamais eu lieu. Mundinho s'était borné à déplorer la mort du dentiste, son voisin sur la plage et un de ses rares compagnons de bain de mer, pratique alors considérée à Ilhéus comme quasi scandaleuse. Le Docteur, dont le tempérament impétueux se sentait parfaitement à l'aise dans ce climat de tragédie, prenait prétexte du malheur de Sinhàzinha pour évoquer Ofenísia, celle de l'empereur :

— Dona Sinhàzinha était aussi apparentée aux Ávila. Une famille de femmes romantiques. Elle doit avoir hérité de sa cousine sa destinée, sa vocation pour le malheur.

— Quelle Ofenísia ? Qui est cette femme ? voulut savoir un commerçant de Rio de Braço venu à Ilhéus pour la foire et désireux de rapporter dans sa bourgade l'assortiment le plus grand et le plus complet de détails sur le crime.

— Une de mes aïeules, beauté fatale qui inspira le poète Teodoro de Castro et éveilla la passion de l'empereur dom Pedro II. Elle mourut du chagrin de ne pas l'avoir suivi.

— Où donc ?

— Au lit, parbleu... plaisanta João Fulgêncio.

Où pouvait-elle vouloir le suivre...

Le Docteur expliqua :

— A la cour. Peu lui importait de devenir son amante. Son frère dut l'enfermer à double tour. Son frère, le colonel Luís Antônio d'Ávila, qui fit la guerre au Paraguay. Elle est morte de chagrin. Chez doña Sinhàzinha, il y avait du sang d'Ofenísia, du sang des Ávila, marqué par la tragédie !

Nhô-Galo surgit très excité et lança la nouvelle au milieu de la tablée :

— C'est par une lettre anonyme. Jesuíno l'a reçue à sa *fazenda.*

— Qui est-ce qui a pu l'écrire ?

Ils se perdirent dans des cogitations silencieuses dont Mundinho profita pour demander tout bas au Capitaine :

— Et Clovis Costa ? Vous lui avez parlé ?

— Il était en train de rédiger le récit du crime. Il a retardé exprès l'édition du journal. Nous avons fixé rendez-vous pour ce soir chez vous.

— Alors je m'en vais...

— Vous partez ? Avec une histoire comme celle-là ?

— Je ne suis pas d'ici, mon cher... observa l'exportateur en riant.

Devant une telle indifférence pour un mets aussi succulent et d'une saveur si rare, la stupéfaction fut générale. En traversant la place, Mundinho rencontra le groupe de jeunes filles du collège des bonnes sœurs, convoyées par le professeur Josué. A l'approche de l'exportateur, les yeux de Malvina brillèrent, sa bouche sourit, et elle rajusta sa robe. Josué, heureux d'être en compagnie de Malvina, félicita Mundinho encore une fois pour la reconnaissance du collège :

— Ilhéus vous doit ce nouveau bienfait.

— Bah ! une chose aussi facile... On aurait dit un prince en train de dispenser magnanimement récompenses, titres de noblesse, argent et faveurs.

— Et vous, que pensez-vous du crime ? demanda Iracema, une ardente brune dont les amourettes à la porte du jardin de sa maison alimentaient les cancans.

Malvina s'avança pour entendre la réponse. Mundinho écarta les bras :

— Il est toujours triste d'apprendre la mort d'une jolie femme.

Surtout une mort horrible comme celle-ci. Une jolie femme est un être sacré.

— Mais elle trompait son mari, répliqua Célestina, si jeune et déjà si vieille, d'un ton accusateur.

— Entre la mort et l'amour, je préfère l'amour...

— Vous aussi, monsieur, vous écrivez des poèmes ? demanda Malvina en souriant.

— Qui ? moi ? non, mademoiselle, je n'ai pas ce don. Le poète, ici, c'est notre professeur.

— Je l'aurais cru. Ce que vous venez de dire ressemble à un vers...

— Belle phrase, en vérité, affirma Josué.

Pour la première fois, Mundinho remarqua Malvina, une jolie fille dont les yeux profonds et mystérieux ne le quittaient pas.

— Vous dites cela, monsieur, parce que vous êtes célibataire, observa Celestina.

— Ne l'êtes-vous pas vous-même, mademoiselle ?

Tous se mirent à rire, Mundinho s'en alla. Les yeux de Malvina le suivirent, pensifs. Iracema lâcha en riant presque effrontément :

— Ah ! ce monsieur Mundinho !... Et comme l'exportateur s'éloignait vers son domicile : Quel beau garçon !

Au bar, Ari Santos — l'Arioste des chroniques du *Diário de Ilhéus*, employé dans une maison d'exportation et président du cercle Rui Barbosa — se pencha sur la table et susurra un détail :

— Elle était toute nue...

— Toute nue ?

— Entièrement ? demanda la voix gourmande du Capitaine.

— Entièrement... La seule chose qu'elle portait, c'était une paire de bas noirs.

— Noirs ? Nhô-Galo était scandalisé.

— Des bas noirs, oh ! Le Capitaine fit claquer sa langue.

— Vicieuse... dit le Dr Maurício Caires, accusateur.

— Ce devait être une beauté. L'Arabe Nacib, debout, vit soudain doña Sinhàzinha toute nue, avec ses bas noirs, et il soupira.

Ce détail serait consigné par la suite sur le procès-verbal. Sans doute un raffinement du dentiste, jeune homme natif de Bahia où il avait fait ses études. Venu à Ilhéus après avoir obtenu son diplôme, attiré par la réputation de richesse et de prospérité de la région, il s'y trouvait bien. Il avait loué ce bungalow sur la plage et c'est là qu'il avait installé son cabinet, dans le salon situé sur le devant. De dix heures à midi et de trois à six heures du soir, les passants pouvaient voir, par la large fenêtre, le fauteuil neuf aux chromes éclatants de fabrication japonaise et le dentiste élégant dans sa blouse blanche en train de soigner les dents de ses clients. Son père lui avait donné de l'argent pour installer ce cabinet. Les premiers mois, il lui envoyait un fixe pour l'aider à régler ses dépenses. C'était un gros commerçant de Bahia possédant un magasin dans la rue du Chili. Ce cabinet bien monté se trouvait dans le salon sur le devant, mais c'est dans la chambre à coucher que le *fazendeiro* surprit son épouse, revêtue seulement — comme le racontait Ari et comme cela fut mentionné sur le procès-verbal — de ces « bas noirs pervers ». Quant au Dr Osmundo Pimentel, il était simplement nu-pieds, sans chaussettes de quelque couleur que ce fût, ni d'ailleurs aucun vêtement pour couvrir son arrogante et conquérante jeunesse. Le *fazendeiro* fit feu à deux reprises et de façon définitive sur chacun des amants. Son adresse était célèbre, accoutumé qu'il était à faire mouche par des nuits obscures, sur le bord des routes, dans des rixes ou des guets-apens.

Nacib était débordé. Chico Moleza et Bico-Fino allaient de table en table à travers le bar bondé, servant les uns et les autres et saisissant au vol des bribes de détails dans les conversations. Le négrillon Tuísca les aidait, soucieux de savoir qui lui paierait la note hebdomadaire des friandises livrées au dentiste, chez qui il portait tous les après-midi des gâteaux à la farine de maïs et de manioc doux, ainsi que du couscous de manioc. De temps en temps, considérant son bar regorgeant de monde, où les amuse-gueule du plateau envoyé par les sœurs Dos Reis étaient déjà terminés, Nacib pestait contre la vieille Filomena. L'idée l'avait prise de s'en aller et de le laisser sans cuisinière un jour comme celui-là, si fertile en nouvelles et en événements sensationnels. Allant d'une table à l'autre, se mêlant aux conversations, buvant avec ses amis, l'Arabe Nacib ne pouvait se livrer sans réserve au plaisir des commentaires sur la tragédie, comme il l'aurait souhaité et certainement fait si le souci de trouver une cuisinière ne l'avait pas affligé. Des histoires comme celle-là, comportant amours illicites et vengeance meurtrière, agrémentées de détails si savoureux, comme la paire de bas noirs, Dieu du ciel ! ne se produisaient pas tous les jours. Et dire qu'il allait être obligé de partir bientôt en quête d'une cuisinière chez les *retirantes* arrivés au « marché des esclaves ».

Chico Moleza, paresseux invétéré, passait avec des verres et des bouteilles, l'oreille tendue, s'arrêtant pour écouter. Nacib le pressa :

— Allons, paresseux !...

Chico s'arrêtait devant les tables. Il était lui aussi un enfant du bon Dieu, il voulait lui aussi écouter les nouvelles, connaître le détail de la paire de bas noirs.

Des bas très fins, mon cher, fabriqués à l'étranger... Un article qui n'existe pas à Ilhéus...

— C'est sûrement lui qui les avait fait venir de Bahia, du magasin de son père.

— Quoi ? Le colonel Manuel das Onças en restait baba de stupéfaction. On voit de ces choses en ce bas monde !...

— Ils étaient enlacés quand Jesuíno est entré. Ils ne l'ont même pas entendu.

— Et pourtant la bonne, quand elle a vu Jesuíno, a poussé un cri...

— Dans ces moments-là, on n'entend rien... dit le Capitaine.

— Bien fait ! Le colonel a fait justice...

Le Dr Maurício donnait déjà l'impression de se sentir devant les jurés :

— Il a fait ce que ferait n'importe lequel d'entre nous en pareil cas. Il a agi comme un homme de bien : il n'est pas né pour porter des cornes, et le seul moyen de s'en débarrasser, c'est celui qu'il a employé.

La conversation se généralisait, on se parlait d'une table à l'autre. Dans cette bruyante assemblée où se trouvaient réunis quelques-uns des notables de la ville, pas une seule voix ne s'élevait pour défendre la féminité ardente de Sinhàzinha, trente-cinq années de désirs endormis subitement réveillés par les belles paroles du dentiste et transformés en passion crépitante. Les belles paroles du dentiste, sa chevelure ondulée, ses yeux chavirés, mélancoliques comme ceux de la statue de Saint-Sébastien transpercé de flèches sur le maître-autel de la petite église de la place, à côté du bar. Ari Santos, compagnon du dentiste dans les séances littéraires du cercle Rui Barbosa où ils déclamaient des vers et lisaient de la prose le dimanche matin devant un auditoire réduit, raconta comment tout cela avait commencé. D'abord elle avait trouvé qu'Osmundo ressemblait à saint Sébastien, à qui elle portait une dévotion particulière. Les mêmes yeux, exactement semblables.

— Cette manie d'être toujours fourrée à l'église, voilà ce que ça donne... commenta Nhô-Galo, anticlérical notoire.

— C'est vrai... accorda le colonel Ribeirinho. Une femme mariée qui vit accrochée aux robes des curés est une sacrée coquine...

Trois dents à obturer et la voix sucrée du dentiste sur le ronronnement du moteur japonais, de belles paroles plus riches en métaphores que des poèmes...

— Il était doué, affirmait le Docteur. Une fois, il m'a déclamé des sonnets parfaits avec des rimes magnifiques, dignes d'Olavo Bilac.

Si différent du mari sombre et bourru, de vingt ans plus âgé qu'elle alors que le dentiste avait douze ans de moins ! Et ces yeux suppliants de saint Sébastien... Mon Dieu ! Quelle femme lui aurait résisté et à plus forte raison une femme dans la vigueur des ans avec un mari âgé, vivant plus souvent sur ses terres que dans sa maison, las de son épouse, follement attiré par les jeunes négresses de la *fazenda* et par les petites métisses en fleur, brusque dans ses manières ? Une femme de surcroît sans enfants qui eussent appelé ses pensées et ses soins. Comment aurait-elle pu lui résister ?

— N'allez pas me défendre cette dévergondée, mon cher monsieur Ari Santos... coupa le Dr Maurício Caires. Une femme honnête est une forteresse inexpugnable.

— Le sang... dit le Docteur, d'une voix lugubre et comme accablée par une malédiction éternelle. Le terrible sang des Ávila, le sang d'Ofenísia.

— Et vous revenez sur la question du sang... Vous voudriez comparer une aventure platonique où n'ont été échangés que des regards sans conséquence avec cette orgie immonde ? Comparer une demoiselle innocente à une bacchante, notre docte empereur, modèle de vertus, à ce dentiste dépravé ?

— Qui est-ce qui compare ? Je parle seulement de l'hérédité, du sang de ma famille...

— Je ne défends personne, affirma Ari, je ne fais que constater.

Sinhàzinha s'était peu à peu désintéressée des fêtes de l'église et fréquentait les thés dansants du Club Progrès...

— Un facteur de dissolution des mœurs... interrompit le Dr Maurício... Il a continué les soins en laissant de côté le moteur et en remplaçant le fauteuil aux chromes rutilants du cabinet par le lit en bois noir de la chambre à coucher.

Chico Moleza immobile, une bouteille et un verre à la main, captait avidement tous ces détails en écarquillant ses yeux d'adolescent et en ouvrant la bouche avec un rire idiot. Ari Santos conclut par une phrase qui lui paraissait lapidaire :

— Et voilà comment le destin a transformé une dame honnête, dévote et timide, en héroïne de tragédie...

— En héroïne ? Ne venez pas faire de littérature. Ne cherchez pas à absoudre la pécheresse. Où irions-nous ? Le Dr Maurício levait la main d'un geste menaçant. Tout cela est le résultat de la dégénérescence des mœurs qui menace de nous envahir : bals et soirées dansantes, sauteries à droite et à gauche, amourettes dans l'obscurité des cinémas. Le cinéma qui apprend comment tromper les maris, une dépravation.

— Oh ! docteur ! n'accusez ni le cinéma ni les bals. Avant que tout cela n'existe, les femmes trahissaient déjà leurs maris. Ce travers remonte à Eve et au serpent... observa en riant João Fulgêncio.

Le Capitaine l'approuva. L'avocat avait des visions. Le Capitaine lui non plus n'excusait pas une femme mariée qui oubliait ses devoirs. Mais de là à vouloir mettre en cause le Club Progrès, les cinémas... Pourquoi ne pas accuser certains maris qui n'avaient aucune considération pour leurs épouses et les traitaient comme des bonnes, tandis qu'ils ne refusaient rien, ni bijoux, ni parfums, ni robes de prix, ni toilettes de toutes sortes aux filles et aux prostituées qu'ils entretenaient ou aux mulâtresses qu'ils installaient en garni ? Il suffisait de regarder ici même, sur la place, les toilettes de Glória, mieux habillée que n'importe quelle dame.

Le colonel Coriolano se montrait-il aussi généreux avec sa femme ?

— Il faut reconnaître que celle-ci est une vieille décrépite... Je ne parle pas d'elle, mais de ce qui se passe en général. Ai-je raison, oui ou non ?

— Une femme mariée est faite pour vivre dans son foyer, pour élever ses enfants, pour s'occuper de son époux et de sa famille...

— Et les filles de joie sont là pour claquer l'argent ?

— A mon avis, le dentiste n'est pas tellement coupable en fin de compte... dit João Fulgêncio, pour détourner la discussion, car les propos du Capitaine pouvaient être mal interprétés par les *fazendeiros* présents.

Le dentiste était jeune et célibataire, il avait le cœur disponible. Etait-ce sa faute si cette femme lui avait trouvé une ressemblance avec saint Sébastien ? D'ailleurs, il n'était pas catholique puisque, avec Diogenes, il formait la paire de protestants de la ville...

— Il n'était même pas catholique, Dr Maurício.

— Pourquoi avant de jeter son dévolu sur une femme mariée n'a-t-il pas pris en considération l'honneur sans tache de l'époux ? demanda l'avocat.

— La femme est la tentation, elle est le diable, elle égare le jugement.

— Et vous croyez qu'elle s'est jetée dans ses bras comme ça, sans autre forme de procès ? Que lui n'a rien fait, l'innocent ?

La discussion entre les deux intellectuels admirés — l'avocat et João Fulgêncio, l'un solennel et agressif, défenseur sectaire de la morale, l'autre débonnaire et souriant, aimant la blague et l'ironie au point qu'on ne savait jamais à quel moment il parlait sérieusement — captivait l'assistance. Nacib adorait suivre ce genre de discussion. Surtout lorsque le Docteur, le Capitaine, Nhô-Galo, Ari Santos... étaient présents et pouvaient y participer.

Non, João Fulgêncio ne croyait pas que Sinhàzinha eût été capable de se jeter dans les bras du dentiste comme ça, sans autre forme de procès. Que celui-ci lui ait tenu des propos sucrés, c'était parfaitement plausible. Mais — demandait-il — la moindre des obligations d'un bon dentiste n'est-elle pas de se montrer un peu galant avec les clientes saisies d'effroi devant les instruments, le moteur et le terrible fauteuil ? De leur tenir des propos visant à créer un climat, à écarter l'appréhension et à inspirer confiance ?

— Un dentiste a pour obligation de soigner les dents et non de réciter des vers aux jolies clientes, mon ami. C'est ce que j'affirme et réaffirme : ces pratiques dissolues de pays décadents sont en passe de nous envahir... Un poison ou, plutôt, une boue corrosive commence à s'infiltrer dans la société d'Ilhéus...

— C'est le progrès, Docteur.

— Ce progrès-là, moi je l'appelle immoralité... et il promena sur le bar un regard féroce qui fit frémir Chico Moleza.

La voix nasillarde de Nhô-Galo s'éleva :

— De quelles pratiques voulez-vous parler, monsieur ? Des bals, des cinémas. Mais moi qui vis ici depuis plus de vingt ans, j'ai toujours connu Ilhéus comme une ville de cabarets, où fleurissent l'ivrognerie, le vice du jeu et la prostitution... Cela n'est pas nouveau, cela a toujours existé.

— Ces choses ne concernent que les hommes. Non que je les approuve. Mais elles ne contaminent pas les foyers comme ces clubs où dames et jeunes filles vont danser, oubliant leurs devoirs de famille. Le cinéma est une école de dépravation...

A ce moment-là, le Capitaine plaça une autre question : comment un homme pouvait-il — et c'était aussi une affaire d'honneur —

repousser une jolie femme quand celle-ci, envoûtée par ses paroles, lui trouvant une ressemblance avec un saint de l'Eglise, enivrée par le parfum de ses longs cheveux ondulés, se laissait tomber dans ses bras, les dents obturées, mais le cœur blessé à tout jamais ? Un homme a aussi son honneur de mâle. De l'avis du Capitaine, le dentiste était plutôt victime que coupable et méritait plutôt la pitié que la réprobation.

— Qu'est-ce que vous auriez fait, vous, Dr Maurício, si doña Sinhàzinha, avec ce corps que Dieu lui avait donné, toute nue et en bas noirs, vous avait sauté dessus ? Seriez-vous parti en courant, et en appelant au secours ?

Quelques auditeurs — l'Arabe Nacib, le colonel Ribeirinho et même le colonel Manuel das Onças avec sa couronne de cheveux blancs — soupesèrent cette question et la jugèrent sans réplique. Ils avaient tous connu doña Sinhàzinha, ils l'avaient vue traverser la place, les chairs emprisonnées dans sa robe collante, et se rendre à l'église d'un air sérieux et réservé. Chico Moleza, oubliant le service, soupirait devant la vision de Sinhàzinha toute nue se jetant dans ses bras. Cela lui valut une sortie de Nacib.

— Va faire ton service, gamin. A-t-on jamais vu ça ?

Le Dr Mauricío se sensait en pleine séance des assises :

— *Vade retro !*

Le dentiste n'était pas, à ses yeux, l'innocent que le Capitaine (il allait dire son « éminent collègue ») décrivait. Et, pour lui répondre, il allait chercher dans la Bible, le livre des livres, l'exemple de Joseph...

— Quel Joseph ?

— Celui qui fut tenté par l'épouse de Pharaon...

— Ce type est impuissant... s'écria Nhô-Galo en riant.

Le Dr Maurício foudroya du regard le fonctionnaire du Service des contributions.

— De telles plaisanteries sont inconvenantes à propos d'une affaire aussi grave. L'Osmundo en question n'était nullement un innocent. Il pouvait être un bon dentiste, mais il représentait aussi un danger pour les familles de notre ville...

Et il le décrivit comme s'il se trouvait en présence du juge et des jurés : beau parleur, vêtu avec recherche — et pourquoi toute cette élégance dans une ville où les *fazendeiros* étaient chaussés de bottes et portaient des culottes de cheval ? N'était-ce pas déjà une preuve de la décadence des mœurs, responsable de la déchéance morale ? Dès son arrivée à Ilhéus, il s'était révélé danseur émérite de tango argentin.

Ah ! ce club où le samedi et le dimanche, garçons et filles, ou femmes mariées, allaient s'enlacer... Ce Club Progrès qui mériterait plutôt d'être appelé Club du Pelotage... La pudeur et la décence en étaient bannies... Tel un papillon, Osmundo avait courtisé pendant ses huit mois de résidence à Ilhéus une demi-douzaine de jeunes filles parmi les plus belles, volant de l'une à l'autre, le cœur léger. Car les jeunes filles ne l'intéressaient pas. Ce qu'il voulait, c'était une femme mariée pour se goberger gratis à la table d'autrui. Un de ces nombreux coquins qui commençaient à faire leur apparition dans les rues d'Ilhéus. Il se racla la gorge et inclina la tête comme en signe de remerciement pour les applaudissements qui ne manqueraient pas de s'élever dans le prétoire malgré les interdictions réitérés du juge.

Au bar non plus les applaudissements ne manquèrent pas :

— Bien dit... approuva le *fazendeiro* Manuel das Onças.

— C'est exact, il n'y a pas de doute... observa Ribeirinho.

— C'est une bonne leçon, Jesuíno n'a fait que son devoir.

— Je n'en disconviens pas, rétorqua le Capitaine. Mais ce qui est vrai, c'est que vous, Dr Maurício, et beaucoup d'autres, êtes contre le progrès.

— Depuis quand le progrès est-il synonyme de dévergondage ?

— Vous êtes contre, parfaitement, et ne venez pas me parler de dévergondage dans une ville pleine de cabarets et de prostituées, où tout homme riche à sa maîtresse. Vous êtes contre le cinéma, contre un club mondain et même contre les fêtes de famille. Vous voulez que les femmes restent bouclées chez elles, à la cuisine...

— Le foyer est la forteresse de la femme vertueuse.

— Pour ma part, je ne suis hostile à rien de tout cela, expliqua le colonel Manuel das Onças. Je reconnais que j'aime aller au cinéma pour me distraire quand le film est comique. Pour ce qui est de gambiller, pas question, j'ai dépassé l'âge. Mais cela est une chose et c'en est une autre de penser qu'une femme mariée a le droit de tromper son mari.

— Qui vous a parlé de cela ? Qui est-ce qui le soutient ?

Personne, même pas le Capitaine qui pourtant avait une grande expérience de la vie, avait habité à Rio, et réprouvait maintes façons de vivre d'Ilhéus, même pas lui n'avait le courage d'attaquer de front la loi féroce. Si féroce et si rigide que le pauvre docteur Felismino, un médecin venu s'installer à Ilhéus quelques années plus tôt, n'avait pu continuer d'y exercer sa profession après avoir découvert les amours de son épouse Rita avec l'agronome Raul Lima et avoir abandonné celle-ci à son amant. D'ailleurs il était ravi de saisir cette occasion inespérée pour se délivrer d'une femme insupportable qu'il avait épousée sans trop savoir comment. Rarement il s'était senti aussi heureux qu'au moment où il découvrit l'adultère : l'agronome, se méprenant sur ses intentions, s'enfuit en courant à demi nu à travers les rues d'Ilhéus. Felismino ne pouvait imaginer vengeance plus complète, plus raffinée ni plus terrible : céder à l'amant la responsabilité des dilapidations de Rita, avide de luxe et insupportablement autoritaire. Mais Ilhéus ne possédait pas un sens de l'humour aussi grand, personne n'avait compris son geste. Il fut considéré comme cynique, lâche et immoral. La clientèle qu'il commençait à se constituer s'évanouit. Des gens refusèrent de lui tendre la main. On le surnomma « le bœuf domestique ». Il ne lui resta plus qu'à s'en aller pour toujours.

DE LA LOI CONCERNANT LES FILLES ENTRETENUES

Ce jour-là, dans le bar où régnait un climat d'excitation, presque de fête, outre la triste aventure du Dr Felismino, bien des histoires furent évoquées. Des histoires, en général terribles, d'amour, de trahison et de vengeance, à faire frémir d'horreur. Et comme cela ne pouvait manquer de se produire en raison de la proximité de Glória, anxieuse et solitaire à sa fenêtre, et de la présence de sa bonne qui avait circulé parmi les groupes sur la plage avant de venir au bar en quête d'informations, quelqu'un rappela l'affaire fameuse de Juca Viana et de Chiquinha. Certes, ce n'était pas un événement comparable à celui de cet après-midi, car les colonels n'appliquaient la peine de mort que dans les cas de trahison conjugale. Pour eux, une maîtresse ne méritait pas un tel châtiment. C'était notamment l'opinion du colonel Coriolano Ribeiro.

Quand un colonel découvrait l'infidélité d'une fille qu'il entretenait — soit en lui payant la chambre, les repas et le luxe dans une maison de prostituées, soit en l'installant en garni dans une rue peu passante —, il se contentait de la laisser tomber et de la remplacer. Pour continuer à jouir des plaisirs qu'elle lui procurait, il en prenait une autre. Néanmoins, il y avait eu plusieurs fois des coups de feu et des meurtres pour des questions de filles. Ainsi tout récemment encore, le colonel Ananias et l'employé de commerce Ivo, plus connu sous le surnom « El Tigre », en raison de ses talents d'avant-centre du Veracruz F.C., n'avaient-ils pas échangé des coups de feu au « Pinga de Ouro », à cause de Joana, une Pernamboucaine au visage grêlé ?

Le colonel Coriolano Ribeiro avait été l'un des premiers à se ruer sur les forêts et à planter du cacao. Peu de *fazendas* pouvaient être comparées à la sienne, des terres magnifiques où les cacaoyers commençaient à produire au bout de trois ans. Homme influent, compère du colonel Ramiro Bastos, il dominait l'un des districts les plus riches d'Ilhéus. Conservant les mœurs du temps jadis, il vivait simplement et sobrement : son seul luxe était une fille installée dans une maison garnie. Il résidait presque toujours dans sa *fazenda* et faisait des apparitions à Ilhéus en se déplaçant à cheval — il méprisait les avantages du train et des récents autobus —, vêtu d'un pantalon ordinaire et d'un veston délavé par les pluies, coiffé d'un chapeau d'âge respectable et chaussé de bottes crottées. Il aimait par-dessus tout ses plantations, ses cacaoyères, et prenait du plaisir à donner des ordres à ses ouvriers ou à s'enfoncer dans la forêt. Les mauvaises langues disaient que dans sa *fazenda* il se montrait parcimonieux au point de ne manger du riz que le dimanche et les jours de fête. Il se contentait de la nourriture habituelle des ouvriers : des haricots avec un morceau de viande séchée. Pendant ce temps, sa famille vivait à Bahia avec tout le confort dans une grande maison de la Barra. Son fils fréquentait l'Ecole de Droit et sa fille les bals de l'Association athlétique. Sa femme avait vieilli prématurément, au temps des luttes, pendant les nuits d'angoisse où le colonel partait à la tête de ses *jagunços*.

— Un ange de bonté, un démon de laideur... disait en parlant d'elle João Fulgêncio, quand quelqu'un critiquait l'attitude du colonel qui délaissait son épouse et ne se rendait à Bahia que très rarement.

Même lorsque sa famille résidait à Ilhéus — dans la maison où à présent il avait installé Glória —, le colonel n'avait jamais cessé de disposer d'une fille pour la table et pour le lit. Parfois, en arrivant de sa *fazenda*, c'est vers sa « succursale » qu'il se dirigeait et qu'il descendait de cheval avant même d'aller voir sa famille. Ces négresses ou ces mulâtresses dans la verdeur de la jeunesse, qui le considéraient comme un prince, étaient pour lui le seul luxe, la seule joie de la vie.

Dès que ses enfants eurent atteint l'âge d'aller au collège, et qu'il eut transféré sa famille à Bahia, il descendait dans la maison de sa maîtresse. C'est là qu'il recevait ses amis, réglait ses affaires, et discutait politique, étendu sur un hamac et fumant une cigarette roulée dans une feuille de maïs. Quand son propre fils faisait un saut à Ilhéus et à la *fazenda* à l'occasion des vacances, c'est là que le garçon allait le rencontrer. Alors qu'il comptait les sous pour ses propres dépenses, il se montrait large avec les filles, il aimait les voir faire du luxe, pour elles il ouvrait des comptes dans les magasins.

Avant Glória, plusieurs autres s'étaient succédé dans les bonnes grâces du colonel, avec des liaisons qui en général duraient un certain temps. Les filles qu'il entretenait vivaient toutes seules bouclées dans la maison. Elles sortaient peu, amitiés et visites leur étaient interdites. « Un monstre de jalousie », disait-on de lui.

— Je n'aime pas payer de femme pour les autres... expliquait le colonel quand on abordait cette question.

C'était presque toujours la femme qui l'abandonnait, lassée de cette vie de captive, d'esclave bien nourrie et bien vêtue. Certaines allaient échouer dans des maisons de prostitution. D'autres revenaient dans les plantations. L'une d'elles s'en fut à Bahia, emmenée par un commis voyageur. Parfois, pourtant, il arrivait au colonel de se lasser le premier, d'avoir besoin de chair nouvelle. Il découvrait, presque toujours dans sa propre *fazenda* ou dans les villages des environs, une petite métisse sympathique et renvoyait la précédente. Dans ce cas, il lui donnait une bonne gratification. A l'une d'elles, qui avait vécu avec lui plus de trois ans, il offrit une épicerie dans la rue du Sapo. Il allait la visiter de temps à autre, s'asseyait pour bavarder et s'informait de la marche des affaires. Sur les maîtresses du colonel Coriolano, on racontait beaucoup d'histoires. Celle d'une certaine Chiquinha, extrêmement jeune et timide, en était un exemple. Agée de seize ans, ayant l'air d'avoir peur de tout, fluette, avec des yeux globuleux au regard tendre, elle avait été découverte par le colonel qui la fit venir de ses terres pour l'installer dans un maison donnant sur une rue peu passante. C'est là qu'il attachait son cheval alezan lorsqu'il venait en ville. Le colonel avait alors la cinquantaine et Chiquinha était si timide, si embarrassée qu'il se chargeait lui-même d'acheter pour elle souliers, coupons de tissus ou flacons de parfum. Même dans les moments de totale intimité, elle l'appelait respectueusement « monsieur » et « colonel ». Coriolano en bavait de joie.

Juca Viana, étudiant en vacances, découvrit Chiquinha un jour de procession. Il commença à rôder la nuit devant la maison, dans la rue mal éclairée. Des amis l'avertirent du danger. Nul n'osait s'attaquer à une maîtresse du colonel Coriolano. Le colonel ne badinait pas. Juca

Viana, étudiant de deuxième année de droit, faisant le bravache, haussa les épaules. La timidité de Chiquinha se dissipa devant l'audacieuse moustache de l'étudiant, l'élégance de son costume et ses promesses d'amour. Elle commença par ouvrir la fenêtre, presque toujours fermée quand le *fazendeiro* n'était pas là. Une nuit, elle ouvrit la porte, et Juca prit le relais du colonel dans le lit de la fille. Associé sans capital ni obligations, il touchait la plus forte part des bénéfices avec une ardeur passionnée qui fut aussitôt connue et commentée dans la ville entière. Aujourd'hui encore on évoque cette histoire, avec ses moindres détails, à la Papeterie Modèle, dans les conversations de vieilles filles ou devant les tablettes de trictrac. Juca Viana, ayant perdu la notion de prudence, entrait en plein jour dans la maison dont le loyer était payé par Coroliano. La timide Chiquinha devint une amante intrépide et poussa l'audace jusqu'à sortir la nuit au bras de Juca pour aller coucher avec lui sur la plage déserte, au clair de lune. Elle avec ses seize ans et lui qui n'en avait pas encore vingt paraissaient deux enfants échappés d'un poème bucolique.

Les hommes de main du colonel arrivèrent à la tombée de la nuit. Ils burent intentionnellement quelques verres de tafia dans le bar mal famé de Toínho Tête-de-Bouc, tout en grommelant des menaces, puis ils se rendirent à la maison de Chiquinha. Les deux amants se livraient aux jeux de l'amour dans le lit payé par le colonel, passionnés et confiants, souriant l'un à l'autre, heureux. Les plus proches voisins entendaient des rires entrecoupés de soupirs et, de temps en temps, la voix de Chiquinha qui gémissait : « Aïe, mon amour ! » Les hommes de main entrèrent par le potager. Les voisins proches et éloignés entendirent des bruits d'un nouveau genre. Toute la rue fut réveillée par des cris et une foule neutre se rassembla devant la maison. Les jeunes gens, à ce qu'on raconte, furent battus comme plâtre et eurent le crâne rasé. Chiquinha perdit ses longues nattes et Juca Viana sa blonde chevelure ondulée. Au nom du colonel en courroux, ordre leur fut donné de décamper d'Ilhéus sur-le-champ et de n'y plus reparaître.

Juca Viana était maintenant procureur à Jequié et même après avoir terminé ses études, il n'avait jamais remis les pieds à Ilhéus. De Chiquinha, on n'eut plus de nouvelles.

Qui donc, connaissant cette histoire, aurait osé franchir sans invitation expresse du colonel le seuil de la demeure d'une de ses maîtresses ? A plus forte raison, la lourde porte de la maison de Glória, la plus appétissante et la plus splendide de toutes les concubines entretenues par Coriolano. Le colonel avait vieilli, son influence politique n'était plus celle d'antan, mais le souvenir de la correction infligée à Juca Viana et à Chiquinha subsistait, et Coriolano lui-même se chargeait de le rappeler quand cela lui paraissait nécessaire. Plus récent était l'incident survenu dans l'étude de Tonico Bastos.

UNE FRIPOUILLE SYMPATHIQUE

Tonico Bastos, l'homme élégant par excellence à Ilhéus, aux yeux cernés de noir et à la romantique chevelure de fils argentés, en veston bleu et pantalon blanc, avec des souliers au lustre éclatant, pénétrait dans le bar de son pas nonchalant juste comme son nom venait d'être prononcé. Un silence gêné se fit dans le cercle d'amis.

L'air soupçoneux, il demanda :

— De quoi parliez-vous ? J'ai entendu mon nom.

— De femmes. De quoi pouvait-il être question ? répondit João Fulgêncio. Et à propos de femmes, votre nom est venu sur le tapis. C'était fatal...

Un sourire s'épanouit sur le visage de Tonico. Il approcha une chaise. Cette réputation de conquérant irrésistible était sa raison de vivre. Tandis que son frère Alfredo, médecin et député, auscultait des enfants dans son cabinet à Ilhéus ou faisait des discours au Parlement de Bahia, lui vadrouillait dans les rues, fréquentait les prostituées et faisait porter les cornes aux *fazendeiros* en s'introduisant dans les lits de leurs maîtresses. Toute femme nouvellement débarquée, si elle était jolie, se voyait aussitôt entreprise par Tonico Bastos qui, galant et audacieux, venait tourner autour de son jupon pour lui conter fleurette. En vérité, il avait du succès et il exagérait ce succès dans les conversations où il était question de femmes. Ami de Nacib, il apparaissait en général à l'heure de la sieste, quand le bar désert somnolait. Il éberluait l'Arabe en lui parlant de ses conquêtes et des rivalités féminines dont il était la cause. Nacib n'admirait personne à Ilhéus autant que Tonico.

Au sujet de Tonico Bastos, les avis étaient partagés. Certains le considéraient comme un brave garçon, un peu égoïste et un tantinet vantard, mais d'une conversation agréable et, dans le fond, inoffensif. D'autres le trouvaient stupide et plein de sa personne, veule et pusillanime, paresseux et suffisant. Mais il avait un côté sympathique que nul ne discutait : son sourire d'homme satisfait, sa conversation attrayante. Quand il était question de lui, même le Capitaine reconnaissait :

— C'est une canaille sympathique, un sale individu irrésistible.

Tonico Bastos n'avait pas réussi à pousser ses études d'ingénieur au-delà de la troisième année, bien qu'il fût resté sept ans à l'université de Rio où le colonel Ramiro, excédé par ses scandales à Bahia, l'avait envoyé. Lassé de lui fournir de l'argent, ayant perdu tout espoir de le voir obtenir son diplôme et exercer sa profession avec brio, comme Alfredo, le colonel le rappela à Ilhéus où il le pourvut de la meilleure étude notariale de la ville et lui fit épouser l'héritière la plus riche.

Riche, certes, fille unique d'une veuve, orpheline d'un *fazendeiro* qui s'était fait trouer la peau peu avant la fin des luttes, doña Olga était surtout encombrante. Tonico n'avait pas hérité du courage de son père. Plus d'une fois, on l'avait vu pâlir et bégayer alors qu'il se trouvait mêlé à des incidents dans des quartiers de prostituées. Mais cela ne pouvait expliquer pourquoi il avait peur de sa femme. Sans doute craignait-il qu'elle ne causât un scandale qui pût porter préjudice au vieux Ramiro, homme estimé et respecté. En effet, doña Olga passait sa vie à le menacer de faire du scandale. Elle était mal embouchée et, à l'en croire, toutes les femmes couraient après Tonico. Les voisins entendaient chaque jour les menaces proférées par la grosse matrone et les sermons qu'elle adressait à son mari :

— Si un jour j'apprends que tu couches avec une autre...

A la maison, les bonnes ne restaient pas longtemps : doña Olga les suspectait toutes et les renvoyait au moindre prétexte, car elles convoitaient certainement son bel époux. Dans les bals du Club Progrès, elle lorgnait avec méfiance aussi bien les dames que les élèves du collège des bonnes sœurs. A Ilhéus, sa jalousie était devenue légendaire ainsi que sa mauvaise éducation, ses façons vulgaires et ses gaffes colossales.

En aucune façon, elle ne devait avoir connaissance des aventures de Tonico ou le soupçonner de se trouver chez les prostituées quand il sortait le soir « pour traiter d'affaires politiques », comme il le lui affirmait. Ce serait la fin du monde si elle venait à le savoir. Mais Tonico avait du bagou, il trouvait toujours moyen de la tromper, d'endormir sa jalousie. Nul ne se montrait plus respectable que lui quand, après le dîner, il se promenait avec elle sur l'avenue de la Plage, l'emmenait prendre un sorbet au bar « Le Vésuve », ou la conduisait au cinéma.

— Voyez-le, comme il est sérieux avec son éléphant... disait-on en le regardant passer, à cause de son air digne et de l'allure d'Olga dont l'embonpoint menaçait de faire éclater la robe.

Quelques minutes après, l'ayant reconduite à la maison, dans la rue pavée où se trouvait aussi son étude, il était devenu un autre homme quand il ressortait pour « bavarder avec les amis et faire de la politique ». Il allait danser dans les cabarets, dîner chez les putains, très sollicité au point que pour l'avoir des filles se disputaient, échangeaient des insultes et finissaient par se crêper le chignon.

— Un jour, la maison va s'écrouler... disait-on. Si doña Olga l'apprend, ce sera la fin du monde !

Plusieurs fois, cela avait failli arriver. Mais Tonico Bastos enveloppait son épouse dans un réseau de mensonges et faisait taire ses soupçons. Le prix à payer pour sa position d'homme irrésistible, de conquérant numéro un, était plutôt lourd.

— Que dites-vous de ce crime ? lui demanda Nhô-Galo.

— Quelle horreur, n'est-ce pas ? Une chose pareille...

On lui parla des bas noirs. Tonico fit un clin d'œil entendu. On se remit à évoquer des affaires analogues comme celle du colonel Fabrício qui avait tué sa femme à coups de couteau et avait ordonné à ses *jagunços* de faire feu sur l'amant lorsque celui-ci revenait d'une réunion maçonnique. Des mœurs cruelles, une tradition de règlements de comptes sanglants. Une loi inexorable.

L'Arabe Nacib, malgré ses préoccupations — les friandises et les amuse-gueule des sœurs Dos Reis s'étaient volatilisés —, se mêlait lui aussi à la conversation. Et, comme toujours, pour dire qu'en Syrie, le pays de ses ancêtres, c'était encore plus terrible. Immobile près de la table, debout, il dominait l'assistance de sa carrure énorme. Autour des tables voisines, on se taisait pour mieux l'entendre :

— Au pays de mon père, c'est encore pire... L'honneur d'un homme y est sacré, c'est une chose avec laquelle personne ne plaisante. Sous peine de...

— De quoi, l'Arabe ?

Il promena lentement ses regards sur l'auditoire composé de clients et d'amis, prit un air dramatique, et projeta sa grosse tête en avant :

— La femme adultère est mise à mort à l'aide d'un couteau, lentement : on la coupe en petits morceaux...

— En petits morceaux ? reprit la voix nasillarde de Nhô-Galo.

Nacib approcha de lui son visage bouffi, ses énormes joues candides, prit un air d'assassin, et retroussa les pointes de ses moustaches :

— Parfaitement, compère Nhô. Là-bas personne ne se contente de tuer la misérable, de tirer deux ou trois coups de feu sur elle et sur le scélérat. Les hommes de ce pays-là sont virils et pour la femme impudique le châtiment est différent : on coupe cette ordure en petits morceaux en commençant par la pointe des seins.

— Par la pointe des seins ? Quelle horreur ! Le colonel Ribeirinho lui-même en frémissait.

— Il n'y a pas d'horreur qui tienne ! Une femme qui trahit son mari ne mérite pas moins. Moi, si j'étais marié et si ma femme me les faisait porter, ah ! j'appliquerais la loi syrienne : hachée menu comme chair à pâté... Ce serait la moindre des choses.

— Et l'amant ? demanda le Dr Maurício Caires, impressionné.

— Celui qui a souillé l'honneur de son prochain ? Immobile, presque ténébreux, il leva la main, et poussa un ricanement sinistre. Ah ! le misérable !... Fortement maintenu par quelques hommes, de ces robustes Syriens des montagnes, on lui ôte les pantalons, on lui écarte les jambes... et le mari, avec un rasoir bien aiguisé... — il baissa la main d'un geste rapide en décrivant le reste.

— Quoi ! que dites-vous là ?

— Parfaitement, Docteur. Châtré, dans toutes les règles de l'art.

João Fulgêncio se passa la main sur le menton :

— Etranges mœurs, Nacib. Enfin, à chaque pays sa coutume...

— C'est horrible, dit le Capitaine. Et, avec le tempérament qu'ont les Turques, il doit y avoir pas mal d'eunuques, là-bas...

— Mais qui les a poussés à s'introduire chez autrui pour s'emparer de ce qui ne leur appartient pas ? s'écriait le Dr Maurício, approbateur.

— Et puis il s'agit de l'honneur d'un foyer.

L'Arabe Nacib triomphait, souriait, adressait à ses clients des regards affectueux. Il aimait ce métier de patron de bar, ces bavardages, ces discussions, ces parties de trictrac ou de dames, ces petits pokers.

Le Capitaine lui lança une invitation :

— Allons faire notre partie...

— Pas aujourd'hui. Il y a trop de monde. Et puis, dans un moment, je vais partir à la recherche d'une cuisinière.

Le Docteur accepta et alla s'asseoir avec le Capitaine devant le jeu de trictrac. Nhô-Galo les suivit. Il jouerait contre le vainqueur. Tandis qu'ils disposaient les pions, le Docteur raconta :

— Une affaire du même genre arriva à l'un des Ávila... Il devint l'amant de la femme d'un régisseur. Ce fut un scandale, le mari découvrit la chose...

— Et il châtra votre parent ?

— Qui a parlé de châtrer ? Le mari surgit armé, seulement mon bisaïeul tira avant qu'il n'ait eu le temps de...

Le groupe se réduisait peu à peu, car l'heure du dîner approchait. Venant de l'hôtel pour se rendre au cinéma, apparurent, comme le matin, Diogenes et le couple d'artistes. Tonico Bastos demanda des précisions :

— C'est une exclusivité de Mundinho ?

De la table de trictrac, avec le sentiment de répondre un peu de la conduite de Mundinho, le Capitaine l'informa :

— Non. Il n'y a rien entre eux. Elle est libre comme un oiseau, à votre disposition...

Tonico siffla entre ses dents. Le couple fit un salut, Anabela souriait.

— Je vais les rejoindre pour la saluer au nom de la ville...

— Ne mêlez pas la ville à cela, sacré coquin...

— Attention au rasoir du mari, s'écria Nhô-Galo en riant.

— Je vous accompagne... dit le colonel Ribeirinho. Mais ils ne bougèrent pas, car, sur ces entrefaites, apparut le colonel Amâncio Leal et leur curiosité l'emporta : tous savaient que Jesuíno s'était réfugié chez lui après le crime. Ayant assouvi son désir de vengeance, le colonel s'était retiré calmement afin d'éviter d'être pris en flagrant délit. Il avait traversé la ville animée par la foire, sans presser le pas, pour se rendre chez son ami et compagnon des temps troublés de jadis. Ensuite, il avait fait dire au juge qu'il se présenterait devant lui le lendemain... pour être laissé immédiatement en liberté provisoire dans l'attente du jugement, comme c'était l'usage en pareil cas. Le colonel Amâncio cherchait des yeux quelqu'un. Il s'approcha du Dr Maurício :

— Pourriez-vous m'accorder un instant, Docteur ?

L'avocat se leva et ils se dirigèrent tous les deux vers le fond du bar. Le *fazendeiro* lui dit quelque chose, Maurício hocha la tête. Il revint chercher son chapeau :

— Avec votre permission, je dois me retirer.

Le colonel Amâncio les salua :

— Bonsoir, messieurs.

Ils prirent la rue du Colonel-Adami. Amâncio habitait sur la place du groupe scolaire. Quelques clients plus curieux que les autres, se levèrent pour les observer, remontant la rue silencieux et graves comme s'ils suivaient une procession ou un enterrement.

— Il va prendre le Dr Maurício pour défenseur.

— Il sera entre de bonnes mains. Aux assises, nous allons entendre l'Ancien et le Nouveau Testaments.

— Au fond..., il n'a pas besoin d'avocat. Son acquittement est assuré.

Le Capitaine se retourna, un pion entre les doigts, et laissa échapper sa rancœur :

— Ce Maurício est un puits d'hypocrisie..., un veuf lubrique.

— On dit qu'aucune négresse dans la fleur de l'âge n'est capable de l'assouvir.

— J'ai déjà entendu raconter ça...

— Il y en a une, du morne d'Unhão, qui vient presque tous les soirs chez lui.

Le prince et Anabela, convoyés par Diogenes avec sa mine triste, reparurent à la porte du cinéma. La femme tenait un livre à la main.

— Ils viennent ici... murmura le colonel Ribeirinho.

Comme Anabela s'approchait, tous se levèrent et offrirent des chaises. Le livre, un album relié en cuir, circula de main en main. Il contenait des coupures de journaux et des appréciations manuscrites sur la danseuse.

— Après ma première exhibition, je veux votre opinion à tous, messieurs. Elle restait debout, elle n'avait pas accepté de s'asseoir. Nous revenons tout de suite à l'hôtel, dit-elle en s'appuyant sur la chaise du colonel Ribeirinho.

Elle allait faire ses débuts au cabaret cette nuit même. Le lendemain, elle se montrerait au cinéma en compagnie du prince dans des numéros de prestidigitation. Lui était hypnotiseur, c'était un as de la télépathie. Ils venaient de faire une démonstration pour Diogenes. Le patron du cinéma avouait n'avoir jamais rien vu de comparable. Sur le parvis de l'église, les vieilles filles, déjà excitées par le double assassinat, observaient la scène et montrait du doigt la femme :

— Une de plus pour faire tourner la tête aux hommes...

Anabela demanda d'une voix douce :

— J'ai entendu dire qu'aujourd'hui un crime a été commis ici.

— C'est exact. Un *fazendeiro* a tué sa femme et l'amant de celle-ci.

— La malheureuse... s'écria Anabela tout émue. Ce fut la seule parole prononcée pour déplorer la triste fin de Sinhàzinha au cours de cet après-midi si fertile en commentaires.

— Des mœurs moyenâgeuses... fit Tonico Bastos en se tournant vers la danseuse. Ici nous vivons encore au siècle dernier.

Le prince souriait dédaigneusement. Il approuva de la tête et avala son tafia pur : il n'aimait pas les mélanges. João Fulgêncio rendit l'album où il avait lu les éloges du travail d'Anabela. Le couple s'en alla. Elle voulait se reposer avant sa première exhibition.

— Je vous attends tous aujourd'hui au Bataclan.

— Nous y serons sans faute.

Les vieilles filles qui couvraient le parvis de l'église se signaient, scandalisées. Un lieu de perdition, cette ville d'Ilhéus... Devant le portail de la maison du colonel Melk Tavares, le professeur Josué barvardait avec Malvina. Glória soupirait, solitaire à sa fenêtre. Le soir tombait sur Ilhéus. Le bar commençait à se vider. Le colonel Ribeirinho était parti à la suite des artistes.

Tonico Bastos vint s'appuyer au comptoir, près de la caisse. Nacib enfilait son veston et donnait des ordres à Chico Moleza et à Bico-Fino. Tonico contemplait d'un air absent le fond à peu près vide de son verre.

— Vous pensez à la danseuse ? C'est un plat de luxe, il faut s'y rendre en tuyau de poêle... Il va y avoir beaucoup de monde. Ribeirinho a déjà l'œil sur elle...

— J'étais en train de penser à Sinhàzinha. C'est horrible, Nacib...

— On m'avait déjà parlé de ses relations avec le dentiste. Je vous jure que je n'y avais pas cru. Elle était tellement sérieuse.

— Vous êtes un naïf. Il se servait lui-même, en familier du bar qu'il était. Il remplissait à nouveau son verre, faisait porter la consommation à son compte, et payait à la fin du mois. Mais cela aurait pu être pire, bien pire.

Nacib baissa la voix, stupéfait :

— Auriez-vous pêché, vous aussi, dans les mêmes eaux ?

Tonico n'eut pas le courage de répondre par l'affirmative, il lui suffisait de créer le doute, le soupçon. Il fit un geste de la main.

— Elle avait l'air tellement sérieuse... La voix de Nacib prit un ton canaille. On y regarde de plus près et voilà que sous cet air réservé... Vous aussi, avouez ?

— Ne soyez pas mauvaise langue, l'Arabe ! Laissez les morts en paix.

Nacib ouvrit la bouche, il allait dire quelque chose, mais il se contint et ne laissa échapper qu'un soupir. Alors le dentiste n'avait pas été le premier... Ce satané Tonico, avec sa couronne de cheveux blancs, coureur comme pas un, l'avait lui aussi serrée dans ses bras, il avait joui de ce corps. Que de fois lui, Nacib, ne l'avait-il pas suivie de ses yeux concupiscents et respectueux quand elle passait devant le bar pour se rendre à l'église.

— C'est pour cela que je ne me marie pas et que je ne cours pas les femmes mariées.

— Moi non plus... dit Tonico.

— Cynique...

Nacib se dirigea vers la rue :

— Je vais voir si je trouve une cuisinière. Des *retirantes* sont arrivés. Parmi eux, il y en a peut-être une qui fera l'affaire.

Sous la fenêtre de Glória, le négrillon Tuísca lui racontait les nouvelles, les détails du crime, ce qu'il avait entendu dire au bar. La mulâtresse, reconnaissante, caressait les cheveux crépus du gamin et lui pinçait affectueusement les joues. Le Capitaine, qui venait de gagner la partie, regardait la scène :

— Ah ! l'heureux négrillon !

L'HEURE TRISTE DU CRÉPUSCULE

Tout en se dirigeant vers la voie ferrée, à l'heure triste du crépuscule, coiffé d'un chapeau à large bord, le revolver à la ceinture, Nacib songeait à Sinhàzinha. De l'intérieur des maisons, parvenait un bruit de couverts que l'on dispose, de rires et de conversations. On devait sûrement parler de Sinhàzinha et d'Osmundo. Nacib songeait à elle avec tendresse, en désirant du fond du cœur que ce misérable Jesuíno Mendonça, individu arrogant et antipathique, soit condamné par la Justice, chose impossible, certes, mais néanmoins méritée. Mœurs sauvages que celles d'Ilhéus...

Parce que tous ces racontars de Nacib, ses terribles histoires de Syrie avec la femme découpée en petits morceaux et l'amant châtré au rasoir, n'étaient que des paroles. Comment aurait-il pu admettre qu'une femme jeune et jolie méritât la mort pour avoir trompé un mari âgé et brutal, certainement incapable de lui manifester de l'affection ou de lui dire une parole de tendresse ? Ce pays d'Ilhéus, son pays à lui était loin d'être vraiment civilisé. On y parlait beaucoup de progrès, l'argent y circulait en abondance, le cacao faisait ouvrir des routes, fonder des villages et modifier l'aspect de la ville, mais on y conservait dans toute leur horreur les mœurs d'autrefois. Nacib n'avait pas le courage de dire cela à haute voix. Seul Mundinho Falcão pouvait se permettre une telle audace. Mais à l'heure mélancolique où avançaient les ombres, il pensait à cet état de choses, la tristesse l'envahissait, il se sentait fatigué.

C'est pour ces raisons et pour quelques autres que Nacib ne se mariait pas. Il ne voulait pas être trompé, avoir à tuer, à répandre le sang d'autrui, à tirer cinq coups de feu sur la poitrine d'une femme. Pourtant, il aurait bien aimé se marier... Il éprouvait un besoin d'affection, de tendresse. Il ressentait l'absence d'un foyer, d'une maison remplie de la présence d'une femme qui l'attendrait au milieu de la nuit après la fermeture du bar. Cette pensée le hantait de temps à autre, comme à présent sur le chemin du « marché des esclaves ». Il n'était pas homme à se mettre en quête d'une fiancée. D'ailleurs, le temps lui faisait défaut, sa journée entière se passait au bar. Sa vie sentimentale se réduisait à des liaisons plus ou moins longues avec des filles de joie rencontrées dans les cabarets, des femmes qui étaient en même temps à lui et aux autres, à des aventures faciles d'où l'amour était exclu. Quand il était plus jeune, il avait eu deux ou trois amourettes. Mais comme alors il ne pouvait pas songer à se marier, cela s'était réduit à des conversations anodines, à de petits billets fixant des rendez-vous au cinéma, à de timides baisers échangés pendant des séances en matinée.

Aujourd'hui, il n'avait pas assez de temps pour faire la cour aux filles, le bar l'accaparait toute la journée. Ce qu'il voulait, c'était gagner de l'argent, devenir assez riche pour pouvoir acheter des terres où il planterait du cacao. Comme tous les gens d'Ilhéus, Nacib ne rêvait que de cacaoyères, de terres où pousseraient les arbres aux fruits jaunes comme l'or et qui valaient de l'or. Peut-être à ce moment-là envisagerait-il le mariage. Pour l'instant, il se contentait de jeter de longs regards sur les belles dames qui traversaient la place, sur Glória, inaccessible à sa fenêtre, et de découvrir des prostituées débutantes comme Risoleta pour se payer leurs faveurs.

Il sourit en songeant à la fille du Sergipe qu'il avait connue la veille, à son œil un peu de travers, et à son savoir-faire. Irait-il la revoir cette nuit ? Elle l'attendrait certainement au cabaret. Mais il était fatigué et triste. A nouveau, il pensa à Sinhàzinha : souvent, il était resté immobile devant le bar en la voyant passer sur la place et entrer dans l'église. Ses yeux convoitaient le bien du *fazendeiro*, il souillait l'honneur d'autrui par la pensée à défaut de pouvoir le souiller par des actes ou des insanités. Il ne savait pas dire des paroles jolies comme des vers, il n'avait pas de longs cheveux ondulés, il ne dansait pas le tango argentin au Club Progrès. S'il avait possédé ces avantages, peut-être serait-il maintenant étendu dans son sang, la poitrine trouée de balles, à côté de la femme aux bas noirs.

Nacib marche dans le crépuscule. De temps en temps, il répond à un « bonsoir », mais ses pensées sont ailleurs. La poitrine trouée de balles, les seins blancs de l'amante transpercés de balles. Il voyait la scène, les deux cadavres côte à côte, nus dans une mare de sang, elle avec des bas noirs. Avec des jarretières peut-être, ou bien sans jarretières... Il lui semblait que sans jarretières, c'était plus élégant : des bas fins tendus sur la chair blanche sans rien pour les maintenir. Ce devait être joli ! Joli et triste. Nacib soupire, il ne voit plus le dentiste Osmundo à côté de Sinhàzinha. C'était lui-même, Nacib, qu'il apercevait, un tantinet plus maigre et moins ventru, étendu mort, assassiné, à côté de la femme. Une beauté ! La poitrine transpercée de balles. Il soupira à nouveau. Son cœur était romantique. Les histoires terribles qu'il racontait ne signifiaient rien, pas plus que le revolver qu'il portait à la ceinture comme tout homme d'Ilhéus en ce temps-là. Les habitudes du pays... Lui, ce qu'il aimait, c'était bien manger, de délicieux plats pimentés, boire sa bière bien glacée, faire une bonne partie de trictrac, passer des nuits blanches à retourner ses cartes au poker, avec la crainte de perdre au jeu les recettes du bar qu'il déposait à la banque dans l'espoir d'acheter des terres. Il aimait frelater les boissons pour gagner davantage, majorer scrupuleusement de quelques milliers de réaux les additions de ceux qui payaient au mois, accompagner ses amis au cabaret, finir la nuit dans les bras d'une Risoleta quelconque, béguin de quelques jours. C'était tout cela et les brunes au teint de caramel qu'il aimait. Et aussi bavarder et rire.

COMMENT NACIB ENGAGEA UNE CUISINIÈRE OU DES VOIES INEXTRICABLES DE L'AMOUR

Laissant derrière lui la foire où l'on démontait les baraques et où l'on rangeait les marchandises, il coupa à travers les bâtiments du chemin de fer. Avant la montée du morne de Conquista se trouvait le « marché aux esclaves ». Quelqu'un avait ainsi baptisé, depuis longtemps déjà, l'endroit où campaient les *retirantes* en attendant de trouver du travail. Cette appellation s'était imposée. Personne ne le désignait autrement. Là s'entassaient les gens du *sertão* qui avaient fui la sécheresse, les plus pauvres de tous ceux qui abandonnaient leur maison et leurs terres à l'appel du cacao.

Des *fazendeiros*, tapotant leurs bottes avec leurs cravaches, examinaient la troupe qui venait d'arriver. Ces *sertanejos* avaient la réputation d'être de bons travailleurs.

Hommes et femmes, épuisés et faméliques, attendaient. Ils voyaient là-bas la foire où on trouvait de tout. Ils avaient le cœur plein d'espérance. Ils étaient venus à bout des chemins, de la *caatinga*, de la faim et des serpents, des maladies endémiques et de la fatigue. Ils venaient d'atteindre le pays de l'abondance et pensaient que les jours de misère avaient pris fin. Ils entendaient raconter des histoires épouvantables de meurtres et de violences, mais ils savaient que le cours du cacao était en hausse, que des hommes venus comme eux du *sertão* à la dernière extrémité brandissaient maintenant des cravaches à pommeau d'argent et possédaient des plantations de cacao.

Sur le champ de foire, une rixe éclata, des gens coururent, un couteau brilla aux derniers rayons de soleil, les cris parvenaient jusqu'à eux. Toutes les foires se terminaient ainsi, avec des ivrognes et des bagarres. Du milieu du groupe des *sertanejos*, s'élevaient les sons mélodieux d'un accordéon, une voix de femme chantait une mélopée.

Le colonel Melk Tavares fit un signe au joueur d'accordéon. L'instrument se tut.

— Marié ?

— Non, monsieur.

— Voulez-vous travailler pour moi ? Il désignait les autres hommes qu'il avait déjà choisis. Un bon musicien n'est jamais de trop dans une *fazenda*. Il met de la joie dans les fêtes... Il avait un rire persuasif. On disait qu'il savait mieux que quiconque choisir des hommes bons pour le travail. Ses *fazendas* se trouvaient à Cachoeira do Sul, de grands canots l'attendaient à côté du pont du chemin de fer.

— Comme métayer ou comme concessionnaire ?

— Au choix. J'ai des forêts à faire abattre, j'ai besoin de concessionnaires.

— Les *sertanejos* préféraient prendre des concessions, planter de jeunes cacaoyers et avoir la possibilité de gagner de l'argent à leurs risques et périls.

Nacib examinait les hommes engagés par le colonel et approuvait son choix. Il enviait ce propriétaire terrien chaussé de bottes qui engageait des travailleurs pour ses plantations. Pour sa part, il cherchait seulement une femme pas très jeune, sérieuse, capable d'assurer le ménage de sa petite maison de la rampe de Saint-Sébastien, de laver son linge, et de préparer ses repas ainsi que les plateaux pour le bar. A cela il avait passé toute sa journée, en courant de côté et d'autre.

— Une cuisinière, ici, ce n'est pas facile... lui dit Melk.

Instinctivement, Nacib cherchait parmi les migrantes une femme qui ressemblât à Filomena, à peu près du même âge, avec le même air revêche. Le colonel Melk lui serra la main, les canots l'attendaient, déjà chargés :

— Jesuíno a bien agi. C'est un homme d'honneur...

Nacib aussi servit ses dernières nouvelles :

— Il paraît qu'un ingénieur va venir étudier le chenal.

— Je l'ai entendu dire. Du temps perdu, il est impossible de l'aménager, ce chenal.

Nacib s'en alla et se mit à errer parmi les *sertanejos*. Jeunes et vieux lui lançaient des regards où luisait une espérance. Les femmes étaient rares. Presque toutes avaient des enfants accrochés aux jupes. Finalement, il en remarqua une assez grande, robuste, la cinquantaine, sans mari :

— Il est resté en route, monsieur.

— Savez-vous faire la cuisine ?

— Pas pour servir à table.

Dieu du ciel, où trouver une cuisinière ? Il ne pouvait pas payer indéfiniment des sommes folles aux sœurs Dos Reis. Et puis en cette période d'affluence, aujourd'hui des assassinats, demain des enterrements... Il y avait pire : être obligé de déjeuner et de dîner à l'Hôtel Coelho, où la nourriture était exécrable et sans goût. Pas d'autre solution que d'en faire venir une d'Aracaju en lui payant le voyage. Il s'arrêta devant une vieille, mais si vieille que sûrement elle aurait juste le temps de mourir une fois arrivée chez lui. Elle se courbait sur un bâton. Comment avait-elle réussi à faire tant de chemin pour arriver jusqu'à Ilhéus ? Elle forçait la pitié, tant elle était vieille et desséchée, un débris humain. Que de malheurs en ce monde...

Sur ces entrefaites surgit une autre femme, vêtue de misérables guenilles et couverte d'une crasse si épaisse qu'on ne pouvait pas distinguer ses traits ni lui donner un âge. Ses cheveux en broussaille étaient chargés de poussière et elle avait les pieds nus. Elle déposa entre les mains tremblantes de la vieille la gourde pleine d'eau qu'elle portait et celle-ci la but avec avidité.

— Que Dieu te le rende.

— Il n'y a pas de quoi, grand-mère... C'était la voix d'une femme jeune, peut-être celle qui chantait lorsque Nacib était arrivé.

Le colonel Melk et ses hommes disparaissaient derrière les wagons du chemin de fer. Le joueur d'accordéon s'arrêta un instant et fit un signe d'adieu. La femme leva le bras, agita la main et se retourna vers la vieille pour reprendre la gourde vide. Comme elle allait repartir, Nacib lui demanda, encore impressionné par cette vieille cassée :

— C'est votre grand-mère ?

— Non, jeune homme. Elle s'arrêta et sourit. Nacib put alors constater qu'il s'agissait vraiment d'une femme jeune, car ses yeux brillaient quand elle riait. On l'a rencontrée sur le chemin, il y a quatre jours.

— Qui, on ?

— Ceux qui sont là-bas... Elle montra du doigt un groupe de gens et se remit à rire, d'un rire clair, cristallin, inattendu.

— On est partis ensemble, du même endroit. La sécheresse a tué tous les animaux, a bu tout ce qui ressemblait à de l'eau et a transformé les arbres en bois mort. En route, on a rencontré d'autres gens. Tout le monde fuyait.

— Vous êtes leur parente ?

— Non, jeune homme. Je suis seule au monde. Mon oncle qui m'accompagnait a remis son âme à Dieu avant d'arriver à Jeremoabo. Ce qu'on appelle la phtysie... et elle rit, comme s'il y avait de quoi rire.

— Ce n'était pas vous qui chantiez tout à l'heure ?

— Si, monsieur. Il y avait un jeune musicien. Il s'est fait embaucher pour la plantation en pensant faire de l'argent ici. On chante pour oublier les mauvais moments...

Sa main retenait la gourde appuyée contre sa hanche. Nacib la détaillait sous sa crasse. Elle paraissait forte et décidée.

— Qu'est-ce que vous savez faire ?

— Un peu de tout, jeune homme.

— Laver le linge ?

— Qui est-ce qui ne sait pas ? s'étonnait-elle. Il suffit d'avoir de l'eau et du savon.

— Et faire la cuisine ?

— J'ai déjà été cuisinière, et même chez des riches... Elle se remit à rire comme si elle se rappelait quelque chose d'amusant.

Peut-être parce qu'elle riait, Nacib conclut qu'elle ne faisait pas l'affaire. Ces gens qui arrivaient du *sertão* affamés étaient capables de dire n'importe quel mensonge pour trouver du travail. Que pouvait-elle savoir en matière de cuisine ? Faire rôtir de la viande salée et préparer des haricots, rien de plus. Il lui fallait une femme âgée, sérieuse, propre et laborieuse comme la vieille Filomena. Et bonne cuisinière, experte en condiments et en friandises. La jeune fille restait immobile et attendait, les yeux fixés sur lui. Nacib fit un geste de la main, sans savoir quoi dire :

— Bon... A une autre fois. Bonne chance.

Il tourna le dos et, comme il repartait, il entendit derrière lui la voix traînante et chaude :

— Quel beau garçon !

Il s'arrêta. Il ne se rappelait pas que quelqu'un l'eût trouvé beau, excepté la vieille Zoraia sa mère, lorsqu'il était enfant. Ce fut presque un choc.

— Attendez.

Il l'examina à nouveau. Elle était forte, pourquoi ne pas la mettre à l'essai ?

— Vous savez vraiment faire la cuisine ?

— Emmenez-moi, jeune homme, et vous verrez...

Si elle ne savait pas cuisiner, elle servirait au moins pour faire le ménage et pour laver le linge.

— Combien voulez-vous gagner ?

— C'est vous qui le savez, jeune homme. Vous me donnerez ce que vous voudrez.

— Nous allons voir d'abord ce que vous savez faire. Ensuite nous nous mettrons d'accord pour le salaire. Ça vous va ?

— Pour moi, ce que vous direz me conviendra.

— Alors, prenez votre baluchon.

Elle rit à nouveau en découvrant ses dents blanches et polies. Il était fatigué et il commençait à penser qu'il avait fait une bêtise. Cette *sertaneja* lui avait fait de la peine, il allait s'encombrer d'un poids mort à la maison. Mais il était trop tard pour se repentir. Si au moins elle savait laver...

Elle revint avec un petit ballot de drap, elle ne possédait pas grand-chose. Nacib s'éloigna en marchant lentement. Le baluchon à la main, elle le suivait à quelques pas. Au moment où ils allaient s'écarter de la voie ferrée, il tourna la tête et lui demanda :

— Comment vous appelez-vous exactement ?

— Gabriela, pour vous servir.

Ils continuèrent à marcher, lui devant, les pensées à nouveau tournées vers Sinhàzinha et vers les péripéties de cette journée agitée avec l'échouage du bateau et le crime, sans parler des petits secrets du Capitaine, du Docteur et de Mundinho Falcão. Quelque chose se tramait. A lui, Nacib, on ne la lui faisait pas. La nouvelle ne tarderait pas à éclater. A la vérité, la nouvelle du crime avait fait oublier cela aussi, l'air conspirateur des trois compères et la fureur du colonel Ramiro Bastos. Le crime avait remué tout le monde, le reste était passé au second plan. Le pauvre dentiste, un garçon sympathique, avait payé cher son désir de femme mariée. C'était courir un grand danger que de s'en prendre aux épouses des autres. Cela se terminait par une balle dans la poitrine. Tonico Bastos devait faire attention, sinon un jour il lui arriverait la même chose. Avait-il vraiment couché avec Sinhàzinha ou bien n'était-ce que pure invention, simple fanfaronnade pour l'impressionner ? De toute façon, Tonico prenait des risques, un de ces jours il lui arriverait malheur. Et Nacib alors se demandait : qui sait ? Peut-être valait-il la peine de courir tous les risques pour un regard, un soupir, un baiser de femme.

Gabriela le suivait à quelques pas avec son baluchon. Elle avait déjà oublié Clemente. Toute joyeuse de quitter cet entassement de migrants et ce campement immonde, elle riait avec les yeux et avec la bouche, ses pieds nus glissaient presque sur le sol, et elle avait envie de chanter des refrains du *sertão*, mais elle ne chantait pas parce que ce joli garçon triste aurait pu ne pas apprécier.

UN CANOT DANS LA FORÊT

— On dit que le colonel Jesuíno a tué sa femme ainsi qu'un docteur qui couchait avec elle. Est-ce vrai, colonel, demanda un rameur à Melk Tavares.

— Moi aussi, j'en ai entendu parler... fit un autre.

— Oui, c'est vrai. Il a surpris sa femme au lit avec le dentiste. Il les a liquidés tous les deux.

— Les femmes sont des animaux pervers, ce sont elles qui font notre malheur...

Le canot remontait la rivière, la forêt s'élevait sur les berges, les *sertanejos* regardaient ce paysage inconnu, le cœur empli d'une vague terreur. La nuit se précipitait du haut des arbres sur les eaux, effrayante. Le canot était si grand qu'on aurait dit une barge. Il avait descendu le fleuve chargé de sacs de cacao et il le remontait plein de ravitaillement. Les rameurs s'arc-boutaient dans un effort inouï, mais on n'avançait que lentement. L'un d'eux alluma une lanterne à la poupe. La lumière rouge faisait surgir sur le fleuve des ombres fantastiques.

— Dans le Ceará, il est arrivé une histoire semblable... commença à dire un *sertanejo.*

— Les femmes sont perfides, jamais on ne sait ce qui se passe dans leur tête... J'en ai connu une qui avait l'air d'une sainte, personne ne pouvait imaginer... raconta le nègre Fagundes.

Clemente restait silencieux. Melk Tavares engageait la conversation avec les nouveaux embauchés, désireux d'avoir des renseignements sur chacun d'eux, de déceler leurs qualités et leurs défauts, de connaître leur passé. Les *sertanejos* racontaient des histoires qui se ressemblaient, avec la même terre aride brûlée par la sécheresse, les champs de maïs et de manioc détruits, et leur marche interminable. Ils se montraient sobres dans leurs récits. Ils avaient entendu parler d'Ilhéus : la terre y était riche, l'argent facile à gagner. Une culture d'avenir, des rixes et des meurtres. Quand la sécheresse les frappait, ils abandonnaient tout et se mettaient en route pour le Sud. Le nègre Fagundes était plus bavard et racontait ses exploits.

Eux aussi désiraient savoir :

— Il paraît qu'il y a beaucoup de forêts à abattre...

— A abattre, il y en a pas mal. Mais à délimiter, il n'y en a plus. Tout a déjà un maître, fit le rameur en riant.

— Mais il y a encore de l'argent à gagner, et même beaucoup, pour un homme travailleur, assura Melk Tavares afin de les consoler.

— Seulement, le temps où un gars arrivait les mains vides, avec de l'audace et du courage, pour se jeter sur la forêt et planter des cacaoyers, est révolu. En ce temps-là, c'était bien... Il suffisait d'avoir du cœur au ventre, de foncer, de liquider quatre ou cinq gars qui avaient les mêmes intentions et on était riche...

— J'ai entendu parler de ce temps-là... dit le nègre Fagundes. C'est pour cela que je suis venu...

— Tu n'aimes pas la pioche, hein, le brun ? demanda Melk.

— Je ne la méprise pas, monsieur. Mais je suis plus habile à manier le flingot... Il riait en caressant sa carabine à répétition.

— Il y a encore des forêts, et même de grandes, du côté de la Serra do Baforé, par exemple, avec une terre meilleure que n'importe quelle autre pour le cacao.

— Seulement, il faut acheter chaque pouce de la forêt. Tout est mesuré et enregistré. Vous-même, monsieur, vous avez des terres dans ce coin-là.

— Une petite parcelle... avoua Melk. Pas grand-chose. Je vais commencer à faire abattre la forêt l'année prochaine, si Dieu le veut.

— Aujourd'hui Ilhéus ne vaut plus rien, ce n'est pas comme avant. Ça devient une ville importante, déplora un rameur.

— Et c'est pour cela que ça ne vaut plus rien ?

— Avant, la valeur d'un homme se mesurait à son courage. Aujourd'hui, les seuls à s'enrichir sont les colporteurs turcs et les magasiniers espagnols. Ce n'est pas comme autrefois...

— Ce temps-là est révolu, expliqua Melk. Maintenant le progrès est arrivé, les choses sont différentes. Mais un homme travailleur peut encore se débrouiller, il y a encore de la place pour tout le monde.

— On ne peut même plus tirer des coups de feu dans les rues... Tout de suite on veut vous arrêter.

Le canot remontait lentement le courant, les ombres de la nuit l'enveloppaient, des cris d'animaux parvenaient de la forêt, des perroquets faisaient des vacarmes soudains dans les arbres. Seul Clemente restait silencieux. Tous les autres prenaient part à la conversation, racontaient des faits divers, discutaient au sujet d'Ilhéus.

— La croissance de cette ville ne deviendra excessive que du jour où elle se mettra à exporter directement le cacao.

— Parfaitement.

Les hommes du *sertão* ne comprenaient pas. Melk Tavares leur expliqua : tout le cacao à destination de l'étranger, de l'Angleterre, de l'Allemagne, de la France, des Etats-Unis, de la Scandinavie, de l'Argentine, s'en va par le port de Bahia. Une quantité énorme de taxes, les recettes de l'exportation, tout cela restait dans la capitale de l'État, Ilhéus n'en recueillait même pas les miettes. Le chenal était étroit et peu profond. Il ne permettrait le passage des bâtiments de fort tonnage qu'à la condition d'y avoir effectué des travaux importants dont la réalisation était tenue par certains pour impossible. On ne pourrait vraiment parler de progrès que lorsque les grands cargos viendraient chercher le cacao dans le port d'Ilhéus.

— Maintenant on ne fait que parler d'un certain Mundinho Falcão, colonel. On dit qu'il va régler la question... que c'est un homme formidable.

— Tu penses à la fille, demanda Fagundes à Clemente.

— Elle ne m'a même pas dit au revoir... Elle ne m'a même pas jeté un regard d'adieu.

— Elle te faisait tourner la tête. Tu n'étais plus le même.

— Comme si on ne se connaissait pas... même pas au revoir.

— Les femmes sont comme ça. Elles n'en valent pas la peine.

— C'est un homme très ambitieux. Mais comment va-t-il pouvoir régler cette affaire du chenal si mon compère Ramiro lui-même n'a pu y parvenir ? Melk parlait de Mundinho Falcão.

Au fond du canot, Clemente caressa son accordéon. Il entendit la voix de Gabriela qui chantait. Il regarda autour de lui comme pour la chercher. La forêt entourait le fleuve avec ses arbres et son enchevêtrement de lianes, les cris effrayants et les piaulements sinistres des chouettes, une débauche de vert qui virait au noir. Ce n'était plus la *caatinga* grisâtre et dénudée. Un rameur montra du doigt un endroit dans les fourrés :

— C'est ici qu'Onofre et les hommes de main d'Amâncio Leal ont échangé des coups de feu... Il y a bien eu dix morts.

On pouvait gagner de l'argent dans ce pays, à la condition de ne pas avoir peur du travail. Gagner de l'argent et revenir à la ville pour aller chercher Gabriela. Il la retrouverait, de quelque façon que ce fût.

— Il vaut mieux que tu n'y penses plus, que tu la chasses de ta mémoire, lui conseilla Fagundes. Les yeux du nègre scrutaient la forêt et sa voix devenait douce pour parler de Gabriela. Chasse-la de ta mémoire. Ce n'est pas une femme pour toi ni pour moi. Ce n'est pas avec une putain de cette sorte, c'est...

— Je l'ai dans la peau. Même si je voulais, je ne pourrais pas...

— Tu es cinglé. Ce n'est pas une femme avec qui l'on puisse vivre.

— Qu'est-ce que tu racontes là ?

— Je ne sais pas... A mon avis, elle est comme ça. Tu peux coucher avec elle, faire des choses. Mais la posséder vraiment, devenir son maître, comme on peut l'être de n'importe quelle autre, jamais personne n'y parviendra.

— Et pourquoi ?

— Je ne sais pas. Seul le diable le sait. Ça ne s'explique pas.

Oui, le nègre Fagundes avait raison. La nuit, il couchait avec elle et le lendemain elle paraissait ne plus s'en souvenir, elle le regardait comme elle regardait les autres, elle le traitait comme elle traitait les autres. Comme si cela était sans importance...

Les ombres couvrent et enveloppent le canot, la forêt semble devenir de plus en plus proche, au point de se refermer sur eux. Les piaulements des chouettes percent les ténèbres. Une nuit sans Gabriela, sans son corps brun, sans son rire gratuit, sans sa bouche semblable à la pulpe d'un fruit. Elle ne lui avait même pas dit au revoir. Une femme incompréhensible. Une douleur étreint le cœur de Clemente, et soudain il a la certitude que jamais plus il ne la reverra, ne la serrera dans ses bras, ne l'écrasera contre sa poitrine, et n'entendra ses soupirs d'amour.

Le colonel Melk Tavares, dans le silence de la nuit, éleva la voix pour ordonner à Clemente :

— Joue-nous quelque chose, garçon, pour oublier le temps.

Il prit l'accordéon. A travers les arbres, la lune montait au-dessus du fleuve. Clemente aperçoit le visage de Gabriela. Au loin brillent des lueurs de lumignons et de lanternes. La mélodie qui s'élève évoque les sanglots d'un homme perdu, solitaire à jamais. Dans la forêt, Gabriela rit au clair de lune.

GABRIELA ENDORMIE

Nacib la conduisit jusqu'à sa maison, sur la rampe de São Sebastião. A peine eut-il introduit la clef dans la serrure que doña Arminda, toute frémissante, apparut à sa fenêtre :

— Quelle affaire, hein, monsieur Nacib ? Elle paraissait si distinguée, elle faisait tant de chichis ! Tous les après-midi à l'église ! C'est pour cela que moi, je dis toujours... Ses yeux tombèrent sur Gabriela et elle en eut le sifflet coupé.

— Je l'ai prise comme domestique. Pour faire le lavage et la cuisine.

Doña Arminda examina la *retirante* de la tête aux pieds comme pour la toiser et pour la peser. Elle lui offrit ses services :

— Si vous avez besoin de quelque chose, ma fille, vous n'avez qu'à m'appeler. Les voisins doivent s'entraider, n'est-ce pas ? Seulement, ce soir je ne serai pas là. Il y a une séance chez mon compère Deodoro, c'est le jour où mon défunt vient me parler... Il ést même possible que doña Sinhàzinha apparaisse... — Ses yeux allaient de Gabriela à Nacib. — Une jeunesse, hein ? Maintenant vous ne voulez plus de vieilles comme Filomena... — Elle riait d'un air complice.

— C'est ce que j'ai trouvé...

— Oui, comme je vous le disais, pour moi cela n'a pas été une surprise. L'autre jour encore, j'ai vu ce dentiste dans la rue. Par pure coïncidence, c'était un jour de séance, il y a aujourd'hui une semaine exactement. Je l'ai regardé et j'ai entendu la voix de mon défunt me dire à l'oreille : « Tel qu'il est là, tout fringant, sa mort est imminente. » J'ai cru que mon défunt plaisantait. C'est seulement aujourd'hui, quand j'ai appris la chose, que j'ai compris que mon défunt me prévenait.

Elle se tourna vers Gabriela. Nacib était déjà entré.

— Si vous avez besoin de quelque chose, vous n'avez qu'à m'appeler. Demain on bavardera. Je suis là pour vous aider, monsieur Nacib est pour moi comme un parent. C'est le patron de mon Chico...

Nacib lui montra la chambre donnant sur le jardinet qu'avait occupée Filomena et la mit au courant du service : ménage de la maison, lavage du linge sale, préparation de ses repas. Il ne souffla mot des friandises et des amuse-gueule pour le bar. Il voulait voir d'abord qu'elle sorte de cuisine elle savait faire. Il lui montra l'office où Chico Moleza avait laissé ce qu'il avait acheté au marché.

— Pour quoi que ce soit, demandez à doña Arminda.

Il n'avait pas le temps, la nuit était tombée, le bar allait se remplir à nouveau et en plus de cela, il devait prendre son dîner. Dans la pièce, Gabriela, les yeux écarquillés, regardait la mer dans la nuit : c'était la première fois qu'elle la voyait. En guise de salut, Nacib lui dit :

— Et allez vous laver, vous en avez besoin.

A l'Hôtel Coelho, il rencontra Mundinho Falcão, le Capitaine et le Docteur qui dînaient ensemble. Il s'assit tout naturellement à leur table et leur parla aussitôt de la cuisinière. Les autres l'écoutèrent en silence. Nacib comprit qu'il avait interrompu une conversation importante. Ils évoquèrent le crime de l'après-midi, mais à peine avait-il commencé à prendre son repas que ses amis, qui avaient déjà terminé, se retirèrent. Ils resta songeur. Ces trois-là étaient en train de manigancer quelque chose. Qu'est-ce que cela pouvait bien être ?

Le bar, ce soir-là, ne lui laissa pas de répit. Il se démena sans relache, les tables étaient pleines, tout le monde commentait les événements. Vers les dix heures, le Capitaine et le Docteur reparurent accompagnés de Clovis Costa, le directeur du *Diáro de Ilhéus.* Ils venaient de chez Mundinho Falcão et annoncèrent que l'exportateur se rendrait au Bataclan vers minuit pour la première d'Anabela. Clovis et le Docteur conversaient à voix basse. Nacib tendit l'oreillle.

A une autre table, Tonico Bastos parlait du dîner, un véritable banquet, qui avait lieu chez Amâncio Leal et auquel participaient plusieurs amis de Jesuíno Mendonça, y compris le Dr Maurício Caires, chargé de la défense du colonel. Une ripaille monumentale, avec vin portugais, victuailles et boissons en abondance. Nhô-Galo trouvait cela insensé. Le corps de sa femme était encore chaud, une chose inadmissible... Ari Santos raconta la veillée funèbre de Sinhàzinha, organisée chez des parents : une veillée funèbre triste et mesquine, avec une demi-douzaine de personnes. Quant à celle d'Osmundo, inutile d'en parler. Depuis plusieurs heures, le corps du dentiste avait été laissé avec la bonne toute seule. Il était passé par là, car enfin il connaissait le mort et avait sympathisé avec lui lors des séances du Cercle Rui Barbosa.

— Je vais m'y rendre dans un instant... dit le Capitaine.

— C'était un brave garçon, non dépourvu de talent. Il faisait des vers bien tournés...

— Moi, j'y vais aussi, déclarait Nhô-Galo, solidaire.

Nacib les suivit, ainsi que quelques autres, par curiosité, vers les onze heures, lorsque les clients devinrent moins nombreux dans le bar. Les joues exsangues, Osmundo souriait dans la mort. Nacib en fut impressionné. Ses mains étaient croisées, livides.

— Les coups de feu l'ont atteint à la poitrine, au cœur.

Finalement il se rendit au cabaret pour apprécier la danseuse et chasser de sa tête la vision du mort. Il s'attabla en compagnie de Tonico Bastos. Tout autour, on dansait. Dans une autre salle, séparée par un couloir, on jouait. Le Dr Ezequiel Prado, déjà passablement éméché, vint s'asseoir avec eux. Appuyant son index sur la poitrine de Nacib, il l'apostropha :

— On m'a dit que vous vous étiez entiché de cette loucheuse... Et il montra Risoleta en train de danser avec un commis voyageur.

— Entiché ? Non. Hier j'ai couché avec elle, un point c'est tout.

— Je n'aime pas m'attaquer aux béguins des amis. Voilà pourquoi je vous ai posé cette question. Mais si c'est comme ça... Une môme friande, pas vrai ?

— Et Marta, Dr Ezequiel ?

— Elle a fait la bourrique, je lui ai flanqué une tripotée. Aujourd'hui, je ne vais pas la voir. Prenant le verre de Tonico, il le vida d'un trait. Les querelles de l'avocat et de cette fille, une blonde entretenue par lui depuis quelques années, alimentaient en permanence les cancans de la ville, elles se reproduisaient tous les trois jours. Plus il la rossait, lorsqu'il était ivre, plus elle s'accrochait à lui avec passion, et allait le chercher dans les cabarets, dans les maisons de prostituées ou le tirer parfois du lit d'une autre. La famille de l'avocat vivait à Bahia. Il était séparé de sa femme.

Il se leva, chancelant, s'avança au milieu des danseurs et sépara Risoleta de son cavalier. Tonico Bastos annonça :

— Il va y avoir du grabuge.

Mais le commis voyageur connaissait le Dr Ezequiel et sa réputation. Il lui abandonna la femme et en chercha une autre des yeux. Risoleta résistait, Ezequiel la saisit par le poignet et la prit dans ses bras.

— Nacib, vous avez perdu votre repas... dit Tonico Bastos en riant.

— C'est un service qu'il me rend. Aujourd'hui, elle ne m'intéresse pas, je suis mort de fatigue. Dès que l'autre aura dansé, je lèverai l'ancre. J'ai eu une journée de chien.

— Et la cuisinière ?

— J'ai fini par en trouver une, elle vient du *sertão*.

— Jeune ?

— Je n'en sais rien... on le dirait. Elle était si crasseuse qu'il n'y avait pas moyen de le savoir. Ces personnes-là n'ont pas d'âge, Tonico, les fillettes elles-mêmes ont l'air d'être des vieilles.

— Jolie ?

— Comment le saurais-je ? Avec des guenilles, de la saleté, des cheveux durcis par la poussière ? C'est plutôt une sorcière, mais ma maison n'est pas comme la vôtre où les servantes ressemblent presque à des jeunes filles de la bonne société.

— Ce serait vrai si Olga le permettait. Mais il suffit qu'une malheureuse ait le visage d'un être humain pour qu'elle la jette à la rue avec des insultes.

— Doña Olga ne plaisante pas. Et elle a raison. Il faut que l'on vous tienne la bride haute.

Tonico Bastos fit un geste de fausse modestie :

— N'exagérez pas, mon cher. A vous entendre...

Mundinho Falcão arriva avec le colonel Ribeirinho. Tous deux s'assirent à côté du Capitaine.

— Et le Docteur ?

— Il ne vient jamais au cabaret. Même pas de force.

Nhô-Galo s'approcha de Nacib :

— Vous avez laissé la môme à Ezequiel ?

— Aujourd'hui, je veux dormir.

— Eh bien, moi je vais chez Zilda. On m'a dit qu'elle a une Pernamboucaine avec un châssis du tonnerre. Il fit claquer sa langue. Peut-être va-t-elle se montrer ici...

— Une avec des nattes ?

— C'est ça. Et un large derrière...

— Elle se tient au Trianon. Elle y va tous les soirs... précisa Tonico. C'est une protégée du colonel Melk, il l'a ramenée de Bahia, il en est fou...

— Le colonel est parti pour sa *fazenda* aujourd'hui. Je l'ai vu quand il a embarqué, informa Nacib. Il a embauché des travailleurs sur le « marché aux esclaves ».

— Moi, je file au Trianon...

— Avant la danseuse ?

— Aussitôt après.

Le Bataclan et le Trianon étaient les deux principaux cabarets d'Ilhéus, fréquentés par les exportateurs, les *fazendeiros*, les commerçants, les commis voyageurs des grandes firmes. Mais dans les ruelles mal famées, il y en avait d'autres où se mêlaient des travailleurs du port, des gens venus des plantations, les femmes aux prix les plus bas. Dans tous, le jeu était libre et garantissait leur rentabilité.

Un petit orchestre entraînait les danseurs. Tonico alla inviter une femme. Nhô-Galo regarda sa montre : c'était déjà l'heure de la danseuse. Il manifesta de l'impatience. Il voulait aller au Trianon voir la fille aux tresses, celle du colonel Melk.

Il était presque une heure du matin quand l'orchestre cessa de jouer et que les lumières s'éteignirent. Seules quelques petites ampoules bleues restèrent allumées. De la salle de jeu vinrent beaucoup de gens qui s'éparpillèrent devant les tables, tandis que d'autres restaient debout, près des portes. Anabela surgit du fond de la salle avec d'énormes éventails de plumes dans les mains. Les éventails la couvraient et la découvraient tour à tour en laissant voir des parties de son corps.

Le prince, en smoking, martelait le piano, tandis qu'Anabela dansait au milieu de la salle, lançant des sourires vers les tables. Ce fut un succès. Le colonel Ribeirinho criait bis et s'était levé pour applaudir. Les lumières se rallumèrent, Anabela remercia l'assistance, vêtue d'un maillot couleur de chair.

— C'est dégoûtant... On croit qu'on voit de la chair et c'est du tissu rose... commenta Nhô-Galo.

Elle se retira sous les applaudissements pour reparaître quelques minutes après dans un second numéro plus sensationnel encore, couverte de voiles multicolores qui tombaient l'un après l'autre comme l'avait annoncé Mundinho. Et pendant une brève minute, lorsque le dernier voile fut tombé et que les ampoules se rallumèrent, on put voir son corps svelte et bien fait presque nu avec seulement un pagne minuscule et un chiffon rouge sur ses petits seins. La salle clamait en chœur, demandait bis. Anabela passa en courant entre les tables. Le colonel Ribeirinho fit apporter du champagne.

— Maintenant ça valait la peine... Même Nhô-Galo était enthousiasmé.

Anabela et le prince allèrent prendre place à la table de Mundinho Falcão. « Tout cela est à mon compte », disait Ribeirinho. L'orchestre se remit à jouer, le Dr Ezequiel entraîna Risoleta en trébuchant contre les chaises. Nacib décida de s'en aller. Tonico Bastos, les yeux fixés sur Anabela, s'était installé à la table de Mundinho. Nhô-Galo avait disparu. La danseuse, souriante, leva sa coupe de champagne :

— A la santé de tous ! Au progrès d'Ilhéus !

On battit des mains pour l'applaudir. Des tables voisines partaient des regards d'envie. Beaucoup retournèrent jouer dans l'autre salle. Nacib descendit les escaliers.

Il traversa les rue silencieuses. Chez le Dr Maurício Caires, la lumière filtrait à travers la fenêtre. Il devait être en train de commencer à étudier l'affaire de Jesuíno, à préparer des arguments pour la défense, pensa Nacib en se rappelant les propos indignés de l'avocat au bar. Mais un rire de femme fusa par les interstices de la fenêtre et vint mourir dans la rue. On disait que le veuf faisait venir chez lui, le soir, de jeunes négresses du morne. Cependant Nacib ne pouvait pas deviner que l'avocat, à cette heure-là peut-être dans un but purement professionnel, demandait à une jouvencelle du quatrier d'Unhão, une petite mulâtresse édentée et farouche, de se coucher en gardant pour tout vêtement des bas de coton noir.

— Qu'est-ce qu'il faut pas voir en ce monde ! La jouvencelle riait entre ses dents clairsemées et cariées.

Nacib ressentait la fatigue de sa pénible journée. Il était parvenu à connaître, finalement, la raison de ces allées et venues de Mundinho, de ses chuchotements avec le Capitaine et le Docteur, de son entrevue secrète avec Clovis. Tout cela avait trait à l'affaire du chenal. Il avait surpris des bribes de conversation. D'après ce qu'ils disaient, des ingénieurs allaient venir, avec des dragues et des remorqueurs. Que cela plaise ou non, de grands bateaux étrangers entreraient dans le port pour y charger le cacao, et l'exportation directe commencerait. A qui cela pouvait-il déplaire ? Ne serait-ce pas, par hasard, la lutte ouverte avec les Bastos, avec le colonel Ramiro ? Le Capitaine avait toujours désiré provoquer un changement de la politique locale. Mais il n'était pas *fazendeiro,* il n'avait pas d'argent à dépenser. Ainsi s'expliquait son amitié avec Mundinho Falcão. Des événements graves s'annonçaient. En dépit de son âge, le colonel Ramiro n'était pas homme à rester les bras croisés, à se rendre sans combattre. Naçib ne voulait pas se fourrer dans cette histoire. Il était l'ami des uns et des autres, de Mindinho et du colonel, du Capitaine et de Tonico Bastos. Un patron de bar ne peut pas se mêler de politique. Cela n'entraîne que des préjudices. C'est encore plus dangereux que de dévoyer une femme mariée.

Sinhàzinha et Osmundo ne verraient ni les remorqueurs ni les dragues creusant le chenal. Ils ne verraient pas ces temps futurs de progrès accéléré dont parlait Mundinho. Le monde est ainsi fait, de joies et de tristesses.

Il contourna l'église et se mit à gravir lentement la rampe. Etait-ce vrai que Tonico Bastos avait couché avec Sinhàzinha ? Ou bien n'était-ce qu'une blague pour l'impressionner ? Nhô-Galo affirmait que Tonico mentait effrontément. En général, il ne s'attaquait pas aux femmes mariées. Par contre, s'agissant de prostituées, il ne respectait aucun maître. Un veinard. Il est vrai qu'avec son élégance, ses cheveux argentés, sa voix insinuante... Nacib aurait bien voulu être comme lui, regardé avec concupiscence par les femmes, et provoquer de violentes jalousies. Être aimé à la folie, de la même façon que Lídia, la maîtresse du colonel Nicodemos, aimait Tonico. Elle lui faisait dire de venir, elle courait les rues pour le rejoindre, elle soupirait pour lui qui ne s'intéressait plus à elle, lassé par tant de dévotion. Pour lui, Lídia risquait tous les jours sa situation, pour un regard, pour une parole de lui. Tonico ne respectait aucune maîtresse, quel qu'en fût le protecteur, sauf Glória, et tout le monde savait pourquoi. Mais il était notoire qu'il ne s'en prenait jamais aux femmes mariées.

Essoufflé par la montée, Nacib introduisit la clef dans la serrure. La pièce était éclairée. Serait-ce un voleur ? Ou bien la nouvelle bonne avait-elle oublié d'éteindre la lumière ?

Il entra à pas de loup et la vit en train de dormir sur un fauteuil, ses longs cheveux répandus sur les épaules. Une fois lavés et peignés, ils s'étaient transformés en une chevelure abondante, noire et bouclée. Elle portait des hardes plus propres, sans doute celles qui étaient dans le baluchon. Une déchirure de sa jupe laissait voir un morceau de cuisse couleur de cannelle, ses seins s'élevaient et s'abaissaient légèrement au rythme de sa respiration, son visage souriait.

— Mon Dieu ! Nacib resta immobile, n'en croyant pas ses yeux, à la regarder avec une stupéfaction sans bornes. Comment une telle beauté avait-elle pu passer inaperçue sous la poussière des chemins ? Avec son bras bien tourné qui retombait, son visage brun souriant dans le sommeil, endormie là, sur ce fauteuil, elle évoquait un tableau. Quel âge pouvait-elle avoir ? Un corps de femme jeune, des traits de fillette.

— Mon Dieu, quelle vision ! murmura l'Arabe saisi d'un respect presque religieux.

Au son de sa voix, elle s'éveilla en sursaut, mais elle sourit aussitôt et toute la pièce parut sourire. Elle se leva — ajustant avec ses mains les hardes qui la couvraient, humble et radieuse comme un rayon de lune.

— Pourquoi ne vous êtes-vous pas couchée, pourquoi n'êtes-vous pas allée dormir ? Ce fut tout ce que Nacib trouva à lui dire.

— Vous ne m'aviez rien dit jeune homme...

— Moi, jeune homme ?

— Oui, monsieur... J'ai lavé le linge et j'ai fait le ménage. Puis j'ai attendu et le sommeil m'a pris. Elle avait une voix chantante de Nordestine.

Elle répandait un parfum de girofle, ses cheveux sans doute, ou peut-être sa nuque.

— Savez-vous vraiment faire la cuisine ?

Sur ses cheveux jouaient lumière et ombre, elle baissait les yeux et frottait le plancher de son pied droit, comme si elle allait se mettre à danser.

— Oui, monsieur. J'ai servi chez des gens riches qui m'ont appris. Et puis, ça me plaît...

Elle sourit et tout sourit avec elle. L'Arabe Nacib se laissa tomber sur une chaise.

— Si vous savez vraiment faire la cuisine, je vous offre un bon salaire. Cinquante mille réaux par mois. Ici, on donne vingt mille ou trente mille, tout au plus. Si le service vous paraît trop lourd, vous pouvez faire venir une gamine pour vous aider. La vieille Filomena n'en voulait pas, elle n'a jamais accepté. Elle disait qu'elle n'était pas à l'article de la mort pour avoir besoin d'une aide.

— Moi non plus, je n'en ai pas besoin.

— Et le salaire ? Qu'en dites-vous ?

— Ce que vous me proposerez, jeune homme, je l'accepterai.

— On va voir comment sera le repas de demain. A l'heure du déjeuner, j'enverrai le garçon de courses pour le prendre... Je mangerai au bar. Maintenant...

Elle attendait, avec son sourire sur les lèvres, un rayon de lune sur les cheveux et cette senteur de girofle.

— ... Maintenant allez dormir, car il est tard.

Tandis qu'elle se retirait, Nacib observait ses jambes, le balancement de sa démarche, le morceau de cuisse couleur de cannelle. Elle retourna la tête :

— Alors, bonne nuit, jeune homme...

Comme elle disparaissait dans l'obscurité du couloir, Nacib crut l'entendre ajouter à mi-voix : « Charmant jeune homme... » Il se leva, sur le point de la rappeler. Non, c'était l'après-midi, à la foire, qu'elle avait dit cela. S'il la rappelait, il risquerait de l'effaroucher. Elle avait un air ingénu, peut-être était-elle pucelle... Chaque chose en son temps. Nacib ôta son paletot, l'accrocha à la chaise et arracha sa chemise. Le parfum était resté dans la pièce, un parfum de girofle. Le lendemain, il achèterait pour elle une robe en indienne et aussi des escarpins. Il lui en ferait cadeau, sans déduire le prix de son salaire.

Il s'assit sur le lit et délaça ses chaussures. Quelle journée compliquée ! Que de choses s'étaient passées ! Il enfila sa chemise de nuit. Elle était nettement brune, sa nouvelle bonne. Avec de ces yeux, Dieu du ciel... Et ce teint hâlé qu'il aimait tant. Il se coucha, éteignit la lumière. Le sommeil l'envahit, un sommeil agité, troublé par un rêve où Sinhàzinha lui apparaissait, toute nue avec ses bas noirs, étendue morte sur le pont d'un navire étranger qui entrait dans le port. Osmundo fuyait en autocar, Jesuíno faisait feu sur Tonico, Mundinho Falcão survenait en compagnie de Sinhàzinha ressuscitée, qui souriait à Nacib et lui tendait les bras, mais c'était doña Sinhàzinha avec le visage brun de la nouvelle bonne. Mais Nacib ne pouvait pas la rejoindre, elle s'élançait en dansant dans la salle du cabaret.

D'ENTERREMENTS ET DE BANQUETS, AVEC PARENTHÈSE POUR CONTER UNE HISTOIRE EXEMPLAIRE

Le soleil recouvré la veille était déjà haut dans le ciel lorsque Nacib fut réveillé par les cris de doña Arminda :

— Allons regarder les enterrements, ma fille. Cela en vaut la peine !

— Non, madame. Le jeune homme ne s'est pas encore levé.

Nacib bondit de son lit : pas question de manquer les enterrements ! Il sortit de la salle de bains déjà habillé. Gabriela venait de poser sur la table les petits pichets fumants de café et de lait. Sur la nappe blanche, du couscous de maïs avec du lait de coco, de la banane frite, de l'igname et du manioc doux. Elle était restée sur le pas de la porte de la cuisine, l'air interrogateur :

— Il faut me dire ce que vous aimez, jeune homme.

Il avalait des bouchées de couscous, l'œil attendri, retenu à table par sa gourmandise tandis que sa curiosité l'aiguillonnait, car c'était l'heure des enterrements. Divin, ce couscous, sublimes ces tranches de banane frite. Il s'arracha de la table avec effort. Gabriela avait noué un ruban dans ses cheveux. Ce devait être agréable de mordiller sa nuque brune. Nacib sortit presque en courant pour se rendre au bar. En chemin, la voix de Gabriela l'accompagnait, qui chantait :

Ne va pas là-bas, mon amour,
Car là-bas il y a une pente
Où tu pourrais glisser, tomber
Et casser la branche du rosier.

L'enterrement d'Osmundo, venant de l'avenue de la Plage, débouchait sur la place.

— Il n'y a même pas assez de gens pour tenir les poignées du cercueil... observa quelqu'un.

La pure vérité. Il était difficile d'imaginer un enterrement où l'assistance fût plus réduite. Seules les personnes les plus proches d'Osmundo avaient eu le courage de l'accompagner dans sa dernière promenade à travers les rues d'Ilhéus. Conduire le dentiste au cimetière, c'était presque faire un affront au colonel Jesuíno et à la société. Ari Santos, le Capitaine, Nhô-Galo, un rédacteur du *Diário de Ilhéus* et quelques autres se relayaient aux poignées du cercueil.

Le défunt n'avait pas de parents à Ilhéus, mais pendant les mois écoulés depuis son arrivée, il s'était fait de nombreuses relations. Homme sociable et sympathique, il fréquentait les bals du Club Progrès, les réunions du cercle Rui Barbosa, les sauteries privées, les bars et les cabarets. Pourtant, on le portait en terre comme un pauvre hère, sans couronnes et sans larmes. Un commerçant avait reçu du père d'Osmundo, avec qui il entretenait des relations d'affaires, un télégramme où celui-ci lui demandait de prendre toutes les dispositions utiles pour l'enterrement de son fils et l'informait de son arrivée par le prochain bateau. Le commerçant avait commandé un cercueil, fait creuser la fosse et embauché quelques hommes sur le port pour transporter la bière au cas où aucun ami ne se présenterait. Il n'avait pas jugé nécessaire de dépenser de l'argent pour des fleurs et des couronnes.

Nacib n'avait pas entretenu de relations étroites avec Osmundo. Le dentiste ne venait au bar qu'une fois de temps en temps. C'était un habitué du Café Chic. Il buvait un verre, presque toujours avec Ari Santos ou avec le professeur Josué. Ils se récitaient des sonnets, se lisaient des morceaux de prose, discutaient littérature. Parfois l'Arabe s'asseyait à leur table : il entendait des fragments de chroniques, des vers où il était question de femmes. Comme tout le monde, il trouvait que le dentiste était un brave garçon. On le disait professionnellement compétent, sa clientèle augmentait. En voyant maintenant cet enterrement mesquin, cette absence de gens et de fleurs, ce cercueil nu, Nacib se sentait triste. Après tout, c'était une injustice, quelque chose de déshonorant pour la ville elle-même. Où étaient ceux qui louaient son talent de versificateur, ses clients qui vantaient sa légèreté de main dans l'extraction des molaires, ses collègues du cercle Rui Barbosa, ses amis du Club Progrès, ses compagnons de café ? Ils craignaient que le colonel Jesuíno ne le sache, que les vieilles filles ne le commentent, que la ville entière ne les tienne pour solidaires d'Osmundo.

Un gamin traversa le cortège pour distribuer des prospectus du cinéma annonçant que le soir même aurait lieu la première exhibition du « fameux magicien hindou, le prince Sandra, le plus grand illusionniste du siècle, fakir et hypnotiseur déjà acclamé par les publics européens, et sa belle assistante, madame Anabela, médium extralucide et prodige de la télépathie ». Osmundo n'aurait pas connu Anabela, il n'aurait pas figuré dans la foule de ses admirateurs, il n'aurait pas pris part à la compétition dont son corps ferait l'objet. Comme l'enterrement passait à la hauteur du parvis de l'église, Nacib s'incorpora au cortège. Il n'irait pas jusqu'au cimetière, car il ne pouvait pas quitter le bar : ce soir-là avait lieu le dîner de l'entreprise d'autocars. Mais il accompagnerait le corps au moins le temps de longer deux pâtés de maisons. Il se sentait tenu de le faire.

Le convoi s'engagea dans la rue pavée. Qui avait pu avoir cette idée-là ? L'itinéraire le plus direct et le plus court passait par la rue Colonel-Adami. Pourquoi faire un détour pour longer la maison où était veillé le corps de Sinhàzinha ? Ce devait être une initiative du Capitaine. De sa fenêtre, Glória participait au deuil, une blouse enfilée sur sa chemise de nuit. Le cercueil passa sous ses seins mal dissimulés par la toile fine.

A la porte du collège d'Enoch où des enfants se pressaient avec curiosité, le professeur Josué relaya Nhô-Galo à l'une des poignées du cercueil. Les fenêtres étaient pleines de monde, les commentaires allaient bon train. Devant la maison des cousins de Sinhàzinha, stationnaient quelques personnes vêtues de noir. Le cercueil d'Osmundo avançait lentement, suivi de son maigre cortège. Des passants ôtaient leur chapeau. D'une fenêtre de la maison en deuil, quelqu'un s'écria :

— N'y avait-il pas un autre chemin ? N'était-ce pas suffisant d'avoir causé le malheur de cette pauvre créature ?

Parvenu sur la place de l'église principale, Nacib s'en retourna. Il s'arrêta quelques minutes à la maison où l'on veillait Sinhàzinha. Le cercueil n'était pas encore fermé. Dans la salle, des cierges et des fleurs, quelques couronnes. Des femmes pleuraient. Pour Osmundo, personne n'avait versé une larme.

— Il faut attendre un moment, donner le temps d'enterrer l'autre, expliqua un parent.

Le maître de maison, mari d'une cousine de Sinhàzinha, faisait les cent pas dans le couloir sans dissimuler la contrariété que lui causait cette complication inopinément survenue dans sa vie. Après tout, la levée du corps ne pouvait avoir lieu chez Jesuíno et pas davantage chez le dentiste, c'eût été indécent. Sa femme était à Ilhéus le seul membre de la famille de Sinhàzinha, les autres habitaient Olivença. Pouvait-il refuser de laisser déposer le corps chez lui pour la veillée funèbre ? Et pourtant, il était l'ami du colonel Jesuíno, avec qui il entretenait même des relations d'affaires.

— Un sale pépin... expliquait-il.

Une nuit et une matinée de tracas, sans parler des frais. Qui allait payer ?

Nacib alla contempler le visage de la morte : les yeux fermés, le visage serein, les cheveux dénoués, très lisses, les jambes bien faites. Il détourna les yeux : ce n'était pas le moment de regarder les jambes de Sinhàzinha. Le Docteur, solennel, fit irruption dans la pièce. Après être resté un instant immobile devant la morte, il adressa à Nacib sur un ton sentencieux ces paroles que tout le monde entendit :

— Elle avait du sang des Ávila. Un sang prédestiné, le sang d'Ofenísia. Puis, baissant la voix : Nous étions un peu parents.

Sous les yeux stupéfaits des gens de la rue massés aux fenêtres et sur le pas des portes, Malvina entra avec un bouquet de fleurs qu'elle avait cueillies dans son jardin. Que venait donc faire là, aux obsèques d'une épouse tuée pour adultère, cette jeune demoiselle, une collégienne, une fille de *fazendeiro*, comme si elles avaient été des amies intimes ? On lui lançait des regards réprobateurs, on chuchotait furtivement. Malvina souriait au Docteur, déposa ses fleurs au pied du cercueil, remua les lèvres en faisant une prière et sortit la tête haute comme elle était entrée. Nacib en resta baba.

— Cette fille de Melk Tavares a de l'aplomb.

— Elle est courtisée par Josué.

Nacib la suivit des yeux, il avait aimé son geste. Il ne savait pas ce qui lui arrivait ce jour-là. Il s'était levé avec une impression bizarre : il se sentait solidaire d'Osmundo et de Sinhàzinha, irrité par l'absence de gens à l'enterrement du dentiste, par les plaintes du propriétaire de la maison où se trouvait le cercueil de l'assassinée. Le père Basílio arriva, serra des mains, parla du soleil éclatant et de la fin des pluies.

Finalement, l'enterrement s'ébranla, plus important que celui d'Osmundo, mais également lamentable, avec les prières marmonnées par le père Basílio, les pleurs de la famille venue d'Olivença et les soupirs de soulagement du maître de maison. Nacib regagna le bar. Pourquoi ne pas les avoir enterrés tous les deux ensemble, en faisant la levée des corps à la même heure, dans la même maison, pour les conduire vers la même tombe ? C'est ainsi que l'on aurait dû faire. Saleté de vie, pleine d'hypocrisie ! Ville sans cœur où seul l'argent comptait !

— Monsieur Nacib, votre bonne est un joli brin de fille. Quelle beauté ! faisait la voix nonchalante de Chico.

— Va-t'en au diable ! Nacib était triste.

Il apprit par la suite que le cercueil de Sinhàzinha avait franchi le portail du cimetière au moment précis où se retiraient les rares accompagnateurs d'Osmundo. Presque à la même heure, le colonel Jesuíno Mendonça, assisté du docteur Maurício Caires, frappa à la porte du Juge pour se présenter à lui. Ensuite, l'avocat vint au bar et refusa de boire autre chose que de l'eau minérale :

— Hier, j'ai fait des excès chez Amâncio. Il y avait un vin portugais de première...

Nacib s'éloigna, il ne voulait pas entendre le récit des ripailles de la veille. Il se rendit chez les sœurs Dos Reis pour savoir comment marchaient les préparatifs du dîner. Il trouva les vieilles filles encore excitées par le crime :

— Hier matin, elle était à l'église, la malheureuse, dit Quinquina en se signant.

— Quand vous êtes arrivé ici, nous venions de la rencontrer à la messe, ajouta Florzinha horrifiée.

— Une chose pareille... C'est pour cela que je ne me marie pas.

Elles le conduisirent à la cuisine où Jucundina et ses filles s'affairaient. Il n'avait pas à se tracasser pour le dîner, tout marchait très bien.

— A propos, j'ai trouvé une cuisinière.

— Formidable ! Est-elle bonne ?

— Elle sait préparer le couscous. Pour l'ordinaire, je vais le savoir bientôt, au moment du déjeuner.

— Vous ne voulez plus de plateaux ?

— Encore quelques jours...

— C'est à cause de la crèche de Noël... Elle nous donne beaucoup de travail.

Au bar, quand les clients devinrent moins nombreux, Nacib envoya Chico Moleza déjeuner :

— Au retour, tu apporteras ma gamelle.

A l'heure du déjeuner, le bar était désert. Nacib faisait la caisse, calculait ses bénéfices, évaluaient les dépenses. Invariablement, le premier à arriver après le déjeuner était Tonico Bastos qui prenait un digestif, du tafia avec du bitter. Ce jour-là, ils parlèrent des enterrements, puis Tonico raconta ce qui s'était passé au cabaret, la veille, après le départ de l'Arabe. Le colonel Ribeirinho avait tellement bu qu'il avait fallu le reconduire chez lui en le soutenant. Sur le perron, il avait vomi à trois reprises et souillé tous ses vêtements.

— Il est follement épris de la danseuse...

— Et Mundinho Falcão ?

— Il s'en est allé de bonne heure. Il m'a assuré qu'il n'y a rien entre elle et lui, que la voie est libre. Et alors, bien sûr...

— Vous vous êtes déclaré ?

— J'ai commencé mon jeu.

— Et elle ?

— Bon, intéressée, elle l'est. Mais tant qu'elle ne tiendra pas Ribeirinho, elle va faire la prude. J'ai compris son manège.

— Et le mari ?

— Entièrement favorable au colonel. Déjà il connaît tout sur Ribeirinho et il ne veut pas entendre parler de moi. Que sa femme fasse risette à Ribeirinho, qu'elle danse avec lui collée à son corps, qu'elle lui tienne la tête pour qu'il vomisse à son aise, cette crapule trouve ça très bien. Mais il suffit que moi je m'en approche pour qu'aussitôt il s'interpose. Ce n'est qu'un maquereau de la plus belle espèce.

— Il craint que vous ne gâchiez son affaire.

— Moi ? Je ne veux que les restes. Que Ribeirinho paie, et moi je me contenterai des jours fériés... Quant au mari, ne vous en faites pas. A l'heure qu'il est, il doit avoir appris que je suis le fils du chef politique du coin et qu'il n'a qu'à bien se tenir avec moi.

Chico Moleza arriva avec le déjeuner. Nacib quitta le comptoir, s'installa devant une table et noua une serviette autour de son cou :

— Nous allons voir ce que vaut la cuisinière...

— La nouvelle ? Tonico s'approcha, curieux.

— Je n'ai jamais vu une aussi jolie bonne ! Chico Moleza laissait les mots rouler nonchalamment.

— Et vous m'avez dit que c'était une sorcière, coquin d'Arabe ! Vous cachez donc la vérité à votre ami ?

Nacib souleva le couvercle de la gamelle, puis étala les plats.

— Oh ! s'écria-t-il devant l'arôme qui s'exhalait de la fricassée de poulet, de la viande rôtie, du riz, des haricots et de la compote de bananes en rondelles.

Tonico demanda à Chico Moleza :

— Est-elle vraiment jolie ?

— Je pense bien !...

Il se pencha sur les plats :

— Et elle ne sait pas faire la cuisine, hein ? Menteur de Turc... L'eau m'en vient à la bouche...

Nacib l'invita :

— Il y en a assez pour deux. Mangez donc un morceau.

Bico-Fino ouvrit une bouteille de bière et la posa sur la table.

— Que fait-elle en ce moment ? demanda Nacib à Chico.

— Elle est en grande conversation avec ma vieille. Toutes deux parlent de spiritisme, ou plutôt, c'est maman qui parle. La bonne ne fait qu'écouter et rire. Quand elle rit, monsieur Tonico, c'est à vous faire tourner la tête.

— Oh ! s'écriait à nouveau Nacib après le premier coup de fourchette. Une manne du ciel, monsieur Tonico. Cette fois-ci, grâce à Dieu, me voilà bien servi.

— Pour la table et pour le lit, hein, le Turc ?...

Nacib s'empiffra et, quand Tonico fut reparti, il s'étendit comme chaque jour sur la chaise longue, à l'ombre des arbres, devant la porte de derrière. Il prit un journal de Bahia vieux de près d'une semaine et alluma un cigare. Il passait la main sur ses moustaches content de son sort. La tristesse de cette matinée d'enterrements s'était dissipée. Plus tard, il se rendrait à la boutique de son oncle pour en rapporter une robe à bon marché et une paire d'escarpins. Puis il chargerait sa cuisinière de confectionner les douceurs et les amuse-gueule pour le bar. Jamais il n'aurait pensé que cette *retirante* couverte de poussière et vêtue de haillons sût faire la cuisine..., ni que la poussière dissimulât tant de charme, tant de séduction... Il s'endormit dans la paix du Seigneur. La brise de la mer lui caressait les moustaches.

Les horloges n'avaient pas encore sonné cinq heures de l'après-midi, et le Service des contributions était toujours en pleine activité lorsque Nhô-Galo, brandissant un exemplaire du *Diáro de Ilhéus*, entra dans le bar très excité. Nacib lui servit un vermouth et s'apprêtait à lui parler de la nouvelle cuisinière, quand l'autre lança, de sa voix nasillarde :

— L'affaire a commencé !

— Quelle affaire ?

— C'est le journal d'aujourd'hui. Il vient de sortir. Lisez...

En première page, un long article en caractères gras dont le titre, SCANDALEUSE NÉGLIGENCE AU SUJET DU CHENAL, contenait une attaque en règle contre l'Intendance et contre Alfredo Bastos. Ce dernier y était présenté comme un « député de l'Etat élu par le peuple d'Ilhéus pour défendre les intérêts sacrés de la région cacaoyère », qui négligeait lesdits intérêts et ne manifestait sa minable éloquence que pour applaudir aux décisions du gouvernement, comme un parlementaire béni-oui-oui ! L'Intendant, un compère du colonel Ramiro, était traité de « médiocrité inutile », de « modèle de servilité à l'égard du cacique, du tyranneau local ». Les politiciens au pouvoir y étaient pris à partie pour leur négligence au sujet du chenal d'Ilhéus. Cet article avait pour prétexte l'échouement de l'*Ita* le jour précédent. « Le problème le plus important et le plus urgent de la région, dont la solution apparaissait comme le terme et le couronnement du progrès local, dont dépendait la richesse et la civilisation ou le retard et la misère, le problème du chenal d'Ilhéus, c'est-à-dire le problème capital de l'exportation directe du cacao », n'existait pas aux yeux de ceux qui « dans des circonstances très particulières avaient usurpé les postes de commande ». Cette terrible diatribe se poursuivait sur le même ton pour finir par une allusion transparente à Mundinho en rappelant que toutefois « des hommes possédant une conscience civique élevée étaient prêts, devant la coupable incurie des autorités du municipe, à se saisir du problème et à le résoudre. Le peuple, ce glorieux et intrépide peuple d'Ilhéus, si riche de vertueuses traditions, saurait juger, châtier et récompenser ! »

— Mon gars... La chose est sérieuse...

— C'est le Docteur qui l'a écrit.

— On dirait plutôt que c'est Ezequiel.

— C'est le Docteur. J'en suis sûr. Hier le Dr Ezequiel était ivre au cabaret. Cela va faire du grabuge...

— Du grabuge ! Vous êtes optimiste. Ça va être infernal.

— Pourvu que ça ne commence pas aujourd'hui, ici, dans le bar !

— Pourquoi ici ?

— Et le dîner des autocars, l'avez-vous oublié ? Tout le monde va venir : l'Intendant, Mundinho, le colonel Amâncio, Tonico, le Docteur, le Capitaine, Manuel das Onças... Le colonel Ramiro Bastos m'a même dit que peut-être il serait là.

— Le colonel Ramiro ? Il ne sort plus le soir.

— Il m'a dit qu'il viendrait. C'est un homme terrible et il va sûrement venir, vous allez voir. Il se peut que le dîner finisse par une bagarre.

Nhô-Galo se frottait les mains :

— Ça va être amusant... Il retourna au Service des contributions, laissant Nacib préoccupé. Le patron du bar était l'ami de tous, il lui fallait se maintenir en dehors de cette lutte politique.

Les garçons engagés pour servir le dîner arrivèrent et commencèrent à préparer la salle en réunissant des tables.

Presque au même moment, le juge, un paquet de livres sous le bras, s'assit à la terrasse aux côtés de João Fulgêncio et de Josué, qui admiraient Glória à sa fenêtre. Le juge trouvait cela véritablement scandaleux, mais João Fulgêncio exprima un avis contraire :

— Glória, Monsieur le Juge, est socialement indispensable. L'Intendance devrait la considérer d'utilité publique au même titre que le cercle Ruy Barbosa, la société Euterpe 13 Mai ou la Sainte Institution de la Miséricorde. Glória exerce en effet dans la société une fonction importante. Par le seul fait de se tenir à sa fenêtre, elle porte à un niveau supérieur l'une des manifestations les plus sérieuses de l'activité de la cité : sa vie sexuelle. Elle développe chez les jeunes gens le goût de la beauté ; elle donne de la dignité aux rêves des époux de femmes laides — lesquelles malheureusement constituent dans notre ville une immense majorité — ainsi qu'à leurs obligations conjugales qui, sans cela, leur apparaîtraient comme un sacrifice insupportable.

Le juge daigna se déclarer convaincu :

— Belle défense, mon cher, digne de celui qui la présente et de celle qui en est l'objet. Mais, entre nous, tant de chair féminine pour un seul homme n'est-ce pas absurde ? D'autant plus que cet homme est petit et maigrichon... Si du moins elle ne restait pas exposée aux regards à longueur de journée comme c'est le cas...

— Que croyez-vous ? Que personne ne couche avec elle ? Erreur, mon cher magistrat, erreur !

— Ce n'est pas possible, João ! Qui s'y risquerait ?

— La majorité des hommes, Monsieur le Juge. Quand ils couchent avec leur épouse, c'est à Glória qu'ils pensent et c'est avec elle qu'ils dorment.

— Oh ! João Fulgêncio ! j'aurais dû tout de suite me douter qu'il s'agissait d'un paradoxe...

— De toute façon, cette dame-là est une tentation, observa Josué, c'est tout juste si ses yeux ne vous accrochent pas...

Quelqu'un survint en brandissant un numéro du *Diário de Ilhéus* :

— Vous avez vu ?

João Fulgêncio et Josué étaient déjà au courant. Le juge s'empara du journal et chaussa ses lunettes. Aux autres tables aussi, on discutait.

— Qu'en dites-vous ?

— La politique va faire jaillir le feu...

— Le dîner de ce soir va être amusant.

Josué continuait à parler de Glória.

— Ce qu'il y a d'admirable, c'est que personne n'ose s'attaquer à elle. Pour moi, il y a là un mystère.

Le professeur Josué était un nouveau venu dans le pays. Enoch l'avait appelé lors de la fondation de son collège. Certes il s'était aussitôt adapté : il fréquentait la Papeterie Modèle et le bar « Le Vésuve », se montrait dans les cabarets, discourait dans les festivités, soupait avec des prostituées. Néanmoins, il ignorait encore bien des événements de l'histoire locale. Et tandis que les autres discutaient au sujet de l'article du *Diário,* João Fulgêncio lui raconta ce qui s'était passé entre le colonel Coriolano et Tonico Bastos, peu de temps avant son arrivée à Ilhéus, alors que le colonel venait d'installer Glória dans une maison.

PARENTHESE AU SUJET D'UN AVERTISSEMENT

Dès que le colonel eut fait venir Glória dans la ville et l'y eut installée — raconta João Fulgêncio, véritable répertoire de faits divers et d'histoires d'Ilhéus — dans la meilleure de ses maisons, celle où habitait sa famille avant d'aller s'établir à Bahia, scandalisant ainsi les vieilles filles, Antoninho Bastos, notaire, mari d'une femme jalouse et père de deux beaux enfants, garçon si élégant que le dimanche il portait un gilet, le don Juan du pays, le fils bien-aimé du colonel Ramiro Bastos, jeta sur la mulâtresse des regards concupiscents.

Il ne s'agissait pas d'une répétition de l'idylle de Juca Viana et de Chiquinha. Josué avait-il déjà entendu parler de cette vieille histoire ? Lui en avait-on raconté les détails, mi-comiques, mi-tristes ? Plus tristes que comiques d'ailleurs, car l'humour d'Ilhéus était un peu macabre. Dans le cas présent, il n'y avait eu ni promenades sur la plage ni mains enlacées sur les appontements du port. Toniço ne s'était pas encore risqué à pousser la porte de Glória pendant la nuit. Il avait seulement commencé à se rendre fréquemment chez la fille les après-midi en lui apportant en cadeau des bonbons achetés au bar de Nacib. Il s'informait de sa santé et lui demandait si elle avait besoin de quelque chose avec des regards langoureux et des paroles sucrées. Maître Tonico, pour lors, s'en était tenu là.

Une amitié traditionnelle unissait le colonel Coriolano à la famille Bastos. Ramiro Bastos était le parrain d'un de ses fils, en politique ils étaient du même bord, ils se voyaient tout le temps. Tonico en profitait pour expliquer à son épouse, cette doña Olga aussi jalouse qu'énorme, que les liens d'affection et d'intérêt politique qui l'attachaient au colonel lui imposaient de faire ces visites suspectes après le déjeuner à la maison si douteusement habitée. Doña Olga, avec des halètements de sa monumentale poitrine, le menaçait :

— Si c'est ton obligation d'y aller, si le colonel te le demande, vas-y, n'y renonce pas à cause de moi. Mais attention ! Si j'apprends que...

— Dans ce cas, ma chérie, si tu dois avoir des soupçons, il vaut mieux que je n'y aille pas. Seulement, j'ai promis à Coriolano...

Une langue de miel ce Tonico, comme disait le Capitaine. Pour doña Olga, la bonne âme, il n'y avait pas d'homme plus pur. Il était sollicité par toutes les femmes de la ville, prostituées, jeunes filles, femmes mariées, toutes des putains sans exception. Cependant, on ne savait jamais, pour éviter qu'il ne tombât en tentation, elle le tenait sous son contrôle. Elle était loin d'imaginer...

Ainsi, avec de la patience et des bonbons, Tonico « faisait peu à peu le lit où il allait se coucher », murmurait-on déjà à la Papeterie et au bar. Mais avant que n'arrive ce qui ne pouvait manquer d'arriver, le colonel Coriolano eut vent des visites, des bonbons, des regards langoureux. Surgissant inopinément à Ilhéus en milieu de semaine, il franchit le seuil de la maison de Tonico, où était également installée l'étude, pleine de monde à cette heure-là.

Antoninho Bastos accueillit son ami avec force démonstrations bruyantes et tapes dans le dos en se montrant, comme à l'ordinaire, extrêmement cordial et sympathique. Coriolano se laissa complimenter, accepta une chaise, s'assit et, tout en tapotant ses bottes crottées avec sa cravache, il dit sans élever la voix :

— Tonico, il m'est revenu que vous tourniez autour de la maison de ma protégée. J'attache beaucoup de prix à votre amitié, Tonico. Je vous ai vu tout petit chez mon compère Ramiro. C'est pourquoi je vais vous donner un conseil, un conseil de vieil ami : n'allez plus vous montrer dans ces parages. J'avais également beaucoup d'estime pour Juca Viana, le fils du défunt Viana, mon partenaire au poker, et je l'avais vu aussi tout petit. Vous souvenez-vous de ce qui lui est arrivé ? Une affaire lamentable. Le malheureux s'était insinué auprès de la femme d'un autre...

Il y avait dans l'étude un silence angoissé. Tonico bégaya :

— Mais colonel...

Coriolano continua, sans hausser le ton, tout en jouant avec sa cravache :

— Vous êtes un garçon beau et distingué, vous avez des femmes en pagaille, ce n'est pas ce qui vous manque. Moi je suis vieux et usé, ma vraie femme n'est plus bonne à rien, la malheureuse ! Il ne me reste que Glória. J'aime cette fille et je la veux rien que pour moi. Cette combine d'entretenir une femme pour d'autres ne m'a jamais séduit.

Il regarda Tonico Bastos en souriant :

— Je suis votre ami, c'est pour cela que je vous avertis : cessez de fréquenter ces endroits-là.

Le notaire était blême, dans son étude régnait un silence sépulcral. Les personnes présentes s'entre-regardaient. Manul das Onças, qui était venu faire établir un acte, affirma par la suite avoir flairé dans l'air une « odeur de défunt » et il possédait un odorat très sensible à cette odeur-là, lui qui portait la responsabilité d'un certain nombre de cadavres au temps des combats pour la terre. Tonico commença à s'expliquer : c'étaient des calomnies, de misérables calomnies de ses ennemis et des ennemis de Coriolano. Il s'était rendu au domicile de Glória uniquement pour offrir ses services à la protégée du colonel quotidiennement insultée par tout le monde. Ces gens qui critiquaient Coriolano pour l'avoir installée sur la place São Sebastião, dans une maison où avait résidé sa famille, qui détournaient la tête pour ne pas voir la jeune fille, qui crachaient sur son passage, étaient ceux-là mêmes qui maintenant ourdissaient cette intrigue. Il avait seulement voulu démontrer publiquement son estime pour le colonel et sa solidarité. Entre lui et la fille, rien ne s'était passé, jamais il n'avait nourri certaines intentions. Une langue de miel, ce Tonico.

— Qu'il ne s'est rien passé, je le sais. Dans le cas contraire, je ne serais pas ici à bavarder, je vous aurais entretenu d'une autre façon. Que vous n'ayez pas eu certaines intentions, je n'en mettrais pas ma main au feu. Mais les intentions n'arrachent de morceau ni ne font porter de cornes à personne... Le mieux pour vous est de faire comme les autres, de détourner la tête pour ne pas la voir. Voilà ce que j'apprécie. Et maintenant que vous êtes averti, nous ne parlerons pas davantage de ce sujet.

Aussitôt il se mit à discuter affaires comme si de rien n'était, puis il disparut à l'intérieur de la maison pour aller saluer doña Olga et caresser les joues des enfants. Du coup, Tonico Bastos cessa de passer sur le trottoir de la maison de Glória qui dès lors vécut plus mélancolique et plus solitaire encore. La ville avait glosé sur ce sujet : « Le lit s'est effondré avant qu'il ne s'y couche », disait-on, « et il s'est effondré avec fracas », ajoutait-on. Une engeance sans pitié ni compassion, ces gens d'Ilhéus. L'avertissement du colonel Coriolano ne valait pas seulement pour Tonico : bien des hommes décidèrent de s'en tenir aux intentions, lesquelles, dans les nuits tièdes, se transformaient en rêves agités alimentés par la contemplation du buste de Glória à sa fenêtre et du sourire qui s'écoulait de ses yeux vers sa bouche, « imbibé de désir », comme le dépeignait avec raison dans ses vers Josué lui-même. Finalement, qui y trouvait son compte ? Au dire de João Fulgêncio, dont la narration se terminait là-dessus, c'étaient les épouses vieilles et laides. En effet, comme il l'avait déclaré au juge, Glória était d'utilité publique, socialement nécessaire, car elle élevait à un niveau supérieur la vie sexuelle de cette ville d'Ilhéus encore si féodale en dépit d'un progrès indéniable et largement répandu...

LA PARENTHESE ETANT FERMEE, ON EN ARRIVE AU BANQUET

Le dîner de la compagnie d'autocars ne répondit pas à la curiosité ni aux appréhensions de Nacib, car il se déroula dans une paix et une concorde parfaites. Avant sept heures, alors que les derniers clients de l'apéritif se retiraient, le Russe Jacob se frottant les mains et riant de toutes ses dents tournait déjà autour de Nacib. Lui aussi avait lu l'article dans le journal et lui aussi craignait pour le succès de la fête. Ils avaient le sang chaud, ces gens d'Ilhéus... Son associé Moacir Estrela attendait dans le garage l'arrivée de l'autocar transportant les invités d'Itabuna, dix personnes en comptant l'Intendant et le Juge. Et voilà que cet article malencontreux venait semer la zizanie, la méfiance et la division parmi ses invités.

— On n'aura pas fini d'en parler.

Le Capitaine, qui était arrivé avant lui pour son habituelle partie de trictrac, avait confié à Nacib que l'article n'était qu'un début, le premier d'une série, et qu'ils ne s'en tiendraient pas à des articles, qu'Ilhéus allait vivre de grands moments. Le Docteur, les doigts tachés d'encre, le regard éclatant de vanité, avait fait une brève apparition et s'était déclaré très occupé. Quant à Tonico Bastos, il n'était pas revenu au bar. On disait que le colonel Ramiro l'avait fait appeler d'urgence.

Les premiers invités à se présenter furent ceux d'Itabuna. Ils se déclaraient satisfaits de leur parcours en autocar effectué en une heure et demie, bien que la route ne fût pas encore complètement asséchée. Ils regardaient avec une curiosité condescendante les rues, les maisons, l'église, le bar « Le Vésuve » et son assortiment de boissons, le Ciné-Théâtre Ilhéus en trouvant qu'à Itabuna tout était supérieur, qu'il n'y avait pas d'églises comparables à celles de leur ville, de cinéma plus beau que le leur, de maisons égales aux nouvelles résidences d'Itabuna, de bars mieux fournis en boissons, de cabarets si fréquentés. En ce temps-là, la rivalité entre les deux premières villes de la zone du cacao commençait à prendre corps. Les gens d'Itabuna vantaient le progrès effréné, la croissance impressionnante de leur cité qui n'était encore quelques années auparavant qu'une simple commune dépendant d'Ilhéus, un village connu sous le nom de Tabocas. Ils discutaient avec le Capitaine et parlaient de la question du chenal.

Des familles se rendaient au cinéma pour assister à la première exhibition du magicien Sandra. Elles regardaient le bar plein de monde, les personnalités importantes qui s'y trouvaient réunies, la grande table en forme de T. Jacob et Moacir accueillaient leurs invités. Mundinho Falcão arriva avec Clóvis Costa. Il y eut un mouvement de curiosité. L'exportateur alla donner l'accolade aux gens d'Itabuna dont certains étaient ses clients. Le colonel Amâncio Leal, flanqué de Manuel das Onças racontait que Jesuíno, dûment autorisé par le Juge, était parti pour sa *fazenda*, où il attendrait le déroulement du procès. Le colonel Ribeirinho ne détournait pas les yeux de la porte du cinéma avec l'espoir de voir arriver Anabela. La conversation se généralisait, on parlait des enterrements, du crime de la veille, des affaires, de la fin des pluies, des perspectives de la récolte, du prince Sandra et d'Anabela. On évitait soigneusement toute allusion à la question du chenal et à l'article du *Diário de Ilhéus*, comme si chacun craignait de déclencher les hostilités et personne ne voulait assumer une telle responsabilité.

Vers les huit heures, alors qu'on s'apprêtait à se mettre à table, de la porte du bar quelqu'un annonça :

— Le colonel Ramiro arrive avec Tonico.

Amâncio se porta à leur rencontre. Nacib était anxieux : dans l'atmosphère devenue plus tendue, les rires sonnaient faux. Il devinait les revolvers sous les vestons. Mundinho Falcão conversait avec João Fulgêncio, le Capitaine s'approcha d'eux. On pouvait voir, de l'autre côté de la place, le professeur Josué sur le portail de Malvina. Le colonel Ramiro Bastos, assurant sa démarche fatiguée à l'aide d'une canne, entra dans le bar et s'avança pour saluer les présents l'un après l'autre. S'arrêtant devant Clóvis Costa, il lui serra la main :

— Comment va le journal, Clóvis ? Il marche bien ?

— Très bien, colonel.

Il s'attarda un instant devant le groupe formé par Mundinho, João Fulgêncio et le Capitaine. Il voulut s'enquérir au sujet du voyage de Mundinho, il reprocha à João Fulgêncio de n'être pas venu le voir ces derniers temps et plaisanta avec le Capitaine. Nacib éprouva de l'admiration pour le vieux : il devait être intérieurement dévoré de rage, mais il n'en laissait rien paraître. Il regardait ses adversaires, ceux qui s'apprêtaient à lutter contre son pouvoir pour lui arracher les postes de commande, comme si c'étaient des enfants écervelés et absolument inoffensifs. On le fit asseoir au haut bout de la table, entre les deux intendants. Mundinho venait aussitôt après, entre les juges. Le service du dîner préparé par les sœurs Dos Reis commença.

Au début, personne ne se sentait tout à fait à l'aise. On mangeait, on buvait, on bavardait, on riait, mais une inquiétude planait au-dessus de la table comme si tout le monde attendait quelque chose. Le colonel Ramiro Bastos ne touchait pas à la nourriture, il avait tout juste goûté le vin. Ses petits yeux allaient d'un convive à l'autre. Ils devenaient sombres en se posant sur Clóvis Costa, sur le Capitaine et sur Mundinho. Soudain, il demanda pourquoi le Docteur n'était pas venu et il déplora son absence. Peu à peu, l'ambiance devint plus gaie et plus détendue. On racontait des anecdotes, on décrivait les danses d'Anabela, on faisait l'éloge du repas des sœurs Dos Reis.

Finalement, l'heure des discours arriva. Le Russe Jacob et Moacir avaient demandé au Dr Ezequiel Prado de parler au nom de la Compagnie qui offrait le dîner. L'avocat se leva, il avait beaucoup bu, sa langue était pâteuse, mais plus il avait bu, mieux il parlait. Amâncio Leal chuchota quelque chose à l'oreille du Dr Mauricío Caires. Sans doute le prévenait-il de se montrer attentif. Si Ezequiel, dont la loyauté politique à l'égard du colonel Ramiro était chancelante depuis les dernières élections, se mettait à faire des allusions à la question du chenal, c'est à lui, Maurício, qu'il appartiendrait de répliquer du tac au tac. Mais le Dr Ezequiel se trouvait dans un jour de grande inspiration. Il prit pour thème principal l'amitié entre Ilhéus et Itabuna, les cités jumelles de la zone du cacao dont les liaisons étaient maintenant développées par la nouvelle compagnie d'autocars, cette « monumentale réalisation » d'hommes entreprenants tels que Jacob « venu des steppes glacées de la Sibérie pour activer le progrès de ce recoin du Brésil » — phrase qui embua les yeux de Jacob, né en réalité dans un ghetto de Kiev — et Moacir, « un homme qui s'est fait par ses propres efforts, un modèle de travailleur honnête » — Moacir baissait modestement la tête tandis qu'à la ronde retentissaient des bravos. Il poursuivit en prodiguant les références à la civilisation et au progrès, puis en vaticinant sur l'avenir de la zone appelée à « atteindre rapidement les plus hauts sommets de la culture ».

L'Intendant d'Ilhéus, sirupeux et interminable, salua la population d'Itabuna si bien représentée pour la circonstance. L'Intendant d'Itabuna, le colonel Aristóteles Pires, le remercia en quelques mots et regarda en l'air, absorbé dans ses pensées. Alors le Dr Maurício Caires se leva. Donnant libre cours à sa verve, il servit de la Bible comme dessert et termina en portant un toast « au citoyen intègre à qui notre région doit tant, à l'homme aux éminentes vertus, à l'administrateur diligent, au père de famille exemplaire, au chef et à l'ami, le colonel Ramiro Bastos ». Tout le monde but et Mundinho, comme les autres, leva son verre à la santé du colonel. Le Dr Maurício ne s'était pas encore rassis que le Capitaine se leva, une coupe à la main. Lui aussi il voulait porter un toast, déclara-t-il, à l'occasion de cette manifestation qui marquait une étape nouvelle sur la voie du progrès de la zone cacaoyère. Un toast à un homme venu des grandes cités du Sud pour employer dans la région sa fortune et son extraordinaire énergie, sa vision d'homme d'État et son patriotisme. A l'homme à qui Ilhéus et Itabuna devaient déjà tant, dont le nom était anonymement associé à cette compagnie d'autocars comme à tout ce qu'avait entrepris la population d'Ilhéus au cours de ces dernières années, à Raimundo Mendes Falcão. A son tour, le Colonel but à la santé de l'exportateur. Plus tard, on raconta que pendant tout le discours du Capitaine, Amâncio Leal avait gardé la main sur la crosse de son revolver.

Et les choses en restèrent là. Mais tout le monde comprit qu'à partir de ce jour, Mundinho avait pris la tête de l'opposition et que la lutte avait commencé. Non pas une lutte comme celle de jadis, du temps de la conquête des terres. Maintenant les fusils à répétition et les guets-apens, les incendies d'archives notariales et les faux en écriture n'étaient plus décisifs. João Fulgêncio dit au juge :

— Au lieu de coups de feu, des discours... cela vaut mieux ainsi.

Mais le juge se montrait sceptique :

— Cela va finir avec des balles, vous allez voir.

Le colonel Ramiro Bastos se retira aussitôt, accompagné de Tonico. D'autres s'éparpillèrent devant les tables du bar et continuèrent à boire. Dans le cabinet réservé, se réunirent des joueurs de poker. Quelques-uns se rendirent dans les cabarets. Nacib allait de groupe en groupe, pressait les serveurs ; les boissons coulaient à flots. Au milieu de tout ce remue-ménage, il reçut, apporté par un gamin, un billet de Risoleta. Celle-ci voulait le voir sans faute ce soir-là, elle irait l'attendre au Bataclan. Elle signait « ta petite chatte Risoleta ». L'Arabe sourit de contentement. A côté de la caisse, se trouvait le paquet pour Gabriela : une robe d'indienne, une paire de sandales.

Quand la séance de cinéma fut terminée, le bar se remplit. Nacib ne savait plus où donner de la tête. Maintenant, les discussions au sujet de l'article dominaient les conversations. Il y avait encore des gens qui parlaient du crime de la veille, les familles faisaient l'éloge du prestigitateur. Mais le grand sujet, à presque toutes les tables, était l'article du *Diário de Ilhéus*. L'animation se prolongea assez tard. Il était plus de minuit quand Nacib ferma la caisse et se rendit au cabaret. Attablée en compagnie de Ribeirinho, d'Ezequiel et de quelques autres, Anabela recueillait des appréciations sur son album. Nhô-Galo, romantique, écrivit : « Tu es, ô danseuse, l'incarnation même de l'Art. » Le Dr Ezequiel, qui tenait une cuite monumentale, avait ajouté, d'une écriture tremblée : « Comme j'aimerais être le gigolo de l'Art ! » Le prince Sandra tirait sur son long fume-cigarette en imitation d'ivoire. Ribeirinho, très familier, lui donnait des tapes dans le dos et lui décrivait les grandeurs de sa *fazenda*.

Risoleta attendait Nacib. Elle l'entraîna dans un coin de la salle et lui raconta ses chagrins : depuis le matin, elle se sentait malade. Une vieille complication qui l'affligeait de douleurs intenables avait reparu. Elle avait dû appeler le médecin et elle se trouvait sans argent, même pas de quoi acheter les remèdes. Ne connaissant presque personne, elle ne savait à qui s'adresser, c'est pourquoi elle recourait à Nacib, il s'était montré si gentil l'autre nuit... L'Arabe lui tendit un billet en rechignant. Elle lui caressa les cheveux.

— Je serai bientôt guérie, dans deux ou trois jours, je te ferai appeler...

Elle repartit précipitamment. Etait-elle vraiment malade ou jouait-elle la comédie pour lui soutirer de l'argent qu'elle irait dépenser avec un étudiant ou avec un employé de commerce dans un souper arrosé de vin ? Nacib éprouvait de l'irritation. Il avait espéré aller dormir avec elle pour oublier dans ses bras cette journée marquée par la mélancolie des enterrements, la fatigue et l'inquiétude du banquet et des intrigues politiques. Or cette journée à terrasser un homme se terminait sur une déception. Il tenait le paquet destiné à Gabriela. Les lumières s'éteignirent et la danseuse apparut revêtue de ses plumes. Le colonel Ribeirinho appela le garçon et commanda du champagne.

LA NUIT DE GABRIELA

Il entra dans la pièce et arracha ses souliers. Il restait debout une grande partie de la journée à marcher d'une table à l'autre. Quel plaisir que d'ôter ses souliers et ses chaussettes, de remuer les orteils, de faire quelques pas nu-pieds, d'enfiler ses vieux chaussons pelucheux. Images et sentiments se mêlaient dans sa tête. Anabela devait avoir terminé son numéro et se trouver attablée en train de boire du champagne avec Ribeirinho. Tonico Bastos n'était pas venu ce soir-là. Et le prince ? Il s'appelait Eduardo da Silva, sur sa carte de visite figurait la mention « artiste ». Un cynique, sans aucun doute, adulant le *fazendeiro*, poussant sa femme dans les bras de celui-ci et faisant des affaires avec son corps à elle. Nacib haussa les épaules. Peut-être n'était-ce qu'un pauvre diable, peut-être Anabela ne représentait-elle pas grand-chose pour lui, une simple liaison fortuite, pour le travail. C'était là son activité, son gagne-pain. Il avait l'air d'avoir souvent souffert de la faim. Un sale gagne-pain, certes, mais y en avait-il de propres ? Pourquoi le juger et le condamner ? Qui sait, peut-être était-il plus décent que les amis d'Osmundo, ses compagnons de bar, de passe-temps littéraires, de bals au Club Progrès, de conversations sur les femmes, tous honnêtes citoyens, mais incapables d'accompagner au cimetière le corps de leur ami ?... Comme homme décent, il y avait le Capitaine. Pauvre, sans autre ressource que son emploi de percepteur, sans plantation de cacao, il maintenait ses opinions, il affrontait n'importe qui. Ce n'était pas un intime d'Osmundo, pourtant il avait assisté à son enterrement et tenu une poignée du cercueil. Et le discours lors du dîner ? Il avait lancé au visage de tous les convives le nom de Mundinho en présence du colonel Ramiro Bastos.

Nacib frémit en se remémorant le dîner. Des coups de feu auraient pu éclater, c'était une chance qu'il se fût terminé paisiblement. D'ailleurs, cela ne faisait que commencer, le Capitaine lui-même l'avait déclaré. Mundinho avait de l'argent, de l'influence à Rio, des amis au gouvernement fédéral. Ce n'était pas « une vulgaire ordure », comme le Dr Honorato, un médecin âgé et décrépit, qui, tout en étant chef de l'opposition, devait des faveurs à Ramiro et lui quémandait des emplois pour ses enfants. Mundinho allait entraîner beaucoup de monde, diviser les *fazendeiros* qui contrôlaient le vote, faire des malheurs. S'il réussissait, comme il le promettait, à faire venir des ingénieurs et des dragues pour déblayer le chenal..., il pourrait enlever Ilhéus et vouer les Bastos à l'ostracisme. D'ailleurs, le vieux était au bout du rouleau et Alfredo n'appartenait à la Chambre que parce qu'il était son fils. Un bon médecin d'enfants et rien de plus. Quant à Tonico... celui-là n'était pas né pour être un politicien, pour donner ordres et contrordres, pour faire et pour défaire. Sauf quand il s'agissait de femmes. Il n'était même pas allé au cabaret ce soir-là, sûrement pour ne pas avoir à essuyer des discussions au sujet de l'article. Il n'aimait pas les disputes. Nacib hocha la tête. Ami des uns et des autres, du Capitaine et de Tonico, d'Amâncio Leal et du Docteur, avec eux il buvait, jouait, bavardait, allait chez les prostituées. C'est d'eux que provenait l'argent qu'il gagnait. Et maintenant, ils se trouvaient divisés, séparés en deux camps. Ils ne restaient d'accord que sur un seul point : une femme adultère méritait la mort. Le Capitaine lui-même ne défendait pas Sinhàzinha, pas plus d'ailleurs que le cousin de celle-ci chez qui avait eu lieu la levée du corps. Que diable était venue y faire la fille du colonel Melk Tavares, celle pour qui Josué soupirait passionnément, une qui avait un beau visage, réservé, avec des yeux inquiets comme si elle recelait un secret, une sorte de mystère ? Une fois, en la voyant acheter du chocolat au bar avec des amies, João Fulgêncio avait dit :

— Cette jeune fille est différente des autres, elle a du caractère.

Pourquoi différente ? Que voulait dire João Fulgêncio, un homme si instruit, par ce mot de « caractère » ? Le fait est qu'elle était venue à la veillée du corps avec un bouquet de fleurs. Son père avait rendu visite à Jesuíno pour prendre congé de ce dernier, comme il l'avait lui-même déclaré à Nacib sur le « marché aux esclaves ». Sa fille, une jeune collégienne dans l'attente d'un prétendant, que diable était-elle allée faire auprès du cercueil de Sinhàzinha ? Partout on était divisé, le père d'un côté, la fille de l'autre. Ce monde est compliqué, le comprenne qui voudra, cela était au-dessus de ses forces. Il n'était qu'un patron de bar, pourquoi penser à tout cela ? Ce qu'il lui fallait, c'était gagner de l'argent pour acheter un jour une plantation de cacao. Avec l'aide de Dieu, il y parviendrait. Peut-être alors pourrait-il regarder le visage de Malvina, tenter de déchiffrer son énigme. Ou, du moins, acquérir une maison pour y installer une maîtresse semblable à Glória.

Comme il avait soif, il alla boire de l'eau à la cruche de la cuisine. Apercevant le paquet avec la robe et les escarpins qu'il avait rapportés de la boutique de son oncle, il hésita. Le mieux était de les lui remettre le lendemain, ou encore de les laisser devant la porte de la petite chambre du fond afin que la bonne les trouve à son réveil, comme un cadeau de Noël... Il sourit et prit le paquet. Dans la cuisine, il avala de l'eau à longs traits. Il avait beaucoup bu ce jour-là, pendant le dîner, en aidant à faire le service.

La lune, du haut du ciel, éclairait le jardinet où poussaient des papayers et des goyaviers. La porte de la chambre de la bonne était ouverte. Peut-être à cause de la chaleur. Du temps de Filomena, elle restait fermée à clef. La vieille avait peur des voleurs à cause des tableaux de saints qui constituaient toute sa richesse. La clarté lunaire envahissait la chambre. Nacib s'avança. Il allait laisser le paquet au pied du lit, elle sursauterait en le découvrant, et peut-être, la nuit prochaine...

Ses yeux scrutèrent l'obscurité. Le rayon de lune s'étirait le long du lit et éclairait un morceau de jambe. Nacib le regarda fixement, déjà excité. Il avait espéré dormir cette nuit-là dans les bras de Risoleta. Mû par cette certitude, il s'était rendu au cabaret, se délectant par avance et se remémorant la science de la fille, une prostituée de grande ville. Son désir était resté exacerbé. Maintenant il voyait le corps brun de Gabriela, sa jambe qui sortait du lit. Il faisait plus que le voir, il le devinait sous la couverture rapiécée qui dissimulait à peine sa combinaison déchirée, son ventre et sa poitrine. L'un de ses seins jaillissait, à demi découvert. Nacib écarquillait les yeux et ce parfum de girofle lui faisait tourner la tête.

Gabriela s'agita dans son sommeil, l'Arabe franchit la porte et resta la main tendue sans oser toucher le corps endormi. Pourquoi se presser ? Et si elle criait, si elle faisait du scandale, si elle s'en allait ? Il se retrouverait sans cuisinière, il n'en découvrirait jamais une autre égale à celle-ci. Le mieux était de laisser le paquet sur le bord du lit. Le lendemain, il s'attarderait un peu plus à la maison, petit à petit il gagnerait sa confiance et il finirait bien par la conquérir.

Sa main tremblait presque en posant le paquet. Gabriela sursauta, ouvrit les yeux et fut sur le point de parler, mais elle vit Nacib debout qui la regardait. Instinctivement, elle tâtonna pour tirer la couverture, mais, par désarroi ou par astuce, elle ne réussit qu'à la faire glisser en bas du lit. Elle se souleva, s'assit, et fit un sourire timide. Elle ne cherchait pas à cacher son sein, maintenant bien visible au clair de lune.

— Je suis venu vous apporter un cadeau, bredouilla Nacib. J'allais le poser sur votre lit. J'arrive à l'instant...

Elle souriait. Par peur ou pour l'encourager ? Les deux choses étaient possibles. Elle avait l'air d'une enfant, laissant voir ses cuisses et ses seins comme s'il n'y avait en cela aucun mal, comme si elle ignorait tout de certaines choses et n'était que pure innocence. Elle lui prit le paquet de la main :

— Merci, monsieur, que Dieu vous le rende.

Elle défit le nœud. Nacib la parcourait des yeux. Toujours souriante, elle étendit la robe sur son corps et la caressa de la main :

— Elle est jolie... Puis elle examina les escarpins à bon marché. Nacib haletait.

— Vous êtes si bon, monsieur...

Le désir montait des entrailles de Nacib et lui serrait la gorge. Sa vue se troublait, le parfum de girofle le grisait. Elle prenait la robe pour mieux la voir, sa nudité candide surgissait à nouveau.

— C'est joli... J'étais restée à veiller, j'attendais vos instructions pour le repas de demain. Comme il se faisait tard, je suis venue me coucher.

— J'ai eu beaucoup de travail. Il prononçait les mots avec effort.

— Pauvre monsieur... Vous n'êtes pas fatigué ?

Elle pliait la robe et posait les escarpins sur le sol.

— Donnez, je vais l'accrocher au clou.

Sa main toucha la main de Gabriela qui se mit à rire :

— Comme cette main est froide !...

Il ne put se contenir plus longtemps. Lui saisissant le bras, il chercha de l'autre main le sein qui surgissait au clair de lune. Elle l'attira contre son corps :

— Mon beau monsieur...

Le parfum de girofle emplissait la chambre, la chaleur qui montait du corps de Gabriela enveloppait Nacib et lui brûlait la peau, sur le lit mourait le rayon de lune. Dans un souffle, au milieu des baisers, la voix défaillante de Gabriela murmurait :

— Mon beau monsieur !

Deuxième partie

Joies et tristesses d'une fille du peuple dans les rues d'Ilhéus, de la cuisine à l'autel (en fait, il n'y eut pas d'autel à cause des complications religieuses), quand l'argent circulait en abondance et que la vie se transformait, avec mariages faits et défaits, soupirs d'amour et hurlements de jalousie, trahisons politiques et conférences littéraires, attentats, fugues, journaux en flammes, lutte électorale et fin de la solitude, joueurs de couteau et chef de cuisine, chaleur et fêtes de fin d'année, groupe de pastourelles et cirque minable, kermesse, scaphandriers, femmes débarquant à chaque bateau, jagunços *échangeant leurs derniers coups de feu, avec de grands cargos dans le port et la loi vaincue, avec une fleur et une étoile*

ou

GABRIELA, GIROFLE ET CANNELLE

Chapitre troisième

Le secret de MALVINA

(née pour une grande destinée, mais recluse dans son jardin).

La morale se relâche, les mœurs dégénèrent, des aventuriers venus de l'extérieur...

(D'un discours du Dr Maurício Caires.)

Jorge Amado

BERCEUSE POUR MALVINA

Dors, mon enfant, dors
En rêvant ton joli rêve.
Dans ton lit, endormie,
Tu partiras sur un bateau.

Je suis fermée dans mon jardin
Et enchaînée avec des fleurs.
Au secours ! On va m'étouffer.
Au secours ! On va me tuer.
Au secours ! On va me marier,
Dans une maison m'enterrer :
Dans la cuisine, cuisinerai,
Dans le débarras, rangerai,
Sur le piano, pianoterai,
A la messe, me confesserai.
Au secours ! On va me marier,
Et dans le lit m'engrosser.

Dans ton lit, endormie,
Tu partiras sur un bateau.

Mon mari, mon maître,
De ma vie décidera.
Décidera de mes habits,
De mon parfum décidera.
Décidera de mes désirs,
De mon sommeil décidera.
Décidera de mon corps,
De mon âme décidera.
Il aura le droit de me tuer,
Je n'aurai que le droit de pleurer.

Dans ton lit, endormie,
Tu partiras sur un bateau.

A l'aide ! Emmenez-moi d'ici.
Je veux un mari à aimer,
Je n'en veux point à respecter.
Quel qu'il soit, cela ne m'importe,
Jeune et pauvre ou jeune et riche,
Beau ou laid, ou bien mulâtre,
Mais qu'il m'emmène d'ici.
Je ne veux pas être une esclave.
A l'aide ! Emmenez-moi d'ici.

Dans ton lit, endormie,
Tu partiras sur un bateau.

Sur un bateau je partirai,
Accompagnée ou toute seule.
Que je sois bénie ou maudite,
Sur un bateau je partirai.
Partirai pour me marier,
Sur un bateau je partirai.
Je partirai pour me donner,
Sur un bateau je partirai.
Je partirai pour travailler,
Sur un bateau je partirai.
Je partirai pour me trouver,
A tout jamais je partirai.

Dors, mon enfant, dors
En rêvant ton joli rêve.

GABRIELA AVEC UNE FLEUR

Sur les places d'Ilhéus, les fleurs s'épanouissaient dans les massifs : roses, chrysanthèmes, dahlias, marguerites, pâquerettes. Les corolles des dames-d'onze-heures s'ouvraient au milieu du gazon, aussi ponctuelles que l'horloge de l'Intendance, et parsemaient de points rouges le vert des pelouses. Du côté de Malhado, au milieu des fourrés, dans les bosquets humides d'Unhão et de Conquista, éclataient des orchidées fantastiques. Mais le parfum qui s'élevait de la ville et qui la submergeait ne se dégageait ni des jardins, ni des bosquets, ni des fleurs cultivées, ni des orchidées sauvages. Il venait des entrepôts, du quai et des docks. C'était le parfum des grains de cacao séchés, violent au point d'entêter les gens venus d'ailleurs, mais si familier aux habitants d'Ilhéus que ceux-ci ne le sentaient plus. Il flottait au-dessus de la ville, du fleuve et de la mer.

Dans les plantations, les cabosses de cacao arrivaient à maturité, répandant sur le paysage toute la gamme des jaunes et dorant l'atmosphère. Le temps de la cueillette approchait. De mémoire d'homme, jamais on n'avait vu une récolte aussi abondante.

Gabriela préparait un énorme plateau de friandises et un autre encore plus grand d'*acarajés*, d'*abarás*, de croquettes de morue et de beignets. Le négrillon Tuísca, aspirant la fumée d'un mégot, attendait tout en lui racontant les potins du bar ou en l'entretenant de sujets futiles qui l'intéressaient plus particulièrement : les dix paires de souliers de Mundinho Falcão, les parties de football sur la plage, un vol commis dans un magasin de tissus, l'annonce de l'arrivée prochaine du « Grand Cirque Balkanique » avec éléphant, girafe, chameau, lions et tigres. Gabriela riait en l'écoutant. Quand il parla du cirque, elle devint plus attentive :

— C'est sûr qu'il va venir ?

— Déjà des affiches l'annoncent.

— Une fois, au pays, je suis allée avec ma tante voir un cirque de passage. Il y avait un homme qui avalait du feu.

Tuísca faisait des projets. Quand le cirque serait là, il accompagnerait dans son tour de ville le clown juché à califourchon sur un âne. C'était toujours ainsi que cela se passait chaque fois qu'un cirque venait dresser son chapiteau sur le terrain du marché au poisson. A la question du clown :

— Un clown, qu'est-ce que c'est ?

Les gamins répondaient :

— C'est un voleur de femmes !...

Le clown lui faisait une marque à la chaux sur le front et il assistait gratis au spectacle du soir. Sinon, il aidait les garçons de piste à installer le manège en s'imposant par son empressement et sa familiarité. Dans ces occasions-là, il abandonnait sa boîte de cireur.

— Une fois un cirque a voulu m'emmener. Le directeur m'a fait appeler.

— Comme garçon de piste ?

Tuísca se montra presque offensé :

— Non, comme artiste.

— Qu'est-ce que tu devais faire ?

Sa frimousse noire s'éclaira :

— Pour aider quand c'était le tour des singes, en me montrant avec eux. Et pour danser aussi... Si je ne suis pas parti, c'est uniquement à cause de maman. (La négresse Raimunda, percluse de rhumatismes, ne pouvait plus exercer son métier de blanchisseuse, ses deux fils subvenaient aux besoins de la maison : Filó, le chauffeur d'autocar et Tuísca, maître en différents arts.)

— Et tu sais danser ?

— Vous ne m'avez jamais vu ? Voulez-vous que je vous montre ?

Aussitôt il se mit à danser. Il avait la danse dans le sang. Ses pieds inventaient des pas tandis que son corps oscillait et que ses mains battaient la mesure. Gabriela le regardait, elle était comme lui, elle ne put se contenir plus longtemps. Plantant là plateaux et marmites, amuse-gueule et douceurs, elle souleva sa jupe avec la main. A présent, ils dansaient tous les deux, le négrillon et la mulâtresse, sous le soleil, dans le jardinet. Rien d'autre au monde n'existait. A un certain moment, Tuísca s'arrêta et se contenta de frapper avec ses mains sur une casserole vide renversée. Gabriela virevoltait, sa jupe voltigeait, ses bras allaient et venaient, son corps se distendait et se ramassait, ses hanches roulaient, sa bouche souriait.

— Mon Dieu, les plateaux...

Ils les garnirent précipitamment, placèrent celui des douceurs sur celui des amuse-gueule et le tout fut posé sur la tête de Tuísca qui sortit en sifflotant son air de danse. Les pieds de Gabriela esquissèrent encore quelques pas. C'était si agréable de danser ! Mais un bruit de friture lui parvint de la cuisine et elle partit en courant.

Quand elle entendit Chico Moleza entrer dans la pièce d'à côté, elle était déjà prête. Elle prit la gamelle, enfila ses escarpins et se dirigea vers la porte. Elle allait apporter à Nacib son déjeuner et le seconder pendant l'absence du serveur. Mais, revenant sur ses pas, elle cueillit une rose dans le massif du jardinet et en glissa la tige derrière l'oreille. Elle sentait les pétales veloutées lui effleurer la joue.

C'est le cordonnier Felipe — anarchiste mal embouché quand il pestait contre les curés, mais galant comme un hidalgo quand il parlait à une dame — qui lui avait appris ce trait de coquetterie. « La plus belle des coquetteries », lui avait-il dit. Toutes les *muchachas* de Séville portent une fleur rouge dans les cheveux...

Il battait le cuir à Ilhéus depuis plusieurs années et pourtant des mots espagnols se mêlaient encore à son portugais. Autrefois, on ne le voyait au bar que de temps à autre. Il travaillait beaucoup. Il réparait selles et harnais, ressemelait bottes et souliers, confectionnait des cravaches. Dans ses moments de loisir, il lisait des brochures à couverture rouge et prenait part aux discussions de la Papeterie Modèle. Il ne venait guère au bar que le dimanche, pour jouer au trictrac et aux dames, où il était un adversaire redouté. Maintenant il s'y rendait tous les jours, avant le déjeuner, à l'heure de l'apéritif. Quand Gabriela arrivait, l'Espagnol relevait sa tête chenue couronnée de mèches rebelles et riait en découvrant une denture parfaite de jeune homme :

— *Salve la gracia, olé !*

Et il faisait avec les doigts un bruit de castagnettes. D'autres clients, comme lui jusque-là purement occasionnels, s'étaient mis à venir tous les jours. « Le Vésuve » connaissait une prospérité extraordinaire. Le renom des friandises et des spécialités culinaires de Gabriela s'était répandu très vite parmi les amateurs invétérés d'apéritif. Il attirait des habitués des bars du port et alarmait Plínio Araçá, le patron du « Pinga de Ouro ». Nhô-Galo, Tonico Bastos et le Capitaine, qui avaient partagé à tour de rôle le déjeuner de Nacib, disaient merveilles de sa cuisinière. Ses *acarajés*, ses boulettes de viande bien épicées, ses beignets enveloppés de feuilles de bananier étaient célébrés en prose et en vers — en vers parce que le professeur Josué leur avait consacré un quatrain où beignets rimait avec guignolet et cuisinière avec minaudière. Mundinho Falcão avait demandé à Nacib de lui laisser Gabriela certain jour où il offrait dans sa villa un dîner en l'honneur d'un ami, sénateur de l'Alagoas qui, voyageant sur un *Ita*, s'était arrêté à Ilhéus.

On venait au « Vésuve » pour l'apéritif, pour le poker d'as, pour les *acarajés* pimentés, pour les appétissantes croquettes de morue salée.

Il y avait de plus en plus de monde. Les uns amenaient les autres, alléchés par les éloges décernés au talent culinaire de Gabriela. Beaucoup restaient maintenant un peu au-delà de l'heure normale et retardaient leur déjeuner, depuis que Gabriela s'était mise à apporter au bar la gamelle de Nacib.

Des exclamations fusaient lorsqu'elle arrivait avec sa démarche dansante, les yeux baissés, un sourire que ses lèvres adressaient à toutes les bouches. Elle entrait, disait bonjour en s'avançant parmi les tables, et allait droit vers le comptoir pour y déposer la gamelle. En principe, à cette heure-là, les clients auraient dû être rares, seulement quelques retardataires pressés de rentrer chez eux. Or, de plus en plus, les habitués faisaient durer l'heure de l'apéritif et réglaient leur temps sur l'apparition de Gabriela en buvant un dernier verre après son arrivée.

— Apporte un cocktail, Bico-Fino !

— Deux vermouths par ici...

— On remet ça ? Les dés s'entrechoquaient dans le gobelet de cuir et roulaient sur la table. Tierce de rois d'un coup...

Elle aidait à servir pour que les clients s'en aillent bien vite, sinon le repas se refroidirait dans la gamelle et perdrait tout son goût. Faisant glisser ses escarpins sur le ciment, les cheveux retenus par un ruban, le visage non fardé, roulant les hanches, elle circulait parmi les tables. L'un lui adressait des propos galants, un autre fixait sur elle des yeux suppliants, le Docteur lui tapotait la main en l'appelant « ma petite fille ». Elle souriait aux uns et aux autres et l'on aurait dit une enfant, n'eussent été ses hanches onduleuses. Soudain, le bar devenait plus animé comme si la présence de Gabriela l'avait rendu plus accueillant et plus intime.

De son comptoir, Nacib la voyait apparaître sur la place, la rose sur l'oreille, plantée dans les cheveux. Les yeux de l'Arabe se fermaient à demi : la gamelle était pleine de nourriture succulente et à cette heure-là il se sentait affamé. Il se faisait violence pour ne pas dévorer les croquettes, les beignets aux crevettes et les boulettes des plateaux. L'arrivée de Gabriela signifiait en outre une tournée supplémentaire à presque toutes les tables et un accroissement des bénéfices. Au demeurant, c'était un plaisir pour les yeux que de la revoir en plein jour tout en se remémorant la nuit précédente et en imaginant la prochaine.

Derrière le comptoir, il la pinçait, lui glissait la main sous les jupes et lui touchait les seins. Alors Gabriela riait en sourdine, c'était délicieux.

Le Capitaine la réclamait :

— Venez voir ce coup, ma petite élève...

Il la traitait d'élève, avec un air faussement paternel, depuis le jour où, dans le bar presque désert, il avait tenté de l'initier aux mystères du trictrac. Elle avait ri en hochant la tête et déclaré n'avoir jamais réussi à apprendre d'autre jeu que celui de la bataille. Mais lui, au terme de parties intentionnellement prolongées en jouant au ralenti pour pouvoir assister à son arrivée, réclamait sa présence pour les coups décisifs :

— Venez ici me porter chance...

Parfois la chance souriait à Nhô-Galo, au cordonnier Felipe ou au Docteur.

— Merci, ma petite fille, que Dieu vous fasse encore plus belle, s'écriait ce dernier en lui tapotant la main.

— Plus belle ? C'est impossible, protestait le Capitaine, abandonnant son air paternel.

Nhô-Galo ne disait rien, c'est tout juste s'il la regardait. Le cordonnier Felipe la félicitait pour sa rose derrière l'oreille :

— Ah ! où sont donc mes vingt ans...

Il demandait à Josué de faire un sonnet pour cette fleur, pour cette oreille, pour ces yeux verts. Josué répondait qu'un sonnet c'était trop peu, qu'il ferait une ode, une ballade.

Ils sursautaient quand l'horloge, passé midi, sonnait la demie, puis ils sortaient non sans laisser de gros pourboires que Bico-Fino raflait avec ses ongles sales et rapaces. Ils s'en allaient chassés par l'horloge, comme forcés, à contrecœur. Le bar se vidait, Nacib s'asseyait pour manger. Gabriela le servait, tournant autour de la table, ouvrant la bouteille de bière et remplissant son verre. Son visage brun resplendissait quand l'Arabe, repu, entre deux éructations — « C'est bon pour la santé », expliquait-il —, lui faisait l'éloge de ses plats. Elle ramassait les gamelles, Chico Moleza revenait et c'était au tour de Bico-Fino d'aller déjeuner. Alors Gabriela intallait la chaise longue dans un petit terrain planté d'arbres situé derrière le bar et donnant sur la place. Elle disait « au revoir, monsieur Nacib », puis regagnait la maison. L'Arabe allumait un cigare de São Félix, prenait des journaux de Bahia vieux d'une semaine et restait à contempler sa démarche dansante et le roulis de ses hanches jusqu'à ce qu'elle disparaisse au coin de l'église. Elle n'avait plus derrière l'oreille la fleur plantée dans ses cheveux. Nacib l'avait trouvée sur la chaise longue. Etait-elle tombée par hasard lorsque la jeune femme s'était penchée? Ou bien Gabriela l'avait-elle intentionnellement retirée de son oreille pour la laisser là ? C'était une rose d'un rouge vif au parfum de girofle, le parfum de Gabriela.

DE L'HOTE INDÉSIRABLE SI LONGTEMPS ATTENDU

Euphoriques, le Capitaine et le Docteur arrivèrent tôt au « Vésuve », escortant un homme qui paraissait avoir un peu plus de la trentaine, au visage ouvert et à l'allure sportive. Avant même qu'il ne lui soit présenté, Nacib devina que c'était l'ingénieur. On avait donc fini par le dénicher, ce citoyen si attendu et si controversé...

— Le Dr Rômulo Vieira, ingénieur du ministère des Transports.

— Très heureux, docteur. A votre service...

— Tout le plaisir est pour moi.

Il était là, le visage hâlé par le soleil, les cheveux coupés presque à ras, une petite cicatrice sur le front. Il serra avec vigueur la main de Nacib. Le Docteur souriait, aussi heureux que s'il présentait un parent à la fois proche et illustre ou une femme d'une rare beauté. Le Capitaine plaisanta :

— Cet Arabe est une institution. Il nous empoisonne avec des boissons frelatées et nous vole de l'argent au poker. Il connaît la vie de tout le monde.

— Ne dites pas cela, Capitaine. Que va penser ce monsieur ?

— C'est un bon ami, rectifia le Capitaine. Un homme de bien.

L'ingénieur, esquissant un sourire un peu emprunté, regardait d'un air méfiant la place et les rues, le bar, le cinéma et les maisons voisines où surgissaient aux fenêtres des paires d'yeux curieux. Ils s'attablèrent sur la terrasse. Glória parut à sa fenêtre, encore mouillée par le bain, les cheveux en désordre, dans un négligé matinal. Remarquant aussitôt l'étranger, elle le regarda fixement, puis disparut en courant pour aller se faire belle.

— Un sacré morceau de femme, hein ? Le Capitaine entreprit d'expliquer à l'ingénieur la solitude de Glória.

Nacib tint à les servir lui-même. Il leur apporta des morceaux de glace dans une assiette, car la bière était tout juste froide. Enfin, l'ingénieur était là ! La veille, le *Diário de Ilhéus* avait annoncé en première page, avec de gros caractères, son arrivée pour le lendemain par le bateau de la « Bahianaise ». Ainsi, ajoutait crûment le journal, « on allait voir se transformer en rire jaune le rire stupide des sots et des envieux, de ces prophètes de pacotille qui, dans leur ardeur antipatriotique, niaient qu'un ingénieur dût venir et même qu'il existât un ingénieur quelconque au ministère... Les caquets seraient rabattus et la jactance confondue ». L'ingénieur s'était rendu directement à Bahia et de là avait gagné Ilhéus où il venait de débarquer le matin de bonne heure.

Le journal présentait la nouvelle de façon provocante, en invectivant le parti adverse. Mais force était de reconnaître que l'ingénieur avait tardé à arriver. Voilà plus de trois mois que l'on annonçait sa venue imminente. Un jour — Nacib se le rappelait bien, car c'était précisément celui du départ de la vieille Filomena et de la découverte de Gabriela —, Mundinho Falcão, en débarquant d'un *Ita,* avait proclamé aux quatre vents que la question du chenal allait être étudiée et résolue, s'assurant ainsi un prestige incontesté. L'arrivée imminente d'un ingénieur du ministère devait marquer le commencement de cette réalisation. Cela avait causé en ville une sensation pour le moins aussi vive que celle qu'avait produite le crime du colonel Jesuíno Mendonça, et du même coup, la campagne pour les élections du début de l'année suivante était lancée. Mundinho Falcão prenait la tête de l'opposition, entraînant à sa suite une poignée de personnes. Le *Diário de Ilhéus,* sur lequel figurait, au-dessous du titre, la mention « journal d'information apolitique », se mit à taper sur l'administration du municipe, à attaquer le colonel Ramiro Bastos et à chercher chicane au gouverneur de l'État. Le Docteur y écrivit une série d'articles, des diatribes féroces où il brandissait, à la façon d'un glaive au-dessus de la tête des Bastos, l'ingénieur que l'on annonçait.

Dans son bureau, au-dessus d'un rez-de-chaussée encombré de sacs de cacao, Mundinho Falcão avait des entretiens avec des *fazendeiros.* Mais il ne s'agissait plus de simples transactions commerciales, de ventes de récoltes ou de modalités de paiement. Il discutait de politique, proposait des alliances, dévoilait des plans, présentait les élections comme gagnées. Les colonels l'écoutaient impressionnés. Les Bastos faisaient la loi à Ilhéus depuis plus de vingt ans, soutenus par les gouvernements successifs de l'État. Mundinho cependant avait le bras plus long : son prestige émanait de Rio, du gouvernement fédéral. N'avait-il pas réussi, en dépit de l'opposition du gouverneur, à obtenir un ingénieur pour étudier cette question du chenal laissée jusque-là sans solution ? N'affirmait-il pas pouvoir la régler à bref délai ?

Le colonel Ribeirinho, qui n'avait jamais fait grand cas de ses voix et les avait données sans contreparties à Ramiro Bastos, ralliait le parti du nouveau chef et s'engageait pour la première fois dans la politique. Exalté, il parcourait l'arrière-pays pour circonvenir des compères ou influencer de petits propriétaires. D'aucuns prétendaient que cette amitié politique était née dans le lit d'Anabela, la danseuse amenée à Ilhéus par l'exportateur, laquelle avait abandonné son comparse, un magicien illusionniste et dansait exclusivement pour le colonel. « Exclusivement, des clous ! » pensait Nacib. Faisant preuve d'une neutralité politique exemplaire, elle couchait avec Tonico Bastos tandis que le colonel parcourait bourgades et villages, et elle les trahissait tous les deux quand Mundinho Falcão, qui aimait la variété, la faisait appeler. C'est sur ce dernier qu'elle comptait en définitive en cas d'ennui dans ce pays effrayant où les mœurs étaient si brutales.

D'autres *fazendeiros,* surtout les plus jeunes dont les engagements vis-à-vis du colonel Ramiro Bastos étaient de fraîche date, n'étaient pas liés par le sang versé. Ils approuvaient l'analyse des problèmes et des besoins d'Ilhéus présentée par Mundinho Falcão ainsi que les dispositions préconisées par lui : ouverture de routes, investissement d'une part des recettes dans les districts de l'Intérieur (Água Preta, Pirangi, Rio do Braço, Cachoeira do Sul), achèvement de la voie ferrée reliant Ilhéus à Itapira, dont les travaux s'éternisaient.

— Assez de places et de jardins... C'est des routes qu'il nous faut !

Ils étaient principalement sensibles à la perspective de l'exportation directe, une fois le chenal dragué et rectifié pour permettre le passage des bâtiments de fort tonnage. Les revenus du municipe augmenteraient, Ilhéus deviendrait une vraie capitale. Encore quelques jours et l'ingénieur serait là...

Mais, à la vérité, le temps passa, les semaines, puis les mois se succédèrent et l'ingénieur n'arrivait pas. L'enthousiasme des *fazendeiros* retombait. Seul Ribeirinho restait inébranlable, discutait dans les bars, dispensait promesses et menaces. Le *Jornal do Sul,* l'hebdomadaire des Bastos, demandait ce que devenait « l'ingénieur-fantôme, invention d'étrangers ambitieux et mal intentionnés, dont le prestige ne reposait que sur des conversations de café ». Le Capitaine lui-même, âme de tout ce mouvement, avait beau dissimuler : il se montrait nerveux, piquait des colères à la table de jeu, perdait des parties.

Le colonel Ramiro Bastos s'était rendu à Bahia, bien que ses amis et ses fils lui eussent déconseillé le voyage, dangereux en raison de son âge. Une semaine après, il était revenu triomphant et avait convoqué chez lui ses partisans.

Amâncio Leal racontait de sa voix douce à qui voulait l'entendre que le gouverneur de l'État avait assuré au colonel Ramiro qu'aucun ingénieur n'était désigné par le ministère pour s'occuper du chenal d'Ilhéus. Il s'agissait selon lui d'une question insoluble que le secrétaire aux Transports de l'État avait longuement étudiée. Il n'y avait vraiment rien à faire, tenter de la résoudre serait perdre son temps. La situation consistait à construire un nouveau port pour Ilhéus à Malhado, au-delà du chenal, ce qui entraînerait des travaux considérables. On ne pourrait envisager de les entreprendre qu'après plusieurs années d'études et à la condition de disposer de sommes astronomiques ainsi que de l'appui conjugué du pouvoir fédéral, du gouvernement de l'État et des autorités du municipe. Pour des travaux d'une telle ampleur, les études n'avançaient que lentement, il ne pouvait en être autrement. Ces études étaient diverses, longues, difficiles. Mais elles avaient déjà commencé. La population d'Ilhéus devait patienter un peu...

Le *Jornal do Sul* publia sur l'avenir du port un article élogieux pour le gouverneur et pour le colonel Ramiro. Au sujet de l'ingénieur, on y lisait que « celui-ci s'était échoué dans le chenal à tout jamais »... L'Intendant, sur la suggestion de Ramiro, fit aménager en jardin une place de plus, à côté du nouvel immeuble de la Banque du Brésil.

Chaque fois qu'Amâncio Leal rencontrait le Capitaine ou le Docteur, il ne manquait pas de leur demander avec un sourire moqueur :

— Et cet ingénieur, quand arrive-t-il ?

Le Docteur répondait sèchement :

— Rira bien qui rira le dernier.

Le Capitaine ajoutait :

— Vous ne perdez rien pour attendre.

— Combien de temps faudra-t-il attendre ?

Ils finissaient par boire ensemble une tournée qu'Amâncio Leal les obligeait à payer :

— Quand l'ingénieur sera arrivé, c'est moi qui paierai.

Il voulut faire avec Ribeirinho des plaisanteries du même genre, mais l'autre prit la mouche et vociféra dans le bar :

— La mesquinerie, ce n'est pas mon genre. Vous voulez parier ? Alors misez carrément de l'argent. Moi je vous parie dix *contos* que l'ingénieur va venir.

— Dix *contos* ? Moi j'en parie vingt contre vos dix et je vous donne un an de délai, à moins que vous ne souhaitiez davantage. Sa voix était douce, son œil mauvais.

Nacib et João Fulgêncio servirent de témoins.

Le capitaine pressait Mundinho de se rendre à Rio afin d'insister auprès du ministre. L'exportateur s'y refusait. La campagne cacaoyère avait commencé et il ne pouvait planter là ses affaires à un moment pareil. D'ailleurs ce voyage était absolument inutile, car la venue de l'ingénieur ne faisait aucun doute, elle avait seulement été retardée par des formalités administratives. Il ne décrivait pas les difficultés réelles, le coup qu'il avait reçu en apprenant, par une lettre d'un ami que le ministre, devant les protestations du gouverneur de Bahia, était revenu sur sa promesse. Mundinho avait alors fait jouer toutes ses relations, à l'exception des membres de sa propre famille, pour obtenir que l'affaire fût résolue. Il avait écrit des lettres, envoyé des quantités de télégrammes, présenté des requêtes et dispensé des promesses. Un de ses amis était allé trouver le président de la République et, détail dont Mundinho n'eut jamais connaissance, le prestige de Lourival et d'Emílio fut le facteur déterminant pour sortir de l'impasse. En apprenant le nom de l'auteur de la demande et ses liens de parenté avec les puissants politiciens de São Paulo, le président avait dit au ministre :

— Après tout, cette demande est fondée. Le gouverneur arrive à la fin de son mandat, il se trouve en conflit avec pas mal de gens, je ne sais s'il pourra faire élire son successeur. Nous ne devons pas constamment nous plier à la volonté des gouverneurs des États...

Mundinho avait vécu des jours de crainte, presque de désarroi. S'il perdait cette partie, il ne lui resterait plus qu'une chose à faire : plier bagage et quitter Ilhéus. A moins de se résigner à vivre discrédité, à être l'objet de quolibets et de plaisanteries, il retournerait déconfit et la tête basse s'abriter à l'ombre de ses frères... Il avait presque cessé de fréquenter les bars et les cabarets où l'on médisait de plus en plus à son endroit.

Tonico Bastos lui-même, qui jusque-là, avec beaucoup de discrétion, avait évité autant que possible d'aborder ce sujet devant les partisans de Mundinho, ne résistait plus au plaisir d'exciter la mauvaise humeur de ses adversaires. Une fois, il eut une prise de bec avec le Capitaine. João Fulgêncio dut s'interposer pour les retenir au bord de la rupture. Alors qu'ils étaient en train de boire et de bavarder, Tonico avait suggéré :

— Pourquoi, au lieu d'un ingénieur, Mundinho ne fait-il pas venir une autre danseuse ? C'est beaucoup plus facile et cela rend service aux amis...

Le soir même, le Capitaine se présenta à l'improviste chez l'exportateur. Mundinho le reçut l'air gêné :

— Vous m'excuserez, Capitaine, j'ai quelqu'un chez moi. Une jeune fille qui arrive de Bahia, elle vient de débarquer aujourd'hui. C'est pour me distraire des affaires...

— Accordez-moi seulement une minute — cette histoire de putain venue de Bahia irritait le Capitaine. Savez-vous ce qu'a dit aujourd'hui Tonico Bastos au bar ? Que vous n'étiez bon qu'à faire venir des femmes à Ilhéus. Des femmes, un point c'est tout !... Un ingénieur, pas question !

— En voilà une bonne ! Mundinho éclata de rire. Mais ne vous tracassez pas...

— Comment pourrais-je ne pas me tracasser ? Le temps passe et l'ingénieur...

— Je sais tout ce que vous allez me dire, Capitaine. Croyez-vous que je suis un imbécile, que je reste les bras croisés ?

— Pourquoi n'avez-vous pas recours à vos frères ? Ils ont de l'influence...

— Jamais ! D'ailleurs, c'est inutile. Aujourd'hui, j'ai envoyé un véritable ultimatum. Partez rassuré et excusez cette façon de vous recevoir.

— C'est moi qui me suis montré importun... Il entendait des pas de femme dans la chambre.

— Et demandez à Tonico s'il préfère une blonde ou une brune...

Quelques jours après, arrivait un télégramme du ministre faisant connaître le nom de l'ingénieur et la date de son départ pour Bahia. Mundinho fit appeler le Capitaine, le colonel Ribeirinho et le Docteur. « Désigné ingénieur Rômulo Vieira. » Le Capitaine prit la dépêche et se leva :

— Je vais la fourrer sous le nez de Tonico et d'Amâncio...

— Dix sacs gagnés sans effort... ! s'écriait Ribeirinho en levant les bras.

— Nous allons faire une bringue à tout casser au Bataclan.

Mais Mundinho reprit le télégramme. Il ne permit pas au Capitaine de l'emporter. Il demanda même à ses amis de garder le secret encore quelques jours. La publication de la nouvelle dans le journal, lorsque l'ingénieur se trouverait déjà à Bahia, ferait davantage sensation. Dans le fond, il redoutait une nouvelle offensive du gouverneur et une nouvelle reculade du ministre. C'est seulement une semaine plus tard, quand l'ingénieur lui eut annoncé de Bahia son arrivée par le prochain « Bahianais », que Mundinho convoqua à nouveau ses amis. Alors il leur montra les lettres et les télégrammes échangés. La bataille contre le gouvernement de l'État avait été dure et délicate. Désireux de ne pas les alarmer, il ne leur en avait pas révélé les détails plus tôt. Mais à présent que la victoire était acquise, il était bon qu'ils en connussent toute la portée et tout le prix.

Au bar « Le Vésuve », Ribeirinho paya une tournée à tout le monde et le Capitaine, dont la bonne humeur avait reparu, leva son verre à la santé du « Dr Rômulo Vieira, le libérateur du port d'Ilhéus ». La nouvelle se répandit et fut ensuite annoncée par le journal. Plusieurs *fazendeiros* reprenaient de l'enthousiasme. Ribeirinho, le Capitaine, le Docteur citaient des extraits de lettres. Le gouvernement de l'État avait tout fait pour empêcher la venue de l'ingénieur. Il avait mis en jeu tout son prestige, tout son pouvoir. Le gouverneur, à cause de son gendre, avait pris personnellement l'affaire en main. Et qui avait remporté la victoire ? Lui, qui tenait l'État et le gouvernement sous sa coupe, ou Mundinho Falcão qui n'avait pas bougé de son bureau d'Ilhéus ? Par sa seule influence, l'exportateur avait fait échec au gouvernement de l'État. Voilà la vérité. Les *fazendeiros* hochaient de la tête, impressionnés.

Sur le port, la réception donnée à l'ingénieur fut chaleureuse. Comme Nacib s'était réveillé trop tard, ce qui maintenant lui arrivait souvent, il n'avait pas pu y assister. Mais dès son arrivée au bar, il en apprit tous les détails par la bouche de Nhô-Galo. Mundinho Falcão et ses amis, plusieurs *fazendeiros* et aussi pas mal de curieux l'attendaient sur le débarcadère. On avait tant parlé de cet ingénieur qu'il était presque devenu un être surnaturel, et beaucoup voulaient voir à quoi il ressemblait. Clóvis Costa avait même fait venir un photographe. Celui-ci fit grouper tout ce monde autour de l'ingénieur, introduisit la tête sous le drap noir, et mit une demi-heure pour prendre la photographie. Malheureusement, ce document historique fut perdu, car la plaque avait été surexposée : le bonhomme ne savait pas photographier ailleurs que dans son atelier.

— Quand allez-vous commencer ? lui demanda Nacib.

— Très prochainement. Du moins, les études préliminaires. J'attends mes assistants et les appareils nécessaires qui viennent directement de Rio par un bateau du Lloyd.

— Cela va durer longtemps ?

— Il est difficile de faire des prévisions. Un mois et demi, deux mois, je ne sais pas encore...

A son tour l'ingénieur voulut s'enquérir :

— La plage est jolie. Est-elle bonne pour les bains de mer ?

— Très bonne.

— Mais il n'y a personne...

— Ici, ce n'est pas la coutume. Mundinho est le seul à en prendre avec autrefois le défunt Osmundo, un dentiste qui a été assassiné... Le matin de bonne heure...

L'ingénieur se mit à rire :

— Mais ce n'est pas défendu ?

— Défendu ? Non. Ce n'est pas la coutume.

Des élèves du collège des bonnes sœurs profitaient de leur dimanche pour flâner dans les boutiques et faire des emplettes. Certaines venaient au bar acheter des chocolats ou des bonbons et parmi elles, belle, l'air grave, Malvina. Le Capitaine les présenta :

— La jeunesse estudiantine, les futures mères de famille : Iracema, Heloísa, Zuleika, Malvina...

L'ingénieur serrait les mains, faisait des sourires, adressait des compliments :

— Un pays de jolies filles...

— Vous vous êtes fait attendre, dit Malvina en le fixant de ses yeux pleins de mystère. On pensait déjà que vous ne viendriez pas.

— Si j'avais su être attendu par d'aussi belles demoiselles, je serais ici depuis longtemps, même sans avoir été désigné... Quels yeux elle avait cette jeune fille ! Sa beauté n'était pas seulement dans l'aspect de son visage, dans l'élégance de sa ligne. Elle semblait irradier du plus profond d'elle-même.

Le groupe joyeux partit. Malvina se retourna à deux reprises pour regarder. L'ingénieur annonça :

— Je vais profiter de ce soleil pour prendre un bain de mer.

— Revenez pour l'apéritif, vers onze heures, onze heures et demie... Vous ferez la connaissance de la moitié d'Ilhéus.

Il était logé à l'Hôtel Coelho. On le vit passer quelques instants plus tard couvert d'un peignoir de bain et se diriger vers la plage. On se leva pour l'observer quand il ôta son peignoir. Le corps revêtu d'un simple maillot, il courut vers la mer et fendit les vagues en faisant de rapides mouvements de bras. Malvina était allée s'asseoir sur un banc de la promenade au bord de la plage. Elle ne le quittait pas des yeux.

COMMENT NAQUIT LA CONFUSION DE SENTIMENTS DE L'ARABE NACIB

Il lut quelques lignes dans le journal en aspirant les bouffées parfumées de son cigare de São Félix. D'ordinaire, il n'arrivait pas à fumer tout le cigare pas plus qu'à lire grand-chose dans les journaux de Bahia. Il s'endormait bien vite, bercé par la brise de la mer, terrassé par les mets gloutonnement dévorés, par l'inégalable talent culinaire de Gabriela, et il ronflait avec béatitude derrière ses grosses moustaches touffues. Cette demi-heure de sieste à l'ombre des arbres était l'un des plaisirs de sa vie, de sa bonne vie tranquille, sans frayeurs, sans complications, sans problèmes graves. Jamais ses affaires n'avaient marché aussi bien. La clientèle du bar augmentait, son compte en banque s'arrondissait, son rêve de posséder un lopin de terre pour planter du cacao était en passe de se réaliser. Jamais il n'avait fait une affaire aussi avantageuse qu'en engageant Gabriela sur le « marché aux esclaves ». Qui aurait cru qu'elle fût une cuisinière aussi habile, qui aurait dit que des hardes crasseuses pussent dissimuler tant de grâce et tant de beauté, un corps si chaud, des bras si caressants, un parfum de girofle à faire tourner la tête ?...

Le jour où l'ingénieur arriva, la curiosité s'était emparée du bar. Présentations, salutations, éloges intarissables — « Vous êtes un nageur de première » — avaient duré au point que tout le monde à Ilhéus était allé déjeuner plus tard que de coutume. Nacib fit le compte à un jour près du temps écoulé depuis l'annonce de sa venue. Gabriela était repartie à la maison après lui avoir demandé :

— Me laisseriez-vous aller au cinéma aujourd'hui ? C'est pour accompagner doña Arminda...

Il avait tiré de la caisse un billet de cinq mille réaux et s'était montré généreux :

— Tu lui paieras son entrée.

En la voyant partir, pressée et souriante (il n'avait pas cessé de la pincer et de la toucher, même pendant le repas), il compta les jours : trois mois et dix-huit jours exactement. De tracas, de conciliabules, d'agitation, de doutes et d'espoirs pour Mundinho et pour ses amis comme pour le colonel Bastos et ses partisans politiques. Avec des insultes dans les journaux, des conversations secrètes, des paris, des altercations, des menaces sourdes, un climat de tension croissante. Parfois, le bar faisait penser à une chaudière sur le point d'exploser. Tout juste si le Capitaine et Tonico s'adressaient la parole, tandis qu'Amâncio Leal et le colonel Ribeirinho se saluaient à peine.

Et voilà comment sont les choses dans la vie. Pour Nacib, ces mêmes jours avaient coulé pleins de calme, de quiétude parfaite, de joie et de douceur. Peut-être avaient-ils été les plus heureux de son existence.

Jamais pendant la sieste son sommeil n'avait été aussi serein. Il s'éveillait, la mine épanouie, à la voix de Tonico qui infailliblement venait après le déjeuner prendre un doigt de bitter pour faciliter la digestion et faire un brin de causette avant de rouvrir son étude. Peu après se joignait à eux João Fulgêncio qui retournait à la Papeterie. Ils parlaient d'Ilhéus et du monde entier. Le libraire était au courant des affaires internationales et Tonico savait tout sur la gent féminine de la ville.

On avait attendu l'arrivée de l'ingénieur pendant trois mois et dix-huit jours, exactement le temps qui s'était écoulé depuis qu'il avait engagé sa nouvelle cuisinière. Ce jour-là, le colonel Jesuíno Mendonça avait tué doña Sinhàzinha et le dentiste Osmundo. Mais c'est seulement le lendemain que Nacib avait eu la preuve que Gabriela savait cuisiner. Étiré sur sa chaise longue, ayant abandonné son journal sur le sol et laissé son cigare s'éteindre, il sourit en se le rappelant... Depuis trois mois et dix-sept jours, il mangeait des plats cuisinés par elle. Il n'y avait pas, dans toute la ville de cordon bleu qui pût lui être comparé. Depuis trois mois et seize jours, il couchait avec elle. Depuis cette nuit, la deuxième, où un rayon de lune lui léchait la jambe et où, dans l'obscurité de la chambre, un sein jaillissait de sa combinaison déchirée...

Cet après-midi-là, peut-être à cause de l'animation inhabituelle du bar ou de l'excitation provoquée par l'arrivée de l'ingénieur, Nacib, absorbé dans ses pensées, ne parvenait pas à s'endormir. Au début, il n'avait accordé d'importance particulière ni à l'excellence des repas ni au corps de la *retirante* pendant les nuits ardentes. Satisfait de la qualité et de la variété des plats, il ne les apprécia à leur juste valeur que lorsque la clientèle se mit à augmenter et qu'il fallut servir davantage de douceurs et d'amuse-gueule, quand les éloges unanimes se succédèrent et que Plínio Araçá, dont les méthodes commerciales étaient des plus discutables, fit présenter une proposition à Gabriela. Quant au corps de celle-ci — avec cette ardeur amoureuse qui dans le lit la consumait, ces nuits de folie traversées sans dormir —, il s'y était attaché insensiblement. Les premiers temps, lorsqu'il rentrait à la maison, il n'allait la rejoindre que certains soirs où Risoleta étant occupée ou malade, il ne ressentait lui-même ni fatigue ni besoin de sommeil. N'ayant rien d'autre à faire, il décida de coucher avec elle. Mais cette indifférence n'avait guère duré. Il s'était bien vite habitué à la cuisine de Gabriela, au point qu'ayant été invité à dîner par Nhô-Galo qui fêtait son anniversaire, il fut sensible à la différence de qualité des mets et c'est à peine s'il y goûta. Par ailleurs, sans qu'il s'en rendît compte, ses visites à la chambre donnant sur le jardinet devinrent plus fréquentes. Il oubliait l'experte Risoleta, dont il ne pouvait plus supporter la tendresse simulée, la rouerie, les éternelles lamentations, ni même cette science de l'amour qu'elle déployait pour lui soutirer de l'argent. Il finit par ne plus aller la voir et par ne plus répondre à ses billets. Depuis lors, cela faisait presque deux mois, il n'avait pas d'autre femme que Gabriela. Maintenant, il se rendait dans sa chambre tous les soirs et s'efforçait de quitter le bar le plus tôt possible.

Le bon temps ! Des mois de vie joyeuse, de chair repue, de table plantureuse et succulente, d'âme satisfaite, avec un lit de privilégié. Dans la liste des vertus de Gabriela établie mentalement par Nacib, figuraient l'amour du travail et le sens de l'économie. Comment trouvait-elle assez de temps et de forces pour laver le linge, faire le ménage — la maison n'avait jamais été aussi propre —, préparer les plateaux pour le bar ainsi que le déjeuner et le dîner de Nacib ? En outre, lorsque venait la nuit, elle était fraîche et dispose, humide de désir, nullement passive mais au contraire exigeante, jamais lasse, somnolente ou assouvie. Elle semblait deviner les pensés de Nacib et allait au-devant de ses désirs. Elle lui réservait des surprises : en faisant certains mets qu'il appréciait et dont la préparation demandait du travail — crabe à la farine de manioc, *vatapá, viúva de carneiro* —, en plaçant des fleurs dans un verre, à côté de son portrait, sur la petite table du salon, en lui rendant l'argent qui lui restait après avoir fait le marché, enfin en lui proposant de venir l'aider au bar. Autrefois, c'était Chico Moleza qui, au retour du déjeuner, apportait à Nacib les plats préparés par Filomena. L'estomac dans les talons, l'Arabe l'attendait avec impatience. Il restait seul avec Bico-Fino pour servir les derniers clients de l'apéritif. Un jour, sans le prévenir, Gabriela était arrivée avec la gamelle. Elle venait lui demander la permission de se rendre à la séance spirite où doña Arminda l'avait invitée. Elle resta pour l'aider à servir et, dès lors, elle revint tous les jours. Ce soir-là, elle lui avait dit :

— Il vaut mieux que je vous apporte votre repas, monsieur. Ainsi vous mangerez plus tôt et je pourrai vous aider. Cela vous convient-il ?

Comment cela n'aurait-il pu lui convenir puisque sa présence était un attrait pour les clients ? Nacib s'en rendit compte tout de suite : ils restaient plus longtemps et buvaient un autre verre, les occasionnels devenaient assidus et reparaissaient tous les jours. Pour la voir, lui parler ou lui adresser un sourire, lui toucher la main. Après tout, cela n'avait aucune importance. Elle n'était que sa cuisinière, avec qui il couchait sans aucun engagement. Elle lui servait ses repas, lui installait sa chaise longue et lui laissait une rose avec son parfum. Nacib, comblé par la vie, allumait son cigare, prenait un journal et s'endormait dans la paix du Seigneur, tandis que la brise de la mer caressait ses énormes et florissantes moustaches.

Mais en ce début d'après-midi, il n'arrivait pas à s'endormir. Il faisait mentalement le bilan de ces trois mois et dix-huit jours si agités pour la ville et si calmes pour lui-même. Il aurait aimé toutefois pouvoir somnoler au moins dix minutes au lieu de rester à évoquer des souvenirs décousus et sans grand intérêt. Soudain, il sentit que quelque chose lui manquait. C'était pour cela, sans doute, qu'il ne pouvait pas s'endormir. Il lui manquait la rose qu'il trouvait tous les après-midi sur sa chaise longue. Effectivement, il avait vu le juge, au mépris de la dignité inhérente à sa charge, la retirer de l'oreille de Gabriela et la mettre à sa boutonnière... Un homme âgé, quinquagénaire, qui avait profité de l'agitation autour de l'ingénieur pour voler la rose, un juge... Il avait craint une vive réaction de Gabriela, mais celle-ci fit semblant de ne s'être aperçue de rien. Le juge dépassait les bornes de la décence. Autrefois, il ne venait jamais au bar à l'heure de l'apéritif. On ne le voyait que de temps à autre, en fin de soirée, avec João Fulgêncio ou avec le Dr Maurício. Maintenant, oubliant toute retenue, chaque fois qu'il le pouvait, il se tenait au bar où il buvait un verre de porto tout en faisant la cour à Gabriela.

En faisant la cour à Gabriela... Nacib resta pensif. Oui, en lui faisant la cour..., soudain il réalisait. Et il n'y avait pas que le juge, plusieurs autres aussi... Pourquoi s'attardaient-ils au-delà de l'heure du déjeuner, sans souci des problèmes que cela pourrait causer chez eux, si ce n'était pour la voir, lui sourire, lui dire des mots aimables, lui effleurer la main et, qui sait, lui faire des propositions ? En fait de propositions,

Nacib ne connaissait que celle de Plínio Araçá, mais elle s'adressait à la cuisinière. Comme des clients du « Pinga de Ouro » désertaient son café pour aller au « Vésuve », Plínio avait fait offrir à Gabriela un salaire supérieur. Mais il avait mal choisi l'intermédiaire en confiant son message au négrillon Tuísca, assidu du « Vésuve » et dévoué à Nacib, de sorte que ce fut l'Arabe lui-même qui transmit la proposition à Gabriela. Elle sourit :

— Je ne veux pas..., à moins, monsieur Nacib, que vous ne me mettiez à la porte...

C'était le soir. Il la prit dans ses bras et s'enveloppa dans sa chaleur. Il augmenta ses gages de dix mille réaux :

— Je ne vous ai rien demandé... lui dit-elle.

Parfois, il lui achetait des boucles d'oreilles, une broche, des cadeaux à bon marché dont certains même ne lui coûtaient rien, car il les rapportait de la boutique de son oncle. Il les lui remettait le soir. Elle s'attendrissait, le remerciait humblement en lui baisant la paume de la main dans une attitude quasi orientale :

— Vous êtes gentil, monsieur Nacib...

Des broches à cent réaux, des boucles d'oreilles à mille cinq cents, telles étaient les récompenses des nuits d'amour, des soupirs, des pâmoisons d'un feu inextinguible. A deux reprises, il lui avait donné des coupons de tissu sans valeur, et une paire d'escarpins. C'était si peu en échange des attentions et de la délicatesse de Gabriela : les plats qu'il aimait, les jus de fruits, les chemises si blanches et si bien repassées, la rose tombée de ses cheveux sur la chaise longue. Il l'avait traitée de haut, supérieur et distant, comme s'il lui payait son travail royalement et s'il lui accordait une faveur en couchant avec elle.

Au bar, les autres lui faisaient leur cour, et peut-être aussi à la maison de la rampe de São Sebastião, en lui adressant des messages, en lui faisant des avances, pourquoi pas ? Ils n'iraient pas tous choisir Tuísca comme messager. Alors comment lui-même, Nacib, pourrait-il savoir ? Pourquoi le juge venait-il au bar si ce n'était pour la séduire ? La maîtresse de celui-ci, une jeune Noire de la campagne, ayant été affligée d'une vilaine maladie, il venait de la laisser tomber.

Quand Gabriela avait commencé à se montrer au bar, lui, comme un imbécile, s'en était félicité. Il ne voyait que les recettes supplémentaires dues aux tournées répétées, sans penser aux dangers de cette tentation chaque jour renouvelée. L'empêcher de venir ? Il ne devait pas y songer, cela lui ferait perdre de l'argent. Mais il fallait l'avoir à l'œil, lui accorder plus d'attention, lui acheter de plus beaux cadeaux, lui promettre une nouvelle augmentation. Les bonnes cuisinières étaient rares à Ilhéus, nul ne le savait mieux que lui. De nombreuses familles riches, des propriétaires de bars et d'hôtels devaient lui envier sa bonne et être disposés à lui offrir des salaires scandaleusement élevés. Et comment faire marcher le bar sans les douceurs et les amuse-gueule de Gabriela, sans son sourire quotidien et sa présence à midi ? Comment pourrait-il vivre sans le déjeuner et le dîner de Gabriela, sans ses mets parfumés, ses sauces fortement épicées, ses couscous du matin ?

Et comment vivre sans elle, privé de son rire timide et clair, de son teint hâlé couleur de cannelle, de son parfum de girofle, de sa chaleur, de sa langueur, de sa voix lui disant « mon beau monsieur », des pâmoisons nocturnes dans ses bras, de la chaleur de son sein, de l'ardeur de ses jambes, comment ? Alors il comprit tout ce que signifiait Gabriela. Dieu du ciel ! Que se passait-il, pourquoi cette crainte soudaine de la perdre, pourquoi la brise de la mer devenait-elle un vent glacé qui faisait frissonner ses graisses ? Non, la seule pensée de la perdre était intolérable, comment vivre sans elle ?

Jamais il ne pourrait apprécier une cuisine autre que la sienne, faite par d'autres mains, assaisonnée par d'autres doigts. Jamais au grand jamais, il ne pourrait aimer de la même façon, vouloir à un tel point, désirer aussi intensément sans besoin urgent, de façon permanente, une autre femme, fût-elle plus blanche, mieux habillée, mieux pomponnée, plus riche ou dûment épousée. Que signifiait cette peur, cette terreur de la perdre, sa colère soudaine contre les clients qui la regardaient fixement, lui adressaient la parole ou lui touchaient la main, contre le juge voleur de fleurs, sans respect pour sa charge ? Nacib, anxieux, se demandait quels étaient en fin de compte ses sentiments pour Gabriela. N'était-elle pas une simple cuisinière, un jolie mulâtresse au teint de cannelle avec laquelle il couchait parce qu'il y trouvait du plaisir ? Ou bien était-elle autre chose ? Il n'avait pas le courage de chercher une réponse.

La voix de Tonico Bastos — « heureusement ! » fit-il avec un soupir de soulagement — vint l'arracher à ces pensées confuses et alarmantes. Mais ce fut pour le replonger dans ses angoisses, pour l'y enfoncer sans ménagement.

En effet, ils ne s'étaient pas plus tôt appuyés au comptoir que Nacib, tandis que Tonico se servait un bitter pour chasser ses idées noires, engagea la conversation :

— Alors, l'homme est finalement arrivé... Mundinho a marqué un point, cela ne fait pas de doute.

Tonico, maussade, lui jeta un regard mauvais.

— Pourquoi ne vous mêlez-vous pas de vos affaires, le Turc ? Celui qui avertit est un ami. Au lieu de passer votre temps à dire des sottises, vous feriez mieux de vous occuper de ce qui vous regarde.

Tonico voulait-il seulement éviter de parler de l'ingénieur ou bien savait-il quelque chose ?

— Que voulez-vous dire par là ?

— Surveillez votre trésor. Il y en a qui veulent vous le voler.

— Mon trésor ?

— Gabriela, espèce d'idiot ! On va jusqu'à lui offrir une maison.

— Le juge ?

— Lui aussi ? J'ai entendu parler de Manuel das Onças.

Ne serait-ce pas une intrigue de Tonico ? Le vieux colonel s'était carrément rangé du côté de Mundinho... Mais, effectivement, on le voyait toujours à Ilhéus maintenant, il ne quittait pas le bar. Nacib frissonna. Ce vent glacé venait-il vraiment de la mer ? Il prit dans une cachette du comptoir une bouteille de cognac non frelaté et s'en versa une rasade respectable. Il voulut faire parler Tonico davantage, mais le notaire pestait contre Ilhéus :

— Fichue bourgade arriérée que la présence d'un ingénieur met en émoi. Comme si c'était quelqu'un d'un autre monde...

CONVERSATIONS, FAITS DIVERS ET AUTODAFÉ

Au cours de l'après-midi, le cœur de Nacib s'emplit de nostalgie comme si Gabriela ne se trouvait déjà plus là, comme si son départ était inéluctable. Il décida de lui acheter un cadeau. Elle avait besoin d'une paire de souliers. Elle restait tout le temps pieds nus à la maison et ne mettait ses sandales que pour se rendre au bar. Cela n'était pas convenable. Une fois, Nacib lui avait dit sur un ton impératif : « Il faut te procurer des souliers », alors qu'il s'ébattait avec elle sur le lit en lui chatouillant les pieds. L'habitude d'aller sans chaussures ne les avait pas déformés en dépit des années passées à la campagne ou de la longue marche depuis le *sertão.* Elle chaussait du 36. Ils s'étaient seulement un peu élargis, et les gros orteils s'écartaient comiquement des autres doigts. Chaque détail qu'il se rappelait le remplissait de tendresse et de regrets comme s'il l'avait perdue.

Il descendait la rue avec le paquet, des souliers jaunes qu'il trouvait jolis, lorsqu'il vit la Papeterie Modèle en effervescence. Sans pouvoir s'en empêcher, il y dirigea ses pas. Il avait vraiment besoin de se distraire. Les quelques chaises disposées devant le comptoir étaient toutes occupées, des gens se tenaient debout. Nacib sentit renaître en lui, telle une flamme encore vacillante, la curiosité. On devait discuter au sujet de l'ingénieur ou sur les développements futurs de la lutte politique. Il pressa le pas et il aperçut le Dr Ezequiel Prado en train de gesticuler. En arrivant, il entendit ses dernières paroles :

— ... manque de respect pour la société et pour la population...

Etrange ! On ne parlait pas de l'ingénieur. On commentait le retour à Ilhéus du colonel Jesuíno Mendonça qui vivait retiré dans sa *fazenda* depuis l'assassinat de son épouse et du dentiste. Quelques instants plus tôt, il était passé devant l'Intendance et avait pénétré dans la maison du colonel Ramiro Bastos. C'est contre ce retour, considéré par lui comme attentatoire à la dignité des citoyens d'Ilhéus, que clamait l'avocat. João Fulgêncio riait :

— Allons, Ezequiel, avez-vous déjà vu les gens d'ici s'offusquer de la présence d'assassins en liberté dans les rues ? Si tous les colonels coupables de meurtres devaient vivre dans leurs *fazendas*, les rues d'Ilhéus deviendraient désertes, les cabarets et les bars fermeraient leurs portes et notre ami Nacib ici présent serait lésé.

L'avocat n'était pas d'accord. Après tout, n'être pas d'accord était pour lui une obligation. Il avait été chargé par le père d'Osmundo d'accuser Jesuíno devant le tribunal. Le commerçant n'avait aucune confiance dans le procureur. Dans les affaires de crime comme celle-là, de meurtre pour adultère, l'accusation n'était qu'une simple formalité.

Le père d'Osmundo, un commerçant fortuné ayant de puissantes relations à Bahia, avait mis Ilhéus en branle-bas pendant une semaine. Le surlendemain des enterrements, il avait sauté d'un bateau en habits de grand deuil. Il adorait ce fils, son aîné, dont le doctorat récemment obtenu avait été célébré par de grandes fêtes. Après avoir confié aux soins des médecins son épouse inconsolable, il venait à Ilhéus décidé à prendre toutes les dispositions utiles pour que l'assassin ne restât pas impuni. La ville fut bientôt au courant de tout cela et la figure dramatique de ce père en deuil émut beaucoup de gens. Alors se produisit une réaction curieuse. Bien peu de personnes avaient assisté à l'enterrement d'Osmundo, à peine assez pour tenir les poignées du cercueil. L'une des premières décisions du père fut d'organiser une cérémonie sur la tombe de son fils. Il commanda des couronnes, une véritable débauche de fleurs, il fit venir d'Itabuna un pasteur protestant et il se rendit chez tous ceux qui, pour une raison ou pour une autre, avaient entretenu des relations avec Osmundo, afin de les inviter. Il alla même frapper à la porte des sœurs Dos Reis, son chapeau à la main, les yeux secs marqués par la douleur. Quinquina, certaine nuit où une terrible rage de dents avait failli la rendre folle, avait été secourue par le dentiste.

Dans le salon, le commerçant évoqua devant les deux vieilles filles des bribes de l'enfance d'Osmundo et son application à l'étude. Il leur parla de la pauvre mère anéantie qui, ayant perdu la joie de vivre, errait dans la maison comme une folle. Tous les trois finirent par fondre en larmes, imités par la vieille servante qui avait écouté à la porte du couloir. Les sœurs Dos Reis lui montrèrent leur crèche et firent l'éloge du dentiste :

— Un jeune homme si bon, si distingué !

Et il advint qu'à l'opposé de l'enterrement, le pèlerinage au cimetière fut un succès total. Beaucoup de monde y participa : des commerçants, le cercle Rui Barbosa au grand complet, des dirigeants du Club Progrès, le professeur Josué et plusieurs autres personnes, au nombre desquelles se trouvaient les sœurs Dos Reis, très raides, tenant chacune un bouquet de fleurs à la main. Elles avaient consulté au préalable le père Basílio : ne serait-ce pas un péché que d'aller s'incliner sur la tombe d'un protestant ?

— C'est un péché que de ne pas prier pour les morts... leur avait répondu le prêtre pressé.

Il est vrai que le père Cecílio, avec sa maigreur et son air mystique, réprouva leur geste. Quand il l'apprit, le père Basílio les tranquillisa :

— Cecílio est un m'as-tu-vu, il préfère les peines de l'enfer aux joies du ciel. N'ayez crainte, je vous absous, mes filles.

Aux côtés du père inconsolable et agissant, se tenaient le Dr Ezequiel, le Capitaine, Nhô-Galo, et aussi Mundinho Falcão. Celui-ci n'avait-il pas été en somme le voisin du dentiste et son compagnon de bains de mer ? Il y avait des couronnes funéraires, celles qui avaient fait défaut à l'enterrement ; des fleurs à profusion, celles que l'on avait refusées au cercueil. Sur la dalle de marbre qui couvrait maintenant la tombe, une inscription avec le nom d'Osmundo, la date de sa naissance et celle de sa mort, et, pour que le crime ne soit pas oublié, ces deux mots gravés au burin : LACHEMENT ASSASSINÉ. Le Dr Ezequiel avait commencé à engager la procédure. Ayant d'abord requis la prison préventive pour le *fazendeiro*, il s'était heurté à un refus du juge. Il introduisit alors un recours auprès du tribunal de Bahia qui n'avait pas encore fait connaître sa décision. On disait que le père d'Osmundo lui avait promis cinquante millions de réaux — une fortune ! — s'il réussissait à faire jeter en prison le colonel.

Les commentaires au sujet de Jesuíno Mendonça durèrent peu. La sensation du jour, c'était l'ingénieur. Ezequiel ne parvint pas à transmettre à l'auditoire son indignation bien rémunérée. Comme les autres, il finit par discuter de l'affaire du chenal et de ses conséquences.

— Bien fait, pour rabattre l'impudence de ce vieux *jagunço*.

— Ne me dites pas que vous aussi vous allez soutenir Mundinho Falcão ? demanda João Fulgêncio.

— Qu'est-ce qui m'en empêche ? répliqua l'avocat. J'ai suivi les Bastos pendant un temps fou, j'ai défendu pour eux plusieurs causes et qu'ai-je reçu en échange ? Mon élection comme conseiller ? Avec eux ou sans eux, je me ferai élire autant de fois que je le voudrai. Quand il a fallu désigner le président du conseil municipal, ils ont préféré Melk Tavares, un parfait analphabète. Pourtant mon nom était déjà avancé, c'était une chose admise.

— Et vous faites bien, lança la voix nasillarde de Nhô-Galo. Mundinho Falcão a une autre mentalité. Avec lui comme député, beaucoup de choses changeront à Ilhéus. Moi, si j'étais un homme influent, je me serais rangé parmi ses amis.

Nacib observa :

— L'ingénieur est sympathique. Le type de l'athlète, pas vrai ? On dirait plutôt un artiste de cinéma... Il va faire tourner la tête à plus d'une jeune fille...

— Il est marié, précisa João Fulgêncio.

— Séparé de sa femme... compléta Nhô-Galo. Comment avaient-ils pu déjà connaître ces détails de la vie privée de l'ingénieur ? João Fulgêncio l'expliqua : c'est lui-même qui avait donné ces informations quand le Capitaine l'avait conduit à la Papeterie. Sa femme était folle, elle se trouvait dans une maison de santé.

— Savez-vous qui est-ce qui s'entretient en ce moment avec Mundinho ? demanda Clóvis Costa resté jusque-là silencieux, occupé qu'il était à regarder la rue, brûlant de voir surgir les gamins vendant à la criée le *Diário de Ilhéus.*

— Qui donc ?

— Le colonel Altino Brandão... Cette année, il vend sa récolte à Mundinho. Il est possible aussi qu'il négocie les suffrages dont il dispose... Le ton de sa voix changea. Pourquoi diable le journal n'a-t-il pas encore été mis en vente ?

Le colonel Brandão, de Rio do Braço... Le plus grand *fazendeiro* de la zone après le colonel Misael. Il faisait voter tout le district. C'était une carte importante dans le jeu politique.

Clóvis Costa disait vrai. Dans le bureau de Mundinho, enfoncé dans un fauteuil moelleux et recouvert de cuir, le *fazendeiro,* botté et éperonné, savourait une liqueur française que lui avait servie l'exportateur.

— Eh bien, monsieur Mundinho, cette année le cacao fait plaisir à voir. Il vous faut venir à la *fazenda* pour y passer quelques jours. Ma maison est modeste, mais si vous me faites cet honneur, vous ne mourrez pas de faim, grâce à Dieu. Vous verrez les cacaoyers chargés de fruits d'un jaune éclatant. J'ai commencé la cueillette... Cette abondance est un régal pour les yeux.

L'exportateur lui donna une tape sur la jambe :

— Eh bien, j'accepte votre invitation. Je vais aller passer un de ces dimanches avec vous...

— Venez un samedi. Le dimanche les hommes ne travaillent pas. Vous repartirez le lundi. Si cela vous convient, il va sans dire que ma maison est à vous...

— C'est d'accord. Je serai là samedi. Maintenant, je peux sortir un peu, j'étais retenu ici par cette histoire de la venue de l'ingénieur.

— Il paraît que ce jeune homme est arrivé. Est-ce vrai ?

— C'est la pure vérité, colonel. Dès demain, il s'occupera du chenal. Préparez-vous à voir bientôt le cacao de vos *fazendas* partir directement d'Ilhéus pour l'Europe et pour les Etats-Unis...

— Ça alors... Qui l'aurait dit... Il avala une autre gorgée de liqueur tout en examinant Mundinho de ses yeux sagaces. De première, cet alcool, c'est du fin. Il n'est pas d'ici, n'est-ce pas ? Mais, sans attendre de réponse, il poursuivit :

— Il paraît aussi que vous allez être candidat aux élections ? On m'a rapporté cette nouvelle, je n'ai pas voulu y croire.

— Et pourquoi pas, colonel ? Mundinho était content que le vieux ait abordé le sujet. N'aurais-je pas les qualités requises ? Auriez-vous donc une si mauvaise opinion de moi ?

— Moi ? Avoir une mauvaise opinion de vous ? Que Dieu m'en garde et m'en préserve ! Vous êtes largement à la hauteur. Seulement... Il tenait son petit verre et le regardait à contre-jour. Seulement, vous êtes comme cet alcool, vous n'êtes pas d'ici... Il leva les yeux vers Mundinho pour l'observer.

L'exportateur hocha la tête : cet argument n'était pas neuf, il avait déjà l'habitude de l'entendre. Le réfuter était devenu un automatisme, une sorte d'exercice intellectuel.

— Etes-vous né ici, colonel ?

— Moi ? Je suis du Sergipe, je suis un « voleur de chevaux », comme disent les gamins de la ville. Il examinait les reflets du cristal au soleil. Mais il y a plus de quarante ans que je suis arrivé à Ilhéus.

— Moi, quatre ans seulement, bientôt cinq. Pourtant, je suis aussi *grapiúna* que vous. Je ne veux plus quitter le pays...

Il développa son argumentation, cita au passage tous les intérêts qui le liaient à la zone, les diverses entreprises auxquelles il avait participé ou qu'il avait favorisées, puis il termina en évoquant la question du chenal et la venue de l'ingénieur.

Le *fazendeiro* l'écoutait tout en confectionnant une cigarette avec une feuille de maïs et du tabac en rouleau, scrutant de temps à autre de ses yeux vifs le visage de Mundinho comme pour sonder sa sincérité.

— Vous avez beaucoup de mérite... D'autres qui arrivent ici ne cherchent qu'à gagner de l'argent, c'est la seule chose qui les intéresse. Vous, vous vous intéressez à tout, aux besoins du pays. Dommage que vous ne soyez pas marié.

— Pourquoi donc, colonel ? Prenant la bouteille, presque une œuvre d'art, il s'apprêtait à lui servir une nouvelle rasade.

— Excusez-moi... Elle est fine, cette boisson. Mais pour parler franc, je préfère un petit tafia... Cette goutte est traîtresse : parfumée, sucrée, on dirait presque une liqueur pour femmes. Et elle est forte comme le diable, elle monte à la tête sans qu'on s'en rende compte. Avec le tafia, non, on sait tout de suite à quoi s'en tenir, il ne trompe personne.

Mundinho tira aussitôt du placard une bouteille de tafia :

— C'est comme vous voudrez, colonel. Mais pourquoi devrais-je être marié ?

— Eh bien, si vous permettez, mariez-vous avec une fille d'ici, avec une enfant du pays. Je ne vous offrirai pas l'une des miennes : elles sont toutes les trois mariées et bien mariées, grâce à Dieu. Mais il y a quantité de filles bien ici et à Itabuna. Ainsi tout le monde constatera que vous n'êtes pas venu en visite, uniquement pour faire des profits.

— Le mariage est une chose sérieuse, colonel. Il faut d'abord rencontrer la femme de ses rêves, le mariage naît de l'amour.

— Ou du besoin, n'est-ce pas ? Dans les plantations, les journaliers iraient jusqu'à épouser des troncs d'arbre si ceux-ci portaient jupon. Pour avoir une femme à la maison, coucher avec elle, et bavarder aussi. Une femme rend beaucoup de services, vous n'en avez pas idée. Elle est même utile pour la politique, elle vous donne des enfants, impose du respect. Pour le reste, on a les putains...

Mundinho se mit à rire :

— Vous voulez me faire payer un prix trop élevé pour mon élection. Si elle dépend de mon mariage, je crains d'être d'ores et déjà battu. Je ne veux pas gagner de cette façon-là, colonel. Je veux gagner avec mon programme.

Alors il lui parla, comme il l'avait déjà fait avec tant d'autres, des problèmes de la région, en proposant des solutions, en indiquant des voies et des perspectives avec un enthousiasme contagieux.

— Vous avez cent fois raison. Tout ce que vous avez dit est parole d'évangile, la pure vérité. Qui pourrait vous contredire ?

Maintenant il regardait fixement vers le sol. Souvent il s'était senti affecté par l'état d'abandon de l'arrière-pays, oublié par les Bastos.

— Si les gens d'ici font preuve de bon sens, vous gagnerez. Quant à vous faire valider par le gouvernement, je ne me prononce pas là-dessus, c'est une autre histoire...

Mundinho sourit, persuadé d'avoir convaincu le colonel.

— Mais il y a une chose : si la raison est de votre côté, le colonel Ramiro, lui, a des amis, il a rendu service à pas mal de gens, ses parents et ses compères sont nombreux, tout le monde est habitué à voter selon ses directives. Voulez-vous mon avis ? Pourquoi ne feriez-vous pas un arrangement avec lui ?

— Quel arrangement, colonel ?

— Conclure une alliance ! Vous avec votre tête, vos yeux pour observer, lui avec son prestige, ses électeurs. Il a une petite fille qui est jolie, vous ne la connaissez pas ? L'autre est encore bien jeunette... Les filles du Dr Alfredo.

Mundinho s'armait de patience :

— Il ne s'agit pas de cela, colonel. Moi je pense d'une façon — vous connaissez mes idées —, le colonel Ramiro pense d'une autre. Pour lui, gouverner se résume à paver les rues et à orner la ville de jardins. Je ne vois pas d'accord possible. Moi je vous proposais un programme de travail, d'administration. Ce n'est pas pour moi que je vous demande vos voix, c'est pour Ilhéus, pour le progrès de la région du cacao.

Le *fazendeiro* se gratta la tête aux cheveux mal peignés :

— Je suis venu ici pour vous vendre mon cacao, monsieur Mundinho. Je l'ai vendu à un bon prix et je suis content. Je suis content aussi d'avoir eu cette conversation. Je sais maintenant ce que vous pensez. Il fixait les yeux sur l'exportateur. Depuis vingt ans au moins je donne mes suffrages à Ramiro. Je n'ai pas eu besoin de lui à l'époque des grabuges. Quand je suis arrivé à Rio do Braço, il n'y avait encore personne. Ceux qui sont venus après étaient des merdeux, je les ai chassés sans avoir besoin d'aide. Mais je suis habitué à donner mes suffrages à Ramiro. Il ne m'a jamais causé de tort. Une fois, on a voulu me chercher noise, il m'a donné raison.

Comme Mundinho allait parler, un geste du colonel l'en empêcha :

— Je ne vous fais aucune promesse. Je ne promets que ce que je dois tenir. Mais nous aurons encore l'occasion de bavarder, cela je peux vous le garantir.

Il se retira, laissant l'exportateur furieux d'avoir perdu autant de temps, une bonne partie de l'après-midi. C'est ce que Mundinho déclara au Capitaine qui survint quelques instants après le départ du maître incontesté de Rio do Braço :

— Un vieil imbécile qui veut me marier avec une petite fille de Ramiro Bastos. Je me suis évertué en pure perte. « Je ne promets rien, mais je reviendrai pour converser à nouveau », fit-il en imitant l'accent chantant du *fazendeiro*.

— Il a dit qu'il reviendrait ? Excellent signe ! s'écriait le Capitaine encouragé. Mon cher, vous ne connaissez pas encore nos colonels. Et surtout, vous ne connaissez pas Altino Brandão. Il ne mâche pas ses mots. Il vous aurait dit carrément qu'il resterait dans le camp adverse si votre baratin ne l'avait pas impressionné. Et s'il nous appuie...

A la Papeterie, la conversation se prolongeait. Clóvis Costa était de plus en plus inquiet : il était plus de quatre heures et les vendeurs du *Diário de Ilhéus* n'avaient pas encore paru :

— Je m'en vais à la rédaction voir ce qui se passe.

Des jeunes filles du collège des bonnes sœurs, Malvina entre autres, vinrent interrompre la causette. Elles se mirent à feuilleter des livres de la « Bibliothèque rose ». João Fulgêncio alla les servir. Malvina parcourait des yeux les rayons de livres et feuilletait des romans d'Eça de Queirós, d'Aluísio de Azevedo. Iracema s'approcha d'elle avec un petit rire malicieux :

— Chez moi, il y a : *Le Crime du père Amaro*. Voyant que je le prenais pour le lire, mon frère me l'a arraché en disant que ce n'était pas une lecture pour une jeune fille... Son frère était étudiant en médecine à Bahia.

— Pourquoi lui pourrait-il le lire et pas toi ? Dans les yeux de Malvina scintillait un étrange éclair de révolte.

— Avez-vous : *Le Crime du père Amaro,* monsieur João ?

— Oui. Vous le voulez ? C'est un grand roman...

— Oui, je vais l'acheter. Combien est-ce ?

Iracema était impressionnée par le courage de son amie.

— Tu vas l'acheter ? Que ne va-t-on pas raconter ?

— Que m'importe ?

Diva acheta un roman pour jeunes filles et promit aux autres de le leur prêter. Iracema demanda à Malvina :

— Tu me le prêteras, après ? Mais tu ne le diras à personne. J'irai le lire chez toi.

— Ces jeunes filles d'aujourd'hui... observa l'un des présents, elles en sont à acheter des livres immoraux. C'est pour cela qu'il y a des histoires comme celle de Jesuíno.

João Fulgêncio interrompit ces propos :

— Ne dites pas de bêtises, Maneca, vous n'y entendez rien. Ce livre est très bon et n'a rien d'immoral. Cette jeune fille est intelligente.

— Qui est-ce qui est intelligent ? demanda le Juge en s'asseyant sur la chaise abandonnée par Clóvis.

— Nous parlions d'Eça de Queíros, Monsieur le Juge, répondit João Fulgêncio en serrant la main du magistrat.

— C'est un auteur très instructif... Pour le juge, tous les auteurs étaient « très instructifs ». Il achetait des tas de livres, mêlant jurisprudence et littérature, science et spiritisme. On disait qu'il les achetait pour orner sa bibliothèque, pour faire impression, mais qu'il n'en lisait aucun. João Fulgêncio lui demanda :

— Alors, Monsieur le Juge, avez-vous aimé Anatole France ?

— Un auteur très instructif... répondit le Juge imperturbable.

— Ne l'avez-vous pas trouvé un tantinet irrévérencieux ?

— Irrévérencieux ? Oui, un tant soit peu. Néanmoins très instructif...

La présence du juge fit renaître les tourments de Nacib. Ce vieux vicieux... Qu'avait-il fait de la rose de Gabriela, où l'avait-il laissée ? C'était l'heure où les clients affluaient au bar, il était temps d'interrompre la causette.

— Eh bien, mon cher ami, fit le juge en lui manifestant de l'intérêt, vous avez trouvé une excellente domestique... Je vous fais mes compliments. Au fait, comment s'appelle-t-elle ?

Nacib s'en alla. Ce vieux vicieux... Par-dessus le marché, il lui demandait comment s'appelait Gabriela ! Ce vieux cynique, sans respect pour la charge qu'il occupait. Et avec cela il était question de lui donner de l'avancement...

En débouchant sur la place, il aperçut Malvina en conversation avec l'ingénieur au bord de l'avenue de la Plage. La jeune fille était assise sur un banc et Rômulo se tenait debout à son côté. Elle riait aux éclats. Jamais Nacib ne l'avait entendu rire de la sorte. L'ingénieur était marié, sa femme était folle, internée dans un asile. Malvina ne tarderait pas à le savoir. Du bar, Josué lui aussi regardait la scène, accablé. Il entendait le rire cristallin retentir dans l'après-midi tranquille. Nacib s'assit à côté de lui, compatissant à sa tristesse, solidaire. Le jeune professeur ne cherchait pas à dissimuler la jalousie qui lui rongeait le cœur. L'Arabe pensa à Gabriela : le juge, le colonel Manuel das Onças, Plínio Araçá et bien d'autres encore tournaient autour d'elle. Josué lui-même, en lui dédiant des vers, ne se montrait pas le moins empressé. Le calme infini du tiède après-midi d'Ilhéus emplissait la place. Glória se penchait à sa fenêtre. Josué, fou de jalousie, se leva et tourna ses regards vers la fenêtre interdite où s'étalaient seins et dentelles. Otant son chapeau, il adressa un salut à Glória, dans un geste irréfléchi et scandaleux.

Sur la plage, Malvina riait, l'après-midi était doux et tranquille.

Le négrillon Tuísca, héraut des nouvelles, bonnes ou mauvaises, arriva en courant dans la rue et s'arrêta, haletant, à côté de la table :

— Monsieur Nacib ! Monsieur Nacib !

— Qu'y a-t-il, Tuísca ?

— On a mis le feu au *Diário de Ilhéus.*

— Quoi ?

— A l'immeuble ? Aux machines ?

— Non, monsieur. Aux journaux. On en a fait un tas dans la rue, puis on a jeté du pétrole. On aurait dit un feu de la Saint-Jean...

DU FEU ET DE L'EAU POUR DES JOURNAUX ET POUR DES CŒURS

Quelques veinards parvinrent à retirer des cendres mouillées des exemplaires du journal presque intacts. Les feuilles que les flammes n'avaient pas consumées étaient imbibées d'eau que des ouvriers, des employés et des personnes bénévoles avaient transportée avec des bidons ou des seaux pour éteindre le feu. Les cendres se répandaient sur la chaussée et voltigeaient dans la brise du soir chargée d'une odeur de papier brûlé.

Juché sur une chaise apportée de la salle de rédaction, le Docteur, pâle d'indignation, la voix étranglée, faisait un discours aux curieux attroupés devant le *Diário de Ilhéus* :

— Ames de Torquemada, Nérons de pacotille, chevaux de Caligula, vous avez voulu combattre les idées et les vaincre, abolir la lumière de la pensée écrite, par le feu criminel des incendiaires, obscurs obscurantistes !

Quelques personnes applaudissaient. Une foule de gamins en liesse battait des mains et sifflait. Devant tant d'enthousiasme, le Docteur, qui avait perdu son pince-nez dans les poches de son veston, tendait les bras vers les applaudissements, frémissant d'émotion :

— Peuple, ô mon peuple d'Ilhéus, terre de civilisation et de liberté ! Jamais nous ne permettrons, à moins qu'on ne marche sur nos cadavres, que vienne s'installer ici la noire Inquisition aux fins de persécuter la parole écrite. Nous élèverons des barricades dans les rues et des tribunes dans les carrefours...

Du « Pinga de Ouro », tout près de là, attablé à côté d'une porte, le colonel Amâncio Leal écoutait le discours enflammé du Docteur. Son œil unique pétillait et il faisait observer en souriant au colonel Jesuíno Mendonça :

— Aujourd'hui, le Docteur est inspiré...

Jesuíno s'étonna :

— Il n'a pas encore parlé des Ávila. Un discours de lui sans Ávila est sans intérêt...

De cet endroit-là, assis à cette table, ils avaient assisté à tout le déroulement des événements. Des hommes armés, des *jagunços* qu'on avait fait venir des *fazendas*, étaient arrivés et s'étaient postés aux abords de l'immeuble du journal en attendant l'heure. Les gamins sortant des ateliers avec leurs paquets de journaux se trouvèrent complètement cernés. Quelques-uns avaient tout de même eu le temps de crier :

— Le *Diário de Ilhéus !* Voyez le *Diário*... L'arrivée de l'ingénieur, le gouvernement mord la poussière...

Quand les journaux des gamins, pris de panique, eurent été saisis, quelques *jagunços* pénétrèrent dans la salle de rédaction et dans les ateliers, puis en ressortirent avec le reste de l'édition. On raconta par la suite que le vieil Ascendino, un pauvre professeur de portugais qui gagnait quelques sous supplémentaires en révisant les articles de Clóvis Costa, les entrefilets et les faits divers, eut une telle frayeur qu'il souilla ses pantalons et que, joignant les mains, il supplia :

— Ne me tuez pas, je suis chargé de famille...

Les bidons de pétrole se trouvaient dans un camion arrêté contre le trottoir. Tout avait été prévu. Le feu crépita, de hautes flammes s'élevèrent et léchèrent, menaçantes, les façades des maisons. Des gens s'arrêtaient pour regarder la scène, sans comprendre. Les *jagunços*, pour ne pas perdre leurs habitudes et assurer leur retraite, déchargèrent leurs fusils en l'air afin de disperser l'attroupement. Puis ils montèrent sur le camion qui partit à travers le centre de la ville en klaxonnant et faillit renverser l'exportateur Stevenson. Lancé dans une course folle, le véhicule disparut en direction de la route.

Des curieux se massaient aux portes des boutiques et des entrepôts ou bien se dirigeaient vers le siège du journal. Amâncio et Jesuíno ne s'étaient même pas levés : leur table occupait une position stratégique. A un type qui se plantait sur la porte et les empêchait de voir, Amâncio intima, de sa voix douce :

— Otez-vous de devant, s'il vous plaît...

Comme l'homme n'obtempérait pas, Jesuíno le prit par le bras :

— Otez-vous de là, vous ai-je dit...

Quand le camion fut parti, Amâncio leva son verre de bière et sourit en regardant Jesuíno :

— Opération de nettoyage...

— Parfaitement réussie...

Ils restèrent dans le bar, sans attacher d'importance à la curiosité qui les entourait ni aux gens qui s'arrêtaient sur le trottoir d'en face pour les regarder. Plusieurs personnes avaient reconnu les *jagunços* d'Amâncio, de Jesuíno et de Melk Tavares. Celui qui avait dirigé l'opération et commandé les hommes était un certain Loirinho, filleul d'Amâncio, un trublion qui passait son temps à provoquer des bagarres dans les bordels.

Clóvis Costa arriva au moment où l'on commençait à maîtriser l'incendie. Il tira son revolver et se posta héroïquement sur la porte de la salle de rédaction. De sa table de bar, Amâncio l'observait d'un air méprisant :

— Il ne sait même pas tenir son revolver...

Petit à petit, ses amis accoururent et improvisèrent cette réunion publique. Pendant le reste de l'après-midi, diverses personnalités vinrent apporter leur appui.

Mundinho se présenta accompagné du Capitaine et donna l'accolade à Clóvis Costa. Le journaliste répétait :

— Ce sont les ennuis du métier...

Cet après-midi-là, ce ne fut pas le négrillon Tuísca qui s'arrêta sous la fenêtre de Glória pour assouvir la soif de nouvelles de la jeune femme, car il était trop occupé à commander une bande de gamins devant les locaux du journal. Ce fut le professeur Josué, au mépris de toute prudence et de toute respectabilité, le visage plus pâle que jamais, les yeux romantiques voilés de crêpe et le cœur en deuil. Malvina se promenait sur l'avenue avec l'ingénieur. Rômulo, pointant le doigt vers la mer, lui parlait peut-être de ses activités. La jeune fille l'écoutait attentivement et riait de temps à autre. Nacib avait entraîné Josué jusqu'au siège du journal, mais le professeur n'y était resté que quelques minutes. La seule chose qui l'intéressait, c'était ce qui se passait sur la plage, la conversation de Malvina et de l'ingénieur. Déjà, les vieilles filles jacassaient à la porte de l'église autour du père Cecílio, en commentant l'incendie. Les éclats de rire de Malvina au bord de la mer, indifférente aux journaux brûlés, finirent de rendre Josué furieux. Après tout, l'ingénieur n'était-il pas le responsable de cet incident ? Le nouveau venu n'avait même pas daigné accorder d'attention à la soudaine agitation de la ville. L'air détaché, il bavardait avec Malvina. Josué traversa la place, passa au milieu des vieilles filles et s'approcha de la fenêtre de Glória. Les lèvres charnues de la mulâtresse s'ouvrirent en un sourire.

— Bonjour.

— Bonjour, professeur. Que s'est-il passé ?

— On a mis le feu à l'édition du *Diário,* des gens des Bastos, à cause de cet imbécile d'ingénieur qui est arrivé aujourd'hui...

Glória regarda vers l'avenue de la Plage :

— Le jeune homme qui est en train de bavarder avec votre bonne amie ?

— Ma bonne amie ? Vous faites erreur. Une simple connaissance. A Ilhéus, une seule femme trouble mon sommeil...

— Peut-on savoir laquelle ?

— Puis-je vous le dire ?

— N'ayez pas peur...

Devant la porte de l'église, les vieilles filles écarquillaient les yeux. Sur l'avenue, Malvina ne s'était aperçue de rien.

GABRIELA DANS L'EMBARRAS

C'était un chat errant du morne, presque sauvage, au pelage crotté, arraché par endroits, avec une oreille déchiquetée, qui courait les chattes du voisinage. Un lutteur sans rival aux allures d'aventurier. Il faisait des larcins dans toutes les cuisines du quartier de la rampe. Maîtresses de maison et servantes le détestaient, mais n'avaient jamais réussi à lui mettre la main dessus à cause de sa méfiance et de son agilité. Comment Gabriela avait-elle fait pour le conquérir, pour obtenir qu'il l'accompagnât en miaulant ou qu'il vînt se coucher dans le creux de sa jupe ? Peut-être s'était-elle abstenue de le chasser avec des cris et des coups de balai quand il apparaissait, audacieux et prudent, en quête des reliefs de la cuisine. Elle lui jetait des morceaux de peaux, des queues de poissons, des entrailles de volailles. Peu à peu il s'accoutuma et maintenant il passait la majeure partie de la journée dans le jardinet, à dormir à l'ombre des goyaviers. Il n'avait plus l'air aussi maigre ni aussi sale, bien qu'il profitât de sa liberté nocturne pour courir sur le morne et sur les toits, libidineux et prolifique.

Quand Gabriela, au retour du bar, s'asseyait pour prendre son déjeuner, il venait se frotter contre ses jambes en ronronnant. Il mâchonnait sans appétit les morceaux qu'elle lui donnait et miaulait de reconnaissance lorsque Gabriela tendait la main pour lui caresser la tête ou le ventre.

Doña Arminda voyait là un véritable miracle. Elle n'aurait jamais imaginé qu'il fût possible d'apprivoiser un animal aussi farouche, de le faire manger dans la main, d'obtenir qu'il consente à se laisser dorloter ou à s'endormir dans les bras de quelqu'un. Gabriela serrait le chat contre son sein, repoussait du visage sa tête sauvage. L'animal se bornait à miauler en sourdine, les yeux mi-clos, en la grattant légèrement avec ses griffes. Pour doña Arminda, il n'y avait qu'une seule explication : Gabriela était un médium aux effluves puissants, non encore développé ni même découvert, un diamant brut à tailler au cours des « séances » pour en faire un instrument parfait des communications avec l'au-delà. Rien d'autre, hormis son fluide, n'aurait pu dompter une bête aussi sauvage.

Elles étaient toutes les deux assises sur le seuil de la porte. La veuve reprisait des chaussettes tandis que Gabriela jouait avec le chat. Doña Arminda essayait de convaincre la jeune femme :

— Ma fille, il ne faut pas manquer une seule séance. L'autre jour encore, mon compère Deodoro m'a demandé de vos nouvelles. « Pourquoi cette sœur n'est-elle pas revenue ? Elle a un esprit-guide de première. Il était assis derrière elle. » Voilà ce qu'il a dit, mot pour mot. Par coïncidence, j'avais eu la même pensée. Et vous savez, il s'y connaît le compère Deodoro ! On ne le dirait pas, tellement il est jeune. Mais, ma fille, il a une familiarité avec les esprits, il faut voir ça ! Il leur fait faire ce qu'il veut. Vous pourriez même devenir un médium voyant...

— Je ne veux pas... je ne veux pas, doña Arminda. Pourquoi faire ? Il vaut mieux ne pas déranger les morts, les laisser en paix. Je n'aime pas ça... Elle grattait le ventre du chat qui ronronnait de plus belle.

— Eh bien, vous avez grand tort, ma fille. Ainsi votre guide ne peut pas vous conseiller, vous ne comprenez pas ce qu'il dit. Vous marchez dans la vie comme une aveugle. Un esprit en effet est comme le guide d'un aveugle, il nous montre notre chemin et nous fait éviter les obstacles.

— Je n'ai pas d'esprit, doña Arminda, et ces obstacles, quels sont-ils ?

— Il n'y a pas seulement les obstacles, il y a aussi les conseils qu'il donne. L'autre jour, j'ai pratiqué un accouchement difficile, celui de doña Amparo. L'enfant était placé en travers, il ne voulait pas sortir. Moi, je ne savais que faire et Milton parlait déjà d'appeler le médecin. Qui est-ce qui m'a aidé ? Mon défunt mari qui m'accompagne, qui ne me quitte jamais. Là-haut — elle montrait le ciel —, ils savent tout, même la médecine. Il m'a parlé à l'oreille et j'ai fait ce qu'il m'a dit. Un bébé superbe est venu au monde !...

— Ça doit être agréable d'être sage-femme, d'aider les petits innocents à naître.

— Qui est-ce qui vous conseillera ? Vous qui avez tant besoin de conseils...

— J'en ai besoin, doña Arminda ? Pourquoi ? Je ne savais pas...

— Ma fille, vous êtes une sotte, excusez-moi de vous le dire. Une grande sotte. Vous ne savez pas vous servir de ce que Dieu vous a donné.

— Pas possible, doña Arminda ! Je ne vous comprends pas. Je me sers de tout ce que j'ai, même des souliers que monsieur Nacib m'a donnés. Je les prends pour aller au bar. Pourtant, je ne les aime pas, j'aime mieux mes sandales. Non, je n'aime pas marcher avec des souliers...

— Qui est-ce qui vous parle de souliers, nigaude ? Vous ne voyez donc pas que monsieur Nacib est à vos pieds, qu'il est baba d'admiration, qu'il ne vit plus...

Gabriela éclata de rire en serrant le chat contre sa poitrine :

— Monsieur Nacib est un jeune homme bon, de quoi aurais-je peur ? Il n'a pas l'intention de me renvoyer, mon seul désir est de lui donner satisfaction...

Devant un tel aveuglement, doña Arminda se piqua le doigt avec son aiguille.

— Je me suis piquée... Vous êtes encore plus sotte que je ne pensais. Monsieur Nacib qui pourrait tout vous donner... Il est riche, monsieur Nacib ! Demandez-lui de la soie, il vous en donnera ; demandez-lui une gamine pour vous aider dans votre travail, il en embauchera deux tout de suite ; demandez-lui de l'argent, vous en aurez tant que vous voudrez, il vous le donnera.

— Je n'en ai pas besoin... Pour quoi faire ?

— Vous pensez que vous allez rester jolie toute votre vie ? Si vous n'en profitez pas maintenant, demain il sera trop tard. Je jurerais que vous ne demandez rien à monsieur Nacib, n'est-ce pas ?

— De quoi aller au cinéma quand vous y allez. Que pourrais-je lui demander de plus ?

Doña Arminda perdit son calme. Elle jeta la chaussette et l'œuf en bois. Le chat, effrayé, fixait sur elle des yeux méchants.

— Tout ! Tout, ma fille ! Tout ce que vous voudrez, il vous le donnera. Puis, baissant la voix, elle chuchota : Si vous savez y faire, il peut même vous épouser...

— M'épouser ? Pourquoi ? Il n'en a pas besoin, doña Arminda, pourquoi m'épouserait-il ? Monsieur Nacib est un homme à épouser une jeune fille bien, de bonne famille, présentable. Pourquoi se marierait-il avec moi ? Il n'en a pas besoin...

— Et vous, vous n'avez pas le désir d'être une dame, de commander à la maison, de sortir au bras de votre mari, d'être bien habillée avec ce qu'il y a de mieux, d'être présentable ?

— Il faudrait peut-être que je porte des souliers toute la journée... Je n'aime pas ça... porter des souliers. Me marier avec monsieur Nacib, il se pourrait que j'aime ça. Passer toute ma vie à lui faire la cuisine, à l'aider... Elle souriait, ronronnait à son chat, lui touchait le museau humide et froid. Mais, bah ! monsieur Nacib a autre chose à faire. Il ne voudra pas épouser la première venue, une fille comme moi déjà perdue au moment où il m'a connue... Je ne veux pas y penser, doña Arminda. Il faudrait qu'il soit fou.

— Eh bien, moi, je vous le dis, ma fille : il vous suffit de le vouloir, de savoir vous y prendre, en vous donnant et en vous refusant, en le laissant avec l'eau à la bouche. Il est déjà affolé. Mon Chico m'a raconté que le juge parle de vous installer dans une maison. Il l'a entendu dire par Nhô-Galo. Monsieur Nacib est prêt à vous offrir son cœur.

— Je ne veux pas... Le sourire mourait sur ses lèvres. Je ne l'aime pas. C'est un vieux pas drôle ce juge.

— En voilà un autre... chuchota doña Arminda.

Le colonel Manuel das Onças, avec sa démarche campagnarde, remontait la rue. Il s'arrêta devant les femmes, ôta son panama et s'épongea la sueur avec un mouchoir de couleur.

— Bonjour.

— Bonjour, colonel, répondit la veuve.

— C'est ici qu'habite Nacib, n'est-ce pas ? J'ai reconnu la maison à cause de la jeune fille — il désigna Gabriela. Je suis à la recherche d'une bonne, je vais faire venir ma famille à Ilhéus... En connaissez-vous une ?

— Une bonne, pour faire quoi, colonel ?

— Hum... pour faire la cuisine...

— C'est difficile à trouver ici.

— Combien Nacib vous paie-t-il ?

Gabriela leva ses yeux naïfs :

— Soixante mille réaux...

— C'est bien payé, sans aucun doute.

Un long silence s'ensuivit. Le *fazendeiro* regardait le couloir. Doña Arminda ramassa ses raccommodages, fit un salut et alla se poster derrière la porte de sa maison pour écouter. Sur le visage du colonel s'épanouit un sourire de satisfaction :

— Pour parler franc, je n'ai pas besoin de cuisinière. Quand ma famille arrivera, j'en ferai venir une de la plantation. Mais il est dommage qu'une belle brune comme vous reste confinée dans une cuisine.

— Pourquoi, colonel ?

— Vous vous abîmez les mains. Vous pouvez planter là les marmites, cela ne dépend que de vous. Si vous le voulez, je peux vous offrir tout, une maison décente, une domestique, un compte ouvert dans les magasins. Votre beauté me séduit, mademoiselle.

Gabriela se leva, sans cesser de sourire, comme pour le remercier.

— Que répondez-vous à ma proposition ?

— Vous m'excuserez, monsieur, mais je refuse. C'est comme ça, ne le prenez pas mal. Je me trouve bien ici, je ne manque de rien. Vous permettez, Monsieur le Colonel...

Au-dessus de la murette, au fond du jardinet, apparut la tête de doña Arminda qui appelait Gabriela ;

— Vous avez vu cette coïncidence ? Ne vous l'avais-je pas dit ? Lui aussi veut vous offrir une maison...

— Je ne veux pas de lui..., même si je mourais de faim.

— C'est comme je vous dis : il vous suffit de vouloir...

— Je ne veux rien du tout.

Elle vivait contente avec ce qu'elle avait : robes de cotonnade, sandales, boucles d'oreilles, broche, bracelet. Elle n'aimait pas les souliers parce qu'ils lui serraient les pieds. Elle vivait contente avec le jardinet, la cuisine et son fourneau, la petite chambre où elle dormait, la joie quotidienne du bar avec ces beaux messieurs — le professeur Josué, monsieur Tonico, monsieur Ari — et ces hommes bien élevés — monsieur Felipe, le Docteur, le Capitaine —, contente avec le négrillon Tuísca, son ami, avec son chat arraché au morne.

Contente enfin avec monsieur Nacib. Il faisait bon dormir avec lui, reposer la tête sur sa poitrine velue, sentir sur les hanches le poids de la jambe de cet homme grand et fort, un beau jeune homme. Il lui chatouillait la nuque avec ses moustaches. Gabriela eut un frisson. C'était si agréable de coucher avec un homme, mais pas avec un homme vieux pour avoir logement, nourriture, robes et souliers. Avec un homme jeune, coucher pour le plaisir, avec un homme fort et beau comme monsieur Nacib.

Cette doña Arminda, avec tout son spiritisme, était en train de devenir cinglée. Quelle idée farfelue que de vouloir la marier avec monsieur Nacib ! C'était agréable d'y penser, oui, bien sûr..., marcher dans la rue en lui donnant le bras, même avec les pieds serrés dans des souliers. Aller au cinéma, s'asseoir à côté de lui et appuyer la tête sur son épaule moelleuse comme un oreiller. Assister à une fête, danser avec Nacib. Porter une alliance au doigt...

A quoi bon penser à tout cela ? C'était inutile... Monsieur Nacib se marierait avec une jeune fille distinguée, portant des souliers, des bas de soie, aimant les toilettes et les parfums. Avec une jeune fille vierge, non souillée par les hommes. Elle, Gabriela, n'était bonne qu'à faire la cuisine et le ménage, à laver le linge et à coucher avec un homme. Pas avec un homme vieux et laid, pour de l'argent. Coucher uniquement pour le plaisir. Avec Clemente au cours du voyage, avec Nhôzinho à la plantation et aussi avec Zé do Carmo. A la ville avec Bebinho, le jeune collégien, dont la famille était si riche ! Il venait en tapinois, sur la pointe des pieds, par peur de sa mère. Le premier de tous, elle était encore une enfant, ce fut son oncle. Elle était encore une enfant, la nuit son oncle, vieux et malade...

A LA LUEUR DU LUMIGNON

Sous le soleil ardent, torse nu, munis de serpes fixées au bout de longues perches, les ouvriers récoltaient les cabosses de cacao. Les fruits jaunes tombaient avec un bruit sourd. Des femmes et des enfants les rassemblaient, puis les ouvraient au moyen de tronçons de lames de machettes. Les grains de cacao vert enrobés d'un miel blanc étaient mis dans de grands paniers pour être transportés à dos de mulet jusqu'aux bacs de fermentation. Le travail commençait au point du jour et finissait à la tombée de la nuit. On mangeait précipitamment un morceau de viande séchée rôtie avec de la farine de manioc et un fruit de jaquier mûr, quand le soleil était à son zénith. Les voix des femmes s'élevaient en dolentes cantilènes qui accompagnaient la besogne :

Dure est ma vie, amer mon fiel,
Je suis un Noir, un travailleur.
Dites, Monsieur le Colonel,
O dites-moi, s'il vous plaît,
Quand est-ce que je vais cueillir
Les peines de mon amour ?

Dans les plantations, le chœur des hommes répondait :

Je vais cueillir le cacao
Sur le cacaoyer...

Les cris des muletiers stimulaient les bêtes dès que le convoi de cacao vert atteignait la route : « Eh ! mule damnée ! Plus vite, Diamant ! » Monté sur son cheval et suivi du contremaître, le colonel Melk Tavares parcourait ses plantations pour inspecter les travaux. Il mettait pied à terre, apostrophait femmes et enfants :

— Qu'est-ce que c'est que cette mollesse ? Plus vite, la petite dame, c'est pour chercher les poux qu'on prend son temps ! Le rythme des coups qui fendaient en deux les cabosses placées sur la paume de la main devenait plus rapide, et à chaque fois le morceau de lame aiguisée risquait de trancher les doigts. Plus rapide aussi devenait le rythme de la cantilène qui montait des plantations où elle stimulait les ramasseurs :

Le cacao a tant de miel
Et le champ a tant de fleurs.
Dites, Monsieur le Colonel,
O dites-moi, s'il vous plaît,
Quand est-ce que j'irai dormir
Dans le lit de mon amour ?

Au milieu des arbres, sur les sentiers où les serpents rampaient parmi les feuilles sèches, s'enflaient les voix des hommes qui accéléraient la cueillette :

Je vais cueillir le cacao
Sur le cacaoyer...

Le colonel examinait les arbres, le contremaître criait après les travailleurs et le dur labeur quotidien se poursuivait. Soudain Melk Tavares s'immobilisa et demanda :

— Qui a fait la cueillette ici ?

Le contremaître répéta la question. Des travailleurs se retournèrent pour regarder, et le Noir Fagundes répondit :

— C'est moi.

— Venez ici !

Il lui montra les cacaoyers où, à travers le feuillage dense, on voyait sur les plus hautes branches des cabosses oubliées :

— Vous êtes l'ami des singes ? Croyez-vous que c'est pour eux que je plante du cacao ? Bougre de fainéant ! Ça ne vaut que pour la bagarre...

— Oui, m'sieur. Je n'avais pas vu...

— Vous n'aviez pas vu parce que la plantation n'est pas à vous. Ce n'est pas vous qui perdez de l'argent. Faites attention dorénavant.

Il poursuivit son inspection. Le nègre Fagundes releva sa serpe en suivant le colonel de son regard doux et bon. Que pouvait-il lui répondre ? Melk l'avait arraché des mains de la police un jour où, en état d'ébriété, lors d'une virée au bourg, il avait mis le bordel sens dessus dessous. Il n'était pas homme à écouter sans mot dire, mais il ne pouvait pas répliquer au colonel. Celui-ci ne l'avait-il pas emmené à Ilhéus récemment pour mettre le feu à des journaux, ce qui était très drôle, et ne l'avait-il pas bien récompensé ? Ne lui avait-il pas dit que l'époque des bagarres était en passe de revenir, une époque propice aux hommes courageux et bons tireurs comme le nègre Fagundes ? En attendant, il fallait cueillir le cacao, danser sur les grains qui séchaient sur les aires, transpirer dans la serre et s'engluer les pieds dans la mélasse des bacs de fermentation. Les bagarres annoncées se faisaient attendre. Le feu allumé en ville n'avait même pas suffi pour se chauffer. Malgré tout, ça lui avait plu, il avait vu du monde, voyagé en camion, tiré quelques coups de feu en l'air, rien que pour la frime, et entrevu Gabriela au moment de l'arrivée. Comme il passait devant un bar, il avait entendu rire. Ce ne pouvait être qu'elle. On le conduisait vers une maison où il allait attendre l'heure d'entrer en action. Le gars qui les dirigeait, un nommé Loirinho, avait répondu à sa question :

— C'est la cuisinière de l'Arabe, une fille charmante.

Le Noir Fagundes ralentit le pas et traîna pour l'observer. Loirinho le pressa, irrité :

— Allons, le brun ! Ne te fais pas remarquer comme ça, ou tu vas tout gâcher ! Allons-nous-en !

De retour à la *fazenda*, dans l'immense nuit étoilée, tandis que les sons de l'accordéon pleuraient la solitude, il en avait parlé à Clemente. La lueur rougeoyante du lumignon faisait surgir des silhouettes dans les ténèbres des plantations. Ils y voyaient le visage de Gabriela, son corps qui dansait avec ses jambes longues et ses pieds légers.

— Elle était jolie, il fallait voir...

— Elle travaille dans un bar ?

— Elle fait la cuisine pour le bar. Elle travaille pour un Turc, un gros bonhomme avec une tête de bœuf. Elle était bien fringuée, avec des sandales, toute proprette.

A la lueur du lumignon, il distinguait à peine Clemente qui écoutait, la tête basse, silencieux et pensif.

— Elle riait quand je suis passé. Elle riait en regardant un type, un rupin quelconque. Et tu sais, Clemente ? Elle avait une rose sur l'oreille, je n'ai jamais rien vu de pareil.

Gabriela, une rose sur l'oreille, s'efface dans la lueur du lumignon. Clemente se ferme comme une tortue dans sa carapace.

— On m'a planqué au fond de la maison du colonel. J'ai vu sa femme, une créature maladive, on dirait une statue d'église. J'ai vu sa fille aussi. Eblouissante de beauté, mais fière, elle passait à côté de nous sans regarder. Un joli brin de fille. Mais je te le dis, Clemente, comme Gabriela, il n'y en a aucune. Qu'est-ce qu'elle a de plus que les autres, Clemente ? Dis-moi...

Ce qu'elle avait ?... Comment pouvait-il le savoir ? Dormir avec elle, blottie contre la poitrine, pendant les nuits d'étape dans le *sertão*, dans la *caatinga*, puis dans les vertes prairies, n'avait servi à rien. Il n'avait rien appris, rien découvert. Pourtant elle avait quelque chose qu'il était impossible d'oublier. Son teint de cannelle ? Son parfum de girofle ? Sa façon de rire ? Comment pouvait-il le savoir ? Elle dégageait une chaleur qui brûlait la peau, qui brûlait le dedans du corps. Une fournaise.

— Ç'a été une flambée de papier, ça s'est consumé en un instant.

Moi je voulais aller voir Gabriela, faire avec elle un brin de causette. Il n'y a pas eu moyen, j'aurais tant voulu !

— Tu ne l'as pas revue ?

La lueur du lumignon léchait les ombres, la nuit devenait plus noire, sans Gabriela. Des chiens hurlaient, des chouettes piaulaient, des serpents sifflaient. L'un et l'autre se turent, rêveurs et mélancoliques. Le Noir Fagundes prit le lumignon et s'en alla dormir. Dans la nuit sombre, immense et solitaire, le mulâtre Clemente s'empara de Gabriela, visage souriant, pieds légers, cuisses brunes, seins dressés, ventre de nuit, parfum de girofle, teint de cannelle. Il la serra dans ses bras et l'emporta sur son lit de clayonnage. Puis il se coucha avec elle, blottie contre sa poitrine.

UN BAL ET UNE HISTOIRE ANGLAISE

L'un des événements les plus importants cette année-là, à Ilhéus, fut l'inauguration du nouveau siège de l'Association commerciale. Ce nouveau siège était en réalité le premier, car l'Association, fondée depuis quelques années, avait jusqu'alors exercé ses activités dans l'établissement d'Ataulfo Passos, son président, correspondant de diverses firmes du Sud. Ces derniers temps, cette Association s'était mise à jouer un rôle grandissant dans la vie de la cité dont elle favorisait le progrès par ses initiatives et son influence. Le nouveau siège, un immeuble à deux étages, se trouvait non loin du bar « Le Vésuve », dans la rue qui reliait au port la place São Sebastião. C'est à Nacib que l'on demanda de fournir les boissons, friandises et amuse-gueule pour la fête de l'inauguration. Cette fois, il ne put faire autrement que d'engager deux gamines afin d'aider Gabriela, car la commande était d'importance.

L'élection du comité directeur précéda la célébration du transfert. Auparavant, il fallait insister auprès des commerçants, des importateurs et des exportateurs pour obtenir d'eux la permission de faire figurer leurs noms sur la liste des membres du comité. Maintenant ils se disputaient les places : cela donnait du prestige, du crédit auprès des banques, le droit d'émettre des avis sur l'administration de la ville. Deux listes se trouvaient en présence. Celle des gens dévoués aux Bastos et celle des amis de Mundinho Falcão. Maintenant, il en était ainsi à tout propos : d'un côté les Bastos, de l'autre Mundinho. Un manifeste signé par des exportateurs, par divers commerçants et par des chefs de maisons d'importation, fut publié dans le *Diário de Ilhéus* pour présenter une liste conduite par Ataulfo Passos, candidat à la réélection, avec Mundinho comme vice-président et le Capitaine comme orateur officiel. Des noms de personnalités connues le complétaient. Le *Jornal do Sul* publia un manifeste analogue, également signé par plusieurs membres éminents de l'Association et patronnant une autre liste avec, comme président, Ataulfo Passos sur le nom duquel tout le monde était d'accord : il ne faisait pas de politique et c'est à lui que l'on devait le développement de l'Association. Comme vice-président, le Syrien Maluf, propriétaire du plus grand magasin d'Ilhéus, qui avait débuté dans le commerce, voilà bien des années, en ouvrant une épicerie sur les terres de Ramiro Bastos dont il était devenu l'ami intime. Comme orateur officiel, le Dr Maurício Caires. Outre le nom d'Ataulfo Passos, figurait sur les deux listes avec la modeste charge de quatrième secrétaire celui de l'Arabe Nacib A. Saad. On prévoyait une lutte serrée, car les forces s'équilibraient. Mais Ataulfo, en homme habile et clairvoyant, déclara qu'il ne ferait acte de candidature que si les adversaires se mettaient d'accord pour constituer une liste unique où seraient réunies des personnalités des deux groupes. Il ne lui fut pas facile de les convaincre. Cependant, Ataulfo avait l'art de la conciliation. Il alla trouver Mundinho et loua son civisme, son intérêt constant pour le pays et pour l'Association. Il lui dit qu'il se sentirait honoré de l'avoir comme vice-président. Mais l'exportateur n'était-il pas d'avis qu'il fallait maintenir l'Association commerciale en dehors des luttes partisanes, à la façon d'un terrain neutre où les forces adverses pourraient collaborer en vue du bien d'Ilhéus et de la Patrie ? Il proposait pour sa part une fusion des deux listes en instituant deux vice-présidences, en scindant les secrétariats et en créant deux postes de trésorier, d'orateur et de bibliothécaire. L'Association, facteur de progrès, avec un grand programme à réaliser pour faire d'Ilhéus une véritable ville, devait planer au-dessus des lamentables divisions politiques.

Mundinho en convint et se montra même disposé à retirer sa candidature à la vice-présidence, avancée à son insu. Cependant, il devait consulter ses amis. A la différence du colonel Ramiro, il ne donnait pas d'ordres, il ne décidait rien sans entendre les gens de son parti.

— Je crois qu'ils seront d'accord. Avez-vous déjà parlé au colonel ?

— J'ai voulu d'abord connaître votre position. J'irai le voir cet après-midi.

Avec le colonel Ramiro, ce fut plus difficile. Au début, le vieux se montra insensible à toute argumentation et se fâcha :

— Un étranger sans racines dans le pays. Il ne possède pas un seul plant de cacao...

— Je n'en ai pas davantage, colonel.

— Avec vous, c'est autre chose. Vous êtes ici depuis plus de quinze ans. Vous êtes un honnête homme, un père de famille, vous n'êtes pas venu ici pour monter la tête aux gens, vous n'avez pas fait venir d'homme marié pour courtiser nos filles, vous ne voulez pas tout bouleverser comme si rien de ce qui existe n'avait de valeur.

— Colonel, vous savez que je ne fais pas de politique. Je ne suis même pas électeur. Je veux vivre en bons termes avec tout le monde, je fréquente les uns et les autres. Mais il est certain que beaucoup de choses doivent changer à Ilhéus, nous ne vivons plus dans le bon vieux temps. Et y a-t-il quelqu'un qui a fait plus de transformations à Ilhéus que vous-même, colonel ?

Le vieux, dont la colère montait et se trouvait sur le point d'exploser, s'adoucit aux dernières paroles du négociant en gros :

— Oui, qui a fait plus de transformations que moi à Ilhéus... ? reprit-il. Ici, c'était le bout du monde, une misérable bourgade, vous devez vous en souvenir. Aujourd'hui, aucune ville de l'Etat n'égale celle-ci. Pourquoi n'ont-ils pas attendu au moins que je meure ? J'ai déjà un pied dans la tombe. Pourquoi cette ingratitude pendant mes vieux jours ? Quel mal ai-je fait ? En quoi ai-je offensé ce monsieur Mundinho que pour ainsi dire je ne connais pas ?

Ataulfo Passos ne savait quoi répondre. La voix du colonel devenait chevrotante, c'était la voix d'un homme vieux, fini.

— N'allez pas croire que je sois opposé à certains changements, à certaines nouveautés. Mais pourquoi cette hâte, cette frénésie, comme si la fin du monde arrivait ? Il y a du temps pour tout faire — le maître du pays, l'invincible Ramiro Bastos reparaissait soudain. Je ne me plains pas. Je suis un homme de combat, je n'ai pas peur. Ce monsieur Mundinho s'imagine qu'Ilhéus est née le jour où il a débarqué ici. Il veut jeter un voile sur le passé, et cela personne ne pourra le faire. Il va essuyer une défaite, il va me payer très cher cette canaillerie... Je le battrai aux élections, puis je l'expulserai d'Ilhéus. Et personne ne m'en empêchera.

— Moi, colonel, je ne me mêle pas de ça. Tout ce que je veux, c'est résoudre la question de l'Association. Pourquoi l'impliquer dans ces querelles ? Après tout, l'Association est en dehors de tout cela, elle ne s'occupe que des affaires et des intérêts du commerce. Si elle se met au service d'une faction politique, c'en est fait d'elle. Pourquoi prendre le mors aux dents maintenant pour cette bagatelle ?

— Que proposez-vous ?

Ataulfo s'expliqua. Le colonel Bastos l'écoutait, le menton appuyé sur la canne, son fin visage ridé rasé de frais, et un reste de colère scintillant encore dans les yeux.

— Soit ! Je ne veux pas qu'on dise que j'ai causé la perte de l'Association, et je vous suis grandement redevable. Vous pouvez partir tranquille. J'expliquerai cela moi-même à mon compère Maluf. Ils seront tous les deux égaux, il n'est pas question de premier ni de second vice-président ?

— Absolument égaux ! Merci, colonel.

— Avez-vous déjà parlé à ce monsieur Mundinho ?

— Pas encore. J'ai d'abord voulu entendre votre avis. Maintenant je vais aller le trouver, lui.

— Il est capable de ne pas accepter.

— Vous, monsieur, étant ce que vous êtes, vous avez accepté. Pourquoi lui refuserait-il ?

Le colonel Ramiro sourit : il était le premier.

C'est ainsi que Nacib se retrouva élu quatrième secrétaire de l'Association commerciale d'Ilhéus, et confrère d'Ataulfo, de Mundinho, de Maluf, du bijoutier Pimenta et d'autres personnages importants, ainsi que du Dr Maurício et du Capitaine. Pour Ataulfo Passos, le problème de l'orateur officiel fut presque plus difficile à résoudre que tout le reste. Il eut fort à faire pour convaincre le Capitaine de se contenter de la charge de bibliothécaire, la dernière de la liste. Mais celui-ci n'était-il pas déjà l'orateur officiel de la Société Euterpe 13 Mai, alors que le Dr Maurício n'exerçait nulle part de semblables fonctions ? D'ailleurs, des crédits substantiels ayant été alloués à la bibliothèque, qui donc, hormis le Capitaine, était assez compétent pour procéder au choix et à l'acquisition des livres ? Cette bibliothèque serait en fait la bibliothèque publique d'Ilhéus où jeunes et vieux viendraient lire et s'instruire, ouverte à toute la population.

— Vous me flattez. Des gens comme João Fulgêncio, comme le Docteur, sont parfaitement qualifiés...

— Mais ils ne sont pas candidats. Le Docteur n'est même pas membre de l'Association et notre cher João n'accepte aucune charge...

Vous êtes vraiment le seul, ou alors je ne vois pas qui nous pourrions désigner. Vous êtes orateur de toute façon, et même le meilleur de la ville.

La fête de l'inauguration du siège et de l'installation du nouveau comité directeur fut digne d'être vue et commentée. L'après-midi, dans la grande salle qui occupait tout le rez-de-chaussée où devraient fonctionner la bibliothèque et avoir lieu réunions et conférences (au premier, se trouvaient les différents services et le secrétariat), les nouveaux dirigeants furent investis avec champagne et discours. Nacib s'était fait faire un costume neuf tout exprès pour la cérémonie. Avec cravate rutilante, souliers vernis et solitaire au doigt, on eût dit un colonel propriétaire de *fazendas.*

Le soir eut lieu le bal avec « buffet » fourni par lui (Plínio Araçá fit courir le bruit que Nacib avait profité de sa charge pour saler la note, allégation qui était sans fondement), varié et appétissant. Il y avait des boissons assorties, à l'exception de tafia. Sur les chaises rangées le long des murs, dans un vacarme de rires, les jeunes filles attendaient d'être invitées à danser. Dans les salles du premier, ouvertes et illuminées, dames et messieurs, tout en bavardant, grignotaient les friandises et les amuse-gueule de Gabriela et disaient que même à Bahia on ne voyait pas de fêtes aussi distinguées.

L'orchestre du Bataclan exécutait valses, tangos, fox-trot et polkas martiales. Ce soir-là, on ne dansait pas au cabaret. Mais colonels, commerçants, exportateurs, employés de commerce, médecins et avocats n'étaient-ils pas tous à l'Association ? Au cabaret, désert et somnolent, seules quelques rares femmes attendaient inutilement.

Vieilles et jeunes chuchotaient dans la salle de bal, détaillant robes, bijoux, parures, soupçonnant des amourettes et prédisant des fiançailles. Dans la plus belle robe de la soirée, commandée à Bahia, Malvina provoquait le scandale le plus criant et le plus commenté. Personne n'ignorait plus dans la ville que l'ingénieur du chenal était marié et séparé de sa femme atteinte, il est vrai, de folie incurable et internée dans un asile. Mais cela n'avait aucune importance, cet homme n'avait pas le droit de jeter son dévolu sur une jeune fille en âge de se marier. Qu'avait-il à lui offrir hormis le déshonneur ? Dans la meilleure des hypothèses, il la laisserait en butte à des cancans malveillants qui lui ôteraient toute chance de faire un mariage. Pourtant, ils ne se quittaient pas et formaient le couple le plus uni du bal, ne laissant passer ni valse, ni polka, ni fox-trot. Rômulo dansait le tango argentin encore mieux que le défunt Osmundo. Malvina, les joues rosées, le regard profond, paraissait vivre dans un rêve, tellement légère qu'on eût dit qu'elle volait dans les bras athlétiques de l'ingénieur. Un murmure parcourait les chaises appuyées contre les murs, montait le long des escaliers et se répandait dans les salons. Doña Felícia, la mère d'Iracema, cette ardente brune qui accueillait ses soupirants sur le portail de sa maison, défendait à sa fille de fréquenter Malvina. Le professeur Josué buvait des cocktails, parlait à voix haute et feignait l'indifférence, voire la joie. Les flonflons de la musique allaient mourir sur la place, et entraient par la fenêtre de Glória couchée avec le colonel Coriolano qui était venu assister à la cérémonie de l'après-midi. Il ne fréquentait pas les bals, c'était l'affaire des jeunes. Son bal à lui avait lieu dans le lit de Glória.

Mundinho Falcão descendit dans la salle de danse. Doña Felícia, pinçant Iracema, lui glissait dans l'oreille :

— Mundinho te regarde, il va t'inviter à danser.

Elle poussa presque sa fille dans les bras de l'exportateur. Il n'existait pas à Ilhéus de meilleur parti. Exportateur de cacao, millionnaire, chef politique et célibataire. Oui, célibataire, et susceptible de se marier.

— Me faites-vous l'honneur ? demanda Mundinho.

— Avec plaisir... Doña Felícia se leva légèrement de sa chaise pour le saluer.

Iracema, bien en chair, langoureuse et affectée s'appuya sur lui. Mundinho sentait les seins de la jeune fille, sa cuisse qui le touchait. Il la serra doucement.

— Vous êtes la reine de la fête... lui dit-il.

Iracema s'appuya un peu plus et répondit :

— Je n'ai pas de chance... Personne ne me regarde.

Sur sa chaise, doña Felícia souriait. Iracema allait terminer ses études au collège des bonnes sœurs à la fin de l'année. Il était temps de songer au mariage.

Le colonel Ramiro Bastos s'était fait représenter à la cérémonie de l'après-midi par Tonico. Son autre fils, Alfredo, se trouvait à Bahia, retenu à la Chambre. Le soir, au bal, Tonico accompagnait doña Olga qui comprimait ses graisses dans une robe rose et juvénile d'un effet ridicule. Avec eux, était venue l'aînée de leurs nièces aux yeux bleu pâle, à la peau délicate et nacrée. Très digne et très respectable, Tonico ne regardait même pas les femmes, tout occupé à faire tournoyer cette montagne de chair que Dieu et le colonel Ramiro lui avaient donnée pour épouse.

Nacib buvait du champagne. Non pour augmenter la consommation de cette boisson chère et gagner ainsi davantage d'argent, comme l'avait grommelé Plínio Araçá dépité, mais pour oublier ses tourments, dissiper la crainte qui ne le lâchait plus et les frayeurs qui le harcelaient jour et nuit. Autour de Gabriela, le siège redoublait et se resserrait. On lui adressait des messages oraux, des propositions, des billets galants. On offrait à cette incomparable cuisinière des salaires mirobolants. A la non moins incomparable fille, une maison garnie et tout le luxe des magasins.

Peu de jours auparavant, alors que Nacib se sentait moins triste à cause de son élection comme quatrième secrétaire, un incident s'était produit, révélateur du degré d'audace dont faisait preuve ces gens-là.

L'épouse de Mister Grant, le directeur du chemin de fer, avait eu le toupet de se rendre chez Nacib pour faire des propositions à Gabriela. Ce Grant était un Anglais âgé, maigre et silencieux, fixé à Ilhéus depuis 1910. On le connaissait et on le désignait simplement sous le nom de Mister. Son épouse, une Britannique grande et blonde, aux manières libres et un peu masculines, ne supportait pas Ilhéus et vivait à Bahia depuis plusieurs années. Du temps où elle résidait dans la ville, était resté le souvenir de sa silhouette alors très juvénile et d'un court de tennis qu'elle avait fait aménager sur des terrains de la Compagnie et qui fut envahi par l'herbe après son départ. A Bahia, elle donnait de grands dîners dans sa maison de Barra Avenida, elle roulait en automobile, fumait des cigarettes et il était notoire qu'elle recevait ses amants avec le plus grand sans-gêne. Le Mister, lui, ne quittait pas Ilhéus. Il adorait le bon tafia qu'on y fabriquait, jouait au poker d'as, se soûlait invariablement tous les samedis au « Pinga de Ouro » et allait à la chasse tous les dimanches dans les environs. Il habitait dans une belle maison entourée de jardins, seul avec une Indienne qui lui avait donné un fils. Quand son épouse faisait une apparition à Ilhéus, deux ou trois fois par an, elle apportait des cadeaux à l'Indienne grave et silencieuse comme une idole. A peine l'enfant eut-il atteint l'âge de six ans, elle l'emmena à Bahia où elle l'éduquait comme si c'était son propre fils. Les jours de fête, au sommet d'un mât planté dans le jardin du Mister, flottait le drapeau de l'Angleterre, car Grant était à Ilhéus, le vice-consul de Sa Gracieuse Majesté britannique.

L'Anglaise venait de débarquer. Comment avait-elle entendu parler de Gabriela ? Elle avait fait acheter des amuse-gueule et des friandises au bar et un beau jour, elle gravit la rampe de São Sebastião, frappa à la porte de la maison de Nacib, et resta un moment à examiner la domestique souriante :

— *Very well !*

C'était une femme sans retenue. On racontait sur elle des choses horribles. Elle buvait autant ou plus qu'un homme, elle allait sur la plage à demi nue, elle adorait les adolescents à peine sortis de l'enfance et le bruit courait qu'elle aimait aussi les femmes. Elle proposa à Gabriela de l'emmener à Bahia, de lui donner un salaire inconcevable à Ilhéus, de l'habiller avec élégance et de la laisser libre le dimanche. Elle n'avait usé d'aucun ménagement, elle était allée frapper à la porte de Nacib. Quel culot, cette Anglaise...

Et le juge n'avait-il pas maintenant pris l'habitude de se promener sur la rampe après les audiences ? Combien rêvaient de l'installer dans une maison et de la prendre comme concubine ! D'autres, plus modestes, aspiraient seulement à passer une nuit avec Gabriela, derrière les rochers de la plage où, dans l'obscurité, allaient rôder des couples douteux. Ils devenaient de plus en plus entreprenants, au bar ils perdaint la tête au point de lui chuchoter des propositions. Devant la maison de Nacib, le trottoir était de plus en plus passant. Au comptoir de l'Arabe et jusqu'à ses oreilles parvenaient des rumeurs. Tous les après-midi, Tonico avait quelque chose de nouveau à lui raconter. Nhô-Galo de son côté l'avait mis en garde contre la montée des périls :

— Toute femme, même la plus fidèle, a des limites...

Doña Arminda, avec ses esprits et ses coïncidences, lui avait déjà dit que Gabriela était sotte de refuser tant d'offres alléchantes.

— D'ailleurs, vous ne seriez pas très affecté par son départ, n'est-ce pas, monsieur Nacib ?

Il ne serait pas très affecté !... Mais il ne pensait qu'à cela ! Il cherchait des solutions, perdait le sommeil, ne faisait plus la sieste et ressassait ses appréhensions, étendu sur la chaise longue. Il commençait même à perdre l'appétit, il maigrissait ! A la fête, tout en recevant des félicitations, des tapes dans le dos, des accolades et des vœux, il noyait dans le champagne les craintes et les doutes qui lui emplissaient le cœur. Que représentait Gabriela dans sa vie ? Jusqu'où devait-il aller pour la conserver ? Il chercha la compagnie mélancolique de Josué. Le professeur avait sombré dans le vermouth, il s'indignait :

— Pourquoi diable n'y a-t-il pas de tafia dans cette fête merdeuse ?

Où étaient ses belles paroles et ses vers rimés ?

Il y eut encore au bal deux faits qui causèrent sensation. Le premier lorsque Mundinho Falcão, vite lassé de la facile Iracema (il n'était pas homme à aller courtiser sur le pas des portes ou au cinéma en matinée pour se payer de baisers et de caresses), remarqua la jeune fille blonde à la peau délicate et nacrée, aux yeux couleur d'azur céleste.

— Qui est-ce ? demanda-t-il.

— La petite-fille du colonel Ramiro, Jerusa, la fille du Dr Alfredo.

Mundinho sourit. L'idée lui semblait amusante. Elle se tenait, beauté encore adolescente, aux côtés de son oncle et de doña Olga. Mundinho attendit que l'orchestre se remît à jouer, puis il se dirigea vers Tonico et lui toucha le bras :

— Me permettez-vous de présenter mes compliments à votre dame et à votre nièce?

Tonico bégaya des présentations et se ressaisit aussitôt, en homme du monde. Ils échangèrent quelques paroles aimables. Mundinho demanda à la jeune fille :

— Vous dansez ?

Elle répondit d'un petit signe de tête en souriant. Ils entrèrent dans la danse. L'émotion fut si grande dans le salon que certains couples qui se retournaient pour voir en perdirent le rythme. Les chuchotements des dames augmentèrent et des gens descendirent de l'étage pour regarder.

— Alors c'est vous qui êtes le croquemitaine, monsieur ? Vous n'en avez pas l'air...

Mundinho rit :

— Je ne suis qu'un simple exportateur de cacao.

Ce fut au tour de la jeune fille de rire, et leur conversation continua.

L'autre fait sensationnel fut l'exhibition d'Anabela. Une idée de João Fulgêncio qui, ne fréquentant pas les cabarets, ne l'avait jamais vue danser. A minuit, quand la fête battait son plein, presque toutes les lumières s'éteignirent, le salon fut plongé dans la pénombre, et Ataulfo Passos annonça :

— La danseuse Anabela, l'artiste *carioca* bien connue.

Pour les dames et les demoiselles qui l'applaudissaient avec enthousiasme, elle dansa avec ses plumes et ses voiles. Ribeirinho, flanqué de son épouse, était triomphant. Les hommes présents savaient que ce corps mince et souple leur était réservé : pour eux, elle dansait sans maillot, sans plumes et sans voiles.

Le Docteur, solennel, laissa tomber cette affirmation :

— Ilhéus se civilise à pas de géant. Il y a quelques mois à peine, l'art était proscrit des salons. Cette talentueuse Terpsichore était reléguée dans les cabarets, on exilait l'art dans les cloaques !

L'Association commerciale retirait l'art des cloaques et le ramenait dans le sein des familles les plus respectables. Des applaudissements éclatèrent.

DES ANCIENNES MÉTHODES

Mundinho Falcão avait finalement tenu la promesse faite au colonel Altino. Il était allé visiter ses *fazendas.* Non pas le samedi fixé, mais plus d'un mois après, et sur l'insistance du Capitaine. Le percepteur attachait une grande importance à la conquête d'Altino et disait que s'ils le gagnaient, ils obtiendraient le ralliement de plusieurs *fazendeiros* qui hésitaient encore après la mise en train des études du chenal.

Il ne faisait aucun doute que l'arrivée de l'ingénieur contre le gré du gouvernement de l'Etat avait produit un impact et représentait un point marqué par Mundinho. La réaction même des Bastos, par sa violence, avec l'incendie d'une édition du *Diário de Ilhéus,* venait en apporter la preuve. Dans les jours qui suivirent, quelques colonels s'étaient présentés au bureau de l'exportateur pour lui déclarer leur solidarité et lui offrir leurs suffrages. Le Capitaine alignait des chiffres sur une colonne et additionnait les voix. Connaissant les usages politiques en vigueur, il savait qu'une victoire acquise de justesse ne servirait à rien. La validation des députés par le Parlement fédéral ou par celui de l'État, tout comme celle de l'Intendant et des conseillers municipaux, ne pourrait avoir lieu que dans le cas d'une victoire brutale, écrasante. Et même ainsi la validation ne serait pas facile à obtenir. Pour cela, il comptait sur les amis de l'exportateur à l'échelon fédéral et sur l'influence de la famille Mendes Falcão. Mais il fallait l'emporter avec une marge assez large, sans quoi la partie ne serait pas gagnée.

Après les récents événements, le calme était revenu, du moins en apparence. Dans certains milieux d'Ilhéus, la sympathie pour Mundinho grandissait. Des gens s'effrayaient du retour des méthodes violentes avec l'incendie des journaux. Aussi longtemps que les Bastos feraient la loi, disaient-ils, on ne verrait pas la fin du règne des *jagunços*. Mais le Capitaine savait que ces commerçants, ces jeunes des magasins et des entrepôts ne représentaient qu'un petit nombre de voix. La majorité des suffrages appartenait aux colonels, surtout aux grands *fazendeiros*, propriétaires de districts entiers, compères de tas de gens et, en conséquence, maîtres de l'appareil électoral. C'étaient ceux-là qui décidaient.

La maison du colonel Altino Brandão, à Rio do Braço, se trouvait à côté de la gare. Entourée de vérandas, les murs couverts de plantes grimpantes, elle s'élevait entre un jardin garni de fleurs de toutes sortes et un enclos planté d'arbres fruitiers. Mundinho fut surpris et se demanda si le percepteur n'avait pas raison d'affirmer que ce *fazendeiro*, par son esprit ouvert, était à Ilhéus un personnage exceptionnel. Dans cette région ne s'était pas conservée la tradition des confortables maisons de maître des plantations de canne à sucre avec leur luxe et leur raffinement. Au milieu des cacaoyères ou dans les villages, les demeures des colonels manquaient parfois des commodités les plus rudimentaires. Dans les *fazendas*, elles reposaient sur des pilotis et au-dessous dormaient les porcs, ou bien la porcherie était toujours située à proximité pour prévenir les attaques des innombrables serpents au venin mortel. Les porcs les tuaient, protégés contre le venin par l'épaisse couche de graisse qui les enveloppait. De l'époque des luttes subsistait dans la façon de vivre une certaine austérité qui ne disparaissait que depuis quelque temps seulement à Ilhéus et à Itabuna où les colonels commençaient à acheter ou à faire construire de belles résidences, des bungalows et même des hôtels particuliers. Leurs fils, étudiants dans les facultés de Bahia, les obligeaient à abandonner leurs mœurs frugales.

— C'est un honneur que vous nous faites... avait dit le colonel en le présentant à son épouse dans le salon bien meublé où l'on voyait, sur le mur, les photographies coloriées d'Altino et de sa femme quand ils étaient jeunes.

Il le conduisit ensuite dans la chambre d'hôte, magnifique avec matelas de laine boursouflé, draps de fil, dessus de lit brodé, et embaumée d'un parfum de lavande brûlée.

— Si vous êtes d'accord, je vous propose de nous mettre en selle aussitôt après le déjeuner, afin d'avoir le temps d'observer le travail dans les plantations. Nous dormirons à « Aguas Claras ». Le matin, nous nous baignerons dans la rivière, puis nous ferons un tour à cheval pour visiter la *fazenda*. Nous déjeunerons sur place avec du gibier et enfin nous reviendrons ici pour le dîner.

— Formidable. Tout à fait d'accord.

La *fazenda* « Aguas Claras » était un immense domaine situé près du village, à moins d'une lieue. Le colonel Altino possédait une autre *fazenda* plus éloignée où il y avait encore de la forêt à abattre.

Sur la table, les plats se succédèrent : poisson d'eau douce, volailles, viande de bœuf, de mouton et de porc. Ce n'était pourtant qu'un repas de famille, car le dîner offert aux invités avait lieu le dimanche.

Le soir, à la *fazenda* (après que Mundinho eut vu les ouvriers agricoles procéder à la récolte, déverser le cacao vert dans les bacs à fermentation et danser à petits pas sur les aires pour retourner les graines séchant au soleil), on fit la causette à la lumière des lampes à pétrole. Altino racontait des histoires de *jagunços*, parlait des temps passés, de l'époque de la conquête des terres. Quelques ouvriers agricoles, assis sur le sol, participaient à la conversation et rappelaient certains détails. Altino montra du doigt un Noir :

— Celui-là est avec moi depuis environ vingt-cinq ans. Il était venu chercher refuge ici. C'était un homme de main des Badaró. Pour purger les peines correspondant aux meurtres qu'il a commis, une vie entière ne suffirait pas.

Le Noir souriait, découvrant ses dents blanches. Il mâchonnait une chique de tabac. Ses mains étaient calleuses et ses pieds recouverts de la croûte formée par le miel desséché du cacao.

— Qu'est-ce que ce monsieur va penser de moi, colonel ?

Mundinho voulait parler de politique, rallier le riche *fazendeiro* à son parti. Mais Altino esquivait ce sujet. Il avait seulement fait allusion — et cela au cours du déjeuner à Rio do Braço — au feu de joie allumé avec l'édition du *Díario de Ilhéus*, pour condamner un tel procédé :

— Un acte fort regrettable... bon dans les temps anciens, maintenant révolus, grâce à Dieu. Amâncio est un homme de bien, mais violent comme le diable. Je ne sais pas comment il peut encore être en vie. Il a été blessé trois fois dans les combats. Il y a perdu un œil et l'usage d'un bras. Et il reste incorrigible. Melk Tavares lui non plus ne plaisantait pas, sans parler de Jesuíno, le malheureux... Nul ne peut prétendre échapper à l'obligation de commettre un malheur. Jesuíno n'avait pas d'autre solution. Mais pourquoi, par le temps qui court, sont-ils allés mettre le feu à un journal ? Un acte fort regrettable.

Puis, tout en ôtant les arêtes de son poisson :

— Mais vous non plus, je m'excuse de vous le dire, vous n'avez pas bien agi. Tel est mon sentiment.

— Pourquoi ? Parce que le journal se montrait virulent ? On ne fait pas une campagne politique en adressant des éloges à ses adversaires.

— Que votre journal soit enragé, c'est certain : il y a de ces articles qu'on a plaisir à lire... J'ai entendu dire que c'est le Docteur qui les écrit. Celui-là, il a plus de plomb dans la cervelle que tout Ilhéus réuni. Voilà un bonhomme intelligent !... J'aime l'entendre parler. Il a autant de charme qu'un *sabiá*. Sur ce point, je vous donne raison. Un journal c'est fait pour cogner, pour tailler en pièces l'adversaire. C'est la bonne manière. Pour ma part, j'ai pris un abonnement. Ce n'est pas de cela que je veux parler, non.

— De quoi, alors ?

— Monsieur Mundinho, mettre le feu au journal a été un acte fort regrettable. Je ne l'approuve pas. Ah non ! Mais du moment qu'ils ont fait cela, eh bien, vous étiez au pied du mur, comme Jesuíno. Est-ce qu'il voulait tuer sa femme ? Pas le moins du monde. Mais elle lui avait fait porter les cornes et il a fallu qu'il la tue, sinon il se serait trouvé plus déconsidéré qu'un chapon de basse-cour ou qu'un bœuf de trait. Pourquoi n'avez-vous pas incendié leur journal à eux, pas les exemplaires, mais les locaux, et pourquoi n'avez-vous pas brisé leurs machines ? Excusez-moi, mais c'est ce que vous devriez faire, ou alors on va dire que vous êtes quelqu'un de bien et tout ce qui s'ensuit, mais que pour gouverner Ilhéus et Itabuna il faut être viril et ne pas courber la tête.

— Colonel, je ne suis pas un lâche, vous pouvez me croire. Mais comme vous venez de le dire, ces méthodes sont celles d'une époque révolue. C'est précisément pour les écarter, pour en finir avec elles, pour faire d'Ilhéus une ville civilisée que je me suis lancé dans la politique. D'ailleurs, où pourrais-je me procurer des *jagunços*, je n'en possède pas...

— Ne venez pas me raconter cela... Vous avez des amis, des gens décidés comme Ribeirinho. Moi-même, j'avais préparé quelques hommes en pensant : qui sait, monsieur Mundinho va peut-être en avoir besoin, il va me demander de lui en prêter...

Pour la politique, la conversation en resta là. Mundinho ne savait pas quoi penser. Il avait l'impression que le colonel le traitait comme un enfant et qu'il jouait avec lui. Le soir à la *fazenda*, Mundinho avait tenté d'amener la conversation sur la politique. Altino ne répondait pas, il parlait de cacao. Ils regagnèrent Rio do Braço après un déjeuner où furent servies plusieurs sortes de gibier : agouti, *paca*, daim et le plus savoureux de tous, Mundinho l'apprit par la suite, du singe *jupará*. Au bourg eut lieu un dîner à tout casser avec des *fazendeiros*, des commerçants, le médecin, le pharmacien, le prêtre, tous ceux qui avaient quelque importance dans la localité. Altino avait fait venir des joueurs d'accordéon et de guitare, des improvisateurs de chants alternés parmi lesquels un aveugle doté d'un prodigieux talent de versificateur. A un certain moment, le pharmacien demanda à Mundinho comment allait la politique. Il n'eut pas le temps de répondre. Altino le devança avec brusquerie :

— Monsieur Mundinho est venu ici pour faire une visite, pas pour faire de la politique — et l'on parla d'autre chose.

Le lundi, lorsque l'exportateur s'en retourna, il se demanda ce que pouvait bien avoir en tête ce colonel Altino Brandão. Celui-ci, laissant tomber Stevenson, était venu en personne lui vendre son cacao, plus de trois cents tonnes. Pour Mundinho c'était une excellente affaire. Aucun engagement formel ne liait le colonel aux Bastos et pourtant il ne voulait pas entendre parler de politique. Ou bien lui, Mundinho, ne comprenait rien à rien, ou bien le vieux était cinglé. Il voulait que l'exportateur incendiât des immeubles, détruisît des machines et tuât des gens peut-être.

Le Capitaine lui affirmait qu'il ne comprenait rien aux colonels, à leur manière d'être et d'agir. Au sujet de la suggestion de se venger sur le *Jornal do Sul* de l'incendie absurde du tirage du *Diário de Ilhéus*, le Capitaine déclara, pensif :

— Il n'a pas tout à fait tort. Moi aussi j'y avais pensé. Ce qu'il y a de sûr, c'est que ces gens des Bastos ont besoin d'une leçon. Quelque chose qui montre à la population qu'ils ne sont plus les maîtres du pays comme autrefois. J'ai beaucoup réfléchi à cela. J'en ai même parlé à Ribeirinho.

— Attention, Capitaine ! N'allons pas faire de bêtise. Aux violences nous répliquerons en faisant venir des remorqueurs et des dragues pour le chenal.

— Quand, finalement, votre ingénieur aura-t-il terminé les études et demandera-t-il les dragues ? Jamais je n'ai vu quelqu'un laisser traîner les choses de la sorte...

— Ce n'est pas une affaire facile, que l'on règle en quelques jours. Il travaille à longueur de journée, sans perdre une minute. Il ne peut pas faire plus vite.

— Il travaille jour et nuit, répliqua en riant le Capitaine. Le jour sur le chenal, la nuit sur le portail de Melk Tavares. Il s'est entiché de la fille du colonel et lui fait une cour assidue...

— Il faut bien que ce garçon s'amuse.

Une semaine environ après sa visite à Rio da Braço, Mundinho, en sortant du Club Progrès où il avait assisté à une réunion du comité directeur, aperçut le colonel Altino de dos près de la maison de Ramiro Bastos. Il distingua aussi la blonde Jerusa à sa fenêtre. Il ôta son chapeau, elle lui fit un salut de la main. Cela révélait au moins un certain sens de l'humour, car la veille Ribeirinho avait chassé de Guaraci, village proche de sa *fazenda*, un fondé de pouvoir des Bastos, fonctionnaire de l'Intendance. L'homme était revenu à Ilhéus dans un état lamentable, le corps moulu par les coups de bâton, vêtu d'habits qu'on lui avait prêtés, trop grands pour lui, car la nuit de la raclée, il avait dû rejoindre la route à pied et nu comme un ver...

L'OISEAU *SOFRE*

Nacib n'en pouvait plus. Il avait perdu la tranquillité, la joie, le goût de vivre. Il avait même cessé de retrousser les pointes de ses moustaches qui retombaient maintenant sur sa bouche d'où le rire avait disparu. Il se creusait la tête sans relâche. Rien de tel pour consumer un homme, lui ôter le sommeil et l'appétit, le faire maigrir et le rendre maussade, mélancolique.

Penché sur le comptoir, Tonico Bastos se servit un verre de bitter et regarda d'un air ironique la figure abattue du patron du bar :

— Vous êtes en train de flancher, l'Arabe. Vous ne semblez plus le même.

Nacib approuva de la tête, découragé. Ses grands yeux écarquillés se posaient sur l'élégant notaire. Ces derniers temps, Tonico avait monté dans son estime. Leurs relations, toujours amicales mais superficielles, s'étaient jusque-là limitées à des bavardages sur des putains, à des virées au cabaret, à quelques verres vidés ensemble. Pourtant, tout récemment, depuis l'apparition de Gabriela, une familiarité plus marquée s'était établie entre eux. De tous les habitués de l'apéritif quotidien, Tonico était le seul à faire preuve de retenue quand elle arrivait à midi sonnant avec sa fleur sur l'oreille. Il se bornait à la saluer poliment, à s'informer de sa santé et à la féliciter pour ses incomparables talents de cuisinière. Pas de regards langoureux, pas de paroles chuchotées. Il n'essayait même pas de lui prendre la main. Il la traitait comme une dame respectable, belle et désirable, mais inaccessible. Quand Nacib avait engagé Gabriela, il redoutait plus que toute autre la concurrence de Tonico. Celui-ci n'était-il pas le conquérant sans rival, le bourreau des cœurs ?

Le monde est ainsi fait, décevant et difficile. Tonico conservait la plus grande discrétion et le plus grand respect vis-à-vis de l'affriolante Gabriela. Tout le monde était au courant des rapports de l'Arabe avec sa jolie bonne. Il est vrai qu'officiellement elle n'était que sa cuisinière, qu'aucun autre contrat n'existait entre eux. Cela servait de prétexte à certains pour l'accabler de discours galants à la barbe même de Nacib, pour l'envelopper de paroles mielleuses et pour lui glisser des billets doux dans la main. Au début, il les lisait agacé et en faisait des boulettes de papier qu'il jetait aux ordures. Maintenant il les déchirait avec rage. Ils devenaient innombrables et dépassaient parfois les bornes de la décence. Tonico cependant lui donnait la preuve d'une véritable amitié en respectant Gabriela comme si elle était une dame ou une épouse de colonel. N'était-ce pas là de l'amitié, une marque de considération ? Nacib ne l'avait pas menacé comme l'avait fait le colonel Coriolano au sujet de Glória. Et pourtant, seul Tonico se montrait irréprochable et c'est à lui seul qu'il ouvrait son cœur douloureux comme un abcès gonflé.

— La pire des choses en ce monde est de ne pas savoir comment agir.

— Où est la difficulté ?

— Vous ne la voyez pas ? Je ne cesse pas de me ronger intérieurement, cela me dévore la chair. Je suis abruti. Il me suffira de vous dire que l'autre jour j'ai oublié de payer une traite, rendez-vous compte...

— La passion, ce n'est pas de la rigolade...

— La passion ?

— Et alors ! L'amour c'est ce qu'il y a de meilleur et de pire au monde.

La passion... L'amour... Pendant des jours et des jours, il avait vécu aux prises avec ces mots et s'était creusé la tête au moment de la sieste. Il n'avait pas voulu mesurer l'étendue de ses sentiments, regarder la réalité en face. Il croyait avoir un béguin un peu plus fort que de coutume, un peu plus long à disparaître. Mais jamais béguin ne l'avait fait souffrir à ce point, jamais il n'avait ressenti une telle jalousie, ni cette peur, cette angoisse de la perdre. Ce n'était pas la crainte irritante de se voir abandonné par la cuisinière réputée dont les mains de fée soutenaient en grande partie la prospérité actuelle du bar. Il avait cessé de s'en préoccuper, ces appréhensions-là n'avaient guère duré. Lui-même avait d'ailleurs perdu l'appétit et se sentait en proie à une effroyable lassitude... En fait, il ne pouvait imaginer passer une seule nuit sans Gabriela, sans la chaleur de son corps. Même les jours où l'amour n'était pas possible, il se couchait dans son lit, elle se blottissait contre sa poitrine et l'enivrait de son parfum de girofle. Au cours de ces nuits-là, il dormait mal, contenant son désir et l'accumulant pour de véritables lunes de miel qui se renouvelaient tous les mois. Si cela n'était pas de l'amour, une passion désespérée, qu'est-ce que cela pouvait bien être, Dieu du ciel ? Et si c'était de l'amour, si sa vie était impossible sans elle, quelle était la solution ? « Toute femme, même la plus fidèle, a ses limites », lui avait dit Nhô-Galo, un homme de bon conseil. Un autre qui était son ami. Pas aussi discret que Tonico, car il lançait à Gabriela de longues œillades suppliantes. Mais il s'en tenait là et ne lui faisait jamais de propositions.

— Ce doit être cela. Je vais vous dire, Tonico. Sans cette femme je ne peux pas vivre. Je deviendrai fou si elle m'abandonne...

— Qu'est-ce que vous allez faire ?

— Je n'en sais rien... Le visage de Nacib faisait peine à voir. Il avait perdu cette jovialité qui se répandait sur ses joues rebondies. Il paraissait s'allonger, maussade et presque funèbre.

— Pourquoi ne l'épousez-vous pas ? lança soudain Tonico comme s'il devinait ce qui se passait dans le cœur de son ami.

— Vous plaisantez ? On ne plaisante pas avec ces choses-là...

Tonico se leva, fit inscrire les bitters à son compte et jeta une pièce à Chico Moleza qui la saisit au vol :

— Eh bien, si j'étais à votre place, c'est ce que je ferais...

Dans le bar désert, Nacib réfléchissait. Que pouvait-il faire d'autre ? Il était loin le temps où il allait dans sa chambre pour se distraire, fatigué de Risoleta et des autres femmes. Le temps où, en guise de paiement, il lui apportait des broches à mille réaux et des bagues bon marché à chaton de verre. Maintenant il lui faisait des cadeaux une ou deux fois par semaine : coupons de tissu pour ses robes, flacons de parfum, foulards, bonbons du bar. Mais que valait tout cela en face de l'offre d'une maison garnie, d'une vie dans le luxe et l'oisiveté, comme celle de Glória qui dépensait de l'argent dans les magasins et s'habillait mieux que beaucoup de dames, épouses de maris fortunés ? Il fallait lui offrir quelque chose de supérieur, quelque chose de plus important, susceptible de rendre dérisoires les propositions du juge, de Manuel das Onças, et aussi maintenant de Ribeirinho, soudain privé d'Anabela. La danseuse était partie, cette ville lui faisait peur. L'émotion soulevée par la rossée du fonctionnaire de l'Intendance, dans laquelle Ribeirinho était impliqué et qui annonçait des incidents encore plus graves, l'avait décidée. Elle fit ses valises en catimini, acheta discrètement un billet pour un « Bahianais » et ne fit ses adieux qu'à Mundinho. Elle alla le voir la veille de son départ. Il lui donna un million de réaux. Ribeirinho se trouvait sur ses terres, et n'apprit la nouvelle qu'au retour. Elle avait emporté une bague de brillants, un pendentif en or et plus de vingt millions de réaux en bijoux. Au bar, Tonico observa :

— Nous sommes veufs, Ribeirinho et moi. Il est temps que Mundinho nous procure autre chose...

Ribeirinho s'était alors tourné vers Gabriela : la maison était déjà toute prête, il lui suffisait de se décider. A elle aussi il lui donnerait une bague de brillants et un pendentif en or. Nacib était au courant de tout. Doña Arminda l'en informait, non sans faire l'éloge de sa voisine :

— Je ne l'ai jamais vue plus irréprochable... Pourtant il y a de quoi faire tourner la tête à n'importe quelle femme. Il faut vraiment être amoureuse, avoir plus d'amour pour quelqu'un que pour soi-même. N'importe quelle autre se trouverait déjà plus entourée de luxe qu'une princesse...

Au sujet des sentiments de Gabriela, il n'avait aucun doute. Ne résistait-elle pas, comme si cela ne la concernait en rien, à toutes les propositions, à toutes les offres ? Elle regardait ces hommes en riant et ne se fâchait pas si l'un d'eux, plus hardi que les autres lui touchait la main ou lui prenait le menton. Elle ne renvoyait pas les billets doux, elle ne se montrait pas grossière et disait merci pour les flatteries qu'on lui adressait, mais elle ne faisait preuve de complaisance envers personne. Jamais elle ne se plaignait, jamais elle ne lui avait demandé quoi que ce fût. Elle recevait les cadeaux en battant des mains, avec joie. Et ne défaillait-elle pas toutes les nuits dans ses bras, ardente, insatiable, toujours prête à recommencer, en l'appelant « mon beau monsieur », « ma perdition » ? « Si j'étais à votre place, c'est ce que je ferais... » Facile à dire quand il s'agit des autres. Mais comment épouser Gabriela, une cuisinière, une mulâtresse, sans famille ni pucelage, rencontrée sur le « marché aux esclaves » ? Le mariage ne se concevait qu'avec une demoiselle bien dotée, bien élevée, à la virginité intacte. Que diraient son oncle, sa tante bardée de lard, sa sœur, son beau-frère ingénieur agronome de bonne famille ? Que diraient les Aschar, ses parents riches, des propriétaires fonciers qui faisaient la loi à Itabuna ? Ses amis du bar, les Mundinho Falcão, Amâncio Leal et Melk Tavares, le Docteur, le Capitaine, le Dr Maurício et le Dr Ezequiel ? Que dirait-on en ville ? Inutile d'y penser, c'était absurde. Et pourtant, il y pensait.

Un jour, se présenta au bar un campagnard qui vendait des oiseaux. Dans une cage, un *sofrê* lançait son chant triste et mélodieux. Beau et vif, le plumage noir et jaune, il ne se donnait pas un instant de répit. Ses trilles s'élevaient, doux à entendre. Chico Moleza et Bico-Fino s'extasiaient.

Nacib était sûr de faire au moins une chose : mettre fin aux apparitions de Gabriela à midi. Un préjudice pour le bar ? Patience... Il perdrait de l'argent, mais ce serait bien pire s'il la perdait. Elle était pour les hommes une tentation quotidienne, une présence enivrante. Comment ne pas l'aimer, ne pas la désirer, ne pas soupirer après elle une fois qu'on l'avait vue ? Nacib la sentait au bout de ses doigts, sur ses moustaches tombantes, sur la peau des cuisses, sur la plante des pieds. Le *sofrê* semblait chanter pour lui, tellement son chant était triste. Pourquoi ne l'achèterait-il pas pour Gabriela ? Maintenant qu'il lui serait défendu d'aller au bar, elle avait besoin de distractions.

Il acheta le *sofrê*. Il n'en pouvait plus d'avoir tant réfléchi, il n'en pouvait plus d'avoir tant souffert.

GABRIELA ET L'OISEAU PRISONNIER

— Oh ! comme il est beau ! s'écria Gabriela d'une voix chantante en voyant le *sofrê*.

Nacib posa la cage sur une chaise. L'oiseau se débattait et se cognait contre les barreaux.

— C'est pour toi... pour te tenir compagnie.

Il s'était assis. Gabriela s'installa sur le sol, à ses pieds. Elle lui prit la main, énorme et velue, et la baisa sur la paume d'un geste qui rappelait à Nacib, sans savoir pourquoi, le pays de ses pères, les montagnes de Syrie. Puis elle appuya la tête sur ses genoux. Il lui passa la main sur les cheveux. L'oiseau, qui s'était calmé, se remit à chanter.

— Deux cadeaux à la fois... Comme vous êtes bon !

— Deux cadeaux ?

— Oui, le petit oiseau et, celui que j'aime le plus, être venu me l'apporter. Tous les jours, monsieur, vous ne rentrez qu'après la tombée de la nuit...

Et il allait la perdre... « Toute femme, même la plus fidèle, a ses limites. » Nhô-Galo voulait dire son prix. Son amertume se peignit sur son visage et Gabriela, qui avait levé les yeux pour lui parler, remarqua :

— Vous êtes triste, monsieur Nacib... Vous n'étiez pas ainsi... Vous étiez joyeux et souriant. A présent, vous paraissez triste. Pourquoi, monsieur Nacib ?

Que pouvait-il lui répondre ? Qu'il ne savait pas comment faire pour la conserver, pour l'attacher à lui pour toujours ? Il profita de l'occasion pour lui parler de ses apparitions quotidiennes au bar.

— J'ai une chose à te dire.

— Eh bien, dites, mon maître...

— Il y a une chose que je n'aime pas et qui me préoccupe.

Elle s'inquiéta :

— La nourriture est mauvaise ? Le linge est mal lavé ?

— Rien de tout cela. C'est autre chose.

— Et qu'est-ce que c'est ?

— Tes apparitions au bar. Je n'aime pas cela. Cela ne me plaît pas.

Gabriela ouvrit de grands yeux :

— J'y vais pour vous aider et pour ne pas que le manger se refroidisse ! C'est pour cela que j'y vais !

— Je sais. Mais les autres ne le savent pas...

— Ah oui ! Je n'y avais pas pensé... Il n'est pas convenable que je me tienne au bar, n'est-ce pas ? Les autres n'aiment pas ça, une cuisinière au bar... Je n'y avais pas pensé.

Nacib, opportuniste, répondit :

— Exactement. Certains n'en font pas cas, mais d'autres y trouvent à redire.

Les yeux de Gabriela devinrent tristes. Le *sofrê* s'époumonait. il chantait à s'en déchirer les entrailles. Les yeux de Gabriela étaient devenus bien tristes.

— Quel mal faisais-je ?

Pourquoi la faire souffrir, pourquoi ne pas lui dire la vérité, lui décrire sa jalousie, lui crier son amour, l'appeler Bié comme c'était son désir, comme il l'appelait en pensée ?

— A partir de demain, je vais faire ainsi : j'entrerai par la porte de derrière, uniquement pour servir le repas. Je ne me montrerai ni dans la salle ni sur la terrasse.

Et pourquoi pas ? Ainsi il continuerait de la voir à midi, de la sentir à ses côtés, de lui toucher la main, la jambe, le sein. Et sa présence semi-clandestine n'équivaudrait-elle pas à une réponse négative aux offres tentatrices et aux paroles mielleuses ?

— Ça te plaît d'aller au bar ?

Elle fit oui de la tête. C'était son heure de promenade et de liberté. Elle aimait marcher sous le soleil, la gamelle à la main, circuler entre les tables, écouter les paroles qu'on lui adressait, sentir les regards chargés d'intentions ! Pas ceux des vieux. Pas les offres de maison garnie que lui faisaient les colonels. Elle aimait se sentir regardée, fêtée, désirée. C'était une sorte de préparation à la nuit et qui la laissait comme enveloppée d'une atmosphère de désir. Une fois dans les bras de Nacib, elle revoyait tous ces beaux messieurs : Tonico, Josué, Ari, Epaminondas, l'employé de commerce. L'un de ceux-ci se serait-il plaint ? Elle ne le pensait pas. Plutôt un de ces vieux hideux, furieux qu'elle ne lui eût accordé aucune attention.

— C'est bon, tu peux y aller. Mais tu ne feras plus le service, tu resteras assise derrière le comptoir.

Au moins, elle aurait les regards, les sourires, et il en viendrait bien un au comptoir pour lui parler.

— Je m'en retourne... annonça Nacib.

— Si vite...

— J'aurais pu ne pas venir...

Les bras de Gabriela lui ceignirent les jambes et l'immobilisèrent. Jamais il ne l'avait possédée de jour, cela s'était toujours passé la nuit. Il voulut se lever, elle le retint, silencieuse et reconnaissante.

— Viens... ici même...

Il l'entraîna. C'était la première fois qu'il allait la posséder dans sa chambre, dans son propre lit, comme si elle était sa femme et non sa cuisinière. Quand il lui eut arraché sa robe d'indienne et que son corps nu eut roulé sur le lit en offrant des seins durs et des fesses fermes, quand elle lui eut pris la tête et baisé les yeux, alors pour la première fois, il lui demanda :

— Dis-moi une chose : est-ce que tu m'aimes ?

Son rire fusa semblable au chant de l'oiseau, un trille ininterrompu.

— Mon beau monsieur !... Je vous aime beaucoup !...

Elle était chagrinée par cette histoire de ses apparitions au bar. Pourquoi la faire souffrir, ne pas lui dire la vérité ?

— Personne n'a réclamé au sujet de ta présence au bar. C'est moi qui ne veux pas. C'est pour cela que je suis triste. Tout le monde te parle. On te raconte des sornettes, on te prend la main, c'est tout juste si on ne t'empoigne pas sur place pour te jeter à terre...

Elle rit, elle trouvait cela amusant :

— Cela n'a aucune importance... Je ne les écoute pas...

— C'est vrai ?

Gabriela l'attira contre elle et l'écrasa sur ses seins. Nacib murmura : Bié... Et dans sa langue de l'amour, qui était l'arabe, il lui dit en la prenant : « Désormais, tu es Bié et ce lit est le tien, c'est ici que tu dormiras. Tu n'es pas la cuisinière, bien que tu fasses la cuisine. Tu es la maîtresse de cette maison, le rayon de soleil, la lueur de la lune, le chant des oiseaux. Tu t'appelles Bié... »

— Bié est un nom d'étrangère ? Appelez-moi Bié, parlez-moi encore dans cette langue..., j'aime l'entendre.

Quand Nacib fut reparti, elle s'assit devant la cage. Monsieur Nacib était bon, pensa-t-elle, il était jaloux. Elle rit en glissant son doigt entre les barreaux de la cage tandis que l'oiseau effrayé cherchait à fuir. Il était jaloux. Comme c'était drôle... Elle n'était pas jalouse. S'il en avait envie, il pourrait coucher avec une autre. Au début, c'est ainsi que cela s'était passé, elle le savait. Il couchait avec elle et avec d'autres. Elle ne s'en souciait pas. Il pouvait avoir une autre femme. Pas pour cohabiter, pour dormir seulement. Monsieur Nacib était jaloux. Comme c'était drôle ! Qu'est-ce que cela pouvait faire que Josué lui touchât la main ? Que monsieur Tonico, un si bel homme, et si sérieux en présence de Nacib, tentât en son absence de l'embrasser sur la nuque ? Que monsieur Epaminondas lui demandât un rendez-vous, que monsieur Ari lui donnât des bonbons ou lui prît le menton ? Toutes les nuits, elle dormait avec eux, avec eux et aussi avec ceux d'avant, excepté son oncle, quand elle était dans les bras de monsieur Nacib. Une fois avec l'un, une fois avec l'autre, mais le plus souvent avec le jeune Bebinho et avec monsieur Tonico. C'était si bon, rien que d'y penser.

Si bon d'aller au bar, de circuler au milieu des hommes. La vie était bonne, il suffisait de vivre. Se chauffer au soleil, prendre des douches froides, sucer des goyaves, manger des mangues, mâchonner du piment doux. Et marcher dans les rues, chanter des chansons, dormir avec un homme et rêver d'un autre.

Bié, ce nom lui plaisait. Monsieur Nacib, tout grand qu'il était, qui l'aurait dit ? A présent même, il avait parlé dans une langue étrangère, il était jaloux... Comme c'était drôle ! Elle ne voulait pas le contrarier, il était si bon ! Elle ferait attention, elle ne voulait pas le chagriner. Seulement elle ne pouvait pas vivre sans sortir de la maison, sans se mettre à la fenêtre, sans marcher dans la rue. Rester bouche cousue et contenir son rire, se priver d'entendre des voix d'hommes à la respiration haletante, aux regards brillants. « Ne m'en demandez pas tant, monsieur Nacib, je ne peux pas. »

L'oiseau se cognait contre les barreaux de la cage. Depuis combien de temps se trouvait-il prisonnier ? Depuis peu sans doute, car il n'était pas encore habitué. Qui peut s'habituer à vivre prisonnier ? Elle aimait les animaux et les prenait en affection. Les chats, les chiens, même les poules. Dans son village, elle avait eu un perroquet qui savait parler. Il était mort de faim, avant son oncle. Jamais elle n'avait voulu d'oiseaux en cage. Ils lui faisaient de la peine. Elle n'en avait rien dit pour ne pas fâcher monsieur Nacib. Il avait voulu lui offrir un cadeau, une compagnie pour la maison, un *sofrê* chanteur. Son chant était triste, monsieur Nacib, si triste ! Elle ne voulait pas le fâcher, elle ferait attention. Elle ne voulait pas le chagriner. Elle dirait que l'oiseau s'était échappé.

Elle alla dans le jardinet et elle ouvrit la cage en face du goyavier. Le chat dormait. Le *sofrê* s'envola, se posa sur une branche et chanta pour la remercier. Comme ses trilles étaient clairs et joyeux ! Gabriela sourit. Le chat se réveilla.

LES FAUTEUILS A DOSSIER HAUT

De lourds fauteuils de style autrichien, noirs, avec dossier haut, montants torsadés, cuir gaufré, semblaient placés là pour être regardés et admirés, non pour qu'on s'assoie dessus. N'importe quel autre visiteur en aurait été intimidé. Le colonel Altino Brandão, debout, contemplait une fois de plus le salon. Sur le mur, comme chez lui, des portraits coloriés, réalisés par une florissante industrie de São Paulo : ceux du colonel Ramiro et de sa défunte épouse, avec un miroir entre les deux. Dans un angle, une niche garnie de saints. Au lieu de bougies, de minuscules ampoules électriques bleues, vertes, rouges, du plus bel effet. Sur l'autre mur, de petites nattes japonaises en bambou sur lesquelles on voyait des cartes postales, des portraits de parents, des chromos. Dans le fond, un piano recouvert d'un châle noir à ramages couleur de sang.

Après avoir salué Jerusa du trottoir, Altino lui avait demandé si le colonel Ramiro Bastos était là et s'il pouvait lui accorder quelques minutes. La jeune fille l'avait fait entrer dans le couloir qui séparait les deux salons donnant sur la rue. De là, il avait entendu un remue-ménage grandissant dans la maison. On tirait les verrous des fenêtres, on découvrait des fauteuils protégés par des housses de drap, on maniait le balai et le plumeau. Ce salon ne s'ouvrait que les jours de fête : anniversaire du colonel, entrée en fonction d'un nouvel intendant, réception d'importants politiciens de Bahia, ou encore à l'occasion d'une visite inhabituelle et méritant une grande considération. Jerusa parut sur le pas de la porte et l'invita :

— Voulez-vous entrer, colonel ?

Il était rarement venu chez Ramiro Bastos, presque toujours pour des fêtes. Une nouvelle fois, il admirait le salon luxueux, preuve indubitable de la richesse et de la puissance du colonel.

— Grand-père vient tout de suite... lui dit Jerusa en souriant, puis elle se retira avec une inclination de tête.

« Quelle jolie fille ! On dirait presque une étrangere, tellement elle est blonde, et avec sa peau si blanche qu'elle paraît bleutée. Ce Mundinho Falcão est un imbécile. Pourquoi tant de discordes quand tout pourrait être résolu si facilement ? »

Il entendit le pas traînant de Ramiro. Il s'assit.

— Holà ! En voilà un miracle ! Qu'est-ce qui me vaut ce plaisir ?

Ils se serrèrent la main. Altino fut impressionné par le vieux : il s'était bien cassé au cours des derniers mois, depuis leur dernière rencontre. Naguère, on aurait dit un tronc d'arbre insensible aux outrages des ans, indifférent aux tempêtes et aux vents, planté à Ilhéus comme pour y régner jusqu'à la fin des siècles. De cet aspect imposant, il ne conservait plus que le regard dominateur. Ses mains tremblaient légèrement, ses épaules se voûtaient, sa démarche était devenue chancelante.

— Vous êtes de plus en plus solide ! s'écria Altino en mentant.

— En tirant des forces de ma faiblesse. Asseyons-nous.

Le dossier du fauteuil était plat. C'était peut-être joli, mais sûrement inconfortable. Il préférait les fauteuils moelleux du bureau de Mundinho en cuir bleu et capitonnés, où le corps s'enfonçait mollement, si confortables qu'ils ôtaient l'envie de se lever pour s'en aller.

— Vous excuserez ma question : quel âge avez-vous ?

— Je suis dans ma quatre-vingt-troisième année.

— Un bel âge. Que Dieu vous accorde encore de longues années de vie, colonel.

— Dans ma famille on meurt tard. Mon grand-père a vécu quatre-vingt-neuf ans. Mon père quatre-vingt-douze.

— Je me souviens de lui.

Jerusa entrait dans le salon en apportant des tasses de café sur un plateau.

— Mes petites-filles deviennent des demoiselles...

— Je me suis marié déjà âgé. Alfredo et Tonico ont fait la même chose. Je n'ai pas encore d'arrière-petits-enfants, mais je pourrais être trisaïeul.

— Les arrière-petits-enfants ne vont pas tarder, avec une aussi jolie petite-fille...

— C'est bien possible.

Jerusa revint, enleva les tasses et transmit une commission :

— Grand-père, l'oncle Tonico vient d'arriver, il demande s'il peut venir ici.

Ramiro regarda Altino :

— Qu'en dites-vous, colonel ? Préférez-vous que nous restions en tête à tête ?

— Avec monsieur Tonico, cela n'a pas d'importance, c'est votre fils.

— Dites-lui de venir...

Tonico parut, portant gilet et guêtres. Altino se leva et fut enveloppé d'une accolade cordiale, chaleureuse. « Un merdeux », pensa le *fazendeiro*.

— Eh bien, colonel, c'est avec une grande satisfaction que je vous vois dans cette maison. Vous ne venez presque jamais...

— Je suis un homme des bois, je ne sors de Rio do Braço que quand je ne peux pas faire autrement. Et c'est pour me rendre à Águas Claras...

— Quelle récolte, cette année, hein, colonel ? demanda Tonico en l'interrompant.

— Que Dieu soit loué ! Je n'ai jamais vu autant de cacao... Eh bien, je suis venu à Ilhéus et je me suis dit : je vais faire une visite au colonel Ramiro, l'entretenir de choses auxquelles je pense. A la campagne, on reste à réfléchir, la nuit... Vous savez comment cela se passe, on se met à penser des choses et puis on veut les dire.

— Je suis tout oreilles, colonel.

— Vous savez que je n'ai jamais voulu me mêler d'histoires de politique, sauf une fois, contraint et forcé. Vous devez vous en souvenir : quand monsieur Firmo dirigeait les affaires du municipe. On a voulu fourrer le nez dans ce qui se passait à Rio do Braço et y nommer un représentant de l'autorité. A cette occasion, je suis venu vous trouver...

Ramiro se rappelait l'incident. Le commissaire de police, qui lui était tout dévoué, avait déposé le sous-commissaire de Rio do Braço, un protégé d'Altino, et nommé à sa place un caporal de la police militaire. Altino s'était rendu à Ilhéus pour protester auprès de Ramiro. Cela remontait à une douzaine d'années. Il exigeait le déplacement du caporal et la restitution du poste à son protégé. Ramiro lui avait donné satisfaction. Cette substitution d'autorité s'était faite sans le consulter, sans son approbation à l'époque où il siégeait au Sénat de Bahia.

— Je vais faire rappeler le caporal, avait-il promis.

— C'est inutile. Il est reparti par le train dans lequel il était venu. Il semble qu'il ait eu peur de rester. Je ne sais pas exactement pourquoi, je ne suis pas très bien renseigné. J'ai entendu dire qu'on lui a fait quelques plaisanteries, des gamineries. Je pense qu'il ne voudra pas revenir. Ce qu'il faut, c'est annuler sa désignation et nommer à nouveau mon compère. Un représentant de l'autorité sans la force ne vaut rien du tout.

Satisfaction lui avait été donnée. Ramiro se rappelait cette conversation tendue. Altino l'avait menacé de rompre, d'appuyer l'opposition. Que voulait-il maintenant ?

— Aujourd'hui je reviens, peut-être pour me mêler de ce qui ne me regarde pas. Personne ne m'a commandé de sermon. Mais sur mes terres, je pense aux choses qui se passent à Ilhéus. Même quand on ne se mêle pas des choses, les choses se mêlent de nous. Parce que, en fin de compte, qui est-ce qui fait les frais de la politique ? Ce sont les *fazendeiros*, ceux qui vivent dans leurs plantations et récoltent le cacao. Je suis devenu préoccupé...

— Que pensez-vous de la situation ?

— Je pense qu'elle est mauvaise. Vous avez toujours été respecté, depuis bien des années vous êtes le chef politique et vous êtes digne de l'être. Qui oserait le nier ? Ce ne sera pas moi, Dieu m'en garde !

— Maintenant on le nie. Et si du moins c'était des gens d'ici ! Un homme venu d'ailleurs se mêle des affaires d'Ilhéus, personne ne sait pourquoi. Ses frères, qui sont des gens corrects, l'ont chassé de leur firme et ne veulent plus voir la tête de ce renégat. Il est venu diviser ce qui était uni, séparer ce qui ne faisait qu'un. Que le Capitaine me combatte, d'accord, j'ai combattu son père et je l'ai éliminé du gouvernement. Il a ses raisons, aussi n'ai-je jamais cessé d'avoir des relations avec lui ni de le respecter. Mais ce monsieur Mundinho devrait se contenter de l'argent qu'il gagne. Pourquoi fourre-t-il son nez là-dedans ?

Altino alluma sa cigarette roulée dans une feuille de maïs tout en observant les lampes de la niche des saints :

— Excellent éclairage. Chez nous, on a des saints vénérés par la patronne. Elle use des bougies à n'en plus finir. Je vais faire mettre des lumières pareilles à celles-ci. Ilhéus est une ville d'étrangers, colonel. Nous-mêmes, qui sommes-nous ? Aucun de nous n'est né ici. Et les gens d'ici, que valent-ils ? Mis à part le Docteur qui est un homme instruit, les autres ne sont que des rebuts bons à jeter aux ordures. D'une certaine façon, nous sommes les premiers *grapiúnas.* Ce sont nos fils qui sont des enfants d'Ilhéus. Quand nous sommes venus dans ces forêts effroyables, ne pouvait-on pas dire aussi que nous n'étions que des étrangers ?

— Je ne parle pas pour vous fâcher. Je sais que vous lui avez vendu votre cacao. Je ne savais pas que vous étiez amis, et c'est pour cela que je vous ai parlé ainsi. Mais je ne retranche rien à mes propos. Ce que j'ai dit est dit. Ne vous comparez pas à lui, colonel, ne me comparez pas à lui. On est venu ici quand il n'y avait encore rien. C'était différent. Que de fois n'avons-nous pas risqué notre vie, échappé à la mort ? Bien pis, que de fois n'a-t-on pas dû faire supprimer la vie des autres ? Cela n'a donc aucune importance ? Ne vous comparez pas à lui, colonel, ne me comparez pas non plus à lui. (La voix du vieillard, par un effort de volonté, cessait de trembler et de bégayer, c'était la voix de commandement d'autrefois.) A-t-il jamais risqué sa vie ? Il a débarqué avec de l'argent, il a monté une maison de commerce, il achète et il exporte du cacao. Quelles vies a-t-il supprimées ?

Où est-il allé chercher le droit de faire la loi ici ? Nous, notre droit, nous l'avons conquis.

— C'est exact, colonel. Tout cela est exact, mais appartient à des temps révolus. On passe sa vie à trimer sans se rendre compte que le temps file et que les choses changent. Soudain, ou ouvre les yeux et tout est différent.

Tonico, silencieux et inquiet, écoutait. Il se repentait presque d'être venu dans le salon. Dans le couloir, Jerusa donnait des ordres aux bonnes.

— Qu'est-ce qui est différent ? Je ne vous comprends pas...

— Je vais vous le dire. Avant, il était facile de commander. Il suffisait de disposer de la force. Gouverner était facile. Aujourd'hui, tout a changé. Nous avons conquis le commandement, comme vous l'avez dit, en répandant le sang. Nous l'avons conquis pour garantir la possession de nos terres, c'était nécessaire. Mais maintenant, nous avons fait ce que nous avions à faire. Tout a grandi. Itabuna est maintenant aussi importante qu'Ilhéus. Pirangi, Água Preta, Macuco, Guaraci deviennent des villes. Tout est encombré de docteurs, d'agronomes, de médecins ou d'avocats. Tout le monde réclame. Peut-on admettre que nous savons encore commander, que nous pouvons encore commander ?

— Et pourquoi en est-il ainsi ? Pourquoi tous ces docteurs, tout ce progrès ? Qui a fait tout cela ? C'est vous colonel, et c'est votre serviteur. Pas quelqu'un venu d'ailleurs. Et maintenant que c'est fait, de quel droit se retournent-ils contre ceux qui l'ont fait ?

— On plante des cacaoyers, on s'occupe de les faire pousser, on ramasse les cabosses, on les brise, on met les grains dans les bacs, on les fait sécher sur les aires ou dans les serres, on les charge sur des mulets et on les transporte à Ilhéus pour les vendre aux exportateurs. Alors le cacao est sec, odorant. Il est le meilleur du monde. C'est nous qui l'avons produit. Mais sommes-nous capables de faire du chocolat ? Savons-nous le faire ? Il a fallu pour cela que monsieur Hugo Kaufmann vienne de la lointaine Europe. Et encore ne fait-il que du cacao en poudre. C'est vous, colonel, qui avez fait tout cela. Ce qu'Ilhéus possède, ce qu'Ilhéus vaut, c'est à vous qu'Ilhéus le doit. Dieu me garde de le nier, je suis le premier à le reconnaître. Mais vous avez fait tout ce que vous saviez, tout ce que vous pouviez faire.

— Et qu'est-ce qu'Ilhéus demande de plus que ce que nous faisons ? Qu'est-ce qu'il faut faire ? Pour parler franchement, je ne vois pas quels sont ces besoins. A moins que vous ne me les montriez du doigt pour que je les découvre.

— Eh bien, vous allez les voir. Ilhéus est plus jolie qu'un jardin. Mais Pirangi, Rio do Braço, Água Preta ? La population réclame, elle exige. On a ouvert des chemins avec les ouvriers agricoles, avec les *jagunços*. Maintenant on a besoin de routes, les *jagunços* ne peuvent pas les faire. Mais le pire de tout, c'est le chenal, cette histoire du port. Pourquoi vous y êtes-vous opposé, colonel Ramiro Bastos ? Parce que le gouverneur vous l'a demandé ? Ce que toute la population désire, le gage de la grandeur future de cette région, c'est que le cacao parte de ce port à destination de tous les points du monde, qu'on cesse de payer le transport à Bahia. Et qui est-ce qui le paie ? Les exportateurs et les *fazendeiros*.

— On a des engagements. Chacun tient les siens. Si on ne les tient pas, on n'est plus respecté. J'ai toujours tenu les miens, vous le savez. Le gouvernement m'a présenté une demande et m'a fourni des explications. Plus tard, nos enfants feront le port, hors du chenal, à Malhado. Chaque chose en son temps.

— Le temps est venu, vous refusez d'ouvrir les yeux. De notre temps à nous, il n'y avait pas de cinéma, les façons de vivre étaient différentes. Elles changent aussi, et les nouveautés sont si nombreuses qu'on ne sait pas où donner de la tête. Autrefois, pour gouverner, il suffisait de donner des ordres et de tenir ses engagements vis-à-vis du gouvernement. Aujourd'hui, cela ne suffit plus. Vous restez fidèle au gouverneur, vous êtes son ami et vous n'êtes pas plus respecté pour autant. La population s'en moque. Elle veut que le gouvernement satisfasse ses besoins. Pourquoi Mundinho parvient-il à diviser, pourquoi y a-t-il des gens qui le suivent ?

— Pourquoi ? Parce qu'il les achète en leur promettant monts et merveilles, et parce qu'il existe des individus sans vergogne qui ne tiennent pas leurs engagements.

— Vous m'excuserez, colonel, mais vous n'y êtes pas. Peut-il proposer quelque chose que vous ne puissiez vous-même proposer ? Candidature à une élection, influence, emploi, prestige ? Vous avez plus de pouvoir que lui. Ce qu'il propose, ce qu'il veut faire, c'est gouverner en accord avec le temps.

— Gouverner ? Depuis quand a-t-il gagné une élection ?

— Il n'en a pas besoin. Il a fait ouvrir une rue sur la plage, fondé un journal, contribué à l'achat des autocars, fait installer une succursale de banque et obtenu un ingénieur pour le chenal. N'est-ce pas gouverner qu'avoir fait tout cela ? Vous donnez des ordres à l'Intendant, au délégué, aux fonctionnaires des communes. Mais celui qui gouverne, depuis quelque temps déjà, c'est Mundinho Falcão. Voilà pourquoi je suis venu ici : parce qu'une région ne peut pas avoir deux autorités. Je suis sorti de mon trou pour vous parler. Si cela continue, les choses vont tourner mal. Cela a déjà commencé : vous avez fait mettre le feu à un journal, et l'on a failli tuer un de vos hommes à Guaraci. Ces procédés étaient valables en d'autres temps, il ne pouvait en être autrement. Aujourd'hui, ils sont désastreux. Voilà pourquoi je suis venu frapper à votre porte et m'entretenir avec vous.

— Pour me dire quoi ?

— Qu'il n'y a qu'une seule façon de remettre les choses en ordre, une seule, je n'en vois pas d'autre.

— Laquelle, dites-moi donc ? La voix du colonel était devenue sèche. On eût dit maintenant deux ennemis face à face.

— Je suis votre ami, colonel. Je vote pour vous depuis vingt ans. Je ne vous ai jamais rien demandé. Je n'ai réclamé qu'une seule fois et j'étais dans mon droit. Je suis venu ici en ami.

— Je vous remercie. Vous pouvez parler.

— Il n'y a qu'une seule façon, c'est de conclure un accord.

— Qui ? Moi ? Avec cet étranger ? Quelle opinion avez-vous de moi, colonel ? Je n'ai pas conclu d'accord quand j'étais plus jeune et que ma vie était en danger. Je suis un homme honnête, ce n'est pas maintenant, à deux doigts de la mort, que je vais me courber. Ne me parlez pas de cela !

Mais Tonico intervint. Cette idée d'un accord lui plaisait. Quelques jours plus tôt, Mundinho s'était rendu à la *fazenda* d'Altino. Certainement, cette proposition était suggérée par lui.

— Laissez parler le colonel, père. Il est venu en ami, vous avez le devoir de l'entendre. Que vous soyez d'accord ou non, c'est une autre affaire.

— Pourquoi ne pas prendre en main l'affaire du chenal, ne pas demander à Mundinho de rallier votre parti et ne pas rassembler tout le monde sous votre autorité ? Personne ne vous veut de mal à Ilhéus, même pas le Capitaine. Mais si vous persistez dans cette attitude, vous allez perdre.

— Auriez-vous à transmettre une proposition concrète. colonel ? demanda Tonico.

— Une proposition, non. Avec Mundinho, je n'ai pas voulu parler de politique. Je lui ai dit seulement que je ne voyais qu'une seule issue : la conclusion d'un accord.

— Et lui, qu'en a-t-il dit ? voulut savoir Tonico, attentif et curieux.

— Il n'en a rien dit. D'ailleurs, je ne lui ai pas demandé de me répondre. Mais si vous le voulez, colonel Ramiro, dans quelle situation va-t-il se trouver s'il n'accepte pas ? Si vous lui tendez la main, comment pourra-t-il la refuser ?

— Vous avez peut-être raison... Tonico avança son lourd fauteuil pour se rapprocher d'Altino.

La voix du colonel Ramiro Bastos, altérée, interrompit ce dialogue :

— Colonel Altino Brandão, si c'est seulement cela qui vous a amené ici, votre visite est terminée...

— Mais, père ! Que dites-vous ?

— Et vous, fermez-la. Si vous voulez ma bénédiction, oubliez cette affaire d'accord. Colonel, vous m'excuserez, je ne veux pas vous fâcher, j'ai toujours eu de bons rapports avec vous. Dans cette maison, vous êtes comme chez vous. Si vous le voulez bien, parlons d'autre chose, mais pas d'un accord. Ecoutez ce que je vais vous dire : même si je dois rester tout seul, même si mes fils m'abandonnent pour se rallier à cet étranger, même si je me retrouve sans amis, ou plutôt, avec un seul ami, car mon compère Amâncio, lui, ne m'abandonnera pas, j'en suis sûr, eh bien, même dans ces conditions, je ne conclurai pas d'accord. Personne, avant ma mort, ne mettra la main sur Ilhéus. Ce qui a servi autrefois peut encore servir aujourd'hui, même si je dois mourir les armes à la main, même si je dois — que Dieu me pardonne — donner l'ordre de tuer. Dans un an auront lieu les élections, et je les gagnerai, colonel, même si tout le monde est contre moi, même si Ilhéus doit redevenir un repaire de bandits, une zone de *cangaço* ! (Il forçait sa voix tremblante, il se levait...) Je les gagnerai !

Altino, de son côté, se leva et prit son chapeau :

— Je suis venu avec des intentions pacifiques. Vous ne voulez pas m'écouter. Je ne veux pas ressortir de chez vous en ennemi. Je vous respecte beaucoup. Mais je repars libre de tout engagement. Je ne suis pas votre débiteur, je suis libre de voter pour qui je veux. Adieu, colonel Ramiro Bastos.

Le vieux baissa la tête, ses yeux paraissaient vitreux.

Tonico accompagna le colonel jusqu'à la porte :

— Mon père est entêté, obstiné. Mais peut-être pourrai-je...

Altino lui serra la main et interrompit sa phrase :

— De cette façon, il va finir tout seul, avec deux ou trois amis plus particulièrement dévoués. Il regardait le bel élégant, un « merdeux ». Je pense que Mundinho a raison, qu'Ilhéus a besoin d'être gouvernée par des hommes nouveaux. Je me range à ses côtés. Mais vous, votre devoir est de rester auprès de votre père, de lui obéir. N'importe qui a le droit de négocier, de solliciter un accord et même un pardon, mais pas vous. Vous n'avez qu'une seule chose à faire : rester auprès de lui, même si c'est pour mourir. En dehors de cela, vous n'avez rien d'autre à faire.

Après avoir salué Jerusa, blonde et curieuse à la fenêtre de l'autre salon, il s'en alla.

DU DIABLE EN LIBERTÉ DANS LES RUES

— *Vade retro !*... On dirait que le diable court en liberté dans Ilhéus. A-t-on jamais vu une jeune fille se laisser courtiser par un homme marié ? clamait l'acariâtre Doroteia sur le parvis de l'église au milieu des vieilles filles.

— Quant au professeur, le malheureux, il ne lui reste plus qu'à perdre la raison. Il est si affligé qu'il fait pitié... déplora Quinquina.

— C'est un jeune homme délicat, il peut en tomber malade, ajouta Florzinha. Il n'a déjà pas beaucoup de santé.

— Un drôle de loustic, aussi. Le chagrin l'a incité à rôder sous la fenêtre de la dévergondée... et même il s'arrête sur le trottoir pour lui parler. J'ai dit au père Basílio que...

— Quoi donc ?

— Qu'Ilhéus devenait un lieu de perdition passible du châtiment du ciel, et qu'un beau jour Dieu enverrait un fléau qui ferait périr tous les cacaoyers...

— Et qu'a-t-il répondu ?

— Il a dit que j'avais une langue de malheur, que je ne souhaitais que le mal. Il était furieux.

— Aussi quelle idée d'aller lui raconter cela, à lui qui est propriétaire d'une plantation ! Pourquoi n'en avoir pas parlé au père Cecílio ? Celui-là, le pauvre, il est sans péché.

— Mais c'est ce que j'ai fait. Il m'a dit : « Doroteia, le diable court en liberté dans Ilhéus. Il y règne sans partage. » C'est la pure vérité.

Elles détournèrent la tête pour ne pas voir Glória à sa fenêtre, le visage éclairé de sourires adressés au bar de Nacib. C'eût été voir le péché, l'incarnation du diable.

Au bar, le Capitaine, triomphant, avait lancé cette nouvelle sensationnelle : le colonel Altino Brandão, le maître de Rio do Braço, un homme qui représentait plus de mille suffrages, venait de se rallier à Mundinho. Il s'était rendu chez l'exportateur pour l'informer de sa décision. Mundinho, surpris par le retournement imprévu du colonel, lui avait demandé :

— Qu'est-ce qui vous a décidé, colonel ? Il pensait à ses arguments irréfutables, à ses propos convaincants.

— Des fauteuils à dossier haut, répondit Altino.

Mais au bar, on était déjà au courant de l'entrevue qui avait mal tourné, de la colère de Ramiro. On exagérait les faits : on disait qu'après une violente altercation, le vieux chef politique avait mis Altino à la porte, que celui-ci avait été mandaté par Mundinho pour proposer un accord, demander une trêve, implorer la clémence. A l'origine de cette version se trouvait Tonico qui, très exalté, annonçait dans les rues qu'Ilhéus allait revenir au temps jadis des coups de feu et des meurtres. Selon d'autres versions données par le Docteur et par Nhô-Galo qui avaient rencontré le colonel Altino, Ramiro avait perdu la tête quand le *fazendeiro* de Rio do Braço lui avait dit qu'il le considérait d'ores et déjà comme battu, avant même les élections, et l'avait informé qu'il voterait pour Mundinho. Tonico avait alors proposé un accord humiliant pour les Bastos aussitôt rejeté par Ramiro. Les versions se croisaient au gré des sympathies politiques. Une chose cependant était sûre : après le départ d'Altino, Tonico avait couru chercher un médecin, le Dr Demósthenes, pour soigner le colonel Ramiro, victime d'une défaillance. Journée de commentaires, de discussions, de nervosité. A João Fulgêncio, venu de la Papeterie pour la causette de fin d'après-midi, on demanda ce qu'il en pensait :

— Je pense comme doña Doroteia. Elle vient de me dire que le diable court en liberté dans Ilhéus. Elle ne sait pas exactement s'il se cache chez Glória ou ici, au bar. Où avez-vous caché le malin, Nacib ?

Ce n'était pas seulement le diable, mais l'enfer tout entier que l'Arabe portait en lui. La convention passée avec Gabriela ne l'avait avancé à rien. Elle venait et restait derrière la caisse enregistreuse, retranchement précaire et distance trop courte pour le désir des hommes. Ceux-ci jouaient des coudes maintenant pour boire debout, devant le comptoir. Une sorte de réunion se formait autour d'elle, cela devenait indécent. Le juge avait poussé l'impudence jusqu'à dire à Nacib lui-même :

— Préparez-vous, mon cher, je vais vous voler Gabriela. Tâchez de vous procurer une autre cuisinière.

— Vous a-t-elle donné des espérances, docteur ?

— Elle m'en donnera... C'est une question de temps et de savoir-faire.

Manuel das Onças qui, autrefois, ne quittait pas ses plantations, semblait avoir oublié ses *fazendas* en pleine saison de récolte. Il avait même offert à Gabriela une parcelle de terre. C'est la vieille fille qui avait raison. Le diable se déchaînait à Ilhéus et faisait tourner la tête aux hommes. Il finirait par faire tourner aussi celle de Gabriela. Deux jours auparavant, doña Arminda lui avait dit :

— Une coïncidence : j'ai rêvé que Gabriela était partie et le même jour le colonel Manuel lui a fait dire que si elle acceptait, il lui donnerait en bonne et due forme la propriété d'une plantation.

Les femmes ont la tête légère. Il suffisait de regarder la place : on y voyait Malvina, assise sur un banc de l'avenue, en train de bavarder avec l'ingénieur. João Fulgêncio ne disait-il pas qu'elle était la jeune fille la plus intelligente d'Ilhéus, avec du caractère et tout ce qui s'ensuit ? Et ne perdrait-elle pas la tête en fréquentant au vu de tous un homme marié ?

Nacib s'était avancé jusqu'à l'extrémité de la large terrasse du bar. Plongé dans ses réflexions, il sursauta quand il vit le colonel Melk Tavares sortir de sa maison et se diriger vers la plage.

— Regardez ! s'écria-t-il.

Quelques clients l'entendirent et se retournèrent pour voir.

— Il se dirige vers eux.

— Ça va barder !...

La jeune fille aussi avait vu son père s'approcher et elle s'était levée. Il devait être revenu de ses plantations à l'instant, car il n'avait pas encore enlevé ses bottes. Au bar, les clients abandonnaient les tables de l'intérieur pour regarder. L'ingénieur avait pâli quand Malvina l'avait alerté :

— Mon père vient dans notre direction.

— Qu'allons-nous faire ? Sa voix trahissait son émotion.

Melk Tavares, le visage fermé, la cravache à la main, les yeux sur sa fille, s'arrêta à côté d'eux. Sans daigner détourner ses regards vers l'ingénieur et ignorant sa présence, il lança à Malvina d'une voix cinglante :

— A la maison ! Tout de suite ! tandis que sa cravache claquait contre sa botte.

Il resta immobile à regarder sa fille s'en aller d'un pas lent. L'ingénieur n'avait pas bougé, rivé au sol, le front et les mains moites de sueur. Quand Malvina eut franchi le portail et eut disparu, Melk leva sa cravache et en appuya la pointe de cuir sur la poitrine de Rômulo :

— J'ai appris que vous aviez terminé votre étude du chenal et que vous aviez télégraphié pour demander de rester afin de diriger les travaux. A votre place, je n'aurais pas agi ainsi. J'aurais envoyé un télégramme pour demander un remplaçant et je n'aurais pas attendu son arrivée. Vous avez un bateau après-demain. Il retira la cravache en la relevant, la pointe effleura le visage de Rômulo. Le délai que je vous accorde expire après-demain.

Il lui tourna le dos et regarda vers le bar comme pour chercher la raison du petit attroupement qui s'était formé à l'extérieur, puis il s'y dirigea. Les curieux se rassirent et renouèrent précipitamment leurs conversations tout en l'épiant du coin de l'œil. Melk entra et donna à Nacib une tape sur le dos :

— Comment ça va ? Servez-moi un cognac.

Apercevant João Fulgêncio, il prit place à côté de lui :

— Bonjour, monsieur João. On m'a dit que vous vendiez de mauvais livres à ma fille. Je vais vous demander une faveur : ne lui en vendez plus aucun. Ou rien que des livres pour le collège. Les autres ne servent qu'à dévoyer.

Très calmement, João Fulgêncio lui répondit :

— J'ai des livres à vendre. Si le client veut les acheter, je ne refuse pas de les lui vendre. De mauvais livres, qu'entendez-vous par là ? Votre fille n'a acheté que de bons livres, des meilleurs auteurs. Je profite de l'occasion pour vous dire qu'elle est intelligente et très douée. Il faut la comprendre. Vous ne devez pas la traiter comme la première venue.

— Elle est ma fille, et pour la manière de la traiter, comptez sur moi. Il y a des maladies dont je connais les remèdes. Quant aux livres, bons ou mauvais, elle n'en achètera plus.

— Cela la regarde.

— Moi aussi.

João Fulgêncio haussa les épaules comme pour signifier qu'il s'en lavait les mains. Bico-Fino apporta le cognac et Melk l'avala d'un trait. Il s'apprêtait à se lever quand João Fulgêncio le retint par le bras :

— Ecoutez-moi, colonel Melk. Parlez à votre fille en vous montrant calme et compréhensif. Il se peut qu'elle vous écoute. Si vous recourez à la violence, peut-être vous en repentirez-vous plus tard.

Melk semblait faire un effort pour se contenir :

— Monsieur João, si je ne vous connaissais pas, si je n'avais pas été l'ami de votre père, je ne supporterais pas de vous entendre. Laissez-moi me charger de ma fille. Je n'ai pas l'habitude de me repentir. De toute manière, je vous remercie de vos bonnes intentions.

Il traversa la place en faisant claquer sa cravache contre sa botte. Josué, qui, de sa table, l'avait observé, alla s'asseoir sur la chaise qu'il venait de quitter à côté de João Fulgêncio :

— Que va-t-il faire ?

— Sans doute une sottise. Et, posant sur le professeur un regard plein de bonté : Cela n'a rien d'étonnant, n'en faites-vous pas beaucoup vous aussi ? C'est une fille de caractère, différente des autres, et ils la traitent comme si c'était une imbécile...

Melk franchissait le portail de sa maison « modern style ». Dans le bar, les conversations revenaient sur Altino Brandão, sur le colonel Ramiro et sur l'agitation politique. L'ingénieur avait disparu du banc de l'avenue. Maintenant, seuls João Fulgêncio, Josué et Nacib, qui se tenait immobile sur le trottoir, continuaient à observer le *fazendeiro*.

Dans le salon, sa femme l'attendait, transie de peur. On aurait dit l'image d'une sainte macérée. Le nègre Fagundes avait bien raison.

— Où est-elle ?

— Elle est montée dans sa chambre.

— Dites-lui de descendre.

Il resta dans le salon, frappant sa botte avec sa cravache. Malvina entra. La mère resta sur la porte de communication. Debout devant lui, la tête haute, tendue, fière, décidée, Malvina attendit. Sa mère attendait aussi, les yeux pleins de frayeur. Melk se mit à marcher de long en large dans le salon :

— Qu'as-tu à me dire ?

— A quel sujet ?

— Au sujet du respect que tu me dois ! cria-t-il. Je suis ton père, baisse la tête. Tu sais de quoi je parle. Comment m'expliqueras-tu cette fréquentation ? A Ilhéus on ne parle pas d'autre chose, la rumeur en est parvenue jusqu'à la plantation. Ne va pas me dire que tu ne savais pas qu'il était marié. Il ne s'en est même pas caché. Qu'as-tu à répondre ?

— A quoi bon répondre ? Vous ne me comprendriez pas. Ici, personne ne peut me comprendre. Je vous l'ai dit, mon père, plus d'une fois : je n'accepterai pas un parti choisi par mes parents, je ne m'enterrerai pas au fond de la cuisine d'un *fazendeiro*, je ne deviendrai pas la bonne à tout faire d'un docteur d'Ilhéus. Je veux vivre à ma façon. A la fin de l'année, quand je quitterai le collège, je veux travailler, entrer dans un bureau.

— Tu n'as pas à vouloir. Tu feras ce que je t'ordonnerai.

— Je ne ferai que ce qui me plaira !

— Quoi ?

— Ce qui me plaira...

— Ferme-la, misérable !

— Ne criez pas après moi, je suis votre fille, je ne suis pas une esclave !

— Malvina, s'écria la mère, ne répondez pas ainsi à votre père.

Melk la saisit par le poignet et la gifla en plein visage. Malvina rugit :

— Eh bien, je m'en irai avec lui, tenez-vous-le pour dit !

— Oh ! mon Dieu !... La mère se couvrit le visage avec ses mains.

— Chienne ! Il leva la cravache et se mit à frapper au hasard, sur les jambes, sur les fesses, sur les bras, sur le visage, sur la poitrine. Des lèvres blessées de Malvina, le sang coula. Elle cria :

— Vous pouvez frapper. Je partirai avec lui !

— Tant pis si je te tue...

Il l'empoigna et la jeta sur le sofa. Elle tomba. Il releva le bras. La cravache montait et descendait en sifflant dans l'air. Les cris de Malvina retentissaient sur la place.

La mère suppliait, baignée de larmes, d'une voix apeurée :

— Assez, Melk, assez...

Puis, soudain, s'élançant du pas de la porte, elle lui saisit la main :

— Ne tuez pas ma fille !

Il s'arrêta, haletant. Malvina maintenant sanglotait sur le sofa.

— Dans ta chambre ! Jusqu'à nouvel ordre, tu n'en sortiras pas !

Au bar, Josué se tordait les mains et se mordait les lèvres. Nacib était abasourdi, João Fulgêncio hochait la tête. Tous les autres restaient sidérés, silencieux. A sa fenêtre, Glória avait un sourire triste.

Quelqu'un dit :

— Il a cessé de la frapper.

LA VIERGE SUR LE ROCHER

Des rochers noirs surgissaient de la mer. Contre leurs flancs de pierre, les vagues se brisaient, formant une blanche écume. Des crabes aux pinces effrayantes sortaient de cachettes profondes. Matin et soir, des gamins agiles escaladaient les rochers en jouant aux *jagunços* et aux colonels. La nuit, on entendait le fracas de l'eau qui mordait la pierre, infatigable. Parfois une étrange lumière s'allumait sur la plage, grimpait le long des rocs, se perdait dans leurs anfractuosités et réapparaissait sur leurs crêtes. Les Noirs disaient que c'était un sortilège des sirènes, des mères aquatiques affligées, *Janaína* métamorphosée en flamme verte. Des soupirs, des cris d'amour s'échappaient dans les ténèbres de la nuit. Les couples les plus misérables, formés de mendiants, de délinquants, de prostituées sans gîte, se couchaient pour s'aimer sur la plage cachée au milieu des rochers et s'étreignaient sur le sable. Devant eux rugissait la mer sauvage, derrière dormait la sauvage cité.

Dans la nuit sans lune, une silhouette, svelte et intrépide, escaladait les rochers. C'était Malvina, nu-pieds, tenant ses souliers à la main, le regard décidé, à une heure où les jeunes filles sont au lit en train de rêver, dans leur sommeil, d'études, de fêtes, de mariage. Malvina rêvait tout éveillée en gravissant les rochers.

Il y avait là une cavité creusée dans la pierre par les tempêtes, formant un large siège face à l'Océan. Des amoureux s'y asseyaient, les pieds au-dessus de l'abîme. En bas les vagues se brisaient et tendaient leurs blanches mains d'écume en appelant. C'est là que Malvina alla s'asseoir, comptant les minutes, attendant avec anxiété.

Son père était entré dans sa chambre, silencieux et dur. Il lui avait pris ses livres, ses revues et avait cherché des lettres, des papiers. Il ne lui avait laissé que quelques journaux de Bahia et la douleur, la révolte de la chair meurtrie, noire de coups. Le petit mot d'amour — « Tu es la vie que je retrouve, avec la joie que j'avais perdue, l'espérance qui était morte. Tu es tout pour moi » — et elle l'avait gardé sur son sein. Sa mère aussi était venue lui apporter de la nourriture et lui donner des conseils. Elle avait parlé de mourir. Etait-ce une vie pour elle, entre un tel père et une telle fille, entre deux orgueils ennemis, deux volontés inébranlables, deux poignards dégainés ? Elle priait les saints de lui permettre de mourir. Oh ! pour ne pas voir s'accomplir le destin inéluctable, pour ne pas voir arriver l'inexorable malheur !

Elle avait embrassé sa fille et Malvina lui avait dit :

— Malheureuse comme vous, jamais je ne le serai, mère.

— Ne dis pas d'absurdités.

Elle ne dit rien de plus car l'heure du choix était arrivée. Elle partirait avec Rômulo, elle irait vivre.

Dur comme la plus dure des pierres, son père pouvait se rompre mais non se plier. Dans son enfance à la campagne, elle avait entendu raconter des histoires et des faits divers du temps des luttes où, la nuit, sur les routes, son père faisait la loi, entouré d'hommes armés. Puis elle avait vu, pour une raison idiote, du bétail s'enfuir en brisant les clôtures et envahir les pâturages. Ils s'étaient disputés avec les Alves, des propriétaires voisins. Des paroles blessantes avaient été échangées et la lutte avait commencé. Embuscades, *jagunços*, fusillades, encore du sang. Malvina revoyait son oncle Aluísio appuyé contre le mur de la maison, l'épaule ensanglantée. Bien plus jeune que Melk, fluet et joyeux, c'était un beau garçon. Il aimait les animaux, les chevaux, les vaches et il élevait des chiens. Il chantait dans le salon, portait Malvina, jouait avec elle. Il aimait vivre. Cela se passait au mois de juin. Au lieu des feux de joie, des serpenteaux et des fusées, il y avait des coups de feu sur la route, des guets-apens dans la forêt. Le visage macéré de sa mère, Malvina l'avait toujours connu ainsi, marqué par les nuits sans sommeil du temps des grandes bagarres, antérieur à sa naissance, et par ses frayeurs devant Melk criant des ordres, imposant sa volonté. Elle pansait l'épaule de son oncle qu'une balle avait éraflée. Melk n'avait prononcé que ces mots :

— Tu es revenu pour si peu ? Et les hommes ?

— Ils sont revenus avec moi...

— Qu'est-ce que je t'avais dit ?

Aluísio, fixant sur lui un regard suppliant, ne répondit pas.

— Qu'est-ce que je t'avais dit ? Quoi qu'il advienne, n'abandonne pas la clairière. Pourquoi l'as-tu abandonnée ?

La main de sa mère tremblait sur le pansement. Son oncle était fluet, il n'était pas né pour la bagarre ni pour les fusillades dans la nuit. Il baissa la tête.

— Tu vas y retourner, avec les hommes, tout de suite !

— Ils vont attaquer à nouveau.

— C'est tout ce que je souhaite. Quand ils attaqueront, j'irai avec d'autres hommes, je les prendrai à revers et je les exterminerai. Si tu n'avais pas fui au premier coup de feu, je leur aurais déjà réglé leur compte.

Son oncle obéit, Malvina avait vu la scène : Aluísio monta à cheval, regarda la maison, la véranda, l'étable endormie, les chiens qui aboyaient. Un ultime regard, pour la dernière fois. Il partit avec ses hommes. D'autres attendaient devant la maison. Quand les coups de feu retentirent, son père ordonna :

— Allons-y !

Il reparut victorieux, il en avait fini avec les Alves. Sur le cheval, à plat ventre, revenait le corps de son oncle. C'était un beau garçon, toujours joyeux.

De qui Malvina tenait-elle cet amour de la vie, ce désir anxieux de vivre, cette horreur de la soumission, cette répugnance à baisser la tête et la voix en présence de Melk ? De lui-même peut-être. Très tôt, elle avait détesté la maison et la ville, les lois et les mœurs, l'existence humiliée de sa mère tremblant devant Melk, toujours consentante, jamais consultée pour les affaires. Il arrivait et lui disait d'un ton autoritaire :

— Prépare-toi. Aujourd'hui, nous allons à l'étude de Tonico signer un acte.

Elle ne demandait pas de quel acte il s'agissait, si c'était un achat ou une vente. Elle ne cherchait pas à le savoir. Sa distraction, c'était l'église. Melk avait tous les droits, il décidait de tout. Sa mère s'occupait de la maison, c'était son seul droit. Son père fréquentait les cabarets et les bordels, se payait des prostituées, jouait dans les hôtels, dans les bars, tout en buvant avec des amis. Pendant ce temps, sa mère dépérissait à la maison, écoutait et obéissait. Pâle et humiliée, résignée à tout, elle avait perdue la volonté et n'exerçait même aucune autorité sur sa fille. Malvina s'était juré, encore toute jeunette, qu'avec elle il en irait autrement. Elle ne s'était pas soumise. Melk accédait à certains de ses désirs et parfois restait à l'observer, pensif. Il se reconnaissait en elle à certains détails, dans le désir de s'affirmer. Mais il la voulait soumise. Quand elle lui avait fait part de son désir d'entrer au lycée et puis à la faculté, il avait décrété :

— Je ne veux pas une fille docteur. Tu iras au collège des bonnes sœurs pour apprendre à coudre, à compter, à lire et à pianoter. Tu n'as pas besoin d'autre chose. Une femme qui prétend au titre de docteur est une tête folle qui cherche sa perdition.

Elle avait pu observer la vie des autres dames, semblable à celle de sa mère. Soumises à leur maître. Pire que si elles étaient nonnes. Malvina s'était juré que jamais, au grand jamais, elle ne se laisserait asservir. Dans la cour du collège, bavardaient, juvéniles et souriantes, des filles de riches. Leurs frères étaient à Bahia, au lycée ou en faculté. Ils avaient droit à des subsides, dépensaient de l'argent, faisaient ce que bon leur semblait. Leur seule prérogative à elles était cette brève période de l'adolescence. Les fêtes du Club Progrès, les amourettes sans conséquences, les billets doux échangés, les timides baisers dérobés au cinéma en matinée, ou parfois, plus prolongés, dans les portails des jardinets. Un jour, le père arrivait avec un ami. Finies les amourettes. Les fiançailles commençaient. Si elles refusaient, le père les contraignait. Il advenait parfois que l'une épousât son amoureux quand le jeune homme plaisait aux parents. Mais cela ne changeait rien. Que le mari fût présenté et choisi par le père ou que ce fût l'amoureux envoyé par le destin, le résultat était le même. Une fois mariés, il n'y avait aucune différence. Le mari était leur maître et seigneur, il faisait la loi et voulait être obéi. Pour lui, tous les droits, pour elles le devoir, le respect. Gardiennes de l'honneur de la famille, du nom de leur mari, responsables de leur intérieur et de leurs enfants.

Plus âgée, plus avancée au collège, Clara était devenue l'amie intime de Malvina. Toutes deux riaient en chuchotant dans la cour. Jamais jeune fille n'avait été plus joyeuse, plus débordante de vie, plus belle ni plus saine. Elle dansait le tango et rêvait d'aventures. Passionnée et romantique, rebelle et impétueuse comme elle était, elle avait fait un mariage d'amour, c'est du moins ce qu'elle croyait. Son prétendant n'était pas un *fazendeiro* à l'esprit rétrograde. C'était un docteur en droit qui récitait des poèmes. Et ce fut exactement la même chose. Qu'était devenue Clara, où était-elle, où avait-elle dissimulé sa joie et ses élans, enterré ses plans et tous ses projets ? Elle fréquentait l'église, s'occupait de sa maison, mettait au monde des enfants. Elle ne se fardait même pas. Son docteur de mari le lui interdisait.

Toujours il en avait été ainsi et cela continuait de la même façon comme si rien ne se transformait, comme si la vie ne changeait pas, comme si la ville ne s'agrandissait pas. Au collège, elles étaient émues par l'histoire d'Ofenísia, la vierge des Ávila, morte d'amour. Celle-là n'avait pas voulu le baron, et avait refusé le maître du moulin à sucre.

Son frère Luiz Antônio lui présentait des prétendants. Elle ne rêvait que de l'Empereur.

Malvina détestait ce pays, cette ville de rumeurs et de commérages. Elle détestait cette vie et s'était mise à lutter contre elle. Elle avait commencé à lire. João Fulgêncio la guidait en lui recommandant des livres. Elle découvrit qu'au-delà d'Ilhéus, il y avait un autre monde où la vie était belle, où la femme n'était pas une esclave. De grandes villes où l'on pouvait travailler, gagner son pain et sa liberté. Elle ne regardait pas les hommes d'Ilhéus. Iracema la surnommait « la vierge de bronze », le titre d'un roman, parce qu'elle n'avait pas d'amoureux. Josué tournait autour d'elle, il était venu d'ailleurs, écrivait des sonnets qu'il publiait dans les journaux. « Dédié à l'indifférente M... » Iracema les lisait à haute voix dans la cour du collège. Une fois, un mari trompé ayant tué sa femme, Malvina avait bavardé avec Josué et ils s'étaient fréquentés pendant quelques jours. Aussitôt il avait voulu lui défendre de se farder, de cultiver l'amitié d'Iracema. « Elle fait jaser tout le monde, ce n'est pas une amie pour toi », de se rendre à une fête chez le colonel Misael à laquelle lui n'avait pas été invité. Tout cela en moins d'un mois.

La seule chose qu'elle aimait à Ilhéus, c'était la maison neuve dont elle avait choisi le modèle sur une revue de Rio. Son père avait accédé à ce désir, car pour lui cela n'avait aucune importance. Mundinho Falcão avait fait venir de Rio cet architecte cinglé qui se trouvait sans travail. Elle adorait la maison de Mundinho. Elle avait rêvé de lui aussi. Celui-là, oui, était vraiment différent. Il aurait pu l'arracher de là, l'emmener dans d'autres pays, dans ces pays dont parlaient les romans français. Pour Malvina, il ne s'agissait pas d'amour, de passion explosive. Elle aimerait celui qui lui offrirait le droit de vivre, qui la libérerait de la crainte d'avoir le sort de toutes les femmes d'Ilhéus. Il valait mieux devenir une vieille fille de noir vêtue, toujours fourrée à l'église, plutôt que de mourir comme Sinhàzinha, d'un coup de revolver.

Mundinho s'était détaché d'elle dès qu'il avait pressenti son intérêt. Malvina en avait souffert, c'était la ruine d'un espoir. Josué devenait insupportable, exigeant et autoritaire. Alors survint Rômulo. Il traversa la place en maillot de bain et fendit les vagues à larges brassées. Celui-là, oui, pensait de façon différente. Il avait été malheureux, sa femme était folle. Il lui parlait de Rio. Qu'importait le mariage, simple convention ? Elle pourrait travailler, l'aider, être son amante et sa secrétaire, étudier à la faculté si elle voulait, se rendre indépendante. Seul l'amour les unirait. Ah ! quelle exaltation que la sienne au cours de ces mois-là !... Elle savait que toute la ville en jasait, qu'au collège on ne parlait pas d'autre chose. Certaines amies s'éloignaient d'elle, Iracema la première. Cela lui importait peu. Elle le rencontrait sur l'avenue de la Plage et avait avec lui d'inoubliables conversations. Au cinéma, en matinée, ils s'embrassaient avec fureur. Il assurait qu'il se sentait renaître depuis qu'il la connaissait. Quand Melk était sur ses terres, certaines nuits, tandis que la maison sommeillait, Malvina était allée retrouver l'ingénieur dans les rochers. Ils s'asseyaient dans l'anfractuosité de la paroi de pierre. Les mains de Rômulo parcouraient son corps. Haletant, dans un murmure, il insistait : pourquoi pas tout de suite, ici même, sur la plage ? Malvina voulait quitter Ilhéus. Après leur départ, elle serait à lui. Ils faisaient des plans pour leur fuite.

Dans sa chambre, moulue par les coups et prisonnière, elle avait lu dans un journal de Bahia : « Un scandale a ému la haute société italienne. La princesse Alexandra, fille de l'infante Béatrice d'Espagne et du prince Vittorio, a quitté le domicile de ses parents pour aller vivre seule en travaillant comme employée dans une maison de modes, parce que son père voulait la marier au richissime duc Umberto Visconti de Modrome, alors qu'elle est éprise d'un roturier, l'industriel Franco Martini. » Cela semblait écrit exprès pour elle. Avec un morceau de crayon, sur un papier découpé dans la marge du journal, elle écrivit un mot à Rômulo pour lui fixer ce rendez-vous. La bonne le porta à l'hôtel et le lui remit en mains propres. Cette nuit-là, s'il le voulait, elle serait à lui, car maintenant sa décision était prise ; elle partirait, elle irait vivre. La seule chose qui l'avait retenue — elle s'en rendit compte ce jour-là seulement —, c'était le souci de ne pas causer de chagrin à son père. Et quel chagrin il allait éprouver ! Maintenant, cela n'avait plus d'importance.

Assise sur la pierre humide, les pieds au-dessus de l'abîme, Malvina attend. Sur la plage cachée, des couples gémissent. Le feu follet sautille sur les crêtes. Tout un plan a été élaboré, mis au point dans ses moindres détails. Malvina, impatiente, attend. En bas, les vagues se brisent, l'écume vole... Pourquoi ne venait-il pas ? Il aurait dû arriver avant elle. Sur le billet, Malvina avait marqué une heure précise. Pourquoi ne venait-il pas ?

A l'Hôtel Coelho, barricadé dans sa chambre, incapable de trouver le sommeil, Rômulo Vieira, compétent ingénieur du ministère des

Transports et des Travaux publics, tremble de peur. Il s'était toujours conduit d'une manière idiote avec les femmes. Il se fourrait dans des situations inextricables, les choses tournaient mal, mais il restait incorrigible. Il passait son temps à courtiser des jeunes filles. Déjà, à Rio, il avait échappé de peu à la colère des frères violents d'une certaine Antonieta avec qui il avait eu des rendez-vous. Tous les quatre s'étaient réunis pour lui infliger une correction. C'est pour cela qu'il avait accepté de venir à Ilhéus, en se jurant de ne jamais plus jeter les yeux sur des filles à marier. Cette mission à Ilhéus était une véritable fumisterie. Il y avait ramassé de l'argent. En outre, Mundinho Falcão lui avait promis une bonne gratification s'il en finissait vite et s'il terminait son rapport en réclamant l'envoi urgent de dragues. C'est ce qu'il avait fait. Puis il s'était mis d'accord avec Mundinho pour solliciter auprès du ministère la direction des travaux de rectification et de dragage du chenal. L'exportateur lui avait promis une somme encore plus élevée pour le jour où le premier bateau étranger entrerait dans le port. Et aussi d'intervenir pour lui faire obtenir de l'avancement. Que pouvait-il désirer de plus ? Et voilà qu'il était allé s'embringuer avec une fille à marier, se frotter contre elle au cinéma et lui faire des promesses impossibles. Résultat : il avait dû télégraphier pour demander un remplaçant et avait eu avec Mundinho un entretien désagréable. Il l'avait assuré que dès son retour à Rio, il harcèlerait le ministre jusqu'à ce que les remorqueurs et les dragues soient envoyés. C'était tout ce qu'il pouvait faire. Pas question pour lui de rester à Ilhéus au risque de recevoir des coups de fouet en pleine rue ou une balle dans la peau pendant la nuit. Il s'était donc barricadé dans sa chambre, décidé à n'en sortir que pour monter à bord du bateau. Et voilà que cette folle lui fixait un rendez-vous dans les rochers. Il ne croyait pas que Melk fût retourné immédiatement dans ses plantations où la récolte tirait à sa fin. Une folle, il avait la manie des folles, il allait leur faire la cour...

Au sommet des rochers, Malvina attendait. En bas, les vagues l'appelaient. Il ne viendrait pas. L'après-midi, il avait failli mourir de peur. Maintenant, elle comprenait. Elle regarda fixement l'écume qui jaillissait, les vagues qui l'appelaient. Un instant, elle songea à se précipiter dans l'abîme. Elle en finirait avec tout. Mais elle voulait vivre, elle voulait quitter Ilhéus, travailler, être quelqu'un. Elle avait un monde à conquérir. Mourir, à quoi cela l'avancerait-elle ? Elle jeta dans les flots les plans échafaudés, la séduction de Rômulo, ses paroles et le billet qu'il lui avait écrit quelques jours après son débarquement. Maintenant, elle se rendait compte de l'erreur commise : pour s'en sortir, elle n'avait pas imaginé d'autre moyen que de s'appuyer au bras d'un homme, mari ou amant. Pourquoi ? N'était-ce pas parce qu'elle se trouvait encore sous l'emprise d'Ilhéus et inclinée, de ce fait, à ne pas avoir confiance en elle-même ? Pourquoi partir conduite par la main, assujettie à un engagement, à une dette aussi grande ? Pourquoi ne pas partir avec ses propres jambes, toute seule, à la conquête d'un monde ? C'est de cette façon qu'elle s'en irait, et non par la porte de la mort. Elle voulait vivre, vivre ardemment, libre comme la mer sans limites. Elle prit ses souliers, descendit des rochers et commença à ébaucher un plan. Elle se sentait plus légère. Le mieux, dans tout cela, c'était qu'il ne fût pas venu. Comment aurait-elle pu vivre avec un lâche ?

DE L'AMOUR ÉTERNEL OU JOSUÉ FRANCHISSANT DES MURAILLES

Dans la série de sonnets dédiés « à l'indifférente, à l'ingrate, à la superbe, à l'orgueilleuse M... », imprimés en italique sur le haut de la colonne très lue des anniversaires, baptêmes, décès et mariages du *Diário de Ilhéus*, Josué avait affirmé avec insistance en des vers laborieux l'éternité de son amour méprisé. De multiples qualités, aussi magnifiques les unes que les autres, caractérisaient la passion du professeur. Mais entre toutes, la plus claironnée en corps de dix dans les pages du journal était son éternité. Une éternité harassante pour le professeur qui n'en finissait pas de compter alexandrins ou décasyllabes et de rechercher des rimes. Son amour n'avait cessé de grandir. Il était devenu, avec une redondance passionnée, éternel et immortel, et puis finalement, dans l'excitation de l'assassinat de Sinhàzinha et d'Osmundo, l'orgueil de Malvina se brisa et le flirt commença. Ce fut l'époque des longs poèmes où était exalte cet amour que ni la mort ni la succession des siècles ne détruiraient jamais. « Eternel comme l'éternité elle-même », « plus grand que les espaces connus et inconnus, plus immortel que les dieux immortels », écrivait le professeur poète.

Par conviction autant que par convenance — pour ces longs poèmes, s'il avait dû chercher des rimes et compter des pieds, la vie entière ne lui eût pas suffi —, Josué avait adhéré à la fameuse « Semaine d'art moderne » de São Paulo, dont les échos révolutionnaires parvenaient à Ilhéus avec trois mois de retard. Maintenant il ne jurait plus que par Malvina et par la poésie moderne, libérée des entraves de la rime et de la métrique, comme il disait dans les discussions littéraires à la Papeterie Modèle, avec le Docteur, João Fulgêncio et Nhô-Galo ou au Cercle Rui Barbosa, avec Ari Santos. Et aussi moins difficile puisqu'il n'y avait ni syllabes à compter ni rimes à chercher. Et surtout, la maison de Malvina n'était-elle pas de « style moderne » ? Leurs âmes étaient jumelles jusque dans les goûts esthétiques, pensait-il.

L'extraordinaire, c'est que cette éternité aux dimensions de l'Eternité même, cette immortalité supérieure à l'immortalité de tous les dieux réunis parvinrent encore à croître, cette fois dans une prose agressive quand la jeune fille rompit ce flirt et se mit à faire du scandale avec Rômulo. Le cœur compréhensif de Nacib se montrait généreux en participant, au bar, à la mélancolie du professeur. Ses amis de la Papeterie et du Cercle furent également solidaires, et aussi un tantinet curieux. Mais la douleur de Josué alla s'appuyer, inexplicablement, sur l'épaule castillane et anarchiste du cordonnier Felipe. Le bouif espagnol était le seul philosophe de la ville, avec des opinions arrêtées sur la vie, sur les femmes et sur les curés. Des opinions d'ailleurs très défavorables. Josué dévora ses brochures à couverture rouge, abandonna la poésie et commença une féconde carrière de prosateur. C'était une prose douceâtre et revendicative. Josué avait adhéré corps et âme à l'anarchisme, s'était mis à haïr la société établie, à faire l'apologie des bombes et de la dynamite régénératrices, à crier vengeance contre tout et contre tous. Le Docteur couvrait d'éloges son style grandiloquent. Au fond, toute cette exaltation ténébreuse était dirigée contre Malvina. Il se disait définitivement désabusé au sujet des femmes, particulièrement des belles filles de *fazendeiros,* ces beaux partis si convoités. « Ce ne sont que de petites catins... » crachait-il en les voyant passer, l'air juvénile dans leurs uniformes de collégiennes ou tentatrices en robes élégantes. Mais l'amour qu'il avait voué à Malvina, celui-là restait éternel dans sa prose exaltée, jamais il ne mourrait dans son cœur. Si le désespoir ne le tuait pas, c'est parce qu'il se proposait, avec sa plume, de modifier la société et le cœur des femmes.

Logiquement, la haine éprouvée contre les filles de la bonne société, fondée sur l'idéologie confuse des brochures, le rapprocha des femmes du peuple. Quand il se dirigea pour la première fois vers la fenêtre solitaire de Glória — dans un splendide geste révolutionnaire, le seul acte militant de sa fulminante carrière politique, d'ailleurs conçu et exécuté avant son adhésion à l'anarchisme —, il avait agi avec l'intention de révéler à Malvina le degré de la folie dans laquelle l'avait plongé la scandaleuse conversation avec l'ingénieur. Cela n'eut aucun effet sur Malvina. Elle ne s'en était même pas aperçue, tout à l'extase que lui causaient les paroles de Rômulo. Mais si ce geste téméraire et inconvenant, d'une profonde répercussion sur la société, ne devint pas le sujet de toutes les conversations, ce fut en raison de faits comme le flirt de Malvina et de Rômulo, l'incendie des exemplaires du *Diário de Ilhéus*, la raclée infligée au fonctionnaire de l'Intendance.

Felipe l'avait félicité pour son acte courageux. C'est ainsi qu'avait pris naissance son amitié avec le cordonnier. Josué emportait les brochures dans sa chambre, au-dessus du cinéma Vitória. Il méprisa Malvina tout en conservant pour elle un amour éternel et immortel. Elle était indigne. Il exalta Glória, victime de la société, d'une pureté souillée sûrement par le viol, et rejetée en marge de toute vie sociale. C'était une sainte. Il écrivait tout cela — sans citer de noms, bien sûr — dans une prose véhémente qui couvrait des cahiers et des cahiers. Et comme il ne s'agissait pas de simulation, Josué souffrait réellement. Il imagina de porter Ilhéus au comble du scandale, en criant dans les rues son intérêt pour Glória, le désir qu'elle lui inspirait — son amour appartenait encore à Malvina —, le respect qu'il lui vouait. En bavardant avec elle devant sa fenêtre, en sortant dans la rue, en lui donnant le bras, en l'emmenant habiter dans la modeste chambre où il écrivait et se reposait. En vivant avec elle une vie de réprouvé, en rupture avec la société, chassé des foyers bien-pensants. Et en jetant cette horreur au visage de Malvina, en lui criant : « Tu vois à quoi je suis réduit ? C'est toi la coupable ! »

Tout cela il le dit à Nacib, en buvant au bar. L'Arabe écarquilla les yeux, il y croyait pieusement. Lui-même ne songeait-il pas à tout envoyer au diable pour se marier avec Gabriela ? Il ne conseilla ni ne déconseilla rien. Il prédit seulement :

— Cela va être une révolution.

C'est ce que Josué désirait. Glória se retira, en souriant, de sa fenêtre lorsque, pour la deuxième fois, il s'avançait pour lui parler. Ensuite elle lui fit porter par une domestique un billet d'une écriture détestable et d'une orthographe pire encore, imprégné de parfum, où elle lui disait à la fin : « Excusez les ratures. » Vraiment celles-ci étaient nombreuses et rendaient la lecture difficile. Il ne devait pas s'approcher de la fenêtre, le colonel finirait par le savoir, c'était dangereux. Surtout pendant ces quelques jours, car il devait arriver d'un moment à l'autre et venir loger chez elle. Dès que le vieux serait reparti, elle lui ferait savoir comment ils pourraient se rencontrer.

Ce fut un nouveau coup pour Josué. Il réunit alors dans un même mépris les jeunes filles de la bonne société et les femmes du peuple. Il eut de la chance que Glória ne lût pas le *Diário de Ilhéus,* car il y cracha sur la prudence de la jeune femme : « Je crache sur les femmes riches et pauvres, nobles et roturières, vertueuses et faciles. Seuls les animent l'égoïsme, le vil intérêt. »

Pendant un certain temps, occupé à espionner le flirt de Malvina, consacrant son existence à souffrir, à écrire, à insulter, à vivre le rôle si romantique de l'amoureux méprisé, il ne tourna même plus ses regards vers la fenêtre solitaire. Il assiégeait Gabriela, écrivait des poèmes pour elle en revenant provisoirement à la poésie rimée. Il lui proposait sa petite chambre pauvre de confort mais riche d'art. Gabriela souriait, elle aimait l'entendre.

Mais l'après-midi où Melk battit Malvina, Josué vit le visage triste de Glória, rendu triste par la jeune fille rouée de coups, par Josué abandonné, par son propre sort dans sa solitude retrouvée. Il lui écrivit aussitôt un billet, passa devant la fenêtre, et le laissa là.

Quelques nuits plus tard, alors que le silence enveloppait la place et que les derniers noctambules s'étaient retirés, il franchit la lourde porte entrouverte. Une bouche écrasa sa bouche, des bras entourèrent ses épaules maigres et l'entraînèrent vers l'intérieur. Il oublia Malvina et son amour éternel, immortel.

Quand l'aurore arriva et avec elle l'heure de s'en aller, avant que les matinaux ne commencent à diriger leurs pas vers le marché au poisson, quand elle lui tendit ses lèvres avides pour les derniers baisers de cette nuit de feu et de miel, il lui fit part de ses projets : lui donner le bras dans la rue, affronter la société, vivre ensemble dans la petite chambre au-dessus du cinéma Vitória, dans une pauvreté d'ascètes, mais richissimes d'amour... Une maison comme celle-là avec luxe et servantes, parfums et bijoux, il ne pouvait pas la lui offrir, il n'était pas un *fazendeiro* du cacao, seulement un modeste professeur aux appointements mesquins. Mais pour l'amour...

Glória ne le laissa même pas finir d'exposer sa proposition romantique.

— Non, mon chéri, non. C'est impossible.

Elle voulait les deux choses : l'amour et le confort, Josué et Coriolano. Elle connaissait par expérience la signification de la misère, le goût amer de la pauvreté. Elle connaissait aussi l'inconstance des hommes. Elle voulait avoir Josué, mais en le cachant de telle sorte que Coriolano n'en sût rien et ne soupçonnât rien. Il viendrait en pleine nuit et se retirerait au point du jour. Il ferait semblant de ne pas la voir à sa fenêtre, il ne lui dirait même pas bonjour. Cela valait mieux ainsi, avec une saveur de péché, une allure de mystère.

— Si le vieux l'apprend, je suis perdue. Aucune précaution n'est superflue.

Passionnée, elle l'était. Comment en douter après cette nuit où elle s'était montrée jument et chienne, brasier ardent ? Mais intéressée aussi, et prudente, soucieuse de prendre le minimum de risque, désireuse de tout garder. Du risque, il y en avait toujours, mais ils devaient le réduire dans toute la mesure du possible.

— Mon chéri, je vais te faire oublier que je suis une méchante fille.

— Je l'ai déjà oublié...

— Tu reviendras la nuit prochaine ? Je t'attendrai...

Ce n'était pas ainsi qu'il avait imaginé son aventure avec Glória. Mais à quoi bon lui dire qu'il ne reviendrait pas ? Même à cet instant-là, encore blessé par la sagesse avec laquelle elle calculait les risques de cet amour et les moyens de les prévenir, par la froide intelligence avec laquelle elle lui faisait accepter les restes du colonel, Josué sentait que son retour était inévitable. Il était attaché à ce lit de prodiges et de fulgurations. Un autre amour commençait.

Il était l'heure de partir, de s'esquiver par la porte, de dormir pendant quelques minutes avant d'affronter les enfants, à huit heures, en classe de géographie. Elle ouvrit un tiroir et en retira un billet de cent mille réaux.

— Je voudrais te donner quelque chose, quelque chose que tu puisses porter pour te souvenir de moi toute la journée. Je ne peux rien acheter, cela éveillerait des soupçons. Tu l'achèteras à ma place...

Il voulut refuser avec un geste hautain. Elle lui mordit l'oreille :

— Achète-toi des souliers. Quand tu marcheras, tu penseras que tu me foules à tes pieds. Ne me dis pas non, je t'en supplie. (Elle avait vu les semelles trouées de ses souliers noirs.)

— Cela ne coûte pas plus de trente mille réaux...

— Tu achèteras des chaussettes en même temps... — Elle gémissait dans ses bras.

A la Papeterie, l'après-midi, mort de sommeil, Josué annonça son retour définitif à la poésie, sensuelle cette fois et chantant les plaisirs de la chair. Il ajouta :

— L'amour éternel n'existe pas. Même la passion la plus forte ne vit qu'un temps. Quand sa dernière heure est arrivée, elle périt et un autre amour commence.

— C'est précisément pour cela que l'amour est éternel, conclut João Fulgêncio. Parce qu'il se renouvelle. Les passions passent, l'amour reste.

De sa fenêtre, triomphante et pimpante, Glória souriait aux vieilles filles avec condescendance. Maintenant, elle n'enviait plus personne. Sa solitude avait pris fin.

LA CHANSON DE GABRIELA

Ainsi, en robe de futaine, les pieds dans des souliers, avec des bas et tout ce qui s'ensuit, on aurait dit une fille de riches, d'une famille aisée. Doña Arminda applaudissait :

— Aucune femme à Ilhéus ne vous arrive à la cheville. Ni épouse, ni jeune fille, ni prostituée. Je n'en vois aucune.

Gabriela virevoltait devant le miroir en s'admirant. Comme c'était bon d'être jolie : les hommes devenaient fous de vous et vous murmuraient des phrases d'une voix brisée. Elle aimait les écouter, quand ils étaient jeunes.

— Monsieur Josué voudrait que j'aille vivre avec lui, vous vous rendez compte ? Il est si beau garçon...

— Il est dans la dèche, c'est un maître d'école. Vous n'y pensez pas ! Vous avez le choix...

— Je n'y pense pas. Vivre avec lui, non. Encore si c'était...

— Il y a des tas de colonels qui vous veulent, sans compter le juge. Et sans parler de monsieur Nacib. Lui, il en dépérit...

— Pourquoi ? Je n'en sais rien... (Elle sourit.) Il est si bon, monsieur Nacib. A présent, il n'arrête pas de m'offrir des cadeaux. Trop de cadeaux. Il n'est pas vieux, ni rien... Tant de choses, pourquoi faire ? Il est tellement bon...

— Ne soyez pas étonnée s'il vous demande en mariage...

— Il n'en a pas besoin, pourquoi me demanderait-il ? Il n'en a pas besoin.

Nacib lui ayant découvert une dent cariée avait voulu qu'elle la fît soigner et remplacer par une dent en or. Il avait choisi lui-même le dentiste (il se souvenait d'Osmundo et de Sinhàzinha), un vieux maigrichon de la rue du Port. Deux fois par semaine, après avoir expédié les plateaux et préparé le déjeuner de Nacib, elle allait chez le dentiste avec sa robe de futaine. Maintenant le traitement était presque terminé et c'était dommage. Elle traversait la ville en roulant les hanches, elle regardait les vitrines, les rues pleines de gens qui la frôlaient au passage. Elle entendait des paroles et des propos galants. Elle voyait monsieur Epaminondas mesurer des tissus et vendre du drap. Au retour, elle s'arrêtait au bar, bondé à cette heure-là pour l'apéritif. Nacib se fâchait :

— Que viens-tu faire ?

— Je suis passée rien que pour voir...

— Pour voir qui ?

— Pour vous voir vous, monsieur Nacib...

Elle n'avait pas besoin d'en dire davantage, il s'attendrissait d'aise. Les vieilles filles la regardaient, les hommes aussi. Le père Basílio, revenant de l'église, lui donnait sa bénédiction :

— Que Dieu te bénisse, ma rose de Jéricho !

Elle ne savait pas ce qu'il voulait dire, mais c'était joli. Quel jour agréable que celui où elle allait chez le dentiste ! Dans la salle d'attente elle se mettait à penser. Monsieur le colonel Manuel das Onças — quel nom amusant ! —, un vieillard têtu, lui avait fait dire que si elle voulait, il ferait enregistrer à son nom la propriété d'une plantation de cacao, noir sur blanc, dans l'étude du notaire. Une plantation... Si monsieur Nacib n'était pas aussi bon et si le vieil homme n'était pas aussi vieux, elle accepterait. Pas pour elle. A quoi cela lui servirait-il ? Une plantation, pour quoi faire ? Pour elle-même, elle n'en voulait pas... Mais pour la donner à Clemente, lui qui voulait tant en avoir une... Où pouvait-il être, Clemente ? Etait-il encore chez le père de la jolie jeune fille que fréquentait l'ingénieur ? Il avait eu tort de frapper la malheureuse à coups de fouet. En quoi avait-elle exagéré ? Si elle avait une plantation, elle la donnerait à Clemente. Ce serait formidable... Mais monsieur Nacib ne comprendrait pas, elle n'allait pas le laisser sans cuisinière. Sans cela, elle pourrait accepter. Le vieux était affreux, mais il passait le plus clair de son temps dans ses plantations et, pendant ce temps-là, monsieur Nacib pourrait venir la consoler, coucher avec elle...

On pouvait penser à tant de bêtises ! Penser, parfois, c'était agréable, d'autres fois, non. Penser à un mort, à la tristesse, elle n'aimait pas ça. Mais tout à coup elle y pensait. A ceux qui étaient morts en chemin, à son oncle entre autres. Le pauvre oncle ! Il la battait quand elle était petite. Il s'était introduit dans son lit, elle n'était encore qu'une enfant. Sa tante s'arrachait les cheveux, l'injuriait, il la bousculait et lui donnait des taloches. Mais il n'était pas méchant, il était trop pauvre, il ne pouvait pas être bon. Penser à des choses joyeuses. Elle aimait ça. Penser aux danses à la campagne, où l'on frappait le sol avec les pieds nus ; à la ville toute illuminée où elle était allée après la mort de sa tante, dans la maison si luxueuse de ces gens si orgueilleux ; penser à Bebinho, c'était agréable !...

Le traitement de la dent était terminé. Quel dommage ! Une dent en or. Monsieur Nacib était un saint homme. Il payait le dentiste sans qu'elle le lui ait demandé. C'était un saint homme. Il lui faisait des cadeaux, tant de cadeaux, pourquoi ?

Quand il la verrait au bar, il se fâcherait. Il était jaloux... Comme c'était drôle...

— Que fais-tu ici ? Va à la maison...

Elle allait à la maison. Avec sa robe de futaine, les pieds dans des souliers, avec des bas et tout ce qui s'ensuit. Devant l'église, sur la place, des enfants jouaient à la ronde. Les filles de monsieur Tonico avec des cheveux si blonds qu'on aurait dit du maïs, les enfants du procureur, le petit infirme du bras, ceux, bien-portants, de João Fulgêncio, les filleuls du père Basílio. Au milieu de la ronde, le négrillon Tuísca chantait et dansait :

La rose est tombée malade,
L'œillet est allé la voir.
La rose s'est évanouie,
L'œillet s'est mis à pleurer.

Gabriela s'en allait. Cette chanson, elle l'avait chantée quand elle était fillette. Elle s'arrêta pour l'écouter, pour voir la ronde tourner. Avant la mort de son père et de sa mère, avant d'aller vivre chez son oncle. Comme c'était beau ces petits pieds qui dansaient sur le sol ! Ses pieds à elle s'impatientaient, ils voulaient danser aussi. Résister, elle ne le pouvait. Elle adorait jouer à la ronde. Elle arracha ses souliers, s'élança dans la rue et courut vers les enfants. D'un côté Tuísca, de l'autre Rosinha, elle fit la ronde sur la place, chantant et dansant :

Paume, paume, paume.
Pied, pied, pied.
Tourne, tourne, tourne...
Le crabe poisson est.

Elle chante, elle danse, elle frappe dans ses mains. Gabriela est une fillette.

LES FLEURS ET LES VASES

L'affrontement politique s'était aussi étendu aux élections de la confrérie de Saint-Georges, en pleine cathédrale. L'évêque avait vivement souhaité concilier les deux fractions en reproduisant la manœuvre déjà réussie par Ataulfo Passos. Il aurait aimé voir réunis autour de l'autel du saint guerrier les fidèles des Bastos et les enthousiastes de Mundinho. Tout évêque qu'il était, avec sa barrette rouge, il n'y arriva point.

A la vérité, Mundinho ne prenait pas au sérieux cette affaire de confrérie. Il payait chaque mois sa cotisation et voilà tout. Il déclara à l'évêque que s'il prenait part au vote, son suffrage irait au candidat que celui-ci désignerait. Mais le docteur, qui lorgnait la présidence, refusa de lâcher pied. Il commença à intriguer. Le Dr Maurício Caires, dévot et dévoué, sollicitait sa réélection. C'est surtout à l'ingénieur qu'il la dut.

L'interruption tumultueuse du flirt eut de profondes répercussions dans la ville. Bien que le dialogue entre Melk et Rômulo sur la plage n'eût été entendu par personne, il en circulait au moins une dizaine de versions, toutes plus violentes les unes que les autres et défavorables à l'ingénieur. On allait jusqu'à le faire tomber à genoux, devant le banc de l'avenue, pour implorer la pitié. On en fit un monstre d'immoralité aux vices inavouables qui appâtait les femmes et constituait un effroyable danger pour les familles d'Ilhéus. Le *Jornal do Sul* lui consacra un de ses articles les plus longs — toute la première page avec une suite dans la deuxième — et les plus grandiloquents. La morale, la Bible, l'honneur des familles, la dignité des Bastos, leur vie exemplaire, le libertinage de tous les oppositionnistes, à commencer par leur chef, Anabela et la nécessité de maintenir Ilhéus en marge de la dissolution des mœurs qui se propageait à travers le monde faisaient de cet article une page d'anthologie. Au vrai, plusieurs pages.

— Digne d'une anthologie de l'imbécillité... avait dit le Capitaine.

Expression de la passion politique, il fut apprécié à Ilhéus principalement par les vieilles filles, quand le Dr Maurício Caires en répéta de larges extraits dans son discours d'intronisation, après sa réélection à la présidence de la confrérie : « ... Des aventuriers venus des centres de corruption sous prétexte d'effectuer des travaux discutables et inutiles veulent pervertir l'âme incorruptible de la population d'Ilhéus... » L'ingénieur était devenu le symbole du libertinage et de la perversion morale. Peut-être cela était-il dû surtout au fait qu'il avait fui, saisi de panique et tremblant de peur, dans sa chambre d'hôtel, puis s'était embarqué en cachette sans même avoir pris congé de ses amis.

S'il avait réagi et tenu tête, il y aurait eu sûrement des gens pour le soutenir. L'antipathie qui l'entourait n'avait pas atteint Malvina. Certes, on jasait au sujet du flirt, des baisers au cinéma et sous le portail. On engageait même des paris sur sa virginité. Mais peut-être parce qu'on savait que la jeune fille avait bravé, la tête haute, son père en fureur, et l'avait invectivé quand il baissait le fouet, sans courber le front, la ville l'avait prise en sympathie. Une quinzaine de jours plus tard, quand Melk la conduisit à Bahia pour la mettre au collège de La Merci, plusieurs personnes l'accompagnèrent au port, même quelques condisciples du collège des bonnes sœurs. João Fulgêncio lui apporta un sachet de bonbons au chocolat et lui serra la main en lui disant :

— Courage !

Malvina avait souri, elle avait perdu un instant son regard glacial et hautain, sa pose de statue. Jamais elle n'avait été aussi belle. Josué n'était pas allé au port, mais il avait confié à Nacib, près du comptoir du bar :

— Je lui ai pardonné.

Il était pétulant et bavard, bien qu'il eût des joues encore plus creusées et des cernes noirs, énormes.

Nhô-Galo, qui se trouvait là, regardait vers la fenêtre de Glória qui souriait :

— Vous, professeur, vous cachez votre jeu. Personne ne vous

voit au cabaret. Je connais tout ce qui porte jupon à Ilhéus et je sais avec qui chaque femme est collée. Aucune n'a de rapports avec vous... D'où vous viennent donc ces cernes, cher monsieur ?

— De l'étude, du travail...

— Vous étudiez l'anatomie... moi j'aime aussi ce genre de travail. Ses yeux indiscrets allaient de Josué à la fenêtre de Glória.

Nacib de son côté avait quelques soupçons. Josué manifestait une indifférence excessive à l'égard de la mulâtresse et avait complètement cessé de plaisanter avec Gabriela. Il y avait anguille sous roche...

— Cet ingénieur a causé un certain préjudice à Mundinho Falcão...

— Rien de tout cela n'a beaucoup d'importance. Mundinho va sûrement l'emporter. Je suis prêt à le parier.

— Ce n'est pas si sûr que cela. Mais même s'il l'emporte, le gouvernement ne validera pas son mandat, vous allez voir...

L'adhésion du colonel Altino à la cause de Mundinho, sa rupture avec les Bastos, en avaient entraîné d'autres. Pendant quelques jours, les nouvelles se succédèrent : le colonel Otaviano, de Pirangi, le colonel Pedro Ferreira, de Mutuns, le colonel Abdias de Souza, d'Água Preta. On avait l'impression que si le prestige des Bastos ne s'était pas complètement effondré, du moins il avait été sérieusement ébranlé.

L'anniversaire du colonel Ramiro qui tomba quelques semaines après l'incident avec Rômulo, vint prouver combien de telles déductions étaient exagérées. Jamais on ne l'avait fêté avec autant de tapage. Le matin, les détonations des fusées réveillèrent la ville. Salves et pétards retentirent devant sa maison et en face de l'Intendance. Une messe solennelle fut dite par l'évêque, avec la confrérie de Saint-Georges au grand complet, une église bondée et un sermon du père Cecílio qui célébra de sa voix ardente et efféminée les vertus du colonel. Des *fazendeiros* étaient venus de toute la région, ainsi qu'Aristóteles Pires, l'Intendant d'Itabuna. C'était une démonstration de force. Toute la journée, les visiteurs se succédèrent dans la maison en fête, où l'on avait ouvert le salon aux fauteuils à dossier haut. Le colonel Amâncio Leal payait des tournées de bière dans les bars en annonçant une victoire électorale à n'importe quel prix et quels que soient les obstacles à surmonter. Même parmi les oppositionnistes, certains allèrent présenter leurs félicitations à Ramiro Bastos, entre autres le Docteur. Le colonel les recevait debout, désireux de leur montrer non seulement son prestige mais aussi sa santé de fer. A la vérité, pendant les derniers temps, il s'était bien cassé. Autrefois, il avait l'apparence d'un homme âgé, mais fort et solide. Maintenantt c'était un vieillard aux mains tremblantes.

Mundinho Falcão n'avait pas assisté à la messe et n'était pas allé lui présenter ses salutations. Toutefois, il avait envoyé un grand bouquet de fleurs à Jerusa avec une carte de visite portant ces mots : « Je vous demande, ma jeune amie, de présenter à votre digne grand-père mes vœux de bonheur. Bien que je sois dans le camp adverse, je me range cependant parmi ses admirateurs. » Ce geste eut du succès. Toutes les jeunes filles d'Ilhéus en furent très excitées. Cela leur apparut comme le comble du chic. Jamais on n'avait vu chose pareille dans un pays où opposition politique signifiait haine mortelle. Au demeurant, quelle distinction, quel raffinement ! Le colonel Ramiro Bastos lui-même, en lisant la carte de visite et en voyant les fleurs, déclara :

— Il sait y faire, ce monsieur Mundinho ! S'il m'envoie une accolade par ma petite-fille, comment pourrai-je ne pas l'accepter ?...

Pendant un court laps de temps, un accord fut envisagé. Tonico, la carte de visite à la main, sentait naître de nouveaux espoirs. Mais les choses en restèrent là. Les hostilités reprirent de plus belle. Jerusa attendit que Mundinho vienne au bal qui devait marquer la clôture des fêtes dans le salon d'honneur de l'Intendance. Elle n'avait pas osé l'inviter, mais elle avait laissé entendre au Docteur que Mundinho y serait le bienvenu.

L'exportateur ne s'y rendit pas. Il avait reçu une nouvelle femme de Bahia et il faisait la fête chez lui.

Tout cela donnait matière à commentaires au bar. A tout cela, Nacib participait. Le service du buffet pour le bal de l'Intendance lui avait été confié. La demoiselle Jerusa avait même conversé personnellement avec Gabriela pour lui expliquer ce qu'elle désirait. Au retour, elle avait dit à Nacib :

— Votre cuisinière est une beauté, monsieur Nacib, et tellement sympathique... — phrase qui la rendit sacrée aux yeux de l'Arabe.

Les boissons furent commandées à Plínio Araçá. Le vieux Ramiro ne voulait vexer personne.

Nacib commentait et participait, mais sans enthousiasme. Aucun événement de la ville, qu'il fût politique ou social, même pas l'accident de l'autocar qui s'était renversé sur la route en blessant quatre personnes — dont une était morte —, rien ne pouvait le détacher de son problème. L'idée d'épouser Gabriela, lancée une fois par Tonico, négligemment, avait fait son chemin. Il ne voyait pas d'autre solution. Il l'aimait, c'était certain. D'un amour sans borne. Il avait besoin d'elle comme de l'eau, de la nourriture, du lit pour le sommeil. Le bar non plus ne pouvait se passer d'elle. Toute cette prospérité — l'argent qui s'entassait à la banque, la plantation de cacao qu'il pourrait bientôt acheter —, tout cela s'effondrerait si elle partait. S'il l'épousait, il n'aurait plus peur. Pourrait-on jamais lui offrir quelque chose de plus avantageux ? Avec elle comme patronne du bar, à la tête d'une cuisine avec trois ou quatre aides où elle ne s'occuperait que des plats fins, Nacib pourrait réaliser un rêve qu'il caressait depuis longtemps : ouvrir un restaurant. Cela manquait dans la ville. Mundinho Falcão l'avait dit et répété : Ilhéus avait besoin d'un bon restaurant. La nourriture des hôtels était détestable. Les célibataires devaient se résigner aux pensions minables et aux plats froids. Quand les bateaux arrivaient, les visiteurs ne trouvaient nul endroit où l'on pût bien manger. Où offrir un dîner de gala, à l'occasion d'une importante commémoration, hors les salles à manger des maisons bourgeoises ? Mundinho lui-même serait prêt à fournir une partie du capital nécessaire. Le bruit courait que le couple grec y pensait et recherchait un local adéquat. S'il avait la certitude que Gabriela dirigerait la cuisine, Nacib monterait un restaurant.

Mais quelle certitude pouvait-il avoir ? Il réfléchissait à ces choses sur la chaise longue, à l'heure de la sieste, le pire moment de son martyre, avec un goût amer dans la bouche laissé par le cigare éteint, les moustaches flétries. Il n'y avait pas de cela bien longtemps, doña Arminda, Cassandre incarnée dans une noire albinos, l'avait plongé dans une effroyable inquiétude. Pour la première fois, Gabriela s'était sentie séduite par une proposition. Doña Arminda avait décrit en détail, avec une complaisance presque sadique, les hésitations de la jeune femme devant l'offre du colonel Manuel das Onças : une plantation de cacao de trois mille kilos pour le moins. Qui ne se laisserait pas tenter ? Sur Clemente, ni lui ni doña Arminda ne savaient quoi que ce fût et sur Gabriela ils savaient bien peu de choses...

Pendant quelques jours, il était devenu comme fou, plusieurs fois il avait failli ouvrir la bouche pour lui parler de mariage. Mais au dire de doña Arminda elle-même, Gabriela avait repoussé la proposition :

— Je n'ai jamais vu quelqu'un comme elle... Elle mérite que vous l'épousiez sans aucun doute.

Cela n'avait pas encore été sa limite. « Toute femme a beau être fidèle, elle a une limite », avait déclaré Nhô-Galo de sa voix nasillarde. Cela n'avait pas été sa limite, son prix, mais en était bien près. N'avait-elle pas été tentée d'accepter ? Et si aux plants de cacaoyers, le colonel Manuel das Onças ajoutait une maison dans une rue discrète, avec donation en bonne et due forme ? Rien n'est plus important aux yeux d'une femme que d'avoir une maison à soi. Il suffisait de voir les sœurs Dos Reis refuser une somme fabuleuse pour leurs maisons, celle où elles habitaient et celle qu'elles louaient. Et Manuel das Onças en avait bien les moyens. L'argent ne manquait pas dans sa *fazenda* et avec la dernière campagne cacaoyère — quelque chose de fantastique ! —, il était devenu encore plus riche. Il faisait construire à Ilhéus un véritable palais pour sa famille, pourvu d'une tour d'où l'on pourrait apercevoir la ville entière, les bateaux dans le port, la voie ferrée. Fou de Gabriela comme il était, ce vieillard salace finirait par en payer le prix, si élevé qu'il fût.

Dans sa maison de la Rampe, Nacib entendait les incitations de doña Arminda. Au bar, Tonico lui demandait chaque jour, en début d'après-midi :

— Et ce mariage, l'Arabe ? Vous êtes-vous décidé ?

Dans le fond, il avait déjà pris sa décision, c'était chose réglée. Mais il en ajournait l'exécution par peur du qu'en-dira-t-on. Ses amis pourraient-ils le comprendre ? Et aussi son oncle, sa tante, sa sœur, son beau-frère, ses riches parents d'Itabuna, les orgueilleux Aschar ? Après tout, quelle importance cela avait-il ? Ses parents d'Itabuna, du haut de leur cacao, ne lui accordaient aucune attention. Il ne devait rien à son oncle. Son beau-frère pouvait s'en aller au diable. Quant à ses amis, les clients du bar, ses partenaires au trictrac ou au poker, Tonico mis à part, lui avaient-ils témoigné quelque considération ? Ne harcelaient-ils pas Gabriela, ne se la disputaient-ils pas sous son nez ? Quelle déférence leur devait-il ?

Ce jour-là on avait beaucoup discuté au bar, avant le déjeuner, sur les affaires politiques et sur la question du chenal. Des rumeurs circulaient, répandues par les gens des Bastos : le rapport de l'ingénieur avait été classé, la question du chenal enterrée une fois de plus. Inutile d'insister, le problème était insoluble. Beaucoup le croyaient. Ils ne voyaient plus l'ingénieur sur une barque en train de sonder le sable du chenal avec ses instruments. En outre, Mundinho Falcão s'était embarqué pour Rio. Les partisans des Bastos rayonnaient de joie. Amâncio Leal avait proposé un nouveau pari à Ribeirinho : vingt *contos* que les remorqueurs et les dragues ne viendraient jamais. Une nouvelle fois, Nacib avait été pris à témoin.

Peut-être était-ce pour cela que Tonico, à l'heure habituelle du bitter, se trouvait de si bonne humeur. Il avait reparu dans les cabarets, entiché maintenant d'une fille du Ceará à tresses noires.

— La vie est belle...

— Vous avez une raison pour vous déclarer satisfait. Avec une femme jeune...

Tonico, tout en se curant les ongles, reconnut :

— Je suis vraiment satisfait... Les travaux du chenal ont fait fiasco... La fille du Ceará a du tempérament...

Ce ne serait pas, finalement, le colonel Manuel das Onças qui allait pousser Nacib à prendre une décision. Ce serait le juge.

— Et vous, l'Arabe, toujours triste ?

— Pourrais-je être autrement ?

— Oui, encore plus triste. J'ai une mauvaise nouvelle pour vous.

— Qu'y a-t-il ? fit-il d'une voix inquiète.

— Mon cher, le juge a loué une maison dans l'impasse des Quatro Mariposas...

— Quand ?

— Hier après-midi.

— Pour qui ?

— Pour qui serait-ce ?

Il y eut un silence à entendre voler une mouche. Chico Moleza, revenant de déjeuner, l'interompit :

— Gabriela vous fait dire qu'elle va sortir, mais qu'elle revient tout de suite.

— Pourquoi va-t-elle sortir ?

— Je ne sais pas, monsieur. J'ai l'impression que c'est pour acheter des choses qui manquent.

A Tonico, qui le regardait d'un air ironique, Nacib demanda :

— Quand vous me parlez de cette affaire de mariage, vous parlez sérieusement ? C'est vraiment votre opinion ?

— Bien sûr que oui. Je vous l'ai déjà dit, l'Arabe. Si c'était moi...

— J'y ai pensé. C'est aussi mon avis...

— Vous vous êtes décidé ?

— Mais il y a des problèmes pour lesquels vous pourriez m'aider.

— Venez que je vous embrasse, mes félicitations ! Heureux Turc !

Après l'embrassade, Nacib, encore tout interdit, poursuivit :

— Elle n'a pas de papiers. Je me suis renseigné, pas d'acte de naissance. Elle ignore même le jour de sa naissance, et ne connaît pas davantage les noms de ses parents. Ils sont morts quand elle était toute petite, elle ne sait rien à leur sujet. Son oncle s'appelait Silva, mais c'était un frère de sa mère. Elle ne sait pas son âge, elle ne sait rien. Comment faire ?

Tonico se pencha vers lui :

— Je suis votre ami, Nacib. Je vais vous aider. Au sujet des papiers, soyez tranquille. J'arrange tout ça dans mon étude : certificat de naissance, et noms inventés pour elle, pour son père et pour sa mère... Mais à une condition : je veux être le parrain du mariage...

— Vous êtes d'ores et déjà invité à le devenir... — Et soudain Nacib se vit délivré, toute sa joie revenait, il sentait la chaleur du soleil, la douceur de la brise marine.

Se tournant vers João Fulgêncio qui arrivait ponctuellement, à l'heure de l'ouverture de la Papeterie, Tonico s'écria :

— Vous savez la nouvelle ?

— Il y en a tant... Laquelle ?

— Nacib se marie...

João Fulgêncio, toujours si imperturbable, eut un mouvement de surprise :

— C'est vrai, Nacib ? Vous n'étiez pas fiancé, que je sache. Qui est l'heureuse élue, peut-on savoir ?

— Qui est-ce ? Devinez... reprit Tonico en souriant.

— C'est Gabriela, dit Nacib. Je l'aime, je vais l'épouser. Peu m'importe le qu'en-dira-t-on !...

— On peut seulement dire que vous avez un noble cœur et que vous êtes un homme de bien. Personne ne peut dire autre chose. Mes félicitations...

João Fulgêncio l'embrassa, mais son regard était inquiet. Nacib insista :

— Donnez-moi un conseil. Pensez-vous que ça va marcher ?

— Pour ces affaires-là, on ne donne pas de conseils, Nacib. Si ça va marcher, qui peut le prédire ? Je souhaite que ça marche, vous le méritez bien... Seulement...

— Seulement, quoi ?

— Il y a des fleurs, vous l'avez observé, qui sont belles tant qu'elles sont sur les branches, dans les jardins. Quand on les met dans des vases, même s'ils sont en argent, elles se fanent et périssent.

— Pourquoi périrait-elle ?

Tonico intervint :

— Que non pas, monsieur João ! Trêve de poésie... Cela va être le mariage le plus gai d'Ilhéus.

João Fulgêncio, souriant, acquiesça :

— Je dis des sottises, Nacib. De tout mon cœur, je vous félicite. C'est un geste d'une grande noblesse que le vôtre. Un geste d'homme civilisé.

— Nous allons porter des toasts, proposa Tonico.

La brise soufflait de la mer, le soleil brillait, Nacib entendait le chant des oiseaux.

DES DRAGUES ET UNE MARIÉE

Ce fut le mariage le plus joyeux d'Ilhéus. Le juge (nanti d'une jeune maîtresse pour laquelle il avait loué une maison dans l'impasse des Quatro Mariposas après avoir perdu tout espoir de circonvenir Gabriela) prononça quelques paroles pour souhaiter du bonheur à ce nouveau couple qu'un amour véritable avait uni par-delà les conventions sociales, et les différences de situation ou de classe.

Gabriela, en robe bleu ciel, les yeux baissés, les pieds serrés dans des souliers, un timide sourire sur les lèvres, était on ne peut plus séduisante. Elle fit son entrée dans le salon au bras de Tonico le notaire qui affichait l'élégance des grands jours. La maison de la rampe de São Sebastião était bondée. De nombreuses personnes étaient venues, invitées ou non. Personne ne voulait manquer ce spectacle. Dès l'instant où il lui avait parlé de mariage, Nacib avait envoyé Gabriela chez doña Arminda. Il n'était pas concevable qu'elle dormît sous le même toit que son fiancé.

— Pourquoi ? avait demandé Gabriela. Cela n'a aucune importance...

Cela avait beaucoup d'importance. Maintenant elle était sa fiancée, elle serait son épouse, nulle marque de respect à son endroit n'était superflue. Quand il lui avait annoncé la nouvelle, quand il lui avait demandé sa main, elle était devenue songeuse :

— Pourquoi, monsieur Nacib ? C'est inutile...

— Tu n'acceptes pas ?

— Pour accepter, j'accepte. Mais c'était inutile. Je suis très heureuse sans cela.

Il engagea des servantes, deux pour le moment : l'une se chargerait du ménage, l'autre, plus jeunette, apprendrait à cuisiner. Ensuite pour les autres, il attendrait l'ouverture du restaurant. Il fit peindre la maison et acheta de nouveaux meubles, ainsi qu'un trousseau pour elle que sa tante l'aida à choisir : robes, jupons, souliers et bas. Le premier instant de surprise passé, ses oncles se montrèrent gentils. Ils offrirent même leur maison pour la loger. Il n'accepta pas. Comment aurait-il pu passer ces quelques jours sans elle ? La murette séparant son jardinet de celui de doña Arminda était basse. Gabriela la sautait comme un cabri en découvrant ses jambes. La nuit, elle venait dormir avec lui. Sa sœur et son beau-frère ne voulurent rien savoir et se brouillèrent avec lui. Les Aschar d'Itabuna envoyèrent des cadeaux : un abat-jour fait de coquillages, curieux à voir.

Tout le monde était venu contempler Nacib en costume bleu marine, avec ses énormes moustaches florissantes, un œillet à la boutonnière et des souliers vernis. Gabriela souriait, les yeux baissés. Le juge les déclara mariés : Nacib Aschar Saad, âgé de trente-trois ans, commerçant, né à Ferradas, enregistré à Itabuna ; Gabriela da Silva, âgée de vingt et un ans, employée domestique, née à Ilhéus et enregistrée dans cette ville.

La maison était bondée de gens, beaucoup d'hommes, peu de femmes : l'épouse de Tonico, qui avait servi de témoin, sa nièce, la blonde Jerusa, la femme du Capitaine, si bonne et si simple, les sœurs Dos Reis tout en sourires, l'épouse de João Fulgêncio, heureuse mère de six enfants. D'autres n'avaient pas voulu venir. Quel mariage était-ce là, si extravagant ? Il y avait des tables garnies et de la boisson à volonté. Tout ce monde ne pouvait contenir dans la maison et se répandait sur la chaussée. Ce fut le mariage le plus joyeux d'Ilhéus. Plínio Araçá lui-même, oubliant la rivalité des deux bars, avait fait apporter du champagne. Un mariage religieux aurait été plus beau encore, mais il n'y en eut point. C'est à ce moment-là seulement que l'on sut que Nacib était mahométan, bien qu'à Ilhéus il eût abandonné Allah et Mahomet sans pour autant se rallier au Christ ou à Jéhovah. Cela n'empêcha pas le père Basílio de venir pour donner sa bénédiction à Gabriela :

— Puisses-tu t'épanouir en une floraison d'enfants, ma rose de Jéricho.

Il menaça Nacib :

— Les enfants, je les baptiserai, que vous le veuillez ou non...

— D'accord, mon père...

La fête se serait certainement prolongée tard dans la nuit, si au milieu du long crépuscule, quelqu'un, sur la chaussée, n'avait crié :

— Regardez, les dragues arrivent...

On se précipita vers la rue. Mundinho Falcão, de retour de Rio, était venu au mariage en apportant des fleurs pour Gabriela, des roses rouges, ainsi qu'un porte-cigarettes en argent pour Nacib. Il s'élança vers la rue, le visage épanoui. Le cap sur le chenal, deux remorqueurs tiraient quatre dragues. Un vivat retentit, plusieurs autres lui firent écho et les gens commencèrent à se retirer. Mundinho s'en alla le premier suivi du Capitaine et du Docteur.

La fête se transporta sur le quai, sur les débarcadères. Seules les dames restèrent un peu plus longtemps ainsi que Josué et le cordonnier Felipe. Glória regardait de la rue. Elle aussi avait quitté sa fenêtre ce jour-là. Quand finalement doña Arminda leur eut dit bonsoir et s'en fut allée, dans la maison déserte et en désordre où assiettes et bouteilles étaient répandues, Nacib lui parla :

— Bié...

— Monsieur Nacib...

— Pourquoi « monsieur » Nacib ? Je suis ton mari, pas ton patron...

Elle sourit, arracha ses souliers, et pieds nus commença à remettre de l'ordre. Il la prit par la main et la gronda :

— Tu ne peux plus faire ça, Bié...

— Faire quoi ?

— Marcher sans chaussures. Maintenant, tu es une dame.

Elle sursauta :

— Je ne peux plus marcher sans chaussures, nu-pieds ?

— Non.

— Et pourquoi ?

— Tu es une dame, qui a des biens, un rang à tenir.

— Non, monsieur Nacib. Je ne suis que Gabriela...

— Je vais t'éduquer. Il la prit dans ses bras et la porta jusqu'au lit.

— Mon beau monsieur...

Sur le port, la foule criait, applaudissait. On fit partir des fusées, découvertes comme par enchantement. Elles montaient dans le ciel envahi par la nuit et leur lueur éclairait la route des dragues. Le Russe Jacob était si excité qu'il discourait dans une langue inconnue. Les remorqueurs sifflaient, ils entraient dans le port.

Chapitre quatrième

Le clair de lune de GABRIELA

(Peut-être une enfant, ou bien le peuple, qui sait ?)

Ce ne sont pas seulement la ville, le port, les bourgs et les villages qui se sont transformés. Les mœurs aussi ont changé et les hommes ont évolué...

(De l'accusation du Dr Ezequiel Prado devant le tribunal jugeant le colonel Jesuíno Mendonça.)

CHANSON D'AMI DE GABRIELA

Oh ! qu'as-tu fait, Sultan,
De ma joyeuse enfant ?

Palais royal lui ai donné
Et trône de pierreries,
Chaussures d'or constellées
D'émeraudes et de rubis,
Améthystes pour ses doigts,
Robes parées de diamants
Esclaves pour la servir,
Une place sous mon dais
Et Reine l'ai appelée.

Oh ! qu'as-tu fait, Sultan,
De ma joyeuse enfant ?

Elle ne voulait que la savane
Pour y cueillir des fleurs sauvages.
Elle ne voulait qu'un miroir
De verre, pour se mirer.
Elle ne voulait que la chaleur
Du soleil, pour se laisser vivre.
Elle ne voulait qu'un clair de lune
D'argent pour se reposer.
Elle ne voulait que l'amour
Des hommes pour bien aimer.

Oh ! qu'as-tu fait, Sultan,
De ma joyeuse enfant ?

Au bal royal j'ai conduit
Ta joyeuse enfant chérie
Vêtue d'un habit de reine.
Elle a parlé à des princesses
Conversé avec des docteurs
Dansé des danses étrangères.
Elle a bu le vin le plus cher
Et savouré des fruits d'Europe
Du roi elle a regagné
Les bras, encore plus reine.

Oh, qu'as-tu fait, Sultan,
De ma joyeuse enfant ?

Qu'elle retrouve ses fourneaux
Son jardinet à goyaves
Ses danses traditionnelles
Sa robe de cotonnade
Ses humbles sandales vertes
Ses innocentes pensées
Son rire libre et sincère
Son enfance perdue
Ses soupirs dans le lit
Et sa fureur d'aimer.
Pourquoi vouloir la transformer ?

Telle est la chanson de Gabriela
Faite de girofle et de cannelle.

UN CHANTRE INSPIRÉ AUX PRISES AVEC DE VILS SOUCIS D'ARGENT

— Le Dr Argileu Palmeira, notre poète éminent et inspiré, honneur des lettres bahianaises. Le Docteur faisait les présentations avec une pointe d'orgueil dans la voix.

— Un poète, hum... Le colonel Ribeirinho le considérait d'un œil méfiant : Ces poètes-là, en général, n'étaient que de fieffés tapeurs. Très heureux...

Le chantre inspiré, un quinquagénaire énorme et replet, mulâtre au teint clair et de belle prestance, au large sourire, à la chevelure en crinière, portant pantalon rayé avec veston et gilet en drap noir en dépit de la chaleur torride, découvrant plusieurs dents d'or et affichant la pose d'un sénateur en villégiature, était évidemment habitué à cette défiance des hommes rudes de l'arrière-pays à l'endroit des muses et de leurs élus. Il tira une carte de visite de la poche de son gilet, se racla la gorge pour attirer l'attention des clients du bar et lâcha d'une voix tonitruante et modulée :

— Bachelier ès sciences juridiques et sociales, c'est-à-dire avocat en titre et bachelier ès lettres. Procureur public de la circonscription de Mundo Novo, dans l'intérieur de l'Etat. Pour vous servir, mon cher monsieur.

Il s'inclina et tendit sa carte de visite à Ribeirinho stupéfait. Le *fazendeiro* chercha ses lunettes pour lire :

Dr ARGILEU PALMEIRA
Bacheliers
(ès sciences juridiques et sociales
et ès sciences et lettres)
Procureur public
Poète lauréat
Auteur de six livres consacrés
par la critique

MUNDO NOVO — Bahia LE PARNASSE

Ribeirinho bredouilla, se leva de sur sa chaise et prononça des paroles sans suite :

— Très bien, docteur... A vos ordres...

Par-dessus l'épaule du *fazendeiro*, Nacib lut en même temps, tout aussi impressionné, et hocha la tête :

— Eh bien ! ce n'est pas rien !

Le poète n'aimait pas perdre son temps : après avoir posé sa grande serviette de cuir sur la table, il entreprit de l'ouvrir. Ilhéus était l'une des plus grandes villes de l'Etat de Bahia, il devait encore faire visite à beaucoup de gens. Il en tira un premier paquet de cartes d'entrée pour sa conférence.

L'illustre habitant du Parnasse était malheureusement soumis aux contingences matérielles de la vie en ce bas monde mesquin et vulgaire où l'estomac a la préséance sur l'âme. Aussi avait-il acquis un sens pratique assez marqué, et quand il faisait une tournée de conférences, il prospectait consciencieusement chaque place afin d'en tirer le maximum, surtout lorsqu'il arrivait dans une ville riche comme Ilhéus où l'argent circulait en abondance. Alors il se démenait de façon à se procurer des réserves qui compenserait les pertes subies dans des centres plus arriérés, où le mépris de la poésie et la répugnance pour les conférences confinaient à la mauvaise éducation au point qu'on lui claquait la porte au nez. Armé d'un aplomb magnifique, il ne se laissait pas abattre en ces dures extrémités. Revenant à la charge, il sortait presque toujours vainqueur en plaçant au moins un billet.

Ses revenus de procureur lui suffisaient à peine pour subvenir bien chichement aux besoins de sa famille nombreuse et d'une vaste progéniture en constante augmentation. En effet, c'était plus exactement des familles nombreuses, car il en avait au moins trois. L'éminent poète se soumettait à contrecœur aux lois écrites, bonnes peut-être pour le commun des mortels, mais gênantes assurément pour les êtres d'exception comme le « bacheliers » Argileu Palmeira. Le mariage et la monogamie étaient du nombre. Comment un véritable poète pouvait-il se soumettre à de telles limitations ? Il n'avait jamais voulu se marier bien qu'il cohabitât depuis près de vingt ans avec la naguère pétulante Augusta, aujourd'hui marquée par l'âge, dans ce que l'on pouvait appeler son domicile principal. C'est à elle qu'il avait dédié ses deux premiers livres : les *Emeraudes* et les *Diamants* (tous ses livres avaient pour titre des noms de pierres précieuses ou semi-précieuses). En échange, elle lui avait donné cinq robustes rejetons.

Un assidu des muses ne peut se consacrer à une seule d'entre elles. Un poète a besoin de renouveler ses sources d'inspiration. Pour sa part, il les renouvelait hardiment. Une femme rencontrée en chemin lui inspirait bien vite un sonnet dans son lit. Avec deux autres muses inspiratrices, il produisit aussi famille et livres. Pour Raimunda, une mulâtresse dans la fleur de l'adolescence, serveuse de son état, maintenant mère de trois de ses enfants, il avait ciselé les *Turquoises* et les *Rubis*. Les *Saphyrs* et les *Topazes* étaient dus à Clementina, une veuve qui supportait mal sa condition et qui lui avait donné Hercule et Aphrodite. Naturellement, dans tous ces volumes consacrés, il y avait des vers dédiés à d'autres muses mineures. Il était possible aussi qu'il y eût d'autres enfants, outre les dix qu'il avait reconnus, fait enregistrer, baptiser sous des noms de héros ou de dieux grecs, au grand scandale des prêtres. Dix vigoureux Palmeira d'âges divers, ou plutôt douze (car, à ces dix, s'ajoutaient les deux du défunt mari de Clementina), douze bouches avides à nourrir, qui avaient hérité de l'appétit mythologique de leur père. C'étaient eux surtout — et le désir de changer de décor, de voir des pays nouveaux — qui poussaient le poète à entreprendre ces pérégrinations littéraires durant les vacances des tribunaux, pourvu d'un stock de livres et d'une ou deux conférences dans une énorme valise sous laquelle ployaient les épaules des porteurs les plus robustes.

— Une seule ? Ne faites pas cela... Vous n'allez pas venir sans madame ! Et vos enfants, quels âges ont-ils ? A quinze ans, ils sont déjà sensibles à l'influence de la poésie et des idées exposées dans ma conférence. D'ailleurs hautement éducatives, propres à contribuer à la formation de l'âme des jeunes.

— Il n'y a rien d'indécent ? demanda Ribeirinho qui se souvenait des conférences de Leonardo Motta, lequel venait à Ilhéus une fois par an et faisait salle comble sans avoir besoin de placer des billets, avec ses causeries sur le *sertão*. Pas d'anecdotes inconvenantes ?

— Pour qui me prenez-vous, mon cher monsieur ? La moralité la plus rigoureuse... Les sentiments les plus nobles.

— Je n'ai pas dit cela pour faire une critique. Au contraire, ce genre-là me plaît. A vous parler franchement, ce sont même les seules conférences que je supporte... De nouveau, il se confondait en excuses. Il ne faut pas vous fâcher, je veux dire plutôt qu'elles sont amusantes. Je suis un rustaud, je n'ai pas grande instruction, les conférences me font dormir... Si je vous ai posé cette question, c'est seulement à cause de la patronne et de mes filles... Parce que, autrement, je ne pourrais pas les y conduire, vous en conviendrez. Et il termina par ces mots : Quatre entrées, c'est combien ?

Nacib en avait pris deux, le cordonnier Felipe une, pour le lendemain soir, dans le salon d'honneur de l'Intendance, avec présentation du Dr Ezequiel Prado, ancien condisciple d'Argileu à la faculté.

Le poète passa ensuite à la deuxième phase de l'opération, la plus difficile. Presque personne ne refusait une entrée. Par contre, les livres n'étaient pas aussi bien reçus. Beaucoup de gens faisaient la grimace devant les pages où les vers s'alignaient en petits caractères. Même ceux qui par intérêt ou par amabilité se décidaient à en acheter un ne savaient comment faire lorsqu'ils en demandaient le prix et que l'auteur leur répondait :

— C'est à votre guise... La poésie ne se vend pas. Je ne devrais pas avoir à payer l'impression et le papier ni la composition et le brochage pour pouvoir distribuer mes livres gratuitement, à pleines mains, comme l'ordonnait le poète. Mais, qui peut se soustraire au vil matérialisme de la vie ? Ce volume, où sont réunies mes poésies les plus récentes et les plus remarquables, consacré dans ce pays du Nord au Sud et salué au Portugal par une critique enthousiaste, m'a coûté les yeux de la tête. Je ne l'ai pas encore payé... C'est à votre appréciation, mon cher ami...

C'était une excellente technique quand il avait affaire à un exportateur de cacao ou à un grand *fazendeiro*. Mundinho Falcão avait donné cent mille réaux pour un livre, en plus de l'entrée qu'il avait achetée Le colonel Ramiro Bastos en avait donné cinquante mille, mais avait acheté trois entrées et invité le poète à dîner pour le surlendemain. Argileu s'informait à l'avance des particularités de chaque place à visiter. Ayant été ainsi mis au courant des luttes politiques qui divisaient Ilhéus, il était venu muni de lettres de recommandation pour Mundinho et pour Ramiro, ainsi que pour les hommes importants de chacun des deux partis. Le corpulent poète possédait plusieurs années d'expérience pour placer, avec patience et audace, les éditions de ses livres. Il voyait tout de suite si l'acheteur était capable de se résoudre de lui-même à lâcher une somme importante ou s'il devait lui faire une suggestion :

— Vingt mille réaux et je vous donne un autographe.

Quand le lecteur possible résistait encore, il devenait magnanime et proposait l'extrême limite :

— Comme je sens l'intérêt que vous portez à ma poésie, je vais vous le laisser pour dix mille, afin de ne pas vous laisser privé de votre part de rêves, d'illusion et de beauté !

Ribeirinho, le livre à la main, se grattait la tête et consultait le Docteur du regard pour savoir combien il devait payer. Quelle barbe que tout cela ! De l'argent jeté par les fenêtres. Il mit la main dans sa poche et en tira vingt mille réaux de plus. Il faisait cela à cause du Docteur. Nacib n'en acheta point. Gabriela savait à peine lire. Quant à lui, il avait de la poésie de reste avec celle que Josué et Ari Santos déclamaient au bar. Le cordonnier Felipe refusa. Il était passablement éméché :

— Pardonnez-moi, monsieur le poète. Moi je ne lis que de la prose et une certaine prose. (Il insista sur « une certaine ».) Pas de romans ! De la prose de combat, de celle qui remue les montagnes et transforme le monde. Avez-vous déjà lu Kropotkine, monsieur ?

L'illustre poète hésita. Il voulut dire oui, que ce nom ne lui était pas inconnu, mais il trouva plus opportun de s'en sortir par une grande phrase :

— La poésie est au-dessus de la politique.

— Et moi je chie sur la poésie, mon cher monsieur ! Puis, pointant son index : Kropotkine est le plus grand poète de tous les temps ! s'écria-t-il en pur castillan, ce qui ne lui arrivait que lorsqu'il était très exalté ou très soûl. Au-dessus de lui, il n'y a que la dynamite. Vive l'anarchie !

Il était déjà pris de boisson en arrivant au bar et là il avait continué à boire. Cela n'arrivait exactement qu'une fois par an. Rares étaient ceux qui savaient que c'était sa façon à lui de commémorer la mort d'un frère, fusillé lors d'une manifestation à Barcelone, plusieurs années auparavant. Celui-là oui avait été réellement un anarchiste militant, une tête pleine de vent et de feu, un cœur sans défaillance. Felipe avait recueilli ses brochures et ses livres, mais n'avait pas relevé son drapeau déchiré. Il avait préféré quitter l'Espagne afin d'échapper aux soupçons qui pesaient sur lui en raison des liens de parenté. Toutefois, vingt ans après encore, le jour de l'anniversaire de la manifestation et des meurtres dans la rue, il fermait son échoppe et se soûlait, jurant de revenir en Espagne pour faire exploser des bombes et venger son frère.

Bico-Fino et Nacib conduisirent l'Espagnol commémorant dans le cabinet réservé au poker où il pourrait boire à son aise sans déranger personne. Felipe apostropha Nacib :

— Qu'as-tu fait, Maure infidèle, de ma fleur rouge, de la grâce de Gabriela ? Elle avait des yeux joyeux, c'était une chanson, une joie, une fête. Pourquoi l'as-tu volée pour toi seul et l'as-tu mise en prison ? Sale bourgeois...

Bico-Fino lui apporta une bouteille de tafia et la posa sur la table.

Le Docteur expliqua au poète les raisons de la cuite de l'Espagnol et lui demanda des excuses. Felipe était à l'ordinaire un homme bien éduqué, un citoyen estimable, seulement une fois par an...

— Je comprends parfaitement. Une petite cuite de temps en temps, cela arrive à des personnes du meilleur monde. Moi non plus je ne suis pas sobre. Je bois mon petit coup de tafia...

En matière de boissons, Ribeirinho s'y connaissait. Il se sentit en terrain familier et commença une dissertation sur les diverses sortes de tafia. A Ilhéus on en faisait un excellent, le « Canne d'Ilhéus », dont la quasi-totalité était vendue en Suisse où on le prenait comme du whisky. Le Mister, « l'Anglais qui dirige le chemin de fer », expliqua-t-il à Argileu, ne buvait que cela. Et il s'y connaissait...

Cet exposé fut interrompu à plusieurs reprises. Avec l'heure de l'apéritif, les clients arrivaient et étaient présentés au poète. Ari Santos l'embrassa avec force en le serrant contre lui. Il le connaissait bien, tant par son nom que par ses œuvres. Sa visite à Ilhéus resterait dans les annales de la vie culturelle de la ville. Le poète, baba de satisfaction, le remercia. João Fulgêncio examina sa carte de visite avec attention et la rangea soigneusement dans sa poche. Après avoir fait sa moisson de billets d'entrée, collé un livre à Ari avec dédicace, et un autre à Manuel das Onças, Argileu s'attabla avec le Docteur, João Fulgêncio, Ribeirinho et Ari pour goûter le célèbre « Canne d'Ilhéus ».

Et, tout en sirotant son tafia en compagnie de ses nouveaux amis, ayant un peu abandonné son air de grande personnalité, le poète se révéla un excellent causeur en racontant de sa voix de stentor, avec de forts éclats de rire, des anecdotes amusantes et en s'intéressant aux affaires locales, comme s'il vivait là depuis longtemps et ne venait pas de débarquer le matin. En même temps, il se faisait présenter à chaque nouveau client et retirait de sa serviette billets et livres. Finalement, sur la proposition de Nhô-Galo, on inventa une sorte de code pour lui faciliter le travail. Quand la victime aurait les moyens d'acquérir billets et livre, le Docteur ferait les présentations. Quand elle prendrait plusieurs billets mais pas de livre, ce serait le tour d'Ari. Enfin, dans le cas d'un célibataire ou d'un homme ayant des embarras d'argent, bon pour un seul billet, Nhô-Galo lui-même s'en chargerait. Ainsi on gagnerait du temps. Le poète montra quelque répugnance à accepter :

— Ce sont des choses qui trompent... J'en ai fait l'expérience. Parfois un individu auquel on n'aurait pas songé achète un livre... Après tout, le prix est variable...

Il avait perdu toute retenue dans ce cercle joyeux qu'avaient rejoint Josué, le Capitaine et Tonico Bastos. Nhô-Galo affirma :

— Ici, mon cher, on ne peut pas se tromper. Nous connaissons les moyens, les goûts, l'analphabétisme de chacun...

Un gamin entra dans le bar pour distribuer les prospectus d'un cirque dont la première représentation était annoncée pour le lendemain. Le poète trembla :

— Non ! C'est inadmissible ! Demain c'est le jour de ma conférence. Je l'ai choisi exprès parce que dans les deux cinémas on passe des films pour les enfants que peu d'adultes iront voir. Et, tout d'un coup, voilà ce cirque qui me tombe dessus...

— Mais, docteur, vos billets ne sont-ils pas vendus à l'avance ? Payés à vue ? Il n'y a pas de danger, observait Ribeirinho pour le calmer.

— Croyez-vous, monsieur, que je suis un homme à parler devant des chaises vides ? A dire mes vers pour une demi-douzaine de personnes ? Mon cher monsieur, j'ai un nom à sauvegarder, un nom qui a une certaine résonance et une parcelle de gloire au Brésil et au Portugal...

— N'ayez pas de souci..., fit Nacib, debout à côté de l'illustre table. Ce n'est qu'un petit cirque minable qui arrive d'Itabuna. Il est sans intérêt. Il ne possède ni animaux ni artistes qui vaillent quelque chose. Seuls les enfants iront le voir...

Le poète était invité à déjeuner chez Clóvis Costa. Sa première visite à peine débarqué avait été pour la rédaction du *Diário de Ilhéus*. Il voulait savoir si le Docteur pourrait l'accompagner l'après-midi.

— Certainement, et avec le plus grand plaisir. Maintenant, mon illustre ami, nous allons nous rendre chez Clóvis.

— Venez déjeuner avec nous, mon cher !

— Je n'ai pas été invité...

— Mais moi je suis invité et je vous invite. Ces déjeuners-là, mon cher, on ne doit pas les manquer. Ils sont toujours meilleurs que l'ordinaire de la maison, et à plus forte raison, que la nourriture des hôtels, si mauvaise et si chiche, tellement chiche !

Quand ils s'en allèrent, Ribeirinho commenta :

— Ce double docteur est un type formidable... Il ramasse de l'argent de toutes les façons... billets, livres, déjeuners... Il doit manger comme un boa...

— C'est un des plus grands poètes de Bahia, affirma Ari.

João Fulgêncio tira de sa poche la carte de visite :

— Sa carte de visite, du moins, est admirable. Je n'ai jamais vu une chose pareille : « Bacheliers »... Rendez-vous compte ! Il habite au Parnasse... Vous m'excuserez, Ari, mais sans l'avoir lue, je n'aime pas sa poésie. Elle ne peut pas valoir grand-chose...

Josué feuilletait un exemplaire de *Topazes* acheté par le colonel Ribeirinho et lisait les vers à voix basse :

— Il n'a pas de souffle, ce sont de petits vers anémiques. Avec ça, attardé comme si la poésie n'avait pas évolué. Aujourd'hui, au temps du futurisme...

— Ne dites pas cela... C'est un sacrilège. Ari s'exaltait. Ecoutez ce sonnet, João Fulgêncio. Il est divin. Il en lut le titre sur un ton déclamatoire : « Le fracas des cataractes. »

Mais il dut en rester là, car l'Espagnol Felipe faisait irruption dans la salle, chancelant sur ses jambes, heurtant les tables et bredouillant :

— Sale Maure, bourgeois, où est Gabriela ? Qu'as-tu fait de ma fleur rouge, de cette grâce...

Maintenant c'était une jeune mulâtresse aide-cuisinière qui tous les jours apportait la gamelle. Felipe, trébuchant contre les chaises, voulait savoir où Nacib avait enterré la grâce, la joie de Gabriela. Bico-Fino tenta de le reconduire dans le cabinet réservé au poker. Nacib fit un geste vague de la main comme pour s'excuser, mais nul ne pouvait savoir si c'était à cause de l'état de Felipe ou de l'absence au bar de la grâce, de la joie, de la fleur de Gabriela. Les autres le regardaient en silence. Qu'était devenue l'allégresse de ces jours passés où elle venait, sur le coup de midi, une rose derrière l'oreille ? Ils sentaient le poids de son absence comme si le bar sans elle avait perdu sa chaleur, son intimité. Tonico interrompit ce silence :

— Connaissez-vous le titre de la conférence du poète ?

— Non. Quel est-il ?

— « La larme et la nostalgie. »

— Du sirop, vous allez voir, pronostiqua Ribeirinho.

DES BÉVUES DE MADAME SAAD

C'était le dernier des cirques. Le négrillon Tuísca hochait la tête, immobile devant le mât vacillant, guère plus haut que le mât d'une barque de pêche. Impossible d'imaginer rien de plus dérisoire ni de plus minable. La bâche du chapiteau était si trouée qu'elle faisait penser au ciel d'une nuit étoilée ou à la robe de la folle Maria Me Dá. A peine plus grand que le marché au poisson, c'est tout juste s'il le dissimulait sur le terrain vague du port. Il fallait au négrillon Tuísca une loyauté à toute épreuve, pour ne pas se désintéresser complètement du « Cirque des Trois Amériques ». Quelle différence avec le « Grand Cirque Balkanique » et son chapiteau monumental, ses cages à fauves, ses quatre clowns, le nain et le géant, les chevaux dressés, les trapézistes si intrépides. Cela avait été une fête dans la ville, Tuísca n'avait pas manqué le spectacle. Il hochait la tête.

Dans son petit cœur chaud, s'abritaient des amours et des adorations : la Noire Raimunda, sa mère, maintenant heureusement remise de ses rhumatismes, qui lavait et repassait le linge ; la petite Rosinha aux cheveux d'or, fille de Tonico Bastos, sa passion secrète ; doña Gabriela et monsieur Nacib ; les excellentes sœurs Dos Reis ; son frère Filó, héros de la route, roi du volant, majestueux dans la conduite des camions et des autocars. Et les cirques. Aussi loin que remontaient ses souvenirs, jamais un cirque n'avait dressé son chapiteau à Ilhéus sans bénéficier de son appui décidé, de sa précieuse collaboration : il accompagnait le clown à travers les rues, aidait les garçons de piste, commandait une claque de gamins enthousiastes, faisait des commissions, infatigable et indispensable. Il n'aimait pas seulement les cirques parce qu'il y voyait une distraction suprême, un spectacle magique, une aventure tentatrice. Il allait à eux comme pour accomplir sa destinée. Et s'il n'en avait pas suivi un, c'était à cause des rhumatismes de Raimunda. Son aide était nécessaire à la maison. Elle consistait en pièces de monnaies que lui rapportaient diverses activités : depuis celle de cireur consciencieux à celle de serveur épisodique, en passant par celles de vendeur des confiseries si prisées des sœurs Dos Reis, de porteur discret de billets galants et d'auxiliaire habile de l'Arabe Nacib dans la manipulation des boissons. Il soupira en observant la pauvreté extrême du cirque qui venait d'arriver.

Le « Cirque des Trois Amériques » traînait son agonie sur les chemins. Il avait donné son dernier animal, un vieux lion édenté, à l'Intendance de Conquista, pour la remercier d'avoir assuré son transport par bateau et parce qu'il ne pouvait plus nourrir le fauve. Dans chaque ville, des artistes désertaient sans même réclamer leurs arriérés de salaire. Il avait converti en nourriture tout ce qu'il avait pu, y compris les tapis de la piste. La troupe s'était réduite à la famille du directeur : sa femme, ses deux filles mariées, celle qui ne l'était pas encore, ses deux gendres et un vague parent qui vendait les billets et dirigeait ensuite les garçons de piste. Ces sept personnes se relayaient pour présenter des numéros d'équilibristes, des sauts périlleux, d'avaleurs de sabres et de feu, de marche sur la corde raide ou de tours de cartes, brandissaient des balanciers peints en noir et formaient des « pyramides humaines ». Le vieux directeur était clown et illusionniste. Il jouait de la scie musicale pour faire danser ses trois filles. Dans la deuxième partie du spectacle, les membres de la troupe se réunissaient pour représenter *La Fille du clown*, un mélange de pantalonnade et de mélodrame, « hilarante et émouvante tragi-comédie qui fait rire aux éclats et pleurer à chaudes larmes le distingué public ». Comment étaient-ils venus échouer à Ilhéus ? Dieu lui-même ne le savait pas. Ils espéraient y recueillir de quoi payer leur passage sur le bateau jusqu'à Bahia où ils pourraient s'associer à un autre cirque plus prospère. A Itabuna, ils avaient presque demandé l'aumône. L'argent pour payer le train, les trois filles l'avaient gagné, les deux mariées et la célibataire encore mineure, en dansant dans le cabaret.

Tuísca fut leur providence divine : il conduisit l'humble directeur chez le commissaire pour obtenir de ce dernier l'exemption de la taxe prélevée par la police ; auprès de João Fulgêncio pour faire imprimer le programme à crédit ; de monsieur Cortes, du cinéma Vitória, pour emprunter gratuitement de vieilles chaises mises au rebut depuis la rénovation du cinéma ; à la gargote mal famée « Cachaça barata », dans la rue du Sapo, afin d'y recruter, sur ses indications, des garçons de piste parmi les voyous. Enfin, il tint le rôle du valet dans la pièce *La Fille du clown*, l'artiste qui l'avait interprété jusque-là ayant abandonné carrière et salaire à Itabuna pour le comptoir d'un entrepôt.

— Il est resté baba quand il m'a demandé de répéter les paroles et que j'ai tout répété sans me tromper. Et encore, il ne m'a pas vu danser...

Gabriela battait des mains en l'écoutant raconter les péripéties du jour, les nouvelles du monde magique du cirque.

— Tuísca, tu vas être un vrai artiste. Demain je serai là au premier rang. Je vais inviter doña Arminda, pensait-elle, et je vais demander à monsieur Nacib de venir lui aussi. Il pourrait bien venir et laisser un peu le bar. C'est pour te voir... Je vais applaudir à m'en faire enfler les mains.

— Maman ira me voir, elle aussi. Elle entre gratis. Il est possible qu'une fois qu'elle m'aura vu, elle me laissera partir avec eux. Mais c'est un cirque si pauvre... Ils ont des embarras d'argent. Ils préparent leur nourriture sur place pour économiser le prix de l'hôtel.

Gabriela avait sur les cirques des idées bien arrêtées :

— Tout ce qui est cirque est bon. Même s'il tombe en morceaux, c'est bon. Il n'y a rien de meilleur qu'un spectacle de cirque. Je l'aime énormément. Demain, j'y serai pour applaudir. Et je vais emmener monsieur Nacib. Tu peux y compter.

Cette nuit-là, Nacib rentra très tard, il avait eu des clients au bar jusqu'aux premières heures du jour. Autour du poète Argileu Palmeira s'était formé un grand cercle, après les séances de cinéma. Le chantre éminent avait dîné chez le Capitaine, fait encore quelques visites et vendu encore quelques exemplaires de *Topazes*. Il était enchanté d'Ilhéus. Ce cirque si misérable qu'il avait aperçu sur le port ne lui ferait pas concurrence. La conversation au bar avait duré tard dans la nuit. Le poète s'était révélé un vaillant buveur. Il qualifiait le tafia de « nectar des dieux » et d' « absinthe du cabocle ». Ari Santos lui avait récité ses vers et s'était vu décerner les éloges du chantre éminent :

— Inspiration profonde. Forme correcte.

Sollicité, Josué déclama à son tour des poèmes modernistes pour scandaliser le visiteur. Il ne le scandalisa point :

— Très beau. Je n'adhère pas au credo futuriste mais j'applaudis le talent où qu'il se trouve. Quelle vigueur, quelles images !

Josué se rendit : Argileu, après tout, avait un nom connu. Il possédait un bagage respectable, des livres consacrés. Il le remercia de son appréciation et lui demanda la permission de réciter une de ses dernières productions. Au cours de la veillée, à plusieurs reprises, Glória impatiente avait surgi à sa fenêtre pour observer le bar. Aussi avait-elle vu et entendu Josué déclamer, debout, des strophes où déferlaient seins et fesses à profusion, ventres nus, baisers licencieux, étreintes et copulations, bacchanales invraisemblables. Nacib lui-même applaudit. Le Docteur cita le nom de Teodoro de Castro et Argileu leva son verre :

— Teodoro de Castro, le grand Teodoro ! Je m'incline devant le chantre d'Ofenísia, je bois à sa mémoire. Et tous burent avec lui. Le poète rappela des fragments de poèmes de Teodoro en les altérant, de-ci, de-là :

Gracieuse, appuyée sur sa fenêtre,
Ofenísia au clair de lune, poussant des cris...

— « *Sanglotant* »... rectifia le Docteur.

L'histoire d'Ofenísia, évoquée au milieu des toasts en appela d'autres, les noms de Sinhàzinha et d'Osmundo furent prononcés, puis on glissa dans les anecdotes. Comme Nacib avait ri... Le Capitaine avait fait défiler son intarissable répertoire. L'auguste poète savait raconter lui aussi. Sa voix tonitruante explosait en éclats en rire qui ébranlaient la place et allaient mourir jusque dans les rochers. Le cabinet réservé aux joueurs de poker était en pleine activité : Amâncio Leal jouait gros avec le Dr Ezequiel, le Syrien Maluf, Ribeirinho et Manuel das Onças. Un poker à cinq endiablé.

Nacib était rentré chez lui mort de sommeil. Il se jeta sur le lit. Gabriela se réveilla, comme toutes les nuits :

— Monsieur Nacib... Vous êtes rentré tard... Savez-vous la nouvelle ?

Nacib bâillait, les yeux fixés sur le corps qu'elle laissait voir sur les draps, ce corps dont le mystère se renouvelait tous les jours. Une légère flamme de désir s'éleva au milieu de sa fatigue et de son sommeil.

— Je meurs de sommeil. Quelle nouvelle ?

Il s'allongea et replia la jambe sur la hanche de Gabriela.

— Tuísca est maintenant artiste.

— Artiste ? Qu'est-ce que c'est que cette histoire ?

— Artiste du cirque. Il va jouer dans une pièce...

La main de l'Arabe remontait, fatiguée, le long de ses jambes.

— Jouer ? Au cirque ? Je ne sais pas de quoi tu parles.

— Comment pourriez-vous savoir ? Gabriela s'assit sur le lit, il ne pouvait y avoir selon elle de nouvelle plus sensationnelle. Il est venu ici après le dîner et m'a raconté cela... Elle fit des chatouilles à Nacib pour le réveiller et elle y parvint.

— Tu veux ? fit-il avec un rire libidineux. Eh bien, tu vas voir...

Mais elle lui parla de Tuísca et du cirque, elle l'invita :

— Monsieur Nacib, vous pourriez bien venir demain soir avec moi et doña Arminda voir Tuísca. Vous laisseriez le bar pendant un tout petit instant.

— Demain, c'est impossible. Demain nous allons tous les deux à une conférence.

— A une quoi, monsieur Nacib ?

— A une conférence, Bié. Un docteur est venu, un poète. Il fait de ces poèmes, faut entendre ça ! Il est formidable. D'ailleurs, il est deux fois docteur... Une tête. Aujourd'hui, tout le monde l'entourait pour discuter, pour réciter des poésies... quelque chose d'épatant. Il va faire une conférence demain, à l'Intendance. J'ai acheté deux billets, un pour moi et un pour toi.

— Comment c'est, une conférence ?

Nacib se tordait les moustaches :

— Ah ! c'est une chose bien, Bié.

— Mieux que le cinéma ?

— Plus rare...

— Mieux que le cirque ?

— Cela ne se compare pas. Le cirque c'est pour les enfants. Quand il y a de bons numéros, cela en vaut la peine. Mais des conférences, il n'y en a qu'une fois de temps à autre.

— Et comment c'est ? Il y a de la musique, de la danse ?

— De la musique, de la danse... Il rit. Tu as besoin d'apprendre beaucoup de choses, Bié. Il n'y a rien de tout cela.

Et qu'est-ce qu'il y a pour que ce soit mieux que le cinéma ou que le cirque ?

— Je vais t'expliquer, écoute-moi bien. Il y a un homme, un poète, un docteur, qui parle de quelque chose.

— Il parle de quoi ?

— De quelque chose. Celui-là va parler de larmes et de nostalgie. Il parle et les gens écoutent.

Gabriela ouvrit de grands yeux étonnés :

— Il parle et nous écoutons. Et puis après ?

— Après ? Il termine et on applaudit.

— C'est seulement cela ? Il n'y a rien d'autre ?

— Seulement cela, mais il y a ce qu'il dit.

— Et qu'est-ce qu'il dit ?

— Des choses jolies. Parfois des mots difficiles, qu'on ne comprend pas très bien. C'est ce qu'il y a de meilleur.

— Monsieur Nacib... le docteur parle, on l'écoute... et vous comparez ça avec le cinéma ou avec le cirque ! Quelle affaire ! Vous, monsieur Nacib, qui êtes si instruit ! Mieux que le cirque ? C'est impossible !

— Ecoute, Bié, je te l'ai déjà dit. A présent tu n'es plus une petite servante, tu es une dame, madame Saad. Il faut bien te mettre ça dans la tête ! Il y a une conférence. Le monsieur qui va parler est un phénomène. Toute la crème d'Ilhéus va y assister. Nous aussi. On ne peut pas négliger une chose aussi importante pour aller voir un cirque aussi minable et aussi tocard.

— On ne peut pas, monsieur Nacib ? Vraiment pas ? Pourquoi ?

Sa voix anxieuse émut Nacib. Il la câlina :

— Parce qu'on ne peut pas, Bié. Qu'est-ce que les gens diraient de nous ? Cet idiot de Nacib, un ignorant, n'est pas venu à la conférence pour aller voir cette saleté de cirque ! Et après, tout le monde, au bar, discuterait de la conférence et de l'homme, pendant que moi je raconterais les niaiseries du cirque !

— Oui, je vois..., vous ne pouvez pas, monsieur Nacib... C'est dommage..., pauvre Tuísca ! Il aurait tant aimé que vous alliez le voir, monsieur Nacib. Je le lui avais promis. Vous ne pouvez pas, vous avez raison. Je le dirai à Tuísca, je lui ferai mes excuses et les vôtres. Elle rit et se serra contre lui.

— Bié, écoute-moi. Il faut que tu t'instruises, tu es une dame. Il faut vivre et te conduire comme l'épouse d'un commerçant, pas comme une petite bonne femme quelconque. Il faut que tu ailles à ces choses auxquelles assiste la crème d'Ilhéus, pour apprendre, pour t'instruire, tu es une dame.

— Vous voulez dire que je ne peux pas ?

— Faire quoi ?

— Aller au cirque demain. J'irai avec doña Arminda.

Il retira la main qui la caressait :

— Je t'ai dit que j'ai acheté des billets pour nous deux.

— Il parle, on écoute. Je n'aime pas ça. Je n'aime pas la crème de la société. Des gens sur leur trente et un, des femmes à l'air pincé, je n'aime pas ça. Le cirque, c'est si bon ! Laissez-moi y aller, monsieur Nacib. Le lendemain, j'irai à la conférence.

— Impossible, Bié. Il la caressa à nouveau. Il n'y a pas de conférence tous les jours...

— Ni de cirque...

— Tu ne peux pas manquer la conférence. On m'a déjà demandé pourquoi tu ne vas nulle part. Tout le monde en parlera, ce n'est pas convenable.

— Mais je veux y aller, oui ! Au bar, au cirque ! Je veux marcher dans les rues.

— Tu ne veux aller que là où tu ne dois pas aller ! C'est tout ce que tu veux faire. Quand est-ce que tu te fourreras dans la tête que tu es ma femme, que je me suis marié avec toi, que tu es l'épouse d'un commerçant aisé avec pignon sur rue ? Que tu n'es plus...

— Vous êtes fâché, monsieur Nacib ? Pourquoi ? Je n'ai rien fait...

— Je veux faire de toi une dame distinguée, de la bonne société. Je veux que tout le monde te respecte, te traite comme il se doit. Qu'on oublie que tu as été une cuisinière qui marchait pieds nus, qui est arrivée à Ilhéus comme *retirante*, et à qui l'on manquait de respect au bar, tu m'entends ?

— Je ne vaux rien, monsieur Nacib, pour ces choses-là. Elles sont ennuyeuses. Je suis née pour compter de la monnaie, pas pour compter de gros billets. Je n'y peux rien !

— Tu vas apprendre. Et les autres, qui font de la graisse, que crois-tu qu'elles sont ? De vulgaires campagnardes, mais voilà, elles ont appris.

Il y eut un instant de silence. Le sommeil l'envahit à nouveau et sa main reposa sur le corps de Gabriela.

— Laissez-moi aller au cirque, monsieur Nacib. Rien que demain...

— Tu n'iras pas, je te l'ai déjà dit. Tu iras avec moi à la conférence et n'en parlons plus.

Il roula sur le lit de façon à lui tourner le dos et tira le drap. Sa chaleur lui manquait, il avait pris l'habitude de dormir la jambe sur ses hanches. Mais il fallait lui montrer qu'il était contrarié par un tel entêtement. Pendant combien de temps Gabriela s'obstinerait-elle à refuser la vie mondaine, à ne pas vouloir se conduire comme une dame de la bonne société d'Ilhéus, comme son épouse ? Après tout, il n'était pas le premier venu, il était quelqu'un, M. Nacib A. Saad, il avait du crédit sur la place, il possédait le meilleur bar de la ville, de l'argent en banque, il était l'ami de toutes les personnalités importantes et le secrétaire de l'Association commerciale. Maintenant, on avançait même son nom pour la direction du Club Progrès. Et elle, recluse à la maison, ne sortait que pour aller au cinéma avec doña Arminda ou avec lui le dimanche, comme si dans sa vie rien n'avait changé, comme si elle était encore cette Gabriela sans nom de famille qu'il avait trouvée sur le « marché aux esclaves », comme si elle n'était pas devenue madame Gabriela Saad. Pour la convaincre de ne plus lui porter sa gamelle au bar, il avait fallu batailler, elle s'était mise à pleurer. Pour mettre des souliers, ç'avait été infernal. Et aussi pour ne pas parler fort au cinéma, ne pas se montrer familière avec les domestiques, ne pas rire de façon dévergondée comme autrefois, avec chaque client du bar rencontré par hasard, pour ne pas porter, quand elle sortait en promenade, une rose derrière l'oreille ! Manquer une conférence pour aller voir un cirque aussi minable !...

Gabriela se recroquevilla, désemparée. Pourquoi monsieur Nacib s'était-il fâché ? Il était fâché, il lui tournait le dos, il ne la touchait même pas. Le poids de sa jambe sur la hanche lui manquait, tout comme ses câlineries habituelles et les ébats dans le lit. Se serait-il fâché parce que Tuísca s'était engagé comme artiste sans l'avoir consulté ? Tuísca faisait partie du bar, il avait une boîte de cireur, il donnait un coup de main quand les clients étaient nombreux. Mais ce n'était pas contre Tuísca qu'il était fâché. C'était contre elle. Il ne voulait pas qu'elle aille au cirque. Pourquoi ? Il voulait l'emmener écouter le « docteur » dans le grand salon de l'Intendance. Elle n'aimait pas ça ! Au cirque, elle pouvait y aller avec ses vieux souliers où ses orteils écartés étaient à l'aise. A l'Intendance, il fallait être vêtue de soie et porter des souliers neufs, qui serraient. Tout ce gratin réuni, ces femmes qui la regardaient de haut, se moquaient d'elle. Elle n'aimait pas ça. Pourquoi monsieur Nacib faisait-il tant d'histoires ? Il ne la voulait pas au bar. Elle aimait tant y aller... Il était jaloux, c'était drôle. Elle n'y allait plus, elle lui obéissait, elle ne voulait pas l'offenser, elle faisait attention. Mais pourquoi l'obigeait-il à faire tant de choses ennuyeuses, rebutantes ? Elle ne pouvait pas comprendre. Monsieur Nacib était bon, cela ne faisait aucun doute. Pourquoi alors était-il fâché, pourquoi lui tournait-il le dos seulement parce qu'elle lui avait demandé l'autorisation d'aller au cirque ? Il disait qu'elle était une madame Saad. Ce n'était pas vrai, elle n'était que Gabriela, elle n'aimait pas les gens de la haute. Les beaux messieurs de la haute, elle les aimait, oh oui ! Mais pas réunis dans un endroit important, où ils se tenaient si graves, ne disaient pas de mots gentils, et ne lui souriaient pas. Elle aimait le cirque. Nulle chose au monde n'était aussi bonne. Surtout avec Tuísca engagé comme artiste... Elle mourrait de chagrin si elle n'y allait pas... Au besoin, elle s'échapperait.

Nacib, dont le sommeil était agité, remit la jambe sur sa hanche. Aussitôt, il devint plus tranquille. Elle sentait son poids familier, elle ne voulait pas le fâcher.

Le lendemain, au moment de sortir, il l'avertit :

— Après l'apéritif du soir, je viens dîner à la maison et me préparer pour la conférence. Je veux te voir toute élégante, avec une jolie robe, à faire envie à n'importe quelle dame.

Oui, il lui avait acheté et continuait à lui acheter des robes de soie, des souliers, des chapeaux, et même des gants. Il lui avait donné des bagues, des colliers authentiques, des bracelets, il n'avait pas regardé à la dépense. Il voulait qu'elle fût aussi bien habillée que la plus riche des dames, comme si cela eût pu effacer son passé, les brûlures du fourneau, la gaucherie de Gabriela. Laissant ses robes accrochées dans la penderie, à la maison elle portait une blouse d'indienne et des sandales ou bien elle marchait pieds nus, et s'occupait du chat ou de la cuisine. Pourquoi avoir deux domestiques ? Elle avait renvoyé la femme de ménage, à quoi servait-elle ? Elle avait consenti à confier le lavage du linge à Raimunda, mais uniquement pour aider la mère de Tuísca. La gamine de la cuisine ne l'aidait pas à grand-chose.

Elle ne voulait pas le fâcher. La conférence était annoncée pour huit heures, le cirque aussi. Doña Arminda lui avait dit que la conférence en question ne durerait pas plus d'une heure. Et Tuísca n'apparaissait que dans la deuxième partie du spectacle. Il était dommage de manquer la première, le clown, le trapèze, la jeune fille sur la corde raide. Mais elle ne voulait pas le fâcher ou lui causer du chagrin.

Donnant le bras à Nacib arborant le costume bleu du mariage, vêtue comme une princesse, les pieds meurtris par les souliers, elle traversa les rues d'Ilhéus et gravit maladroitement le perron de l'Intendance. L'Arabe s'arrêtait pour saluer des amis et des connaissances. Les dames toisaient Gabriela des pieds à la tête, et chuchotaient en échangeant des sourires. Elle se sentait toute gauche, mal à l'aise, apeurée. Dans le salon d'honneur, plusieurs hommes debout ; au fond, des dames assises. Nacib la conduisit vers la deuxième rangée de chaises, la fit asseoir et s'en alla à l'endroit où se tenaient Tonico, Nhô-Galo et Ari, en train de bavarder. Elle resta là sans savoir quoi faire. A côté d'elle, la femme du Dr Demosthenes, guindée, avec lorgnon et cape de fourrure malgré la forte chaleur, la dévisagea et détourna la tête. Elle parlait avec la femme du procureur. Gabriela se mit à regarder le salon, il était beau à en faire mal aux yeux. A un moment donné, elle se tourna vers l'épouse du médecin et lui demanda à voix haute :

— A quelle heure cela finit-il ?

Autour d'elle on se mit à rire. Elle se sentit encore plus mal à l'aise. Pourquoi monsieur Nacib l'avait-il fait venir ? Elle n'aimait pas ça.

— Cela n'a pas encore commencé.

Finalement, un homme de haute taille, bombant le torse, monta, aux côtés du Dr Ezequiel, sur l'estrade où on avait mis deux chaises et la table avec une carafe et un verre. Tout le monde applaudit. Nacib était venu s'asseoir à côté d'elle. Le Dr Ezequiel se leva, se racla la gorge et versa de l'eau dans le verre.

— Mesdames, messieurs : voici une soirée à marquer en rouge sur le calendrier de la vie intellectuelle d'Ilhéus. Notre cité ouverte à la culture reçoit avec orgueil et émotion le poète au talent inspiré et déjà consacré, Argileu Palmeira...

Et ainsi de suite. « Il parle, les gens écoutent. » Gabriela écoutait. De temps en temps, on applaudissait, elle aussi. Elle pensait au cirque. Le spectacle devait avoir commencé. Heureusement, il y avait toujours du retard, au moins une demi-heure. Elle était allée deux fois au « Grand Cirque Balkanique » avec doña Arminda, avant son mariage. Annoncé pour huit heures, le spectacle n'avait pas commencé avant huit heures et demie. Elle regardait dans le fond de la salle la grande horloge semblable à une armoire et qui faisait beaucoup de bruit, cela la distrayait. Le Dr Ezequiel parlait bien, mais elle ne distinguait même pas ses paroles. Cétait un ronron berceur qui donnait sommeil, ponctué par le tic-tac de l'horloge dont les aiguilles tournaient. De nombreux applaudissements interrompirent sa somnolence. Elle demanda à Nacib avec vivacité :

— C'est fini ?

— La présentation. La conférence va commencer maintenant. L'homme de haute taille au plastron empesé se leva et recueillit des applaudissements. Il tira de ses poches un tas de papiers qu'il étala sur la table et lissa avec sa main. Il se racla la gorge, comme le Dr Ezequiel, mais avec plus de force, et but une gorgée d'eau. Une voix tonitruante fit trembler le salon.

— Charmantes demoiselles, fleurs des massifs de ce jardin fleuri qu'est Ilhéus. Vertueuses dames qui êtes sorties des retraites sacrées de vos foyers pour m'écouter et m'applaudir. Illustres messieurs, vous qui avez construit au bord de l'Atlantique cette civilisation ilhéenne...

Et tout à l'avenant. Il s'arrêtait pour boire de l'eau, pour toussoter, ou pour s'éponger la sueur avec son mouchoir. Il n'en finissait plus. Un discours truffé de vers. Quelques paroles tonitruantes au-dessus de la salle, puis sa voix s'adoucissait, la citation arrivait :

— Larmes de mère sur le cadavre de son tout-petit rappelé au ciel par le Tout-Puissant, la larme la plus sacrée. Ecoutez : « Larme de mère, larme... »

Avec lui, il était plus difficile de somnoler. Elle fermait les yeux sous l'effet de la cadence des vers, détournait ses regards de l'horloge et ses pensées du cirque lorsque soudain les strophes s'achevaient et que la voix clamait. Gabriela sursautait et demandait à Nacib :

— Cela va finir bientôt ?

— Chut ! faisait-il.

Mais lui aussi il avait sommeil, Gabriela le remarquait bien. Malgré son air attentif, ses yeux fixés sur le docteur-conférencier, malgré les efforts qu'il faisait, parfois, quand les vers duraient longtemps, Nacib battait des cils et fermait les yeux. Réveillé par les applaudissements, il y participait et observait en s'adressant à l'épouse du Dr Demosthenes, assise à côté de lui :

— Quel talent !

Gabriela regardait les aiguilles de l'horloge : neuf heures, neuf heures dix, neuf heures et quart. La première partie du cirque devait tirer à sa fin. Même si elle avait commencé à huit heures et demie, elle se terminerait à neuf heures et demie. Il est vrai qu'il y avait l'entracte. Peut-être arriverait-elle à temps pour voir la deuxième partie où Tuísca allait jouer. Seulement, ce docteur n'en finissait plus. Le Russe Jacob dormait sur sa chaise. Le Mister, qui s'était assis près d'une porte, avait disparu depuis longtemps. Ici, il n'y avait pas d'entracte, tout était en une seule fois. Jamais elle n'avait assisté à quelque chose d'aussi ennuyeux. Le grand bonhomme buvait de l'eau. Elle commençait à avoir soif.

— J'ai soif...

— Chut...

— Quand est-ce que ça finit ?

Le docteur retournait des feuilles et des feuilles de papier. Il mettait un temps fou à lire chacune d'elles. Si monsieur Nacib n'aimait pas cela lui non plus, et tombait de sommeil, pourquoi était-il venu ?

Comme c'était étrange ! Pourquoi était-il venu ? Pourquoi avait-il acheté des billets, et abandonné le bar, plutôt que d'aller au cirque ? Elle ne comprenait pas... Et il se fâchait, il lui tournait le dos, parce qu'elle lui demandait la permission de ne pas l'y accompagner. Comme c'était étrange !

Les applaudissements se succédèrent, on entendit des bruits de chaises et tout le monde se précipita sur l'estrade. Nacib l'entraîna. On serrait la main de l'homme, on lui disait des paroles élogieuses :

— Formidable ! Merveilleux ! Quelle inspiration ! Quel talent !

Monsieur Nacib aussi :

— Comm cela m'a plu !...

Cela ne lui avait pas plu du tout, il mentait, elle le savait quand quelque chose lui plaisait. Il avait dormi un peu, pourquoi faire des éloges ? Ils échangeaient des saluts avec les personnes connues. Le Docteur, monsieur Josué, monsieur Ari, le Capitaine ne lâchaient pas le bonhomme. Tonico, accompagné de doña Olga, ôta son chapeau et s'approcha :

— Bonsoir, Nacib. Comment allez-vous, Gabriela ? Doña Olga souriait, Tonico était très réservé.

Ce monsieur Tonico, un vrai bel homme, le plus bel homme de tous, était un malin. Quand doña Olga était là, il était sage comme une image. Dès que doña Olga avait tourné les talons, il devenait tout miel, affectueux, il s'appuyait sur elle, lui disait « ma jolie », lui soufflait des baisers. Il s'était mis à rôder du côté de la rampe, et il s'arrêtait devant sa fenêtre quand il la voyait. Depuis le mariage, il l'appelait « ma filleule », et disait que c'était lui qui avait incité Nacib à l'épouser. Il lui apportait des chocolats, lui lançait des œillades et lui prenait la main. Un beau monsieur, un vrai bel homme.

La rue était pleine de gens qui s'en allaient. Nacib était pressé car le bar allait se remplir. Elle aussi était pressée à cause du cirque. Il ne la raccompagna même pas jusqu'à la porte de la maison. Il la quitta au beau milieu de la rampe déserte. A peine eut-il tourné au coin de la rue qu'elle revint sur ses pas, presque en courant. Le plus difficile était d'éviter qu'on ne la vît du bar. Elle ne voulut pas passer par Unhão car le chemin était désert. Elle y alla par la plage. Monsieur Mundinho, qui s'apprêtait à rentrer chez lui, resta un moment à la regarder. Elle évita le bar et, d'un pas rapide, arriva sur le port. C'était un cirque minuscule, presque sans lumières. Elle serrait son argent dans la main et, ne trouvant personne qui vendît les billets, elle écarta la tenture de la porte et entra. La deuxième partie avait commencé, mais elle ne vit pas Tuísca. Elle prit place sur les derniers gradins et regarda. Ça, c'était une chose à voir ! Et Tuísca arriva, très drôle, habillé en esclave. Gabriela applaudit, elle ne se contint pas et cria :

— Tuísca !

Le gamin ne l'entendit même pas. C'était l'histoire triste d'un clown malheureux que sa méchante femme avait abandonné. Mais il y avait des passages qui faisaient rire. Gabriela riait et applaudissait Tuísca. Une voix derrière elle, le souffle d'un homme sur sa nuque :

— Que fais-tu ici, ma filleule ?

Monsieur Tonico se tenait debout à côté d'elle.

— Je suis venue voir Tuísca.

— Si Nacib l'apprend...

— Il ne le sait pas... Je ne veux pas qu'il le sache. Monsieur Nacib est si bon.

— N'aie crainte, je ne dirai rien.

Cela se termina bien vite, c'était si agréable !

— Je vais te raccompagner...

A la porte du cirque, monsieur Tonico, qui était un malin, décida :

— Nous allons couper à travers Unhão et nous ferons le tour du morne pour ne pas passer à côté du bar.

Ils marchèrent vite. Un peu plus loin, il n'y avait plus de lampadaires. Monsieur Tonico, le plus charmant des messieurs, lui parla d'une voix langoureuse.

CANDIDATURES ET SCAPHANDRIERS

Bien que le spectacle se soit répété pendant des mois presque chaque jour, les gens ne se lassaient jamais d'admirer les scaphandriers. En les voyant ainsi vêtus de métal et de verre, on aurait dit des êtres d'une autre planète débarqués sur le chenal. Ils plongeaient à l'endroit où les eaux du fleuve se mêlaient à celles de la mer. Les premiers temps, la ville entière s'était transportée sur la pointe d'Unhão pour les voir de plus près. On suivait, en poussant des exclamations, tous leurs mouvements, leur entrée dans l'eau, le fonctionnement des pompes, les tourbillons, les bulles d'air. Des employés quittaient les comptoirs, des débardeurs abandonnaient les sacs de cacao, des cuisinières leur cuisine, des couturières leur couture et Nacib son bar. Certains louaient des barques et venaient croiser autour des remorqueurs. L'ingénieur en chef, rougeaud et célibataire (Mundinho avait demandé au ministre d'envoyer un célibataire pour éviter des incidents), criait des ordres.

Doña Arminda s'extasiait devant ces silhouettes monstrueuses :

— On invente de ces choses ! Si je raconte cela à mon défunt pendant la séance, il est capable de me traiter de menteuse. Le pauvre, il n'a pas vécu assez longtemps pour voir cela.

— Je croyais que c'était un mensonge, que ce n'était pas vrai. Descendre au fond de la mer... Je n'y croyais pas, avouait Gabriela.

Les gens se pressaient sur la pointe d'Unhão, sous un soleil de plus en plus torride. On avait presque terminé la récolte. Le cacao séchait sur les aires et dans leurs serres, emplissait les entrepôts des maisons d'exportation et les cales des petits bâtiments de la « Bahianaise », de la « Côtière » et du « Lloyd ». Quand l'un d'eux entrait dans le port ou en sortait, les remorqueurs et les dragues s'éloignaient du chenal pour revenir aussitôt après. Les travaux se poursuivaient rapidement. Les scaphandriers furent la grande attraction de cette saison-là.

Gabriela expliquait à doña Arminda et au négrillon Tuísca :

— Il paraît que le fond de la mer est plus joli que la terre. Il y a de tout, il faut le voir pour le croire. Des mornes plus hauts que celui de Conquista, des poissons de toutes les couleurs et de l'herbe pour qu'ils puissent paître, des jardins avec des fleurs plus beaux que le jardin de l'Intendance. Il y a des arbres, des plantes, et même des villes désertes, sans compter les vapeurs engloutis.

Le négrillon Tuísca en doutait :

— Ici, vraiment, il n'y a que du sable. Et de la *baraúna*.

— Imbécile. Je parle du milieu de la mer, des profondeurs. C'est un monsieur qui me l'a raconté, il était étudiant, il passait sa vie dans les livres, il connaissait les choses. Il m'en a raconté des choses... Elle sourit à ce souvenir.

— Quelle coïncidence ! s'écria doña Arminda. J'ai rêvé d'un jeune homme qui frappait à la porte de monsieur Nacib avec un éventail à la main. Il dissimulait son visage derrière l'éventail. Il demandait où vous étiez.

— Mon Dieu, doña Arminda ! Cela ressemble à une apparition !

Ilhéus tout entière vivait les travaux du chenal. Outre les scaphandriers, les machines installées sur les dragues causaient de l'étonnement et de l'effroi. Elles remuaient le sable, grattaient le fond du chenal, pratiquaient ou élargissaient des passes avec un vacarme de tremblement de terre comme si elles bouleversaient la vie même de la ville et la transformaient pour toujours.

Leur seule arrivée avait déjà modifié le rapport des forces politiques. Le prestige du colonel Ramiro Bastos, passablement ébranlé, faillit s'effondrer sous l'effet de ce coup colossal : des dragues et des remorqueurs, des excavateurs et des ingénieurs, des scaphandriers et des techniciens ! Chaque morsure des machines dans le sable signifiait, selon le Capitaine, dix voix de moins pour le colonel Ramiro. La lutte politique était devenue plus aiguë et plus âpre depuis le soir où les remorqueurs étaient arrivés, le jour du mariage de Nacib et de Gabriela. Cette nuit-là avait été agitée : les partisans de Mundinho chantaient victoire tandis que ceux de Ramiro Bastos marmonnaient des menaces. Au cabaret, il y eut une bagarre. Dora cul-de-pomme avait reçu une balle dans la cuisse quand Loirinho et les *jagunços* étaient entrés en tirant sur les ampoules. S'ils avaient l'intention, comme tout l'indiquait, de rosser l'ingénieur en chef pour l'obliger à quitter Ilhéus, ils échouèrent. Dans la confusion, le Capitaine et Ribeirinho purent évacuer le spécialiste rougeaud qui d'ailleurs démontra son goût pour la bagarre en écrabouillant la tête d'un adversaire avec une bouteille de whisky. Au dire de Loirinho lui-même, le plan avait été mal préparé, à la dernière minute.

Le lendemain, le *Diário de Ilhéus* clama à tous les vents que les anciens maîtres de la terre, battus d'avance, recouraient à nouveau aux méthodes en usage vingt ou trente ans auparavant. Ils s'étaient démasqués : ils ne seraient jamais que des chefs de *jagunços*. Mais ils se trompaient s'ils croyaient pouvoir intimider les ingénieurs et les techniciens compétents que le gouvernement avait envoyés pour creuser le chenal du port grâce aux efforts déployés par l'émérite stimulateur du progrès, Raimundo Mendes Falcão, en dépit des criailleries antipatriotiques des *cangaceiros* détenteurs du pouvoir. Non, ils n'intimidaient personne. Les partisans du développement de la région cacaoyère répugnaient à l'emploi de telles méthodes de lutte. Mais s'ils y étaient contraints par leur immondes adversaires, ils sauraient réagir en temps opportun. Aucun autre ingénieur ne serait chassé d'Ilhéus. Cette fois-ci, prétextes et menaces ne serviraient à rien. Le numéro du *Diário de Ilhéus* était sensationnel.

Des *jagunços* descendirent des *fazendas* d'Altino Brandão et de Ribeirinho. Pendant un certain temps, les ingénieurs circulèrent dans les rues accompagnés d'étranges gardes du corps. On y voyait aussi le tristement célèbre Loirinho avec un œil au beurre noir diriger les *jagunços* d'Amâncio Leal et de Melk Tavares. Parmi ceux-ci se trouvait un nègre nommé Fagundes. Mais hormis quelques rixes dans des maisons de prostituées, dans des venelles sordides, rien de bien grave ne se produisit. Les travaux se poursuivirent, le personnel des remorqueurs et des dragues continua de susciter la curiosité de la population.

De plus en plus nombreux étaient les *fazendeiros* qui se déclaraient en faveur de Mundinho. La prédiction du colonel Altino s'accomplissait : Ramiro Bastos allait finir par se trouver tout seul. Ses fils et ses amis, conscients de la situation, reportaient maintenant tous leurs espoirs sur le soutien du gouvernement de l'Etat et sur l'invalidation d'une éventuelle victoire de l'opposition. Cela faisait l'objet des conversations qui se déroulaient chez le colonel Ramiro entre lui-même, ses deux fils — le Dr Alfredo se trouvait à Ilhéus — et ses deux amis les plus dévoués, Amâncio et Melk. Il leur faudrait préparer des élections à la mode ancienne en contrôlant bureaux de vote, comités électoraux et procès-verbaux des scrutins, des élections faites sur le papier. Ils s'assureraient ainsi les suffrages de la zone rurale. Malheureusement, à Ilhéus et à Itabuna, importants centres urbains, il serait difficile d'user de telles méthodes sans courir certains risques. Alfredo racontait que le gouverneur lui avait donné des assurances formelles : jamais Mundinho et les siens n'obtiendraient leur validation, même s'ils étaient régulièrement élus. On ne livrerait pas la zone du cacao, la plus riche et la plus prospère de l'Etat, à des oppositionnistes ambitieux de l'acabit d'un Mundinho. Ce serait absurde.

Le vieux colonel écoutait, le menton appuyé sur le pommeau d'or de sa canne, en clignant les yeux dont l'éclat s'éteignait. Une victoire dans ces conditions ne serait pas une victoire. Elle serait pire qu'une défaite. Jamais il n'avait eu besoin d'en arriver là. Il était toujours sorti vainqueurs des scrutins, les voix se portaient sur son nom. Se défaire d'un adversaire au moment de la validation des mandats, jamais il n'avait eu besoin d'en arriver là. A présent Alfredo et Tonico comme Melk et Amâncio envisageaient tranquillement cette éventualité sans se rendre compte qu'ils lui infligeaient une lourde humiliation.

— Nous n'en aurons pas besoin. Nous allons l'emporter aux voix !

Le fait que Mundinho Falcão briguait un siège de député fédéral ne laissait pas d'être encourageant. Le danger aurait été plus sérieux s'il avait prétendu à l'Intendance, car il s'était rendu populaire et avait acquis du prestige. Une grande partie des électeurs de la ville, sinon la majorité, auraient voté pour lui et sa victoire n'aurait fait guère de doute.

— Faire une élection ici sur le papier est aujourd'hui assez difficile, observa Melk Tavares.

Toutefois l'élection de Mundinho comme député fédéral dépendait des suffrages de l'ensemble de la région, la septième circonscription électorale. Celle-ci ne comprenait pas seulement Ilhéus, mais aussi Belmonte, Itabuna, Canavieiras et Una, municipes cacaoyers qui désignaient deux députés, dont l'un avec les voix d'Ilhéus, d'Itabuna et d'Una. Una comptait peu, le nombre des électeurs y était insignifiant. Mais maintenant Itabuna avait presque autant de poids qu'Ilhéus et le maître incontesté en était le colonel Aristóteles Pires qui devait sa carrière politique à Ramiro Bastos. Ramiro ne l'avait-il pas fait sous-commissaire de l'ancien district de Tabocas ?

— Aristóteles votera conformément à mes ordres.

D'ailleurs, l'élection des députés fédéraux ne dépendait pas de la couleur politique des municipes et hors des capitales d'Etats, elle n'était que pure formalité. La désignation de ces députés résultait d'arrangements entre les gouverneurs des Etats et le pouvoir fédéral. L'actuel député d'Ilhéus et d'Itabuna (l'autre était élu par Belmonte et Canavieiras) ne s'était montré dans la région qu'une seule fois après les dernières élections. Pour obtenir ce mandat, les chances de Mundinho étaient nulles. En admettant qu'il soit vainqueur à Ilhéus, il serait battu à Itabuna et à Una, et dans les zones rurales les élections seraient truquées.

— Il est perdu dans la brousse, sans chien... conclut Amâncio.

— Mais il faut qu'il soit réellement battu, qu'il soit enfoncé ! Et tout d'abord à Ilhéus. Je veux qu'il soit battu à plate couture, exigeait Ramiro.

Le Capitaine allait poser sa candidature au poste d'Intendant et le Dr Ezequiel Prado à un siège de député d'Etat. Ramiro faisait fi de la candidature de l'avocat. Alfredo serait sûrement élu. Ezequiel savait prononcer une plaidoirie, établir des faux ou faire des discours les jours de fête, mais au demeurant il n'avait guère de crédit. Il était porté sur le tafia et ses histoires avec les femmes causaient du scandale. D'ailleurs, comme Mundinho, il lui fallait l'emporter dans l'ensemble de la circonscription.

— Il n'est pas dangereux, confirmait Amâncio.

— Cela lui apprendra à retourner sa veste...

L'élection du Capitaine ne dépendait que des suffrages du municipe d'Ilhéus. C'était un adversaire redoutable, Ramiro lui-même le reconnaissait. Il faudrait le battre dans la zone rurale, car dans la ville proprement dite il pouvait l'emporter. Cazuzinha, son père, renversé par les Bastos, était devenu légendaire dans l'histoire de la cité où il avait laissé le souvenir d'un homme de bien, d'un administrateur exemplaire. On lui devait la première chaussée pavée, encore désignée sous le nom de « rue des pavés », la première place, le premier jardin public. Loyal jusqu'au fanatisme, il était resté fidèle aux Badaró et avait dilapidé tous ses biens pour livrer aux Bastos une bataille sans espoir. On le citait toujours comme exemple de bonté et de dévouement. Non seulement le Capitaine tirait avantage de la légende qui entourait la mémoire de son père, mais encore il suscitait personnellement une vive sympathie. Né à Ilhéus, il avait vécu dans de grandes villes et possédait un vernis d'urbanité. Orateur applaudi, il jouissait d'une grande popularité. Il tenait de Cazuzinha le goût des gestes romantiques et valeureux.

— Candidature dangereuse... reconnaissait Tonico.

— C'est un homme liant et bien considéré, ajoutait Melk.

— Tout dépendra de notre candidat.

Ramiro Bastos avança le nom de Melk. N'était-il pas déjà président du Conseil municipal ? Comme son compère, Amâncio n'acceptait pas de responsabilité politique, il n'avait même pas songé à lui faire cette offre. Melk lui aussi se récusa :

— Je vous remercie, mais je n'accepte pas. A mon avis, ce ne doit pas être un *fazendeiro*...

— Et pourquoi ?

— La population veut quelqu'un de plus instruit. On dit que les *fazendeiros* n'ont pas le temps de s'occuper des affaires administratives et que d'ailleurs ils n'y entendent pas grand-chose. Cela n'est pas faux. C'est vrai qu'on n'a pas le temps...

— Oui, dit Tonico. Les gens réclament un Intendant plus qualifié. Il faut que ce soit quelqu'un de la ville.

— Qui donc ?

— Pourquoi pas Tonico ? proposa Amâncio.

— Moi ? Dieu m'en préserve ! Je ne suis pas fait pour cela. Si je m'occupe de politique, c'est à cause de papa. Dieu me préserve de devenir Intendant. Je me trouve très bien dans mon petit coin.

Ramiro haussa les épaules. Inutile d'envisager semblable hypothèse.

Tonico à l'Intendance... Uniquement s'il s'agissait de remplir de prostituées le siège du municipe.

— Je ne vois que deux noms, dit-il. Ou le Dr Maurício, ou le Dr Demosthenes. En dehors d'eux, je ne vois personne.

— Le Dr Demosthenes est arrivé ici depuis moins de quatre ans, après Mundinho. Il n'est pas de taille à se mesurer au Capitaine, objecta Amâncio.

— Moi je le trouve encore préférable au Dr Maurício. Du moins c'est un médecin réputé et il fait avancer la construction de l'hôpital. Maurício a beaucoup d'ennemis.

Ils discutèrent là-dessus en pesant le pour et le contre, et finirent par choisir l'avocat, bien que sa rapacité notoire, son puritanisme exagéré et hypocrite, sa bigoterie, ses attaches avec les prêtres dans une ville si peu dévote le rendissent impopulaire. Le Dr Demosthenes n'avait pas davantage de popularité. On l'appréciait comme médecin, mais personne à Ilhéus n'était plus prétentieux que lui, plus suffisant, plus rempli de préjugés, plus convaincu de sa supériorité sur autrui.

— Excellent médecin, mais d'une morgue plus difficile à avaler qu'un purgatif, observa Amâncio dont l'avis reflétait l'opinion locale.

— Maurício a des ennemis, mais il y a aussi beaucoup de gens qui l'estiment. Il parle bien. C'est un homme loyal. (Ramiro avait appris, tout récemment, à apprécier la valeur de la loyauté.)

— Pourtant il peut être battu.

— Il faut gagner. Et gagner ici, à Ilhéus. Je ne veux pas recourir au gouverneur pour éliminer qui que ce soit. Je veux gagner ! (Il faisait presque songer à un enfant réclamant un jouet avec obstination.) Je suis capable de tout laisser tomber si je dois me maintenir grâce au prestige de quelqu'un d'autre.

— Compère, vous avez raison, dit Amâncio, Mais pour cela, il faut intimider un certain nombre de personnes en lâchant dans la ville quelques hommes de main.

— On fera tout ce qu'il faudra, mais pas de défaite aux urnes !

Ils passèrent en revue des noms pour le Conseil municipal. Traditionnellement, l'opposition élisait un conseiller. Non moins traditionnellement, celui-ci était toujours le viel Honorato, oppositionniste seulement de nom, qui devait des faveurs à Ramiro et finissait par être plus « gouvernemental » que n'importe lequel de ses collègues.

— Cette fois-ci, son nom ne figure même pas sur leur liste.

— Le Docteur sera élu, c'est presque sûr.

— Laissez-le élire. C'est un homme de valeur. Et à lui seul, quelle opposition peut-il faire ?

Le colonel Ramiro avait un faible pour le Docteur. Il admirait son savoir, sa connaissance de l'histoire d'Ilhéus. Il aimait à l'entendre parler du passé et conter les avatars des Avila. Il donnerait de l'éclat au Conseil et finirait par voter comme les autres, à l'instar du Dr Honorato. Même en ces instants de supputations électorales pas toujours optimistes, alors que l'ombre de la défaite planait sur la salle, Ramiro se comportait en grand seigneur magnanime et abandonnait généreusement un siège à l'opposition en désignant, pour l'occuper, le plus noble de ses adversaires.

Amâncio promit de remporter la victoire :

— Laissez, compère Ramiro, je vais m'en occuper. Tant que Dieu me prêtera vie, personne ne se paiera votre tête dans les rues d'Ilhéus. Leur donner le plaisir de vous battre aux élections, jamais ! Laissez-nous faire, Melk et moi.

Dans le même temps, durant cet été torride, les amis de Mundinho se démenaient. Ribeirinho ne tenait pas en place. Il allait de district en district et se proposait de parcourir toute la région. Le Capitaine pour sa part s'était rendu à Itabuna, à Pirangui, à Agua Preta. Au retour, il conseilla à Mundinho de faire sans tarder une visite à Itabuna.

— A Itabuna, les aveugles eux-mêmes ne voteront pas pour nous.

— Pourquoi ?

— Avez-vous déjà entendu parler d'un gouvernant qui soit populaire ? Eh bien, il en existe un : le colonel Aristóteles à Itabuna. Cet homme tient en main tout son monde depuis les *fazendeiros* jusqu'aux mendiants.

Mundinho constata le bien-fondé de cette affirmation malgré l'excellent accueil qu'on lui fit dans la ville voisine. Plusieurs personnes venues l'attendre à la gare le jour annoncé pour son arrivée en furent pour leur frais. Mundinho s'y rendit par la route, dans sa nouvelle automobile, une voiture noire sensationnelle qui faisait affluer les curieux aux fenêtres, quand elle passait dans la rue. Ses clients le fêtèrent en lui offrant déjeuners et dîners, le promenèrent, le conduisirent au cabaret, au Club Grapiúna, et jusque dans les églises. Mais pas un mot de la politique. Quand Mundinho leur exposait son programme, ils se déclaraient entièrement d'accord :

— Si je n'étais pas tenu par mes engagements vis-à-vis d'Aristóteles, je voterais pour vous.

Malheureusement, tous étaient tenus par leurs engagements vis-à-vis d'Aristóteles. Le lendemain de son arrivée, le colonel passa à son hôtel pour lui faire une visite. Comme Mundinho était absent, il lui laissa un mot aimable pour l'inviter à venir prendre le café à l'Intendance. Mundinho décida d'accepter.

Le colonel Aristóteles Pires était une homme corpulent avec quelque chose d'Indien dans la physionomie, un visage grêlé, un rire facile et communicatif. *Fazendeiro* de moyenne importance, il récoltait quelque vingt-deux tonnes de cacao. A Itabuna, son autorité était incontestée. Doué pour l'administration, il avait la politique dans le sang. Depuis sa nomination au poste de sous-commissaire, jamais personne n'avait songé à lui disputer la direction du municipe, même pas les grands *fazendeiros*. Ayant fait ses débuts aux côtés des Badaró, il avait su déceler avant quiconque le déclin politique de l'ancien chef vaincu dans les luttes pour les forêts de Sequeiro Grande. Mais il les lâcha à un moment où il n'était pas encore déshonorant de les abandonner. Néanmoins ils tentèrent de le faire abattre et il s'en tira de justesse. Le coup de feu atteignit un de ses gardes du corps. Les Bastos, reconnaissants, en firent le sous-commissaire de ce que l'on appelait alors Tabocas, une bourgade située près des plantations d'Aristóteles. Bientôt, la misérable bourgade commença à se transformer en ville.

Quelques années plus tard, il se fit le champion de la sécession du district de Tabocas, qui se détachait d'Ilhéus pour former le municipe d'Itabuna. La population toute entière adhéra à cette idée. Le colonel Ramiro Bastos en devint furieux et fut à deux doigts de rompre avec lui. Qui était Aristóteles, s'écriait Ramiro hors de lui, pour vouloir amputer Ilhéus en dérobant cet énorme morceau ? Aristóteles, plus humble et plus déférent que jamais, s'efforça de le convaincre. Le gouverneur de l'époque lui avait dit, à Bahia, qu'il ne ferait pas approuver le décret sans avoir obtenu le consentement de Ramiro. La partie fut dure, il lui fallut insister, mais il obtint gain de cause. Que perdait Ramiro ? demandait-il. La formation du nouveau municipe devenait inévitable, elle se ferait avec eux ou contre eux. Le colonel pourrait l'ajourner mais non l'empêcher. Pourquoi Ramiro au lieu de combattre cette aspiration ne s'offrait-il pas à la patronner ? Pour sa part, Aristóteles, comme sous-commissaire ou comme intendant, ne demandait qu'à soutenir Ramiro. Celui-ci, au lieu d'être le chef d'un seul municipe, exercerait son autorité sur deux, ce serait l'unique différence. Finalement, Ramiro se laissa convaincre et assista aux fêtes de l'inauguration de la nouvelle Intendance. Aristóteles tint sa promesse : il continua de le soutenir tout en conservant une secrète amertume causée par les humiliations que le colonel lui avait fait subir. D'ailleurs, Ramiro gardait l'habitude de le traiter comme s'il était toujours le jeune sous-commissaire de Tabocas.

Homme d'idées et d'initiatives, Aristóteles s'attela à la tâche de faire prospérer Itabuna. Il en chassa les *jagunços* et fit paver les rues du centre. Il ne se souciait guère des places ni des jardins, il ne s'occupait pas de l'embellissement de la ville. En revanche, il l'avait dotée d'un bon éclairage et d'un excellent réseau d'égouts. Il avait fait construire des routes pour la relier aux bourgs, appelé des spécialistes de la taille du cacaoyer, fondé une coopérative des producteurs et accordé des facilités pour le développement du commerce. Loin de négliger les districts, il avait fait de la jeune cité le point de convergence d'une vaste zone rurale qui s'étendait jusqu'au *sertão*.

Mundinho alla le trouver à l'Intendance où il étudiait les plans d'un nouveau pont sur la rivière en vue de relier les deux parties de la ville. Il avait l'air d'attendre l'exportateur. Il fit apporter du café.

— Je suis venu ici, colonel, pour vous féliciter au sujet de votre ville, vos réalisations sont extraordinaires. Et aussi pour m'entretenir avec vous de politique. Comme je ne voudrais pas être importun, si ce genre d'entretien ne vous intéresse pas, dites-le-moi tout de suite. Je vous ai déjà exprimé mes félicitations.

— Et pourquoi pas, monsieur Mundinho ? La politique est mon alcool. Voyez-vous, sans la politique, je serais devenu riche. J'ai mangé mon argent à faire de la politique. Je ne le regrette pas. Cela me plaît. C'est mon faible. Je n'ai pas d'enfants, je ne joue pas, je ne bois pas... Les femmes, bon, un petit écart de temps en temps... — Il riait de son rire sympathique.

— Seulement, pour moi, politique signifie administration. Pour d'autres, c'est synonyme d'affaires, de prestige. Pas pour moi, vous pouvez me croire.

— Je vous crois parfaitement. Itabuna en est la meilleure des preuves.

— Ce qui me remplit de satisfaction, c'est de voir Itabuna se développer. Un de ces jours, monsieur Mundinho, nous allons dépasser

Ilhéus. Je ne parle pas de la ville, car Ilhéus est un port, mais du municipe. Là-bas c'est bon pour vivre, ici c'est bon pour travailler.

— Tout le monde m'a dit du bien de vous. On vous respecte et on vous estime. Les opposants sont inexistants.

— Pas précisément. Il y en a une demi-douzaine... Si vous cherchez bien, vous trouverez des gens qui ne m'aiment pas. Mais ils n'en disent pas la raison. Ils sont là à vous emboîter le pas. Ils ne sont pas encore venus vous trouver ?

— Ils sont venus, certes, mais savez-vous ce que je leur ai dit ? Que ceux qui veulent voter pour moi sont libres de le faire, mais que je ne leur donnerai pas mon appui pour combattre le colonel Aristóteles. Itabuna est bien nantie.

— Je suis au courant... Je l'ai su tout de suite... Et je vous en remercie. (A nouveau il se mit à rire en regardant Mundinho. Son large visage au faciès indien rayonnait de cordialité.) De mon côté, j'ai suivi votre action et je l'ai approuvée. Quand finissent les travaux du chenal ?

— Encore quelques mois et nous pourrons exporter directement. Les travaux sont effectués aussi rapidement que possible, mais il y a beaucoup à faire.

— Cette histoire du chenal a provoqué bien des commentaires. Il se peut qu'elle vous fasse élire. J'ai étudié la question et je vais vous dire une chose. La vraie solution, c'est le port de Malhado, et non le creusement du chenal. Le problème sera résolu par la construction à Malhado d'un nouveau port pour Ilhéus.

S'il s'attendait à ce que Mundinho le contredise, il se trompait :

— J'en suis parfaitement convaincu. La solution définitive, c'est un port à Malhado. Mais pensez-vous que le gouvernement soit disposé à le construire ? Et combien d'années croyez-vous qu'il faudrait attendre avant de l'inaugurer, à compter du jour où les travaux commenceraient ? Le port de Malhado donnera lieu à une rude bataille, colonel. Mais en attendant, doit-on continuer à exporter le cacao par Bahia ? Qui paie le transport ? Nous, les exportateurs et vous, les *fazendeiros*. Ne croyez pas que j'envisage l'aménagement du chenal comme une solution. Ceux qui me combattent m'opposent l'argument du port sans se douter que je partage leur point de vue. Mais en attendant d'avoir le port, il vaut mieux disposer d'un chenal praticable. Nous allons commencer l'exportation directe, et dès que les travaux du chenal seront terminés, j'engagerai le combat pour le port. Encore une chose : une drague restera en permanence à Ilhéus pour maintenir le chenal ouvert.

— Je comprends... — Il était pensif, il ne souriait plus.

— Je veux que vous sachiez une chose : si je me mêle de politique, c'est pour les mêmes raisons que vous.

— Une chance pour Ilhéus. Dommage que vous ne vous soyez pas manifesté aussi à Itabuna, abstraction faite de l'entreprise d'autocars.

— Ilhéus est mon centre d'action. Mais, élu ou non, j'ai l'intention de développer considérablement mes affaires, surtout à Itabuna. Si je suis venu c'est, entre autres choses, pour étudier la possibilité d'ouvrir ici une succursale de ma maison, et je vais réaliser ce projet.

Ils prirent le café. Aristóteles le savoura en même temps que cette nouvelle :

— Parfait ! Itabuna a besoin de gens entreprenants.

— Bon, nous avons bavardé. Je vous ai dit, colonel, ce que j'avais à vous dire. Je ne suis pas venu pour vous demander des voix, je sais que vous êtes au mieux avec le colonel Ramiro Bastos. J'ai été très heureux de vous voir.

— Pourquoi êtes-vous si pressé ? Vous venez à peine d'arriver... Qui vous a dit que j'étais au mieux avec le vieux Ramiro ?

— Mais tout le monde le sait... A Ilhéus, on dit que vos voix assureront l'élection du député fédéral et celle du député au Parlement de l'État, c'est-à-dire du Dr Vítor Melo et du Dr Alfredo Bastos.

Aristóteles se mit à rire comme s'il trouvait cela très amusant :

— Avez-vous encore quelques minutes à perdre ? Je vais vous raconter des histoires. Cela en vaut la peine.

Il cria pour appeler l'employé et demanda davantage de café :

— Ce Dr Vítor qui est député fédéral, on ne l'avait jamais vu. Le gouvernement l'a imposé, le colonel l'a accepté, que pouvais-je faire ? Il n'y avait personne sur qui reporter mes voix, si j'avais voulu m'y opposer. A Ilhéus et à Itabuna, l'opposition a cessé avec la mort de feu Cazuza. Bon, alors le docteur en question, une fois élu, est venu faire une apparition en coup de vent. Quand il a vu la ville, il a fait la grimace. Tout lui a paru laid. Il m'a demandé à quoi je passais mon temps, du moment que je ne faisais pas de jardins, pas de ceci, pas de cela. Je lui ai répondu que je n'étais pas jardinier, que j'étais intendant. Cela ne lui a pas plu. A la vérité, rien ne lui a plu. Il n'a pas voulu voir les routes, ni les travaux des égouts, ni rien. Il n'avait pas le temps. Je lui ai demandé des crédits pour différentes choses. Je lui ai envoyé un tas de lettres. A-t-il fait inscrire ces crédits dans le budget ? Point du tout. A-t-il répondu à mes lettres ? Pas davantage. Par une extrême faveur, une carte de vœux à la fin de l'année. Il paraît qu'il va être de nouveau candidat. A Itabuna, il n'aura pas un seul suffrage.

Mundinho allait parler, mais le colonel se remit à rire et poursuivit :

— Le colonel Ramiro est un homme régulier à sa façon. C'est lui qui m'a fait sous-commissaire ici, il y a plus de vingt ans. Il dit à qui veut l'entendre que je lui dois ce que je suis. Voulez-vous savoir la vérité ? Il n'a pu abattre les Badaró que parce que je me suis rangé à ses côtés. On raconte aussi que j'ai lâché les Badaró parce qu'ils étaient perdus. Je les ai lâchés quand ils étaient les maîtres et les vainqueurs. Ils étaient perdus, c'est vrai, mais parce qu'ils n'étaient plus capables de gouverner. La politique, pour eux, consistait seulement à agrandir leurs terres. En ce temps-là, le colonel Ramiro se trouvait vis-à-vis d'eux dans la même situation que vous aujourd'hui vis-à-vis de lui.

— Vous voulez dire que...

— Attendez un peu, j'aurai bientôt fini. Le colonel Ramiro a été d'accord pour la séparation d'Itabuna. S'il s'y était opposé, l'affaire aurait traîné en longueur, le gouvernement aurait tergiversé. C'est pour cela que je l'ai soutenu. Mais il croit que c'est parce que j'y suis obligé. Quand vous avez commencé à vous occuper des affaires d'Ilhéus, j'ai ouvert l'œil. Hier, quand vous êtes venu ici, je me suis dit : cette bande de coquins va aller le trouver. On va voir ce qu'il va faire, ce sera la preuve par neuf (il rit de son rire facile). Monsieur Mundinho Falcão, si vous voulez mes voix, elles sont à vous. Je ne vous demande rien, ce n'est pas une transaction, mais seulement une chose : intéressez-vous aussi à Itabuna, la zone du cacao forme un tout. Intéressez-vous à cet arrière-pays délaissé.

Mundinho était tellement surpris qu'il ne trouva que ces mots :

— Ensemble, colonel, nous allons faire de grandes choses.

— Et maintenant, gardez cela pour vous. Quand la date des élections sera plus proche, je me chargerai moi-même d'annoncer la nouvelle.

Toutefois, il ne put attendre aussi longtemps que le lui conseillaient la sagesse et la prudence. En effet, quelques jours plus tard, le colonel Ramiro le fit appeler à Ilhéus pour lui communiquer la liste « gouvernementale ». Aristóteles s'entretint avec ses amis les plus influents et prit l'autocar pour Ilhéus.

Pour lui, le colonel Ramiro ne faisait pas ouvrir le salon aux fauteuils majestueux. Il lui remit un papier avec les noms :

« Comme député fédéral, le Dr Vítor Melo », puis venait la liste des candidats. Aristóteles lut lentement, comme s'il épelait. Il lui rendit la feuille :

— Ce docteur Vítor, colonel, n'aura plus mes suffrages, même si le ciel devait me tomber sur la tête. Il n'est bon à rien. De tout ce que je lui ai demandé, il n'a rien fait.

Ramiro parla de sa voix autoritaire, comme quelqu'un qui aurait réprimandé un enfant désobéissant :

— Pourquoi ne vous êtes-vous pas adressé à moi pour vos demandes ? Si vous les aviez présentées par mon intermédiaire, il n'aurait rien refusé. C'est votre faute. Pour les élections, il est le candidat du gouvernement. Nous allons l'élire. Le gouverneur en a pris l'engagement.

— C'est lui qui l'a pris, pas moi.

— Que voulez-vous dire ?

— Je vous l'ai déjà dit, colonel. Je ne vote pas pour cet individu.

— Et pour qui allez-vous voter ?

Aristóteles promena les yeux sur la salle et finalement les fixa sur Ramiro :

— Pour Mundinho Falcão.

Le vieillard se leva, en s'appuyant sur sa canne, blême.

— Vous parlez sérieusement ?

— C'est comme je vous dis.

— Alors, passez dehors — il tendait le doigt vers la porte. Et vite !

Aristóteles sortit calmement, sans se troubler. Il alla droit à la rédaction du *Diário de Ilhéus* et dit à Clóvis Costa :

— Vous pouvez mettre sur le journal que j'ai donné mon adhésion à monsieur Mundinho.

Jerusa vint retrouver son grand-père effondré sur une chaise :

— Bon papa ! Que se passe-t-il ? Qu'avez-vous ? Elle appela sa mère et les domestiques, réclama un médecin.

Le vieillard se ressaisit et demanda :

— Pas de médecin, c'est inutile. Faites appeler mon compère Amâncio ! Vite !

Les médecins l'obligèrent à garder le lit. Le Dr Demosthenes expliqua à Alfredo et à Tonico :

— Il a dû éprouver une émotion très forte. Il faut éviter que de telles choses se reproduisent. Encore un coup de ce genre et son cœur ne résistera pas.

Amâncio Leal arriva. Il avait appris la nouvelle en se mettant à table pour le déjeuner, et avait laissé sa famille en émoi. Il entra dans la chambre de Ramiro.

A l'heure où le *Diário de Ilhéus* était mis en vente avec un titre étalé sur toute la largeur de la première page : « ITABUNA SOUTIENT LE PROGRAMME DE MUNDINHO FALCAO », Aristóteles, à bord d'une barque, en compagnie de l'exportateur, revenait de visiter les dragues et les remorqueurs sur le chenal. Il avait vu les scaphandriers descendre au fond de la mer, observé les excavateurs qui mangeaient le sable comme des animaux fabuleux. Il riait de son rire facile. « Ensemble nous ferons le port de Malhado », disait-il à Mundinho.

Le coup de feu l'atteignit à la poitrine alors qu'il traversait, toujours en compagnie de Mundinho, les terrains vagues d'Unhão pour aller prendre quelque chose au bar de Nacib.

— Je ne bois pas d'alcool... venait-il de dire quand la balle l'abattit.

Un Noir partit en courant dans la direction du morne, poursuivi par deux hommes témoins de la scène. L'exportateur soutint l'Intendant d'Itabuna dont le sang chaud lui tachait la chemise. Des gens arrivèrent, et un attroupement se forma.

On entendait des cris, au loin :

— Arrêtez-le ! Arrêtez l'assassin ! Ne le laissez pas fuir !

LA CHASSE A L'HOMME

L'après-midi fut encore plus agité que celui de l'assassinat de Sinhàzinha et d'Osmundo. Jamais peut-être depuis la fin des luttes armées, plus de vingt ans auparavant, aucun événement n'avait davantage ému et impressionné non seulement Ilhéus, mais aussi les municipes limitrophes, et tout l'arrière-pays. A Itabuna, on aurait dit que la fin du monde était venue. Quelques heures à peine après l'attentat, commencèrent d'affluer à Ilhéus des automobiles en provenance de la ville voisine. L'autocar de l'après-midi arriva bondé et deux camions déchargèrent des *jagunços*. Cela ressemblait à une entrée en guerre.

— « La guerre du cacao. » Elle va durer trente ans, pronostiqua Nhô-Galo.

Le colonel Aristóteles Pires avait été transporté à la clinique encore inachevée du Dr Demosthenes. Seules quelques chambres et la salle d'opération étaient en service. Autour du blessé se réunirent les sommités médicales de la ville. Le Dr Demosthenes, ami politique du colonel Ramiro, ne voulut pas assumer la responsabilité de l'opération. L'état d'Aristóteles était grave. Que ne dirait-on pas si cet homme mourait entre ses mains ? Ce fut le Dr Lopes, un médecin fort réputé, noir comme la nuit et fort brave homme, qui l'opéra, assisté de deux collègues. Quand les médecins d'Itabuna, envoyés en toute hâte par les parents et les amis, se présentèrent, l'intervention était terminée et le Dr Lopes se lavait les mains avec de l'alcool :

— Maintenant cela dépend de lui, de sa résistance.

Les bars regorgeaient de monde, les rues également, la nervosité était générale. L'édition du *Diário de Ilhéus* contenant l'entrevue sensationnelle d'Aristóteles avait été arrachée en quelques minutes aux crieurs qui la vendaient à mille réaux l'exemplaire. Le Noir qui avait tiré le coup de feu s'était réfugié dans les bois du morne d'Unhão. On ne l'avait pas identifié. L'un des témoins de l'attentat, un maçon travaillant sur un chantier, affirmait l'avoir déjà vu plusieurs fois en compagnie de Loirinho, dans les venelles louches et au « Bate-Fundo », un cabaret de dernière catégorie. Un autre ouvrier, qui avait couru à la poursuite de l'assassin et avait failli recevoir un coup de feu, ne l'avait jamais vu auparavant, mais décrivit sa tenue : pantalon de toile et chemise à carreaux. Au sujet des instigateurs, nul n'avait de doutes, on murmurait des noms à voix basse.

Mundinho resta à l'hôpital pendant la durée de l'opération. Il avait envoyé son automobile à Itabuna pour aller chercher l'épouse d'Aristóteles. Il expédia ensuite une série de télégrammes à Bahia et à Rio. Quelques *jagunços* d'Altino Brandão et de Ribeirinho, stationnés en ville depuis l'arrivée des remorqueurs, battaient le morne avec l'ordre de ramener l'assassin mort ou vif. La police locale était venue et avait entendu Mundinho. Le commissaire avait envoyé deux soldats faire des recherches aux alentours. Le Capitaine, lui aussi présent à l'hôpital, accusa à grands cris les colonel Ramiro, Amâncio et Melk d'être les instigateurs de l'attentat. Le commissaire refusa d'enregistrer ses déclarations, car il n'avait pas été témoin. Mais il demanda à Mundinho s'il faisait siennes ces accusations du Capitaine :

— A quoi bon ? dit l'exportateur. Je ne suis pas un enfant et je sais, lieutenant (le commissaire était un lieutenant de la police militaire), que vous n'allez prendre aucune disposition. L'important est de capturer le *jagunço*. Il nous dira qui l'a armé. Et cela, nous allons le faire nous-mêmes.

— Monsieur, vous me faites un affront.

— Je vous fais un affront ? Pourquoi ? Ce que je vais faire, c'est vous expulser de la ville. Vous pouvez boucler vos valises. (Il parlait maintenant presque sur le même ton que les colonels d'autrefois.)

Au bar « Le Vésuve », Nacib courait d'une table à l'autre pour écouter les commentaires. João Fulgêncio déclara :

— Aucun changement dans la société ne se fait sans verser de sang. Ce crime est de mauvais présage pour Ramiro Bastos. S'il avait fait liquider l'homme, il aurait pu peut-être diviser Itabuna. Mais maintenant le prestige d'Aristóteles va devenir plus grand. Fini le long règne de Ramiro premier, le Jardinier. Nous ne serons pas les sujets que Tonico le bien-Aimé. Le règne de Mundinho le Joyeux va commencer.

On murmurait aussi au sujet de l'état de santé du colonel Ramiro, en dépit des précautions prises par la famille pour n'en rien révéler. Tonico et Alfredo ne quittaient pas son chevet. On disait que le vieillard était à l'article de la mort, nouvelle qui fut démentie en fin de soirée par le Docteur et par Josué.

Le Docteur s'était trouvé dans une situation peu banale. Important animateur de la campagne électorale de Mundinho, il avait pourtant dîné en toute cordialité avec Ramiro et sa famille le soir de l'attentat. Invité la veille avec Ari et Josué par son adversaire politique à un dîner en hommage au poète, il avait accepté de s'y rendre. Son appartenance à l'opposition n'avait affecté en rien ses bonnes relations avec les Bastos et cela malgré les articles virulents qu'il publiait dans le *Diário de Ilhéus*. Ce jour-là, le poète, Josué et lui-même étaient sortis en promenade et avaient déjeuné sous les cocotiers au-delà de Pontal avec une délicieuse *moqueca* arrosée de tafia, offerte par le Dr Helvécio Marques, avocat et bohème, dans sa maison de campagne. Ils s'y attardèrent et durent revenir à l'hôpital en courant pour que le poète mette une cravate, puis de là ils se rendirent directement chez

Ramiro. Josué appela bien leur attention sur l'animation inhabituelle qui régnait dans les rues, mais ils n'en firent pas grand cas. Dans le même temps, Ari Santos, attablé au bar, estima que l'invitation avait dû être annulée et ne s'y rendit point.

On ne peut pas dire que ce dîner se déroula joyeusement. L'atmosphère était inquiète et tendue. Cela fut attribué au fait que le colonel avait eu un malaise dans la matinée, à telle enseigne que ses fils ne voulaient pas qu'il vienne s'asseoir à table. Mais Ramiro tint à être là, bien qu'il ne pût rien manger. Tonico restait étrangement silencieux, Alfredo n'arrivait pas à suivre la conversation. Son épouse, qui dirigeait les servantes, avait les yeux battus comme si elle avait pleuré. C'est Jerusa qui animait le repas, poussant du coude son père pour qu'il réponde quand on lui parlait, ou conversant avec le poète et avec le Docteur, tandis que Ramiro, imperturbable, interrogeait Josué au sujet des élèves du collège d'Enoch. De temps en temps la conversation mourait, mais Ramiro ou Jerusa la ranimaient. C'est dans ces circonstances qu'à un certain moment s'engagea entre la jeune fille et le poète un dialogue qui par la suite donna matière à glose dans les bars :

— Êtes-vous marié, Dr Argileu ? lui demanda aimablement Jerusa.

— Non mademoiselle, répondit le poète de sa voix tonitruante.

— Vous êtes veuf ? Je vous plains... Ce doit être bien triste.

— Non, mademoiselle, je ne suis pas veuf...

— Alors vous êtes encore célibataire ? Dans ce cas, Dr Argileu, il est grand temps de vous marier.

— Je ne suis pas célibataire, mademoiselle.

Déconcertée et naïve, Jerusa insista :

— Alors, qu'êtes-vous donc, Dr Argileu ?

— Je suis en ménage, mademoiselle, répondit-il en inclinant la tête.

La repartie était si inattendue que Tonico, silencieux et triste ce soir-là, éclata de rire. Ramiro lui lança un regard sévère. Jerusa baissa les yeux sur son assiette, le poète mangeait. Josué avait de la peine à retenir son rire. Le Docteur sauva la situation en racontant une histoire des Ávila.

A la fin du dîner, arriva Amâncio Leal. Le Docteur pressentit qu'il se passait quelque chose d'anormal. Amâncio fut évidemment surpris de le voir là. Il restait silencieux et attendait. Toute la famille attendait.

Finalement Ramiro, ne pouvant se contenir plus longemps, lui demanda :

— Avez-vous appris quelque chose sur le résultat de l'opération ?

— Il paraît qu'il s'en tirera. C'est ce qu'on dit.

— Qui ? voulut savoir le Docteur.

— Vous n'avez rien su ?

— Nous sommes venus tout droit de la maison de campagne d'Helvécio.

— On a tiré sur le colonel Aristóteles.

— A Itabuna ?

— Ici, à Ilhéus.

— Et pourquoi ?

— Qui pourrait le dire ?...

— Qui a tiré ?

— Nul ne le sait. Un *jagunço* à ce qu'il paraît. Il s'est enfui.

Le Docteur qui n'avait pas lu le journal et qui n'était au courant de rien se lamenta :

— Quelle affaire... C'est un de vos grands amis, n'est-ce pas, colonel ?

Ramiro baissa la tête. Le dîner prit fin dans une ambiance maussade, puis le poète déclama des vers pour Jerusa. Dans le salon, le silence était si lourd que Josué et le Docteur décidèrent de partir. Le poète, repu, aurait voulu rester plus longtemps. Il sirotait du cognac. Mais les autres l'entraînèrent, et il sortit en maugréant :

— Pourquoi cette précipitation ? Des gens distingués, un cognac excellent.

— Ils voulaient être seuls.

— Que diable se passe-t-il ?

C'est seulement au bar qu'ils en furent informés. Le Docteur courut à l'hôpital, tandis que le poète ne se résignait pas :

— Pourquoi a-t-on voulu faire tuer quelqu'un aujourd'hui, alors que j'étais invité à dîner ? N'aurait-on pas pu choisir un autre jour ?

— Il y avait urgence, précisa João Fulgêncio.

Des gens entraient dans le bar et en ressortaient. Ils apportaient des précisions sur le bouclage du morne d'Unhão, sur les battues effectuées, sur la grande chasse à l'homme organisée pour ramener le Noir mort ou vif. Les hommes arrivés d'Itabuna, les *jagunços* débarqués des camions affirmaient qu'il ne s'en retourneraient pas sans la tête du bandit, afin de la montrer dans la ville. Des gens venaient aussi de l'hôpital. Aristóteles dormait. Le docteur Lopes disait qu'il était encore trop tôt pour se prononcer. La balle avait traversé le poumon.

Nacib était allé observer la battue du morne depuis le haut de la rampe. Il avait rapporté les nouvelles à Gabriela et à doña Arminda qui s'étonnaient de cet afflux de monde. Quelqu'un a voulu tuer l'intendant d'Itabuna, le colonel Aristóteles. Mais il est seulement blessé. Il est à l'hôpital entre la vie et la mort. On dit que c'est un homme du colonel Ramiro Bastos ou bien d'Amâncio, ou encore de Melk, ce qui revient au même.

— Le meurtrier s'est caché sur le morne. Mais il ne s'échappera pas, il a plus de trente hommes à ses trousses. Et s'ils l'attrapent...

— Qu'est-ce qu'ils lui feront ? Ils l'emmèneront prisonnier ? demanda Gabriela.

— Prisonnier ? D'après ce qu'ils disent, ils emporteront sa tête à Itabuna. Ils ont déjà envoyé promener le commissaire.

Ce qui était la vérité. Le commissaire, accompagné d'un soldat, s'était rendu à Unhão en passant par le port où le Noir avait tiré le coup de feu. Des hommes armés en gardaient les accès. Le commissaire voulut aller plus loin, ils l'arrêtèrent.

— Ici, personne ne passe.

Il portait son uniforme avec ses galons de lieutenant. Celui qui lui barrait le passage était un jeune homme au regard vif, revolver au poing.

— Qui êtes-vous ?

— Je suis le secrétaire de l'Intendance d'Itabuna, Américo Matos, si vous voulez savoir mon nom.

— Et moi, je suis le commissaire d'Ilhéus. Je vais procéder à l'arrestation du criminel.

Aux côtés du jeune homme se tenaient cinq *jagunços* avec leurs fusils à répétition.

— Procéder à une arrestation ? Ne me faites pas rire. Si vous voulez arrêter quelqu'un, vous n'avez pas besoin de gravir les pentes du morne. Arrêtez le colonel Ramiro, et ces canailles qui s'appellent Amâncio Leal, Melk Tavares ou le célèbre Loirinho. Vous n'avez pas besoin d'aller là-haut, vous avez suffisamment à faire en ville.

Il fit un geste, les *jagunços* relevèrent leurs armes. Le jeune homme lui dit :

— Monsieur le commissaire, allez-vous-en si vous ne voulez pas mourir.

Le lieutenant regarda autour de lui : le soldat avait disparu.

— Vous aurez de mes nouvelles. Et il fit demi-tour.

Tous les accès du morne étaient gardés. Il y en avait trois : deux du côté du port, et un du côté de la mer, là où se trouvait la maison de Nacib. Plus d'une trentaine d'hommes en armes, les *jagunços* d'Itabuna et d'Ilhéus, battaient le morne, fouillaient les boqueteaux aux arbres clairsemés et aux fourrés épais, entraient dans les masures et les retournaient de fond en comble. En ville, la circulation des rumeurs battait son plein. Au « Vésuve », quelqu'un apparaissait de temps en temps avec une information nouvelle : la police assurait la protection de la maison du colonel Ramiro où se tenaient barricadés avec lui ses fils et ses amis les plus dévoués, parmi lesquels Amâncio et Melk. Nouvelle inventée de toutes pièces, car Amâncio passa au bar quelques minutes après et Melk se trouvait dans ses plantations. Par deux fois, le bruit courut qu'Aristóteles était mort. On racontait que Mundinho avait fait demander des renforts au colonel Altino Brandão et qu'il avait envoyé chercher Ribeirinho avec sa propre voiture. Des rumeurs toutes plus absurdes les unes que les autres se répandaient pendant quelques minutes et augmentaient l'excitation avant d'être bientôt remplacées par d'au.

L'arrivée d'Amâncio causa une certaine sensation. Il dit « Bonsoir, messieurs » comme à l'ordinaire, de sa voix douce, et se dirigea vers le comptoir. Il se fit servir un cognac et demanda s'il y avait des amateurs pour un poker. Il n'y en avait pas. Il circula entre les tables, en échangeant quelques mots avec les uns et les autres. Tout le monde sentait que le colonel entendait défier ses accusateurs. Personne n'osa aborder le sujet. Après un nouveau salut, Amâncio remonta la rue Colonel-Adami pour se rendre chez Ramiro.

Sur le morne, les hommes avaient déjà fouillé tous les replis de terrain, examiné la grotte et battu les boqueteaux. A plusieurs reprises, ils se trouvèrent à quelques pas du Noir Fagundes.

Celui-ci avait gravi la pente du morne en tenant encore son revolver à la main. Depuis l'instant où Aristóteles avait sauté du canot, il avait attendu le moment propice pour faire feu. Le terrain vague d'Unhão étant presque désert à cette heure-là, il se décida et visa le cœur. Il vit tomber le colonel, l'homme que Loirinho lui avait montré sur le port, et il s'en alla. Un type le poursuivit, mais il le mit en fuite d'un coup de feu. Puis il s'enfonça au milieu des arbres pour attendre la tombée de la nuit. Il mâchonnait une chique de tabac. Il allait gagner beaucoup d'argent. Enfin, la bagarre commençait.

Clemente connaissait des parcelles de terre à vendre, il avait cette idée fixe. Ils caressaient l'espoir de faire une petite plantation à eux deux. Si la bagarre s'échauffait, un homme comme lui, Fagundes, courageux et bon tireur, se tirerait d'affaire en peu de temps. Loirinho lui avait dit d'aller le retrouver à la nuit tombante au « Bate-Fundo », avant les heures d'affluence, vers les huit heures. Fagundes était calme. Il se reposa un peu et se mit à marcher vers le sommet avec l'intention de redescendre par l'autre versant dès le coucher du soleil, puis de longer la plage pour aller rejoindre Loirinho. Il passa tranquillement devant diverses maisonnettes et dit même bonsoir à une dentellière. Il pénétra dans les fourrés, chercha un endroit abrité, se coucha et s'abandonna à ses rêveries en attendant la fin du jour. De là il apercevait la plage. Le crépuscule se prolongeait. Fagundes pouvait voir en levant un peu la tête le soleil ouvrir un éventail couleur de sang aux confins de l'Océan. Il pensait au lopin de terre si désiré. A Clemente, le malheureux, qui parlait encore de Gabriela et ne parvenait pas à l'oublier. Il ne savait même pas qu'elle s'était mariée, que maintenant c'était une dame riche. Lui, Fagundes, avait entendu raconter cela en ville. Les ombres grandirent lentement et le silence plana sur le morne.

Alors qu'il s'apprêtait à redescendre, il aperçut les hommes. Il faillit se trouver nez à nez avec eux. Il recula vers les bois. De là il les vit entrer dans les maisons. Leur nombre augmentait. Ils se divisaient en groupes. Une foule d'hommes armés. Il entendit des bribes de conversations. On voulait le prendre, mort ou vif et le conduire à Itabuna. Il se gratta la tête. Le quidam sur lequel il avait tiré était donc tellement important ? A cette heure-là, il devait être étendu au milieu des fleurs. Fagundes lui était vivant, il ne voulait pas mourir. Un lopin de terre allait être à lui et à Clemente. La bagarre ne faisait que commencer, il y aurait beaucoup d'argent à gagner. Les hommes, par groupes de quatre ou cinq, se dirigeaient vers les bois.

Le Noir Fagundes pénétra dans l'endroit où les fourrés étaient les plus épais. Les épines déchiraient son pantalon et sa chemise. Il gardait le revolver au poing. Pendant quelques minutes, il resta accroupi entre les arbustes. Il ne tarda pas à entendre des voix :

— Quelqu'un est passé par ici. Les broussailles sont piétinées.

Il attendait, anxieux. Les voix s'éloignèrent. Il continua d'avancer à travers les fourrés épais. Sa jambe saignait. Une épine cruelle lui avait fait une grande égratignure. Un animal s'enfuit à son approche. Il découvrit ainsi un trou profond dissimulé par des arbustes. Il s'y terra. Il était temps. Les voix redevenaient toutes proches :

— Ici, il y a eu quelqu'un ! Voyez...

— Sales épines !...

Cette situation critique allait durer jusqu'à la tombée de la nuit. A certains moments, les voix étaient si près qu'il s'attendait à voir un homme traverser le fragile rideau d'arbustes et entrer dans le trou. Il distinguait, à travers les branches, une luciole qui voltigeait. Il n'avait pas peur, mais il commençait à s'impatienter. Dans ces conditions, il arriverait en retard au rendez-vous. Il entendait des conversations : on parlait de le larder de coups de couteau, on voulait savoir qui l'avait commandé. Il n'avait pas peur, mais il ne voulait pas mourir à présent que la bagarre commençait. Il y avait ce lopin de terre à acheter en association avec Clemente.

Le silence dura un certain temps. La nuit était tombée brusquement comme si elle avait été fatiguée d'attendre. Lui aussi était fatigué d'attendre. Il sortit de son trou, le corps ployé en avant, car les arbustes étaient bas. Il épia prudemment. Personne dans les environs. Auraient-ils renoncé ? C'était possible, avec la tombée de la nuit. Il se redressa, regarda, et ne distingua que les arbres les plus proches. Le reste n'était que ténèbres. Il n'eut aucune peine à s'orienter. En face de lui, la mer ; derrière, le port. Il lui fallait continuer tout droit, déboucher près de la plage, contourner les rochers et aller retrouver Loirinho, qui sans doute était déjà au « Bate-Fundo ». Là il recevrait son argent bien gagné. Il méritait même une gratification supplémentaire à cause de cette poursuite. A sa droite, la lumière d'un lampadaire marquait la fin d'une montée. Au milieu, il y avait un autre lampadaire. Plus loin, faibles et rares, des lumières de maisons. Il se mit à marcher. A peine avait-il fait deux pas hors des broussailles que la première torche apparut, remontant le chemin. Un bruit de voix lui parvint, porté par le vent. Ils revenaient avec des torches allumées, ils n'avaient pas renoncé comme il l'avait cru.

Les premières torches arrivaient à hauteur des maisons. Ils s'arrêtèrent pour attendre d'autres hommes et bavardèrent avec les habitants. Ils leur demandèrent s'il ne s'était pas montré.

— On le veut vivant. Pour le taquiner.

— On emportera sa tête à Itabuna.

« Pour le taquiner... » Il savait ce que cela signifiait. S'il devait mourir, ce serait après en avoir descendu deux. Il empoigna à nouveau son revolver. Ce défunt devait être quelqu'un de vraiment important. S'il s'en tirait, il exigerait une gratification plus élevée.

Soudain, le faisceau d'une lampe électrique troua l'obscurité et frappa le visage du Noir. Un cri jaillit :

— Là !

Puis un remue-ménage d'hommes qui couraient. Il se baissa promptement et s'enfonça dans les fourrés. En sortant de son trou, il avait brisé des branches d'arbustes. Celui-ci ne pouvait plus lui servir de cachette. Ses poursuivants se rapprochaient. Le Noir s'élança droit devant lui, tel un animal traqué, traversant des buissons et déchirant la chair de ses épaules, car il se tenait courbé. La pente devenait plus raide, les broussailles plus épaisses, les arbustes étaient remplacés par des arbres. Ses pieds butaient contre des pierres. A en juger d'après le bruit, les hommes étaient nombreux. Cette fois, ils ne s'étaient pas séparés, ils marchaient tous ensemble. Ils étaient près, de plus en plus près. Le Noir avançait difficilement à travers une végétation plus fournie. Il tomba à deux reprises. Maintenant il avait des blessures sur tout le corps, son visage était en sang. Il entendit des coups de machette dans les broussailles et une voix qui donnait des ordres :

— Il ne peut pas nous échapper. En face, c'est le précipice. Nous allons le cerner. Et le chef répartit ses hommes.

La pente devenait de plus en plus raide. Fagundes marchait à quatre pattes. Maintenant il avait peur. Il ne pouvait pas leur échapper. Et là, il lui serait difficile de tirer pour en tuer deux ou trois comme il le désirait, afin d'être lui-même abattu sans souffrance de quelques balles dans la peau. Une mort digne d'un homme comme lui. Une voix l'avertit, dominant les coups de machette :

— Prépare-toi assassin, on va te piquer au poignard !

Il voulait mourir criblé de balles, instantanément, sans s'en rendre compte. S'ils le prenaient vivant, ils le taquineraient... Il frémissait en se traînant avec difficulté sur le sol. Il n'avait pas peur de la mort. Un homme naît pour mourir quand son heure est venue. Mais, s'ils le prenaient vivant, ils le taquineraient, ils le tueraient à petit feu pour savoir le nom de celui qui l'avait commandé. Une fois, au *sertão*, lui et quelques autres avaient tué ainsi un ouvrier agricole pour savoir où se cachait un type, en le piquant à l'aide d'un poignard effilé. Ils avaient coupé les oreilles et arraché les yeux du malheureux. Il ne voulait pas mourir de cette façon. Tout ce qu'il souhaitait maintenant, c'était de trouver une clairière où il pourrait les attendre l'arme à la main. Pour tuer et puis mourir. Pour ne pas être torturé comme ce malheureux du *sertão*.

Et il se trouva sur le bord du précipice. S'il n'y tomba point, ce fut uniquement parce qu'il y avait, juste sur le bord, un arbre où il put s'accrocher. Il regarda en bas. Impossible de rien voir. Il se déplaça vers la gauche, et découvrit un peu plus loin une rampe presque à pic. Les broussailles y étaient plus clairsemées, quelques arbres y poussaient. Les coups de machette s'éloignèrent. Ses poursuivants entraient maintenant dans la végétation plus fournie qui surplombait le précipice. Il atteignit la rampe et commença à la dévaler droit devant lui, dans un effort désespéré. Il ne sentait pas les épines qui lui déchiraient la peau, mais des pointes de poignards qui lui perçaient la poitrine, les yeux, les oreilles. La rampe se termina à deux mètres environ au-dessus d'un replat. Il s'agrippa à des branches et se laissa tomber. Il entendait encore le bruit des coups de machette. Il tomba assis sur de hautes broussailles, presque sans faire de bruit. Il se meurtrit le bras en retenant son revolver. Il se releva. Devant lui, la murette d'un jardinet. Il la franchit d'un bond. Un chat prit peur en le voyant et s'enfuit vers le morne. Il attendit, tapi dans l'ombre du mur. Sur le derrière de la maison, il y avait des lumières. Il raccrocha son revolver et traversa le jardinet. Il vit une cuisine éclairée et Gabriela en train de laver des assiettes. Il sourit. Nulle femme au monde ne l'égalait, n'était plus jolie qu'elle.

COMMENT MADAME SAAD SE MÊLA DE POLITIQUE, AU MÉPRIS DE LA NEUTRALITÉ TRADITIONNELLE DE SON MARI, ET QUELLES FURENT LES DÉMARCHES AUDACIEUSES ET DANGEREUSES DE CETTE RESPECTABLE DAME AU COURS DE SA NUIT MILITANTE.

Le nègre Fagundes riait, le visage tuméfié par les épines vénéneuses, la chemise souillée de sang, le pantalon déchiré :

— Ils vont passer la nuit à chasser le nègre, et le nègre est là bien tranquille à bavarder avec Gabriela.

Gabriela rit, elle aussi, et lui resservit du tafia :

— Que faut-il que tu fasses ?

— Il y a un gars qu'on appelle Loirinho. Tu le connais ?

— Loirinho ? J'en ai entendu parler, il y a longtemps, au bar.

— Tu vas aller le trouver pour lui dire de me fixer un rendez-vous.

— Où pourrai-je le rencontrer ?

— Il était au « Bate-Fundo », un endroit épatant pour danser, dans la rue du Sapo. Il ne doit plus y être. Il avait dit à huit heures. Quelle heure est-il ?

Elle alla voir à l'horloge du salon, car ils bavardaient dans la cuisine :

— Neuf heures passées. Et s'il n'est pas là ?

— S'il n'est pas là ? Il se gratta la tête. Le colonel est dans sa plantation, sa femme n'a pas toute sa raison, cela n'en vaut pas la peine.

— Quel colonel ?

— Monsieur Melk. Tu connais le colonel Amâncio ? Un qui est borgne ?

— Je le connais très bien. Il va souvent au bar.

— Eh bien, il peut faire l'affaire. Si tu ne trouves pas le dénommé Loirinho, tu t'adresses au colonel, il arrangera ça.

Heureusement, la gamine ne dormait pas dans la maison. Elle rentrait chez elle après le dîner. Gabriela conduisit le nègre Fagundes dans la chambre du fond où elle avait logé pendant plusieurs mois. Il lui demanda :

— Tu me verses encore un petit coup ?

Elle lui laissa la bouteille de tafia :

— Ne bois pas trop.

— Tu peux partir tranquille. Rien qu'un petit coup de plus pour finir de me réchauffer. Mourir tué par balle, ça m'est égal. On meurt en combattant et en riant, content. Torturé au couteau, non ! C'est une mort d'enragé, une mort sinistre et atroce. J'ai vu un homme mourir comme ça. Ce n'était pas beau à voir.

Gabriela lui demanda :

— Pourquoi l'as-tu descendu ? Qu'est-ce qui t'y poussait ? Quel mal t'avait-il fait ?

— A moi, il ne m'avait rien fait. C'était pour le colonel. Loirinho m'en avait donné l'ordre, que pouvais-je faire ? A chacun son métier ; le mien, c'est celui-là. Et aussi c'était pour acheter un lopin de terre avec Clemente. On s'est déjà mis d'accord.

— Mais l'homme s'en est tiré. Tu vas voir, tu ne toucheras rien du tout.

— Comment a-t-il réussi à s'en tirer ? Je ne comprends pas. Ce n'était pas le jour marqué pour sa mort.

Elle lui recommanda de ne pas faire de bruit, de ne pas allumer la lumière, de ne pas sortir de la petite chambre du fond. Sur le morne, la chasse continuait. Le chat, en filant rapidement à travers les broussailles, avait trompé les *jagunços*. Ils battaient les bosquets, pouce par pouce. Gabriela mit de vieux souliers jaunes. L'horloge marquait un peu plus de neuf heures et demie. A cette heure-là, aucune femme mariée ne sortait seule dans les rues d'Ilhéus. Il n'y avait que les prostituées. Elle n'y pensa même pas. Elle ne pensa pas davantage à la réaction de Nacib s'il venait à le savoir ni aux commentaires de ceux qui la verraient passer. Le nègre Fagundes s'était montré bon avec elle au cours de la longue marche avec les *retirantes*. Quand Clemente l'avait jetée à terre avec rage, il avait surgi pour la défendre. Elle n'allait pas le laisser sans secours, exposé à tomber entre les mains des *jagunços*. Tuer était une mauvaise action, elle n'aimait pas cela ! Mais lui, le nègre Fagundes, il ne savait pas faire autre chose. Il n'avait appris rien d'autre, il savait seulement tuer.

Elle sortit, ferma à double tour la porte donnant sur la rue et emporta la clef. Jamais elle n'était allée dans la rue du Sapo qui se trouvait du côté de la voie ferrée. Elle descendit vers la plage. Elle voyait le bar plein de monde. Beaucoup de gens se tenaient debout. Nacib passait et s'arrêtait devant les tables. Sur la place Rui Barbosa, elle obliqua et coupa en direction de la place Seabra. Il y avait des personnes dans la rue. Quelques-unes la regardaient avec curiosité, deux hommes la saluèrent. Des connaissances de Nacib, des clients du bar. Mais tous étaient si passionnés par les événements de l'après-midi qu'ils ne firent pas attention à elle. Elle atteignit la voie du chemin de fer et parvint aux maisons sordides des rues louches. Des prostituées de dernière catégorie la croisaient et l'observaient avec étonnement. L'une d'elles la tira par le bras :

— Tu es nouvelle ici, je ne t'ai jamais vue... D'où viens-tu ?

— Du *sertão,* répondit-elle machinalement. Où se trouve la rue du Sapo ?

— Plus loin. Tu y vas ? Chez la Mé ?

— Non, au « Bate-Fundo ».

— Tu vas là-bas ? Tu as du courage. Moi je n'y vais pas, surtout aujourd'hui, il y a un grabuge de tous les diables. Tu tournes à droite et tu y es.

Elle tourna à droite au coin de la rue. Un nègre l'empoigna :

— Où vas-tu, ma belle ? Il la dévisagea, la trouva jolie et lui pinça la joue avec ses gros doigts. Où est-ce que tu crèches ?

— Loin d'ici.

— Ça n'a pas d'importance. Viens, ma belle, on va faire l'amour.

— Maintenant je ne peux pas. Je suis pressée.

— Tu as peur que je reparte sans payer ? Regarde ça...

Il fourra la main dans sa poche et en retira quelques petites coupures.

— Je n'ai pas peur. Je suis pressée.

— Je suis encore plus pressé. Je suis même venu exprès.

— Moi, c'est pour autre chose. Laisse-moi passer. Je reviens tout de suite.

— Tu reviens, c'est sûr ?

— Je te jure que je reviens !

— Je vais t'attendre.

— Tu peux m'attendre ici même.

Elle partit en pressant le pas. Tout près du « Bate-Fundo », d'où s'échappait une musique bruyante de tambourins et de guitares, un ivrogne l'aborda et voulut l'embrasser. Elle lui poussa le coude, il perdit l'équilibre et s'agrippa à un poteau. Par la porte du « Bate-Fundo », dans la rue faiblement éclairée, sortait un brouhaha de conversations, d'éclats de rire et de cris. Elle entra. Dès qu'on la vit, une voix l'appela :

— Par ici, la brune, viens boire un petit verre.

Un vieux jouait de la guitare, un adolescent battait le tambourin. Des femmes vieillies, outrageusement fardées, dont certaines en état d'ébriété, ou bien des métisses d'une extrême jeunesse. L'une d'elles aux cheveux lisses et au visage maigre ne devait pas avoir plus de quinze ans. Un homme insistait pour que Gabriela vînt s'asseoir à côté de lui. Les femmes, aussi bien les jeunes que les vieilles, la considéraient avec méfiance. D'où venait cette concurrente, jolie et excitante ? Un autre homme l'appela. Le patron du bar, un mulâtre unijambiste, se dirigea vers elle. Son pilon faisait un bruit sec en heurtant le sol. Un type en costume de marin, peut-être un matelot de la « Bahianaise », lui passa un bras autour de la taille en murmurant :

— Tu es libre, chérie ? Je m'en vais avec toi...

— Je ne suis pas libre...

Elle le regarda en souriant. C'était un garçon sympathique, qui sentait la mer. Il dit « C'est dommage ! » en la serrant un peu contre sa poitrine et il disparut vers l'intérieur à la recherche d'une autre femme. L'unijambiste s'arrêta devant Gabriela :

— Où ai-je vu ton visage ? Je l'ai déjà vu, c'est sûr. Où ça ?

Il cherchait dans ses souvenirs. Gabriela alors lui demanda :

— Y a-t-il ici un garçon dénommé Loirinho ? Je veux lui parler. C'est urgent.

L'une des femmes qui avait entendu la question cria à une autre :

— Edith ! Cette madame demande Loirinho !

Des rires fusèrent dans la salle, une gamine de quinze ans bondit :

— Qu'est-ce que cette salope veut à mon Loirinho ? Elle s'avança vers la porte, les poings sur les hanches, avec un air de défi.

— Aujourd'hui, tu ne le trouveras pas, fit un homme en riant. Il s'est débiné.

La gamine, relevant sa jupe au-dessus du genou, vint se planter devant Gabriela :

— Qu'est-ce que tu lui veux, espèce de merde, à mon homme ?

— Seulement lui dire un mot...

— Lui dire un mot... Elle cracha. Je te vois venir, sale connasse. T'as un béguin pour lui ! Toutes les femmes ont un béguin pour lui ! Ce sont toutes des salopes.

Elle n'avait pas plus de quinze ans. Gabriela se souvint de son oncle, sans savoir pourquoi. Une autre femme, âgée, intervint :

— Ecrase, Edith ! Il ne te regarde même pas.

— Laisse-moi ! Je vais lui faire voir à cette salope...

Elle avança ses petites mains de fillette vers le visage de Gabriela qui, se tenant sur ses gardes, la saisit par ses poignets fluets et lui fit baisser les bras.

— Salope ! cria Edith en se jetant en avant.

Toute la salle se leva pour voir. Rien n'était aussi plaisant à voir qu'une bagarre entre femmes. Mais l'unijambiste s'interposa et les sépara. Il repoussa l'adolescente :

— Ote-toi de là où je te cogne !

Prenant Gabriela par le bras, il la conduisit sur le pas de la porte.

— Dis-moi, tu ne serais pas la femme de monsieur Nacib, le patron du bar ?

Elle acquiesça d'un signe de tête.

— Que fais-tu donc ici ? Un béguin pour Loirinho ?

— Je ne le connais même pas, mais il faut que je lui parle. C'est très urgent.

L'unijambiste réfléchit un instant en la regardant dans les yeux :

— Une commission ? Au sujet de l'affaire d'aujourd'hui ?

— Oui monsieur.

— Viens avec moi. Mais tu ne diras rien, tu me laisseras parler...

— D'accord. C'est urgent, très urgent !

Ils tournèrent à un coin de rue, puis à un autre et arrivèrent dans une impasse non éclairée. L'unijambiste, qui la précédait de quelques pas, s'arrêta pour l'attendre devant une maison. Il frappa à la porte entrouverte, comme pour s'annoncer et entra :

— Suis-moi...

Une prostituée surgit en combinaison, les cheveux en désordre :

— Qui est celle-là, Jambe de Bois ? Une nouvelle recrue ?

— Où est Teodora ?

— Dans sa chambre. Elle ne veut voir personne.

— Dis-lui que j'ai à lui parler.

La prostituée toisa Gabriela de la tête aux pieds, et repartit en disant :

— Ils sont déjà venus ici.

— La police ?

— Des *jagunços*. Ils cherchaient tu sais qui.

Au bout de quelques minutes, après avoir chuchoté à la porte d'une chambre, elle revint avec une autre femme aux cheveux teints.

— Qu'est-ce que tu veux ? demanda la dame aux cheveux oxygénés.

La première regardait Gabriela qui écoutait, immobile. Mais l'unijambiste s'approcha de Teodora, la poussa contre le mur et lui parla à l'oreille. Tous deux regardaient Gabriela.

— Je ne sais pas où il est. Il est venu ici, il a demandé de l'argent et il a disparu en coup de vent. Il est reparti tout de suite. A peine avait-il tourné les talons qu'on a vu arriver des *jagunços* qui lui donnaient la chasse. S'ils l'avaient trouvé, ils l'auraient tué...

— Où est-il allé ? Tu ne sais pas ?

— Ma foi, je n'en sais rien !

Ils revinrent vers la rue. L'unijambiste lui dit sur le seuil de la porte :

— Du moment qu'il n'est pas ici, personne ne peut dire où il est. Le plus vraisemblable, c'est qu'il a pris la clef des champs. Il est parti en canot ou à cheval.

— Il n'y a pas moyen de savoir où ? C'est indispensable.

— Non, je ne vois pas.

— Où habite le colonel Amâncio ?

— Amâncio Leal ?

— Exactement.

— Près du groupe scolaire. Tu sais où c'est ?

— Du côté de la plage, au bout. Je sais. Merci beaucoup.

— Je vais t'accompagner pendant un bout de chemin.

— C'est inutile.

— Pour sortir de ces ruelles, sinon tu ne pourras pas arriver jusque là-bas.

Il l'accompagna jusqu'à la place Seabra. Quelques curieux observaient, du coin du Club Progrès, la maison du colonel Ramiro encore éclairée. L'unijambiste lui avait posé beaucoup de questions. Elle avait répondu n'importe quoi, elle n'avait rien révélé. Elle parcourut des rues désertes, arriva au groupe scolaire et repéra la résidence d'Amâncio, avec un portail bleu selon les indications du patron du « Bate-Fundo ». Tout était silencieux, il n'y avait pas de lumière. Maintenant une lune attardée montait dans le ciel, éclairait la vaste plage et les cocotiers du chemin de Malhado. Elle frappa dans ses mains. Aucun résultat. Elle recommença. Des chiens aboyèrent dans le voisinage, d'autres plus loin leur répondirent. Gabriela cria : « Ohé ! la maison ! » Elle frappa à nouveau dans ses mains de toutes ses forces au point d'en avoir mal. Finalement elle entendit un remue-ménage à l'arrière de la maison. Une lumière s'alluma et quelqu'un demanda :

— Qui est là ?

— Une visite amie.

Un mulâtre surgit, le torse nu, l'arme au poing.

— Le colonel Amâncio est-il là ?

— Que lui voulez-vous. Il la regardait avec méfiance.

— C'est pour quelque chose d'indispensable et de très urgent.

— Il n'est pas là.

— Et où est-il ?

— Pourquoi voulez-vous le savoir ? Que lui voulez-vous ?

— Je vous l'ai déjà dit...

— Vous ne m'avez rien dit. Indispensable et urgent... C'est tout ?

Que pouvait-elle faire ? Elle devait prendre des risques :

— J'ai une commission pour lui.

— De qui ?

— De Fagundes...

L'homme fit un pas en arrière, puis il s'avança et la dévisagea :

— Vous dites la vérité ?

— La pure vérité...

— Regardez-moi bien : si ce n'est pas vrai...

— Vite, je vous en prie.

— Attendez.

Il entra dans la maison, y resta quelques minutes et ressortit. Il avait mis une chemise et éteint la lumière.

— Venez avec moi. Il enfila le revolver entre sa ceinture et son ventre, en laissant dépasser la crosse, et ils se mirent en route. Il ne lui posa qu'une seule question :

— Il a réussi à s'échapper ?

Elle répondit d'un signe de tête. Ils entrèrent dans la rue où habitait le colonel Ramiro et s'arrêtèrent devant la maison si connue. Du coin de la rue, près de l'Intendance, deux soldats de la police les virent et firent quelques pas dans leur direction. L'homme au revolver frappa à la porte. Par les fenêtres ouvertes, sortait un bruit de voix étouffé. Jerusa apparut à la fenêtre et regarda Gabriela avec un air si étonné que celle-ci lui sourit. Tant de gens avaient été étonnés en la voyant cette nuit-là... Et le nègre Fagundes plus que tout autre.

— Pouvez-vous appeler le colonel Amâncio ? Dites-lui que c'est Altamiro.

Le colonel surgit à la porte avec précipitation :

— Il y a quelque chose ?

Les soldats arrivèrent devant la maison. L'homme les regarda, resta silencieux, et l'un des soldats, voyant Amâncio, lui demanda :

— Du nouveau, colonel ?

— Non, merci. Retournez où vous étiez.

Quand ils furent repartis, l'homme au revolver lui dit :

— Voici une femme qui veut vous parler. C'est de la part de Fagundes.

Alors seulement Amâncio remarqua la présence de Gabriela. Il la reconnut tout de suite :

— Mais c'est Gabriela ! Vous voulez me parler ? Entrez, je vous en prie.

L'homme entra lui aussi. Du couloir, Gabriela aperçut la salle à manger. Elle vit Tonico et le Dr Alfredo en train de fumer. Il y avait d'autres personnes. Amâncio attendait. Elle désigna l'homme :

— La commission est pour vous seul, colonel.

— Rentrez, Altamiro. Parlez, ma fille, dit-il de sa voix douce.

— Fagundes est à la maison. Il m'a chargé de vous prévenir. Il veut savoir ce qu'il doit faire. Il faut que ce soit tout de suite, dans quelques instants monsieur Nacib va rentrer.

— Dans votre maison ? Comment y a-t-il échoué ?

— En s'échappant du morne. Le jardinet de la maison commence au bas de la pente.

— C'est vrai. Je n'y avais pas pensé. Et pourquoi l'avez-vous caché ?

— Je connais Fagundes depuis longtemps. Depuis le *sertão*...

Amâncio sourit. Tonico apparut dans le couloir, curieux.

— Merci beaucoup, je n'oublierai jamais cela. Entrez avec moi.

Tonico recula vers le salon. Elle entra avec Amâncio et elle vit toute la famille réunie : le vieux Ramiro, sur un fauteuil à bascule, pâle comme s'il était déjà mort, mais avec des yeux brillants, semblables à ceux d'un jeune homme.

Sur la table il y avait encore des assiettes sales, des tasses de café et des bouteilles de bière. Sur des chaises, dans un coin de la salle, le Dr Alfredo, son épouse et Jerusa. Tonico, debout, hébété, la regardait du coin de l'œil. Le Dr Demosthenes, le Dr Maurício et trois colonels étaient assis. Des hommes armés emplissaient la cuisine et la cour du fond. Plus de quinze *jagunços*. Des bonnes leur servaient à manger dans des assiettes en fer blanc. Amâncio dit :

— Vous la connaissez tous, n'est-ce pas ? Ga... Doña Gabriela, l'épouse de Nacib, le patron du bar. Elle est venue ici pour nous rendre un service. Et, comme s'il était le maître de maison, il dit, s'adressant à elle : Asseyez-vous, je vous en prie.

Alors, tous lui dirent bonsoir. Tonico approcha une chaise. Amâncio se dirigea vers le vieux colonel et lui parla à voix basse. Le visage de Ramiro s'anima, il sourit à Gabriela :

— Bravo, ma fille ! Désormais, je vous suis redevable. Si par hasard vous avez besoin de moi, vous n'aurez qu'à venir ici. De moi ou des miens...

Il désignait sa famille dans le coin de la salle, trois personnes assises, une debout : on aurait dit qu'ils posaient pour un portrait. Il ne manquait que doña Olga et la plus jeune des petites-filles.

— Il faut que vous le sachiez..., dit-il à ses fils, à sa bru et à sa petite-fille, si un jour doña Gabriela a recours à nous, ce ne sera pas une demande mais un ordre. Venez, compère.

Il se leva et passa avec Amâncio dans l'autre salle. L'homme au revolver les croisa et leur dit bonsoir. Il s'en allait. Gabriela resta sans savoir quoi faire ni quoi dire, embarrassée de ses mains. Alors Jerusa lui sourit et lui adressa la parole :

— Une fois, j'ai conversé avec vous, vous en souvenez-vous ? A l'occasion de la fête d'anniversaire de mon grand-père... Mais à peine Jerusa avait-elle commencé à parler qu'elle se tut. Ne serait-il pas indélicat de lui rappeler le temps où elle était la cuisinière de l'Arabe ?

— Oui, je m'en souviens. J'avais préparé des tas de friandises. Etaient-elles bonnes ?

Tonico s'anima :

— Gabriela est une vieille amie. C'est ma filleule et celle d'Olga. Nous avons été les parrains de son mariage.

L'épouse du Dr Alfredo daigna sourire. Jerusa lui demanda :

— Vous ne voulez pas prendre une friandise ? Une liqueur ?

— Merci. Ne vous dérangez pas .

Elle accepta une tasse de café. De l'autre salle, la voix d'Amâncio appela le Dr Alfredo. Le député ne tarda pas à revenir pour inviter Gabriela :

— Voulez-vous venir avec moi s'il vous plaît ?

Quand elle entra dans la pièce, Ramiro lui dit :

— Ma fille, c'est un grand service que vous nous avez rendu. Mais je voudrais vous être plus redevable encore. Est-ce possible ?

— Si c'est en mon pouvoir...

— Il faut faire sortir le nègre de chez vous sans que personne ne le sache et cela n'est possible qu'à la pointe du jour. Il faut qu'il reste caché là-haut. Personne ne doit être au courant. Excusez-moi de vous le dire, même pas Nacib.

— Il va rentrer après la fermeture du bar.

— Ne lui dites rien. Laissez-le dormir. Vers les trois heures, à trois heures juste, vous vous lèverez et vous vous mettrez à la fenêtre. Vous regarderez s'il y a des hommes dans la rue. Le compère Amâncio sera avec eux. S'ils sont là, vous ouvrirez la porte, et vous laisserez sortir Fagundes. On s'occupera de lui.

— On ne va pas l'arrêter ? Lui faire du mal ?

— Soyez tranquille. Nous allons éviter qu'on le tue.

— C'est d'accord ! Maintenant je m'en retourne, si vous le permettez. Il se fait tard.

— Vous n'allez pas repartir toute seule. Je vais vous faire accompagner. Alfredo, conduisez doña Gabriela jusque chez elle.

Gabriela sourit :

— Je ne sais pas, non, monsieur... La nuit, toute seule, avec le Dr Alfredo. Il faut que je passe par la plage pour ne pas être vue par les gens du bar. Si on nous voit, que va-t-on penser ? Penser et dire ? Dès demain, monsieur Nacib sera au courant.

— Vous avez raison, ma fille. Excusez-moi, je n'y avais pas pensé. Il se tourna alors vers son fils. Dis à ta femme et à Jerusa de se préparer. Vous irez accompagner cette fille tous les trois. Vite !

Alfredo ouvrit la bouche pour dire quelque chose, mais Ramiro répéta :

— Vite !

C'est ainsi que cette nuit-là, elle rentra chez elle accompagnée par un député, son épouse et sa fille. Le femme d'Alfredo marchait sans mot dire en rongeant son frein. Mais Jerusa lui avait donné le bras et lui parlait de mille choses. Heureusement, la maison de doña Arminda était fermée. C'était un jour de « séance », la sage-femme n'était pas encore rentrée. De rares curieux remontaient la rue. La chasse à l'homme continuait.

Nacib arriva peu après minuit et resta encore un moment à la fenêtre pour voir passer les *jagunços* qui redescendirent du morne et se contentèrent d'en garder les accès. Certains disaient que le nègre était tombé dans le précipice. Finalement, les deux époux allèrent se coucher. Il y avait longtemps que Gabriela ne s'était pas montrée aussi affectueuse ni aussi ardente, longtemps qu'elle ne s'était pas offerte et qu'elle ne lui avait pas demandé autant que cette nuit-là. Récemment, il lui avait même fait grief de paraître indifférente, voire réticente, comme si elle se sentait lasse. Elle ne se refusait jamais quand il voulait la prendre. Toutefois, elle ne le stimulait plus comme naguère en lui faisant des chatouilles, en exigeant tendresse et possession. Quand il rentrait fatigué et qu'il se jetait sur le lit terrassé par le sommeil, elle se contentait de rire et le laissait s'endormir avec la jambe sur sa hanche. Quand il la sollicitait, elle se donnait avec joie, l'appelait son « beau monsieur » et gémissait dans ses bras. Mais qu'était devenue la fureur de naguère ? Ce qui était auparavant amour fou, naissance et mort, mystère dévoilé et répété chaque nuit, toujours aussi nouveau que la première fois, dans l'émerveillement d'une découverte définitive liée au désespoir de ne plus la voir se reproduire, semblait s'être mué en passe-temps agréable.

Il avait même fait part de sa déception à Tonico, son confident habituel. Le notaire lui avait expliqué que l'on observait cela dans tous les mariages : l'amour s'apaisait, devenait un doux amour d'épouse, discret et espacé. La violence de l'amante exigeante et lascive disparaissait. L'explication était bonne, peut-être vraie, mais elle ne le consolait pas. Il avait l'intention d'en parler à Gabriela.

Cette nuit-là, cependant, elle était redevenue comme autrefois. Sa chaleur le brûlait, brasier ardent, flamme inextinguible, feu sans cendres, incendie de soupirs et de gémissements. La peau de Gabriela brûlait sa peau. Cette femme, sa femme, ne se trouvait pas seulement dans son lit. Elle était pour toujours implantée dans son cœur, enfermée dans son corps, sous la plante de ses pieds, sous son cuir chevelu, sous la pointe de ses doigts. Il pensait que la mort lui serait douce s'il mourait dans ses bras. Il s'endormit heureux, la jambe sur la hanche fatiguée de Gabriela.

A trois heures, Gabriela aperçut par la fente de la fenêtre entrouverte Amâncio qui fumait, appuyé contre un poteau et, un peu plus bas, des *jagunços*. Elle alla chercher Fagundes. En passant devant la chambre à coucher, elle vit Nacib s'agiter dans son sommeil à la recherche de sa hanche. Elle entra et plaça un oreiller sous la jambe inquiète. Nacib sourit. C'était un monsieur si bon !

— Un jour, Dieu te le rendra, lui dit Fagundes en la saluant.

— Achète la plantation avec Clemente.

Amâncio était pressé :

— Allons, vite ! Et, s'adressant à Gabriela : Encore une fois, merci !

Après avoir fait quelques pas, Fagundes se retourna et l'aperçut, immobile, sur le seuil de la porte. En ce monde, elle n'avait pas son égale. Quelle femme aurait pu prétendre lui être comparée ?

DES SAVEURS ET DES FADEURS DU MARIAGE

Cette nuit-là, d'un souvenir inoubliable où les éléments s'étaient déchaînés dans le lit — Gabriela se consumant comme une fournaise,

Nacib naissant et périssant au milieu de ces douces flammes —, eut des lendemains mélancoliques.

Nacib, au comble de la félicité, avait cru à un retour des nuits d'autrefois après un long hiatus évoquant le cours serein d'une rivière. Hiatus dû à des ennuis aussi stupides qu'insignifiants. Tonico consulté à l'occasion de confidences embarrassées avait attribué ce changement au mariage, à des différences subtiles et compliquées entre l'amour de l'épouse et l'amour de l'amante. C'était possible, mais Nacib en doutait. Pourquoi alors n'avait-il pas constaté cela aussitôt après le mariage ? Pendant un certain temps, s'étaient succédé les mêmes nuits hallucinantes qui lui imposaient des réveils tardifs et le faisaient arriver au bar après l'heure normale. Le changement était devenu sensible avec les premières manifestations de mésentente. Gabriela avait dû être beaucoup plus contrariée qu'elle ne le laissait paraître. Ne s'était-il pas montré trop exigeant, sans tenir compte de la manière d'être de sa femme, au point de vouloir la transformer du jour au lendemain en une dame de la bonne société, du gratin d'Ilhéus et l'arracher presque de force à des habitudes enracinées ? Il n'avait pas eu la patience de faire son éducation petit à petit. Elle voulait aller au cirque, il l'entraînait à une conférence ennuyeuse et soporifique. Il lui interdisait de rire à tout propos comme elle en avait l'habitude. Il la reprenait à tout instant pour des bagatelles, avec le désir d'en faire l'égale des épouses de médecins et d'avocats, de colonels et de commerçants. « Ne parle pas à haute voix, c'est vulgaire », lui chuchotait-il au cinéma. « Assieds-toi convenablement, n'étire pas les jambes, rapproche les genoux. » « Non, pas ces souliers-là. Mets donc les neufs, à quoi te servent-ils ? » « Mets une belle robe. » « Aujourd'hui, nous allons voir ma tante. Tu surveilleras ta tenue. » « Nous ne pouvons manquer d'assister à la séance du cercle Rui Barbosa. » (Des poètes déclamaient, lisaient des papiers qu'elle ne comprenait pas, c'était ennuyeux comme la pluie.) « Aujourd'hui, le Dr Maurício va parler à l'Association commerciale, il faut y aller. » (Entendre la Bible d'un bout à l'autre, quelle barbe !) « Nous allons rendre visite à doña Olga, je crains qu'elle ne soit fâchée, c'est notre marraine. » « Pourquoi ne portes-tu pas tes bijoux ? Je les ai achetés pour quoi faire ? »

Sans doute avait-il fini par la blesser, bien qu'elle n'en laissât rien paraître, pas plus sur son visage que dans son comportement quotidien. Elle discutait, il est vrai. Sans altérer la voix, elle voulait connaître le pourquoi de chaque exigence. Parfois, avec un accent de tristesse, elle lui demandait de ne pas la contraindre, mais elle finissait toujours pas se plier à ses désirs, par obéir à ses ordres et se conformer à ses décisions. Ensuite, elle ne revenait plus là-dessus. Seulement, dans le lit, elle avait changé, comme si ces discussions — il ne s'agissait même pas de disputes — ou ces exigences tempéraient son ardeur, contenaient son désir, refroidissaient son cœur. S'il voulait la prendre, elle s'ouvrait à lui comme la corolle d'une fleur. Mais elle ne se montrait pas assoiffée ni affamée comme autrefois, à l'exception de cette nuit-là, alors qu'il venait de passer un après-midi harassant, le jour où le colonel Aristóteles avait reçu un coup de feu. Elle s'était comportée comme naguère avec une ardeur peut-être encore plus vive. Puis elle était redevenue une eau dormante, avec un sourire tranquille. Elle se donnait, joyeuse mais passive, c'est lui qui à nouveau prenait l'initiative. Intentionnellement, il laissa passer trois jours sans la solliciter. Elle s'éveillait en l'entendant rentrer, elle l'embrassait sur le visage, glissait la hanche sous sa jambe et s'endormait en souriant. Le quatrième jour, n'y tenant plus, il lui lança :

— Tu ne fais même plus attention...

— A quoi, monsieur Nacib ?

— A moi ! Je viens et c'est comme si je n'étais pas venu.

— Avez-vous envie de manger ? Ou de boire du jus de mangue pour vous rafraîchir ?

— Ce n'est pas de cela qu'il s'agit ! Tu as cessé de te montrer prévenante. Autrefois, tu m'attirais contre toi.

— Monsieur Nacib, vous rentrez fatigué, je ne sais pas si vous voulez, je suis gênée. Vous vous retournez pour dormir, je ne veux pas exagérer.

Elle tortillait la pointe du drap et baissait les yeux. Nacib ne l'avait jamais vue aussi triste. Il s'attendrit. C'était donc pour ne pas l'importuner, pour ne pas augmenter sa lassitude et pour le laisser reposer des fatigues de la journée ? Sa Bié chérie...

— Que t'imagines-tu ? Je peux rentrer fatigué, mais pour cela, je suis toujours prêt. Je ne suis diminué ni par l'âge ni par quoi que ce soit...

— Quand vous me faites signe, monsieur Nacib, ne suis-je pas aussitôt à votre disposition ? Quand je vois que vous voulez...

— Mais il y a encore autre chose. Autrefois, tu étais une torche enflammée, un ouragan déchaîné. Maintenant, tu es une brise, un zéphyr.

— Vous n'aimez plus le plaisir que je vous donne ? Vous êtes rassasié de votre Bié ?

— Je t'aime de plus en plus, Bié ! Sans toi je ne pourrais pas vivre. C'est toi qui sembles rassasiée. Tu as perdu cette folie que tu avais

Elle resta les yeux fixés sur le drap, elle ne les leva pas vers lui.

— Il n'y a aucune raison. Moi aussi je vous aime beaucoup, vous pouvez me croire, monsieur Nacib. Mais il se trouve que je me sens fatiguée, c'est pour cela que...

— Et à qui la faute ? J'avais engagé une bonne pour faire le ménage, tu l'as renvoyée. J'avais engagé une gamine pour faire la cuisine, tu n'avais qu'à préparer les plats. Et qui est-ce qui fait la cuisine ? Tu veux tout faire comme si tu étais encore une servante !

— Vous êtes si bon, monsieur Nacib, vous êtes pour moi plus qu'un mari.

— Ce n'est pas toujours vrai. Je me fâche contre toi. Je croyais que c'était pour cela que tu te conduisais ainsi. Mais c'est dans ton intérêt que je me fâche. Je voudrais que tu te présentes bien.

— J'aime à vous obéir, monsieur Nacib. Mais il y a des choses que je ne sais pas faire. J'ai beau m'y efforcer, je n'arrive pas à les aimer. Soyez patient avec votre Bié. Il faut me pardonner beaucoup de choses...

Il la prit dans ses bras. Elle blottit sa tête contre la poitrine de Nacib. Elle pleurait.

— Que t'ai-je fait, Bié ? Pourquoi pleures-tu ? Je ne reparlerai plus de cela, c'était involontaire.

Les yeux fixés sur le drap, elle essuya ses larmes avec le dos de la main et appuya à nouveau la tête sur la poitrine de son mari :

— Vous ne m'avez rien fait... C'est moi qui me conduis mal, vous êtes si bon, monsieur Nacib...

Et elle se remit à l'attendre avec la même ardeur qu'autrefois pour des nuits sans sommeil. Au début, il en fut ravi. Gabriela était meilleure qu'il ne le pensait. Il lui avait suffi de dire un mot pour qu'à nouveau elle lui enlève le sommeil et la fatigue. Pourtant sa fatigue à elle était évidente, elle allait même en augmentant. Une nuit, il lui dit :

— Bié, il faut que cela finisse. Et cela va finir.

— Quoi donc, monsieur Nacib ?

— Tu es en train de te tuer à force de travailler.

— Pas du tout, monsieur Nacib.

— Tu ne tiens plus le coup, la nuit... Il sourit. N'est-ce pas ?

— Vous êtes si vigoureux, monsieur Nacib !

— Je vais te dire : j'ai loué l'étage au-dessus du bar pour le restaurant. Maintenant, il n'y a plus qu'à attendre que les locataires s'en aillent, que le nettoyage et les peintures soient faits, que l'aménagement soit achevé. Je crois qu'on pourra l'ouvrir au début de l'année prochaine. Monsieur Mundinho veut même s'associer avec moi et faire venir beaucoup de choses de Rio, un réfrigérateur, un fourneau je ne sais comment, des assiettes et des verres incassables. Je vais accepter.

Elle battit des mains toute joyeuse.

— Je ferai venir deux cuisinières de je ne sais où, peut-être du Sergipe. Tu n'auras qu'à diriger, choisir les plats et expliquer leur préparation. La cuisine proprement dite, tu ne la feras que pour moi. Et demain tu vas prendre une femme de ménage, tu te chargeras seulement de la cuisine jusqu'à ce que la gamine sache se débrouiller. Demain, je veux voir une nouvelle femme de ménage dans cette maison.

— Pourquoi, monsieur Nacib ? C'est inutile. Je suis fatiguée parce que j'ai donné un coup de main à doña Arminda.

— Par-dessus le marché ?

— Elle a été malade, vous le savez bien. Je n'allais pas la laisser toute seule, la pauvre. Mais maintenant elle va mieux, une femme de ménage est inutile. Ça ne me plaît pas.

Il ne discuta pas, il n'imposa rien. Toute son attention se concentrait sur le restaurant. Il avait réussi à louer l'étage de la maison dont le bar « Le Vésuve » occupait le rez-de-chaussée. Dans cet étage fonctionnait un cinéma avant que Diogenes ne fît construire le « Ciné-Théâtre Ilhéus ». Par la suite, il fut divisé en locaux et en chambres où logeaient de jeunes employés de commerce. Les deux plus grandes salles étaient affectées au *jogo do bicho*. Le propriétaire de l'immeuble, l'Arabe Maluf, aimait mieux le louer à un seul locataire, et de préférence à Nacib, qui occupait déjà le rez-de-chaussée. Il donna aux autres un délai d'un mois pour déménager. Nacib avait eu un long entretien avec Mundinho Falcão. L'exportateur était favorable au projet. Ils envisagèrent de s'associer. Tirant une revue d'un tiroir, il lui montra des glacières, des réfrigérateurs, de stupéfiantes nouveautés en usage dans des restaurants étrangers. Cela bien sûr était trop pour Ilhéus, mais ils feraient quelque chose de bien, mieux que ce qu'on trouvait à Bahia.

Durant ces jours si fertiles en projets, il finissait par oublier la lassitude de Gabriela au moment de faire l'amour.

Tonico, toujours là après la sieste, peu avant deux heures, pour boire son bitter afin de faciliter la digestion (il ne le faisait plus inscrire à son compte, maintenant il buvait sans payer comme parrain de mariage du patron du bar), lui demanda à voix basse :

— Comment vont les choses à la maison ?

— Elles vont mieux. Seulement, Gabriela est très fatiguée. Elle refuse de prendre une femme de ménage, elle veut tout faire elle-même et de surcroît, elle aide la voisine. La nuit, elle est à bout, elle meurt de sommeil.

— Il ne faut pas la contrarier. Si vous engagez une femme de ménage contre sa volonté, elle vous causera des ennuis. D'ailleurs, l'Arabe, vous semblez ne pas comprendre qu'une épouse n'est pas une prostituée. L'amour d'une épouse a plus de retenue. Vous-même ne désirez-vous pas que ma filleule devienne une dame respectable ? Commencez par le lit, mon cher. Pour les extra, ce ne sont pas les femmes qui manquent à Ilhéus... Il y en a même trop. Et certaines sont des créatures merveilleuses. Vous êtes devenu un moine, vous n'allez même plus au cabaret...

— Je ne désire pas d'autres femmes...

— Et après, vous vous plaignez que la vôtre est fatiguée !...

— Il faut qu'elle prenne une bonne. D'ailleurs, il n'est pas convenable que ma femme fasse le ménage.

Tonico lui donna une tape sur l'épaule. Ces derniers temps, il s'attardait moins et n'attendait même pas l'arrivée de João Fulgêncio :

— Ne vous tracassez pas, un de ces jours j'irai donner quelques conseils à ma filleule et la persuader de prendre une bonne. Ne vous tracassez pas !

— Donnez-les-lui ! Elle est très obéissante avec vous. Avec vous et avec doña Olga.

— Savez-vous qui aime passablement Gabriela ? Jerusa, ma nièce. Elle parle toujours d'elle. Elle dit que Gabriela est la plus jolie femme d'Ilhéus.

— Et elle a raison..., soupira Nacib.

Tonico s'en allait, Nacib plaisanta :

— Vous, maintenant, vous avez pris l'habitude de vous en retourner bien vite... Il y a quelque chose là-dessous... Une nouvelle femme, n'est-ce pas ? Et vous gardez le secret avec votre vieil ami Nacib...

— Un jour, je vous raconterai ça.

Il s'en alla du côté du port. Nacib pensait au restaurant. Quel nom lui donnerait-il ? Mundinho proposait « La Fourchette d'argent ». Un nom pas drôle du tout. Qu'est-ce que cela voulait dire ? Il aurait aimé « Restaurant du Commerce », un nom distingué.

LES SOUPIRS DE GABRIELA

Pourquoi l'avait-il épousée ? Il n'en avait aucun besoin... C'était bien mieux avant. Monsieur Tonico avait poussé à la roue, l'œil fixé sur elle. Doña Arminda avait mis le feu aux poudres : elle adorait faire des mariages. Monsieur Nacib en avait le désir, de peur de la perdre, de peur qu'elle ne s'en aille. Une lubie de monsieur Nacib. Pourquoi serait-elle partie, du moment qu'elle ne pouvait pas rêver d'être plus heureuse ? Il avait eu peur qu'elle quitte sa cuisine, son lit et ses bras pour une maison garnie dans une rue déserte, pour un *fazendeiro,* avec compte ouvert à l'épicerie et dans les magasins. Pour un de ces vieux affreux chaussés de bottes, avec un revolver à la ceinture et de l'argent plein les poches. Avant, c'était le bon temps... Elle cuisinait, lavait, faisait le ménage. Elle allait au bar porter la gamelle, une rose sur l'oreille, un sourire sur les lèvres. Elle plaisantait avec tout le monde, elle sentait flotter le désir autour d'elle. On lui faisait des clins d'œil, on lui disait des mots pour rire, on lui touchait la main, parfois le sein. Monsieur Nacib était jaloux, c'était très drôle.

Monsieur Nacib rentrait la nuit. Elle l'attendait, puis couchait avec lui, et en même temps avec tous les beaux messieurs. C'était une affaire d'imagination, de volonté. Il lui apportait des cadeaux : des babioles de la foire, des articles à bon marché de la boutique de son oncle, broches, bracelets ou bagues de verroterie. Il lui avait offert un oiseau qu'elle avait lâché. Les souliers qui lui serraient les pieds, elle n'aimait pas ça... Elle allait en sandales, pauvrement vêtue et parée d'un ruban. Elle aimait tout. Elle aimait le jardinet avec ses goyaviers, ses papayers et ses *pitangas.* Elle aimait se prélasser au soleil en compagnie de son fripon de chat, bavarder avec Tuísca, le faire danser ou danser pour lui. Elle aimait la dent en or que monsieur Nacib lui avait fait poser. Elle aimait chanter le matin, faire la cuisine, marcher dans la rue, aller au cinéma avec doña Arminda, ou bien au cirque, quand un cirque dressait son chapiteau à Unhão. C'était le bon temps ! Avant de devenir madame Saad, quand elle n'était que Gabriela, rien que Gabriela.

Pourquoi l'avait-il épousée ? Ce n'était pas agréable d'être mariée, elle n'aimait pas ça... De belles robes, elle en avait l'armoire pleine. De souliers qui lui serraient les pieds, plus de trois paires. Des bijoux aussi, il lui en offrait. Une bague qui valait beaucoup d'argent, on l'avait dit à doña Arminda : elle avait couté près de deux millions de réaux. Que ferait-elle avec toutes ces choses ? De tout ce qu'elle aimait, elle ne pouvait rien faire... Faire la ronde sur la place avec Rosinha et Tuísca ? Défendu ! Aller porter la gamelle au bar ? Défendu ! Rire avec monsieur Tonico, monsieur Josué, monsieur Ari, ou monsieur Epaminondas ? Défendu ! Marcher nu-pieds dans la rue devant la maison ? Défendu ! Courir sur la plage les cheveux au vent et les pieds dans l'eau ? Défendu ! Rire quand elle en avait envie, n'importe où, au nez des gens ? Défendu ! Dire ce qui lui passait par la tête ? Défendu ! Tout ce qu'elle aimait ? Défendu. Elle était madame Saad, elle ne pouvait rien faire. Ce n'était pas agréable d'être mariée.

Jamais elle n'avait voulu le blesser ou lui faire de la peine. Monsieur Nacib était si bon ! Il ne pouvait pas l'être davantage. Personne au monde ne l'était autant que lui. Il l'aimait d'une affection sincère, d'un amour insensé. Un homme si important qui possédait un bar et qui avait un compte en banque ! Il était fou d'elle... Comme c'était drôle ! Les autres, tous autant qu'ils étaient, ce n'était pas de l'amour qu'ils éprouvaient. Ils voulaient seulement coucher avec elle, la serrer dans leurs bras, l'embrasser sur la bouche, soupirer sur son sein. Les autres, tous les autres sans exception, jeunes ou vieux, beaux ou laids, riches ou pauvres. Ceux de maintenant comme ceux d'avant, tous les autres. Tous sans exception ? Non, Clemente mis à part. Peut-être aussi Bebinho, mais c'était un enfant. Que savait-il de l'amour ? Monsieur Nacib lui, oui, savait ce que c'était que l'amour. Elle-même ressentait pour lui quelque chose de profond qu'elle ne ressentait pour personne d'autre. Pour personne d'autre, sans exception, même pas pour Clemente, même pas pour Bebinho, c'était seulement pour coucher. Quand elle rêvait d'un de ces beaux messieurs, auxquels elle faisait des sourires, comme Tonico ou Josué, Epaminondas ou Ari, elle ne rêvait que d'être au lit avec lui, de gémir dans ses bras, de mordre sa bouche, de jouir de son corps. Pour monsieur Nacib, elle éprouvait tout cela, mais aussi quelque chose de plus : elle aimait rester avec lui, l'entendre parler, préparer pour lui des mets relevés, sentir le poids de sa jambe sur la hanche, la nuit. Elle aimait être au lit avec lui pour tout ce que l'on fait au lit au lieu de dormir. Mais pas seulement au lit ni seulement pour cela. Pour le reste aussi. Et, pour le reste, elle n'aimait que lui. Pour elle, monsieur Nacib était tout : un mari et un patron, la famille qu'elle n'avait jamais eue, son père et sa mère, son frère qui était mort à peine venu au monde. Monsieur Nacib était tout, tout ce qu'elle possédait. Ce n'était pas agréable d'être mariée. Quelle bêtise de s'être mariée ! C'était bien mieux avant. L'alliance au doigt n'avait changé en rien ses sentiments pour monsieur Nacib. Seulement, mariée, elle passait son temps à se disputer avec lui, à le contrarier, à lui faire tous les jours de la peine. Elle n'aimait pas le contrarier, mais comment faire autrement ? Tout ce que Gabriela aimait, tout, était défendu à madame Saad. Tout ce que madame Saad devait faire, ah ! Ces choses-là, Gabriela ne les supportait pas. Mais elle avait fini par céder pour ne pas causer de la peine à monsieur Nacib qui était si bon. Elle faisait d'autres choses en cachette, sans qu'il le sût, pour ne pas le contrarier.

C'était bien mieux avant, elle pouvait faire n'importe quoi. Il éprouvait de la jalousie, mais une jalousie de célibataire, qui disparaissait aussitôt, qui disparaissait dans le lit. Elle pouvait faire n'importe quoi sans craindre de le blesser. Avant, chaque minute était joyeuse. Elle passait sa vie à chanter, ses pieds n'arrêtaient pas de danser. Maintenant, chaque joie lui causait de la peine. Ne devait-elle pas aller en visite chez les principales familles d'Ilhéus ? Elle était mal à l'aise en robe de soie, avec des souliers qui lui faisaient mal, sur une chaise dure, bouche cousue pour ne pas dire d'incongruités, sans rire, comme une statue. Elle n'aimait pas ça. A quoi bon tant de robes, tant de souliers, tant de bijoux — bagues, colliers ou boucles d'oreilles —, tous en or, si elle ne pouvait pas être Gabriela ? Elle n'aimait pas être madame Saad.

Maintenant, impossible de faire autrement. Pourquoi avait-elle accepté ? Pour ne pas le contrarier ? Ou peut-être aussi par peur de le perdre un jour. Elle avait mal fait d'accepter. Maintenant c'était triste. Elle passait sa vie à faire ce qu'elle n'aimait pas. Et le pire était que pour être Gabriela, pour avoir encore quelque chose à elle, pour vivre sa vie, hélas ! elle agissait en cachette, ou bien elle le blessait, elle lui faisait de la peine. Son ami Tuísca ne venait plus la voir. Il adorait Nacib et il y avait de quoi. Quand Raimunda était malade, Nacib lui faisait remettre de l'argent pour les achats. Il était bon, monsieur Nacib.

Tuísca pensait qu'elle devait être madame Saad, qu'elle ne devait plus être Gabriela. C'est pourquoi il ne venait pas, parce que Gabriela contrariait Nacib, faisait de la peine à Nacib. Tuísca lui-même, son ami, ne comprenait pas. Personne ne comprenait. Doña Arminda s'étonnait, disait que c'étaient les mauvais esprits, qu'elle n'avait pas voulu se développer. Avait-on jamais vu quelqu'un regorger de tout et agiter dans sa tête tant de sottises. Tuísca lui-même ne pouvait pas comprendre, à plus forte raison doña Arminda.

A présent, par exemple, que pouvait-elle faire ? La fin de l'année approchait avec *bumba-meu-boi,* rois mages, pastourelles, crèches de Noël. Oh ! comme elle aimait ça ! Au *sertão,* elle avait fait la pastourelle. La troupe était bien misérable, il n'y avait même pas de lanternes, mais c'était tellement bien ! Tout près de là, chez Dora (la dernière maison au sommet de la rue, où elle allait essayer ses robes, car Dora était sa couturière), commençaient les répétitions d'un cortège des Rois avec pastourelles, lanternes et tout ce qui s'ensuit. Dora avait dit :

— Pour porter la bannière, l'étendard des Rois Mages, il n'y a que doña Gabriela.

Les trois cousettes étaient du même avis. Gabriela devint rayonnante, elle battit des mains de joie. Elle n'avait pas eu le courage d'en parler à Nacib. Elle allait le soir, en cachette, répéter pour le cortège des Rois. Chaque jour, elle était décidée à lui en parler, puis elle remettait cela au lendemain. Dora lui faisait une robe de satin avec des paillettes et des verroteries brillantes. Pastourelle dans le cortège des Rois, danser dans les rues en portant la bannière, en chantant des chansons, en conduisant le cortège le plus beau d'Ilhéus.

Comme Gabriela aimait ça ! C'est pour cela qu'elle était née ! Madame Saad ne pouvait pas figurer comme pastourelle dans le cortège. Elle répétait en cachette, elle allait se montrer travestie en pastourelle dans le cortège des Rois et danser dans les rues d'Ilhéus. Elle allait le contrarier, elle allait lui causer de la peine. Comment faire autrement ? Oh ! comment faire autrement ?

DES FÊTES DE FIN D'ANNÉE

La fin de l'année arriva et avec elle les mois des fêtes : la Noël, le jour de l'An, les Rois, la célébration des succès universitaires, les solennités de l'Eglise. Celles-ci donnaient lieu à des kermesses qui se déroulaient sur la place, devant le bar « Le Vésuve ». La ville était remplie d'étudiants en vacances, pétulants et entreprenants, venus des collèges et des facultés de Bahia. On dansait dans les maisons des familles honorables tandis que dans les pauvres masures des mornes ou de l'Ilha das Cobras, on se trémoussait au rythme des sambas. L'ambiance était gaie et allègre. Beuveries et rixes animaient les cabarets et les tavernes des rues borgnes. Les bars et les cabarets du centre regorgeaient de monde. On allait en promenade jusqu'au promontoire de Pontal, on faisait des pique-niques à Malhado et sur le morne de Pernambuco pour observer les dragues au travail. Amourettes et fiançailles se multipliaient. Sous les regards émus de leurs père et mère, les nouveaux impétrants du grade de docteur recevaient les visites de félicitations. A Ilhéus, les premiers à porter la bague emblématique de ce grade furent des fils de colonels devenus avocats, médecins, ingénieurs ou agronomes. Il y avait aussi des institutrices, formées sur place, au collège des bonnes sœurs. Le père Basílio, rayonnant de joie, baptisa son sixième filleul né par un miracle de Dieu du ventre d'Otália, sa commère. Un beau sujet de conversation pour les vieilles filles.

Jamais fin d'année n'avait connu une telle animation. La récolte de cacao avait dépassé tout ce que l'on aurait pu imaginer. L'argent circulait en abondance, le champagne coulait à flots dans les cabarets, chaque bateau déversait une nouvelle cargaison de femmes. Etudiants et collégiens disputaient aux employés de commerce et aux commis voyageurs les faveurs des prostituées. Les colonels payaient et payaient généreusement, dissipant leur argent à coups de billets de cinq cent mille réaux. La nouvelle maison du colonel Manuel das Onças, presque un palais, fut inaugurée par une fête à tout casser. Nombreuses étaient les maisons nouvelles, les rues nouvelles. L'avenue de la Plage s'allongeait en direction des palmeraies de Malhado. Les bateaux arrivaient de Bahia, de Recife et de Rio, bondés de fournitures. Dans les maisons, le confort augmentait. D'innombrables magasins étalaient leurs vitrines alléchantes. La ville s'étendait, se transformait.

Au collège d'Enoch se déroulèrent les premiers examens sous contrôle fédéral. Un inspecteur fut envoyé de Rio. Journaliste travaillant pour un organe du gouvernement, on l'avait gratifié de cet extra. C'était un chroniqueur cité. Il fit une conférence pour laquelle les élèves du collège vendirent des billets. Beaucoup de personnes y assistèrent, car ce garçon avait la réputation de posséder un grand talent. Présenté par Josué, il parla sur « les nouveaux courants dans la littérature moderne, de Marinetti à Graça Aranha ». Ce fut effroyablement rasoir. Quatre ou cinq auditeurs seulement furent capables de le comprendre : João Fulgêncio, Josué et, dans une moindre mesure, Nhô-Galo et le Capitaine. Ari l'avait compris, mais il était contre. On le compara avec l'inoubliable Dr Argileu Palmeira à la voix tonitruante et deux fois diplômé. Lui, oui, était un conférencier ! Quelle stupidité que de vouloir les comparer ! Sans compter que ce garçon de Rio ne savait même pas boire. Deux gorgées de l'excellent tafia local suffisaient pour le faire tomber ivre. Le Dr Argileu au contraire pouvait se mesurer avec les meilleurs tafiateurs d'Ilhéus. Pour boire, c'était un gouffre, et pour parler, un Ruy Barbosa. Lui, oui, avait du talent !

Cependant, cette conférence controversée eut sa note plaisante et pittoresque. Inondée d'un parfum si violent que toute la salle en fut remplie, mieux habillée que n'importe laquelle des dames présentes avec une robe de dentelle commandée à Bahia, agitant un éventail, telle une vraie matrone — sinon par son âge car elle était bien jeune, du moins par son maintien, son air grave, son regard pudique, son extrême dignité —, fit une apparition inattendue l'intouchable Glória. Celle qui naguère incarnait la solitude et soupirait à sa fenêtre, maintenant consolée, avait cessé de soupirer et arborait des carnations magnifiques. Une rumeur s'éleva parmi ces dames. L'épouse du Dr Demosthenes, lâchant son lorgnon, marmonna :

— Quel toupet !

Celle du Dr Alfredo dont le mari était député (de l'État, il est vrai, mais néanmoins un notable) se leva quand Glória radieuse, en plein salon d'honneur, lui demanda la permission de poser à côté d'elle sur une chaise ses fesses si convoitées. Entraînant Jerusa, la dame offensée alla s'asseoir plus loin. Glória sourit en retroussant les volants de sa jupe. Ce fut le père Basílio qui vint prendre place à ses côtés. A quoi la charité chrétienne ne l'obligeait-elle pas ! Les hommes qui la regardaient timidement sous le contrôle sévère de leurs épouses respectives enviaient « Josué le veinard » en esquissant des œillades furtives. Les plus grandes précautions et la plus extrême prudence n'avaient pu empêcher la ville entière d'être au courant de la folle passion du professeur de collège pour la maîtresse du colonel. Coriolano était vraiment le seul à ne pas l'avoir encore découverte.

Josué se leva, pâle et décharné. Il épongea une sueur imaginaire avec un mouchoir de soie (offert par Glória, qui l'avait d'ailleurs habillé à ses frais de la tête aux pieds depuis la brillantine parfumée jusqu'au cirage qui donnait de l'éclat aux chaussures), puis il modula de belles paroles, qualifiant le journaliste *carioca* de « talent fulgurant de la nouvelle génération, celle des anthropophages et des futuristes ». Il fit l'éloge de ce garçon, mais il s'en prit surtout à l'hypocrisie qui régnait dans la littérature antérieure et dans la société d'Ilhéus. Selon lui, la littérature avait pour mission de chanter les beautés de la vie, la joie de vivre, le beau corps de la femme, sans fausse pudeur. Il saisit l'occasion pour déclamer un poème inspiré par Glória et terriblement immoral. Glória, toute fière, applaudit. L'épouse d'Alfredo eut envie de se retirer, mais elle y renonça, car Josué termina sur ces entrefaites et elle désirait entendre le Docteur. Le Docteur ne fut compris par personne, mais il n'était pas immoral.

Ces choses-là finissaient par ne plus scandaliser. Ilhéus avait tellement changé ! Le Dr Maurício, candidat au poste d'Intendant et bien déterminé à restaurer l'austérité des mœurs, clamait dans ses discours que c'était le paradis des femmes de mauvaise vie, une cité dissolue où disparaissaient la frugalité, la simplicité, la décence du temps jadis. Comment trouver scandaleuse la présence de Glória à une conférence quand courait le bruit, bientôt confirmé, de la fugue de Malvina ? Etudiants et collégiens débarquaient de chaque bateau. Seule Malvina, élève interne au collège de La Merci, ne venait pas. On pensa d'abord que Melk Tavares avait décidé de la priver de vacances pour accroître son châtiment. Mais lorsque Melk, ayant fait un voyage impromptu à la capitale de l'État, revint tout seul comme il était parti, le visage sombre, vieilli de dix ans, on connut la vérité. Malvina s'était enfuie sans laisser de traces en profitant de la confusion du départ en vacances et du désordre qui régnaient alors dans le collège. Melk s'était adressé à la police. Elle n'était pas à Bahia. Sa disparition fut signalée à Rio. On ne la retrouva point. Tout le monde pensa qu'elle était allée vivre avec Rômulo Vieira, l'ingénieur du chenal. Aucune autre raison ne pouvait expliquer cette fugue sensationnelle, sujet de choix pour les vieilles filles. João Fulgêncio lui-même admit cette hypothèse. Il ne se réjouit que quand on apprit que l'ingénieur convoqué par la police de Rio avait prouvé ne rien savoir au sujet de Malvina et n'en avoir reçu aucune nouvelle depuis son retour d'Ilhéus. Il ne savait rien et ne voulait rien savoir. Alors ce fut un mystère total. Personne ne comprenait. On pronostiqua le retour prochain de la jeune fille repentante.

João Fulgêncio ne croyait pas qu'elle reviendrait implorer le pardon :

— Elle ne reviendra pas, j'en suis sûr. En voilà une qui ira loin. Elle sait ce qu'elle fait.

Plusieurs mois après, alors que la campagne cacaoyère de l'année suivante battait son plein, on apprit qu'elle travaillait dans un bureau à São Paulo, qu'elle étudiait pendant la nuit et qu'elle vivait seule. Sa mère ressuscita. Elle n'était plus jamais sortie de sa maison. Quant à Melk, il ne voulut rien entendre :

— Je n'ai plus de fille ! s'écriait-il.

Mais tout cela devait arriver plus tard. En cette fin d'année, le cas de Malvina était encore considéré comme une scandaleuse indécence, comme un mauvais exemple que l'on citait à l'appui des discours véhéments prononcés par le Dr Maurício qui anticipait sa campagne électorale. Les élections devaient avoir lieu au mois de mai, mais déjà l'avocat saisissait toutes les occasions pour répandre la bonne parole et exhorter la population d'Ilhéus à restaurer dans la ville la décence perdue. Toutefois peu de gens semblaient disposés à le suivre. Les mœurs nouvelles s'insinuaient partout, jusque dans les sanctuaires domestiques, particulièrement en cette fin d'année par suite de la venue des étudiants. Ceux-ci se déclaraient tous partisans du Capitaine. Ils lui offrirent même un dîner au bar de Nacib. « Le futur Intendant qui affranchira Ilhéus du retard, de l'ignorance et de la routine ancestrale, le candidat à la hauteur du progrès qui illuminera de l'éclat de la culture la capitale du cacao », tels furent les termes employés pour le saluer par l'étudiant de troisième année de droit Estêvão Ribeiro, fils du colonel Coriolano, dont le père était pourtant l'un des fidèles de Ramiro. Le fils d'Amâncio Leal allait encore plus loin. Il tenait tête à son père dans des discussions interminables.

— Il n'y a rien à faire, père, il faut que vous le compreniez. Mon parrain Ramiro, c'est le passé. Mundinho Falcão, le futur. (Il faisait des études à São Paulo pour devenir ingénieur et ne parlait que de routes, de machines et de progrès.) Vous avez vos raisons de rester à ses côtés. Raisons sentimentales, affectives, que je respecte. Moi je ne peux pas vous suivre. Il faut aussi que vous me compreniez. (Il fréquentait les ingénieurs et les techniciens du chenal. Il revêtit un scaphandre pour descendre au fond de la passe.)

Amâncio l'écoutait, lui opposait des arguments et finissait par se laisser vaincre. Il était fier de ce fils, élève brillant qui obtenait des notes élevées aux examens.

— Tu as peut-être raison, qui sait ? Les temps ont changé. Mais moi, j'ai fait mes débuts aux côtés de mon compère Ramiro. Tu n'étais même pas né. Ensemble, nous avons couru des dangers. Moi, j'étais encore un jeune homme et lui déjà un monsieur important. Ensemble, nous avons fait couler le sang. Ensemble, nous nous sommes enrichis. Je ne le lâcherai pas à présent qu'il se meurt, miné par les contrariétés.

— Vous avez raison et moi aussi. J'aime bien mon parrain, mais si je votais, je ne voterais pas pour ses hommes.

Amâncio connaissait des moments heureux quand, le matin de bonne heure, comme il s'apprêtait à partir pour le marché au poisson, il rencontrait son fils Berto revenant de ses frasques nocturnes. Ils restaient à bavarder un instant. Ce fils aîné, par son application aux études, lui procurait une grande satisfaction. Alors il le mettait en garde, lui donnait des conseils :

— Tu fréquentes la femme de Florêncio — un colonel âgé qui avait épousé à Bahia une fougueuse fille de Syriens encore toute jeune, aux immenses yeux langoureux —, tu t'introduis dans sa maison la nuit, par la porte de derrière. Avec toutes les femmes que l'on trouve à Ilhéus dans les cabarets ! Elles ne te suffisent pas ? Pourquoi vas-tu chercher une femme mariée ? Florêncio n'est pas de nature à se laisser cocufier. S'il vient à le savoir... Je n'ai pas envie de te faire escorter par des *jagunços*. Il faut que cela finisse, Berto. Tu me causes des inquiétudes. (Mais en son for intérieur, il en riait. Quel sacripant, ce fils ! Le voilà qui faisait porter des cornes au pauvre Florêncio !)

— Ce n'est pas de ma faute, père ! Elle m'aguichait un peu trop. Je ne suis pas de pierre ! Mais soyez tranquille. Elle va partir à Bahia pour passer les fêtes. Et puis, père, quand va-t-on en finir à Ilhéus avec la coutume de tuer les femmes qui trompent leur mari ? A-t-on jamais vu un pays pareil ! Impossible de s'échapper d'une maison à quatre heures du matin sans voir s'ouvrir aussitôt toutes les fenêtres de la rue pour vous épier !

Amâncio Leal fixait son fils de son œil unique, plein de tendresse :

— Oppositionniste à la noix...

Tous les jours, invariablement, il allait voir Ramiro. Le vieux dirigeait la campagne électorale en s'appuyant sur lui, sur Melk, sur Coriolano et sur quelques autres. Alfredo profitait des vacances parlementaires pour parcourir l'arrière-pays et visiter les électeurs. Tonico n'était bon à rien, il ne pensait qu'aux femmes. Amâncio écoutait parler Ramiro, il lui donnait des nouvelles encourageantes, au besoin il lui mentait. Il savait que les élections étaient perdues, que pour se maintenir, Ramiro devrait compter sur le gouvernement qui éliminerait ses adversaires en refusant de valider leurs mandats. Mais le vieux ne voulait pas entendre parler de cela. Convaincu que son prestige était inébranlable, il déclarait que la population était pour lui. Il citait comme preuve la démarche de la femme de Nacib qui n'avait pas hésité à affronter la ville en pleine nuit pour sauver l'honneur de Melk et de lui-même en leur évitant d'être publiquement impliqués dans l'affaire de l'attentat contre Aristóteles. En effet cela n'aurait pas manqué de se produire si les *jagunços* s'étaient emparés du Noir, surtout avec le vilain tour joué par la Cour de justice qui avait désigné un procureur chargé de s'occuper spécialement de l'instruction.

— Moi je pense, compère, que le nègre serait mort sans parler. C'est un nègre régulier. Dommage qu'il ait raté son tir.

Aristóteles, maintenant rétabli et plus influent que jamais, affirmait qu'Itabuna unanime voterait pour Mundinho Falcão. A l'hôpital, il avait pris de l'embonpoint. Dès sa sortie, il s'était rendu à Bahia où il avait accordé des entrevues aux journaux. Le gouverneur n'avait pu empêcher la Cour de se saisir de l'affaire. Mundinho avait fait intervenir pas mal de gens à Rio où l'attentat avait eu des répercussions. Un député de l'opposition avait prononcé devant la chambre fédérale un discours où il parlait du retour du banditisme dans la zone du cacao. Beaucoup de bruit pour rien, car le procès serait difficile. On ne connaissait pas le meurtrier. On disait que c'était un homme de main nommé Fagundes qui travaillait à forfait avec un certain Clemente dans les *fazendas* de Melk Tavares pour l'abattage de la forêt. Mais comment en faire la preuve ? Comment faire la preuve de la participation de Ramiro, d'Amâncio et de Melk ? Le procès finirait par être classé, malgré le procureur spécial et tout le reste.

— De fieffés coquins... disait Ramiro en parlant des hauts magistrats.

N'avaient-ils pas voulu relever de ses fonctions le commissaire ? Il avait fallu envoyer Alfredo à Bahia pour exiger son maintien. Ce n'était pas que le commissaire en valût la peine. Sans énergie, mollasson, il avait les jetons devant les *jagunços*. Il s'était même incliné devant le secrétaire de l'Intendance d'Itabuna, un adolescent. Mais, si on avait déplacé le lieutenant, c'est lui, Ramiro Bastos, qui aurait été discrédité.

Il bavardait avec Amâncio, avec Tonico, avec Melk. C'était le seul moment où il s'animait, où il vivait véritablement, car maintenant il passait une partie de ses journées couché sur son lit. Il ne lui restait plus que les os, la peau et les yeux dont l'éclat se ravivait quand il parlait de politique. Le Dr Demosthenes venait aussi lui rendre visite tous les jours. De temps en temps il auscultait son cœur et lui prenait le pouls.

Pourtant, malgré l'interdiction du médecin, il sortit une fois le soir pour se rendre à l'inauguration de la crèche des sœurs Dos Reis. Il ne pouvait pas manquer cette cérémonie à laquelle personne, dans la ville, ne se serait dispensé d'assister. La maison était pleine, bondée.

Gabriela avait aidé Quinquina et Florzinha à terminer les préparatifs. Elle avait découpé des personnages qu'elle avait ensuite collés sur du carton et avait confectionné des fleurs. Comme elle avait trouvé chez l'oncle de Nacib des revues de Syrie, on remarqua dans la crèche démocratique quelques mahométans, pachas ou sultans orientaux, pour la plus grande joie de João Fulgêncio, de Nhô-Galo et du cordonnier Felipe. Joaquim avait fait des hydravions en bristol qu'on avait suspendus au-dessus de l'étable. C'était la nouveauté de l'année. Les sœurs Dos Reis se montrèrent soucieuses de sauvegarder leur neutralité (leur crèche, le bar de Nacib et l'Association commerciale étaient à Ilhéus les seules institutions à se maintenir en dehors de la bataille électorale). Quinquina pria donc le Docteur de prendre la parole tandis que Florzinha demanda au Dr Maurício de faire un discours.

L'un et l'autre couvrirent de fleurs les têtes argentées des vieilles filles. Le Capitaine leur glissa dans l'oreille, en sollicitant leurs suffrages, la promesse d'une aide officielle s'il était élu. Pour admirer cette crèche grandiose, les gens étaient venus de loin : d'Itabuna, de Pirangi, d'Água Preta et même d'Itapira. Des familles entières. D'Itapira étaient venues doña Vera et doña Angela qui battaient des mains, extasiées :

— Quelle merveille !

Mais la réputation de la crèche traditionnelle n'avait pas été la seule à parvenir jusqu'à ce bourg éloigné. La réputation des talents culinaires de Gabriela s'y était répandue aussi. Dans le salon bondé de monde, doña Vera n'eut pas de cesse qu'elle ne parvînt à entraîner Gabriela dans un coin pour lui demander des recettes de sauces et des précisions sur certains plats. D'Água Preta étaient venus la sœur et le beau-frère de Nacib. Gabriela l'avait su par doña Arminda, car ils n'étaient pas allés chez leur parent. Pendant la fête de l'inauguration de la crèche, la sœur de Nacib toisa avec impertinence sa modeste belle-sœur assise gauchement sur une chaise. Gabriela lui adressa un timide sourire. Alors, la Saad de Castro, bouffie d'orgueil, lui tourna le dos. Gabriela devint toute triste, mais pas à cause du mépris de la femme de l'agronome, dont elle fut d'ailleurs bientôt vengée par doña Vera. A l'autre qui l'assiégeait et l'adulait avec des sourires et des salamalecs, doña Vera, après avoir présenté doña Angela, déclara :

— Votre belle-sœur est charmante, fort jolie et bien éduquée... Votre frère a eu de la chance. Il a fait un bon mariage.

Elle fut encore plus vengée par le vieux Ramiro. Celui-ci fit son entrée dans la salle d'un pas vacillant. Les gens s'écartèrent pour le laisser passer et lui firent une place devant la crèche. Il dit quelques mots aux sœurs Dos Reis et félicita Joaquim. Les mains se tendaient pour le saluer, mais il aperçut Gabriela. Alors, négligeant tout le monde, il s'avança vers elle et lui serra la main avec une grande cordialité :

— Comment allez-vous, doña Gabriela ? Il y a longtemps que je ne vous ai vue. Pourquoi ne venez-vous pas ? Je veux que vous veniez un de ces jours déjeuner à la maison avec Nacib. Jerusa, qui accompagnait son grand-père, lui sourit et bavarda avec elle. La sœur de Nacib tremblait de rage, rongée par le dépit.

Enfin elle fut vengée aussi par Nacib, lorsqu'il vint la chercher. Monsieur Nacib était bon. Il fit cela exprès. Quand ils s'en allèrent en se donnant le bras, ils passèrent tout à côté de la sœur et du beau-frère. A cet instant précis, Nacib dit tout haut pour qu'ils l'entendissent :

— Bié, tu es la plus jolie de toutes, ma petite femme !

Gabriela baissa les yeux. Elle était triste. Non pas à cause du mépris de sa belle-sœur, mais parce que, celle-ci se trouvant à Ilhéus, jamais Nacib ne l'autoriserait à prendre part au cortège des Rois Mages, vêtue en pastourelle et portant la bannière.

Pour lui parler de cela, elle avait attendu les approches de la fin de l'année. Elle allait aux répétitions. Ah ! comme c'était agréable ! Elle chantait, elle dansait. Les répétitions étaient dirigées par ce garçon qui sentait la mer et qu'elle avait rencontré au « Bate-Fundo », la nuit de la chasse à Fagundes. Après avoir été marin, il travaillait maintenant comme docker à Ilhéus. Il s'appelait Nilo. C'était un garçon plein d'entrain, un excellent directeur de troupe. Il lui enseignait des pas de danse et lui montrait comment tenir la bannière. Parfois on dansait après les répétitions et le samedi, les danses duraient jusqu'au petit jour. Mais Gabriela revenait tôt à la maison, soucieuse de rentrer avant Nacib... Elle avait attendu l'approche des fêtes pour lui en parler et on était déjà à la veille. De cette façon, s'il refusait, elle aurait au moins profité des répétitions. Dora s'inquiétait :

— Lui en avez-vous déjà parlé, doña Gabriela ? Voulez-vous que je lui en parle moi-même ?

Maintenant tout espoir avait disparu. C'était impossible. Sa sœur, si dédaigneuse et si arrogante, se trouvant à Ilhéus, jamais Nacib ne lui permettrait de prendre part au cortège à travers les rues et de porter la bannière de l'Enfant Jésus. Et il avait raison... c'était bien là le pire ! Sa sœur étant à Ilhéus, cela était impossible ! Il avait raison. Lui faire un tel affront et une telle peine, elle ne pouvait pas...

LA PASTOURELLE GABRIELA
OU
MADAME SAAD AU RÉVEILLON

« Que vont dire ma sœur et mon stupide beau-frère ? » Non, Gabriela. Comment Nacib pourrait-il y consentir ? Jamais de la vie ! Et à cause de sa sœur, il avait raison.

Que diraient les gens d'Ilhéus, tes amis du bar, les dames de la bonne société, le colonel Ramiro qui t'a témoigné tant d'estime ? Impossible, Gabriela, impossible de penser à une chose pareille. On n'aurait jamais vu rien d'aussi insensé. Bié, il faut bien te convaincre que tu n'es plus une pauvre servante sans famille, sans nom, sans date de naissance, sans position sociale. Comment imaginer madame Saad en tête du cortège, coiffée d'une couronne de carton doré, se trémoussant au rythme d'une danse rapide, vêtue de satin bleu et rouge, et brandissant une bannière ? La pastourelle Gabriela entourée de vingt-deux compagnes portant des lanternes, la première de toutes et la plus remarquée ? C'est impossible, Bié ! Quelle idée insensée !...

Personnellement, il aimerait bien voir ce spectacle, l'applaudir de son bar, il leur ferait servir des tournées de bière. Quoi de plus naturel ? Que c'était joli, qui songerait à le nier ? Mais avait-elle déjà vu une dame, une épouse distinguée, danser dans le cortège des Rois ? Inutile d'invoquer l'exemple de Dora. C'est pour des choses de ce genre que son mari l'avait quittée et l'avait laissée avec sa machine à coudre, obligée désormais de faire des travaux pour les autres. Et en plus de cela quand sa sœur bouffie d'orgueil se trouvait à Ilhéus, avec ce beau-frère tout gonflé de vent à cause de sa bague de docteur. Impossible Gabriela, inutile d'en parler !

Gabriela baissa la tête pour l'approuver. Il avait raison. Elle ne pouvait pas l'offenser en présence de sa sœur. Elle ne pouvait pas lui faire de la peine sous les yeux de son beau-frère le docteur. Il la prit et la fit asseoir sur ses genoux :

— Ne sois pas triste, Bié ! Ris pour moi !

Elle rit, mais intérieurement elle pleurait. Elle pleura cet après-midi-là sur sa robe de satin — si belle, avec ses jolies couleurs bleu et rouge ! —, sur sa couronne dorée surmontée d'une étoile. Sur la bannière aux couleurs de la troupe, avec, en son milieu, l'Enfant Jésus et son agneau. Le cadeau qu'il lui apporta le soir en rentrant — une écharpe chère, brodée, avec des franges — ne la consola point.

— Tu la mettras pour le bal du jour de l'An, lui dit-il, pour le fameux « réveillon ». Je veux que tu sois la plus jolie femme de la fête, Bié !

A Ilhéus, on ne parlait pas d'autre chose que de ce « réveillon » du Club Progrès, organisé par la jeunesse estudiantine. Les couturières ne pouvaient satisfaire toutes les commandes. On faisait venir des robes de Bahia. Chez les tailleurs on essayait des complets en toile blanche H.J. Toutes les tables étaient retenues d'avance. Le Mister lui-même serait là, accompagné de son épouse, qui comme chaque année, était venue passer la Noël avec son mari. Renonçant aux traditionnelles sauteries privées, la société d'Ilhéus allait se réunir dans les salons du Club Progrès pour ce bal sans précédent.

Au cours de la même nuit défilerait le cortège des Rois avec ses lanternes, ses chansons et sa bannière. Gabriela serait en robe de soie et mantille de dentelle, elle aurait les pieds serrés dans des souliers. Au bal, elle resterait assise, les yeux baissés, silencieuse, sans savoir comment se tenir. Qui porterait la bannière ? Dora en était toute désappointée. Nilo, le garçon qui sentait la mer, n'avait pas caché sa déception. Seule Miquelina s'était montrée joyeuse en songeant que peut-être on lui confierait la bannière.

Elle n'oublia un peu tout cela et ne cessa de pleurer que lorsque le Parc d'attractions s'installa sur le terrain vague d'Unhão. Le Parc chinois, avec grande roue, chevaux de bois, toboggan et miroirs magiques, paré de chromes éclatants et ruisselants de lumière. Il suscitait tant de commentaires que le négrillon Tuísca, qui s'était tenu éloigné d'elle les derniers temps, ne put se contenir et vint la voir pour lui en parler.

Nacib lui dit :

— La veille de la Noël je ne resterai pas au bar, je ne ferai qu'y passer. L'après-midi nous irons au Parc et le soir à la Kermesse.

Cela du moins en valait la peine. Avec Nacib elle parcourut les attractions. Elle monta deux fois sur la grande roue. Elle aima beaucoup le toboggan qui lui donnait des frissons au-dessous du nombril. Elle sortit tout étourdie du labyrinthe des miroirs magiques. Le négrillon Tuísca chaussé de bottines et arborant lui aussi un costume neuf y avait ses entrées gratis pour avoir aidé à coller les affiches dans les rues de la ville.

Le soir ils allèrent à la kermesse installée devant l'église de Saint-Sébastien. Tonico s'y promenait en compagnie de doña Olga. Nacib laissa Gabriela avec eux et fit un saut jusqu'au bar pour voir comment marchaient les affaires. Il y avait des stands tenus par des collégiennes où étaient vendus des cadeaux que des garçons achetaient. Dans une vente aux enchères de vêtements, organisée au profit de l'église, Ari Santos suant à grosses gouttes faisait le commissaire-priseur. Il annonçait :

— Une assiette de friandises offerte par la gracieuse demoiselle Iracema. Des friandises qu'elle a faites de ses propres mains. Combien en donnez-vous ?

— Cinq mille réaux, offrait un étudiant en médecine.

— Huit mille, renchérissait un employé de commerce.

— Dix mille, lançait un étudiant en droit.

Iracema avait beaucoup de soupirants. Le portail de sa maison, où ils lui faisaient la cour, était aussi disputé que son assiette de friandises et pour les mêmes raisons. Quand la vente aux enchères commença, des gens vinrent du bar pour y assister et y participer. Les familles remplissaient la place, des amoureux se faisaient des signes, des fiancés souriaient en se donnant le bras.

— Un service à thé offert par la jeune Jerusa Bastos. Six tasses, six soucoupes, six assiettes à dessert et d'autres pièces... Combien en donne-t-on ?

Ari Santos montrait une petite tasse.

Les jeunes filles s'épiaient mutuellement dans ce concours pour la plus haute enchère. Chacune désirait que son offrande à saint Sébastien atteignît le prix le plus élevé. Amoureux et fiancés dépensaient de l'argent et faisaient monter les prix pour les voir sourire. Parfois deux colonels se portaient acquéreurs du même objet. La compétition s'animait et les offres montaient pour atteindre cent à deux cent mille réaux. Ce soir-là, en se mesurant avec Ribeirinho, Amâncio Leal avait donné cinq cent mille réaux pour six serviettes de table. C'était là un vrai gaspillage, de l'argent jeté par les fenêtres, mais il circulait avec une telle abondance dans les rues d'Ilhéus ! Les jeunes filles à marier encourageaient du regard amoureux et prétendants. Elles ne les quittaient pas des yeux pour épier leurs réactions quand le commissaire-priseur annoncerait leur offrande. Celle d'Iracema battit un record : l'assiette de friandises fut adjugée pour quatre-vingt mille réaux, sur une enchère d'Epaminondas, le plus jeune des associés du magasin de tissus « Soares Frères ». Pauvre Jerusa, qui n'avait pas d'amoureux ! Elle était trop fière et ne fréquentait pas les jeunes gens d'Ilhéus. On murmurait qu'elle avait un soupirant à Bahia, un étudiant de cinquième année de médecine. Si quelqu'un de sa famille — son oncle Tonico et doña Olga, ou bien un ami de son grand-père — ne faisait pas monter les enchères, son service à thé ne donnerait rien. Iracema souriait, victorieuse.

— Combien donne-t-on pour le service à thé ?

— Dix mille réaux, proposa Tonico.

Gabriela, que Nacib était venu rejoindre, en proposa quinze mille. Le colonel Amâncio, susceptible de faire monter les enchères, avait disparu. Il s'en était allé au cabaret. Ari Santos suait sur l'estrade en criant :

— Quinze mille réaux... Qui dit plus ?

— Un million de réaux !

— Combien a-t-on dit ? Qui a parlé ? On est prié de ne pas plaisanter.

— Un million de réaux ! répéta Mundinho Falcão.

— Ah ! monsieur Mundinho !... Bien sûr. Mademoiselle Jerusa, voulez-vous avoir la bonté de remettre votre offrande à ce monsieur ? Un million de réaux, messieurs, un million de réaux ! Saint Sébastien en sera éternellement reconnaissant à monsieur Mundinho. Comme vous le savez, cet argent est destiné à la construction de la future église ici même, une église énorme qui remplacera l'actuelle. Monsieur Mundinho, c'est à moi qu'il faut remettre l'argent... Merci beaucoup.

Jerusa alla chercher le carton contenant les tasses et le remit à l'exportateur. Les autres jeunes filles, vaincues, commentaient cette folie. Que signifiait-elle ? Ce Mundinho pourri d'argent, cet élégant jeune homme de Rio, s'était engagé dans une lutte à mort contre la famille Bastos. Une lutte avec journaux incendiés, violences contre des personnes, tentatives de meurtre. Il affrontait le vieux Ramiro, lui disputait les charges publiques, et l'exposait à des attaques cardiaques. En même temps, il donnait un million de réaux, deux billets de cinq cent mille flambant neufs pour une demi-douzaine de tasses de faïence à bon marché offertes par la petite-fille de son ennemi politique. Il fallait être vraiment cinglé. Comment expliquer autrement un tel geste ? Toutes les jeunes filles, d'Iracema à Diva, soupiraient après lui. Riche, célibataire, élégant, il effectuait de fréquents déplacements à Bahia et possédait une maison à Rio... Elles connaissaient ses aventures avec des poules de luxe, Anabela ou autres, qu'il faisait venir de Bahia, du Sud. Parfois elles les voyaient passer élégantes et dévergondées, sur l'avenue de la plage. Mais jamais il n'avait eu de flirt avec une jeune fille « sérieuse ». Avec aucune d'entre elles : c'est à peine s'il les regardait. Et pas davantage avec Jerusa. Ce Mundinho Falcão, si riche, si élégant !

— Cela ne valait pas une telle somme, lui dit Jerusa.

— Je suis un pauvre pécheur et ainsi, grâce à vous, je me réconcilierai avec les saints. Je gagnerai une place au Paradis.

Elle sourit et, ne pouvant se contenir, elle lui demanda :

— Irez-vous au Réveillon ?

— Je ne sais pas encore. J'ai promis d'aller passer le jour de l'An à Itabuna. Il paraît qu'on s'y amusera beaucoup.

— Mais ici aussi.

— Je vous souhaite la même chose, si nous ne devons pas nous Nouvelle Année heureuse.

— Je vous souhaite la même chose, si nous ne devons pas nous rencontrer d'ici là.

Tonico Bastos épiait la conversation. Il ne comprenait rien à ce type-là. Il rêvait encore d'un accord de dernière heure qui sauvegarderait le prestige des Bastos. Il salua Mundinho avec un sourire. L'exportateur lui répondit et se retira pour rentrer chez lui.

La veille du jour de l'An, Mundinho se rendit à Itabuna. Il déjeuna avec Aristóteles et assista à l'inauguration de la foire au bétail, initiative importante pour le développement de la ville puisqu'elle drainait vers le municipe le commerce des bovins de toute la région. Il prononça un discours, fut applaudi, sauta dans sa voiture et revint à

Ilhéus. Non pas parce qu'il pensait à Jerusa, mais parce qu'il voulait passer la nuit du jour de l'An avec ses amis au Club Progrès. Cela en valut la peine : la fête fut splendide. Les gens disaient qu'on ne pouvait voir qu'à Rio un bal comme celui-là.

Le luxe s'étalait en crêpes de Chine, taffetas, velours et bijoux qui dissimulaient l'absence d'une certaine distinction ou l'allure campagnarde de quelques-unes de ces dames, de la même façon que les liasses de billets de cinq cent mille réaux dans les poches des colonels voulaient faire oublier leurs manières gauches ou leur parler rustique. Mais les rois de la fête étaient les jeunes. Quelques garçons portaient le smoking malgré la chaleur. Les filles riaient dans les salons, en agitant leurs éventails, flirtaient, prenaient des rafraîchissements. Le champagne, les boissons les plus chères coulaient. Les salons étaient décorés avec fantaisie d'appliques et de fleurs artificielles. João Fulgêncio, qui n'appréciait pas les bals, était pourtant venu, ainsi que le Docteur, à cette fête si somptueuse et dont on parlait tant.

Jerusa sourit quand elle aperçut Mundinho Falcão en train de converser avec l'Arabe Nacib et la sympathique Gabriela qui avait de la peine à se tenir debout. Un maudit soulier lui comprimait la pointe d'un orteil. Ses pieds n'étaient pas faits pour porter des chaussures. Mais elle était si jolie que même les dames les plus prétentieuses — y compris l'épouse du Dr Demosthenes, vilaine et guindée — ne pouvaient pas nier que cette mulâtresse était la plus belle femme de la fête.

— Elle sort du bas peuple, mais elle est jolie, avouaient-elles.

Une fille du peuple perdue parmi ces rumeurs de conversations qu'elle ne comprenait pas, ce luxe qui ne l'attirait pas, ces jalousies, ces vanités et ces commérages qui ne l'intéressaient point. Bientôt le cortège des Rois avec ses joyeuses pastourelles et sa bannière brodée allait parcourir les rues en s'arrêtant devant les maisons et devant les bars, pour chanter, danser, et demander la permission d'entrer. Les portes s'ouvriraient, et dans les salons on danserait, on chanterait ou boirait des liqueurs, on mangerait des friandises. La nuit du jour de l'An de cette année-là et pendant les deux nuits de la fête des Rois, plus de dix cortèges de Rois ou groupes de *Bumba-meu-boi* sortirent des quartiers d'Unhão, de Conquista, de l'Ilha das Cobras, de Pontal, sur l'autre rive du fleuve, pour danser dans les rues d'Ilhéus.

Gabriela dansa avec Nacib, avec Tonico, avec Ari, avec le Capitaine. Elle virevoltait avec grâce, mais elle n'aimait pas danser ces danses-là, où elle tournait dans les bras d'un cavalier. Pour elle, la danse c'était autre chose, un coco endiablé, une ronde de samba, une machiche rapide, ou bien une polka jouée par un accordéon. Elle n'aimait ni le tango argentin, ni la valse, ni le fox-trot, surtout avec ce soulier qui la blessait à l'orteil.

La fête était joyeuse. Seul Josué ruminait sa morosité, appuyé à la fenêtre, regardant au-dehors, un verre à la main. Dans l'attroupement de badauds qui occupait le trottoir et la rue, Glória l'observait. A côté d'elle, comme par hasard, Coriolano fatigué voulait aller se coucher. Son bal à lui, disait-il, avait lieu dans le lit de Glória. Mais Glória s'attardait et faisait la sourde oreille, tout occupée à observer à la fenêtre le visage émacié de Josué. Les bouchons des bouteilles de champagne sautaient au-dessus des tables. Mundinho Falcão, que les jeunes filles se disputaient, dansait avec Jerusa, avec Diva, avec Iracema, et invita même Gabriela.

Nacib se mêlait aux groupes d'hommes et à leurs conversations. Il n'aimait pas danser. Deux ou trois fois au cours de la soirée, il entraîna Gabriela autour de la piste, puis il la laissa à une table en compagnie de l'excellente épouse de João Fulgêncio. Par-dessous la nappe, Gabriela arrachait son soulier et passait la main sur son pied endolori. Elle faisait des efforts pour ne pas bâiller. Des dames arrivaient, prenaient place à la table, se mettaient à bavarder et à rire gaiement avec la femme de João Fulgêncio. Par une extrême condescendance, elles lui disaient bonsoir et lui demandaient comment elle allait. Elle restait silencieuse, les yeux baissés. Tonico, comme un prêtre accomplissant un rite difficile, faisait tourner doña Olga dans le tango argentin. Garçons et filles riaient, folâtraient et surtout dansaient dans une arrière-salle dont ils avaient interdit l'accès aux plus âgés. La sœur de Nacib et son mari dansaient eux aussi, raides comme des manches à balai. Ils faisaient semblant de ne pas la voir.

Vers les onze heures, alors que la foule des badauds était réduite à quelques personnes — Glória s'était retirée depuis longtemps, suivie par le colonel Coriolano —, on entendit, venant de la rue, une musique de *cavaquinhos* et de guitares, de flûtes et de tambourins, et des voix qui chantaient les couplets traditionnels de la fête des Rois. Gabriela releva la tête. Elle ne pouvait pas se tromper. C'était la troupe de Dora.

Le cortège s'arrêta devant le Club Progrès, l'orchestre du bal se tut, tout le monde se précipita vers les portes et les fenêtres. Gabriela enfila son soulier. Elle fut l'une des premières à arriver sur le trottoir.

Nacib la rejoignit. Sa sœur et son beau-frère se trouvaient tout près d'eux et feignaient de pas les voir.

Les pastourelles tenaient des lanternes, Miquelina la bannière. Nilo, l'ancien matelot, un sifflet à la bouche, dirigeait les chants et les danses. Au même instant, venant de la place Seabra, s'avancèrent le bœuf, le vacher, le croquemitaine et le *bumba-meu-boi* en dansant dans la rue. Les pastourelles chantaient :

Je suis une jolie bergère,
Je viens adorer Jésus
Dans l'étable de Bethléem
Et saluer les Rois Mages.

Là, ils ne demandaient pas la permission d'entrer, ils n'osaient pas troubler la fête des riches. Mais Plínio Araçá, à la tête d'une troupe de serveurs, avait apporté des bouteilles de bière et les leur distribuait. Le « bœuf » s'arrêta une minute pour boire, le « croquemitaine » l'imita.

Ils se remirent à chanter et à danser. Au milieu du groupe, Miquelina brandissait la bannière en roulant ses hanches maigres, tandis que Nilo donnait des coups de sifflet. La rue s'était remplie de personnes venues du bal. Garçons et filles riaient, applaudissaient :

Je suis une jolie bergère
D'argent, d'or et de lumière.
Avec ma chanson j'endors
L'Enfant Jésus.

Gabriela ne voyait rien d'autre que le cortège des Rois, les pastourelles avec leurs lanternes, Nilo avec son sifflet, Miquelina avec sa bannière. Elle ne voyait pas Nacib, ni Tonico, ni personne, ni même sa belle-sœur au nez arrogant. Nilo siffla, les pastourelles s'alignèrent, le *bumba-meu-boi* avait déjà pris les devants. Un autre coup de sifflet et les pastourelles se mirent à danser tandis que Miquelina faisait tournoyer la bannière dans la nuit.

Les pastourelles s'en vont
Chanter dans un autre lieu...

Elles allaient chanter ailleurs, danser à travers les rues. Gabriela ôta ses souliers, courut jusqu'à la tête du cortège et arracha la bannière des mains de Miquelina. Son corps se trémoussa, ses hanches se disloquèrent, ses pieds libérés créèrent la danse. Le cortège la suivit. Sa belle-sœur poussa un « Oh ! ».

Jerusa regarda et vit Nacib au bord des larmes, le visage frappé de stupeur, de honte et de tristesse. Alors elle aussi s'élança, prit une lanterne à une pastourelle et se mit à danser. Un garçon s'avança, puis un autre, Iracema prit la lanterne de Dora. Mundinho Falcão ôta le sifflet de la bouche de Nilo. Le Mister et sa femme entrèrent dans la danse. L'épouse de João Fulgêncio, joyeuse mère de six enfants, la bonté personnifiée, se joignit elle aussi au cortège. D'autres dames l'imitèrent, ainsi que le Capitaine et Josué. Toutes les personnes du bal folâtraient maintenant dans la rue. A la queue du cortège, la sœur de Nacib et son mari docteur. A la tête, Gabriela, la bannière au poing.

DE LA NOBLE OFENISIA A LA PLÉBÉIENNE GABRIELA AVEC DIVERS ÉVÉNEMENTS ET FILOUTERIES

En ce début d'année, réalisations et initiatives se succédèrent. Ilhéus connut des innovations et des scandales. Les étudiants considérèrent qu'ils se devaient de transformer la simple inauguration de la bibliothèque de l'Association commerciale en une fête qui ferait date.

— Ce qu'ils veulent, ces enfants, c'est danser..., maugréa le président Ataulfo.

Cependant, le Capitaine qui avait organisé la bibliothèque avec l'aide inestimable de João Fulgêncio, pensa que l'idée des étudiants lui fournirait un excellent prétexte pour faire la propagande de sa candidature au poste d'Intendant. D'ailleurs, il avait raison de soutenir dans ses discussions avec Ataulfo que les jeunes gens ne voulaient pas seulement s'amuser. Cette bibliothèque était la première d'Ilhéus (celle du Cercle Rui Barbosa se réduisait à un petit rayon de livres, presque uniquement de poésie) et avait une signification particulière, comme du reste le souligna le jeune Sílvio Ribeiro, fils de Ribeirinho, étudiant de deuxième année de médecine, dans son discours farfelu. Ce fut une fête d'un genre jusque-là inconnu à Ilhéus. Les étudiants organisèrent une soirée littéraire à laquelle plusieurs d'entre eux participèrent aux côtés de personnalités comme le Docteur, Ari Santos et Josué. Le capitaine et le Dr Maurício prirent également la parole, le premier en tant que bibliothécaire de l'Association, le deuxième comme orateur officiel, et tous les deux parce qu'ils étaient candidats au poste d'Intendant. La plus grande nouveauté fut la déclamation de poèmes en public par des jeunes filles du collège des bonnes sœurs et de la haute société d'Ilhéus. Certaines timides et embarrassées, d'autres parfaitement à l'aise et sûres d'elles-mêmes. Diva, qui possédait un filet de voix clair et agréable, chanta une romance. Jerusa joua du Chopin sur le piano. Dans la salle retentirent des vers de Bilac, de Raimundo Correia, de Castro Alves, ainsi que du poète Teodoro de Castro, où celui-ci chantait Ofenísia. Et aussi des poèmes d'Ari et de Josué récités par les auteurs. Aux yeux de l'inspecteur du collège qui avait prolongé son séjour pour visiter Itabuna, les villages et les *fazendas* afin de recueillir de la matière monnayable pour son journal de Rio, cela n'était qu'une caricature dérisoire. Mais les gens d'Ilhéus trouvèrent la fête attrayante.

— C'est très beau ! commenta Quinquina.

— C'est très agréable, ajouta Florzinha.

Ensuite bien sûr on se mit à danser. Pour diriger la bibliothèque, l'Association avait fait venir de Belmonte le poète Sosígenes Costa qui devait exercer une influence non négligeable sur le développement de la vie culturelle à Ilhéus. Et, à propos de culture et de livres, après avoir évoqué les poèmes dédiés par Teodoro à Ofenísia, on ne saurait passer sous silence la publication en un petit volume composé et imprimé à Ilhéus même, dans la typographie de João Fulgêncio, par maître Joaquim, de quelques chapitres du mémorable livre du Docteur : *L'Histoire de la famille Ávila et de la ville d'Ilhéus*. Mais pas sous ce titre : en effet, comme il ne contenait que les chapitres concernant Ofenísia et ses rapports controversés avec l'empereur Pedro II, le Docteur l'intitula modestement : *Une passion historique*, avec, comme sous-titre, entre parenthèses : (« Echos d'une vieille polémique. ») Quatre-vingts pages en corps sept, remplies d'érudition et d'hypothèses, dans une prose difficile, archaïsante, de l'époque de Camoëns. L'histoire romantique y était contée dans tous ses détails, avec des citations d'auteurs en abondance et des vers de Teodoro. Cette brochure auréola de gloire la tête vénérable de l'illustre enfant d'Ilhéus. Il est vrai qu'un critique de Bahia, vraisemblablement jaloux, jugea ce maigre volume illisible, d' « une bêtise passant toutes les bornes du tolérable ». Mais cet individu était un mauvais coucheur, un rat de salle de rédaction affamé, auteur d'épigrammes mordantes contre les plus hautes gloires bahianaises. En compensation, de Mundo Novo où il s'employait à construire une quatrième famille, l'éminent poète Argileu Palmeira écrivit pour un autre journal de Bahia six pages élogieuses où il chanta la passion d'Ofenísia, « l'annonciatrice de l'idée de l'amour libre au Brésil ». Dans une conversation à la Papeterie avec João Fulgêncio, Nhô-Galo fit une autre observation curieuse, bien qu'elle ne fût pas précisément d'ordre littéraire :

— João, avez-vous remarqué que le physique de notre aïeule Ofenísia a quelque peu changé dans la brochure du Docteur ? Autrefois, je m'en souviens très bien, c'était une maigrichonne aussi étique qu'un morceau de viande séchée. Dans ce petit livre elle s'est remplumée. Lisez-donc la page quatorze. Savez-vous à qui son portrait actuel fait penser ? A Gabriela...

João Fulgêncio se mit à rire, de son rire intelligent et sans méchanceté :

— Qui n'est pas épris d'elle à Ilhéus ? Si elle était candidate au poste d'Intendant, elle battrait le Capitaine et Maurício réunis. Tout le monde voterait pour elle.

— Pas les femmes...

— Les femmes n'ont pas le droit de vote, compère. Mais si elles l'avaient, quelques-unes voteraient tout de même pour elle. Elle a quelque chose que personne ne possède. Ne l'avez-vous pas vue au bal du jour de l'An ? Qui est-ce qui a entraîné tout le monde dans la rue pour danser avec le cortège des Rois ? Je crois que c'est cette force qui fait les révolutions, qui provoque les découvertes. Pour ma part, il n'y a rien que je prise autant que de voir Gabriela au milieu d'un groupe de gens. Sais-tu à quoi elle me fait penser ? A une authentique fleur de jardin exhalant son parfum au milieu d'une poignée de fleurs artificielles.

Cependant, les jours qui suivirent la publication du livre du Docteur furent consacrés à Ofenísia et non à Gabriela. Une nouvelle vague de popularité entoura le souvenir de la noble Ávila qui soupirait d'amour pour la barbe de l'Empereur. On en parla dans les familles, à l'heure du dîner, au Club Progrès — maintenant constamment animé par des surprises-parties et des thés dansants —, entre garçons et filles lors des promenades devenues habituelles le soir sur l'avenue de la Plage, dans les autocars, dans les trains, dans des discours et dans des poèmes, dans les journaux et dans les bars. Même dans les cabarets. Certaine Espagnole nouvellement débarquée, au nez aquilin et aux yeux noirs, s'éprit éperdument de Mundinho Falcão. Mais l'exportateur était occupé avec une chanteuse de mélodies populaires qu'il avait ramenée de Rio lors de son dernier voyage après le jour de l'An. Les soupirs de l'Espagnole et ses regards éperdus suggérèrent à un plaisantin de la surnommer Ofenísia. Ce nom fut adopté et elle l'emporta avec elle lorsqu'elle quitta Ilhéus pour les placers diamantifères du Minas Gerais.

Cela se passa à l'El Dorado, le nouveau cabaret installé en janvier, qui faisait une concurrence sérieuse au Bataclan et au Trianon, car il importait directement de Rio femmes et attractions. Il appartenait à Plínio Araçá, le patron du « Pinga de Ouro », et il était situé sur le port. On inaugura aussi la clinique du Dr Demosthenes avec la bénédiction de l'évêque et un discours du Dr Maurício. La salle d'opération où Aristóteles avait été conduit, par une coïncidence qui échappa à doña Arminda, eut comme premier client, aussitôt après l'inauguration officielle, le célèbre Loirinho qui avait reçu une balle dans l'épaule lors d'une rixe au « Bate-Fundo ». Un vice-consulat de Suède fut installé et, dans le même local, une agence de compagnie de navigation au nom interminable et compliqué. De temps en temps, on voyait au bar de Nacib un étranger long comme une perche bavarder avec Mundinho Falcão tout en sirotant du tafia « Canne d'Ilhéus ». Il cumulait les fonctions d'agent de la compagnie suédoise et celles de vice-consul. Devant le port, on construisait un nouvel hôtel, un colossal immeuble de cinq étages. Par le canal du *Diário de Ilhéus*, les étudiants adressèrent à la population une proclamation où ils lui demandaient de voter pour le candidat à l'Intendance qui s'engagerait à faire construire, une fois élu, un collège municipal, un stade, un asile pour les vieillards et pour les mendiants ainsi qu'un tronçon de route prolongeant la voie actuelle jusqu'à Pirangi. Le lendemain, dans le même journal, le Capitaine s'engagea à satisfaire toutes ces aspirations et bien d'autres encore.

Autre nouveauté : le *Jornal do Sul* devint quotidien. Il est vrai que cela dura peu de temps. Quelques mois plus tard, il redevenait hebdomadaire. Presque exclusivement politique, il consacrait tous ses numéros à des diatribes contre Mundinho Falcão, Aristóteles et le Capitaine. Le *Diário de Ilhéus* lui donnait la réplique.

On annonçait la prochaine ouverture du restaurant de Nacib. Déjà, plusieurs locataires de l'étage du dessus étaient partis. Seuls deux employés de commerce et le *jogo do bicho* continuaient à chercher un autre logement. Nacib se hâtait. Il avait commandé à Rio, par l'intermédiaire de Mundinho, associé à l'affaire, des quantités de choses. L'architecte cinglé avait décoré l'intérieur du restaurant. L'Arabe redevenait joyeux. Pourtant il ne ressentait pas cette joie totale qu'il avait connue les premiers temps avec Gabriela, avant de redouter son départ. Certes, cette appréhension avait maintenant disparu, mais pour être parfaitement heureux, il aurait fallu qu'elle se décidât une bonne fois pour toutes à se conduire comme une dame de la bonne société. Il ne se plaignait plus de son indifférence au lit, car il était lui-même assez fatigué. Pendant la période des fêtes, le bar lui donnait un travail infernal. Il s'habituait à cet amour d'épouse, moins violent, plus tranquille et plus doux. Seulement elle se refusait, passivement il est vrai, à s'intégrer au gratin de l'endroit, malgré le succès qu'elle avait obtenu la nuit du jour de l'An avec l'histoire du cortège des Rois. Alors que Nacib croyait que tout était fichu, il s'était produit une chose extraordinaire : lui-même avait fini par danser dans la rue. En outre, sa sœur et son beau-frère n'étaient-ils pas venus les visiter ensuite pour connaître Gabriela ? Alors pourquoi s'obstinait-elle à conserver chez elle la tenue d'une pauvresse, à se chausser de sandales, à jouer avec le chat, à cuisiner, à faire le ménage, à pousser ses chansonnettes, à rire tout haut devant tous ceux qui lui adressaient la parole ?

Il comptait sur le restaurant pour parfaire son éducation. Tonico lui-même partageait cette opinion. Pour le restaurant, il lui faudrait engager deux ou trois aide-cuisinières, de façon que Gabriela y fasse figure de dame et de patronne qui se bornerait à diriger la préparation des plats, et se trouverait quotidiennement en contact avec des gens distingués.

Ce qui l'ennuyait le plus, c'est qu'elle ne voulait pas de femme de ménage. La maison, bien que petite, donnait tout de même du travail. En outre, Gabriela continuait à faire la cuisine pour lui et pour le bar. La gamine elle-même avait déploré que doña Gabriela ne lui laissât rien faire. Son activité se bornait à laver les assiettes, remuer les marmites et découper la viande. C'était Gabriela qui préparait les mets. Jamais elle ne s'éloignait du fourneau.

Le malheur arriva par un paisible après-midi, alors qu'il jouissait d'une parfaite tranquillité d'esprit et qu'il était tout à la joie que venait de lui causer la nouvelle du transfert du bureau de *jogo do bicho* dans des locaux du centre commercial. Il ne restait plus qu'à hâter le départ des deux commis de magasin. Les commandes passées à Rio n'allaient pas tarder à arriver par un bateau de la « Côtière » ou du « Lloyd ». Un maçon et un peintre avaient déjà été engagés pour transformer l'étage délabré et divisé par des cloisons, en un bijou, en une salle claire avec une cuisine moderne. Gabriela n'avait pas voulu entendre parler de cuisinière en métal. Elle exigeait un de ces grands fourneaux en brique alimentés au bois. Tous les détails avaient été arrêtés avec le maçon et le peintre. Or, voilà que cet après-midi-là il surprit en flagrant délit Bico-Fino soutirant de l'argent de la caisse. Ce ne fut pas une surprise. Depuis quelque temps, Nacib se doutait de quelque chose. Cela le mit hors de lui et il appliqua quelques bonnes torgnoles au garçon :

— Voleur ! Fripon !

Curieusement, il ne lui venait pas à l'idée de le renvoyer. Il voulait seulement lui donner une leçon pour le corriger. Mais Bico-Fino projeté par la gifle derrière le comptoir se mit à l'insulter :

— Le voleur c'est vous, Turc de merde ! Vous falsifiez les boissons, vous carottez sur les additions.

Il dut lui donner encore quelques soufflets, mais il ne lui venait pas à l'idée de le renvoyer. Saisissant Bico-Fino par la chemise, il le souleva et lui appliqua avec force sa main sur la figure :

— Voilà pour t'apprendre à voler !

Il le lâcha. Le garçon sauta de l'autre côté du comptoir en pleurant et en l'injuriant :

— Pourquoi n'allez-vous pas rosser votre mère ? Ou votre femme ?

— Ferme-la ou je te frappe pour de bon.

— Venez donc me frapper !... Il s'enfuit vers la porte en criant :

— Turc cocu, fils de putain ! Pourquoi ne vous occupez-vous pas de votre femme ? Les cornes ne vous font pas mal ?

Nacib s'élança vers lui et parvint à l'empoigner :

— Qu'est-ce que tu dis là ?

Bico-Fino eut peur du visage de l'Arabe :

— Rien, monsieur Nacib. Lâchez-moi !...

— Qu'est-ce que tu sais ? Dis-le ou je t'écrabouille !

— C'est Chico Moleza qui me l'a raconté.

— Quoi ?

— Qu'elle couche avec monsieur Tonico...

— Avec Tonico ? Raconte-moi tout, vite ! Il le serrait avec une telle force qu'il lui avait déchiré la chemise.

— Tous les jours, en partant d'ici, monsieur Tonico va chez vous.

— Tu mens, misérable !

— Tout le monde le sait et se moque de vous. Lâchez-moi, monsieur Nacib !...

Il lâcha la chemise, et Bico-Fino s'échappa en courant. Nacib resta figé sur place, aveugle, sourd, sans mouvement, la tête vide. C'est dans cet état que Chico Moleza le trouva en revenant de la fabrique de glace.

— Monsieur Nacib... Monsieur Nacib...

Monsieur Nacib était en pleurs.

Il entendit Chico Moleza en confession dans le cabinet réservé au poker. Il écoutait en se couvrant le visage de ses mains. Chico énumérait des noms et des détails depuis l'époque où Nacib l'avait engagée sur le « Marché aux esclaves ». La liaison avec Tonico était récente, bien postérieure au mariage. Malgré tout, il n'y croyait pas. Ne serait-ce pas un mensonge ? Il voulait en avoir le cœur net, constater la chose de ses propres yeux.

Le pire, ce fut la nuit avec elle, dans le même lit. Il ne pouvait pas dormir. Quand il arriva, elle se réveilla avec le sourire et l'embrassa sur le visage. Il arracha de sa poitrine oppressée quelques syllabes :

— Je suis très fatigué...

Puis il se retourna sur le côté et éteignit la lumière. Allongé sur le rebord du lit, il fuyait la chaleur de son corps. Elle s'approcha et essaya de glisser la hanche sous sa jambe. Il ne dormit pas de toute la nuit, brûlant de l'interroger, pour apprendre la vérité de sa bouche et la tuer sur place comme se devait de le faire un digne enfant d'Ilhéus. Mais était-il bien sûr de ne plus souffrir après l'avoir tuée ? Il ressentait une douleur infinie, une sorte de vide à l'intérieur de lui-même, comme si on lui eût arraché l'âme.

Le lendemain il se rendit au bar de bonne heure. Bico-Fino ne se montra point. Chico Moleza travaillait sans le regarder, en se faufilant dans les coins. Peu avant deux heures de l'après-midi, Tonico apparut, but son bitter et trouva que Nacib était de mauvaise humeur.

— Des ennuis à la maison ?

— Non. Tout va très bien.

Il laissa s'écouler, montre en main, quinze minutes après le départ de Tonico. Il prit son revolver dans le tiroir, le passa dans sa ceinture et se dirigea vers sa maison. A peine avait-il disparu que Chico Moleza affolé dit à João Fulgêncio :

— Venez vite, monsieur João ! Monsieur Nacib est allé tuer doña Gabriela et monsieur Tonico Bastos.

— Qu'est-ce que c'est que cette histoire ?

Il le mit au courant en quelques mots. João Fulgêncio fila vers la Rampe. A peine eut-il tourné au coin de l'église qu'il entendit les cris de doña Arminda. Tonico s'enfuyait en courant vers la plage, sans chaussures, en tenant son veston et sa chemise à la main, le torse nu.

COMMENT L'ARABE NACIB ENFREIGNIT LA LOI TRADITIONNELLE ET DÉMISSIONNA SANS FAILLIR A L'HONNEUR DE L'ÉMÉRITE CONFRÉRIE DE SAINT-CORNARD OU COMMENT MADAME SAAD REDEVINT GABRIELA

Nue, étendue sur le grand lit matrimonial, Gabriela souriait. Nu assis sur le rebord du lit, Tonico fixait sur elle des yeux chargés de désir. Pourquoi Nacib ne les avait-il pas tués ? N'était-ce pas la loi, la vieille loi implacable et indiscutée, scrupuleusement respectée chaque fois que l'occasion ou la nécessité se présentaient ? L'honneur d'un mari trompé se lave dans le sang des coupables. Un an ne s'était-il pas encore écoulé depuis que le colonel Jesuíno Mendonça l'avait appliquée... Pourquoi ne les avait-il pas tués ? N'avait-il pas eu l'intention de le faire, la nuit, dans le lit, quand il sentait la croupe en feu de Gabriela lui brûler la jambe ? Ne s'était-il pas juré de le faire ? Pourquoi ne l'avait-il pas fait ? Ne portait-il pas le revolver à la ceinture ? Ne l'avait-il pas pris dans le tiroir du comptoir ? Ne voulait-il pas pouvoir regarder la tête haute ses amis d'Ilhéus ? Et pourtant il ne l'avait pas fait.

Erreur que de voir en cela de la lâcheté. Il n'était pas lâche et l'avait plusieurs fois prouvé. Erreur que de croire qu'il n'en avait pas eu le temps. Tonico était sorti en courant du côté du jardinet, avait enjambé la murette et avait enfilé son pantalon sans les caleçons dans le couloir de doña Arminda scandalisée, après avoir balbutié en bégayant :

— Ne me tuez pas, Nacib ! Je lui donnais seulement quelques conseils...

Nacib ne se souvint même plus du revolver. Il projeta sa main pesante et offensée, Tonico roula du bord du lit pour se relever aussitôt d'un bond, ramasser ses affaires sur une chaise, et disparaître. Plus de temps qu'il n'en fallait pour tirer sans rater son coup. Pourquoi ne l'avait-il pas fait ? Pourquoi, au lieu de la tuer, s'était-il contenté de la rosser en silence, sans un mot, de la rouer de coups qui laissèrent des marques cramoisies, presque violettes, sur sa peau couleur de cannelle ? Elle non plus n'avait prononcé aucune parole, n'avait poussé aucun cri, n'avait laissé échapper aucun sanglot. Ses larmes coulaient en silence, elle subissait son châtiment en silence. Il la battait encore quand João Fulgêncio arriva. Alors elle se couvrit avec le drap. Il aurait eu largement le temps de la tuer.

Erreur que d'expliquer cela par un amour excessif, par une affection trop grande. A ce moment-là, Nacib ne l'aimait pas. Il ne la haïssait pas non plus. Il la frappait mécaniquement comme pour se détendre les nerfs, après ce qu'il avait enduré durant l'après-midi et le soir du jour précédent ainsi que pendant toute cette matinée-là. Il était vide, sans rien à l'intérieur, vide comme un vase sans fleurs. Il ressentait une douleur au cœur comme si quelqu'un le transperçait lentement avec un poignard. Il n'éprouvait ni haine ni amour. Seulement une douleur.

Il n'avait pas tué parce qu'il n'était pas dans sa nature de tuer. Toutes ces terribles histoires de Syrie qu'il racontait n'étaient que de vains bavardages. Sous l'effet de la colère, il pouvait frapper. Et il frappait sans pitié, comme s'il recouvrait une dette ou un arriéré de compte. Mais il ne pouvait pas tuer.

Il obéit sans mot dire quand João Fulgêncio arriva, le saisit par le bras et lui dit :

— Cela suffit, Nacib ! Venez avec moi !

Sur la porte de la chambre, il s'arrêta et, à voix basse, en lui tournant le dos, il prononça ces mots :

— Je reviendrai ce soir. Je ne veux pas te revoir ici.

João Fulgêncio le conduisit chez lui. En entrant, il fit signe à son épouse de les laisser seuls. Ils s'assirent dans le salon encombré de livres. L'Arabe se cachait le visage dans les mains. Il resta longtemps silencieux, puis il demanda :

— Qu'est-ce que je fais, João ?

— Qu'est-ce que vous voulez faire ?

— Je m'en vais d'Ilhéus. Je ne peux plus vivre ici.

— Pourquoi ? Je n'en vois pas la raison.

— Je porte des cornes. Comment pourrais-je rester ?

— Vous allez vraiment la plaquer ?

— N'avez-vous pas entendu ce que je lui ai dit ? Pourquoi me le demandez-vous ? Parce que je ne l'ai pas tuée ? C'est pour cela que vous croyez que je vais rester marié avec elle ? Savez-vous pourquoi je ne l'ai pas tuée ? Je n'ai jamais été capable de tuer... même pas une poule... même pas un insecte de la forêt. Je n'ai jamais pu tuer, même un animal nuisible.

— Je pense que vous avez très bien agi. Tuer par jalousie est un acte barbare. Il n'y a qu'à Ilhéus que cela se produit encore. Ou chez les peuples bien peu civilisés. Vous avez très bien agi.

— Je m'en vais d'Ilhéus !...

L'épouse de João Fulgêncio parut à la porte du salon pour l'avertir :

— João, il y a des gens qui te demandent. Monsieur Nacib, je vais vous apporter un café.

João Fulgêncio s'absenta quelques instants. Nacib ne goûta pas au café. Il était vide à l'intérieur, il n'avait ni faim ni soif, rien qu'une douleur. Le libraire reparut, chercha un livre sur un rayon et lui dit :

— Je reviens dans une minute.

Il revint pour le trouver dans la même position, le regard perdu. Il s'assit à côté de lui et posa la main sur sa jambe :

— Vous en aller d'Ilhéus, je pense que ce serait une grosse bêtise.

— Est-il possible que je reste ? Pour qu'on se moque de moi ?

— Personne ne se moquera de vous...

— Pas vous, qui êtes si bon. Mais les autres...

— Dites-moi une chose, Nacib : si, au lieu d'être votre épouse, elle n'était que votre maîtresse, est-ce que vous partiriez ? Est-ce que vous vous formaliseriez ?

Nacib pesa la question et réfléchit avant de répondre :

— Elle était tout pour moi. C'est pour cela que je l'ai épousée, vous vous en souvenez ?

— Je m'en souviens. Et même je vous ai averti.

— Moi ?

— Rappelez-vous. Je vous ai dit : il y a des fleurs qui se fanent dans les vases.

C'était vrai, jamais il ne s'était rappelé cette observation. Il n'y avait pas fait attention. Maintenant il comprenait. Gabriela n'était pas née pour les vases, pour le mariage et pour un mari.

— Mais si elle n'était que votre maîtresse ? poursuivait le libraire. Vous en iriez-vous d'Ilhéus ? Je ne parle pas de la souffrance. On souffre parce qu'on aime, pas parce qu'on est marié. Parce qu'on est marié, on tue et on s'en va.

— Si c'était ma maîtresse, personne ne se moquerait de moi. La raclée suffirait. Vous savez cela aussi bien que moi.

— Eh bien, sachez que vous n'avez aucune raison de vous en aller. Gabriela, devant la loi, n'a jamais été que votre maîtresse.

— Je l'ai épousée devant le juge et avec tout ce qui s'ensuit. Vous-même vous étiez là.

João Fulgêncio tenait un livre à la main. Il l'ouvrit :

— Voici le Code civil. Ecoutez ce que dit l'article 219, paragraphe premier, chapitre VI du livre. C'est le droit concernant la famille, la partie qui a trait au mariage. Ce que je vais lire se rapporte aux cas d'annulation du mariage. Voyez : il est dit ici qu'un mariage est nul quand il y a erreur essentielle sur la personne.

Nacib écoutait d'une oreille distraite. Il ne comprenait rien à ces choses-là.

— Votre mariage est nul et annulable, Nacib. Si vous le voulez, non seulement vous cesserez d'être marié, mais encore ce sera comme si vous ne l'aviez jamais été. Comme si vous aviez seulement vécu en concubinage.

— Comment cela ? Expliquez-vous clairement, fit l'Arabe intéressé.

— Ecoutez (il lut) : « Est considérée comme erreur essentielle sur la personne de l'autre conjoint celle qui a trait à l'identité de l'autre conjoint, à son honneur et à sa bonne réputation, cette erreur étant telle que sa découverte rend insupportable la vie en commun pour le conjoint trompé. » Je me rappelle que lorsque vous m'avez annoncé votre mariage, vous m'avez raconté qu'elle ne connaissait ni son nom de famille ni sa date de naissance...

— Rien. Elle ne savait rien...

— Et que Tonico s'offrit à vous procurer les pièces nécessaires.

— Il a tout fabriqué dans son étude.

— Et alors ? Votre mariage est nul, car il y a eu erreur essentielle sur la personne. J'ai pensé à cela quand nous sommes arrivés. Puis Ezequiel est venu, il avait une affaire à régler. J'en ai profité pour le consulter. J'avais bien raison. Il vous suffira de prouver que ces documents étaient des faux et vous ne serez plus marié. Vous n'aurez même jamais été marié. Cela n'aura été qu'un concubinage.

— Et comment vais-je prouver cela ?

— Il faut en parler à Tonico, au Juge.

— Jamais plus je n'adresserai la parole à cet individu.

— Voulez-vous que je m'en charge ? Je veux dire, de lui parler. De la partie juridique, Ezequiel peut s'en occuper si vous le voulez. Il a même offert ses services.

— Il est déjà au courant ?

— Ne vous en faites pas pour cela. Voulez-vous que je prenne l'affaire en main ?

— Je ne sais comment vous remercier.

— Alors, à bientôt. Restez ici, lisez un livre. (Il donna à l'Arabe une tape sur l'épaule.) Ou bien pleurez si vous en avez envie. Il n'y a aucune honte à cela.

— Je vais sortir avec vous.

— Pas question. Pour aller où ? Restez ici à m'attendre. Je reviens tout de suite.

Ce ne fut pas aussi facile que l'avait prévu João Fulgêncio. D'abord, il lui fallut amener Ezequiel à composition. L'avocat se refusait à converser avec Tonico, à faire les choses à l'amiable.

— Je veux faire jeter cet individu en prison. Je vais le faire révoquer comme faussaire. Lui, son frère et son père ont raconté des horreurs sur mon compte. Il va falloir qu'il quitte Ilhéus. Cela va faire un scandale...

João Fulgêncio finit par le convaincre. Ils se rendirent ensemble à l'étude du notaire. Le tabellion était encore pâle, il les regardait d'un air inquiet, avait un rire jaune, et faisait des plaisanteries sans sel :

— Si je n'avais pas filé à toute vitesse, le Turc aurait été capable de me transpercer avec ses cornes... J'ai eu une frayeur terrible...

— Nacib est mon commettant, je vous demande de le traiter avec plus de respect, exigea Ezequiel, très grave.

Ils discutèrent de l'affaire. Au début, Tonico refusa catégoriquement toute espèce d'arrangement. Ce n'était pas, prétendait-il, un cas d'annulation. Les documents, quoique faux, avaient été acceptés comme authentiques. Nacib était marié depuis environ cinq mois et n'avait pas fait de réclamation. Et comment pourrait-il, lui, Tonico, avouer publiquement avoir falsifié des documents ? On n'était plus au temps du vieux Segismundo qui vendait des certificats de naissance et des titres de propriété foncière. Ezequiel haussa les épaules et s'écria à l'adresse de João Fulgêncio :

— Je vous l'avais bien dit !

— Tonico, cela peut s'arranger, lui dit João Fulgêncio. Nous allons en parler au juge. Nous trouverons bien un moyen de tourner la difficulté et d'éviter que la falsification des pièces soit rendue publique ou, du moins, que vous apparaissiez comme coupable. On peut dire que vous avez agi de bonne foi, que vous avez été trompé par Gabriela. On inventera n'importe quelle histoire. Après tout, ce que l'on appelle la civilisation à Ilhéus a été construit sur des documents faux.

Mais Tonico résista encore. Il ne voulait pas que son nom fût mêlé à une telle affaire.

— Vous y êtes bel et bien mêlé, mon cher, répliqua Ezequiel. Et enterré jusqu'au cou. De deux choses l'une : ou bien vous êtes d'accord et vous nous accompagnez chez le juge pour régler tout cela à l'amiable et rapidement, ou bien aujourd'hui même j'intente une action au nom de Nacib en vue d'obtenir l'annulation de son mariage, pour erreur essentielle sur la personne, due à des faux forgés par vous. Forgés pour marier votre amante, dont vous avez continué à recevoir les faveurs par la suite, avec un homme bon et naïf dont vous vous disiez l'ami. Vous êtes mis en cause pour deux motifs : faux en écriture et adultère. Et, dans les deux cas, avec préméditation. Vous voilà dans de beaux draps.

Tonico faillit en perdre la parole :

— Ezequiel, je vous en prie, voudriez-vous causer ma perte ?

João Fulgêncio compléta :

— Que dira doña Olga ? Et votre père, le colonel Ramiro ? Y avez-vous déjà songé ? Il ne résistera pas à ce scandale, il mourra de honte et ce sera de votre faute. Je vous mets en garde, parce que je ne veux pas que cela se produise.

— Pourquoi me suis-je mêlé de cela, mon Dieu ? Je n'ai fourni ces papiers que pour rendre service. Il n'y avait encore rien entre elle et moi...

— Venez avec nous chez le juge. Cela vaudra mieux pour tout le monde. Sinon, je vous en avertis loyalement, toute cette histoire sera publiée demain dans le *Diário de Ilhéus*. Ecrite par moi pour que vous n'y teniez pas le beau rôle. Par moi, João Fulgêncio...

— Mais, João, nous avons toujours été amis...

— Je sais. Mais vous avez abusé Nacib. Si c'était avec la femme d'un autre, cela me laisserait indifférent. Je suis son ami et aussi l'ami de Gabriela. Vous les avez abusés tous les deux. Ou bien vous êtes d'accord, ou bien je vais vous couvrir de honte et de ridicule. La situation politique étant ce qu'elle est, vous ne pourrez pas continuer à vivre à Ilhéus.

Toute la fatuité de Tonico s'effondra. La perspective d'un scandale le terrorisait. Il avait peur que doña Olga soit informée, que son père soit mis au courant. Il valait mieux encore avaler la pipule, aller chez le juge et lui avouer la falsification des papiers.

— Je ferai ce que vous voudrez. Mais, pour l'amour de Dieu, nous allons régler cette histoire de papiers de la meilleure façon possible. Après tout, nous sommes amis.

Le Juge s'amusa extraordinairement avec toute cette affaire :

— Alors, monsieur Tonico, vous, un si grand ami de l'Arabe par-devant, vous lui plantiez les cornes par-derrière ? Moi aussi je m'étais intéressé à elle, mais, après son mariage, je n'y ai plus pensé. Les femmes mariées, je les respecte.

Dans le fond, il réagissait comme Ezequiel. C'était un peu à contre-cœur qu'il acceptait d'accorder l'annulation discrètement, sans inculper Tonico, en le considérant comme un notaire honnête et de bonne foi, trompé par Gabriela, faisant figure de victime. Il n'avait aucune sympathie pour le galant tabellion, car il le soupçonnait d'avoir aussi orné sa tête à lui du temps de Prudência, qui était restée pendant près de deux ans la maîtresse du magistrat. En compensation, il avait de l'estime pour Nacib et il voulait l'aider. Quand ils ressortirent, le juge demanda :

— Et elle ? Que va-t-elle faire, hein ? Maintenant elle est libre, elle n'est liée par aucun engagement. Si je n'étais pas aussi bien servi... D'ailleurs elle doit venir me parler. Maintenant, tout dépend d'elle. Parce que, si elle n'est pas d'accord...

João Fulgêncio, avant de revenir chez lui, alla à la recherche de Gabriela. Doña Arminda l'avait recueillie. Elle était d'accord pour tout, elle ne voulait rien, elle ne se plaignait même pas des coups reçus, elle faisait l'éloge de Nacib :

— Monsieur Nacib est si bon... Moi, je ne voulais pas offenser monsieur Nacib.

Et voilà comment, grâce à un procès d'annulation de mariage dont les formalités furent réglées rapidement, depuis le recours initial jusqu'à la sentence, au bout de très peu de temps l'Arabe Nacib se retrouva célibataire, après avoir été marié sans l'être réellement, après avoir appartenu à la confrérie de Saint-Cornard sans y appartenir réellement, abusant de la sorte l'émérite société des maris résignés. Voilà comment madame Saad redevint Gabriela.

L'AMOUR DE GABRIELA

A la Papeterie Modèle, on commentait l'événement. Nhô-Galo disait :

— Solution géniale. Qui aurait pu imaginer que Nacib était un génie ? J'éprouvais déjà de la sympathie pour lui, maintenant j'en éprouve encore davantage. Ilhéus possède finalement un homme civilisé.

Le Capitaine demandait :

— Comment expliquez-vous, João Fulgêncio, le caractère de Gabriela ? D'après ce que vous dites, elle aime vraiment Nacib. Elle l'aimait et elle continue à l'aimer. Vous dites que pour elle la séparation est beaucoup plus dure que pour lui. Que le fait de lui avoir fait porter des cornes ne signifie rien. Comment est-ce possible ? Si elle l'aimait, pourquoi le trompait-elle ? Quelle explication me donnez-vous ?

João regardait la rue animée, il voyait les sœurs Dos Reis couvertes de leurs mantilles et souriait :

— Pourquoi expliquer ? Je ne veux rien expliquer. Expliquer c'est délimiter. Il est impossible de délimiter Gabriela, de disséquer son âme.

— Un beau corps, une âme d'oiseau. A-t-elle vraiment une âme ? (Josué pensait à Glória.)

— Une âme d'enfant, peut-être. (Le Capitaine voulait comprendre.)

— D'enfant ? C'est possible. D'oiseau ? C'est absurde, Josué. Gabriela est bonne, généreuse, impulsive, pure. On peut en ce qui la concerne énumérer des qualités et des défauts, mais l'expliquer, jamais. Elle fait ce qu'elle aime, elle refuse ce qui ne lui plaît pas. Je ne veux pas l'expliquer. Pour moi, il suffit de la voir, de savoir qu'elle existe.

Chez doña Arminda, penchée sur sa couture, encore violette par suite des coups reçus, Gabriela est pensive. Le matin, elle a enjambé le mur avant l'arrivée de la gamine, elle est entrée dans la maison de Nacib, l'a balayée et nettoyée. Il est si bon, monsieur Nacib ! Il l'a frappée car il était furieux. C'était sa faute à elle. Pourquoi avait-elle accepté de se marier ? Par envie de sortir avec lui dans la rue, à son bras, avec une alliance au doigt. Peut-être par peur de le perdre, de le voir un jour se marier avec une autre et se défaire d'elle. C'est sûrement cela qui l'avait décidée. Elle avait mal fait, elle n'aurait pas dû accepter. A moins que ce ne fût par pure joie...

Il l'a frappée avec fureur, il avait d'ailleurs le droit de la tuer. Une femme mariée qui trompe son mari ne mérite pas autre chose que la mort. Tout le monde le disait, doña Arminda le lui avait dit, le juge l'avait confirmé, c'était ainsi. Elle méritait la mort. Nacib était bon. Il s'était contenté de lui flanquer une raclée et de la chasser de chez lui. Ensuite, le juge lui avait demandé si elle ne s'opposait pas à ce que le mariage soit rompu, comme si jamais elle n'avait été mariée. Il l'avait avertie que dans ces conditions elle n'aurait aucun droit sur le bar, le compte en banque et la maison de la Rampe. Cela dépendait d'elle. Si elle n'acceptait pas, les choses allaient traîner en justice et personne ne pouvait prévoir comment le procès se terminerait. Si elle était d'accord... Elle ne demandait pas autre chose. Le juge lui avait expliqué : ce serait comme si elle n'avait jamais été mariée. Cela ne pouvait pas être mieux... Parce que, dans ces conditions, il n'y avait pas de raison pour que monsieur Nacib souffre tellement, pour que monsieur Nacib se fâche. Les coups, elle n'en était pas affectée... Même s'il l'avait tuée, elle serait morte sans la moindre rancœur, il était dans son droit. Ce qui l'affectait, c'était d'avoir été chassée de sa maison, de ne pouvoir le voir, lui sourire, l'écouter parler, sentir le poids de sa jambe sur les hanches, ses moustaches lui chatouiller le cou, ses mains lui toucher le corps, les seins, les fesses, les cuisses, le ventre. La poitrine de monsieur Nacib était comme un oreiller. Elle aimait s'endormir le visage enfoui dans les poils qui couvraient cette large poitrine chérie. Elle aimait lui faire des petits plats et l'entendre vanter ces mets savoureux. Elle n'aimait pas les souliers, et pas davantage les visites aux familles respectables d'Ilhéus. Ni les fêtes, ni les robes de prix, ni les vrais bijoux qui coûtaient si cher. Elle n'aimait pas ces choses-là. Mais elle aimait monsieur Nacib, la maison sur la Rampe, le jardinet aux goyaviers, la cuisine et le salon, le lit de la chambre à coucher.

Le juge lui avait dit que dans quelques jours elle ne serait plus mariée et qu'elle ne l'aurait jamais été. Qu'elle ne l'aurait jamais été... Comme ce serait bien ! Le juge était celui-là même qui l'avait mariée, celui qui autrefois avait tant désiré l'installer dans une maison. A présent encore il lui en avait reparlé. Elle ne voulait pas. Un vieillard d'aspect désagréable, mais un brave homme. Du moment qu'elle ne serait plus mariée et qu'elle ne l'aurait jamais été, pourquoi ne pourrait-elle pas revenir chez monsieur Nacib, dans la petite chambre du fond, et s'occuper de la cuisine, du lavage et du ménage ?

Doña Arminda lui avait dit que monsieur Nacib ne la regarderait plus jamais, ne lui dirait plus bonjour, ne lui adresserait plus la parole. Mais pourquoi tout cela du moment qu'ils ne seraient plus mariés et qu'ils ne l'auraient jamais été ? Dans quelques jours... avait dit le juge. Tout bien réfléchi, elle allait pouvoir revenir auprès de monsieur Nacib. Elle n'avait pas voulu l'offenser, elle n'avait pas voulu lui faire de la peine. Mais elle l'avait offensé parce qu'elle était mariée, mais elle lui avait fait de la peine parce qu'elle avait couché avec un autre dans son lit, étant mariée. Un jour, elle avait compris qu'il était jaloux. Un homme si grand, c'était drôle ! Alors elle avait fait attention, pris des précautions, parce qu'elle ne voulait pas qu'il souffre. Quelle chose idiote, inexplicable : pourquoi les hommes souffraient-ils tellement quand une femme avec laquelle ils couchaient, couchait avec un autre ? Elle ne comprenait pas. Si monsieur Nacib en avait envie, il pouvait bien aller coucher avec une autre et dormir dans ses bras. Elle savait que Tonico allait coucher avec d'autres, doña Arminda racontait qu'il avait des quantités de femmes. Mais s'il faisait bon dormir avec lui, s'ébattre dans le lit avec lui, pourquoi exiger qu'il ne fasse cela qu'avec elle ? Elle ne comprenait pas. Elle aimait dormir dans les bras d'un homme, mais pas de n'importe lequel. D'un bel homme comme Clemente, comme Tonico, comme Nilo, comme Bebinho. Ah ! comme Nacib. Si l'homme de son côté la désirait, s'il la sollicitait du regard, s'il lui souriait, s'il la pinçait, pourquoi refuser, pourquoi dire non ? Si tel était leur désir, aussi bien de l'un que de l'autre ? Elle ne voyait pas pourquoi. Il faisait bon dormir dans les bras d'un homme, sentir le frémissement de son corps, sa morsure sur la bouche, et soupirer en défaillant. Que monsieur Nacib se fachât et devînt furieux, alors qu'ils étaient mariés, elle le comprenait. Il y avait une loi, ce n'était pas permis. Seul l'homme en avait le droit, pas la femme. Elle le savait bien, mais comment résister ? Elle en éprouvait le désir, elle le satisfaisait aussitôt sans se rappeler que ce n'était pas permis. Elle prenait des précautions pour ne pas l'offenser, pour ne pas lui faire de la peine. Mais elle n'avait jamais pensé qu'elle aurait pu l'offenser à ce point, lui faire tellement de peine. Dans quelques jours, c'en serait fini du mariage, aussi bien pour l'avenir que pour le passé. Pourquoi à ce moment-là monsieur Nacib resterait-il furieux contre elle ?

Elle aimait certaines choses, elle les aimait beaucoup : le soleil du matin avant la forte chaleur ; l'eau froide, la plage blanche, le sable et la mer ; le cirque, le parc d'attractions et aussi le cinéma ; les goyaves et les *pitangas* ; les fleurs et les animaux ; faire la cuisine, manger, se promener dans la rue, rire et bavarder. Mais pas avec des dames bouffies de vanité. Par-dessus tout, elle aimait les beaux hommes, pour dormir dans leurs bras, gémir et soupirer. Elle aimait tout cela, et aussi monsieur Nacib. Lui, elle l'aimait d'un amour différent. Au lit, pour gémir, embrasser, mordre, soupirer, mourir et renaître. Mais aussi pour dormir réellement en rêvant du soleil, du matou sauvage, du sable de la plage, de la lune du ciel et du repas à préparer. En sentant sur ses hanches le poids de la jambe de monsieur Nacib. Elle l'aimait beaucoup, vraiment beaucoup. Il lui manquait, elle se cachait derrière la porte pour guetter son arrivée. Il rentrait très tard, parfois ivre. Elle aimerait tant l'avoir à nouveau, laisser reposer sur sa poitrine son joli visage, l'entendre dire des mots d'amour dans une langue étrangère, entendre sa voix lui murmurer : « Bié ! »

Et seulement parce qu'il l'avait surprise dans le lit en train de sourire à Tonico. Cela était-il tellement important ? Pourquoi souffrir autant parce qu'elle couchait avec un homme ? Elle ne lui dérobait rien, cela ne la rendrait pas différente, elle l'aimait de la même manière et il était impossible d'aimer davantage. Oh oui ! impossible d'aimer davantage ! Elle doutait qu'il y eût au monde une femme qui aimât un homme autant qu'elle aimait monsieur Nacib, que ce soit pour coucher ou pour vivre avec lui, qu'elle soit une sœur, une fille, une mère, une maîtresse ou une épouse. Et tout cela, tout ce remue-ménage, uniquement parce qu'il l'avait surprise avec un autre ? Elle ne l'aimait pas moins, elle ne le chérissait pas moins, elle ne souffrait pas moins de son absence pour autant. Doña Arminda avait juré que jamais, au grand jamais, monsieur Nacib ne reviendrait dans ses bras. Elle voulait au moins lui préparer ses repas. Où irait-il manger ? Et pour le bar, qui préparerait les friandises et les amuse-gueule ? Et le restaurant qui allait s'ouvrir ? Elle voulait au moins lui préparer ses repas. Elle voulait — oh ! comme elle voulait ! — le voir sourire avec son air si bon, son beau visage. Sourire tout près d'elle, la prendre dans ses bras, lui dire « Bié » et passer ses moustaches sur sa nuque au parfum de girofle. Il n'y avait au monde aucune femme qui aimât un homme à ce point, qui soupirât avec autant d'amour pour son bien-aimé que Gabriela, soupirant, mourant d'amour pour monsieur Nacib.

A la Papeterie, la discussion se poursuivait.

— La fidélité est la plus grande preuve de l'amour, observa Nhô-Galo.

— C'est la seule mesure qui permette de calculer les dimensions d'un amour, ajouta le Capitaine.

— L'amour ne se prouve pas et ne se mesure point. Il est comme Gabriela. Il existe et c'est tout, affirma João Fulgêncio. Le fait de ne pas comprendre une chose ou de ne pas l'expliquer ne la supprime pas. Je ne sais rien des étoiles, mais je les vois dans le ciel, elles font la beauté de la nuit.

UNE DROLE DE VIE

Ah ! la première nuit dans la maison sans Gabriela, vide de sa présence mais pleine de son souvenir douloureux ! Au lieu de son sourire qui l'attendait, l'écrasement de l'humiliation, la certitude qu'il ne s'agissait pas d'un cauchemar, que cette chose impossible, jamais imaginée, était bien arrivée. La maison vide sans Gabriela, mais pleine de souvenirs nostalgiques ! La vision de Tonico assis sur le rebord du lit. La colère, la tristesse, la constatation que tout était fini, qu'elle n'était plus là, qu'elle appartiendrait à un autre, qu'il ne l'aurait plus jamais ! Une nuit harassante, accablante comme si elle avait pesé de tout le poids de la terre, longue comme si elle avait dû se prolonger jusqu'à la fin des temps, ne jamais se terminer. Et cette douleur profonde, ce vide, à ne savoir quoi faire, à ne savoir pourquoi vivre, pourquoi travailler ! Il avait les yeux secs, le cœur déchiré par un poignard. Assis sur le rebord du lit, il ne pouvait pas trouver le sommeil. Jamais plus il ne dormirait dans cette nuit qui ne faisait que commencer, qui allait durer jusqu'à la fin de sa vie. De Gabriela était resté, imprégné dans les draps et dans le matelas, le parfum de girofle. Dans ses narines aussi. Il ne pouvait pas regarder le lit parce qu'il l'y voyait couchée toute nue avec ses seins dressés, la courbure de ses hanches, l'ombre veloutée de ses cuisses, la terre féconde de son ventre, sa peau couleur de cannelle où, sur les épaules et sur la poitrine, Nacib laissait les marques violettes de ses lèvres. Le jour avait disparu à jamais. Dans son cœur, cette nuit-là allait durer toute la vie. Ses moustaches désormais flétries retombaient, un goût amer emplissait sa bouche à tout jamais amère. Il ne retrouverait plus le sourire, plus jamais !

Quelques jours après, il souriait à nouveau en écoutant au « Vésuve » Nhô-Galo pester contre les curés. Les premières semaines furent pénibles. Semaines vides de tout et pleines de son absence. Chaque chose, chaque personne, la lui rappelait. S'il regardait le comptoir il l'y voyait, debout, une fleur derrière l'oreille. S'il regardait l'église il l'apercevait qui arrivait, ses sandales aux pieds. S'il regardait Tuísca, aussitôt elle lui apparaissait, dansant dans la ronde et chantant des chansons. Si le Docteur venait et parlait d'Ofenísia, Nacib entendait Gabriela. Si le Capitaine jouait avec Felipe, son rire cristallin retentissait dans le bar. A la maison, c'était encore pire. Il la voyait partout : devant le fourneau en train de cuisiner, sur le seuil de la porte assise au soleil, dans le jardinet mangeant des goyaves, pressant la tête du chat contre son visage, découvrant sa dent en or, ou dans la petite chambre du fond, en train de l'attendre au clair de lune. Il ne remarqua point cependant une particularité de ces visions qui l'obsédèrent des semaines durant au bar, dans la rue ou chez lui : jamais elles ne se rapportaient à la période du mariage (ou plutôt du concubinage, comme il l'expliquait à qui voulait l'entendre : cela n'avait été qu'une simple liaison). Il revoyait la Gabriela d'avant, celle des premiers temps. Tout en le faisant souffrir, ces visions lui étaient douces. De temps à autre pourtant, blessé au cœur dans son orgueil de mâle (il ne pouvait en effet se sentir blessé dans son orgueil de mari, car il n'était pas mari et ne l'avait jamais été), il la voyait dans les bras de l'autre. Elles furent pénibles ces premières semaines, vides. Intérieurement, il était mort. Il se rendait de la maison au bar, du bar à la maison. Parfois il allait voir João Fulgêncio et l'écoutait parler de choses et d'autres.

Un jour ses amis l'entraînèrent presque de force au nouveau cabaret. Il but beaucoup et même trop. Mais sa résistance était phénoménale, il ne devint pas complètement ivre. Le lendemain soir il y retourna. Il fit la connaissance de Rosalinda, une blonde de Rio, l'opposé de Gabriela. Il recommençait à vivre, peu à peu il l'oubliait. Le plus dur fut de coucher avec une autre femme. Entre elle et lui, il y avait Gabriela qui lui souriait, lui tendait les bras, glissait la croupe sous sa jambe et posait la tête sur sa poitrine. Aucune ne possédait son goût, son odeur, sa chaleur, sa façon de mourir et de s'anéantir. Mais cela disparut aussi petit à petit. Rosalinda lui rappelait Risoleta, si experte dans l'art de l'amour. Maintenant il allait la retrouver tous les soirs sauf quand elle devait coucher avec le colonel Manuel das Onças qui payait sa chambre et ses repas chez Maria Machadão. Certain soir il manqua un partenaire pour faire un poker. Il reprit les cartes et resta à jouer tard dans la nuit. Il recommença à s'asseoir aux tables, à bavarder avec ses amis, à disputer des parties de dames et de trictrac, à commenter les nouvelles, à parler politique, à rire des histoires grivoises, à en raconter lui-même, à dire qu'au pays de son père c'était encore plus fort et que tout ce qui arrivait à Ilhéus y arrivait aussi en plus exagéré. Il ne voyait plus Gabriela dans le bar, il pouvait maintenant dormir dans son lit. C'est tout juste s'il percevait encore l'odeur de girofle. Jamais on ne l'avait si souvent invité à des déjeuners, à des dîners, à des soupers chez la Machadão ou à des parties de plaisir avec des femmes sous les cocotiers de Pontal. Il avait l'impression qu'on l'aimait davantage, qu'on lui portait encore plus d'estime et de considération.

Jamais il n'aurait imaginé cela. Il avait enfreint la loi. Au lieu de la tuer, il l'avait laissée partir en paix. Au lieu de faire feu sur Tonico, il s'était contenté d'un soufflet. Il avait cru que dès lors sa vie serait un enfer. N'était-ce pas le sort qu'avait connu le Dr Felismino ? N'avait-on pas cessé de le saluer ? Ne l'avait-on pas obligé à quitter Ilhéus parce qu'il n'avait pas tué sa femme et l'amant de celle-ci, parce qu'il n'avait pas respecté la loi ? Il est vrai que lui, Nacib, avait fait annuler son mariage, effaçant ainsi le présent et le passé. Mais jamais il n'aurait espéré être compris et accepté. Il voyait déjà son bar déserté, sans clientèle, des amis refusant de lui tendre la main, les rires railleurs, les tapes dans le dos de Tonico que l'on félicitait en se moquant de Nacib. Rien de tout cela ne s'était produit. Bien au contraire. Personne ne lui parlait de cette affaire et lorsque par hasard on y faisait allusion, c'était pour vanter sa ruse, son astuce, la façon dont il s'était tiré de ce mauvais pas. On riait et on se moquait non pas de Nacib, mais de Tonico. On tournait en ridicule le notaire tandis qu'on faisait l'éloge de la sagesse de l'Arabe. Tonico étant devenu client du « Pinga de Ouro » pour son bitter quotidien, Plínio Araçá lui-même trouva le moyen de lui cracher à la face le bon tour que Nacib lui avait joué. Et cela sans parler du soufflet sur lequel on glosa en prose et en vers et qui inspira à Josué une épigramme. De Gabriela personne ne parlait, ni en bien ni en mal, comme si elle n'existait plus. Personne n'élevait la voix contre elle et certains prenaient même sa défense. Après tout une fille entretenue a un peu le droit de se distraire. Puisqu'elle n'avait pas été mariée, cela n'avait pas grande importance.

Elle continuait à résider chez doña Arminda. Nacib ne l'avait pas revue. Il avait appris par la sage-femme qu'elle faisait des travaux de couture pour le florissant atelier de Dora. Par d'autres, il était informé des propositions qui pleuvaient sur elle sous forme de messages oraux, de lettres ou de billets. Plínio Araçá lui avait fait dire de fixer elle-même son salaire. Manuel das Onças tournait à nouveau autour d'elle. Le juge était prêt à se défaire de sa maîtresse pour l'installer à sa place. On disait même que l'Arabe Maluf, apparemment si rangé, était candidat. Chose étrange : aucune proposition n'avait le pouvoir de la tenter. Ni maison, ni crédit dans les magasins, ni plantation de cacao, ni espèces sonnantes et trébuchantes. Elle faisait de la couture pour Dora.

Le bar avait subi un grave préjudice. La gamine faisait une cuisine insipide. Les amuse-gueule venaient à nouveau de chez les sœurs Dos Reis, exagérément chères et qui, avec cela, prétendaient faire une faveur. Nacib ne trouvait pas de cuisinière. Songeant au restaurant, il en avait fait demander une dans le Sergipe, mais elle n'était pas encore arrivée. Il avait engagé un nouvel employé, un adolescent appelé Walter, sans aucune pratique et qui ne savait pas servir. Le préjudice avait été considérable.

Quant au projet de restaurant, il avait failli être enterré. Pendant un certain temps, il ne s'était soucié ni du bar ni du restaurant. Les deux employés de commerce avaient quitté l'étage du dessus alors que Nacib traversait encore cette première phase de désespoir et que l'absence de Gabriela était la seule chose qui occupait le vide de sa vie. Mais un mois plus tard, Maluf lui envoya la note du loyer de l'étage inoccupé. Il paya et cela l'obligea à repenser au restaurant. Néanmoins il remettait sans cesse sa décision à plus tard, jusqu'au moment où, certain après-midi, Mundinho Falcão lui fit demander de venir au bureau de sa maison d'exportation. Il y fut reçu avec de grandes démonstrations d'amitié. Depuis longtemps Mundinho ne se montrait plus au bar. Il parcourait l'arrière-pays pour sa campagne électorale. Une fois, Nacib l'avait aperçu au cabaret. Ils s'étaient à peine parlé car Mundinho dansait.

— Alors, comment vont vos affaires, Nacib ? Toujours prospères ?

— Elles suivent leur cours — et, pour couper court, il déclara : Vous devez savoir ce qui m'est arrivé. Je suis à nouveau célibataire.

— On me l'a raconté. Ce que vous avez fait est extraordinaire. Vous avez agi comme un Européen, comme un homme de Londres ou de Paris. (Il le considérait avec sympathie.) Mais, dites-moi, entre nous, ça vous fait encore un peu mal au-dedans, n'est-ce pas ?

Nacib tressaillit. Pourquoi lui posait-il cette question ?

— Je sais ce que c'est, poursuivit Mundinho. Il m'est arrivé quelque chose que je ne qualifierai pas de semblable, mais, d'une certaine façon, d'analogue. C'est pour cela que je suis venu à Ilhéus. A la longue, la blessure se cicatrise. Mais de temps à autre, elle fait encore mal. Quand il va pleuvoir, n'est-ce pas ?

Nacib fit un signe affirmatif, réconforté, et persuadé qu'une mésaventure comparable à la sienne était arrivée à Mundinho Falcão, qu'une femme bien-aimée l'avait trahi avec un autre. Mais y avait-il eu mariage et rupture de mariage ? Il fut sur le point de le lui demander. Il se sentait en bonne compagnie.

— Eh bien, mon cher, je voulais vous parler du restaurant. Il devrait être déjà inauguré. Certes, les fournitures commandées à Rio ne sont pas encore arrivées, mais on est en train de s'en occuper, elles sont déjà embarquées sur un *Ita.* Je n'ai pas voulu vous déranger pour cela, vous aviez d'autres soucis, mais enfin il y a près de deux mois que les derniers locataires ont quitté l'étage. Il est grand temps de penser à notre projet, à moins que vous n'y ayez renoncé.

— Pas le moins du monde. Pourquoi y aurais-je renoncé ? Seulement, au début, je ne pouvais pas y penser. Mais à présent, tout est rentré dans l'ordre.

— Alors très bien ! Il n'y a plus qu'à aller de l'avant, faire effectuer la réfection de la salle, réceptionner les commandes passées à Rio et voir si nous pouvons l'inaugurer au début d'avril.

— Vous pouvez être tranquille.

A son retour au bar, il fit appeler le maçon, le peintre et l'électricien. Il discuta des plans de réfection, à nouveau rempli d'enthousiasme à la perspective de l'argent à gagner. Si tout marchait bien, dans un an au maximum il pourrait acquérir la plantation dont il rêvait.

Dans toute cette histoire, seuls, à vrai dire, sa sœur et son beau-frère s'étaient mal conduits. A peine eurent-ils appris la nouvelle qu'ils étaient venus à Ilhéus. Sa sœur lui lança : « Ne te l'avais-je pas dit ? » Son beau-frère, avec sa bague de docteur, affichait l'air dégoûté de quelqu'un qui souffre de l'estomac. Ils décrièrent Gabriela et s'apitoyèrent sur le sort de Nacib qui se taisait et avait bien envie de les mettre à la porte.

Sa sœur fouilla les armoires et examina les robes, les souliers, les combinaisons, les jupons, les châles. Certaines robes n'avaient jamais été portées par Gabriela. Elle s'écria :

— Celle-ci est neuve, elle n'a jamais été mise. C'est tout à fait ma taille.

Nacib grogna :

— Laisse ça ici ! Ne touche pas à ces choses.

— Ce n'est pas encore fini ! clama, offensée, la Saad de Castro. Serait-ce des reliques de saint ?

Ils retournèrent à Agua Preta. La convoitise de sa sœur lui rappela l'argent dépensé en robes, chaussures et bijoux. Les bijoux, il lui suffisait de les rapporter où il les avait achetés et de les restituer avec un préjudice négligeable. Les robes, il pourrait les vendre au magasin de son oncle, de même que deux paires de souliers neufs qui n'avaient jamais été portés. Voilà ce qu'il devait faire. Mais pendant quelque temps il oublia cette idée. Il ne regardait même plus les armoires fermées.

Le lendemain de sa conversation avec Mundinho, il mit les bijoux dans les poches de son veston, et fit deux paquets avec les robes et les souliers. Il passa à la bijouterie et de là il se rendit au magasin de son oncle.

LE SERPENT DE VERRE

A la fin de l'après-midi, dans le crépuscule interminable de la campagne, à l'heure où les ombres devenaient des fantômes errant dans les forêts et dans les cacaoyères, où la nuit tombait sans hâte comme pour prolonger l'harassante journée de travail, Fagundes et Clemente terminèrent leur plantation.

— Maintenant tout est en terre, fit le nègre en riant. Quatre mille pieds de cacao pour enrichir davantage le colonel.

— Et pour qu'on puisse acheter un lopin de terre dans trois ans, ajouta le mulâtre Clemente dont les lèvres avaient perdu le goût du sourire.

Après avoir raté le meurtre d'Aristóteles, entendu les récriminations de Melk (« Je croyais que tu savais vraiment tirer. Tu n'es bon à rien »), écoutées en silence (que pouvait-il répondre ? Il n'avait pas fait mouche, il n'y comprenait rien), reçu une maigre gratification (« Je t'avais engagé pour liquider l'homme, pas pour le blesser. Je suis encore trop généreux en te payant »), Fagundes avait accepté cette tâche à forfait avec Clemente. Au sujet de son erreur de tir, il s'était borné à répondre au colonel :

— Le jour marqué pour sa mort n'était pas encore arrivé. Chacun a son jour marqué là-haut. (Il montrait le ciel.)

Une tâche qui consistait à abattre dix arpents de forêt, à y mettre le feu, à les défricher, à planter quatre cents cacaoyers par arpent et à surveiller leur croissance pendant trois ans. Entre les pieds de cacao, ils cultivaient du manioc, du maïs, des patates douces et des ignames. Ces petites cultures devraient leur permettre de vivre pendant trois ans. Au terme de ce travail, le colonel leur paierait mille cinq cents réaux par pied de cacao qui aurait prospéré. Avec cet argent, Clemente rêvait d'acheter un lopin de terre afin de constituer à eux deux leur propre plantation. Que pourraient-ils acheter avec si peu d'argent ? Une misère, un tout petit morceau de mauvaise terre. Le nègre Fagundes pensait que si les fameuses bagarres ne recommençaient pas, il serait difficile, très difficile de parvenir à acheter un lopin de terre, fût-il mauvais. Avec le manioc et le maïs, la patate douce et le manioc doux, ils ne ramasseraient pas de quoi vivre. Tout juste de quoi subsister. Pour aller au bourg, coucher avec une pouffiasse, faire une bringue et tirer quelques coups de feu en l'air, ce n'était pas suffisant. Il faudrait emprunter de l'argent. Au bout de trois ans, ils recevraient le solde qui parfois n'atteignait même pas la moitié du prix du travail fourni. Que devenaient donc ces bagarres si bien commencées ? C'était le calme plat. On n'en parlait plus. Les *jagunços* de Melk étaient revenus n même temps que Fagundes sur un canot, au petit jour.

Le colonel avait l'air sombre. Lui aussi avait perdu le goût de rire. Fagundes savait pourquoi. A la plantation, tout le monde était au courant, d'après des racontars entendus à Cachoeira do Sul. Sa fille, cette orgueilleuse que Fagundes avait connue, s'était enfuie du collège, entichée d'un homme marié. La femme est un animal pervers qui dérange la vie de tout un chacun. Si ce n'est pas l'épouse, c'est la fille ou la sœur. Clemente ne vivait-il pas la tête basse, s'éreintant à travailler, ou restant assis la nuit sur une pierre, à regarder le ciel, devant la porte de la cabane en pisé, depuis que le nègre Fagundes, à son retour d'Ilhéus, lui avait appris que Gabriela avait épousé le patron du bar, qu'elle était devenue une dame avec alliance au doigt, dent en or, et des domestiques sous ses ordres ?

Le nègre lui avait raconté les péripéties de sa fuite, la poursuite sur le morne, le saut du mur, sa rencontre avec Gabriela mariée et comment elle lui avait sauvé la vie. Ils faisaient brûler la forêt. Des animaux couraient épouvantés devant les flammes, porcs sauvages, *caititus, pacas*, daims, *teiús, jacus* et toute une foule de serpents, *jararacas*, crotales et *surucucus*. Puis ils devaient débroussailler avec précaution, car au milieu des buissons les serpents dissimulaient leurs têtes traîtresses prêtes à bondir pour mordre et provoquer une mort infaillible.

Il commençaient à mettre en terre les fragiles plants de cacao, lorsque le colonel l'avait fait appeler. Il se tenait sur la véranda de la maison, frappant sa botte de sa cravache. Avec cette cravache il avait battu sa fille, l'encourageant ainsi à s'enfuir. Il regarda le nègre Fagundes de ses yeux rêveurs et tristes depuis la fugue de Malvina et lui parla d'une voix empreinte de rage contenue :

— Tiens-toi prêt, le nègre. Un de ces jours je vais te ramener à Ilhéus. On aura besoin en ville d'hommes décidés.

Était-ce pour tuer le type qui avait enlevé sa fille ? Pour tirer sur lui et peut-être aussi sur elle ? Elle était orgueilleuse, on aurait dit une statue d'église. Mais lui, Fagundes, ne tuait pas les femmes. Ou bien parce que les bagarres allaient recommencer ? Il demanda :

— Encore de la bagarre ? Et, en riant : Cette fois-ci, je ne vais pas rater mon coup !

— C'est en prévision des élections. Leur date approche. Il nous faut les gagner. Au besoin on fera parler les carabines à répétition.

Bonne nouvelle après une si longue période de calme. Il retourna planter avec une ardeur accrue. Le soleil implacable lui fustigeait l'échine. Enfin ils terminèrent leur travail : quatre mille plants de cacao couvraient la terre naguère occupée par la redoutable forêt vierge.

En regagnant leur hutte, la houe sur l'épaule, Clemente et le nègre Fagundes bavardaient. Le crépuscule mourait, la nuit pénétrait dans les plantations avec son cortège de loups-garous, de mules de prêtre, d'âmes de défunts assassinés dans les embuscades de jadis. Des ombres erraient parmi les cacaoyers, les oiseaux de nuit ouvraient les yeux.

Un de ces jours, je vais revenir à Ilhéus. Cela en vaut la peine. Il y a tant de femmes au « Bate-Fundo », toutes si belles à voir. Je vais m'en donner à cœur joie, dit-il en tapotant son ventre noir au nombril saillant.

Ce ventre va devenir clair à force d'être frotté contre les ventres des Blanches !

— Tu vas à Ilhéus ?

— Je t'en ai parlé l'autre jour, quand le colonel m'en a averti. Il va y avoir des élections et on va les gagner à coups de feu. J'en ai été avisé. Je n'attends plus que l'ordre d'embarquer.

Clemente était pensif et semblait ruminer une idée.

Fagundes poursuivit :

— Cette fois-ci, je vais revenir avec de l'argent. Il n'y a pas de meilleure affaire que d'assurer une élection. On a de quoi manger et boire, une fête pour célébrer la victoire, et puis de l'argent plein les poches. Tu peux y compter : celle fois-ci je vais rapporter les milliers de réaux qu'il nous faut pour avoir le lopin de terre.

S'arrêtant dans l'ombre, le visage dans l'obscurité, Clemente lui demanda :

— Pourrais-tu parler au colonel pour lui dire de m'emmener moi aussi ?

— Pourquoi veux-tu y aller ? Tu n'es pas un homme porté sur la bagarre... Ce que tu sais faire, c'est cultiver la terre, planter, récolter. Pourquoi veux-tu y aller ?

Clemente se remit à marcher et ne répondit pas. Fagundes répéta :

— Pourquoi ? (Et il se rappela.) Pour voir Gabriela ?

Le silence de Clemente était une réponse. Les ombres grandissaient. Bientôt la mule-de-prêtre, surgissant de l'enfer, passerait au galop à travers la forêt, frappant les pierres de ses sabots, avec, à la place de la tête, une flamme jaillissant de sa gorge tranchée.

— Que vas-tu y gagner ? A quoi cela t'avancera-t-il de la revoir ? C'est maintenant une dame mariée, plus jolie que jamais. Le mariage n'a pas changé sa nature. Elle te parle comme si de rien n'était. Pourquoi veux-tu la voir ? Cela ne t'avancera à rien.

— C'est uniquement pour la voir. Pour la voir une fois, pour regarder son visage, pour respirer son parfum. Pour la voir rire, pour retrouver le rire.

— Tu la portes enracinée dans tes pensées, tu ne penses qu'à elle. J'ai bien remarqué qu'à présent, depuis que tu sais qu'elle est mariée, tu parles du lopin de terre seulement pour dire quelque chose. Pourquoi veux-tu la revoir ?

Un serpent de verre sortit des fourrés et fila sur le chemin. Dans l'ombre diffuse, son long corps brillait, il était beau à voir, on aurait dit un miracle dans cette nuit sauvage.

Clemente s'avança et abaissa la houe. Le serpent de verre se brisa en trois morceaux. D'un autre coup il lui écrasa la tête.

— Pourquoi as-tu fait cela ? Il n'est pas venimeux... il ne fait de mal à personne.

— Il est trop beau, cela suffit pour faire du mal.

Ils parcoururent un bout de chemin en silence, puis le nègre Fagundes parla :

— On ne doit jamais tuer une femme. Même si cette malheureuse fait votre malheur.

— Qui a parlé de tuer ?

Jamais il ne ferait cela, il n'en avait ni le courage ni la force. Mais il était capable de renoncer à dix années de sa vie, à son espoir de posséder un lopin de terre, pour la revoir encore une fois, une seule fois, et pour entendre son rire. Tel un serpent de verre, elle n'avait pas de venin, mais elle répandait la souffrance dans le cœur des hommes, rien qu'en passant, comme un mystère, comme un miracle. Dans les troncs d'arbre, au fond des bois, les chouettes hululaient, appelant « Gabriela ! »

LES CLOCHES SONNENT LE GLAS

Les *jagunços* n'eurent pas à descendre des plantations. Pas plus ceux de Melk, de Jesuíno, de Coriolano ou d'Amâncio Leal, que ceux d'Altino, d'Aristóteles ou de Ribeirinho. Ce ne fut pas nécessaire.

Il est vrai que cette campagne électorale avait pris des aspects nouveaux, inédits pour Ilhéus, Itabuna, Pirangi, Água Preta, pour la région cacaoyère. Auparavant les candidats, sûrs de leur victoire, ne se montraient même pas. Tout au plus visitaient-ils les colonels les plus puissants, possesseurs des plus grandes étendues de terre et du plus grand nombre de pieds de cacao. Cette fois-ci, c'était différent. Aucun n'avait la certitude d'être élu. Il leur fallait se disputer les voix. Auparavant c'étaient les colonels qui décidaient, sous les ordres de Ramiro Bastos. Maintenant tout était bouleversé. Si Ramiro commandait encore à Ilhéus et donnait des ordres à l'Intendant, à Itabuna commandait Aristóteles, son adversaire. L'un et l'autre soutenaient le gouvernement de l'Etat. Mais lequel des deux serait soutenu par le gouvernement après les élections ? Mundinho avait empêché Aristóteles de rompre avec le gouverneur.

Dans les bars, à la Papeterie Modèle, dans les conversations du marché au poisson, les avis étaient partagés. Certains affirmaient que le gouvernement continuerait d'appuyer Ramiro Bastos et ne reconnaîtrait que les candidats désignés par lui, même si ceux-ci étaient battus. Le vieux colonel n'était-il pas l'un des piliers de la faction qui dominait l'Etat ? Ne la soutiendrait-il pas en cas de difficulté ? D'autres pensaient que le gouvernement pencherait du côté des vainqueurs du scrutin. Le gouverneur arrivait au terme de son mandat et son successeur aurait besoin d'appuis pour exercer son autorité. Si Mundinho l'emportait, disaient-ils, le nouveau gouverneur le reconnaîtrait et pourrait ainsi compter sur Ilhéus et sur Itabuna. Les Bastos ne valaient plus rien et ne représentaient plus qu'un résidu dont il fallait se débarrasser. D'autres encore étaient d'avis que le gouvernement s'efforcerait de ménager les deux partis. Il ne validerait pas l'élection de Mundinho et laisserait le médecin de Rio continuer à palper son indemnité de député fédéral. Il maintiendrait Alfredo Bastos à la Chambre de l'Etat. En échange, il reconnaîtrait le Capitaine dont la victoire ne faisait de doute pour personne. L'Intendant d'Itabuna serait, bien sûr, le candidat d'Aristóteles, un compère de celui-ci, qui continuerait ainsi à administrer le municipe. Par ailleurs, on prévoyait que le gouvernement offrirait à Mundinho le siège de sénateur d'Etat que la mort de Ramiro laisserait vacant. En effet, le vieux avait déjà fêté ses quatre-vingt-trois ans.

— Il vivra bien jusqu'à cent ans...

— C'est sûr et certain. Ce siège de sénateur, Mundinho va l'attendre longtemps...

Ainsi le gouvernement resterait en bons termes avec les uns et les autres et renforcerait ses positions dans le sud de l'Etat.

— Il va plutôt se mettre les deux partis à dos...

Pendant que la population conjecturait et discutait, les candidats des deux factions multipliaient leurs efforts. Visites, voyages, baptêmes à profusion, cadeaux, réunions électorales, discours. Il ne se passait pas de dimanche sans réunion électorale à Ilhéus, à Itabuna ou dans les bourgades environnantes. Le Capitaine avait déjà prononcé plus de cinquante discours. Il avait la gorge brisée, il était devenu aphone à force de répéter des tirades retentissantes, de promettre monts et merveilles, de grandes réformes à Ilhéus, des routes, des travaux d'intérêt public, afin de compléter l'œuvre entreprise par son père, l'inoubliable Cazuza de Oliveira. Le Dr Maurício ne se dépensait pas moins. Tandis que le Capitaine parlait sur la place Seabra, il citait la Bible sur la place Rui Barbosa. João Fulgêncio affirmait :

— Je sais maintenant l'Ancien Testament par cœur à force d'entendre les discours de Maurício. S'il est vainqueur, mes enfants, il rendra obligatoire la lecture de la Bible, en chœur, chaque jour, sur la place publique, sous la direction du père Cecílio. Le plus malheureux dans cette histoire sera le père Basílio. Tout ce qu'il connaît de la Bible, c'est que le Seigneur a dit : « Croissez et multipliez. »

Mais pendant que le Capitaine et le Dr Maurício limitaient leur campagne à la ville et aux villages ou aux bourgs du municipe, Mundinho, Alfredo et Ezequiel se déplaçaient à Itabuna, à Ferradas, à Macuco et parcouraient toute la zone du cacao, car ils étaient tributaires des suffrages de toute la région. Le Dr Vítor Melo lui-même, ému par les informations parvenues à Rio et qui présentaient sa réélection comme improbable, avait embarqué sur un *Ita* à destination d'Ilhéus en pestant contre ces trublions du pays du cacao. Il abandonna son élégant cabinet de consultations où il soignait les nerfs des dames « blasées », et laissa pleines de regrets les Françaises de l' « Assyrien » ou les figurantes des compagnies de revues, non sans avoir auparavant demandé à Emílio Mendez Falcão, son collègue du Parti Républicain au Parlement comme député de São Paulo :

— Qui est ce parent à vous qui a décidé de me disputer mon siège de député à Ilhéus ? Un certain Mundinho, le connaissez-vous ?

— C'est mon frère, le plus jeune. Je suis déjà au courant.

Alors le député de la zone du cacao s'émut. Si c'était le frère d'Emílio et de Lourival, son élection et — bien pis encore ! — sa validation couraient un réel danger. Emílio l'informa en ces termes :

— C'est un cinglé. Il a tout plaqué ici pour aller se fourrer dans ce trou perdu, et soudain le voilà candidat. Il raconte qu'il viendra à la Chambre dans le seul but d'interrompre mes discours... — Puis, en riant, il lui demanda : Pourquoi ne changez-vous pas de circonscription électorale ? Mundinho est un enfant terrible. Il peut fort bien se faire élire.

Comment pourrait-il changer de circonscription ? Il était le protégé d'un sénateur, un oncle maternel, et il avait happé ce siège vacant dans la septième circonscription de l'Etat de Bahia. Les autres étaient tous occupés. Qui pourrait consentir à faire un échange pour aller se mesurer à un frère de Lourival, Mendes Falcão, un grand seigneur du café qui imposait ses volontés au Président de la République ? Il embarqua en toute hâte à destination d'Ilhéus.

João Fulgêncio était d'accord avec Nhô-Galo : le plus grand service que le député Vítor Melo aurait pu rendre à sa propre cause aurait été de ne pas venir à Ilhéus. C'était l'individu le plus antipathique du monde.

— C'est un vomitif... disait Nhô-Galo.

Il prononçait des discours hermétiques, ponctués de termes médicaux (« ses discours sentent le formol », observait João Fulgencio), avec une voix écœurante. Efféminé, s'affublant d'étranges vestons cintrés, il aurait passé pour un inverti s'il n'avait pas été porté sur les femmes.

— C'est Tonico Bastos élevé au cube, affirmait Nhô-Galo pour le définir.

Tonico, accompagné de sa femme, faisait un séjour à Bahia où il attendait que la ville ait complètement oublié sa triste mésaventure. Il ne voulait pas participer à la campagne électorale. Ses adversaires pourraient exploiter son histoire avec Nacib. N'avait-on pas affiché sur le mur de sa maison un dessin aux crayons de couleur qui le représentait courant en caleçon — une infamie, il s'était sauvé en pantalon ! — et en train de crier au secours ? Au bas figurait ce couplet ordurier :

Tonico vase-de-nuit
Don Juan de lupanar
S'est fait drôlement baiser.
— Es-tu vraiment mariée ?
— Je suis seulement maîtresse.
Et une beigne il a pris,
Tonico vase de nuit.

Quelqu'un qui faillit aussi recevoir des beignes, sinon un coup de feu, ce fut le député Vítor Melo. Avec son allure de jeune premier, son air écœuré et son expérience des dames de Rio, des clientes nerveuses guéries sur le divan de son cabinet, à peine voyait-il une jolie femme qu'il commençait à lui faire des propositions, sans se soucier le moins du monde de savoir qui était le mari. Lors d'une fête au Club Progrès, il échappa à une correction uniquement parce qu'Alfredo Bastos intervint à temps, alors que l'impulsif Moacir Estrela, l'un des associés de l'entreprise d'autocars, allait appliquer son poing sur la noble gueule parlementaire de Vítor. Celui-ci avait invité à danser l'épouse de Moacir, mignonne et modeste, qui commençait à fréquenter les salons du Club en raison de la récente prospérité de son mari. La dame le planta au milieu de la salle en lui lançant à haute voix :

— Indécent !

Elle raconta à ses amies que le député n'avait cessé de glisser une jambe entre les siennes et de lui serrer la poitrine comme si au lieu de danser, il désirait autre chose. Le *Diário de Ilhéus*, par la plume agressive et puriste du Docteur, relata l'incident sous ce titre : « LE COUARD EXPULSÉ DU BAL POUR IGNOMINIE. » Il n'y eut pas à proprement parler expulsion. Alfredo Bastos emmena le député avec lui, car les esprits étaient échauffés. Le colonel Ramiro Bastos lui-même, en apprenant cette mésaventure et quelques autres, avait avoué à ses amis :

— C'est Aristóteles qui avait raison. Si j'avais su cela plus tôt, je ne serais pas brouillé avec lui et je n'aurais pas perdu Itabuna.

Au bar de Nacib aussi il y eut une empoignade avec le député. Dans une discussion, le bonhomme, perdant la tête, avait déclaré qu'Ilhéus était un pays de sauvages, de gens mal élevés, sans le moindre degré de culture. Cette fois ce fut João Fulgêncio qui le sauva. Josué et Ari Santos s'étant considérés comme personnellement offensés voulaient lui donner une raclée. Il fallut que João Fulgêncio usât de toute son autorité pour éviter la bagarre. Le bar de Nacib était maintenant un bastion de Mundinho Falcão. Associé à l'exportateur et ennemi de Tonico, l'Arabe (citoyen brésilien de naissance et électeur) prenait part à la campagne électorale. Et, pour stupéfiant que cela paraisse, au cours de ces journées agitées par les réunions publiques, lors de la plus importante, quand le Dr Equeziel battit tous ses records de tafia et d'inspiration, Nacib lui aussi prononça un discours. Quelque chose se produisit en lui après avoir entendu Ezequiel. Il ne put se contenir et demanda la parole. Ce fut un succès sans précédent, d'autant plus qu'après avoir commencé en portugais, comme les mots jolis laborieusement pêchés au fond de sa mémoire lui manquaient, il termina en arabe sur un déluge de paroles se succédant avec une impressionnante rapidité. Les applaudissements n'en finissaient pas.

— C'est le discours le plus sincère et le plus inspiré de toute la campagne, assura João Fulgêncio.

Toute cette agitation cessa par une douce matinée, d'une lumière bleutée, où les jardins d'Ilhéus exhalaient leurs parfums et où les oiseaux saluaient par leurs trilles une si grande beauté. Le colonel Ramiro se réveillait très tôt. La plus ancienne servante de la maison, au service des Bastos depuis près de quarante ans, lui apportait une petite tasse de café. Le vieillard s'asseyait dans son fauteuil à bascule et pensait à la conduite de la campagne électorale en faisant des calculs. Il s'habituait peu à peu à l'idée de se maintenir au pouvoir grâce à la validation promise par le gouverneur après l'élimination des adversaires élus. Ce matin-là, la servante l'attendit avec la tasse de café. Il ne venait pas. Inquiète, elle réveilla Jerusa. Elles allèrent le retrouver mort, les yeux ouverts, la main droite crispée sur le drap. Un sanglot s'éleva de la poitrine de la jeune fille. La servante se mit à crier : « Mon parrain est mort ! »

Le *Diário de Ilhéus*, bordé de noir, fit l'éloge du colonel : « En cette heure de deuil et de douleur s'effacent toutes les divergences. Le colonel Ramiro Bastos a été un grand homme d'Ilhéus. La ville, le municipe et la région lui doivent beaucoup. Le progrès dont nous sommes aujourd'hui si fiers et pour lequel nous combattons, sans Ramiro Bastos n'aurait pas existé. » Sur la même page, parmi bien d'autres annonces nécrologiques — de la famille, de l'Intendance, de l'Association commerciale, de la confrérie de Saint-Georges, de la famille Amâncio Leal, du chemin de fer Ilhéus-Conquista —, on pouvait en lire une du Parti Démocratique de Bahia (section d'Ilhéus) invitant tous ses adhérents à assister à l'enterrement de l'« inoubliable homme public, adversaire loyal et citoyen exemplaire ». Elle portait les signatures de Raimundo Mendes Falcão, Clóvis Costa, Miguel Batista de Oliveira, Pelópidas de Assunção d'Ávila et du colonel Artur Ribeiro.

Dans la salle aux fauteuils à dossier haut où le corps reposait, Alfredo Bastos et Amâncio Leal reçurent les condoléances d'une foule qui défila pendant toute une matinée et tout un après-midi. Tonico avait été averti par télégramme. A midi, faisant porter une immense couronne, Mundinho Falcão entra dans la maison, donna l'accolade à Alfredo, et serra avec émotion la main d'Amâncio. Jerusa se tenait immobile auprès du cercueil, son visage de nacre baigné de larmes. Mundinho s'approcha, elle leva les yeux, éclata en sanglots et s'enfuit de la pièce.

A trois heures de l'après-midi, la maison était trop petite pour contenir la foule qui remplissait la rue jusqu'aux abords du Club Progrès et de l'Intendance. Toute la ville d'Ilhéus se trouvait là. Un train spécial et trois autocars étaient venus d'Itabuna. Altino Brandão arriva de Rio do Braço. Il dit à Amâncio :

— C'est mieux ainsi, ne trouvez-vous pas ? Il est mort avant d'avoir perdu, il est mort en commandant, comme il le souhaitait. C'était un homme obstiné, de ceux d'autrefois. Le dernier qui restait.

Il y avait là l'évêque, accompagné de tous les prêtres. La mère supérieure du collège avec ses sœurs et leurs élèves alignées dans la rue pour attendre la sortie du cortège funèbre. Enoch avec tous les professeurs et élèves de son lycée. Les instituteurs et les élèves du groupe scolaire, les enfants de l'école de doña Guilhermina et des autres établissements privés. La confrérie de Saint-Georges avec le Dr Maurício revêtu de l'habit rouge. Le Mister habillé de noir, le long Suédois de la compagnie de navigation et le ménage grec. Exportateurs, *fazendeiros,* commerçants (les commerces avaient fermé leurs portes en signe de deuil) et gens du peuple, descendus des mornes ou venus du Pontal et de l'Ilha das Cobras.

Avec difficulté, accompagnée de doña Arminda, Gabriela se fraya un passage jusqu'à la salle pleine de couronnes et de gens. Étant parvenue à s'approcher du cercueil, elle souleva le foulard de soie qui recouvrait le visage du mort et le regarda un instant. Puis elle se pencha sur la main d'une blancheur de cire et la baisa. Le jour de l'inauguration de la crèche des sœurs Dos Reis, le colonel s'était montré gentil avec elle, sous les yeux de sa belle-sœur et de son beau-frère le docteur. Elle embrassa Jerusa qui s'accrocha à son cou en pleurant. Gabriela pleurait elle aussi, beaucoup de gens sanglotaient dans le salon. Les cloches de toutes les églises sonnaient le glas.

A cinq heures, le cortège s'ébranla. La foule ne pouvant plus contenir dans la rue se répandit sur la place. Tandis qu'au bord de la tombe commençaient déjà les discours — le Dr Maurício, le Dr Juvenal, avocat à Itabuna, le Docteur au nom de l'opposition prirent la parole et l'évêque prononça quelques mots —, une partie du cortège gravissait encore la rampe de Vitória pour se rendre au cimetière. Le soir, avec les cinémas fermés, les cabarets tous feux éteints, les bars vides, la ville apparaissait déserte comme si toute sa population était morte.

DE LA FIN (OFFICIELLE) DE LA SOLITUDE

La clandestinité est dangereuse et compliquée. Elle exige de la patience, de la sagacité, de la vivacité et un esprit toujours en alerte. Il n'est pas facile d'observer intégralement toutes les précautions qu'elle requiert. Il est difficile de la mettre à l'abri de la négligence qui devient naturelle au fur et à mesure que le temps passe et qu'augmente insensiblement l'impression de sécurité. Au début, on exagère les précautions, mais, peu à peu, on les abandonne l'une après l'autre. La clandestinité s'amenuise, se dépouille de son voile de mystère et, soudain, le secret ignoré de tous est une nouvelle qui court sur toutes les lèvres. C'est sans doute ce qui arriva à Glória et à Josué.

Béguin, amourette, passion ou amour, la qualification du sentiment variait au gré de la culture et de la bienveillance du commentateur, mais tout le monde à Ilhéus connaissait la liaison du professeur et de la mulâtresse. On n'en parlait pas seulement en ville, mais aussi jusque dans les *fazendas* perdues du côté de la Serra do Baforé. Et pourtant, les premiers jours, toutes les précautions paraissaient insuffisantes à Josué et surtout à Glória. Elle avait exposé à son amant les deux raisons profondes et respectables qui lui faisaient désirer maintenir la population d'Ilhéus en général et le colonel Coriolano Ribeiro en particulier dans l'ignorance de toute cette beauté chantée en prose et en vers par Josué, de toute cette joie bénie qui resplendissait sur son visage à elle. C'étaient d'abord les violences fort peu recommandables naguère perpétrées par le *fazendeiro* jaloux qui ne pardonnait pas à une maîtresse de l'avoir trahi. S'il lui payait le luxe d'une reine, il exigeait l'exclusivité de ses faveurs. Glória ne voulait pas courir le risque de recevoir une raclée ni d'avoir les cheveux tondus comme Chiquinha. Elle ne voulait pas davantage exposer les os fragiles de Josué. En effet, Juca Viana, le séducteur, avait été frappé lui aussi et avait eu le crâne rasé. En second lieu, elle ne voulait pas perdre, en même temps que les cheveux et la décence, les avantages d'une maison splendide, du crédit ouvert à l'épicerie et dans les magasins, de la bonne à tout faire, des parfums, de l'argent gardé sous clef dans un tiroir. Aussi Josué devait-il entrer chez elle après disparition du dernier noctambule, en ressortir avant le lever du premier des matineux et, enfin, l'ignorer complètement en dehors des heures où, avec ardeur et voracité, faisant gémir le lit, ils se dédommageaient de toutes ces contraintes.

Il est possible de maintenir une clandestinité aussi stricte pendant une semaine, quinze jours. Ensuite commencent les négligences, l'absence de vigilance, les inattentions. Hier un peu plus tôt, un peu plus encore aujourd'hui, et Josué finit par pénétrer dans la maison maudite alors que le bar « Le Vésuve » était encore plein de monde, juste après la fin de la séance du « Ciné-Théâtre Ilhéus » ou même un peu avant. Cinq minutes de sommeil de plus aujourd'hui, encore cinq minutes de plus demain, et il finit par quitter la chambre de Glória pour aller directement faire ses cours au collège. Hier une confidence à Ari Santos (« Que cela reste entre nous... »), aujourd'hui une autre à Nhô-Galo (« Quelle femme ! »), un secret murmuré hier à l'oreille de Nacib (« Ne racontez cela à personne, pour l'amour de Dieu ! »), un autre aujourd'hui à l'oreille de João Fulgêncio (« Elle est divine, monsieur João ! »), et la nouvelle de la liaison du professeur avec la maîtresse du colonel ne tarda pas à se répandre.

Il ne fut pas le seul à se montrer indiscret — comment dissimuler au fond du cœur cet amour qui explosait ? — ni le seul à se montrer imprudent. Comment pouvoir attendre le milieu de la nuit pour pénétrer dans le paradis défendu ? Toute la culpabilité ne pesait pas sur lui. Glória n'avait-elle pas commencé, pour sa part, à se promener sur la place, abandonnant sa fenêtre solitaire pour le voir de plus près, assis au bar, et lui faire des sourires ? N'achetait-elle pas des cravates, des chaussettes, des chemises d'hommes et même des caleçons dans les magasins ? N'avait-elle pas porté chez le tailleur Petrônio, le meilleur et le plus cher de la ville, un complet de Josué élimé et ravaudé afin que ce maître de l'aiguille en confectionnât un autre en drap bleu, pour le lui offrir le jour de son anniversaire ? N'était-elle pas allée l'applaudir dans le salon d'honneur de l'Intendance quand il avait présenté un conférencier ? Ne se rendait-elle pas, unique femme parmi trois pelés et un tondu, aux séances dominicales du Cercle Rui Barbosa, en traversant d'un air insolent le groupe des vieilles filles qui sortaient de la messe de dix heures ? Avec le père Cecílio, Quinquina et Florzinha, l'acariâtre Doroteia et la furibonde Cremildes commentaient cet engouement de Glória pour la littérature :

— Il vaudrait mieux qu'elle vienne confesser ses péchés...

— Un de ces jours elle va écrire dans les journaux...

Leur exaspération atteignit son comble quand Josué, un dimanche après-midi, alors que la place était pleine de monde, fut aperçu à travers un store imprudemment ouvert en train de marcher en caleçons dans le salon de Glória. Les vieilles filles clamèrent que c'en était trop, qu'aucune personne décente ne pouvait traverser tranquillement la place.

Cependant, avec toutes les nouveautés et tous les événements qui survenaient à Ilhéus, ce « libertinage » (comme disait Doroteia) ne constituait plus un scandale. Des sujets autrement sérieux et importants alimentaient discussions et commentaires. Par exemple, après l'enterrement du colonel Ramiro Bastos, on désirait savoir qui prendrait sa place et occuperait le poste de chef politique devenu vacant. Certains trouvaient naturel et juste que ce poste fût attribué au Dr Alfredo Bastos, son fils, ancien Intendant et actuel député au Parlement de l'État. Ils pesaient ses défauts et ses qualités. Ce n'était pas un homme brillant, il ne se distinguait pas par son énergie et n'avait pas l'étoffe d'un chef. Comme Intendant, il s'était montré zélé, honnête et assez bon administrateur. Comme député, il était médiocre. Il n'était vraiment bon que comme médecin spécialiste des enfants, le premier à exercer la pédiatrie à Ilhéus. Il avait épousé une femme ennuyeuse et pédante qui prétendait avoir des origines nobles. Ceux-là finissaient par se déclarer assez pessimistes au sujet de l'avenir du parti gouvernemental et du progrès de la zone cacaoyère avec un dirigeant aussi faible.

Toutefois ceux qui voyaient dans Alfredo le successeur de Ramiro n'étaient qu'un petit nombre. L'accord de la grande majorité se réalisait sur la personnalité dangereuse et inquiétante du colonel Amâncio Leal, le vrai héritier politique de Ramiro. Les fils de celui-ci recevaient la fortune, les histoires qu'on raconterait aux descendants, la légende du colonel disparu. Mais la direction du parti ne pouvait revenir qu'à Amâncio. Il avait été le bras droit de Ramiro. Se désintéressant des postes, il avait cependant participé à toutes les décisions. Son opinion était la seule qui fût respectée par le défunt maître du pays. On murmurait que les deux compères avaient projeté d'unir les familles Bastos et Leal par le mariage de Jerusa avec Berto, dès que le jeune homme aurait terminé ses études. La vieille servante de Ramiro disait avoir entendu le vieillard parler de ce projet quelques jours avant de mourir. On savait aussi que le gouverneur avait fait offrir à Amâncio le siège de sénateur d'État laissé vacant par la mort de son compère.

Entre les mains violentes d'Amâncio, quel serait le destin de la zone du cacao et de l'influence politique du gouvernement ? Il était difficile de l'imaginer, s'agissant d'un homme aussi imprévisible, emporté, contradictoire et obstiné. Ses amis vantaient chez lui deux qualités : le courage et la loyauté. D'autres censuraient son entêtement et son intolérance. Tous s'accordaient pour prévoir une fin de campagne électorale mouvementée, car Amâncio ne manquerait pas de recourir à la violence.

Intéressés par des questions aussi passionnantes, comment les gens d'Ilhéus pouvaient-ils se soucier des amours de Glória et de Josué qui se prolongeaient depuis des mois sans incident ? Seules les vieilles filles, maintenant jalouses de la joie répandue en permanence sur le visage de Glória, leur consacraient encore quelques commentaires. Il aurait fallu qu'un événement dramatique ou pittoresque vînt briser la monotonie du bonheur des deux amants pour que les gens d'Ilhéus leur prêtassent à nouveau attention. Si Coriolano venait à apprendre la vérité et s'il faisait un tour à sa façon, alors oui, cela en vaudrait la peine. Mais pour traiter Josué de « gigolo », comme beaucoup l'avaient fait au début, pour commenter les poèmes où il décrivait ses coucheries avec des détails scabreux, personne ne se dérangeait plus. On ne reviendrait à Josué et à Glória que lorsque Coriolano aurait eu connaissance de la trahison de sa maîtresse, car alors ce serait amusant.

Or, ce ne fut pas amusant du tout. Cela se passa le soir relativement tôt, vers les dix heures, après la sortie des cinémas, alors que le bar « Le Vésuve » était bondé. Nacib allait de table en table, annonçant pour bientôt l'inauguration du « Restaurant du Commerce ». Josué avait franchi la porte de Glória depuis plus d'une heure. Il avait abandonné les dernières précautions et faisait fi des opinions puritaines des familles ou de certains citoyens, comme le Dr Maurício. D'ailleurs, qui respectait de telles opinions à présent ?

Il y eut un bruit de tables et de chaises remuées quand Coriolano apparut sur la place, vêtu comme un miséreux, puis se dirigea vers la maison où naguère avait habité sa famille et où maintenant sa maîtresse se régalait avec le jeune professeur. Les interrogations se croisaient : Est-il armé ? Va-t-il leur donner le fouet ? Va-t-il faire du scandale ? Tirer des coups de feu ? Coriolano introduisit la clef dans la serrure. Au bar l'agitation croissait. Nacib se dirigea vers la porte de la large terrasse. On resta en haleine, dans l'attente de cris et peut-être de coups de feu. Il n'y eut rien de tel. De la maison de Glória. aucun bruit ne parvenait.

De longues minutes s'écoulèrent. Les clients du bar se regardaient. Nhô-Galo serrait nerveusement le bras de Nacib, le Capitaine proposait qu'un groupe de personnes allât voir ce qui se passait afin d'éviter un malheur. João Fulgêncio s'opposa à cette initiative intempestive :

— Ce n'est pas nécessaire, il ne se passera rien, je vous le parie. Et il ne se passa rien, si ce n'est que l'on vit sortir par la porte en se donnant le bras de Glória et Josué qui suivirent l'avenue de la Plage pour éviter de passer devant « Le Vésuve » rempli de monde. Peu après, la bonne apporta et rangea sur le trottoir des malles et des valises, une guitare et un pot de chambre, unique détail amusant de toute cette histoire. Finalement elle s'assit sur la valise la plus grande et resta à attendre. La porte fut fermée de l'intérieur. Plus tard un porteur se présenta pour prendre les bagages, mais seulement passé onze heures, alors qu'il n'y avait plus que de rares clients au bar.

Sensationnelle, en compensation, fut la nouvelle de la visite d'Amâncio Leal à Mundinho quelques jours après. Le *fazendeiro* était parti pour ses plantations aussitôt après l'enterrement de Ramiro. Il y était resté sans donner signe de vie pendant plusieurs semaines. La campagne électorale avait subi une brusque interruption par suite de la mort du vieux cacique, comme si l'opposition n'avait plus eu personne à combattre et comme si les gouvernementaux n'avaient plus su quoi faire une fois privés du chef qui les avait pendant si longtemps dirigés. Finalement Mundinho et ses amis avaient recommencé à se démener, mais sans retrouver le rythme, l'enthousiasme et la fébrilité des débuts de la campagne.

Amâncio Leal descendit du train et se dirigea directement vers le bureau de l'exportateur. Il était un peu plus de quatre heures de l'après-midi, le quartier du commerce regorgeait de monde. La nouvelle se propagea rapidement et atteignit les quatre coins de la ville avant même que l'entretien ne fût terminé. Quelques badauds se massèrent dans la rue, devant la maison d'exportation, et levèrent la tête pour épier les fenêtres du bureau de Mundinho.

Le colonel serra la main de son adversaire politique, s'installa dans le confortable fauteuil, refusa liqueur, tafia et cigare :

— Monsieur Mundinho, tous ces derniers temps, je vous ai combattu. C'est moi qui ai fait mettre le feu aux journaux — sa voix douce, son œil unique et ses paroles clairement articulées laissaient entendre que sa démarche était le fruit d'une longue réflexion. C'est encore moi qui ai donné l'ordre de faire feu sur Aristóteles.

Il alluma une cigarette et poursuivit :

— J'étais disposé à mettre Ilhéus sens dessus dessous pour la deuxième fois. Quand j'étais plus jeune, en compagnie de mon compère Ramiro, j'avais déjà fait cela. (Il fit une pause comme pour se rappeler.) Les *jagunços* étaient en état d'alerte, prêts à descendre, les miens et ceux de mes amis, afin de liquider les élections. (Il fixa sur l'exportateur son œil unique et sourit.) Un homme de main, excellent tireur, une vieille connaissance, avait été pressenti pour vous descendre.

Mundinho l'écoutait, l'air très grave. Amâncio tira une bouffée de sa cigarette :

— C'est à mon compère que vous devez d'être vivant, monsieur Mundinho. S'il n'était pas mort, c'est vous qui seriez au cimetière. Mais Dieu ne l'a pas voulu. Il l'a rappelé le premier.

Il se tut, peut-être pour penser à son ami disparu. Mundinho attendit, un peu pâle.

— Maintenant, tout est fini. J'ai été votre adversaire, car pour moi mon compère était plus qu'un frère, c'était pour ainsi dire un père. Je ne me suis jamais soucié de savoir qui avait raison. A quoi bon ? Du moment que vous étiez contre mon compère, moi j'étais contre vous. Et, s'il vivait encore, je serais à ses côtés contre le diable en personne. (Nouvelle pause). Pendant les vacances, mon fils aîné est venu ici...

— J'ai fait sa connaissance. Nous avons bavardé plus d'une fois.

— Je sais. Il avait des discussions avec moi et il soutenait que vous aviez raison. Ce n'est pas ce qui pouvait me faire changer d'avis. D'ailleurs, je n'ai pas imposé de contrainte au garçon. Je veux qu'il soit indépendant et qu'il sache juger par lui-même. C'est pour cela que je travaille et que je gagne de l'argent, pour que mes enfants n'aient besoin de personne, pour qu'ils puissent se déterminer de leur propre chef.

Il fit un nouveau silence, il fumait. Mundinho ne bougea pas.

— Puis mon compère est mort. Je suis allé sur mes terres et je me suis mis à réfléchir. Qui est-ce qui va occuper la place de mon compère ? Alfredo ? (Il fit de la main un geste d'indifférence.) C'est un brave garçon, il guérit les maladies des enfants. A part cela, c'est le portrait de sa mère, une sainte femme. Tonico ? Celui-là, je ne sais pas à qui il ressemble. On dit que le père de mon compère était coureur de jupons, mais ce n'était pas une lavette. J'ai bien réfléchi et je n'ai vu à Ilhéus qu'un seul homme capable de remplacer mon compère, et cet homme c'est vous. Je suis venu pour vous le dire. En ce qui me concerne, c'est fini, je ne vous combattrai plus.

Mundinho garda encore le silence pendant quelques minutes. Il pensait à ses frères, à sa mère, à la femme de Lourival. Quand l'employé lui avait annoncé le colonel Amâncio, il avait pris son revolver dans le tiroir et l'avait mis dans sa poche. Il avait craint pour sa vie. Il s'attendait à tout, sauf à la main tendue du colonel. Maintenant il était le nouveau chef du pays du cacao. Pourtant il ne se sentit ni joyeux ni fier. Il n'avait plus d'adversaire contre qui lutter, du moins jusqu'au moment où quelqu'un surgirait pour l'affronter, lorsque les temps auraient à nouveau changé et qu'il ne serait plus apte à gouverner, comme cela avait été le cas pour le colonel Ramiro Bastos.

— Colonel, je vous remercie. Moi aussi je vous ai combattu comme j'ai combattu le colonel Ramiro. Pas pour une question de personne, car j'admirais le colonel. Mais nous n'étions pas d'accord au sujet de l'avenir d'Ilhéus.

— Je le sais.

— Nous aussi nous avions préparé nos *jagunços*. Je ne sais pas qui aurait remis Ilhéus debout après que nous l'aurions mise sens dessus dessous. Il y avait aussi un homme désigné pour vous descendre, une vieille connaissance non pas de moi, mais d'un de mes amis. Maintenant aussi en ce qui me concerne, tout cela est fini. Ecoutez-moi bien colonel : cette fripouille de Vítor Melo ne sera pas député d'Ilhéus, parce qu'Ilhéus doit être représentée par quelqu'un d'ici qui s'intéresse à son progrès. Mais, hormis cet individu, ce peut être n'importe qui, la personne que vous vous voudrez. Donnez-moi un nom et je retire le mien. Je l'inscris à ma place et je le recommande à mes amis. Le Dr Alfredo ? Vous-même ? Vous, je vous vois mieux dans le siège qu'occupait le colonel Ramiro au Sénat de Bahia.

— Je ne le veux pas, monsieur Mundinho, mais je vous en remercie. Je ne veux rien pour moi. Si je vote, ce sera pour vous. Je n'aurais voté pour ce coquin de Dr Vítor que pour suivre mon compère. Mais en ce qui me concerne, finie la politique. Je vais aller vivre dans mon coin. Je suis seulement venu pour vous dire que je ne vous combattrai plus. On ne refera de la politique à la maison que lorsque mon fils aura terminé ses études, si cela l'intéresse. Mais j'ai une chose à vous demander : ne faites pas de misères aux fils de mon compère ni à ses amis. Les fils ne valent pas grand-chose, je le sais bien. Mais Alfredo est un homme droit et Tonico un pauvre diable. Nos amis sont des hommes de bien, ils sont restés aux côtés de mon compère dans les moments difficiles. C'est tout ce que je voulais vous demander. Pour moi, je ne veux rien.

— Je n'ai pas l'intention de faire de misères à qui que ce soit, ce n'est pas mon genre. Au contraire, je voudrais m'entretenir avec vous pour trouver un moyen de ne pas porter préjudice au Dr Alfredo.

— Pour lui, le mieux est de revenir à Ilhéus, de soigner des enfants. C'est cela qu'il aime. Maintenant, après la mort de mon compère, il est très riche. Il n'a pas besoin de faire de politique. Quant à Tonico, laissez-le à son étude de notaire.

— Et le colonel Melk ? Et les autres ?

— C'est vous et eux que cela regarde. Melk est très abattu depuis l'histoire de sa fille. Il est fort possible qu'il fasse comme moi et cesse de s'intéresser à la politique. Je m'en vais, monsieur Mundinho, je vous ai déjà fait perdre trop de temps. Désormais vous pouvez compter sur moi comme sur un ami, mais pas pour faire de la politique. Après les élections, je veux que vous veniez un jour me voir à la plantation. Nous chasserons les *préas*...

Mundinho le raccompagna jusqu'à l'escalier. Peu après, il sortit à son tour. Il marcha dans la rue seul et silencieux, répondant à peine aux salutations nombreuses et très cordiales qu'on lui adressait.

DE PERTES ET DE PROFITS AVEC UN « CHEF DE CUISINE »

João Fulgêncio mastiqua une croquette et cracha :

— De mauvaise qualité, Nacib. La cuisine est un art, vous devez le savoir. Elle exige non seulement des connaissances mais encore et surtout, une vocation. Et votre nouvelle cuisinière n'est pas faite pour cela. Elle n'y entend rien.

Il y eut des rires à la ronde, Nacib prit un air soucieux. Nhô-Galo exigea une réponse à la question qu'il venait de poser : « Pourquoi Coriolano s'était-il contenté de mettre Glória et Josué à la porte et d'abandonner sa maîtresse ? Lui, habituellement si violent, le bourreau de Chiquinha et de Juca Viana qui encore, deux ans plus tôt, avait menacé Tonico Bastos ? Pourquoi avait-il agi ainsi ?

— Pourquoi ?... A cause de la bibliothèque de l'Association commerciale, des bals du Club Progrès, de la ligne d'autocars, des travaux sur le chenal... A cause de son fils sur le point d'être docteur, de la mort de Ramiro Bastos, et à cause de Mundinho Falcão...

Il fit une pause. Nacib se dirigea vers une autre table.

— A cause de Malvina, à cause de Nacib.

Les fenêtres fermées de l'ancienne maison de Glória mettaient une note mélancolique dans le paysage de la place. Le Docteur traduisit cette impression :

— Je dois avouer que je regrette de ne plus voir sa silhouette encadrée dans la fenêtre. Nous y étions habitués.

Ari Santos soupira en se rappelant les seins dressés comme en offrande, l'éternel sourire et les yeux langoureux. Quand elle reviendrait d'Itabuna (où elle était partie pour quelques jours en compagnie de Josué) où irait-elle habiter, à quelle fenêtre se pencherait-elle, à quels regards exposerait-elle ses seins et ses sourires, ses lèvres charnues et ses yeux humides ?

— Nacib ! cria João Fulgêncio. Il vous faut prendre des dispositions, mon vieux. Des dispositions urgentes ! Il vous faut changer de cuisinière et acquérir la maison de Coriolano pour que nous y installions Glória à nouveau. Sans quoi, ô illustre descendant du Prophète, votre bar s'en ira à vau-l'eau...

Nhô-Galo suggéra l'ouverture d'une souscription parmi les clients en vue de payer le loyer de la maison et d'y replacer en grande pompe les chairs épanouies de Glória.

— Et l'élégance de Josué, qui va la payer ? lança Ari.

— A ce qui me semble, ce sera notre ami Ribeirinho... dit le Docteur.

Nacib riait, mais il était préoccupé. En faisant le bilan de ses affaires, nécessaire en vue de la prochaine inauguration du restaurant, il avait pris sa tête entre ses mains, peut-être pour constater qu'il la possédait encore. Il l'avait perdue si souvent au cours des derniers mois ! Il était naturel que dans les semaines qui suivirent la découverte de Tonico tout nu dans sa chambre, il eût oublié le projet d'ouvrir un restaurant. Pendant plusieurs jours, il avait vécu geignant de douleur et la tête vide en raison de l'absence de Gabriela. Mais même par la suite il n'avait fait que des sottises.

Apparemment, tout était redevenu normal. Les clients étaient toujours là, jouant aux dames et au trictrac, bavardant, riant, buvant de la bière, sirotant des apéritifs avant le déjeuner et avant le dîner. Il s'était complètement rétabli, la blessure s'était cicatrisée dans son cœur, il ne harcelait plus doña Arminda pour lui demander des nouvelles de Gabriela ou pour s'informer des propositions qu'elle recevait et refusait. Toutefois les clients ne consommaient plus autant qu'avant, ils ne dépensaient plus autant que du temps de Gabriela. La cuisinière qu'il avait fait venir du Sergipe et dont il avait payé le voyage était une magistrale escroquerie. D'un niveau tout à fait ordinaire, ses sauces étaient trop lourdes, ses mets trop gras, ses friandises trop sucrées. Ses amuse-gueule pour le bar étaient exécrables. Et avec cela exigeante ! Elle réclamait des aides, pestait contre le travail, un vrai poison ! Par-dessus le marché un épouvantail, tant elle était laide, avec des verrues et des poils sur le menton. De toute évidence, elle ne faisait pas l'affaire, pas même pour le bar et à plus forte raison pour diriger la cuisine d'un restaurant.

Les amuse-gueule et les friandises incitaient à boire, retenaient les clients et les poussaient à renouveler les consommations. Le bar était toujours aussi fréquenté, son animation restait intense, le caractère sympathique de Nacib maintenait une clientèle fixe. Mais la consommation des boissons avait diminué et, avec elle, les profits. Beaucoup se contentaient d'un seul verre, d'autres ne venaient plus chaque jour. L'ascension foudroyante du « Vésuve » marquait une pause. Il y avait même une diminution du rendement alors que l'argent circulait à profusion dans la ville, que tout le monde faisait des dépenses dans les magasins et dans les cabarets. Il lui fallait faire quelque chose, renvoyer la cuisinière, en trouver une autre quel qu'en soit le prix. A Ilhéus c'était impossible, il en avait fait l'expérience. Il avait parlé de la chose à doña Arminda. La sage-femme avait eu le courage de lui déclarer :

— C'est une coïncidence, monsieur Nacib. J'étais en train de penser que la bonne cuisinière qu'il vous faut c'est Gabriela. Je n'en vois pas d'autre.

Il dut se contenir pour ne pas lâcher un juron. Cette doña Arminda était de plus en plus folle. D'ailleurs elle n'arrêtait pas d'assister à des séances de spiritisme et de converser avec les morts. Elle lui avait raconté que le vieux Ramiro était apparu dans le local où Deodoro dirigeait le culte et qu'il avait prononcé un émouvant discours où il disait pardonner à tous ses ennemis, et pour commencer à Mundinho Falcão. Maudite vieille détraquée... Maintenant il ne se passait pas de jour sans qu'elle lui parlât de cette affaire : pourquoi ne prenait-il pas

Gabriela comme cuisinière ? Comme si c'était là une proposition à faire...

Il s'était ressaisi, c'est vrai, au point de pouvoir écouter doña Arminda lui parler de Gabriela, louer sa conduite et son ardeur au travail. Jour et nuit, elle faisait de la couture, ouvrant des boutonnières, faufilant des blouses en se donnant beaucoup de mal. En effet elle disait elle-même qu'elle n'était pas née pour l'aiguille mais pour le fourneau. Néanmoins, elle avait décidé de ne plus cuisiner pour personne, à l'exception de Nacib, et cela malgré les propositions qui pleuvaient sur elle de tous les côtés, aussi bien pour faire la cuisine que pour vivre en concubinage, toutes plus alléchantes les unes que les autres. Nacib écoutait doña Arminda presque indifférent avec seulement un peu d'orgueil devant cette fidélité tardive de Gabriela. Il haussa les épaules et entra chez lui. Il était guéri, il avait réussi à l'oublier ; pas la cuisinière, la femme. Quand il se rappelait les nuits passées avec elle, il éprouvait la même nostalgie douce qu'en songeant à la science de Risoleta ou aux longues jambes de Regina, une qu'il avait connue jadis, ou encore aux baisers dérobés à sa cousine Munira pendant des vacances à Itabuna. Pas de douleur cachée dans le fond de son cœur, ni haine ni amour. Il soupirait bien davantage pour la cuisinière inégalable, pour ses *moquecas,* ses *xinxins,* ses grillades, ses filets et ses fricassées. Il avait surmonté l'épreuve, mais à force d'argent. Pendant des semaines il avait fréquenté tous les soirs le cabaret, joué à la roulette et au baccara, et payé du champagne à Rosalinda. Cette blonde cupide lui arrachait des billets de cinq cent mille réaux comme s'il était un colonel du cacao entretenant une maîtresse et non un amant occasionnel dans l'alcôve payée par Manuel das Onças. Un béguin de cette sorte ne s'était jamais vu. Il était en train de tourner en bourrique. En faisant le bilan de ses affaires, il eut une idée exacte de l'argent dépensé avec elle et du gaspillage auquel il s'était livré. Il finit par la laisser tomber, séduit par une petite Amazonienne, une Indienne appelée Mara, conquête moins spectaculaire, plus modeste, qui se contentait de bière et de quelques menus cadeaux. Mais comme l'Indienne n'avait pas de protecteur attitré, elle faisait le commerce de ses charmes chez la Machadão et n'était pas disponible tous les soirs, aussi finissait-il par étouffer ses chagrins en dînant et en faisant la noce dans des cabarets ou dans des bordels où il dépensait sans compter. Il avait dilapidé des sommes folles.

Avec une telle vie, pendant tout ce temps-là il n'avait déposé aucun argent en banque. Il avait réglé les factures de ses fournisseurs, mais il avait mangé tous ses bénéfices dans cette bohème dispendieuse. Autrefois il n'allait au cabaret qu'une ou deux fois par semaine, il couchait avec des femmes qui en pinçaient pour lui et il ne dépensait presque rien. Même après son mariage, malgré tout ce qu'il avait offert à Gabriela, il avait pu mettre de côté chaque mois des sommes rondelettes pour l'achat futur d'une plantation de cacao. Il décida de renoncer à cette existence dissolue et ruineuse. Il put le faire sans difficulté, car il n'était plus torturé par l'absence de Gabriela ou par la peur de rester seul, sa jambe ne cherchait plus la hanche arrondie pour reposer dessus. Ce qui lui manquait, et de plus en plus, c'était la cuisinière.

Heureusement, tout n'était pas négatif dans ce bilan. Le compartiment réservé au poker, avec la masse d'argent en circulation cette année-là, lui procurait des bénéfices substantiels. Maintenant, par suite du rétablissement de bonnes relations entre Amâncio Leal et Melk d'une part, Ribeirinho et Ezequiel de l'autre, le compartiment du poker était occupé tous les jours. Les parties se prolongeaient tard dans la nuit et duraient parfois jusqu'au matin. Les mises étaient fortes et le profit de la maison augmentait.

Et puis il y avait le restaurant pour lequel Mundinho avait apporté son argent et Nacib son travail et son expérience. Les gains seraient partagés et assurés, car il n'y avait pas de concurrence. La nourriture des hôtels était infâme. En outre, le soir, la salle du restaurant servirait pour le poker, le sept et demi, la brisque, le vingt et un, pour tous les jeux de cartes dont les colonels étaient passionnés au point de les préférer à la roulette et au baccara des cabarets. Ils pourraient s'y adonner discrètement.

Le pire, c'était bien le manque de cuisinière. L'étage était déjà repeint, divisé en salle, office et cuisine ; les tables et les chaises étaient prêtes ; le fourneau installé, ainsi que les éviers pour la plonge et les toilettes pour les clients. Tout ce qu'il y avait de mieux. Les fournitures étaient venues de Rio : machine à faire les sorbets, réfrigérateur pour conserver la viande et le poisson, et pour fabriquer la glace. Des appareils luxueux comme on n'en avait jamais vu à Ilhéus. Les clients du bar en restaient béats d'admiration. Bientôt, tout serait prêt. Il ne manquait qu'une cuisinière. Ce jour-là, lorsque la suprême autorité de João Fulgêncio eut critiqué si durement les amuse-gueule du bar, Nacib décida de s'entretenir avec Mundinho à ce sujet.

L'exportateur manifestait un grand intérêt pour le restaurant.

Amateur de bonne chère, il ne cessait de pester contre l'ordinaire des hôtels et allait de l'un à l'autre. Lui aussi, Nacib le savait, avait fait offrir un salaire royal à Gabriela. Il débattit la question avec l'Arabe et lui proposa de faire venir de Rio un cuisinier doté d'expérience en matière de restaurants. C'était la seule solution. A Ilhéus on lui trouverait des aides, deux ou trois gamines. Nacib fit la grimace : ces cuisiniers de Rio ne connaissaient pas la cuisine bahianaise et se faisaient payer très cher. Mundinho cependant était enchanté de son idée : un maître queux vêtu de blanc, et coiffé d'une toque comme dans les restaurants de Rio, qui viendrait bavarder avec les clients et leur recommanderait des plats. Il envoya un télégramme urgent à un de ses amis.

Nacib, occupé par les détails ultimes et compliqués de l'aménagement du restaurant, reprit sa vie d'autrefois : il n'allait que rarement au cabaret et ne couchait avec l'Amazonienne que lorsqu'il avait du temps libre et qu'elle était disponible. Dès que le cuisinier de Rio aurait débarqué, serait fixée la date de l'inauguration solennelle du « Restaurant du Commerce ». A l'heure de l'apéritif, beaucoup de gens montaient l'escalier d'accès à l'étage pour s'extasier devant la salle ornée de miroirs, l'immense fourneau, le réfrigérateur, toutes ces merveilles.

Le cuisinier arriva via Bahia en même temps que Mundinho, sur le même bateau. L'exportateur s'était rendu dans la capitale de l'Etat sur l'invitation du gouverneur afin de discuter de la situation politique et de régler les problèmes des prochaines élections. Il avait emmené Aristóteles. Ils revenaient victorieux. Le gouverneur avait cédé sur tous les points. Vítor de Melo serait abandonné à son sort ainsi que le Dr Maurício. Quand à Alfredo, il avait retiré sa candidature au siège de député d'Etat. A sa place se présentait le Dr Juvenal d'Itabuna, sans aucune chance. En fait, la campagne électorale était terminée, l'opposition ralliait le gouvernement.

Nacib resta ébahi en voyant le cuisinier. Une étrange créature : replet et courtaud, avec une petite moustache pommadée aux pointes effilées, il avait une allure équivoque, des façons efféminées, un air très avantageux, une arrogance de grand-duc, des exigences de coquette et un tarif hallucinant.

João Fulgêncio déclara :

— Ce n'est pas un cuisinier. C'est le Président de la République en personne.

Portugais d'origine, avec un accent prononcé, il laissait tomber de ses lèvres dédaigneuses quantité de mots français, que Nacib, humilié, ne comprenait pas. Il s'appelait Fernand, avec un d bien marqué. Sur sa carte de visite, soigneusement conservée par João Fulgêncio pour la joindre à celle du « bacheliers » Argileu Palmeira, on pouvait lire :

Fernand — Chef de cuisine

Accompagné de quelques curieux, clients du bar, Fernand monta avec Nacib examiner le restaurant. Il hocha la tête devant le fourneau :

— *Très mauvais* [1]...

— Quoi ? fit Nacib anéanti.

— Mauvais, minable... traduisit João Fulgêncio.

Il exigea un fourneau en fer, au charbon, le plus vite possible. Il accorda pour cela un délai d'un mois, sans quoi il s'en retournerait. Nacib le supplia d'attendre deux mois, il faudrait le faire venir de Bahia ou de Rio. Son Excellence y consentit, avec un geste supérieur, et réclama en même temps une série d'ustensiles de cuisine. Il critiqua les plats bahianais, indignes, selon lui, des estomacs délicats, et suscita aussitôt de profondes antipathies. Le Docteur bondit pour prendre la défense du *vatapá*, du *caruru* et de *l'efó*.

— Cet individu est un âne bâté, murmura-t-il.

Nacib se sentait humilié et intimidé. Dès qu'il allait dire quelque chose, le « chef de cuisine » fixait sur lui un œil critique et supérieur qui le glaçait. Si cet homme n'était pas venu de Rio, s'il n'avait pas coûté si cher, et surtout, si l'idée de l'engager n'avait pas été suggérée par Mundinho Falcão, il l'aurait envoyé au diable avec ses mets aux noms compliqués et ses mots français.

Afin de l'expérimenter, il lui demanda de commencer par préparer des amuse-gueule et des friandises pour le bar ainsi que des repas pour lui, Nacib. A nouveau il se prit la tête à deux mains. Ces repas revenaient très cher et les amuse-gueule aussi. Le « chef de cuisine » adorait les boîtes de conserves, d'olives, de poisson, de jambon. Le prix de revient des amuse-gueule égalait presque leur prix de vente, et ils étaient lourds, avec beaucoup de pâte. Quelle différence, Dieu du ciel, entre les croquettes de Fernand et celles de Gabriela ! Les premières, rien que de la pâte qui rentrait entre les dents et collait au palais. Les autres, piquantes et friables, se dissolvaient sur la langue et réclamaient de la boisson. Nacib hocha la tête.

Il invita João Fulgêncio, Nhô-Galo, le Docteur, Josué et le Capitaine

1. En français dans le texte.

à un déjeuner préparé par le noble « chef ». Mayonnaise, potage aux fines herbes, poularde à la milanaise, bifteck aux pommes. On ne pouvait pas dire que ces plats étaient mauvais. Mais comment les comparer avec les spécialités du pays, relevées, parfumées, piquantes et colorées ? Comment les comparer aux mets préparés par Gabriela ? Josué les rappelait : c'étaient des poèmes de crevette et de *dendê,* de poisson et de lait de coco, de viande et de piment. Nacib ne savait pas ce que tout cela allait donner. Les clients accepteraient-ils ces plats inconnus, ces sauces blanches ? Ils mangèrent sans savoir ce que c'était, s'il s'agissait de poisson, de viande ou de poulet. Le Capitaine résuma leur impression par ces mots :

— C'est très bon, mais ça ne vaut rien.

Quant à Nacib, ce Brésilien né en Syrie se sentait étranger devant n'importe quel plat non bahianais à l'exception du *quibe*. Il était exclusiviste en matière de cuisine. Mais que pouvait-il faire ? L'homme était là, gagnant un salaire princier, bouffi d'orgueil, plein d'impertinence, et caquetant en français. Il posait des regards langoureux sur Chico Moleza qui l'avait déjà menacé de le remettre à sa place. Nacib craignait pour le sort du restaurant. Cependant la curiosité était grande, on parlait du « chef » comme d'une personnalité importante, on disait qu'il avait dirigé des restaurants fameux, on inventait des histoires, surtout à propos des cours d'art culinaire qu'il donnait aux gamines engagées pour l'aider. Les malheureuses n'y comprenaient rien. La Sergipaine, jalouse, lui donna le surnom de « chapon moucheté ».

Finalement tout fut prêt et on annonça l'inauguration pour un dimanche. Un grand déjeuner serait offert par les propriétaires du « Restaurant du Commerce » aux personnalités locales. Nacib invita tous les notables d'Ilhéus et tous les bons clients du bar, à l'exception, bien sûr, de Tonico Bastos. Le « chef de cuisine » élabora un menu des plus compliqués. Nacib pensait aux insinuations de doña Arminda. Nulle cuisinière n'était comparable à Gabriela.

Malheureusement c'était impossible, inutile d'y penser. Quel dommage !

LE CAMARADE DU CHAMP DE BATAILLE

Quand la lune surgissait derrière le rocher de Rapa et repoussait les ténèbres de la nuit, les couturières se muaient en pastourelles, Dora se transformait en reine et la maison de Dora en bateau à voiles. La pipe de Nilo devenait une étoile, il tenait de la main droite un sceptre de roi et de la gauche il répandait l'allégresse. En entrant, il jetait d'un geste adroit sur le vieux mannequin son béret de marin où il cachait les vents et les tempêtes. La magie commençait. Le mannequin, une femme unijambiste drapée dans une robe inachevée et coiffée d'un béret posé sur une tête absente, s'animait. Nilo le prenait par la taille et dansait avec lui dans la salle. Le mannequin dansait d'une façon drôle sur son unique jambe. Les pastourelles riaient, Miquelina lâcha son fou rire habituel et Dora souriait comme une reine qu'elle était.

Du morne descendaient d'autres pastourelles, Gabriela venait de la maison de doña Arminda. Elles n'étaient plus seulement des pastourelles, mais aussi des filles de saint, des *iaôs* de *Iansan.* Chaque soir, Nilo répandait l'allégresse au milieu de la salle. Dans l'humble cuisine, Gabriela confectionnait des trésors : *acarajés* de cuivre, *abarás* d'argent, et le mystère en or du *vatapá.* La fête commençait.

Dora était à Nilo et Nilo à Dora, mais y avait-il une pastourelle que Nilo, petit dieu du *terreiro,* n'eût pas chevauchée ? Elles étaient les cavales de la nuit, les montures des saints. Nilo se métamorphosait, devenait tous les saints à la fois, *Ogun* et *Xangô, Oxossi* et *Omolu.* Pour Dora, il était *Oxalá.* Il identifiait Gabriela à *Yemanjá* d'où naissaient les eaux, le fleuve Cachoeira et la mer l'Ilhéus, les sources dans les rochers. Sur les rayons de la lune, la maison faisait voile à travers les airs, gravissait le morne et voguait en fête. Les chansons étaient le vent, les danses étaient les rames, Dora la figure de proue, Nilo le commandant qui criait les ordres aux matelots.

Les matelots venaient des quais : le nègre Terêncio, batteur de tam-tam, le mulâtre Traira, guitariste de renom, le jeune Batista chanteur de romances et Mário Cravo, sculpteur d'images pieuses un peu toqué et magicien de foire. Au coup de sifflet de Nilo, la salle disparaissait pour devenir *terreiro* de saint, de *candomblé* et de *macumba,* en même temps salle de danse, lit de noces, bateau à la dérive sur le morne d'Unhão, voguant au clair de lune. Chaque soir Nilo répandait l'allégresse. Il avait la danse dans les pieds et le chant sur les lèvres.

Sete Voltas était un glaive de feu, un éclair égaré, une épouvante dans la nuit, un bruit de grelots. La maison de Dora devint un local de *capoeira* quand il y apparut avec Nilo, roulant les hanches, le couteau à la ceinture, arrogant et fascinant. Les pastourelles se courbèrent car un roi mage arrivait, un dieu de *terreiro*, un chevaucheur de saints pour monter leurs chevaux.

Cheval de *Yemanjá*, Gabriela parcourait prairies et montagnes, vallons et mers, océans profonds, en entrant dans la danse, en chantant à l'unisson, cheval chevauché. Lançant du haut de la falaise un peigne en os et un flacon de parfum à la déesse de la mer, elle lui demandait de retrouver le fourneau de Nacib, sa cuisine, la petite chambre du fond, les poils de sa poitrine, le chatouillement de ses moustaches, le poids de sa jambe, telle un harnais, sur la hanche.

Quand la guitare se taisait et que venait l'heure des *cafunés*, les histoires défilaient. Nilo avait fait naufrage deux fois, il avait vu la mort de près. La mort dans la mer avec des cheveux verts et un harmonica. Mais Nilo était clair comme de l'eau de source. Sete Voltas était un puits sans fond renfermant des secrets de meurtres. Son couteau avait semé la mort. Des policiers en uniforme, des policiers sans uniforme couraient à ses trousses, dans les Etats de Bahia, du Sergipe et de l'Alagoas, dans les lieux où l'on pratiquait la *capoeira* et dans les *terreiros* de saints, sur les marchés et dans les foires, dans les cachettes des quais et dans les bars des ports. Nilo lui-même le traitait avec respect. Qui donc pouvait se mesurer à lui ? Un tatouage sur sa poitrine rappelait la solitude de la prison. D'où venait-il ? De semer la mort violente, il ne faisait que passer et il était pressé. Sur les quais de Bahia l'attendaient les joueurs de cartes, les maîtres de *capoeira* angolaise, les « pères » de *terreiro*, et quatre femmes. Juste le temps de se faire oublier par la police. Profitez-en mes filles !

Les dimanches après-midi, à l'arrière de la maison, dans le coquet jardinet, résonnait le *berimbau*. Des mulâtres et des nègres venaient se livrer à leur jeu favori. Sete Voltas jouait et chantait ;

Camarade du champ de bataille
Allons-nous-en
A travers le monde,
Ah ! camarade...

Il remettait l'instrument à Nilo et entrait dans la ronde de la *capoeira*. Un « coup de queue de raie » et Terêncio volait. Les jambes en l'air, il passait par-dessus le mulâtre Traíra. Le jeune Batista tombait à terre, Sete Voltas saisissait le foulard avec ses dents. Sur le champ de bataille il restait seul, avec sa poitrine tatouée.

Sur la plage, au pied des rochers, Sete Voltas mordait les sables de Gabriela, les vagues de sa mer écumante et démontée. Elle était la douceur de ce monde, la lumière du jour, le secret de la nuit. Mais sa tristesse persistait, marchait sur le sable, courait vers la mer, se répercutait sur la falaise.

— Pourquoi es-tu triste, femme ?

— Je ne suis pas triste de nature. C'est un état passager.

— Je ne veux pas de tristesse auprès de moi. Mon saint est joyeux, mon naturel enjoué. La tristesse, je la tue avec mon couteau.

— Tu ne la tueras pas.

— Pourquoi ?

Elle voulait un fourneau, un jardinet avec des goyaviers, des papayers et des *pitangas,* une petite chambre sur l'arrière de la maison, un homme si bon.

— Je ne te suffis pas ? Il y a des femmes capables de tuer et de mourir pour ce brun que tu vois. Tu peux remercier le sort.

— Tu ne me suffis pas. Personne ne me suffit. Rien ne me suffit.

— C'est au point de ne pas pouvoir oublier ?

— Oui.

— Et alors ?

— Alors, c'est mauvais.

— C'est ne pas avoir de goût dans la bouche.

— C'est mauvais.

— C'est ne pas avoir de joie dans le cœur.

— Mauvais.

Une nuit, il l'avait emmenée. La veille, ç'avait été Miquelina ; le samedi, Paula à la gorge de tourterelle. C'était maintenant le tour, si désiré, de Gabriela. Chez Dora, Nilo était dans le hamac avec la reine sur son cœur. Le bateau à voiles arrivait au port.

Mais Gabriela pleurait sur le sable, à la lisière de la mer. La lune la recouvrait d'or, son parfum de girofle passait dans le vent.

— Tu pleures, femme ?

Il toucha son visage de cannelle de la main qui maniait le couteau.

— Pourquoi ? Auprès de moi les femmes ne pleurent pas, elles rient de plaisir.

— C'est fini, maintenant c'est fini.

— Qu'est-ce qui est fini ?

— Penser qu'un jour...

— Quoi ?

Elle aurait pu revenir au fourneau, au jardinet, à la petite chambre du fond, au bar. Nacib n'allait-il pas ouvrir un restaurant ? N'allait-il pas avoir besoin d'une bonne cuisinière ? Pouvait-il en trouver une meilleure qu'elle ? Doña Arminda lui disait de garder bon espoir, car seule Gabriela pourrait se charger d'une cuisine aussi grande et donner entière satisfaction. Mais au lieu d'elle, un individu venu de Rio, un pantin empaillé, au parler étranger ! Dans trois jours l'inauguration, une grande fête. Maintenant, même plus d'espoir. Elle voulait s'en aller d'Ilhéus, vers les profondeurs de la mer.

Sete Voltas était la liberté renaissant chaque jour au petit matin. Il était offre et décision, orgueil et don. Il frappait comme l'éclair et nourrissait comme la pluie, le camarade du champ de bataille.

— Un Portugais ?

Alors il se dressa, le camarade du champ de bataille. Le vent devenait froid en le touchant, la lueur de la lune devenait pâle sur ses mains, les vagues venaient lécher ses pieds de *capoeira,* créateurs du rythme.

— Ne pleure pas, femme. Auprès de Sete Voltas, les femmes ne pleurent pas, elles rient de plaisir.

— Je n'y peux rien ! Pour la première fois, elle était une pauvre créature triste et malheureuse, sans désir de vivre.

Ni le soleil, ni la lune, ni l'eau froide, ni son chat farouche, ni le corps d'un homme, ni la chaleur d'un dieu de *terreiro* ne pouvaient la faire rire, éveiller le plaisir de vivre dans son cœur vide. Vide de monsieur Nacib, si bon, si bel homme.

— Toi tu ne peux rien faire. C'est Sete Voltas qui peut faire quelque chose et qui va le faire.

— Quoi donc ? Je ne vois pas.

— Si le Portugais disparaît, qui est-ce qui fera la cuisine ? S'il disparaît le jour de l'inauguration, pourra-t-on faire autrement que de te rappeler ? Eh bien, il va disparaître !

Parfois il devenait sombre comme une nuit sans lune et dur comme la pierre d'un roc affrontant la mer. Gabriela trembla :

— Que vas-tu faire ? Le tuer ? Je ne veux pas.

Quand il riait, c'était l'aurore qui surgissait, saint Georges surmontant le croissant, une terre découverte par un naufragé désespéré, une ancre de navire.

— Tuer le Portugais ? Il ne m'a pas fait de mal. Je l'envoie promener un peu précipitamment. Je lui donne son congé, et je ne le rudoie un tout petit peu que s'il se montre récalcitrant.

— Tu vas faire ça ? C'est vrai ?

— Auprès de moi une femme doit rire et non pleurer.

Gabriela sourit. Le camarade du champ de bataille ferma à demi ses yeux de braise et pensa que cela serait mieux ainsi. Il pourrait repartir, suivre son chemin, le cœur libre. Il valait mieux qu'elle soit éprise d'un autre, la seule femme au monde capable de le retenir, de l'amarrer à ce petit port, à ce quai du cacao, de le plier et de le dompter. Cette nuit-là il avait songé à le lui dire, à le lui avouer, à se livrer à elle, éperdu d'amour. C'était mieux ainsi, qu'elle soupire et qu'elle pleure pour un autre, qu'elle meure d'amour pour un autre. Sete Voltas pourrait s'en aller. Camarade du champ de bataille, allons-nous-en à travers le monde.

Elle le tira par la main et se donna à lui pour le remercier, barque sur la mer sereine, navigation en eau calme, île plantée de cannes à sucre et de piments. Il voguait sur la barque à la proue altière, le camarade du champ de bataille. Eh ! dans le cœur du camarade brûlait la douleur de la perdre. Mais il était dieu de *terreiro*, dans la main droite, il tenait l'orgueil et dans la gauche, la liberté.

LE CITOYEN EMERITE

Ce samedi-là, veille de l'inauguration solennelle du « Restaurant du Commerce », on pouvait voir son propriétaire, l'Arabe Nacib, en manches de chemise, courir comme un fou dans la rue, sa grosse bedaine se balançant sur sa ceinture et les yeux exorbités, en direction de la maison d'exportation de Mundinho Falcão.

A la porte de la perception fédérale, le Capitaine parvint à freiner cette course affolée en retenant le patron du bar par le bras :

— Que se passe-t-il mon ami, où allez-vous si vite ?

Naturellement aimable et prévenant, le Capitaine redoublait d'empressement depuis la proclamation de sa candidature au poste d'Intendant :

— Il vous est arrivé quelque chose ? En quoi puis-je vous aider ?

— Il a disparu ! Il a disparu ! criait Nacib haletant.

— Qui a disparu ?

— Le cuisinier, le fameux Fernand.

La ville entière ne tarda pas à être informée de cet épais mystère : depuis la veille au soir, le cuisinier venu de Rio, le spectaculaire « chef de cuisine », Monsieur Fernand (comme il aimait à se faire appeler), avait disparu d'Ilhéus. Il avait fixé un rendez-vous pour le matin aux deux garçons de restaurant et aux aides de cuisine en vue de prendre les dernières dispositions pour le lendemain. Il ne s'était pas présenté, personne ne l'avait vu.

Mundinho Falcão fit appeler le commissaire, lui exposa l'affaire et lui recommanda de procéder à de méticuleuses investigations. C'était ce même lieutenant que le secrétaire de l'Intendance d'Itabuna avait envoyé promener. Maintenant il se montrait humble et servile devant Mundinho et lui donnait le titre de docteur.

A la Papeterie Modèle, João Fulgêncio et Nhô-Galo passaient en revue des hypothèses. Le cuisinier, d'après son allure et ses œillades à tort et à travers, était assurément un inverti. S'agirait-il d'un crime sordide ? Il tournait autour de Chico Moleza. Le commissaire interrogea le jeune serveur qui se mit en colère :

— Moi j'aime les femmes !... Je n'ai rien à voir avec cette tapette ! L'autre jour j'ai failli lui envoyer mon poing sur la figure, il voulait faire l'imbécile.

Qui sait, peut-être avait-il été victime de voleurs. Ilhéus servait d'asile à de nombreux malfaiteurs, escrocs, voleurs à la tire, une engeance peu recommandable qui avait fui Bahia ou d'autres places. Ils se substituaient maintenant aux *jagunços* dans le panorama humain de la ville. Le commissaire et ses hommes battirent le port, Unhão, Conquista, Pontal, l'Ilha das Cobras. Nacib mobilisa ses amis : Nhô-Galo, le cordonnier Felipe, Josué, les serveurs du restaurant, plusieurs clients. Ils fouillèrent Ilhéus sans résultat.

João Fulgêncio concluait à la fuite :

— Ma théorie est que notre respectable tapette a fait ses valises et s'en est allée de son propre gré. Elle s'est envolée. Ilhéus n'étant pas un lieu porté sur les raffinements sodomites, Machadinho et Miss Pirangi suffisent pour satisfaire la demande. C'est pourquoi, désolée, elle a changé de cieux. D'ailleurs, elle a bien fait de nous délivrer à temps de sa répugnante présence.

— Mais comment est-il parti ? Hier aucun bateau n'a appareillé. C'est aujourd'hui que sort le *Canavieiras*..., observa Nhô-Galo, dubitatif.

— Par l'autocar, par le train...

Ni par le train, ni par l'autocar, ni à cheval, ni à pied. Le commissaire en était sûr. Vers les quatre heures, le négrillon Tuísca apparut excité avec une piste. De tous les Sherlock Holmes qui se manifestèrent ce jour-là, il fut le seul à apporter quelque chose de concret. Un individu replet et élégant, qui pouvait bien être le cuisinier en question, car il avait des moustaches en pointe et marchait en roulant les fesses, avait été vu tard dans la nuit par une prostituée d'infime catégorie. En revenant du « Bate-Fundo », elle avait aperçu du côté des entrepôts du port ledit individu accompagné de trois types aux allures louches. Elle avait donné tous ces détails à Tuísca, mais devant la police elle fut beaucoup moins précise. Il lui semblait l'avoir vu, mais elle n'en était pas sûre, elle avait bu, elle ne savait pas qui étaient ces hommes, elle l'avait entendu dire. En réalité, elle avait parfaitement reconnu Nilo, le nègre Terêncio et leur chef dont elle ne savait pas le nom, mais pour qui elle et toutes les putains du « Bate Fundo » soupiraient. Un as de la *capoeira,* venu de Bahia, avec une vilaine réputation. Sa secrète impression, qui la faisait frémir, était que le cuisinier en question se trouvait au fond des eaux du port. Elle ne dit rien de tout cela à la police, regrettant déjà d'en avoir parlé à Tuísca. Nul n'eut l'idée d'aller voir dans la maison de Dora où Fernand avait commencé par pleurer et avait fini par aider aux travaux de couture, puisque les cousettes avaient été dispensées de venir ce jour-là, tout à fait résigné à embarquer l'après-midi sur le « Bahianais », en troisième classe, revêtu d'une blouse de matelot. Sete Voltas devait partir par le même bateau. Dora avait promis de faire suivre ses bagages directement à Rio.

Aussi, quand, en fin d'après-midi, João Fulgêncio arriva au bar où régnait une agitation fébrile, il trouva Nacib en proie à la plus profonde désolation. Comment faire pour inaugurer le restaurant le lendemain ? Tout était prêt. On avait acheté les provisions, embauché des gamines que Fernand avait instruites, deux serveurs se trouvaient à leur poste, les invitations au déjeuner solennel avaient été faites. Des gens allaient venir d'Itabuna et avec eux, Aristóteles. D'autres arriveraient d'Água Preta et de Pirangi. Altino Brandão viendrait de Rio do Braço. Où trouver une cuisinière pour remplacer le disparu ? Oui, car il ne pouvait même plus compter sur la Sergipaine. Elle était partie après une dispute avec Fernand, en laissant la petite chambre du fond dans un état de saleté repoussante. Sur les gamines engagées comme auxiliaires ? Il n'aurait plus qu'à fermer le lendemain. Pour faire la cuisine à proprement parler, elles n'étaient d'aucun secours. Elles savaient seulement découper la viande, tuer les volailles, les vider et s'occuper du feu. Où trouver une cuisinière dans ce court laps de temps ? Il exposa cela en pleurant à son ami le libraire, dans le compartiment réservé au poker où, devant une bouteille de cognac sans mélange, il était allé cacher son affliction. Ses clients et ses amis en commentant la situation devant les tables du bar affirmaient ne l'avoir jamais vu aussi désespéré, même pas lors de sa rupture avec Gabriela. Peut-être à ce moment-là son désespoir était-il plus profond et plus terrible, mais il était silencieux, lugubre et sombre, tandis que maintenant Nacib prenait les cieux à témoin, criait sa ruine et son découragement. Ayant aperçu João Fulgêncio, il l'avait entraîné dans le compartiment du poker :

— Je suis perdu, João. Que puis-je faire ?

Depuis que le libraire avait défait son mariage, il éprouvait pour lui une confiance illimitée.

— Du calme, Nacib, cherchons une solution.

— Laquelle ? Où vais-je trouver une cuisinière ? Les sœurs Dos Reis n'accepteront pas une telle commande ainsi du jour au lendemain. Et en admettant qu'elles acceptent, qui ferait la cuisine lundi pour la clientèle ?

— Moi je pourrais vous laisser Marocas pour quelques jours, mais elle ne cuisine bien que si ma femme est à côté d'elle pour tous les ingrédients.

— Pour quelques jours, à quoi cela me servirait-il ?

Nacib avala son cognac. Il avait envie de pleurer :

— Personne ne me donne de solution. Rien que des conseils sans queue ni tête. Cette cinglée de doña Arminda m'a proposé d'engager à nouveau Gabriela. Rendez-vous compte !

João Fulgêncio se leva dans un transport d'enthousiasme :

— La Patrie est sauvée, Nacib ! Savez-vous qui est doña Arminda ? Elle est Christophe Colomb, l'homme de l'œuf et de l'Amérique. Elle a résolu le problème. Voyez-moi cela : la solution était là devant nous, la bonne, la juste, la parfaite solution et on ne la voyait pas ! Tout est réglé, Nacib.

Nacib, réservé et méfiant, lui demanda :

— Gabriela ? Vous croyez ? Vous ne plaisantez pas ?

— Et pourquoi pas ? N'a-t-elle pas déjà été votre cuisinière ? Pourquoi ne le serait-elle pas à nouveau ? Qu'y a-t-il à cela ?

— Elle a été ma femme...

— N'a-t-elle pas été plutôt votre concubine ? Parce que le mariage n'était pas valable, vous le savez bien... Et précisément pour cette raison. En l'engageant à nouveau comme cuisinière, vous liquidez votre mariage plus complètement encore que par son annulation, vous ne croyez pas ?

— Ce serait une bonne leçon..., réfléchit Nacib. Revenir comme cuisinière après avoir été la patronne...

— Et puis, après tout, votre seule erreur dans toute cette histoire a été de l'épouser. Cela a été mauvais pour vous et pire pour elle. Si vous le voulez, je vais la trouver.

— Acceptera-t-elle ?

— Je vous garantis qu'elle acceptera. J'y vais tout de suite.

— Dites-lui que c'est seulement pour quelque temps...

— Pourquoi ? Elle est cuisinière et vous l'emploierez aussi longtemps qu'elle vous donnera satisfaction. Pourquoi pour quelque temps ? Je reviens aussitôt avec la réponse.

Ce fut ainsi que, le soir même, nageant dans la joie, Gabriela nettoya et occupa la petite chambre du fond. Auparavant, chez Dora, elle avait remercié Sete Voltas. De la fenêtre de Nacib, elle agita un mouchoir quand, après six heures du soir, le *Canavieiras* franchit le chenal pour mettre le cap sur Bahia. Le lendemain, à l'heure du déjeuner, les invités, plus de cinquante, retrouvèrent les plats aux saveurs les plus diverses, la nourriture sans pareille, dont l'apprêt oscillait entre le sublime et le divin.

Le déjeuner de l'inauguration fut un grand succès. Avec l'apéritif furent servis les amuse-gueule et les friandises de naguère. A table, les plats se succédèrent en un défilé de merveilles. Nacib, assis entre Mundinho et le juge, écouta avec émotion les discours du Capitaine et du Docteur. « Emérite enfant d'Ilhéus, déclara le Capitaine, voué au progrès de sa région. » « Le digne citoyen Nacib Saad dote Ilhéus d'un restaurant à la hauteur de ceux des grandes capitales », avait dit le Docteur en faisant son éloge. Josué leur répondit au nom de Nacib en remerciant l'Arabe et en faisant lui aussi son éloge. Ce fut une consécration qui culmina avec les paroles de Mundinho désireux, selon ses propres termes, de « tendre sa main à la férule ». Il avait fait venir un cuisinier de Rio contre l'avis de Nacib. Ce dernier avait raison : aucune cuisine au monde ne pouvait être comparée à celle de Bahia.

Alors tout le monde voulut voir l'artiste à qui l'on devait ce déjeuner, les mains de fée créatrices de telles succulences. João Fulgêncio se leva et alla la chercher dans la cuisine. Elle apparut souriante, chaussée de sandales, avec un tablier blanc sur sa robe de futaine bleue, une rose rouge derrière l'oreille. Le juge cria « Gabriela ! » Nacib annonça d'une voix haute :

— Je l'ai engagée à nouveau comme cuisinière...

Josué applaudit, Nhô-Galo aussi, tous applaudirent et certains se levèrent pour la saluer. Elle souriait, les yeux baissés, un ruban dans les cheveux.

Mundinho Falcão murmura à Aristóteles qui se tenait à côté de lui :

— Ce Turc est un maître de savoir-vivre.

LA TERRE DE GABRIELA

Retardés à plusieurs reprises, les travaux du chenal se terminèrent enfin. Une nouvelle passe, profonde et rectiligne, avait été aménagée. Les bateaux du Lloyd, de l'Ita, de la Bahianaise pouvaient la franchir sans risque de s'échouer et surtout les grands cargos pouvaient pénétrer dans le port d'Ilhéus pour y recevoir directement les sacs de cacao.

Comme l'expliqua l'ingénieur en chef, le retard dans l'achèvement des travaux avait été dû à d'innombrables difficultés ou obstacles. Il ne se référait pas aux désordres qui avaient marqué l'arrivée des remorqueurs et des techniciens, à la nuit où coups de feu et coups de bouteilles avaient troublé le cabaret, aux menaces de mort initiales. Il faisait allusion à l'instabilité des bancs de sable du chenal : sous l'effet des marées, des vents et des tempêtes, ils se déplaçaient, modifiaient la configuration des fonds, recouvraient et détruisaient en quelques heures le travail de plusieurs semaines. Il avait fallu recommencer sans cesse, patiemment, en modifiant vingt fois le tracé du chenal, en recherchant les points les mieux protégés. A un moment donné, les techniciens pris de découragement en étaient venus à douter du succès tandis que les gens les plus pessimistes de la ville répétaient des arguments de la campagne électorale en disant que le chenal d'Ilhéus posait un problème insoluble, et qu'on n'y pouvait rien.

Remorqueurs et dragues, ingénieurs et techniciens s'en allèrent. L'une des dragues resta en permanence dans le port pour intervenir avec promptitude quand les bancs de sable se déplaceraient de façon à maintenir le nouveau chenal ouvert à la navigation des bateaux de fort tonnage.

Une grande fête d'adieux où le tafia coula en abondance et qui commença au « Restaurant du Commerce » pour se terminer à l' « El Dorado » célébra l'exploit des ingénieurs, leur opiniâtreté et leur capacité professionnelle. Le Docteur se montra à la hauteur de sa réputation dans son discours d'hommage où il compara l'ingénieur en chef à Napoléon, mais à « un Napoléon des batailles de la paix et du progrès, vainqueur de l'Océan apparemment indomptable, du fleuve plein de traîtrises, des sables ennemis de la civilisation, des vents ténébreux », qui pouvait contempler avec orgueil du haut du phare de l'île de Pernambouc le port d'Ilhéus « libéré par lui de l'esclavage du chenal, ouvert à tous les pavillons, à tous les navires, par l'intelligence et l'abnégation des nobles ingénieurs et des habiles techniciens ».

Ils laissaient des regrets et des affections. Sur le quai du départ, pleuraient des femmes des mornes en embrassant les marins. L'une d'elles était enceinte, l'homme lui promettait de revenir. L'ingénieur en chef emportait une précieuse cargaison de l'excellent « Canne d'Ilhéus » ainsi qu'un singe *jupará* pour se rappeler, à Rio, ce pays où l'argent était abondant et facile à gagner, ce pays de courage et de travail acharné.

Ils partirent au moment où reparurent les pluies, ponctuelles cette année-là, car elles survinrent bien avant la fête de la Saint-Georges. Dans les plantations fleurissaient les cacaoyers, des milliers de jeunes arbres donnaient leurs premiers fruits, la nouvelle récolte s'annonçait encore plus belle que la précédente, les prix allaient monter encore davantage, et l'argent en circulation augmenterait dans les villes et dans les villages. Il n'y avait pas de culture plus prospère dans tout le pays.

De la terrasse du bar « Le Vésuve », Nacib voyait les remorqueurs, tels de petits coqs de combat, fendre les flots de l'Océan et entraîner les dragues en direction du sud. Que de choses s'étaient passées à Ilhéus entre l'arrivée et le départ des ingénieurs et des scaphandriers, des techniciens et des marins !... Le vieux colonel Ramiro Bastos ne verrait pas les grands navires entrer dans le port. Il faisait des apparitions dans les séances spirites et devenait missionnaire après sa désincarnation en donnant des conseils à la population de la région, en prêchant la bonté, le pardon et la patience. C'est du moins ce qu'affirmait doña Arminda, compétente dans une matière si discutée et si mystérieuse.

Ilhéus avait beaucoup changé dans cet intervalle de quelques mois relativement court, mais cependant fertile en événements. Chaque jour apportait une nouveauté, une nouvelle agence de banque, de nouvelles succursales de firmes du Sud et même de l'étranger, des boutiques, des résidences. Depuis peu, à Unhão, dans une vieille bâtisse, s'était installé l'Union des artisans et des ouvriers, avec son Institut d'arts et métiers où des jeunes gens pauvres apprenaient les métiers de menuisier, de maçon, de cordonnier, son cours d'adultes destiné aux débardeurs du port, aux manutentionnaires du cacao, aux ouvriers de la fabrique de chocolat. Le cordonnier Felipe avait pris la parole au cours de la cérémonie d'ouverture à laquelle avaient assisté les plus hautes personnalités d'Ilhéus. Il s'écria, dans un mélange de portugais et d'espagnol, que l'ère des travailleurs était arrivée, qu'entre leurs mains se trouvait l'avenir du monde. Cette affirmation parut si absurde que tous les présents applaudirent machinalement, même le Dr Maurício Caires, même les colonels du cacao, maîtres d'immenses étendues de terre et de la vie des hommes qui se penchaient sur le sol.

L'existence de Nacib elle aussi avait été agitée et bien remplie au cours de ces quelques mois. Il avait fait puis défait un mariage, il avait connu la prospérité et avait redouté la ruine. Son cœur, après avoir été plein de désir et de joie, s'était trouvé vide de vie et n'avait plus renfermé que douleur et désespoir. Successivement très heureux et très malheureux, ses jours s'écoulaient maintenant dans une tranquillité et une douceur totales. Le bar avait repris son rythme d'autrefois, des premiers temps de Gabriela. Les clients s'attardaient à l'heure de l'apéritif, prenaient un verre de plus, et certains montaient pour déjeuner au restaurant. « Le Vésuve » prospérait. A midi, Gabriela descendait de l'étage où se trouvait la cuisine, et passait entre les tables en souriant, une rose derrière l'oreille. On plaisantait avec elle, on lui lançait des regards concupiscents, on lui touchait la main, ou quelqu'un, plus hardi, lui donnait une tape sur les fesses. Le Docteur l'appelait « ma fille ». On vantait la sagesse de Nacib, la façon dont il avait su se tirer à son honneur et à son profit du labyrinthe compliqué où il s'était fourré. L'Arabe circulait parmi les tables, s'arrêtant pour écouter et pour bavarder, s'asseyant avec João Fulgêncio et le Capitaine, avec Nhô-Galo et Josué, avec Ribeirinho et Amâncio Leal. Il semblait que, par un miracle de saint Georges, on était revenu en arrière et que rien de regrettable ou de triste ne s'était produit. L'illusion aurait été parfaite sans l'existence du restaurant et l'absence de Tonico Bastos, définitivement ancré au « Pinga de Ouro » avec son bitter et ses guêtres de conquistador.

Il apparaissait que le restaurant ne constituait qu'un investissement médiocrement rentable, au revenu régulier mais modeste, et non pas l'affaire exceptionnelle rêvée par Nacib et par Mundinho. Sauf quand il y avait des navires en transit dans le port, la clientèle était réduite, au point que l'on y servait uniquement des déjeuners. Les gens du pays prenaient habituellement leur repas à la maison. C'est seulement de temps en temps que, tentés par les plats de Gabriela, des hommes venaient seuls ou avec leur famille pour faire un déjeuner, pour rompre la monotonie de l'ordinaire. Les clients permanents se comptaient sur les doigts : Mundinho, presque toujours avec des invités, Josué, le veuf Pessoa. En revanche le jeu, la nuit, dans la salle du restaurant, connaissait le plus grand succès. Cinq ou six groupes se formaient pour le poker, la brisque ou le sept et demi. L'après-midi, Gabriela avait préparé des amuse-gueule, la boisson coulait, Nacib percevait le pourcentage de la maison. Au sujet du jeu, Nacib avait failli avoir une crise de conscience : devait-il considérer Mundinho comme son associé, ou au contraire l'exclure de cette branche de l'affaire ? Assurément, il devait l'en exclure, car l'exportateur avait commandité le restaurant et non pas le tripot. Mais peut-être devait-il admettre sa participation, compte tenu du fait que le loyer de la salle était payé par la société, d'ailleurs propriétaire des tables et des chaises, des assiettes dans lesquelles on servait et des verres dans lesquels on buvait. Là, les gains étaient gros ; ils compensaient le petit nombre et le peu d'assiduité de la clientèle du déjeuner. Nacib aurait bien aimé s'en approprier la totalité, mais il craignait des représailles de l'exportateur. Il décida de lui soumettre la question.

Mundinho éprouvait une sympathie particulière pour l'Arabe. Il avait coutume d'affirmer, après les difficultés matrimoniales subies par son actuel associé, que Nacib était l'homme le plus civilisé d'Ilhéus. Feignant une grande attention, il l'écouta parler et exposer son problème. Nacib désirait savoir si l'exportateur se considérait, oui ou non, comme associé en ce qui concernait le jeu.

— Et quelle est votre opinion, maître Nacib ?

— Eh bien, monsieur Mundinho... — il tortillait la pointe de sa moustache — En considérant la chose honnêtement, je pense que vous y êtes associé et que vous devez recevoir la moitié des recettes comme pour le restaurant. Si je raisonnais en *grapiúna,* je pourrais dire qu'aucun papier n'a été signé, que vous êtes riche et que vous n'avez pas besoin de cela, qu'entre nous il n'a jamais été question de jeu, que je suis pauvre, que je mets de l'argent de côté pour acheter une plantation de cacao et que ces recettes supplémentaires me sont très utiles. Mais, comme dirait le colonel Ramiro, un engagement est un engagement, même lorsqu'il n'est pas enregistré sur un papier. Je vous ai apporté les comptes du jeu pour que vous puissiez les examiner...

Il s'apprêtait à poser des papiers sur la table de Mundinho. L'exportateur lui écarta la main et lui donna une tape sur l'épaule :

— Gardez vos comptes et votre argent, maître Nacib. Je ne suis pas votre associé pour le jeu. Si vous voulez être tout à fait en paix avec votre conscience, versez-moi un petit loyer pour l'utilisation de la salle la nuit, cent mille réaux environ. Ou mieux : donnez-moi cent mille réaux par mois pour la construction de l'asile des vieillards. A-t-on jamais vu un député fédéral posséder une maison de jeu ? A moins que vous ne doutiez de mon élection...

— C'est la chose la plus sûre du monde. Merci, monsieur Mundinho. Je vous suis redevable.

Comme il se levait pour s'en aller, Mundinho lui demanda :

— Dites-moi un peu... (Et, baissant la voix, il toucha du doigt la poitrine de l'Arabe.) Cela vous fait encore mal ?

Nacib sourit, le visage resplendissant :

— Non, monsieur, plus du tout...

Mundinho baissa la tête et murmura :

— Comme je vous envie ! Chez moi, cela fait encore mal.

Il fut tenté de lui demander s'il avait recommencé à coucher avec Gabriela, mais cela lui parut indélicat. Nacib s'en alla, nageant dans la joie, déposer son argent à la banque.

En vérité, il ne sentait plus rien. Tout vestige de douleur ou de souffrance avait disparu. Il avait craint, en engageant à nouveau Gabriela, que sa présence ne lui rappelât le passé, et que Tonico ne lui apparût en rêve, tout nu dans son lit. Mais rien de tel n'était arrivé. Il semblait que tout cela avait été un cauchemar long et cruel. Ils retrouvèrent leurs rapports des tout premiers temps, de patron à cuisinière. Alerte et joyeuse, elle faisait le ménage, chantait, venait au restaurant préparer les plats du déjeuner, descendait au bar à l'heure de l'apéritif pour annoncer le menu de table en table et obtenir des clients pour l'étage au-dessus. Quand les clients étaient partis, vers une heure et demie, Nacib s'asseyait pour déjeuner, servi par Gabriela, tout comme autrefois. Elle tournait autour de la table, lui apportait son repas et ouvrait sa bouteille de bière. Ensuite elle mangeait en compagnie de l'unique garçon (Nacib avait congédié l'autre, inutile en raison de la maigre clientèle du restaurant) et de Chico Moleza tandis que Walter, le remplaçant de Bico-Fino, surveillait le bar. Nacib prenait un vieux journal de Bahia, allumait le cigare de São-Félix et trouvait la rose posée sur sa chaise longue. Les premiers jours, il la jeta. Par la suite, il la mit dans sa poche. Le journal glissait à terre, le cigare s'éteignait et Nacib faisait sa sieste, dans l'ombre et dans la brise. Il était réveillé par la voix de João Fulgêncio qui revenait de la Papeterie. Gabriela préparait les amuse-gueule pour l'après-midi et le soir, puis elle s'en retournait à la maison. Il la voyait traverser la place, en sandales, et disparaître derrière l'église.

Que lui manquait-il pour être parfaitement heureux ? Il mangeait les mets incomparables de Gabriela, il gagnait de l'argent, et le plaçait à la banque. Bientôt il chercherait une plantation à acheter. On lui avait parlé d'une bande de terre nouvellement défrichée au-delà de la Serra do Baforé, le meilleur sol que l'on puisse trouver pour la culture du cacao. Ribeirinho s'offrait à l'y conduire, c'était à proximité de ses *fazendas*. Tous les jours, son bar était rempli d'amis et de clients qui allaient parfois au restaurant. Il faisait ses parties de dames et de trictrac, il écoutait les propos savoureux de João Fulgêncio, du Capitaine, du Docteur, de Nhô-Galo, d'Amâncio, d'Ari, de Josué, de Ribeirinho. Ces deux derniers étaient toujours ensemble depuis que le *fazendeiro* avait installé Glória dans une maison près de la gare. Parfois même, ils mangeaient tous les trois au restaurant. Ils s'entendaient très bien.

Que lui manquait-il pour être parfaitement heureux ? Nulle jalousie ne lui rongeait le cœur, nulle crainte de perdre sa cuisinière ne le tourmentait. Où pourrait-elle trouver un meilleur salaire et une place plus sûre ? D'ailleurs elle se montrait insensible aux offres de maison garnie et de crédit dans les magasins, aux robes de soie, aux chaussures et au luxe des femmes entretenues. Pourquoi ? Nacib n'en savait rien. C'était absurde, sans aucun doute, mais il n'avait cure d'en découvrir le motif. A chacun sa folie. Peut-être était-ce cette histoire de la fleur des champs qui ne peut vivre dans un vase, dont lui avait parlé une fois João Fulgêncio. Cela l'affectait peu, pas plus que ne l'irritaient les paroles qu'on murmurait à Gabriela quand elle venait au bar, les sourires, les regards, les tapes sur ses fesses, ou les caresses furtives sur la main, le bras ou la gorge. Tout cela retenait les clients, faisait boire un verre de plus, une rasade supplémentaire.

Quand le juge tentait de lui dérober la rose qu'elle portait sur son oreille, elle s'esquivait, et Nacib regardait la scène avec indifférence. Que lui manquait-il pour être parfaitement heureux ? L'Amazonienne, cette Indienne de la maison de Maria Machadão, lui demandait, les nuits où il la retrouvait, en riant de toutes ses dents sauvages :

— Aimes-tu ta Mara ? La trouves-tu agréable ?

Il la trouvait agréable. Petite et potelée, le visage large et rond, assise sur ses talons au milieu du lit, on aurait dit une statue de cuivre. Il la voyait au moins une fois par semaine, il couchait avec elle, c'était une liaison sans complications, sans mystères. Des nuits sans surprises, sans paroxysmes, sans gémissements de chienne, sans emportements de jument en rut, sans mort et sans résurrection. Il en fréquentait d'autres encore, car Mara avait beaucoup d'admirateurs, les colonels aimaient ce fruit vert de l'Amazonie, et ses nuits disponibles étaient rares. Nacib glanait au hasard, dans les cabarets ou dans les bordels, des femmes aux charmes variés. Il avait même couché une fois avec la nouvelle maîtresse de Coriolano, dans la maison de la place. C'était une toute jeune négresse ramenée de la campagne. Coriolano ne cherchait plus à savoir s'il était trompé. Ainsi Nacib papillonnait-il à droite et à gauche selon ses vieilles habitudes. Toutefois, son béguin permanent restait l'Amazonienne. Il dansait avec elle au cabaret, ensemble ils buvaient de la bière et mangeaient des beignets. Quand elle était libre, elle lui écrivait un billet de son écriture d'écolière et lui, une fois le bar fermé, allait la retrouver. C'étaient des jours agréables que ceux où, le billet dans la poche, il savourait déjà la nuit qu'il allait passer dans le lit de Mara.

Que lui manquait-il pour être parfaitement heureux ? Un jour, Mara lui envoya un billet où elle lui disait qu'elle l'attendrait le soir « pour faire mimi ». Souriant de satisfaction, après avoir fermé le bar, il fila chez Maria Machadão. Cette célèbre patronne de bordel, figure traditionnelle de la ville d'Ilhéus, maternelle et d'une entière confiance, lui dit après l'avoir embrassé :

— Tu es venu pour rien, mon petit Turc. Mara est avec le colonel Altino Brandão. Il est venu exprès de Rio do Braço, elle ne pouvait pas faire autrement.

Il s'en alla furieux. Non pas à cause de Mara. Il ne pouvait pas lui dicter sa conduite ni l'empêcher de gagner son pain. Mais à cause de la nuit dont il était frustré, alors que le désir le rongeait et que la pluie qui tombait donnait envie de posséder un corps de femme sous les draps. Il rentra chez lui et se déshabilla. De l'arrière de la maison, de la cuisine ou de l'office, parvint un bruit de vaisselle brisée. Il alla voir ce que c'était. Un chat s'enfuit en direction du jardinet. La porte de la petite chambre du fond était ouverte. Il regarda. La jambe de Gabriela pendait du lit. Elle souriait dans son sommeil. Un sein se dressait au-dessus du matelas, le parfum de girofle montait à la tête. Il s'approcha. Elle ouvrit les yeux et dit :

— Monsieur Nacib...

Il la regarda et, halluciné, il vit un sol détrempé par les pluies, une terre retournée par la houe et plantée de cacao, une terre où poussaient des arbres et où les herbages prospéraient. Une terre de vallée et de collines, avec une grotte profonde où il était planté. Elle lui tendit les bras et l'attira sur son sein.

Quand il fut couché à côté d'elle et qu'il ressentit sa chaleur, alors, subitement, il éprouva tout à la fois l'humiliation, la rage, la haine, l'absence, la douleur des nuits d'agonie, l'orgueil blessé et la joie de se consumer dans son feu. La serrant avec force, il laissa des marques violettes sur sa peau couleur de cannelle :

— Chienne !

Elle sourit avec ses lèvres à baiser et à mordre, elle sourit avec ses seins dressés et palpitants, avec ses cuisses de flamme, avec son ventre de danse et d'attente. Elle murmura :

— Aucune importance...

Et, appuyant la tête sur sa poitrine velue :

— Mon beau monsieur.

LE NAVIRE SUEDOIS ET LA SIRENE D'AMOUR

Maintenant oui, il était parfaitement heureux. Le temps avait passé et le prochain dimanche auraient lieu les élections. Personne ne doutait de leurs résultats, même pas le docteur Vítor Melo qui rongeait son frein dans son cabinet de Rio de Janeiro. Altino Brandão et Ribeirinho avaient déjà commandé un dîner monumental au « Restaurant du Commerce » pour la semaine suivante avec champagne et feu d'artifice. On annonçait des commémorations grandioses. Sur l'initiative de Mundinho, une souscription avait été ouverte pour acheter et offrir au Capitaine la maison où il était né et où avait vécu le regretté Cazuzinha Oliveira. Mais le futur Intendant eut un geste magnanime : il donna l'argent au dispensaire pour enfants nécessiteux ouvert sur le morne de Conquista par le Dr Alfredo Bastos. Nacib, quant à lui, avait l'intention d'aller visiter en compagnie de Ribeirinho, après les élections, ces fameuses terres situées au-delà de la Serra do Baforé, en vue d'en acquérir une parcelle où il ferait planter des cacaoyers.

Il faisait ses parties de dames, bavardait avec ses amis et racontait des histoires de Syrie : « Au pays de mon père c'est encore plus terrible !... » Il faisait la sieste, le ventre plein, en ronflant paisiblement. Il allait au cabaret avec Nhô-Galo, couchait avec Mara et avec d'autres aussi. Avec Gabriela chaque fois qu'il se trouvait sans femme et qu'il rentrait chez lui sans fatigue ni sommeil. Plus souvent avec elle peut-être qu'avec les autres, parce qu'aucune ne l'égalait. Si ardente et si moite, si déchaînée au lit, si douce dans l'amour, si faite pour la chose, elle était la terre où il était planté. Il s'endormait la jambe posée sur sa croupe arrondie, comme autrefois. Avec une différence cependant : maintenant il vivait délivré de la jalousie, de la peur de la perdre et du désir de la transformer. A l'heure de la sieste, avant de s'endormir, il se disait que maintenant il voulait seulement l'avoir dans son lit, que ses sentiments pour elle étaient les mêmes que pour n'importe quelle autre, Mara, Raquel ou Natacha la rousse sans rien de plus, sans la tendresse de jadis. Ainsi c'était bien. Elle allait chez Dora, elle dansait, elle chantait, elle préparait une fête pour le mois de Marie. Nacib le savait, ne s'en souciait pas, et projetait même d'assister au spectacle. C'était sa cuisinière et il couchait avec elle quand il en avait envie. Mais quelle cuisinière ! Il n'y en avait pas de meilleure. Elle était bonne au lit aussi, et même plus que bonne, une femme à rendre fou.

Chez Dora, Gabriela riait et se distrayait en chantant et en dansant. Dans le cortège des Rois, elle porterait la bannière. Elle sauterait par-dessus le feu de joie, la nuit de la Saint-Jean. Gabriela se distrayait, comme il faisait bon vivre ! Quand onze heures sonnaient, elle rentrait à la maison pour attendre monsieur Nacib. Peut-être cette nuit-là viendrait-il dans sa chambre lui chatouiller la nuque avec la moustache, faire peser la jambe sur sa croupe, lui offrir sa poitrine moelleuse comme un oreiller. A la maison elle serrait le chat contre son visage. Il miaulait doucement. Elle écoutait doña Arminda parler d'esprits et d'enfants qui naissaient. Elle se chauffait au soleil le matin quand il ne pleuvait pas, elle croquait des goyaves et des *pitangas* rouges. Elle bavardait à ses moments perdus avec son ami Tuísca maintenant apprenti menuisier. Elle courait sur la plage, les pieds nus dans l'eau froide. Elle faisait la ronde avec les enfants sur la place, l'après-midi. Elle regardait la lune en attendant Nacib. Comme il faisait bon vivre !

Alors qu'il ne restait plus que quatre jours avant le dimanche des élections, vers trois heures de l'après-midi, le navire suédois, un cargo d'une taille encore jamais vue dans ces parages, siffla majestueusement au large d'Ilhéus. Le négrillon Tuísca partit en courant pour répandre gratis la nouvelle dans les rues du centre. La population se rassembla sur l'avenue de la Plage.

Même l'arrivée de l'évêque n'avait pas donné lieu à une telle animation. Des fusées jaillissaient et éclataient dans le ciel. Deux « Bahianais » actionnaient leurs sirènes dans le port, les buccins des barques et des canots saluaient le cargo. Voiliers et chaloupes franchirent la passe et affrontèrent la haute mer pour escorter le navire suédois.

Il suivit lentement le chenal. De ses mâts pendaient des pavillons de tous les pays avec une débauche de couleurs. Les gens couraient dans les rues pour aller se masser sur le quai. Les appontements étaient grouillants de monde. La philarmonie « Euterpe-13 mai » arriva en jouant des marches. Joaquim frappait sur la grosse caisse avec entrain. Les commerces avaient fermé leurs portes. Les collèges privés, le groupe scolaire et le lycée d'Enoch donnèrent congé à leurs élèves. Tandis que les enfants applaudissaient sur le port, les jeunes filles du collège des bonnes sœurs flirtaient sur les appontements. Automobiles, camions et autocars faisaient un concert d'avertisseurs. Au milieu d'un groupe, riant aux éclats, Glória, flanquée de Josué et de Ribeirinho, provoquait les dames. Tonico Bastos, tel la gravité personnifiée, donnait le bras à doña Olga. Jerusa, en grand deuil, saluait Mundinho. Nilo, avec son sifflet, dirigeait les évolutions de Terêncio, de Traíra et du jeune Batista. Le père Basílio était là avec ses filleuls. L'unijambiste du « Bate-Fundo » regardait avec envie Nacib et Plínio Araçá. Des vieilles filles se signaient. Les pétulantes sœurs Dos Reis souriaient : dans leur prochaine crèche figurerait le cargo. Des dames de la bonne société et des jeunes filles à marier coudoyaient des prostituées et Maria Machadão, la générale des rues borgnes et des cabarets. Le Docteur préparait sa gorge et des mots recherchés. Comment introduire Ofenísia dans un discours pour un navire suédois ? Le négrillon Tuísca avait grimpé au mât d'un voilier. Les pastourelles de Dora avaient apporté la bannière du cortège des Rois que Gabriela brandissait en faisant un pas de danse. Les colonels du cacao sortaient leurs revolvers et tiraient des coups de feu en l'air. La ville d'Ilhéus tout entière se trouvait sur le quai.

Au cours d'une cérémonie symbolique dont l'idée plaisante était due à João Fulgêncio, les exportateurs Mundinho Falcão et Stevenson aidés par les *fazendeiros* Amâncio Leal et Ribeirinho transportèrent un sac de cacao jusqu'à l'extrémité du débarcadère où le navire était amarré, le premier sac de cacao à être embarqué directement à Ilhéus pour l'étranger. A l'émouvant discours du Docteur répondit le vice-consul de Suède, le long agent de la compagnie de navigation.

Le soir, les marins ayant débarqué, la ville devint plus animée. On leur paya des consommations dans les bars, on conduisit le commandant et les officiers dans les cabarets. Le commandant était presque porté en triomphe. Il buvait sec et avait formé son expérience de l'alcool dans les ports de sept océans du globe. Il fut ramené ivre mort du Bataclan jusqu'au navire sur les bras des gens d'Ilhéus.

Le lendemain, après le déjeuner, les marins à nouveau libres de descendre à terre se répandirent dans les rues. Comme ils l'aimaient le tafia d'Ilhéus ! constataient avec orgueil les *grapiúnas*. Ils vendaient des cigarettes étrangères, des coupons de tissus, des flacons de parfum, des colifichets dorés. Ils dépensaient leur argent à boire du tafia, ils entraient dans les maisons de prostituées et tombaient ivres dans la rue.

Cela arriva après la sieste, avant l'apéritif du soir, entre trois heures et quatre heures et demie, pendant les moments creux que Nacib mettait à profit pour faire la caisse, retirer l'argent et calculer ses bénéfices, tandis que Gabriela ayant terminé son service, retournait à la maison. Le marin suédois, un blond mesurant près de deux mètres de haut, entra dans le bar, souffla une haleine chargée d'alcool au visage de Nacib et montra du doigt les bouteilles de « Canne d'Ilhéus », avec un regard suppliant et en proférant des paroles dans une langue inintelligible. Nacib avait déjà rempli la veille son devoir de citoyen en servant du tafia gratis aux matelots. Il frotta l'un contre l'autre le pouce et l'index pour lui demander de l'argent. Le blond Suédois vida ses poches. Pas de trace d'argent. Mais il découvrit une jolie broche représentant une sirène dorée. Il posa sur le comptoir cette mère des eaux nordiques, cette

Yemanjá de Stockholm. Les yeux de l'Arabe suivaient Gabriela qui disparaissait au coin de la rue, derrière l'église. Il regarda la sirène et sa queue de poisson. Cela lui rappela la croupe de Gabriela. Nulle femme au monde n'avait un tel feu, une telle chaleur, une telle tendresse, une telle langueur. Plus il couchait avec elle, plus son désir de la posséder était grand. Elle semblait pétrie de chant et de danse, de soleil et de lune, elle était de girofle et de cannelle. Il ne lui avait jamais redonné de cadeau, de babiole de foire. Il prit la bouteille de tafia et en remplit un gros verre. Le marin le leva, porta un toast, en suédois, le vida en deux gorgées et cracha. Nacib mit dans sa poche la sirène dorée en souriant. Gabriela rierait, tout heureuse, et dirait en gémissant : « Je n'en avais pas besoin, mon beau jeune homme... »

Et ici se termine l'histoire de Nacib et de Gabriela, au moment où la flamme de l'amour renaît d'une braise endormie dans les cendres du cœur.

POST-SCRIPTUM

Quelque temps plus tard, le colonel Jesuíno Mendonça fut conduit devant les jurés avec l'accusation d'avoir tué à coups de feu son épouse doña Sinhàzinha Guedes Mendonça et le chirurgien-dentiste Osmundo Pimentel sous l'empire de la jalousie. Les débats agités, parfois sarcastiques et violents, durèrent vingt-huit heures. Répliques et contre-répliques se succédèrent. Le Dr Maurício Caires cita la Bible, parla des scandaleux bas noirs, de la morale et du vice. Il fut pathétique. Le Dr Ezequiel Prado sut être émouvant ; Ilhéus n'était plus un pays de bandits, un paradis d'assassins. D'un geste ponctué par un sanglot, il montra le père et la mère d'Osmundo en deuil et en larmes. Ses thèmes furent la civilisation et le progrès. Pour la première fois dans l'histoire d'Ilhéus, un colonel du cacao se vit condamner à une peine de prison pour avoir assassiné l'épouse adultère et son amant.

(*Petrópolis - Rio, mai 1958.*)

Glossaire

Abarás, beignets faits de pâte de haricot additionnée de piment et frits dans l'huile de *dendê*. On les sert sous forme de boulettes enveloppées dans des feuilles de bananier.

Acarajás, beignets du même genre que les *abarás*.

Baraúna, grand arbre de la famille des légumineuses qui fournit un bois d'œuvre fort apprécié.

Berimbau, guimbarde (*berimbau de bôca*) ou, plus couramment aujourd'hui, sorte d'arc musical dont la caisse de résonance est constituée par une petite calebasse (*berimbau de barriga*).

Bumba-meu-boi, groupe de personnages plus ou moins grimés, et dont le nombre ainsi que les caractérisations sont variables, qui, à l'occasion de certaines fêtes, chante, danse, ou joue de petites scènes dans les rues.

Caatinga, mot indien qui signifie « forêt blanche ». Il sert à désigner la végétation clairsemée d'arbustes épineux et de cactées qui recouvre le *Sertao*.

Cafuné, sorte de caresse qui consiste à gratter délicatement la tête entre les cheveux tout en donnant des chiquenaudes avec les doigts.

Caititu, espèce de porc sauvage.

Candomblé, cérémonie d'une religion afro-brésilienne d'origine Yoruba.

Cangaço, mot employé dans le Nord-Est du Brésil pour désigner le banditisme, la vie des hors-la-loi (*Cangaceiros*).

Capoeira, espèce de danse acrobatique exécutée par deux hommes mimant un combat, où il n'est permis de se toucher qu'avec la tête ou avec les pieds.

Carioca, de Rio de Janeiro.

Caruru, sorte de julienne de *gombos*, additionnée de crevettes et de poisson, assaisonnée au piment et à l'huile de *dendê*.

Cavaquinho, petite guitare à quatre cordes.

Conto, un million de réaux, aujourd'hui mille *cruzeiros*.

Dendê, palmier à huile d'origine africaine et acclimaté au Brésil.

Efó, mets analogue au *caruru*, mais plus consistant.

Fazenda, grand domaine agricole.

Fazendeiro, propriétaire foncier possédant une ou plusieurs *fazendas.* Les grand *fazendeiros* sont souvent désignés du nom de « colonels » selon une tradition remontant à l'époque de l'Empire. Le gouvernement avait alors institué des milices commandées par les notables avec grade de colonels.

Feijoada, mets à base de haricots (*feijao*), accompagnés de divers légumes cuits avec de la viande séchée et fumée.

Grapiúna, surnom donné aux habitants de la zone du cacao.

Ita, on désignait ainsi les bateaux de la compagnie de navigation côtière (*A Costeira*) qui desservaient les ports du littoral brésilien depuis Belém do Pará jusqu'à Porto Alegre, à cause des noms qu'ils portaient, lesquels commençaient tous par *Ita.*

Iaô, « épouse des dieux » dans la religion du *candomblé.*

Iansan, divinité féminine, épouse de *Xangô,* qui préside aux vents et aux tempêtes.

Jacu, oiseau du Brésil de la famille des gallinacés dont la chair est appréciée.

Jagunços, hommes de main au service des « colonels ».

Janaína, sirène qui par ses charmes attire les pêcheurs dans ses palais sous-marins d'où ils ne reviennent plus jamais.

Jararaca, sorte de serpent apparenté au crotale.

Jiló, fruit du *jiloeiro,* plante cultivée de la famille des solanacées (*solanum gilo*).

Jogo do bicho, sorte de pari mutuel clandestin sur les numéros gagnants de la loterie fédérale, ainsi appelé parce que l'on mise sur des animaux (*bichos*) au nombre de 25 et correspondant chacun à un groupe de 4 nombres, depuis l'aigle (1 à 4) jusqu'à la vache (97 à 100).

Macumba, religion syncrétique constituée par « un mélange de religion africaine, de religion indienne, de catholicisme populaire et de spiritisme, où le spiritisme domine de plus en plus au détriment de l'héritage africain » (R. Bastide).

Maracujá, fruit de la *Passiflora quadrangularis* dont le jus très apprécié sert aussi à faire une liqueur.

Mingau, bouillie de farine de manioc.

Moqueca, poisson ou fruits de mer cuits dans un court-bouillon dont les principaux ingrédients sont l'huile de *dendê* et le piment.

Ogun, dieu Yoruba de la guerre, patrons des forgerons.

Omulu, dieu Yoruba souvent identifié à saint Lazare. On lui donne en offrande du pop-corn (*pipocas*) dont il est, paraît-il, très friand.

Oxalá, divinité suprême dans le panthéon Yoruba, souvent identifiée à Jésus-Christ.

Oxossi, dieu Yoruba de la chasse, identifié à saint Georges.

Paca, rongeur au pelage brun avec des taches claires dont la chair est très estimée (*Cuniculus paca*).

Pitanga, fruit d'une myrtacée (*Eugenia michelii*).

Preá, rongeur qui rappelle le cochon d'Inde.

Puba, manioc fermenté.

Quibe, spécialité culinaire syrienne à base de grains de blé et de viande triturée, parfumée avec de la menthe et divers autres condiments.

Retirantes, *sertanejos* qui, fuyant la famine consécutive à la sécheresse, s'en vont vers le littoral ou en direction du sud en quête de nourriture et de travail.

Sertao, intérieur semi-désertique du Nord-Est brésilien.

Sertanejo, habitant du *sertao*.

Sabiá, oiseau de la famille des turdidés au chant mélodieux.

Sarapatel, sorte de fricassée faite avec du sang et des abats de porc ou de mouton.

Sofrê, oiseau de la famille des ictéridés.

Surucucu, serpent très venimeux apparenté au crotale.

Teiu, sorte de grand lézard.

Terreiro, lieu où l'on célèbre le culte du *candomblé*.

Umbuzeiro, arbre de la famille des anacardiacées.

Vatapá, plat constitué par une bouillie de farine de riz additionnée d'huile de *dendê* et de piment, à laquelle sont mélangés des morceaux de poisson et des crevettes.

Viuva de carneiro, plat fait avec des abats de mouton et fortement épicé.

Xangô, dieu Yoruba de la foudre souvent identifié à saint Jérôme.

Xinxim, morceaux de poule cuits dans l'huile de palme avec un mélange pilé d'oignons, d'ail, de piment, de graines de pastèques et de crevettes séchées.

Yemanjá, déesse Yoruba de la mer, protectrice des pêcheurs, souvent identifiée à Notre-Dame de la Conception. Lors de sa fête célébrée le 2 février, ses fidèles jettent dans la mer en guise d'offrandes des flacons de parfum, des peignes, de l'argent, des bijoux et surtout des fleurs.

Cet ouvrage a été réalisé sur
SYSTÈME CAMERON
par la Société Nouvelle Firmin-Didot
Mesnil-sur-l'Estrée
pour le compte des Éditions Stock
14, rue de l'Ancienne-Comédie, Paris-6e
le 16 septembre 1983

Dépôt légal : septembre 1983
N° d'édition : 4633 – N° d'impression : 0248
54-06-3309-01
ISBN : 2-234-01668-1